译文经典

凯旋门

Arc de Triomphe

Erich Maria Remarque

〔德〕雷马克 著

杨稚梓 译

上海译文出版社

目 录

一

那女人从斜对面朝拉维奇[①]走过来。她走得很快，但踉踉跄跄的，有些奇怪。她都快走到拉维奇身边了，他才注意到她。他看到一张苍白的脸，颧骨很高，两只眼睛分得很开。这张脸是呆滞的，就像张假面具一样；看上去这脸好像崩溃了，一双眼睛在街灯的光亮中显得那么空洞无神，像玻璃一样，他不由得留意起来——

女人紧挨着他走过去，都快蹭到他了。他伸出手去拉她的胳膊。下一瞬间她就摇晃起来，如果没有他抓着，就摔倒了。

他紧紧抓着她的胳膊。“您想去哪儿？”过了一会儿后他问道。

女人呆滞地看着他。“放开我。”她低声道。

拉维奇没有答话。他仍旧紧抓着她的胳膊。

“放开我！您要干吗？”女人几乎连嘴唇都没动。

拉维奇感觉她根本就没看到自己。她的目光穿过他，看着空寂的夜晚中的某处。只是有什么东西把她拦住了，她就是在对那个东西说话。“您放开我！”

他第一眼就看出来了，她不是妓女。她也没喝醉。他不再紧紧地抓着她的胳膊了。只要她愿意，就可以轻松挣脱出来；但她都没注意到这点。拉维奇等了一会儿。“您到底想去哪里，这夜里，一个人，还在这个时间点的巴黎？”于是他平静地又说了一遍，放开了她的胳膊。

女人不说话。但她也没往前走。好像她一旦停下脚步，就没法再继续走了。

拉维奇靠在桥的栏杆上。他感受到手底下布满孔洞的潮湿石头。“或许要往那儿去？”他把脑袋转向后面，朝着下方示意了一下；塞纳河在越发模糊的灰光中涌向阿尔玛桥下的阴影，奔流不息。

女人不回答。

“为时尚早啊，”拉维奇说，“为时尚早。还挑了个十一月，天也实在太冷了。”

他拿出一小包香烟，又在兜里翻寻火柴。他发现那个窄小的纸盒子里只剩下两根火柴了，然后小心地躬下身子，好用双手挡住河上过来的轻风，护着火焰。

“您也给我一支烟吧。”女人用单调的声音说道。

拉维奇直起身来，把装烟的小包拿给她看。“阿尔及利亚的。外籍军团的黑烟草。您可能会觉得味道太冲。我身上没带着别的。”

女人摇摇头，拿了一支。拉维奇给她递上燃着的火柴。她急匆匆地抽烟，一口一口深深地吸进去。拉维奇把火柴抛过栏杆：火柴像一颗小小的流星一般从黑暗中跌落，触到水面才熄灭。

一辆出租车慢慢地从桥上驶过。司机停下来，往这边看，等了片刻，然后一踩油门，继续朝着潮湿黑亮的乔治五世大街开去。

拉维奇突然觉得累了：他一整天都在做繁重的工作，又睡不着觉，所以又出来喝酒。可现在，湿冷的深夜里，倦意像一个口袋一样，猛地罩在他的头上。

他注视着那女人。他到底为什么要拦住她呢？很明显，她

---

① 原文为 Ravic，多译作“拉维克”。文中主人公用的是捷克假名，故译作“拉维奇”。

出了些事。但这又与他何干？他已经见过很多出了事的女人，特别是在夜里，特别是在巴黎，这些现在对他是无所谓的，他只是想睡几个钟头的觉。

“回家去吧，”他说，“都这时候了，您还想在街上干什么？最多也就惹些麻烦。”

他把大衣的领子立起来，准备走了。女人看着他，仿佛听不懂他的话。“回家？”她重复道。

拉维奇耸耸肩膀。“回家，回您的住所，回酒店去，怎么说都行，随您喜欢。去哪儿都行。您总不想被警察抓住吧？”

“回酒店去！天哪！”女人说。

拉维奇站住了。又来了个不知道该去哪儿的，他想。他早该看出来的。每次都是同一回事。夜里这些人不知道该去哪里，到了第二天早上，人家还没醒来，她们人就消失了。这时候她们倒知道该去哪了。黑暗中那陈旧廉价的绝望，随着黑夜而来，又随着黑夜而去。他把烟扔开。就跟他自己不懂这一套似的，他懂得都腻味了！

“来吧，我们找个地方喝一杯。”他说。

这样最简单。之后他可以交钱走人，她则可以看看自己该怎么办。

女人犹豫不决地动了一下，然后一个踉跄。拉维奇抓住她的胳膊。“累了？”他问道。

“我不知道。可能是吧。”

“太累了，累得睡不着觉？”

她点头。

“是有这种事。您就来吧。有我扶着您。”

他们往前走到马尔索大街。拉维奇感到女人支撑在自己身上，她支撑着自己，好像正要往下掉，必须拦住自己似的。

他们横穿过塞尔维亚彼得一世大街。这条街始于夏乐路的十字路口后边，远处，幽暗巨大的凯旋门飘忽地出现在落雨的天幕前。

拉维奇指了指一处狭窄明亮的入口，这门通往一间简陋的地下室。“这儿——这里可能还有些东西喝。”

这是一家司机去的酒馆。几个出租车司机和几个妓女坐在里面。司机们正在打牌。妓女在喝苦艾酒。她们飞快地打量了女人一眼，然后漠然地把视线转开。岁数大一些的那个妓女大声打了个呵欠；另一个则开始懒洋洋地化妆。后面，一个长了张无精打采的老鼠脸的跑堂把锯末撒到了地面瓷砖上，开始打扫地板。拉维奇跟女人坐在门口的一张桌子旁。这里更方便些；之后他可以更快地离开。他没脱大衣。“您想喝些什么？”他问道。

“不知道。随便吧。”

“两杯苹果白兰地，”拉维奇对服务员说，服务员穿着一件马甲，衬衫的袖子挽了起来，“再来包吉时烟。”

“没有吉时烟，”服务员称，“只有法国烟。”

“好吧。那就来包绿盒劳伦斯。”

“绿盒也没有。只有蓝的。”

拉维奇打量着服务员的小臂，那上面文了个在云彩上行走的裸女。服务员顺着他的目光看过去，握起拳头，让胳膊上的肌肉鼓出来，女人的肚子淫荡地抖动起来。

“那就蓝的吧。”拉维奇说。

服务员咧嘴笑了。“可能还有一包绿的呢。”他啪嗒啪嗒地拖着脚走开了。

拉维奇看着他的背影。“一双红拖鞋，”他说，“还有个肚皮舞女！看来他在土耳其海军当过兵。”

女人把双手放在桌子上。看她的动作，就好像她再也不想把这双手抬起来了似的。这双手曾被保养过，但这也说明不了什么。这手保养得也不算太好。拉维奇看到，她右手中指的指甲折断了，好像是被撕坏后没有锉平。有几块指甲油剥落了。

服务员拿来了酒杯和一包烟。

“绿盒劳伦斯。又找到一包。”

“我想也是。您参加过海军吗？”

“没有。进过马戏团。”

“那还更好，”拉维奇把一杯酒递给女人，“来，喝了吧。这时候就这种最好了。还是说您想喝咖啡？”

“不想。”

“一口喝了吧。”

女人点点头，把一杯酒喝干。拉维奇打量着她。她有张失去了生气的苍白面孔，没什么表情。她的嘴唇丰满，但没有血色，脸部的线条似乎都被抹去了，只有头发非常漂亮，那是一头亮闪闪的金发，颜色很自然。她戴着一顶贝雷帽，雨衣下面是一套蓝色的女装。衣服出自一名高明的裁缝之手，但她戒指上的绿色宝石实在太大了，不是假的都不可能。

“还想再来一杯吗？”拉维奇问。

她点头。

他向服务员示意。“再来两杯苹果白兰地。来大点的杯子。”

“大点的杯子？里面的酒也多些吗？”

“对。”

“两杯双份苹果白兰地吗？”

“您说呢？”

拉维奇决定赶紧喝完他那杯酒，喝完就走。他感到无聊，又很疲惫了。总的来说，他对种种节外生枝的事是很有耐心的；他已经在各种变故中度过了四十年人生。但此刻这种情景，他已经见过太多次了。他在巴黎生活了几年，夜里睡得很少；既然不睡觉，就可以在路上见到很多。

服务员把酒拿过来。拉维奇端起气味辛辣芬芳的苹果酒，小心翼翼地把酒放在女人面前。“再喝一杯吧。没多大用，但会让人身上暖和。不管您有什么事——都别看得太重。没多少事情会一直重要下去。”

女人注视着他。她没有喝酒。

“就是这样，”拉维奇说，“特别是在夜里。夜晚会把事情夸大。”

女人仍然注视着他。“您不用安慰我。”过了一会儿，她说。

“不用啊，那更好。”

拉维奇朝服务员那边望去。他受够了。他知道这类人。可能是个俄国女人，他想。这帮人刚一有地方坐下，身上雨还没干呢，就已经开始张嘴呛人了。

“您是俄国人吗？”他问。

“不是。”

拉维奇交了钱，站起身来，打算告别。同一时刻女人也站起来了，一句话没说，好像理所当然要站起来。拉维奇犹豫地看着她。好吧，他想，也可以到外面再说。

已经下起雨来了。拉维奇在门口站定。

“您往哪边走？”他决定拐个弯，跟她走相反的方向。

“我不知道。往哪走都行。”

“那您住在哪里呢？”

女人飞快地动了一下。“不去那里！不行！不能去那里！那边不能去！”

她的眼睛里突然充满了一种狂乱的恐惧。跟人吵架了，拉维奇想。不知跟谁吵了一架，然后跑到街上来了。到明天中午她就能把什么都想清楚了，然后就会回去的。

“您不认识什么可以去找的人吗？有没有个熟人？您可以在酒馆里打个电话的。”

“没有。一个也没有。”

“但您总得去个地方啊。您没钱开个房间吗？”

“有钱。”

“那就去酒店吧。这边的支路上到处都是酒店。”

女人没有回答。

“您总得去个地方吧，”拉维奇不耐烦地说，“总不能淋着雨待在街上吧。”

女人裹紧雨衣。“您说得对，”她说，就仿佛总算决心干某件事似的，“您说得很对。您别再为我操心了。我会找个地方去的。谢谢。”她用一只手拢起大衣的领子。“谢谢您做的一切。”她抬起眼睛，用满是愁苦的目光仰视拉维奇，努力想要露出一个笑容，却没有成功。接着，她穿过朦胧的雨雾，毫不犹豫地走了，脚步寂静无声。

一时间，拉维奇静静地站着。“该死！”他惊异又犹豫地咕哝了一声。他既不知道怎么会这样，也不知道这是怎么回事，是那个绝望的笑容，还是那目光，还是空旷的街道，抑或是夜晚——他只知道，那边那个在雾中突然像个迷路的孩子一样的女人，自己不能让她孤零零地走掉。

他跟上她。“跟我来吧，”他粗暴地说，“会给您找个地方的。”

他们走到星辰广场。眼前的广场笼罩在一片灰暗的蒙蒙细雨中，广阔无垠。雾愈发浓了，广场周围四散的街道都看不到了。只有开阔的广场还在，还有零散卫星般的昏暗街灯，巨大的石头拱门消失在雾中，仿佛正支撑着忧郁的天空，守护着脚下无名战士墓上孤独的苍白火焰，在这片黑夜和荒芜当中，无名战士墓看上去就像是人类的最后一座坟墓。

他们穿过整个广场。拉维奇走得很快。他累得什么都没法想。他听着身边女人摸索在黑暗中的轻柔脚步声，女人默默地跟着他，低垂着头，双手插在大衣兜里，就像一小团陌生的生命之火——在这夜晚广场上的孤寂中，她蓦然间仿佛是属于他的，真是奇怪，虽然他对她一无所知，可正因如此她才仿佛属于他。对于他来说，她是陌生的，而他也无论在哪里都感到陌生，所以，不知怎地，跟千言万语和时间打磨出来的熟悉感比起来，她的陌生更加贴近于他。

拉维奇住在特尔纳广场后面瓦戈兰大街一条支道上的一家小酒店里。这是一栋眼看就要倒了的小房子，只有一样东西是新的：大门上面的牌子。牌子上写着“国际酒店”。

他按铃。“你们还有空房吗？”他问给他开门的小厮。

那个年轻人呆呆地看着他，睡眼惺忪。“门房不在。”他终于结结巴巴地说道。

“看出来了。我是问你还有没有空房。”

小厮绝望地耸了下肩膀。他看到拉维奇带了个女人，但是不明白为什么他还想再要一间房。根据他的经验，客人带女人过来不是为了另开一个房间的。“太太睡觉了。如果我把她吵醒，她会把我扔出去的。”他说着在身上蹭了蹭脚。

“好。看来我们得自己去看一看了。”

拉维奇给年轻人一点儿小费，拿了自己的钥匙，带着女人走上楼梯。他开自己的门锁之前，先查看了一下隔壁的房门。门前没有鞋子。他敲了两下门。没人应声。他小心翼翼地试着拉了下门把手。门是锁着的。“昨天这屋是空的，”他喃喃地说，“我们从另一边再试一下。老板娘可能怕虱子跑了，就把门锁了。”

他开了自己的房门。“您坐一下，”他把一张红色的马毛沙发指给她看，“我马上回来。”

他打开落地窗，窗外是一个狭窄的铁皮阳台，他顺着连接的栅栏爬到隔壁的阳台上，试了试那边的落地窗。也是锁着的。他沮丧地爬回来。“什么都没用。我没法在这儿给您找个房间。”

女人坐在沙发的一角。“我可以在这里待一会儿吗？”

拉维奇认真地看着她。她的脸疲惫得像是要崩溃了。看样子她几乎都站不起来了。“您可以待在这里。”他说。

“就一小会儿……”

“您可以睡在这里。这样最简单。”

女人似乎没听到他的话。她慢慢地动了下脑袋，几乎像个机器人。“您本来应该把我留在街上的。现在……我想，我动不了了。”

“我想也是。您可以待在这儿睡觉。这样最好。明天我们再看。”

女人注视着他。“我不想让您……”

“上帝啊，”拉维奇说，“您真不会碍着我。这又不是第一次有人不知道要去哪儿，就在这里过夜。这地方是个难民住的酒店。这里基本上每天都有这种事。您可以睡床。我会睡沙发。我常常睡沙发。”

“别，别——我可以坐在这儿待着。只要能让我一直坐在这里，就足够了。”

“好，随便您。”

拉维奇把大衣脱下来挂上。接着他从自己床上拿了一条毯子和一个枕头，又往沙发边上推了一把椅子。他从浴室拿了一件毛巾布浴衣，把它搭在椅子上。“好了，”他说，“我可以给您这些。您要是愿意，也可以拿件睡衣。那边抽屉里还有几件。

接下来我就不管您了。现在浴室归您了。我这儿还有事要干。”

女人摇头。

拉维奇仍站在她面前。“大衣咱们可得脱下来，”他说，“已经够湿的了。帽子您也给我拿过来吧。”

她把两样东西都给他。他把枕头放在沙发角落里。“这给您头枕着。这把椅子放这儿，好让您睡觉的时候别掉下去。”他把椅子推向沙发。“还差您的鞋子。自然已经湿透了。想感冒就穿着，”他把鞋从她脚上脱下，从抽屉里拿了一双羊毛短袜，给她套上，“好了，这下还算像点儿样。危急年代应该给自己找点儿舒服东西。这是士兵的老规矩。”

“谢谢，”女人说，“谢谢。”

拉维奇走进浴室，打开水龙头。水流到浴盆里。他解开领带，心不在焉地打量着镜中的自己。一双充满审视意味的眼睛深陷在眼窝的阴影里；一张瘦瘦的脸，如果没有这双眼睛就疲惫得像个死人；跟两道从鼻子往下扯到嘴边上的皱纹一比，嘴唇显得太柔和了——还有右眼上面那道延伸到头发里的、长长的锯齿状伤疤。

他正沉浸在思绪中，电话响了。“该死！”刚才有一瞬间，他把一切都忘了。有些瞬间，人会不由自主地沉迷于思绪。而那个女人还在隔壁房间里呢。

“这就来。”他叫道。

“吓到了？”他拿起听筒，“什么？对。好的——对——当然，对——会没事的——对。在哪里？好的，我马上过去。要热咖啡，浓咖啡——对——”

他小心翼翼地把听筒放回去，沉思着在沙发扶手上坐了几秒。“我得出去一趟，”之后他说，“有急事。”

女人立刻站起来。她摇晃了几下，扶住了椅子。

“别，别——”见她这样听话顺从，拉维奇一时间有些感动，“您可以待在这儿。睡觉吧。我得出去一两个钟头；不知道要去多久。您尽管待在这里吧。”他穿上大衣。一个念头匆匆出现，他马上又把它忘了。这女人不会偷东西的。她不是那种人。那种人他太熟悉了。而且这里也没太多可偷的东西。

他都到门口了，女人又问道：“我能跟您一起去吗？”

“不行，不可能的。您待在这里。还需要什么就拿什么。想睡床上就睡床上。那儿有干邑白兰地。您睡觉吧——”

他转过身。“您别关灯。”女人突然很快地说。

拉维奇松开门把手。“害怕了？”他问。

她点头。

他指了指钥匙。“我出去后您把门锁上。把钥匙拔出来。楼下还有一把钥匙，我可以用那把进来。”

她摇头。“不是那样。求您了，别把灯关上。“

“这样啊！”他审视着她，“我原本也没打算关灯。您尽管开着吧。我了解。我也经历过这样的时候。”

走到阿卡西亚街的拐角处，一辆出租车朝着他开来。“去劳里斯顿街十四号。——要快！”

司机调了个头，拐进卡诺大街。车子穿过大军团大街时，右边猛冲来一辆小型双座车。要不是街上又湿又滑，两辆车就撞到一起了。这一来，双座车刹车时甩到了道中央，恰好从出租车的水箱旁擦过去。那轻巧的小车像旋转木马一样转起圈来。那是一辆小型雷诺车，车里坐着一个戴着眼镜和黑色硬礼帽的男人。车每转一圈，就有一瞬间会看到那个男人苍白愤怒的脸。随后这车恢复平衡，朝着街尽头的凯旋门驶去，仿佛驶向地府的巨门——一只绿色的小昆虫，里面伸出了一个苍白的拳头，朝着夜空发出威胁。

出租车司机转过身。“您以前见过这种人吗？”

“见过。”拉维奇说。

“可曾见过戴着这么一顶帽子的吗？戴着这么一顶帽子的人干吗要在夜里开得这么快？”

“他没错啊。他开在主路上嘛。您干吗要骂？”

“他当然没错。正因如此我才要骂。”

“那如果他有错，您会怎么办？”

“那我也会骂。”

“您这生活倒像是过得挺轻松。”

“我会换种骂法，”司机解释道，拐进福煦大街，“别那么大惊小怪的，明白吗？”

“不大惊小怪。您到十字路口时开得慢点儿。”

“本来也想开得慢点。都怪这路上有几个条子。可既然我说什么您都不想听，您到底为什么要问我呢？”

“因为我累了，”拉维奇不耐烦地回答，“因为这会儿是夜里。要我说，还因为我们是两朵小火花，身处一阵陌生的风中。您快开吧。”

“刮目相看了，”司机带着某种敬意轻轻扣了下自己的帽子，“我理解。”

“请问，”拉维奇感到一阵疑虑，“您是俄国人吗？”

“不是。但我等客人时什么都读。”

今天我看俄国人看得不准。他把脑袋靠回去。咖啡，他想。滚烫的黑咖啡。但愿他们的咖啡够喝。我的双手须得稳得要命才行。如果别的不管用，韦贝尔就得给我打一针镇静剂。不过不会有问题的。他把窗户摇下来，缓慢地深深吸了口潮湿的空气。

二

小手术室被照得亮如白昼。屋子看上去就像是干净卫生的屠宰场。装着浸血药棉的桶放得四处都是，绷带和棉球散放在各处，红色像节庆一般张扬，朝着那许许多多的白大喊大叫。韦贝尔坐在接待室的一张涂了漆的钢桌子前写记录；一个护士在给各种用具煮沸消毒；水沸腾着，灯似乎在嘶嘶作响，只有手术台上那具躯体自顾自地躺着——这一切都跟它不再相干了。

拉维奇往手上倒了点儿洗手液，洗起手来。他带着一种怒气冲冲的倔强劲头洗手，俨然要把自己的皮肤搓下来似的。“狗屎！”他喃喃地说，“天杀的臭狗屎！”

手术室护士厌恶地看着他。韦贝尔抬头看了一眼。“镇定，欧仁妮！所有的外科医生都会骂人。特别是在事情糟了的时候。您应该已经习惯了。”

护士把几件工具扔进沸水。“佩里耶教授就从来不骂人，”她委屈地辩解道，“尽管这样，还是救了很多人。”

“佩里耶教授是脑部手术的专家。那是最精密不过的技术活，欧仁妮。我们是在肚子里切来切去。这是不一样的。”韦贝尔把他的记录簿啪的一声合上，站起身来。“您干得很好，拉维奇。但我们终究管不了江湖郎中。”

“管得了——有时候是可以的。”拉维奇擦干了手，点上一支烟。护士开了扇窗，默默地表示抗议之情。——“干得好，欧仁妮，”韦贝尔夸奖她，“永远循规蹈矩。”

“我的人生是肩负责任的。我不愿意轻飘飘地飞到天上去。”

“很好啊，欧仁妮。真让人安心。”

“有的人就是不承担责任。而且也不想承担责任。”

“说您呢，拉维奇！”韦贝尔笑道，“我们最好还是走吧。欧仁妮早上总是咄咄逼人的。这里反正也做不了什么了。”

拉维奇环顾四周。他注视那位肩负责任的护士。她无所畏惧地回应着他的目光。那副镍框眼镜给她那张平淡的脸增添了某种凛然不可冒犯的东西。她跟他一样都是个人，但对于他来说，她比一棵树更陌生。“对不起，”他说，“您说得对。”

白色的手术台上躺着的那个东西，几个小时之前还有希望、呼吸、痛苦，还是一条颤抖的生命。现在它就是一具没有意义的尸体——而那个叫做欧仁妮护士的人形机器人，向来以自己从没有过任一失德之举为傲，如今把它盖起来推走了。她这种人永远都能存活下去，拉维奇想，光明都不爱他们这些木头心灵，因此也忘记了他们，让他们长久地活下去。

“再见，欧仁妮，”韦贝尔说，“今天您好好睡一觉吧。”

“再见，韦贝尔医生。谢谢您，医生。”

“再见，”拉维奇说，“请您原谅我骂人了。”

“祝您早安。”欧仁妮冷冰冰地应道。

韦贝尔微微一笑。“真是生铁打造的厉害角色。”

外面已经是灰蒙蒙的早晨了。收垃圾的车咔哒咔哒地穿过条条街巷。韦贝尔把领子拉高。“恶心的天气！要我捎您走吗，拉维奇？”

“不用了，谢谢。我想走走。”

“这种天气还走？我可以开车往您住处那边走。都不用太绕远。”

拉维奇摇摇头。“谢啦，韦贝尔。”

韦贝尔打量着他。“奇怪，每次有人死在您的手术刀下，您还是会大发雷霆。您这活都干了十五年了，是了解这些的。”

“是啊，我是了解的。我也没大发雷霆。”

高大魁梧的韦贝尔站在拉维奇面前。他那张又圆又大的脸亮堂堂的，像只诺曼底苹果。他修剪过的黑色髭须被雨水打湿了，很是耀眼。路边停着一辆同样耀眼的别克。韦贝尔就要开着这辆车舒舒服服地回家——回城郊的一栋粉红色玩具屋里，屋里有位整洁耀眼的太太和两个整洁耀眼的孩子，过着整洁耀眼的生活。而当你切下第一刀，轻轻一压，当一道细细的红色血迹随之渗出，当身体在针和钳子之下，像一面重重叠叠的帷幕一般层层展开，当从未见过光的内脏器官露到外面，当你如丛林中的猎手追踪一道足迹，却突然间在损坏的肌肉组织、结节、肿瘤、裂缝中跟它——死亡这头巨大的猛兽狭路相对，这一切之中那种令人喘不过气的紧张感，还有那场战斗，搏命之时你除了一条细细的刀刃、一根针和一只无比沉稳的手之外什么都用不上——你要怎么把这些解释给他听？又要怎么解释，在精神高度集中之时，在铺天盖地的耀眼的白色中，突然有一道暗影撞入血液，那倨傲的讥讽仿佛让你的刀变钝了，针变脆了，手也变沉了——而生命，这不可见的、谜一般的、在血脉中勃勃跳动的东西骤然间在你无力的双手下平息了、倾塌了，被一个无法触及也无法驱逐的、幽灵般的黑色漩涡卷走，而一张脸，方才还在呼吸，还是一个自我，还有一个名字，如今已成了一张无名无姓的僵硬面具——而你软弱无能地抵抗，毫无意义——这又要如何解释——这又有什么好解释的呢？

拉维奇重新点了支烟。“才二十一岁。”他说。

韦贝尔用一块手绢把髭须上亮闪闪的水珠擦掉。“您干得很出色。我就不行。可一个江湖郎中把事情弄得一团糟，让您没法补救，这就是另一回事了，跟您没有关系。就算我们不这样想，又能怎样呢？”

“是啊，”拉维奇说，“又能怎样呢？”

韦贝尔把手绢塞进兜里。“您已经见过了这许多，按说早该心硬如铁了。”

拉维奇带着一丝讽刺看着他。“我们永远不会心硬如铁，只会习惯很多东西。”

“我就是这个意思。”

“是啊，还有很多东西永远习惯不了。但那是很难发现的。就比如说咖啡吧。或许真的是咖啡让我这么清醒。我们却误以为是我激动了。”

“咖啡挺好的，是吧？”

“非常好。”

“我会煮咖啡。我就感觉您会需要咖啡，所以自己动手煮了。跟欧仁妮平时搞的黑汤水有些不同，是吧？”

“根本没法比。您是煮咖啡的大师。”

韦贝尔上了车。他发动车子，从车窗里探出脑袋。“真不用我很快地捎您一程？您肯定累得要死了。”

跟一头海狗似的，拉维奇心不在焉地想。他就跟一头身强体健的海狗一样。但那又怎样呢？我怎会突然想起来这个？总是一心二用是怎么回事？“我不累，”他说，“我喝了咖啡，很是清醒。您好好睡吧，韦贝尔。”

韦贝尔笑了。他的牙齿在黑色的髭须下面闪闪发光。“我不睡觉了。我要去我的花园里干点儿活。要种郁金香和水仙花。”

郁金香和水仙花，拉维奇想。长在精心丈量过的花田里，还有整洁的石子路纵横其间。郁金香和水仙花——春日里桃色和金色的暴风。“再见，韦贝尔，”他说，“剩下的事都归您照管了。”

“自然了。晚上我再给您打电话。酬金可能很低，可惜。都不值一提。那姑娘很穷，好像也举目无亲。我们再看看吧。”

拉维奇做了一个拒绝的手势。

“她交给了欧仁妮一百法郎。看样子她就只有这些了。那您就得到二十五法郎。”

“好了，好了，”拉维奇不耐烦地说，“再见，韦贝尔。”

“再见。明天早上八点见。”

拉维奇慢慢地沿着劳里斯顿街走。这要是夏天，他现在就会去布洛涅森林[①]里随便找个地方，在凳子上坐着晒清晨的太阳，什么都不想，就盯着水和绿色的树林看，直到紧张感消退，然后再坐车回酒店，躺下睡觉。

他进了布瓦西埃街转角处的一家小酒馆。几个工人和货车司机站在吧台前。他们在喝热乎乎的黑咖啡，拿布莉欧面包蘸咖啡。拉维奇专注地看了他们一会儿。那是一种安稳简单的生活，可以牢牢握在手里，可以亲手打造，晚上一身疲惫，有晚饭和老婆，再沉沉地睡一宿无梦的觉。

“来杯樱桃酒。”他说。

那垂死的姑娘右脚上戴了一根廉价的包金细链子——只有当人年轻感性又没有品位的时候，才会干出这类无聊事。这链子上面有块小金片，上面写着“夏尔，海枯石烂”，链子是围着脚打造的，让人取不下来；这链子述说着一个故事，讲的是塞纳河畔树林里的一个个周日，讲的是恋爱和愚蠢的青春，讲的是讷伊什么地方的某个小首饰匠，讲的是九月一间阁楼里的几个夜晚——然后就突然再不归来、等待、恐惧——夏尔，海枯石烂，却再无音讯，有个女友知道一个地址，某个地方的接生

---

① 位于巴黎西部的森林公园。

婆，铺了张油布的桌子，撕裂的痛苦，还有血，血，老太婆惊慌失措的脸，两只胳膊匆匆把人推进一辆出租车，好把人家摆脱掉，一个又一个在痛苦和躲藏中度过的日子，终于有人来接了，医院，最后一百法郎在滚烫汗湿的手里揉成一团，然后，太晚了。

收音机开始发出呕哑的声音。一支探戈曲，一个鼻音很重的嗓音伴着音乐唱起愚蠢无聊的歌词来。拉维奇突然发现自己又把那场手术从头到尾过了一遍。他审视每一个操作。要是早几个钟头或许还有机会。韦贝尔是让人打电话了。他那时不在酒店里。这一来那姑娘只得死去了，因为他在阿尔玛桥那边无所事事地游荡。韦贝尔自己做不来这样的手术。偶然会导致这样的疯狂。戴着金链子的脚软绵绵地朝里面扭着。“上我的船吧，满月当空照。”小酒馆的机器男高音用假声刺耳地唱着。

拉维奇付账走了。他在外面拦了一辆出租车。“去奥西里斯。”

奥西里斯是一家很大的平民妓院，里面有个很大的埃及风格酒吧。

“我们正要打烊呢，”门房说，“没人了。”

“没人了？”

“只有罗兰德太太。小姐们都走了。”

“好的。”

门房在石头地面上厌烦地跺了跺他穿着套鞋的脚：“您不想留着那辆出租车吗？一会儿再叫一辆可没那么容易了。这儿关门了。”

“您已经跟我说过一遍了。我会再叫到车的。”

拉维奇往门房胸前的口袋里塞了包烟，然后穿过狭窄的门，走过衣帽间，进了大厅。酒吧里空荡荡的；跟往常一样，看上去就像是结束了一场小市民版的希腊宴饮——地上是一摊摊泼洒出来的酒污，还有几把翻倒的椅子和烟头，空气中弥散着一股烟草、甜丝丝的香水和人味儿。

“罗兰德。”拉维奇说。

她站在一张桌子前，桌上放了一堆粉红色的绸缎内衣。“拉维奇，”她说道，并不吃惊，“很晚了。你想要什么？——要个姑娘还是要喝点儿什么？还是两样都要？”

“伏特加。波兰的。”

罗兰德拿来酒瓶和一个杯子。“你自己倒吧。我还得整理要洗的衣服。洗衣店的车马上就来了。要是不什么都记录下来，那帮人就像一群喜鹊一样偷东西。说的是司机，明白吗？拿去当礼物送给他们的姑娘。”

拉维奇点点头。“放音乐吧，罗兰德。放大点儿声。”

“好。”

罗兰德打开开关。音乐在高大的空屋子里像一场风暴般轰响起来。

“太吵了吗，拉维奇？”

“不吵。”

太吵了？什么太吵了？只有一片沉寂，这沉寂让我们就像身处于一片真空之中，破裂成碎片。

“完事了。”罗兰德来到拉维奇的桌边。她生得很结实，长着一张明净的面孔和一双沉静的黑眼睛。她身上那条禁欲的黑裙子表明了她监管者的身份，把她跟那些几乎赤身裸体的妓女区分开来。

“陪我喝点儿吧，罗兰德。”

“好。”

拉维奇从吧台拿了个杯子，往里面倒上酒。酒杯半满之后，罗兰德把瓶子按住。“够了！我喝不了的。”

“半满的杯子，看了就讨厌。喝不了的就剩着吧。”

“为什么？那可是浪费。”

拉维奇抬头看着她。他看着那张可靠又理智的面孔，露出笑容。“浪费！法国人老是惧怕这个。为什么要节省呢？靠你也省不了什么啊。”

“这儿是做生意的。这就不一样了。”

拉维奇笑了。“让我们为此干一杯！要是没有生意场上的道德，这世界该是个什么样！剩下一堆罪犯、理想主义者和懒汉。”

“你需要一个姑娘，”罗兰德说，“我可以给吉吉打电话。她可好了。二十一岁的姑娘。”

“哦。也是二十一岁。今天我听不得二十一岁，”拉维奇又把杯子倒满，“罗兰德，你睡着之前会想什么？”

“一般什么都不想。太累了。”

“如果你不太累呢？”

“想图尔。”

“为什么呢？”

“我有个姨妈在图尔有座房子，开了家店。我给这店交了两笔按揭。她死了之后——她七十六岁了——房子就归我了。到时候我要把那里改成一家咖啡馆。浅色的墙上要有花朵的图案，要有一个小乐队，乐队里有三人：钢琴、小提琴、大提琴；后面要有个吧台，小巧精致。房子在一片挺好的城区里。我想，花九千五百法郎就能把这些都布置好，甚至能加上窗帘和电灯。然后我还得留五千法郎当储备金，给最开始那段时间准备着。自然还有二层和三层的房租钱。我就想这些。”

“你是在图尔出生的吗？”

“是的。但谁都不知道我后来去了哪儿。如果将来生意做得好，也不会有人在乎我去过哪儿。有钱遮万丑。”

“不是万丑。但也能遮住很多事情。”

拉维奇感觉眼睛后面很沉重，这让他的声音都慢了下来。“我看我已经喝够了，”他说着从兜里抽出几张钞票来，“你要在图尔结婚吗，罗兰德？”

“不会马上结婚。但过几年就结。我在那儿有个男友。”

“你偶尔也会去那边吗？”

“很少去。他有时候给我写信。当然是寄到另外一个地址。他结婚了，但他妻子进了疗养院。得了肺结核。最多还剩一两年，医生这样说的。之后他就自由了。”

拉维奇站起来。“上帝保佑你，罗兰德。你是有健全人的理智的。”

她毫无疑虑地笑了。她觉得他说对了。她明净的脸上没有一丝疲惫。这张脸上精神焕发，就好像她刚刚起床一般。她知道自己想要什么。生活对于她没有秘密。

外面天色已经很亮了。雨停了。街角的男公厕就跟一座座小炮塔一样耸立。门房已经不见踪影。黑夜散去，白昼开始，一群又一群行色匆匆的人拥向地铁入口——就仿佛那都是地洞，这些人要跌入其中，把自己奉献给一位幽暗的神祇。

女人从沙发上惊跳起来。她没有叫喊——她只是惊起，轻轻地、压抑地出了一声，她用胳膊肘撑住自己，发起呆来。

“别慌，别慌，”拉维奇说，“是我，几个小时以前是我把您带到了这里。”

女人松了口气。拉维奇看她看得不太清楚；开着的电灯光跟从窗外爬进来的晨光混在一起，成了一种白中透黄的病态的光。“我看现在我们可以把灯关上了。”他说着，关上了开关。

他又感觉到醉意在额头后面轻轻地捶打。“您想吃早饭吗？”他问。他本来把这女人忘了，后来取钥匙时又觉得她已经走了。他挺想把她甩掉的。他喝得够多的，意识的背景已经变换了，吱嘎作响的时间链条也断裂了，种种记忆和幻梦猛烈袭来，狂妄无畏地把他包裹住。他想一个人待着。

“您喝咖啡吗？”他问道，“这儿的东西就数咖啡好。”

女人摇头。他细细地打量她。“出什么事了吗？有人来过吗？”

“没有。”

“但肯定是出了什么事啊。看您盯着我，就像见了鬼一样。”

女人动了动嘴唇。“是气味。”过了一会儿，她说。

“气味？”拉维奇不解地重复了一遍，“伏特加没有气味。樱桃酒和白兰地也一样。烟您自己也抽。这有什么吓人的？”

“我不是说这些……”

“老天啊，那是什么？”

“那是同一种……同一种气味……”

“我的天，那就是乙醚味，”拉维奇说，他突然想起来了，“是乙醚吗？”

她点头。

“您是做过手术吗？”

“没有……只是……”

拉维奇不再留意听了。他打开窗子。“很快就没了。您可以先抽支烟。”

他走进浴室，打开水龙头。他看着镜子里面自己的脸。几个小时以前他也这样站在这里。这几个小时里有个人死了。但那算不了什么。每一瞬间都有千万人死去。有这样的数据。那算不了什么。但对于那一个死去的人来说，那就是一切，比继续转动下去的整个世界都重要。

他在浴缸的边沿坐下，把鞋脱了。这些都是一成不变的。

物品，还有它们无声无息的束缚。无数鸡毛蒜皮的琐事，无论如何飘忽不定，脱离常轨，陈腐平庸的习惯挥之不去。身处爱的江河湖海旁繁花似锦的心之岸——但不管你是什么人，是诗人、半神还是白痴——每隔几个小时还是不得不从自己的天堂里回来撒尿。这是你逃不掉的！这是自然的讽刺。浪漫的彩虹挂在腺体反射和消化系统的蠕动之上。让人迷醉销魂的器官同时也被设为排泄器官，简直是恶魔所为。拉维奇把鞋子扔到角落里。脱鞋脱衣，可恶的习惯！就连这习惯也是无法摆脱的。只有那些独自生活的人才能理解这些。这习惯里包含了某一种令人作呕的顺从，要人把自己拱手献出。他就常常穿着衣服睡觉，为的是摆脱这种习惯；但那无非是推延一下。习惯是摆脱不了的。

他开始淋浴。凉水从他的皮肤上流过。他深深地呼吸，把自己擦干了。有些微小的事物会带来安慰。水、呼吸、晚间的雨。知道这些的也只有那些孤独的人。还有值得感谢的皮肤。轻快地奔涌在幽暗的管道中的血液。躺在草地上。桦树。夏日白色的云。少年时代的天空。心灵的这些奇遇都到哪里去了呢？被生命中的种种惊险扼杀了。

他回到房间里。女人蜷缩在沙发一角，毯子被她拉了起来，裹在自己身上。

“冷吗？”他问道。

她摇头。

“害怕？”

她点头。

“怕我？”

“不是。”

“怕外面？”

“对。”

拉维奇关上窗户。

“谢谢。”她说。

他看着面前的那段脖颈。肩膀。某个在呼吸的东西。一小团陌生的生命——但也是生命。温暖。不是僵硬的躯体。除了些许温暖之外，我们还能给自己什么呢？温暖之外还有什么呢？

女人动了动。她在颤抖。她注视着拉维奇。他感觉心潮逐渐平息。那种深邃的冷漠轻飘飘地来了。内心的激动过去了。辽远的距离感来了。就仿佛他在一个陌生的星球上度过一夜后被领了回来。突然间一切都变得简单了，早晨，那女人——没什么需要想的了。

“来。”他说。

她呆滞地盯着他。

“来。”他不耐烦地说。

三

他醒来，感觉有人在观察自己。女人已经穿上了衣服，坐在沙发上，却没在看他；她望着窗外。他本盼着她早就走了。见她还没走，他不太舒服。他受不了早上有人在身边。

他考虑着是否应该试着再睡会儿，但想到她可能会观察他，他又睡不着。他决定赶快把她甩掉。如果她在等着给钱，那倒是很简单。就算不要钱也挺简单的。他坐起身来。

“您起床很久了吗？”

女人吓了一跳，转过身来。“我睡不着了。不好意思，我把您吵醒了。”

“您没有把我吵醒。”

她站起来：“我本来打算走的，不知为什么还坐在这里。”

“等一下。马上就好。您还得吃顿早饭呢。喝喝这酒店著名的咖啡。这点儿时间我们两个还是有的。”

他站起来，按了下铃，接着走进浴室。他看出女人用过了浴室；但一切都被整整齐齐地重新归位了，就连用过的毛巾都放回去了。他刷牙的时候听到女佣拿着早餐来了。

他加快了速度。

“有些为难吗？”他出来后问道。

“什么？”

“女佣看到您了。我倒没想过这些。”

“没什么。她也没有吃惊。”女人看了看托盘。拉维奇什么都没说，女佣就给送来了两人份的早餐。

"肯定不会吃惊。正因如此我们才来巴黎的。来，您的咖啡。您头疼吗？"

"不疼。"

"好。我有点儿头疼。不过等一个小时就会好的。这儿有布莉欧面包。"

"我什么都吃不下。"

"怎么吃不下，您吃得下。您只是觉得自己吃不下。只管吃些试试。"

她拿起一个布莉欧面包，接着又重新放下了。"我真的吃不下。"

"那就喝咖啡，再抽支烟。来顿士兵的早餐。"

"嗯。"

拉维奇吃起来。"您还不饿吗？"过了一会儿后，他问道。

"不饿。"

女人把烟按灭了。"我想——"她说着又不出声了。

"您想什么？"拉维奇漠然地问。

"现在我该走了。"

"您知道怎么走吗？这里是在瓦格兰大街旁边。"

"不知道。"

"您住在哪里？"

"凡尔登酒店。"

"离这儿就几分钟。到外面我可以给您指路。反正我也会把您送到门口。"

"嗯——但不是这个——"

她又不说话了。钱，拉维奇想。钱，每次都是。"您要是手头紧张，我帮您一把很容易。"他把钱包拿出来。

"别这样！这是干什么？"女人生硬地说。

"没什么。"拉维奇把钱包重新放回去。

“抱歉——”她站起来，“您真是——我必须谢谢您——不然的话——夜里——我自己一个人都不知道——”

拉维奇突然明白过来，这是怎么一回事。她要是对他提什么要求，他就觉得好笑了——但她感谢他倒是始料不及的，这让他更不自在了。

“不然我确实不知道该怎样。”女人说。她仍然犹豫不决地站在他面前。她为什么还不走？他想。

“可现在您知道了——”他说，因为不能不说点儿什么。

“不知道，”她坦率地看着他，“我仍然不知道。我只知道必须得做些什么。我知道自己不能逃走。”

“那已经很多了，”拉维奇拿起大衣，“我现在带您下楼。”

“没必要。您只要告诉我——”她犹豫起来，搜肠刮肚地考虑要说的话，“您或许知道——如果——必须做些什么——”

“如果什么？”过了一会儿后，拉维奇问道。

“如果有人死了。”女人一口气说了出来，然后突然崩溃了。她哭了，没有抽泣，只是哭，几乎没有声响。

拉维奇等待着，直到她平静一些。“有人死了吗？”

她点头。

“昨天晚上吗？”

她又点头。

“是您杀的吗？”

女人盯着他。“什么？您说什么？”

“是您干的吗？既然您问我应该做什么，您就得告诉我。”

“他死了！”女人叫道，“突然就死了——”

她捂住脸。

“他病了吗？”拉维奇问道。

“是的。”

“你们有医生吗？”

“有——但他不想进医院——”

“医生昨天来了吗？”

“没来。三天以前来了。他把他——他把医生骂了，让人家不要再来了。”

“后来你们没再找其他医生？”

“我们不认识别的医生。我们才在这里待了三周。这一个是服务员帮我们找来的——他又不想用这医生了——他说——他觉得不要医生更好——”

“他得了什么病？”

“我不知道。医生说是肺炎——可他不信——他说所有医生都是骗子——昨天他的病也好一些了。结果突然间——”

“您为什么不把他送进医院？”

“他不想去——他说——他——说他一走开，我就会给他戴绿帽——他——您不知道他这人——根本没有办法。”

“他还躺在酒店里吗？”

“对。”

“您跟酒店老板说过出了什么事吗？”

“没有。他突然间安静了之后——一切都太静了——他那双眼睛——当时我再也忍受不了了，就走开了。”

拉维奇回想着昨夜。一时间他有些尴尬。但事情已经发生了，也就无所谓了，无论对于他还是对于女人都无所谓了。特别是对于女人。这一夜，一切对于她来说都是无所谓的，重要的只有那一件事：她挺过来了。生活中不只有感伤的调解。拉维涅听说自己妻子去世的那一夜是在妓院里度过的。妓女们把他救了；如果跟教士在一起他可能就挺不过来了。这些事情，懂的人自然懂。没有什么好解释的。但这一来他就肩负起责任。

他拿起大衣。“来吧！我跟您一起去。那是您的丈夫吗？”

“不是。”女人说。

凡尔登酒店的老板是个胖子，脑袋上一根头发也没有了，却留了两道染成黑色的小胡子，还长着又黑又浓的眉毛。他站在门口，身后跟着一个服务员、一个女佣和一个胸部干扁的女出纳员。毫无疑问，他已经知晓了一切。确实，一看到女人进来，他马上就大发雷霆，一张脸骤然变了色，两只肥胖的小手挥来挥去，把种种恼怒、愤慨以及——如拉维奇所见——宽慰之情搅和在一起，喷发出来。当他扯到警察、外国人、犯罪嫌疑人和监狱时，拉维奇打断了他的话。

“您是普罗旺斯人吗？”他平静地问。

店主人停下来了。“不是。怎么了？”他惊讶地问。

“没什么，”拉维奇回答说，“我只是想打断您。提一个完全没有意义的问题效果最好。不然您还要再说一个钟头。”

“先生！您是谁！您想干什么？”

“这是您至今为止说的第一句理智的话。”

店主人镇定下来。“您是谁？”他问话时平静了些，谨慎起来，毕竟，无论如何也不能得罪某个大人物。

“我是医生。”

店主人觉得没有危险了。“我们这儿不需要医生了，”他再次爆发，“我们这儿需要的是警察。”

他盯着拉维奇和女人。他期待看到恐惧、抗议和请求。

“不错的想法。那警察怎么还没来呢？您可是好几个钟头前就知道那男人死了啊。”

老板什么都没说。他只是继续愤怒地瞪着拉维奇看。

“我就告诉您吧，”拉维奇朝他走了一步，“这是因为您不想搞出大事来，为了您的客人。要是听说这么一件事，好多人就会搬走。但警察会来的，这是法律规定的。要想把这事弄得不太引人注目，只看您自己。您担心的也根本不是这个。您害怕人家偷偷跑了，把所有事都留给您收拾。没必要担这个心。另外，您也不用担心您的账单。会付您钱的。现在我想去看看死者。之后我会把剩下的事都安排好的。”

拉维奇从店主人身边走过去。“几号房间？”他问女人。

“十四号。”

“您不用跟来。我一个人就行。”

“不。我不想待在这里。”

“您别再去看了，那样会容易一些。”

“不。我不想待在这里。”

“好。随便您。”

房间很是低矮，朝着街道。门口簇拥着几个女佣、小厮和服务员。拉维奇把他们推到一边。房间里有两张床；靠墙的那张上躺着那个男人。他脸色蜡黄，浑身僵硬，就像是教堂里的蜡人，一头乱七八糟的黑发，穿着一件红色的丝绸睡衣。他的双手叠在一起，旁边的床头桌上立着一个木头做的廉价小圣母像，圣母脸上有口红的痕迹。拉维奇把圣母像拿起来，它背后印着“德国制造”。拉维奇看着死者的脸；男人的嘴唇上没有涂口红。他看上去也不像涂口红的人。一双眼睛半睁着，其中一只比另一只睁得更大些——让这副躯体有了种冷漠的神色，它仿佛凝固成了一份永恒的无聊。

拉维奇向躯体弯下腰。他仔细看了看床边桌上的瓶瓶罐罐，又检查了躯体。没有一丝遭受暴力的痕迹。他直起身子。“来过这儿的那个医生叫什么？”他问女人，“您知道他叫什么吗？”

“不知道。”

他看着她。她脸色十分苍白。“您在那边坐一下吧。到那角落里的椅子上去。您就坐那儿别动。那个服务员在吗，给您找医生的那个？”

他朝门口那些面孔望去。每张脸上都是同样的神色：恐惧和贪婪。“管这层的是弗朗索瓦。”一个女清洁工说，她手里握着一把扫帚，就像攥着一把长矛。

“弗朗索瓦在哪儿？”

一个服务员从人群中钻过来。“来过这儿的那个医生叫什么？”

“伯奈。夏尔·伯奈。”

“您有他的电话号码吗？”

服务员把号码翻出来。“帕西区，2743。”

“好，”拉维奇看到店主人的脸也冒了出来，“我们现在要把门关一下。还是说，你们希望连街上的人也进来？”

“不希望！出去！都出去！你们到底干吗跟这儿瞎站着，偷懒混工时？我付过你们钱的。”

店主人把雇员们赶出去，又把门关上。拉维奇拿起电话。他把电话打给韦贝尔，跟他谈了一会儿。接着他又拨了那个帕西区的号码。正是伯奈的门诊时间。伯奈证实了女人的话。“那人死了，”拉维奇说，“您能不能过来一趟，开具死亡证明？”

“那男的把我赶走了。用的是最侮辱人的方式。”

“他现在不会再侮辱您了。”

“他没付我的出诊费。还管我叫贪得无厌的江湖郎中。”

“您要不要过来一趟，好让人把账付给您？”

“我可以让别人过去。”

“最好您自己过来。不然您永远得不到您的钱。”

“好，”伯奈犹豫了一会后说道，“但交钱之前我什么都不签。一共三百法郎。”

“很好。三百法郎。会给您的。”

拉维奇挂上电话。“抱歉，不得不让您听到这些，”他对女人说，“只能这样办。我们需要那个医生。”

女人已经拿出了几张钞票。“没关系，”她回答说，“这种事对我并不新鲜。给您钱。”

“您先拿着钱等着。他马上就来。之后您可以把钱给他。”

“您自己不能开具死亡证明吗？”女人问。

“不能，”拉维奇说，“得要一个法国医生。最简单的做法就是找那个给他看过病的。”

伯奈出去又关上门后，突然间一下子静了下来。寂静得一点儿也不像是只有一个人离开房间。街上的汽车声都变得空洞起来，仿佛这声音猛地撞到一堵浓重的空气墙上，只得一点点地从这墙中渗过去。前一小时的纷纷扰扰结束后，死者现在第一次有了存在感。他那充满威严的沉默充斥着这简陋的房间，无论他是否穿着那身闪闪发光的红绸缎睡衣都是一样的。他主宰一切，就算是个小丑，只要死了都能主宰一切——因为他不再动了。只要是活着的都会动——只要动，就可能孔武有力、妩媚动人或者滑稽可笑——但不会有那种陌生的威严，那种威严只归那些不再活动、只会腐朽的东西所有。只有已完满者才具备这威严——而人只能在死亡中完满——也只能短暂地完满一会儿。

“你们没有结婚吗？”拉维奇问。

“没有。怎么了？”

“法律。遗物。警察会来把属于您和他的东西列成一张清单。归您的您可以留下。归他的就会被警察扣留。等着他的亲属找上来。他有亲属吗？”

“不在法国。”

“您跟他一起生活？”

女人没有回答。

“很久吗？”

“两年。”

拉维奇环顾四周。“你们没有箱子吗？”

“有——之前在这儿的——应该在那里，墙那边。昨天晚上还在的。”

“啊哈，好个店主人。”拉维奇打开门。拿着扫帚的清洁工猛地后退。“老妈妈，”他说，“这么大岁数了，还这么好奇。您叫店主人来。”

清洁工想要抗议。

“您说得对，”拉维奇打断她，“您这把岁数，也就剩下点儿好奇心了。但还是请您叫店主人来。”

老太婆嘟嘟囔囔地说了什么，把扫帚往前一推，走开了。

“真是抱歉，”拉维奇说，“可也没有办法。或许显得很粗暴吧，但我们最好还是马上就把事情办了。即便您可能眼下还无法理解，这样做还是简单一些。”

“我理解的。”女人说。

拉维奇看着她。“您理解？”

“对。”

店主人进来了，手里拿着一张纸条。他没有敲门。

“箱子呢？”拉维奇问道。

“先把账单付了。给。首先把账单付了。”

“先把箱子拿来。目前为止，谁都没说过不付账单。这房间现在还出租着呢。下次您进来前要敲门。把账单拿过来，然后让人把箱子拿来。”

店主人愤怒地盯着他。“钱会给您的。”拉维奇说。

老板离开了，出去后甩上了门。

“钱在箱子里吗？”拉维奇问女人。

“我——不在，我觉得不在。”

“您知道在哪里吗？在他的外衣里？还是说没钱了？”

“他的钱放在钱包里。”

“钱包呢？”

“在——”女人吞吞吐吐地说，“他一般放在他的枕头底下。”

拉维奇站起来。他小心翼翼地把枕头连同死者的脑袋一起搬起来，从底下拿出一个黑色的皮夹。他把皮夹交给女人。“您把钱拿出来，所有您觉得重要的都拿出来。快点。没时间伤感了。您得活下去啊。这些还有什么别的用处呢？您想让它在警察局里发霉吗？”

他朝窗外望了一分钟。有个卡车司机正在街上骂一个赶了辆驾了两匹马的运菜车车夫。卡车司机仗着沉重的马达赋予他的满满优越感辱骂那个马车夫。拉维奇转过身。“好了吗？”

“好了。”

“把钱包给我拿回来。”

他把钱包推到枕头底下，感觉钱包比之前瘪了一些。“把东西都放到您的手提包里。”他说。

她顺从地照办了。拉维奇拿起账单，从头到尾看了一遍。“您在这儿之前付过账单了吗？”

“我不知道。我觉得付过。”

“这是两周的房钱。之前……”拉维奇犹豫了一下。他感觉称死者为拉钦斯基先生有些怪。“之前的账单总是按时支付吗？”

“是的，总是按时支付。他常常说——在他这种境况下，只要是必须付的，就一定按时付账，这么做是很重要的。”

“这店家真是无赖！您觉得上一张账单可能在哪里？”

有人敲门。拉维奇忍不住露出笑容。酒店小厮把箱子搬过来了。店主人跟在他身后。“就这些吗？”拉维奇问女人。

“是的。”

“自然就这些了，”店主人嘟囔道，“您想什么呢？”

拉维奇拿起一个小箱子。“您有这个的钥匙吗？没有？钥匙可能在哪儿呢？”

“在柜子里。他的西服里。”

拉维奇打开柜子，里面是空的。“怎么回事？”他问店主人。

店主人转向男佣。“怎么回事？”他吼道。

“西服拿到外面去了。”男佣结结巴巴地说。

“为什么？”

“拿去刷洗。”

“现在可能用不着了。”拉维奇说。

“马上拿进来，该死的贼。”店主人呵斥道。

用人奇怪地看了他一眼，还眨了眨眼睛，走了。下一刻他就拿着西服进来了。拉维奇摇了摇上衣，然后摇晃了下裤子。裤子里叮当作响。拉维奇犹豫了片刻。把手伸进一个死去的男人的裤兜里，真是奇怪。而想这些也真是奇怪。西服就是西服而已。

他把钥匙拿出来，打开箱子。最上面是一个帆布做的文件袋。“是这个吗？”他问女人。她点头。

拉维奇马上就找到了账单。账单已经签收了。他把它拿给店主人看。“您多算了一周的。”

“那又怎样？”老板反咬一口，“还有我这一肚子气呢？这烂摊子呢？惹来的骚动呢？这都不算数了吧，是不？我这儿大动肝火，这是不是都算在账里面了，是不？您自己也说了，客人们会搬走！这损失要高得多了！还有床呢？还得拿硫黄熏一遍的房间呢？弄脏了的床单呢？”

“床单写在账单上了。此外还有一顿二十五法郎的晚餐，说是他昨天晚上吃的。你们昨天吃了什么东西吗？”他问女人。

“没有。但能不能让我直接把钱交了？这些——我想赶快把事情解决了。”

赶快解决，拉维奇想到。这话我们熟悉。接下来——死寂和死者。沉默一棍棍砸下来。还是这样好——即便这样令人恶心。他从桌上拿起一支铅笔，算了算，然后把账单还给店主人。

“同意吗？”

老板往最终的数字上看了一眼。“我还没发疯吧？”

“同意吗？”拉维奇又问了一遍。

“您到底是谁？您跟这儿掺和什么？”

“我是当哥哥的，”拉维奇说，“同意吗？”

“再加上百分之十的服务费和税费。一口价。”

“好，”拉维奇把这个数目加上，“您需要付二百九十二法郎。”他对女人说。

她从包里拿出三张一百法郎的票子，交给店主人，店主人接过钱，打算走了。“六点以前房间必须清干净了。不然就多算一天的钱。”

“找八法郎回来。”拉维奇说。

“还有门房呢？”

“我们自己交他钱。小费也会给。”

店主人闷闷不乐地往桌上放了八法郎。“下贱的外国人①。”他嘟哝着离开房间。

“有些法国酒店主的尊严就是对外国人的仇恨，但没有外国

① 原文为法语。

人他们又活不了。”拉维奇注意到用人还站在门口，一脸想要小费的样子。“给——”

男佣先是仔细看了看那张票子。“谢谢先生[1]。”然后他说着走了。

“现在还要让警察过来，然后就可以让警察把他带走了。”拉维奇说，注视着女人。她静静地坐在角落里，在几个箱子之间，沐浴在无声降临的黄昏中。“人一死，就变得非常重要——活着的时候，谁都不会在乎。”他又看了眼那女人。“您不想下楼去吗？楼下肯定有个写字间之类的地方。”

她摇头。

“我可以跟您一起去。我有个朋友要过来，来解决警察那边的事情。他是韦贝尔医生。我们可以在底下等着他。”

“不。我想在这里待着。”

“您什么都做不了。您为什么要待在这里？”

“我不知道。他——不会再在这里待很久了。我又常常——他跟我在一起不开心。我常常不在。现在我要待在这里。”

她静静地说了这些，没有感伤之意。

“这些他不会再知道了。”拉维奇说。

“我说的不是这个——”

“好。那您要在这里喝点儿什么。您需要喝东西。”

拉维奇没等她回答。他按铃。服务员马上就来了，速度快得惊人。“拿两大杯干邑白兰地来。”

“拿到这儿来？”

“是啊。不然拿哪儿去？”

“很好，先生。”

服务员拿来两个杯子和一瓶拿破仑干邑。他往屋角看了一

① 原文为法语。

眼，那里那张床在暮色中闪着白光。“用开灯吗？”他问。

“不用。但您可以把瓶子留下。”

服务员把托盘放在桌上，又朝着床看了一眼就走了，走得能多快有多快。

拉维奇拿起瓶子，把两个杯子倒满酒。“喝了吧，对您有好处。”

他等着女人拒绝，然后自己不得不劝她喝。但她毫不迟疑地把一杯酒喝光了。

“那几个不归您的箱子里，还有没有重要的东西？”

“没有。”

“您想留下的东西呢？您觉得有用的？您不想检查一遍吗？”

“不用。里面什么都没有。我知道的。”

“小箱子里也没有？”

“也许吧。我不知道他在里面放了些什么。”

拉维奇把箱子拿过来，放到窗前的一张桌子上，把它打开。几个瓶子，一些内衣，几个笔记本，一个装着水彩的盒子，几支画笔，一本书，一个侧兜里放着那个帆布文件袋，绵纸里裹了两张钞票。他把钱拿到光亮处。“这儿有一百美元，”他说，“您拿着吧。靠这些可以过活一段时间了。我们把这个箱子放到您的箱子那边。说这是归您的也完全可以。”

“谢谢。”女人说。

“您可能现在觉得这一切都很讨厌。但这些事必须要做。这对您很重要。这样您可以多撑一段时间。”

“我不觉得这些讨厌。只是我自己干不了这些。”

拉维奇把杯子倒满酒。“这一杯也喝了吧。”

她慢慢地把一杯酒喝光。“好些了吗？”他问。

她看着他。“没有好些也没有坏些。什么都没有。”她坐在暮光中，身影不甚清晰。一块霓虹灯招牌的红光偶尔从她脸上和手上倏忽而过。“只要他在这里，”她说，“我就什么都想不了。”

救护车上的两个帮工把被子拉下去，又把担架放在床边。随后他们把躯体抬到担架上面。他们干得很快，一副公事公办的样子。拉维奇紧挨着女人站着，以防她突然晕过去。帮工把躯体盖上之前，他弯腰从床头柜上拿起木头做的小圣母像。“我想这是您的，”他说，“您不想留着吗？”

“不想。”

他把小像交给她。她没有拿。他打开小箱子，把它放进去。

帮工往尸体上盖了一块布。接着他们把担架抬起来。门很窄，外面的走廊也不宽。他们试着穿过去，但走不过去。担架碰到门上了。

“我们得把他搬下去，”较为年长的那人说，“抬着他，我们就转不过弯去。”

他看着拉维奇。“来吧，”拉维奇对女人说，“我们可以在楼下等着。”

女人摇头。

“好，”他对帮工说，“需要干什么就干什么吧。”

两人抓着尸体的双脚和双肩，把它抬起来，又放到地板上。拉维奇想要说什么。他看了看女人。女人一动不动。他不说话了。帮工把担架抬出去。然后他们在暮光中回来，把尸体抬进灯光昏暗的楼梯。拉维奇跟在他们身后。他们只得把尸体举得很高，这样才能走台阶。他们的脸涨得发红，在重压之下汗水淋淋，死者在他们头顶上晃晃悠悠。拉维奇目送着他们走到楼下，然后回屋去。

女人站在窗边，正在看着窗外。街上停着那辆车。帮工正把担架往车里推，就像面包师把面包推进炉子里一样。随后，他们爬到座位上，马达轰响起来，就好像有人从地下吼了一声，接着车子猛地急转弯，转过了拐角。

女人转过身来。“您早就可以走的，”拉维奇说，“为什么非要看到最后呢？”

“我做不到。我不能在他之前就走了。您明白吗？”

“明白。来吧。我们再喝一杯。”

“不喝了。”

之前警察和救护车来的时候，韦贝尔把灯打开了。现在，尸体没有了，房间显得大了些。大了一些，但也多了种奇特的死气，仿佛尸体离开了，只有死亡留了下来。

“您想留在这酒店里吗？肯定不想吧？”

“不想。”

“您在这儿有熟人吗？”

“没有，谁也不认识。”

“有没有您想去的酒店？”

“没有。”

“这附近有一家小酒店，跟这家差不多，干净又公道。我们可以在那里给您找个地方。米兰酒店。”

“我不能去那家酒店吗？就是那个……去您那家酒店？”

“您说国际酒店？”

“对。我……那里……我现在对那里也有些熟悉了。总比一个完全陌生的地方好。”

“国际酒店不适合女人住。”拉维奇说。就差这个了，他想。住同一家酒店。我又不是护理员。结果呢——她或许以为这人已经有义务照顾她了。有这种人。“我不建议您住那家，”他的语气比想象中生硬，“里面总是人多得住不下。有好多难民。您最好还是去米兰酒店。如果您不喜欢，还可以随时换嘛。”

女人看着他。他感觉她知道自己在想什么，他觉得尴尬。但尴尬片刻，图个往后的清静，还是这样更好。

“好，”女人说，“您说得对。”

拉维奇让人把箱子搬下楼，送进一辆出租车。米兰酒店离这儿就几分钟的路。他租了一间房，跟女人一起上楼。这间房在三层，屋里贴着有玫瑰花饰的壁纸，还有一张床、一个柜子和一张带两把椅子的桌子。

“还可以吗？”他问。

“可以。很好了。”

拉维奇仔细打量那张壁纸。壁纸挺糟糕的。“不管怎样，这儿显得亮堂，”他说，“亮堂又干净。”

“是啊。”

箱子都被搬上来了。“好了，现在您的东西都到了。”

“是啊。谢谢。多谢您。”

女人坐在床上。她的脸一点儿血色都没有，一片苍白。“您应该上床睡觉了。您觉得自己睡得着吗？”

“我尽量睡。”

拉维奇从包里拿出一个铝制的长管小瓶，从里面倒出几片药。“要睡觉可以吃这个。就着一杯水。您现在就要吃吗？”

“不用，过一会儿。”

“好。我这就走了。过几天我再来看您。您尽量睡，睡得越早越好。这儿还有葬仪社的地址，要是非得去就去。不过您不要去。您得顾及您自己。我会来看您的。”拉维奇迟疑了片刻。“您叫什么名字？”他问。

“玛朵。乔安·玛朵。”

“乔安·玛朵。好。我记下了。”他知道自己不会记着，也不会再来看她。但既然他知道这些，就要一直装着样子，“我还是写下来好，”他说着从包里拿出一个处方笺簿，“来——您愿不愿意自己写下来？这样简单一些。”

她把处方笺簿拿过来，写了自己的名字。他看了一眼，把那页纸撕下来，放到大衣的侧兜里。“您快去睡觉吧，”他说，“明天一切都不同了。这话听上去无聊又陈腐，但它是真的；现在您需要的就只有睡眠和一些时间，您需要坚持过那么一段时间。明白吗？”

“嗯，我明白。”

“吃了药就睡觉吧。”

“好的，谢谢。谢谢您做的这一切——真不知道，要是没有您的话，我都干了些什么。真不知道。”

她把手伸给他。这只手很凉，但感觉很坚实。好，他想。她已经下了某种决心了。

拉维奇出去，走到街上。他呼吸着湿润柔和的风。车，人，角落里已经站了几个陌生的妓女，小酒馆，小餐馆，烟草、开胃酒和汽油的气味——飘移不定、飞速奔驰的生命啊。他抬头望着房子的正面。几扇窗户亮着。现在那女人正坐在其中一扇的后面，呆呆地看着前方。他把写着名字的字条从兜里拿出来，把它撕碎扔了。忘却。怎样的一个字眼啊。载满了恐惧、慰藉和茕茕鬼影！谁可以不忘却就活下去呢？但又有谁能把该忘的都忘掉呢？记忆的残渣，把心撕成碎片。直到为之而活的东西全失去了，才可以自由。

他往星辰广场去。一大群人挤满了广场。凯旋门后面开了几盏探照灯。灯光照亮了无名战士墓。墓的上方有一面巨大的蓝白红旗在风中飘舞。这是一九一八年停战二十周年纪念日。

天空乌蒙蒙的，在浮动的乌云前，探照灯的光束给旗帜打出了模糊不清、支离破碎的影子。那里看上去就像是有一面破破烂烂的旗子正沉入越来越深邃的幽暗之中。不知何处有一个军乐队在演奏，乐声微弱空洞。没有人唱歌。人群静默地站着。“停战，”拉维奇旁边的一个女人说，“我丈夫在上一场战争中阵亡了。现在轮到我儿子了。停战。谁知道接下来还有什么——”

四

床头上那张体温表是新的，上面除了名字之外空荡荡的。吕西安娜·马蒂内。肖蒙山丘，克拉瓦尔街。

姑娘枕着枕头躺着，脸色发灰。她前一天晚上做了手术。拉维奇仔细检查了她的心脏，然后直起身来。“好些了，”他说，“输血输出了一个小小的奇迹。如果她能熬到早上，就有希望了。”

“好，”韦贝尔说，“祝贺。之前可不像有希望的样子。脉搏一百四十，血压八十！咖啡因，尼可刹米[①]——真是够险的。”

拉维奇耸耸肩。“没什么好祝贺的。她比那另一个还来得早些。脚上戴着金链子的那个。如此而已。”

他给姑娘盖上被子。“这是一周里第二例了。如果再这样下去，您这儿就成了专治肖蒙山丘堕胎失败病例的诊所了。另外那个不也是那边过来的？”

韦贝尔点头：“对，也是克拉瓦尔街上的。可能还互相认识，可能都是从一个接生婆那儿来的。两人甚至是一个时候来的，都是晚上。幸好我打电话时您还在酒店里。我还以为您出去了呢。”

拉维奇看着他。“人要是住在酒店里，晚上就一般不在那里面，韦贝尔——十一月份的酒店房间算不上什么特别宽慰人心的东西。”

“可以想象。但您到底干吗还一直住在酒店里呢？”

“在里面住得舒服，不那么私人化。是独自居住着，又不那么孤独。”

“您希望这样吗？”

“是啊。”

“换种方式您也可以这样啊。要是去租一间小公寓，一样是可以的。”

“可能是吧。”拉维奇朝那姑娘弯下腰去。

“您不也这么看吗，欧仁妮？”韦贝尔问道。

手术室的护士抬起眼睛。“拉维奇先生永远不会那么做的。”她冷冰冰地说。

“是拉维奇医生，欧仁妮，”韦贝尔纠正道，“他过去是德国一家大医院的主刀医生。比我强多了。”

“在这里——”护士又要顶起嘴来了，还把眼镜扶正。

韦贝尔飞快地示意她打住。“好啦！好啦！我们知道那一套。在我们这儿，国家不认国外的考试。真够蠢的！但您怎么这么清楚他不会租公寓呢？”

“拉维奇先生是一个没有希望的人；他永远不会创建家园的。”

“什么？”韦贝尔惊呆了，“您说什么呢？”

“对于拉维奇先生来说再无神圣可言。这就是原因。”

“说得妙啊。”拉维奇在姑娘的床那边说。

“是有人传过这些话吗？”韦贝尔盯着欧仁妮。

“您只管自己问问他啊，韦贝尔医生。”

拉维奇直起身子。“您一言中的，欧仁妮。不过，假如对我们来说神圣不复存在，那么在我们看来，一切都换了样子，变得更有人情味了，也重新变得神圣起来。我们敬重那些微小的

---

① 又称可拉明，中枢神经兴奋药物，用于治疗呼吸衰竭。

生命火花，哪怕在一条蚯蚓身上生命也会搏动，时时驱着它来到阳光之下。这并非只是个比喻。”

“您打击不到我。您没有信仰，”欧仁妮坚定地把胸前的白色罩衫捋平整，“上帝保佑，我有我的信仰。”

拉维奇伸手去拿他的大衣。“信仰让人容易偏激。因此所有宗教都付出了那么多鲜血的代价，”他直接冷笑了一声，“宽容是怀疑之女，欧仁妮。您那么虔诚，对待我还不是比我这个没有希望的不信神者对您要凶得多吗？”

韦贝尔笑了。“您看您搞的，欧仁妮。别回嘴了。只能越说越糟！”

“我作为女性的尊严——”

“很好！”韦贝尔打断她的话，“那您就继续下去！那样总是好的。我现在可得走了。办公室里还有事要干。来吧，拉维奇。祝您早安，欧仁妮。”

“祝您早安，韦贝尔医生。”

“祝您早安，欧仁妮护士。”拉维奇说。

“祝您早安。”欧仁妮费劲地回答说，而且直到韦贝尔朝她看去，她才开口。

韦贝尔的办公室里塞满了帝政风格的家具；都是白色和金色的，都脆弱易坏。办公桌上方挂着他家房子和花园的照片。纵向的墙边立着一张宽阔时髦的长沙发。如果韦贝尔夜里要在这里待一宿，他就睡在这上面。这家诊所就是他的。

“您想喝什么，拉维奇？干邑白兰地还是杜本内酒？”

“要是您这儿还有咖啡，就咖啡吧。”

“当然有。”韦贝尔把咖啡机放到办公桌上，打开开关。接着他转向拉维奇。“您今天下午能不能替我去趟奥西里斯？”

“当然可以。”

“没问题吗？”

“一点儿问题都没有。我没什么事。”

“好。那我就不用特意再跑一趟了，可以在花园里干干活了。我是想问福逊的，但他休假去了。”

“得了吧，”拉维奇说，“我去干的次数也够多的了。”

“倒也没错。可毕竟——”

“如今就不用再说什么‘可毕竟’了。我是不用再说了。”

“是啊。真是够蠢的，您这样一个有能力的人在这儿都不能正式工作，只能当个非法外科医生躲躲藏藏。”

“韦贝尔啊！这都已经司空见惯了。说到底，所有从德国逃出来的医生都是这样的。”

“那又怎样！多可笑啊！迪朗那些最难的手术都是您做的，倒是让他扬名立万。”

“总比他自己做这些手术好。”

韦贝尔笑了。“我不应该说这些。毕竟我的手术也是您做的。但说到底，我主要是个妇科医生，不是外科专家。”

咖啡机冒出了吱吱的沸腾声。韦贝尔把它关上。他从一个柜子里拿出杯子，倒上咖啡。“有一件事我不理解，拉维奇，”他说，“您到底为什么还住在国际酒店那小破屋里？您为什么不在布洛涅森林附近找一间新公寓租？想买几件便宜家具的话到处都能买。这样您至少可以知道自己拥有什么。”

“是啊，”拉维奇说，“真要那样，我就可以知道自己拥有什么。”

“那您为什么不这么办啊？”

拉维奇喝了一口咖啡。咖啡很苦很浓。“韦贝尔，”他说，“您就是我们这个时代病症的一个出色样例：想得太轻松了。您一边为我只能在这里非法工作而遗憾，一边又问我为什么不租个公寓。”

“这一件事跟那另外一件有什么关系？”

拉维奇不耐烦地笑了。“如果我去租个公寓，就肯定会在警察那儿登记在案。要登记我就得有本护照和一个签证。”

“也对。我没想到这些。那住酒店呢？”

“酒店也一样。不过谢天谢地，巴黎还有几家酒店对登记的事不那么严格，”拉维奇往自己的咖啡里倒了一点儿干邑白兰地，“其中一家就是国际酒店。所以我才住那里。我不知道老板娘是怎么打理的。她肯定是挺有路子的。要么警察确实不知道，要么是她把他们买通了。反正我已经在那住了很久，挺顺利的。”

韦贝尔靠到椅背上。“拉维奇，”他说，“我不知道这些。我还以为您只是不能在这里工作。这情况可真是太糟了。”

“跟德国的集中营比起来已经是天堂了。”

“那警察呢？如果他们以后找上来怎么办？”

“如果他们逮到我们，我们就要蹲几周牢房，再被驱逐出境。一般是逐到瑞士去。如果再逮到就关六个月。”

“什么？”

“六个月。”拉维奇说。

韦贝尔盯着他。“可这怎么可能。这太不人道了啊。”

“我过去也这么想，直到自己受了教训。”

“怎么受了教训？您被逮到过一次了？”

“不是一次，是三次。跟其他几百人一样。一开始我还不知道这些，还在相信所谓的人性。我去西班牙以前——到了西班牙就不用护照了——又学习了实用人性的第二课，从德国和意大利的飞行员那儿学到的。后来我再回到这里时，自然已经什么都明白了。”

韦贝尔站起来。“我的天哪——”他算了下，“那您平白无故地蹲了一年多的监狱。”

“没那么久。只有两个月。”

“怎么会？您可是说过，再犯就要关六个月了。”

拉维奇微微笑了。“如果有经验，就不会再犯。你被驱逐出去时用的是一个名字，换个名字直接回来就行。过境时尽量换个地方。这样就能避免当作再犯。既然我们没有证件，就只有在有人当面认出我们时，才能证明我们是再犯。很少有人当面认出我们。拉维奇已经是我第三个名字了。这名字我用了快两年了。换了它之后从没出过事。这名字似乎能给我带来好运。真是一天比一天更喜欢。我都快把自己的真名忘掉了。”

韦贝尔摇头。“而这一切只是因为您不是纳粹。”

“当然了。纳粹的证件都是第一等的。签证也是应有尽有。”

“我们真是生活在一个美好的世界里啊！政府倒是什么都不管。”

“政府首先有好几百万失业人口不管不行。再说也不只法国是这样。到处都是一样的。”拉维奇站起来，“再见，韦贝尔。过两个小时我再去检查那姑娘的情况。夜里也再检查一遍。”

韦贝尔跟着他走到门口。“我说，拉维奇，”他说，“哪天晚上您来我们家吧。来吃顿饭。”

“一定去，”拉维奇知道自己并不会去，“很快就去。再见，韦贝尔。”

“再见，拉维奇。别不来啊。”

拉维奇进了最近的小餐馆。他在一扇窗户旁边坐下，这样可以看到街上。他很喜欢这样——什么都不想，就坐在这里，看着外面的人们经过。在这里，要打发时间的话，最好的办法就是什么都不干，巴黎就是这样一个城市。

酒保把桌子擦干净，等着下单。“来杯茴香酒。”拉维奇说。

“加水吗，先生？”

“不加。等一下！”拉维奇思考了一下。“不要茴香酒了。”

有种东西必须要濯洗掉。那是一种苦涩的味道。甜丝丝的茴香酒还是不够烈。

“来杯苹果白兰地吧，”他对酒保说，“双份的苹果白兰地。”

“好的，先生。”

是韦贝尔的邀请。里面有这么一丝同情。让人可以有一个晚上身处于家庭之中。法国人很少请朋友到自己家里；他们更愿意在餐厅里请客。他还从没去过韦贝尔家。韦贝尔是好意，但让人忍受不了。面对侮辱可以反抗，面对同情却不行。

他呷了一口苹果白兰地。为何要给韦贝尔讲自己住在国际酒店的原因？没有必要。必须要知道的韦贝尔都知道。他知道拉维奇没有做手术的资格，这就够了。尽管如此还是要雇用拉维奇，那是韦贝尔自己的事。雇了拉维奇他能挣些钱，还能接下那些他不敢自己做的手术。谁都不知道这些——只有他自己和手术室的护士；护士口风又严。迪朗那边也是一样的，只是更讲究一些。如果迪朗要做手术，他会待在病人那儿，直到病人打好麻醉药。然后拉维奇才过来做手术，因为迪朗岁数太大了，做不了这些手术。之后病人醒过来的时候，迪朗又出现在他的床前，一副满心骄傲的主刀医师的样子。拉维奇看到的病人都是蒙着被子的；他只见到病人那窄窄的一道抹了棕色碘酒的身体，就是做手术时要露出来的那一道。他甚至常常不知道自己给谁做了手术。迪朗把诊断书给他，他就上去动刀。他给拉维奇付的薪酬还不到自己靠这场手术挣的十分之一。拉维奇没有意见。这样总比不做手术好。给韦贝尔干活时他们更像是同事。韦贝尔付给他四分之一的薪酬。这样很公平。

拉维奇看着窗外。除此之外呢？此外就没什么了。他还活着，这样就足够了。在这样一个一切都飘忽不定的时代，他无意建造什么注定了很快就会再度崩塌的东西。做事情总比浪费力量要好，力量是唯一一种不可取代的东西。无非是忍耐，忍到什么地方又出现了目标。不断想要在一个正在崩溃的世纪里打造安居乐业的市民生活，就像一只蚂蚁——他已经见过很多人败倒在这上面。这种做法兼具动人之处、英雄气概和可笑之处——而且毫无用处，会让人变得软弱。滚滚而来的雪崩是拦不住的——要是试图拦住，就会被压在底下。最好还是耐心等待，之后再把那些被淹没的挖出来。如果要长途跋涉，必须得轻装前行。在逃亡途中也是一样——

拉维奇看了眼表。该去看吕西安娜·马蒂内了。之后就该去奥西里斯了。

奥西里斯的妓女已经在等着他了。她们虽然会定期让机关指派的医生检查，但老鸨觉得这样还不够。要是有人在她这家妓院里染上了病，她可担当不起，因此她跟韦贝尔达成了协议，让姑娘们每周四再接受一次私人检查。拉维奇有时替他来干这个活。

老鸨把二层的一个房间设为体检室，把这个房间布置了一番。这一年多的时间里没有一个客人在她这家妓院染上了什么病，让她很是骄傲，然而，尽管姑娘们十分小心，之前还是有十七个客人把花柳病带到了这里。

领班罗兰德给拉维奇拿了一瓶白兰地和一个杯子。“我觉得玛尔特有点儿问题。”她说。

“好。我会好好看看她。”

“我昨天就不让她再工作了。她当然不承认。但她的内衣——”

“好的，罗兰德。”

姑娘们一个接一个进来了，身上就穿着衬衣。拉维奇几乎认识她们所有人；这里只有两个新人。

“您不用检查我，医生。”莱昂妮说道，这是一个红头发的加斯科涅姑娘。

“为什么不用？”

“没有客人，一整周都没有。”

“老板娘怎么说？”

“什么都没说。我让人买了好多香槟酒。每天晚上开七瓶。有三个图卢兹来的生意人，都是结了婚的。三人都想干，但彼此间又觉得尴尬。他们都怕要是跟我走了，另外两个回家后就会跟人谈起来。就都喝得烂醉；全都以为自己可以留到最后，”莱昂妮笑了，懒洋洋地在身上挠了挠，“结果留到最后的那个站都站不起来了。”

“好。但我还是要给你检查一遍。”

“无所谓。您有烟吗，医生？”

“有，给你。”

拉维奇做了个切片，又给它染了色。接着他把玻璃片放到显微镜底下。

“您可知我不明白的是什么吗？”莱昂妮一边打量拉维奇，一边说道。

“是什么？”

“您啊，您做着这些事情，还有兴致跟女人睡觉。”

“这个我也不明白。你没问题。下一个是谁？”

“玛尔特。”

玛尔特脸色苍白，身材消瘦，一头金发。她长着波提切利笔下的天使那样的面孔，但说着一口布隆戴尔街的粗话。

“我没事，大夫。”

“很好。我们这就看看。”

“但我真的没事。”

“没事更好。”

罗兰德突然来到屋里。她注视着玛尔特。姑娘不再说话了。她不安地看着拉维奇。他给她仔细检查了一遍。

“可我没事的，大夫。我有多小心，您是知道的。”

拉维奇没有回应。姑娘继续说下去——说得断断续续的。拉维奇做了个切片，检查一番。

“你病了，玛尔特。”他说。

“什么？”她一下子惊跳起来，“不可能。”

“确实是病了。”

她看着他。然后她突然间爆发了——滔滔不绝地咒骂起来：“那猪猡！天杀的猪猡！我一开始就没相信他，这油滑的鳗鱼！还说自己是大学生呢，说这些事情他肯定清楚，医学生嘛，好个骗子！”

“你为什么不注意呢？”

“我注意了啊，但事情太快了，而且他还说，他是个大学生……”

拉维奇点了点头。还是老一套——医学生染上了淋病，又给自己治了治，过了两周，都不复诊一下，就以为自己已经好了。

“这要治多久，医生？”

“六周吧。”拉维奇知道可能要更久一些。

“六周？六周不能挣钱。还要进医院？非得进医院吗？”

“我们再看。以后我们或许可以给你在家看病——只要你保证……”

“我什么都保证！只要不去医院！”

“最开始你必须进医院。只能这样。”

姑娘盯着拉维奇看。所有妓女都害怕医院。那儿管得很严。但也没别的办法。她们要是待在家里，无论保证得多好，都会过不了几天就偷偷出去找男人挣点钱，再给男人都传上病。

“老板娘来支付开销。”拉维奇说。

“可我呢！我呢！六周挣不了钱。我才刚刚分期支付买了一件银狐皮大衣呢。到期不交钱，就什么都没了。”

她哭了。“来吧，玛尔特。”罗兰德说。

“你们以后就不要我了！我知道的！”玛尔特抽泣得更大声了，“之后你们就不收我了！你们再也不要我了！然后我就得站街去。全怪那条狡猾的贱狗……”

“我们会再收你的。你之前干得很好。客人们喜欢你。”

“真的吗？”玛尔特抬起眼睛。

“当然了。先过来吧。”

玛尔特跟着罗兰德出去了。拉维奇目送着她。她大概不会回来了吧。老板娘太谨慎了。她的下一站可能还是布隆戴尔街的廉价妓院。之后就要站街了。然后吸上可卡因，进医院，卖花或者卖香烟。或者，运气好的话，找到一个拉皮条的，挨揍，被人家榨干，最后又被扔出去。

国际酒店的餐厅位于地下。因此住户们管它叫作“地下墓穴”。白天的时候，昏暗的光透过几面厚厚的毛玻璃板照进餐厅，这些玻璃板就是院子的一部分；到了冬天，餐厅就得整天开着灯。这间屋子同时也是吸烟室、写字间、礼堂、会议室和那些没有证件的难民的救命稻草——如果警察来检查，他们可以从这里逃到院子的一间车库里，再从车库逃到对面的街上。

拉维奇跟山鲁佐德夜总会的门房鲍里斯·莫罗索夫坐在

地下墓穴的一个角落里，这个地方被老板娘取名为“棕榈间”；那儿有一棵病恹恹的棕榈种在一个马略卡陶桶里，在一只细脚伶仃的小桌子上苟延残喘。莫罗索夫在巴黎住了十五年。他是一战时期的流亡者，既不愿说自己在禁卫队服过役，也不提自己出身贵胄的俄国人不多，他是其中一个。

他们在下棋。地下墓穴空荡荡的，只有一张桌子旁坐了几个人，这几个人一边喝酒一边大声聊天，每隔几分钟就声势浩大地干一次杯。

莫罗索夫生气地往周围看看。“你能不能给我解释解释，拉维奇，今天晚上这里怎么这么闹腾？这些难民怎么不去睡觉？”

拉维奇笑了。“那边角落里那些难民跟我毫不相干。这是酒店的法西斯小组。”

“从西班牙来的？你也去过那儿吧？”

“去过，但去的是另一边，而且是过去当医生的。这儿这些人是西班牙的君主制拥护者，说白了就是法西斯。这是那群人里剩下的最后几个；其他人早就到那边去了。这些人还有点儿犹豫。他们觉得佛朗哥不够高贵。屠杀西班牙的摩尔人自然也没有伤到他们。”

莫罗索夫把自己的棋子排好。“那他们可能在庆祝格尼尔卡大屠杀呢。或者庆祝意大利和德国机枪打赢了矿工和农夫。我还从没在这儿见过那伙人呢。”

“他们在这儿住好几年了。你没见过他们，是因为你从来不在这里吃饭。”

“你在这里吃饭？”

“不在。”

莫罗索夫咧开嘴笑了。“好，”他说，“我的下一个问题和你的回答就省下吧，那肯定会得罪人的。要我说，他们就是在这儿出生的也无所谓。只是他们说话时应该小点儿声。来——后翼弃兵，老法子就是好。”

拉维奇拿起对面的卒。他们前几着下得很快。之后鲍里斯·莫罗索夫开始冥思苦想。“这里阿廖欣[①]下过一种变招……”

其中一个西班牙人过来了。这个男人两眼都挤到一块了。他在桌子旁边站了一会儿。鲍里斯·莫罗索夫恼怒地盯着他。西班牙人站得不算太直。“先生们，”他礼貌地说，“戈麦斯上校请二位跟他喝一杯葡萄酒。”

“先生，”莫罗索夫同样礼貌地回答说，“我们这儿正下棋呢，这一局要决出巴黎十七区的冠军。我们表示万分诚挚的感激，但没法过去。”

西班牙人不动声色。他转向拉维奇，正经得仿佛身处腓力二世的宫廷。“此前，您曾对戈麦斯上校表示过友好之情。因此他希望启程之前与您共饮一杯。”

“方才，”拉维奇同样正经地答道，“我的同伴已经向您解释过了，我们今天必须下完这局棋。请您向戈麦斯上校致以感谢。十分抱歉。”

西班牙人躬了躬身，回去了。莫罗索夫微微一笑。“跟最开始那几年的俄国人一模一样。紧抓着那点儿头衔和风度不放，就仿佛抓着救生圈似的。你对那蛮子表示过什么友好之情啊？”

“有次我给他开了一剂泻药。拉丁民族很重视消化道的健康。”

“不错，”莫罗索夫眨了眨眼睛，“民主总有这个弱点。这种情况下，换了法西斯主义者就会给民主拥护者开砒霜了。”

---

① 亚历山大·阿廖欣（Alexandre Alekhine，1892—1946），俄裔法国国际象棋选手，多次获得世界冠军。

西班牙人回来了。“我叫纳瓦罗中尉，”他说话时一本正经的，男人要是喝得太多还不自知，就有这种正经劲儿，“我是戈麦斯上校的副官。上校今夜就要离开巴黎。他要去西班牙，加入佛朗哥大元帅的荣耀之师。因此他想跟您为西班牙的自由和西班牙的军队喝一杯。”

“纳瓦罗中尉，”拉维奇简短地说，“我不是西班牙人。”

“我们知道的；您是个德国人，”纳瓦罗脸上闪过一道阴谋家的笑容，“正因如此戈麦斯上校才希望您去。德国和西班牙是朋友嘛。”

拉维奇看着莫罗索夫。这一幕的讽刺意味太过强烈。莫罗索夫的嘴抽动了一下。“纳瓦罗中尉，”他说，“很抱歉，我必须坚持跟拉维奇医生下完这局棋。这局的结果今天夜里就必须用电报传到纽约和加尔各答。”

“先生，”纳瓦罗冷冷地说，“我们早料到您会拒绝，俄国是西班牙的敌人。我们邀请的只有拉维奇医生。您跟他在一起，我们才不得不连您一起邀请。”

莫罗索夫把他拿下的一个马立在自己平坦的大手掌上，看着拉维奇。“你不觉得这场猴戏已经演够了吗？”

“是啊，”拉维奇转过身去，“我想，最简单的做法是请您回去，年轻人。您无缘无故地侮辱了莫罗索夫上校，上校是苏联的敌对者。”

他没等对方回答就埋头看着棋盘。纳瓦罗犹豫不决地站了片刻，然后走了。

“他喝醉了，还跟拉丁民族的好多人一样，不懂幽默，”拉维奇说，“即便这样我们不能不懂幽默。因此我刚才把你擢升为上校了。据我所知，你不过是区区一介中尉。你都不能跟那个戈麦斯同一军阶，真让我受不了。”

“别说了，小子。已经打断了两回，我把阿廖欣那个变招搞砸了。看来这个象丢了，”莫罗索夫抬起眼睛，“上帝啊，又过来一个。又一个副官。这都什么民族啊！”

“那是戈麦斯上校本人，”拉维奇舒舒服服地靠回到椅背上，“这要成为两个上校之间的一场辩论了。”

“简单说几句而已，孩子。”

上校比纳瓦罗还要讲究礼节。他为副官的错误向鲍里斯·莫罗索夫道歉。对方接受了他的道歉。既然一切麻烦都被扫清了，戈麦斯就异常郑重地邀请两人一起为佛朗哥而喝一杯，以示和解。这次拉维奇拒绝了。

“但您是德国盟友……”上校显然很困惑。

“戈麦斯上校，”拉维奇说，他渐渐不耐烦了，“不要管这些了。您想敬谁就敬谁，我正下棋呢。”

上校努力思考。“看来您是个——”

“您还是别下定论的好，”莫罗索夫打断了他的话，“只会挑起争端。”

戈麦斯越发困惑了。

“但您这么一个白俄和沙皇的军官，必定该反对——”

“我们没有什么必定。我们是老古董了。我们意见不同，尽管如此不要打个头破血流。”

戈麦斯似乎终于恍然大悟了。他挺直了身体。“看出来了，”他尖锐地说，“软骨头，民主主义的——”

“亲爱的，”莫罗索夫说，语气突然危险起来，“走开吧！好几年以前您就应该走开了。去西班牙打仗去。可您没去，德国人和意大利人在那儿替您打呢。别了！”

他站起来。戈麦斯后退了一步。他瞪着莫罗索夫。接着他猛地转身，回到自己的桌边。莫罗索夫重新坐下。他叹了口气，按铃叫服务员过来。“给我们拿两杯双份的苹果白兰地来，克拉丽斯。”

克拉丽斯点点头，走了。“好啊，军人之魂，”拉维奇笑了，“思维简单，荣誉观念倒繁缛。喝醉了之后会活得很难。”

“看出来了。下一个已经过来了。一个接一个的，排队游行呢。这回是谁啊？佛朗哥本尊吗？”

来的是纳瓦罗。他在离桌子两步远的地方站定，对莫罗索夫说道：“戈麦斯上校遗憾地表示，他无法向您提出挑战。他今夜就要离开巴黎了。此外，他的使命太重要了，因此不能在警察那里惹麻烦。”他转向拉维奇。“戈麦斯上校还欠您一笔诊治费。”他把一张叠着的五法郎钞票扔到桌子上，就想往回走。

“稍等。”莫罗索夫说。克拉丽斯正好拿着托盘站在他身边。他拿起那杯苹果白兰地，很快地打量了一下，摇了摇头，又把它放回去。随后他从托盘上拿起一杯水，把它泼在纳瓦罗的脸上。“这是让您清醒一些，”他平静地说，“您以后要记住，钱是不能扔的。现在您滚吧，中世纪的蠢材。”

纳瓦罗惊讶地站在那里。他擦干了脸。另外几个西班牙人也过来了。来了四个人。莫罗索夫慢慢地站起来。他比这些西班牙人高了一头有余。拉维奇仍然坐着。他看着戈麦斯。“别丢人现眼了，”他说，“你们全都不清醒，一点儿胜算也没有。要不了几分钟，你们就会被打断了骨头躺了一地。就算你们清醒也没有胜算。”他站起来，抓住纳瓦罗的胳膊肘，把他举起来转了一圈，然后把他紧贴着戈麦斯放到地上，这一来戈麦斯不得不往旁边踏了一步。“好了，别再烦我们了。我们没有要求你们过来纠缠，”他从桌上拿起那张五法郎的钞票，把它放在托盘上，“这是给您的，克拉丽斯。是这些先生给的。”

“我还从没从他们这儿拿到过钱，”克拉丽斯说，“谢谢。”

戈麦斯用西班牙语说了些什么。五个人转过身，回自己桌去了。“可惜，”莫罗索夫说，“我倒愿意揍那伙人一顿。都是因为你这非法居留的弃儿，现在没法出手了。揍不了他们，你不会时不时也觉得有些遗憾吗？”

“揍不了他们倒没什么。另有一些人，我真希望他们能落到我手里。”

只听角落里那张桌子上传来几句西班牙语。那五个人站起来。他们三呼“万岁”。酒杯叮叮当当地放在桌上，一群人雄赳赳气昂昂地离开屋子。

“我差点把这好苹果白兰地泼到他脸上，”莫罗索夫拿起酒杯，一饮而尽，“可这些玩意儿正在欧洲横行霸道！我们当时真有这么迟钝吗？”

“是啊。”拉维奇说。

他们下了大约一小时的棋。之后莫罗索夫抬起头看。“夏尔过来了，”他说，“他似乎找你有事。”

拉维奇抬起头。门房的小厮走了过来，手里拿着一个小包裹。“这个是要转交给您的。”

“给我？”

拉维奇观察那个包裹。它很小，包在白色的绵纸里，还系上了绳子。上面没写地址。“我没让人送包裹来。这肯定是搞错了。是谁拿来的？”

“一个女的——一位女士——”小厮结结巴巴地说。

“一个女的还是一位女士？”莫罗索夫问。

“大概——大概介于其中。”

莫罗索夫微微一笑。“真是机灵。”

“上面没写名字。她说了这是给我的吗？”

“没直说。没说您的名字。她说，给住在这里的那位医生。而且……您认识这位女士。”

“是她说的？”

“不是，”小厮脱口而出，“可最近有天夜里她跟您一起回来过啊。”

“常常有女士跟我一起回来，夏尔。不过你应该知道，缄口不言是酒店职工的第一美德。泄露秘密，那是花花世界里那些护花使者才干的事。”

“把包裹打开，拉维奇，”莫罗索夫说，“即便那不是给你的也打开。我们惨淡一生，更恶劣的事也干过。”

拉维奇笑了，把包裹打开，从绵纸里取出了一个小东西。是那个木头圣母像，就是他在女人的房间里——他琢磨着——她叫什么来着？玛德莱娜、玛德——他不记得了。反正就是个类似的名字。他在绵纸里搜了搜。里面没有字条。“好，”他对小厮说，“没错。”

他把小像放在桌上。在棋子之间，它显得出奇的格格不入。“俄国女人？”莫罗索夫问。

“不是。一开始我也这么以为。”

拉维奇看到口红已经被洗掉了。“这东西该怎么办？”

“随便放个地方就行。好多东西都可以随便放个地方。这世界装什么都有充足的地方，唯独装不下人。”

“他们大概把那男的下葬了。”

“这就是那个女的？”

“是的。”

“你后来又去管过她的事吗？”

“没有。”

“奇怪，”莫罗索夫说，“我们总是认为自己已经帮了些忙，可到了人家最困难的时候，我们又停手不干了。”

“我不是慈善机构，莫罗索夫。而且我见过比这更糟的事。她现在怎么会更困难呢？”

“因为她现在才确实孤身一人。此前那男人一直还在，即便已经死了，还是在泥土之上。现在他埋到土里了——走了，不在了。这个”——莫罗索夫指了指那圣母像——“不是谢礼。是在求助。”

“我跟她睡过了，”拉维奇说，“都不知道发生了什么。我想把这些忘掉。”

“胡说！只要不是爱情，那种事就是世上最无所谓的。我认识的一个女人说过，跟一个男人上床比用教名称呼这个男人还容易。”莫罗索夫向前探了探身子。他光秃秃的大脑壳在灯下反出光来。“我得告诉你，拉维奇，如果可以，而且只要还可以，我们就应该友善——因为我们这一生中还会犯下几个所谓的罪行。至少我会。你可能也会。”

“是啊。”

莫罗索夫伸出一只胳膊，环抱住种了那棵病恹恹的棕榈树的桶。棕榈轻轻地摇晃起来。“生命就意味着靠他人为生。我们全都在互相吞食。偶尔有那么一点点善意的微光——我们不该失掉这点微光。生活艰难之时，这点光会让我们坚强。”

“好。明天我就去看看她的情况。”

“很好，”莫罗索夫说，“我指的就是这个。话不多说了。谁拿白棋？”

五

店主人马上就认出了拉维奇。“女士在她的房间里。”他说。

“您能不能给她打个电话，说我来了。”

“房间里没有电话。您可以直接上去。”

“几号房？”

“二十七号。”

“我不记得她的名字了。她叫什么来着？”

店主人没显出惊异来。“玛朵。乔安·玛朵，”他又加上一句，“我不觉得她真叫这个。可能是艺名。”

“怎么是艺名？”

“她登记时写自己是演员。听上去也像艺名，对不？”

“这我不清楚。我认识一个演员，他自称为古斯塔夫·施密特，实际上叫作亚历山大·玛丽亚·冯·赞穆博纳伯爵。古斯塔夫·施密特是他的艺名。听上去根本不像，对吧？”

店主人没认输。“如今什么事都有。”他说。

“根本不是什么事都有。您要是研究历史，就会发现，我们生活在还算平静的年代呢。”

“多谢，我觉得已经够了。”

“我也觉得够了。但只要有可能，我们就得给自己找点儿慰藉吧。二十七号房间，您刚才说的？”

“是的，先生。”

拉维奇敲了敲门。没有人应声。他又敲了一回，听到一个模模糊糊的话音，把门打开后，他看到那女人。她坐在横向墙边的床上，慢慢地抬起眼睛看他。她穿着整齐，身上是那套蓝色的定制服装，就是拉维奇第一次看到她时她穿的那件。即便她漠然地穿件睡衣随便一躺，也不会显得这样孤寂。但像这样精心打扮，却不为了谁，不为了什么，只是出于习惯，可如今这习惯也失去了所有意义——她身上的某种东西让拉维奇心头一颤。他见过这样的——他曾见过千百人这样坐着，都是流亡者，被放逐到天涯海角，陌路他乡。像风中芦苇丛中的一座小小孤岛——他们就这样坐着，不知往何处去——只是出于习惯继续活着。

他关上身后的门。“但愿我没有打扰您。”他说，又马上感觉到这话毫无意义。还有什么会打扰这个女人呢？已经没有能打扰她的东西了。

他把帽子放到一张椅子上。“您可把所有事情都办好了？”他问。

“是啊。事情不多。”

“没有困难？”

“没有。”

拉维奇坐在屋里唯一一把沙发椅上。弹簧吱嘎作响，他感到有一根断了。

“您打算出去吗？”

“是啊。打算什么时候出去一趟。晚些时候。不是要去哪里——就是走走。不然还能做什么呢？”

“没什么。这样不错，但不是长久之计。您在巴黎不认识什么人吗？”

“不认识。”

“一个都没有？”

女人用一个疲惫的动作抬起头。“一个都没有——除了您、店主人、服务员和女佣，”她露出忧郁的笑容，“不多，是吧？”

“不多。他认识——”拉维奇回想着去世的男人的名字。他已经忘记了。

“不认识，”女人说，“拉钦斯基在这里没有熟人，不然就是我从没见过他的熟人。我们刚一到这里，他就病了。”

拉维奇原本没打算待很久。现在，他看到女人这样坐在那里，就改了主意。“您吃过晚饭了吗？”

“没有。我也不饿。”

“您今天一天吃过东西吗？”

“吃过。今天中午吃了。白日里会容易一些。到了晚上……”

拉维奇环顾四周。光秃秃的小房间一股绝望和十一月的气味。“是时候从这里出去了，”他说，“来吧。我们一起去吃个饭。”

他原本以为女人会拒绝。她好像对什么都无所谓了，怎么都没法振作起来。但她立刻站了起来，去拿自己的雨衣。

“那一件不够，”他说，“这外衣太薄了。您没有暖和些的衣服吗？外面很冷。”

“之前下雨了——”

“现在还在下。但天气很冷。不能在这里面再穿一件吗？穿件外衣，或者至少再穿一件毛衣。”

“我有一件毛衣。”

她走到那个比较大的箱子旁。拉维奇看得出来，这箱子基本上没开过。她从箱子里拿出一件黑色的毛衣，把上衣脱了，套上这毛衣。她的双肩平直漂亮。之后她戴上贝雷帽，又穿上外衣和大衣。“这样好些吗？”

“好多了。”

他们走下楼梯。店主人已经走了。现在坐在钥匙板旁的是一个门房。他正在整理信件，身上一股大蒜味。一只猫一动不动地坐在他旁边，正盯着他看。

“您还是感觉吃不下东西吗？”到了外面，拉维奇问道。

“我不知道。我觉得吃不了很多。”

拉维奇招手叫了一辆出租车。“好。那我们就去那家‘美丽的曙光’。在那里不用一道道地吃正餐。”

“美丽的曙光”里客人不太多。毕竟已经很晚了。他们在楼上那个天花板很低的狭窄房间里找了张桌子。除他们外只有一对男女还坐在窗户边吃奶酪，还有一个瘦男人独自坐着，面前是山一样的一堆牡蛎。服务员过来了，挑剔地仔细看了看那张有格子花纹的桌布。随后决定把它换掉。

“两杯伏特加，”拉维奇点酒水，“要冷的。”

“咱们来喝点儿东西，再吃几道小吃，”他对女人说，“我觉得这样很适合您。这是一家吃小吃的餐厅，基本上没别的可吃。反正基本上没人来这里吃别的。有二三十种小吃可选，热的冷的都有，全都很好吃；我们来尝尝。”

服务员把伏特加拿过来，还掏出一个便笺簿。“开一瓶桃红葡萄酒，放在醒酒器里，”拉维奇说，“有没有安茹产的？”

“安茹，开瓶的桃红葡萄酒，好的，先生。”

“好。一大瓶加冰。还有小吃。”

服务员走了。他在门口差点跟一个戴着红色羽毛帽的女人撞到一起，那女人飞快地上楼来。她把服务员推到一边，走向那个吃牡蛎的瘦男人。“阿尔贝，”她说，“你这猪猡……”

“嘘，嘘。”阿尔贝说着朝四周看了看。

“嘘什么嘘！”女人把湿淋淋的雨伞往桌上一横，坚定地坐下。阿尔贝似乎不怎么吃惊。“亲爱的。”之后开始低语。

拉维奇微微笑了，举起自己的杯子。“我们来把这杯一口气喝完。干杯。”

“干杯。”乔安·玛朵说，把酒喝了。

一辆摆着小吃的小车推过来了。“您想吃什么？”拉维奇看着女人，“我想，最简单的做法是，我给您配个菜。”

他把一个盘子堆满了菜，把它递给女人。“您都不喜欢也没什么。还有几车菜呢。这才开始。”

他给自己也装了一盘子菜，开始吃起来，不再管她了。他突然间感觉很饿。过了一会儿，他抬头看她时，看到她也吃上了。他剥了一只海螯虾递给她。“来尝尝这个。比龙虾好吃。再来点自制酱，配上白面包皮。好了，吃得挺好嘛。再来点儿葡萄酒。度数低，味道涩，喝了凉爽。”

“太麻烦您了。”女人说。

“是啊，我就像个服务生一样。”拉维奇笑了。

“不是。但您太照顾我了。”

“我不喜欢一个人吃东西。就这样。跟您一样。”

“我不擅于陪别人。”

“很好啦，”拉维奇说，“至少吃饭时候是。您跟人吃饭时好得不得了。我受不了那些聒噪的人。也受不了说话声太大的。”

他朝阿尔贝那边看过去。红羽毛帽正用让人听得一清二楚的声音向他解释，他为什么是这么一头猪猡，同时挺有节奏地用雨伞敲桌子。阿尔贝耐心地听着，左耳进右耳出的样子。

乔安·玛朵很快地笑了一下。“我也受不了。”

“下一辆餐车已经来了。我们是马上就过去拿吃的呢，还是您打算先抽支烟？”

“还是先抽支烟吧。”

“好。今天我带的不是黑烟草，是别的。”

他给她点上烟。她靠到椅子上，深深地吸了口烟，然后感激地看着拉维奇。“这样坐着真好。”她说，一时间他感觉她马上就要泪水滂沱。

他们在“竞技场”喝了咖啡。朝着香榭丽舍大街的大房间已经坐满了人，但他们在楼下的酒吧里找了张桌子，这酒吧墙的上半截盖着一层玻璃板，玻璃后面有各种颜色的鹦鹉，彩色的热带鸟儿在那里飞来飞去。

“您想没想过，以后要怎么办？”拉维奇问道。

“没有，还没想过。”

“您来这边时，有没有什么具体的打算？”

女人犹犹豫豫地说：“没有，没什么具体计划。”

“我问您这些，可不是因为好奇。”

“我知道的。您的意思是，我应该干点儿什么。我也想干。我每天都这样告诉自己。可之后——”

“店主人跟我说，您是个演员。我没问他这些。是我问起您的名字时，他告诉我的。”

“您不记得我的名字了？”

拉维奇抬起眼睛。她正安静地看着他。“不记得了，”他说，“我把纸条忘在酒店里了，也想不起来了。”

“现在您知道了？”

“知道了。乔安·玛朵。”

“我不是什么好演员，”女人说，“我只演过小角色。近来什么都不演了。我的法语也说得不够好，演不了戏。”

“那您说什么语言？”

“意大利语。我是在那里长大的。还说一些英语和罗马尼亚语。我父亲是罗马尼亚人。他死了。我的母亲是英国人；她还在意大利生活，我不知道她在哪里。”

拉维奇不太认真地听着她说。他觉得无聊，不太清楚自己该说什么了。“除此之外您还干过什么吗？”他没话找话地问道，“除了您演过的这些小角色之外？”

“就是这类的事。唱唱歌，跳跳舞。”

他怀疑地注视着她。看上去不像啊。她身上有种苍白模糊的东西，而且她也没有魅力。她看上去都不像个演员。演员终究是个遥远的概念。

“您在这里试着找些唱歌跳舞的事干会容易一些，”他说，“那些不需要您说一口完美无缺的法语。”

“是啊。但我先得找到一个工作。谁都不认识，找个工作就挺难的。”

莫罗索夫，拉维奇突然间想了起来。山鲁佐德夜总会。当然了。这方面的事情莫罗索夫肯定了解一些。想到这些，他精神起来。是莫罗索夫把他推进了这么一个没劲的晚上——现在他可以把这女人推给鲍里斯了，让鲍里斯显显身手。“您懂俄语吗？”他问道。

“会一点。会几首歌。吉卜赛人的曲子。这些曲子跟罗马尼亚的太像了。怎么了？”

“我认识一个人，他比较懂这些事情。或许他可以帮到您。我把他的地址给您吧。”

“恐怕没太大用处。哪里的代理人都是一样的。有人推荐也没什么用。”

拉维奇意识到，她以为自己打算用委婉的方式把她甩开。确实如此，于是他抗议道：“我说的那个人不是代理人。他是山鲁佐德的门房。那是蒙马特区的一家俄国夜总会。”

“门房？”乔安·玛朵抬起头，“那就不一样了。门房知道的比代理人多。这可能有戏。您跟这人很熟吗？”

“很熟。”

拉维奇很惊讶。她突然换上了一副完全职业化的口吻。进展可真够快的，他想。“那是我的一个朋友。他叫鲍里斯·莫罗索夫，”他说，“他在山鲁佐德干了十年了。他们那儿总办挺大的演出，节目常常变。莫罗索夫跟经理是朋友。如果山鲁佐德没有空位给您，他肯定也知道别的地方——无论什么地方都知道。您想试试吗？”

“想。什么时候呢？”

“最好是晚上九点左右。那时候没什么活干，他有空接待您。我会跟他说的。”拉维奇已经开始期待莫罗索夫的表情了。他突然间感觉舒服些了。此前他一直感到些许责任感，现在这责任感没了。他已经把能做的都做了，现在她必须往前看了。“您累了吗？”他问。

乔安·玛朵直直地看着他的眼睛。“我不累，”她说，“可我知道，跟我一起坐在这里不是什么惬意的事。您一直同情我，我很感激。您把我从那个房间里带出来，跟我说话。这对我意义重大，因为我已经好几天没跟人说过一句话了。现在我要走了，您为我做的已经太多了。一直以来都在帮我。真不知没有您我都变成什么样了！”

天哪，拉维奇想，这下她也开始说这个了！他不自在地看着面前的玻璃墙。一只鸽子正在那里试图强奸一只白鹦鹉。白鹦鹉厌倦至极，都不去把鸽子摇晃下来。它只是接着吃食，不搭理那鸽子。

“这不是同情。”拉维奇说。

“那是什么？”

鸽子放弃了。它从鹦鹉宽阔的背上跳下来，整理起自己的羽毛来。鹦鹉一副无所谓的样子，抬起尾巴拉了泡屎。

“咱们这就来喝杯经典好喝的雅文邑白兰地[①]，”拉维奇

① 干邑和雅文邑是法国的两大白兰地产区。

说，“这就是最好的答案。请相信我：我其实根本不怎么喜欢人。有好多个晚上我都随便找个地方，独自一个人坐着。您觉得这样特别有意思吗？”

“不觉得，但我不擅长陪伴，这还要更糟糕。”

“我已经不记得怎么找人陪我了。您的雅文邑白兰地到了。干杯！”

“干杯！”

拉维奇放下他的杯子。“好了，我们这就从这个动物园里出去吧。您还不想回酒店吧？”

乔安·玛朵摇了摇头。

“好。那我们就去下一站。这回去山鲁佐德。我们去那儿喝点东西。我们两个好像都有必要喝点什么，您还可以就此看看那边是什么样的。”

快到凌晨三点了。他们站在米兰酒店门口。“喝够了吗？”拉维奇问。

乔安·玛朵有些犹豫。“在山鲁佐德那儿的时候我以为喝够了。但现在到了这里，我一看到这门——还没喝够。”

“好办。在这酒店里可能还有些酒。不然我们就找家酒馆去买一瓶。来吧。”

她注视着他。然后她又看着那门。“好。”她下定了决心，但仍然站着不动，“上楼去，”她说，“进哪个空荡荡的房间。”

“我会带您上楼的。而且我们还要带上一瓶酒。”

门房醒了。“您这儿还有什么喝的吗？”拉维奇问。

“香槟鸡尾酒怎么样？”门房立刻换上一副生意人的口吻，问拉维奇，虽然还在打哈欠。

“谢谢。来些更烈的。就干邑白兰地吧，要一瓶。”

“拿破仑干邑、马爹利、轩尼诗还是百事吉？”

“拿破仑干邑。”

“好的，先生。我这就去给您开瓶，然后把瓶子送上去。”

他们上楼梯。“您带着钥匙吗？”拉维奇问女人。

“房间没锁。”

“要是不锁门，别人会把您的钱和证件偷走的。”

“我锁了门他们也会偷的。”

“那倒也是——这种锁确实没用。即便是这样，锁了门还是没那么容易偷。”

“可能吧。但我不愿意一个人从街上回来，掏出一把钥匙开门，然后进一个空房间——这就跟开启一座坟墓一样了。光是直接走进去就已经够了——这里面除了几个箱子之外，没有等我回来的东西。”

“无论哪里都没有等人回去的东西，”拉维奇说，“我们只能自己一直把一切都带在身上。”

乔安·玛朵把大衣和贝雷帽扔在床上，注视着拉维奇。她的眼睛在苍白的脸上显得又亮又大，仿佛凝固在一种愤怒的绝望中。一时间她就这样站在那里。随后，她开始在小房间里走来走去，双手插在上衣的兜里，步子迈得很大，转身的时候身子灵活地摇晃。拉维奇专注地看着她。她突然间拥有了力量和一种狂野的妩媚，对于她来说，这房间显得太窄了。

有人敲门。门房把干邑白兰地送了进来。“二位还想吃些东西吗？冷鸡肉，三明治——”

“吃东西就是浪费时间了，兄弟。”拉维奇付了钱，把他推出去。随后他给两个杯子倒上酒，“给。又简单又野蛮——可在困境之中最原始的就是最好的。精细的东西还是留给太平年代吧。喝了吧。”

“然后呢？”

“然后再喝下一杯。”

“我试过了。这样没用。一个人的时候，喝醉酒不好。”

“只要喝到酩酊大醉就好。那样就有用了。”

拉维奇在一张摇摇晃晃的窄沙发榻上坐下，这张沙发榻立在墙边，横对着床，是他之前没见过的。“您搬进来时，这个就在这里？”他问。

她摇头。“是我让人把它搬进来的。我不想在床上睡觉。在床上睡似乎没有意义。上床，脱衣服，就这样了。这是为了什么呢？早上和白天还可以忍受。但到了夜里……”

“您得有些事情干，”拉维奇给自己点了支烟，“可惜我们没遇见鲍里斯·莫罗索夫。我之前不知道今天他休假了。您明天晚上过去。快到九点时再去。他会给您找到些事情的。即便是在厨房里干活也好。那样您晚上就有活干了。您愿意这样吧？”

“愿意，”乔安·玛朵不再走来走去了。她喝了那杯干邑白兰地，在床上坐下，“每天夜里我都在外面闲逛。只要走着，什么都会好一些。只要一坐下就会感到压抑厌倦……”

“您在外面的时候从没遇到过什么事吗？没被人偷过东西？”

“没有。我看上去不像会带着好多值得偷的东西，”她把自己的空杯子递给拉维奇，“下一杯呢？我一直期待着至少有一个人过来，跟我说句话！一直期待着自己不要像现在这样什么都不是，只能走来走去！期待着至少有双眼睛看到我，眼睛，而不是只有石头！期待我不要像一个被流放的人一样徘徊！就像待在一颗陌生的星球上一样！”她把头发捋到后面，接过拉维奇递来的杯子，“不知道我为什么要说这些。我根本就没想说。或许因为我这些天来一直没有说话。或许因为今天晚上是第一次……”她不说了，“您不要听我的……”

“我喝酒，”拉维奇说，“您想说什么就说什么。现在是夜里，没人听您说话。我就听我自己。到了明天，一切都会忘掉了。”

他靠回椅背上。这房子里有什么地方的水哗哗地流着。暖气咔咔作响，雨水柔软的手指仍然叩在窗户上。

“后来我回来，关上灯——黑暗就像一个涂了氯仿的棉花球一样落在我头上——于是我把灯重新打开，死死地盯着，一直盯着……”

我肯定已经醉了，拉维奇想。比平时醉得要早啊，今天。或许是因为灯光半明半暗？也或许两个原因都有？那不再是过去那个无关紧要、面无血色的女人了。那变得不一样了。突然有了双眼睛。有了张面孔。有什么东西在看着我。肯定是影子。是她在我额头之后燃起的温柔的火。是醉后的第一缕光。

他不再听乔安·玛朵说的话。他知道那些话，不想再听了。孤独一人——生命中永远回旋的音律。跟一些别的比起来不坏也不好。我们对此说得太多了。我们永远孤独，又永不孤独。一把小提琴蓦地奏起，那是在一片朦胧之上的某处。布达佩斯山丘上的一座花园。栗树的浓郁香气。风。还有像年幼的枭一样低着头蹲坐在人肩膀上的，梦，它的眼睛在昏暗中愈发明亮。永远不会入夜的夜。所有女人无不貌美的时刻。巨大棕色的夜之蝶翼。

他抬起眼睛。“谢谢。”乔安·玛朵说。

“谢什么？”

“因为您让我说话，却又没听着。这样很好。我需要这样。”

拉维奇点头。他看到她的杯子又空了。“好，”他说，“这瓶酒就留给您了。”

他站起来。一个房间。一个女人。没别的了。一张苍白的脸，脸上的光彩没有了。“您要走了吗？”乔安·玛朵说。她环顾四周，仿佛有人藏在屋子里一样。

“这是鲍里斯·莫罗索夫的地址。还有他的名字，省得您忘记了。明晚九点。”拉维奇把这些写在处方笺上。随后他把那一页撕下来，放到箱子上。

乔安·玛朵站了起来。她去拿自己的外衣和帽子。拉维奇看着她。“您不用送我下去。”

“我也没想送您。我只是不想待在这里。现在不想。我还要去找个地方转转。”

“那您之后还是得再回来。同样的东西再来一遍。为什么不待在这里呢？现在都已经熬过来了。”

“很快就到早上了。我回来的时候就要天明了。然后就会容易些了。”

拉维奇走到窗前。雨还在下。风中湿淋淋的灰色雨丝在路灯黄色的光晕中飘舞。“来，”他说，“咱们再喝一杯，喝完您就躺下睡觉。这天气散不了步。”

他去拿酒瓶。乔安·玛朵突然紧挨到他身边。“别把我留在这里，”她说得又快又急切，他能感到她的呼吸，“别把我一个人留在这里，只有今天别这样；我不知道这是怎么回事，但只有今天别把我抛下！明天我就会有勇气了，但今天还不行；我很软弱，不堪一击，我就要崩溃，没有力量了；您就不应该带我出去的，只有今天不该那样——现在我没办法一个人待着。”

拉维奇小心翼翼地放下酒瓶，把她的双手从他的胳膊上拿下来。“孩子，”他说——“总有一天，我们所有人都得习惯这样。”他打量了一下那张沙发榻，“我可以在这儿睡。再去别处也没什么意义。我需要睡几个小时。明天九点还得做手术呢。在这儿睡跟在我那儿睡一样好。也不是我第一次值夜班了。这样够了吗？”

她点头，仍然紧挨在他身边。

“我七点半就得走。早得要命。会把您吵醒的。”

“没关系。我会起床给您准备早餐，一切都……”

“您什么都不要做，”拉维奇说，“我会在最近的咖啡厅里吃早餐，跟一个明智的工人一样；咖啡加朗姆酒，再来点可颂面包。其余的都可以到了诊所再干。跟欧仁妮借个洗澡间也不错。好了，我们就待在这里。十一月的两个无望灵魂。您睡床。要是您愿意，我可以到楼下那个老门房那儿待会儿，直到您梳洗完了。”

“不用。”乔安·玛朵说。

“我不会跑掉的。此外我们还需要几样东西，枕头、被子之类的。”

“我可以按铃叫人。”

“我也可以，”拉维奇去找那个按钮，“最好还是让个男人干这些事。”

门房很快就来了。他手里又拿了瓶干邑白兰地。“您高估我们了，”拉维奇说，“十分感谢，我们战后这一代喝不了那么多。来一条被子、一个枕头和几张床单。我得在这儿睡了。外面太冷，雨太大。我之前得了一场严重的肺炎，两天前刚下床。您能把这些东西拿来吗？”

“当然可以，先生。我本来就是这样想的。”

“好。”拉维奇给自己点了支烟。“我要到楼道里去，看看各户门口的鞋。这是我的保留项目了。我不会跑掉的，”他看到乔安·玛朵的眼神后说道，“我不是埃及的约瑟[1]。我不会抛弃自己的大衣的。”

门房拿着东西过来了。他看到拉维奇站在楼道里时停下了脚步。随后，他的脸上焕发出光彩。“这可是少见。”他说。

“我也很少这么做。只在过生日和圣诞节时才这样。您把

① 《圣经·旧约·创世记》中的人物。

东西给我吧。我拿着进去。那是什么啊？”

“一个热水袋。您得了肺炎嘛。”

“太好了。可我会用白兰地暖肺。”拉维奇从兜里掏出几张纸币。

“先生，您肯定没有睡衣。我可以给您一套。”

“谢谢，老兄，”拉维奇看着老人，“我穿着肯定会太小吧。”

“正相反。您穿着会合适的。是一套全新的。我可以透露一下，这是有次一个美国人送给我的。那美国人也是从一位女士那儿得来的。我不穿这种东西。我穿的是睡袍。这套睡衣是全新的，先生。”

“好，那就拿上来吧。我们可以来看看。”

拉维奇在楼道里等着。有三双鞋放在几扇门口。一双有松紧带的靴子，上面的橡皮筋都磨损了。靴子后面的门里传来凶猛的鼾声。另外两双是棕色的男士低帮鞋和有扣子的女士高跟漆皮鞋。两双鞋在同一扇门前，虽然挨得很近，却显得出奇的孤独。

门房把睡衣拿来了。这身睡衣非常豪华精致。是蓝色的人造丝做的，上面还有金色的星星。拉维奇仔细看着这身衣服，无话可说。他能理解那个美国人。

“多华丽，是不？”门房自豪地问。

这身睡衣是新的，甚至还放在买来时装的那个卢浮宫百货公司的包装盒里。“可惜，”拉维奇说，“我倒想见见挑了这身衣服的那位女士。”

“您今夜可以穿这身，不用把它买下来，先生。”

“租金要多少钱？”

“随您。”

拉维奇把手伸进兜。“这太多了，先生。” 门房说。

“您不是法国人？”

“是法国人。圣纳泽尔人。”

“那跟美国人打交道真是把您给毁了。再说——为这身睡衣花多少都不嫌多。”

“很高兴您喜欢这套衣服。晚安，先生。那明天我来太太这里取这身衣服。”

“我明天早上自己给您拿去。您七点半叫我起床，只管轻轻敲下门。我会听到的。——晚安。”

“您看看这个，”拉维奇对乔安·玛朵说，给她看了看那身睡衣，“圣诞老人的戏服。这个门房真是个魔法师。居然要我穿上这玩意。要想当个滑稽角色，不仅要有勇气，还得无知无觉。”

他把被子铺在沙发榻上。他睡在哪里对他来说是无所谓的，无论睡在他的酒店里还是这里都一样。他刚才在楼道里找到一间还说得过去的浴室，又从门房那里得到一把新牙刷。其余的他都无所谓了。这女人有什么地方像个病人。

他往水杯里倒满白兰地，把它跟门房拿来的一个小杯子一起放在床边上。“我觉得这些您够喝了，”他说，“这样会简单一些。这下我就不用再起床给您倒酒。瓶子和另外那个杯子我就拿我这儿来了。”

“这个小杯子我不用了，我就用另外那个杯子喝。”

“那样更好。”拉维奇在沙发榻上躺好。女人不再管他是否躺得安稳，让他很高兴。她想要的已经得到了——现在她没再节外生枝，搞出家庭主妇那种絮叨劲儿，真是谢天谢地。

他倒满了一杯酒，把瓶子放在地上。“干杯！”

“干杯！谢谢！”

“没什么。反正我也没兴趣在雨里走路。”

“还在下雨吗？”

“是啊。”

雨丝轻轻地叩着，声音穿过寂静，从外面传来，仿佛有什么灰暗绝望、没有形状的东西想要进来，那东西比悲伤还要悲伤——一个遥远无名的回忆、一道无尽的海浪涌来，想要把它之前带来又遗落在一座孤岛上的东西夺回，埋葬——伶仃的人和光和思绪。

“真是适合喝酒的良宵。”

“是啊——不适合一个人待着。”

拉维奇沉默了。“那是我们所有人都必须习惯的，”片刻后他说，“过去曾把我们缚在一起的那种东西，如今已经毁灭了。我们就像一根玻璃珠串成的链子，如今带子断了，散落了一地。再没有什么还是牢固的。”他又把酒满上。“我小时候，有一天夜里在一片草地上睡了一觉。那时是夏天，天空非常明澈。我睡着以前，看到猎户座就在地平线那头的森林上方。后来我醒来了，那是半夜时分——猎户座突然高悬在我头顶上方。那个景象我再没忘记。之前我就学过，地球是一个星球，会转动的；但就跟我们从书本里学的很多东西一样，我学了之后从没思考过。可那时候我一下子感受到，真的是那样。当时我感觉地球无声无息地飞翔在无垠的宇宙之间。这种感觉太强烈了，我几乎觉得有必要紧紧抓住什么，才能让自己不被甩下去。之所以这样，可能是因为我刚从一场沉睡中醒来，看着那片斗转星移的天空，一时间记忆和习惯都失落了。我突然觉得大地不再稳固了——从那之后再不是完全稳固的了。”

他喝完了自己那杯酒。“这一来一些事情变困难了，很多事情则是容易了。”他看向乔安·玛朵。“不知您现在困不困，”他说，“要是累了，就别再回话了。”

“还不累。快了。还有一块是清醒的。清醒又寒冷。”

拉维奇把瓶子放到身边的地上。房间的温意之中，一缕棕褐色的倦意慢慢地升腾起来，将他浸透。阴霾渐染，扑扇着翅膀。陌生的房间，夜，外面——就像远方的鼓——雨水单调的敲打声——混沌的边缘有一座小屋，屋里有点灯光，旷野中一小团没有意义的火——有一张脸，要对着它说话。

“您也体会过这些吗？”他问。

她沉默了片刻。“体会过。不是这样。是另一种。当我一整天都没跟人说话，夜里出去游荡，到处都是有归属的人，他们有地方可去，有地方可回。只有我没有。这时候一切都慢慢变得不真实，就仿佛我喝醉了，穿过水下的一座陌生城市……”

外面有人上楼。一把钥匙叮当作响，一扇门发出嘎吱的声音。随后马上响起水管里沙沙的水声。“既然您在这儿一个人都不认识，为什么还要待在巴黎？”拉维奇问。他感到强烈的睡意。

“我也不知道。不然我还能去哪里？”

“您没地方可回吗？”

“没有。有时我们确实会无处可回。”

风追逐着一阵雨，把它赶到窗户上。“你们为什么来巴黎？”拉维奇问。

乔安·玛朵没有回答。他都以为她睡着了。“拉钦斯基和我来到巴黎，因为我们想要分手。”她终于说道。

拉维奇听到这话没有吃惊。有些时候，什么都不会让你吃惊。对面的房间里，一个刚刚回来的男人呕吐了起来。可以听到他的呻吟声从门那边传来，声音闷闷的。“那您为什么这么绝望？”拉维奇问。

“因为他死了！死了！突然就不在了！再不能追回了！死了！再也没有办法了！您不明白吗？”乔安·玛朵在床上半撑

起身子，盯着拉维奇。因为你还没来得及走掉，他就先走了。因为你还没准备好，他就把你一个人丢下了。

“我——我本不该那样对他的——我过去——”

“忘了吧。后悔是这世上最没用的东西。什么都是召不回来的，什么都是弥补不了的。不然的话我们就都是圣人了。生命无意让我们变得完满。谁要是完满了，就该进博物馆了。”

乔安·玛朵没有回答。拉维奇看到她喝了酒，然后重新靠回到枕头上。还有些什么——但他太累了，没法再考虑了。他也不在乎那些。他想睡觉。早上他还得做手术。这一切都跟他没有关系了。他把空杯子放在地上，放在瓶子旁边。有时竟跑到这种地方来，真是奇怪，他想。

六

拉维奇进屋时，吕西安娜·马蒂内正坐在窗边。“怎么样？”他问，“这第一次下床？”

姑娘看着他，然后望向窗外灰色的午后，接着又回过头来看他。“今天天气不好。”他说。

“挺好，”她应道，“对于我来说很好了。”

“为什么呢？”

“因为我不用非得出去。”

她蜷成一团，坐在单人沙发里，肩上披着一件廉价的棉布日式睡袍，消瘦的小东西，长得不好看，一口烂牙——但在拉维奇看来，她此刻比特洛伊的海伦更美。她是一条生命，是他用自己的双手救回来的。这不算特别值得自豪的事，不久以前的一条生命他没救回来。下一条可能也救不回来；而且这每一条生命终究都是要失去的，就连他自己的也会失去。但这里的这条生命眼下是得救了。

“在这种天气里拿着一堆帽子跑来跑去，可没什么意思。”吕西安娜说。

“您拿着帽子跑来跑去过？”

“对。是给朗韦尔太太跑腿。就是玛提农大街上那家商店。我们得干活干到五点。然后我还得把盒子送到顾客那儿。现在都五点半了。这时候我都该在路上了，”她往窗外望去，“可惜，这场雨没有下得再大一些。昨天还好。昨天雨下得哗哗的。现在肯定是有别的人跑在这雨里送货呢。”

拉维奇在窗台上坐下，面对着她。奇怪，他想。我们总会以为，人在死里逃生后肯定要狂欢一通。可几乎从没有人那样。这里这个也不会。一个小小的奇迹发生了，而她在乎的只是自己不用冒着雨赶路。“您怎么偏偏来了这里，来了这家诊所呢，吕西安娜？”他问道。

她小心翼翼地看着他。“有人告诉我的。”

“是谁呢？”

“一个熟人。”

“什么样的熟人？”

姑娘犹豫了。“是个熟人，她也来过这里。我把她送来的，送到了门口。所以我知道这里。”

“什么时候的事？”

“我来之前一周。”

“是死在手术中的那个吗？”

“是的。”

“就算这样您还是来了？”

“是啊，”吕西安娜一副无所谓的样子，“为什么不呢？”

拉维奇没有把想说的话说出来。他注视着那张冰冷的小脸，这张脸也曾柔嫩过，是生活让它那么快就变得生硬了。“你们之前找的接生婆也是同一个吗？”

吕西安娜没有回答。“或者说找过同一个医生？您可以放心地跟我说。反正我不知道那是什么人嘛。”

“是玛丽先去的。比我早一周。早了十天。”

“而您是在她之后去的，尽管知道玛丽出了什么事。”

吕西安娜耸了下肩膀。“我该怎么办呢？我只能冒这个险。我不知道别的医生了。有了孩子——我该拿这孩子怎么办？”她往窗外望去。对面的一个阳台上站着一个穿背带裤的男人，那男人举着一把伞。“我还得在这里待多久，医生？”

“大约两周吧。”

“还要两周？”

“也不长。怎么了？”

“要一笔笔地花钱……”

“我们或许也能让您提早几天出院。”

“您以为我真有钱交吗？我没有那么多钱。这里很贵，每天都要花三十法郎。”

“是谁跟您说的呢？”

“护士说的。”

“哪一个？欧仁妮吧，自然是她……”

“是啊。她说了，手术和缝合还要另付钱。那些贵吗？”

“手术费您已经交了。”

“护士说，还差好多好多呢。”

“这些事护士也不那么清楚，吕西安娜。您最好还是以后再去问问韦贝尔医生。”

“我想赶紧搞清楚。”

“为什么呢？”

“这样我好做打算啊，看我得干多久的活才能付得清这钱。”吕西安娜看着自己的双手。她的手指很细，上面都是伤痕。“我还有一个月的房租要交，”她说，“我来这儿时正好是十三号，本来得在十五号退房的。这下我得多交一个月了，白白地交钱。”

“没有人可以帮帮您吗？”

吕西安娜抬起眼睛。她的脸突然间苍老了十岁。“您自己也知道的，医生！他只管生气。原本就不该让他知道我这么笨。他要是知道，一开始就不会来招惹我了。”

拉维奇点头。这种事并不新鲜。“吕西安娜，”他说，“我们可以试试从那个打胎的女人那里搞些钱来。她有责任。您只需要告诉我们她叫什么。”

姑娘猛地直起身子。她突然间全身心地抗拒起来。“找警察？不行，我不要自个儿跑到警察局里。”

“不找警察。我们只是吓唬吓唬她。”

她苦涩地笑了笑。“你们从她手里什么都拿不到。那人是铁石心肠。她逼我交了三百法郎。结果——”她把自己的睡袍捋平。“有的人就是没有运气。”她语气中并无沮丧之意，就仿佛说的是别的什么人似的。

“怎么没有，”拉维斯应道，“您很幸运的。”

他在手术室里看到了欧仁妮。她正在把镍制的器械擦光亮。这是她最喜欢的工作之一。她全心沉浸在工作中，都没听到他过来。

“欧仁妮。”他说。

她突然转过身。“啊，是您啊！您就非吓唬人不可吗？”

“我不认为自己那么有个性。但您不该用您那套酬金和花销的鬼话去吓唬病人。”

欧仁妮直起身子，手里拿着抹布。“那婊子马上就到处乱说去了，可不嘛。”

“欧仁妮，”拉维奇说，“比起那些和男人睡觉苦苦谋生的女人，从没跟男人睡过的女人里婊子倒是更多一些。更不用说结了婚的女人里有多少婊子了。再说，那姑娘没有到处乱说。倒是您让她一整天都不痛快，就是这样。”

“那又怎样啊！这种做派的人，还这么敏感！”

简直是本会走路的道义手册，拉维奇想。恶心的牌坊精——这制帽小女工的孤寂绝望，你又懂得多少，她勇敢地去找了那同一个糟践了自己朋友的接生婆——还去了同一家医院，虽然那朋友就是死在这里的，可对此，她说的也无非是：

我又该怎么办呢？还有：我该怎么付钱呢……

“您应该找个人结婚，欧仁妮，”他说，“找个有孩子的鳏夫。或者找个葬仪社的老板。”

“拉维奇先生，”护士高傲地说，“能否请您不要再管我的私事了？不然我就得找韦贝尔医生投诉了。”

“您反正也一天到晚都在投诉我，”拉维奇高兴地看到她的颧骨上显出两块红斑，“为什么虔诚的人就难得忠诚呢，欧仁妮？品德最好的是玩世不恭的人，最让人受不了的则是理想主义者。这话没给您点儿启发吗？”

“上帝保佑，没有。”

“我觉得也没有。现在我要去找那些罪恶之子了。我要去奥西里斯。韦贝尔医生要是找我，就去那里找。”

“我不认为韦贝尔医生会找您。”

“贞洁不会让人未卜先知。他还是有可能找我的。我大约会在那里待到五点。然后回我的酒店。”

“好酒店啊，犹太人的破窝。”

拉维奇转过身。“欧仁妮，并非所有难民都是犹太人。甚至并非所有犹太人都是犹太人。而有些人，别人不相信他们是犹太人，他们却是。我甚至认识一个信犹太教的黑人。那人孤独得要命。他喜爱的唯一一样东西就是中餐。世界上就是有这种事。”

护士没有回话。她擦着一个光亮无比的镍盘子。

拉维奇坐在布瓦西埃街上的酒馆里，透过雨湿的玻璃凝望窗外，这时他看到那个男人在外面。他肚子上仿佛挨了一记。最开始那一瞬间他只觉得震惊，没反应过来这是怎么回事——但紧跟着他把桌子撞到一边，从椅子上跳起来，毫无顾忌地从人满为患的屋子里往门口挤。

有人抓住了他的胳膊。他转过身。“怎么？”他不解地问，“怎么？”

是酒保。“您还没付钱，先生。”

“什么？——哦——我会回来的——”他把胳膊挣脱出来。

酒保脸气红了：“我们这儿不那么干！您——”

“给——”

拉维奇从兜里掏出一张钞票，朝着酒保扔去，然后夺门而出。他从一群人身边挤过去，冲向右侧，绕过拐角，顺着布瓦西埃街一路狂奔。

有人在后面骂他。他回过神来，不再跑了，继续往前走，只要不引人注目，能走多快就走多快。不可能，他想，这根本不可能，是我发疯了，不可能！那张脸，那张脸，肯定只是长得像，真他妈像得瘆人，这只是我的神经对我开的一场恶劣玩笑——不可能在巴黎的，那张脸，它在德国呢，在柏林呢，是窗玻璃被雨打得一塌糊涂，让我看不清楚，肯定是我搞错了，肯定是——

他继续往前走，步子很急。他从一群电影院里拥出的人之间挤过，打量着从自己身边经过的每一张脸，看得很仔细。他盯着人的帽子底下，对上人们恼火惊异的目光，再往前，再往前，别的脸，别的帽子，灰色的，黑色的，蓝色的，他从它们旁边经过，转过身，盯着它们……

他在克勒勃尔大街的十字路口站定。有一个女人，一个牵着一条卷毛狗的女人，他突然记起来了。那人过来时就在那女人之后。

那个牵卷毛狗的女人早就被他甩在身后了。他急匆匆地赶回去。远远看到牵狗的女人后，就在人行道边上站定。他在兜里攥起拳头，细细地打量每个过往的行人。卷毛狗走到一根灯柱旁停下，嗅了嗅，极缓极缓地抬起一条后腿，然后拖拖拉拉地抓了抓铺石路面，往前走去。拉维奇突然感觉自己的脖颈汗湿了。他又等了几分钟——那张脸没有来。他打量停着的汽车。里面没有坐人。他又转过身，一直走到克勒勃尔大街的地铁站，进站，下楼，买了张票，顺着站台往前走。那里人很多。他还没穿过人群，一辆地铁就进站了，停了车，又消失在隧道里。站台空了。

他慢慢地回到酒馆，在自己之前坐过的桌旁坐下。桌上还放着一个杯子，里面有半杯苹果白兰地。这杯子还放在这里，显得有些奇怪……

酒保拖着脚走了过来。“抱歉，先生。我刚才不知道——”

“好了，好了，”拉维奇说，“您再给我拿一杯苹果白兰地来。”

“再拿一杯？”酒保望着桌上那半杯酒，“您不想先把这杯喝完吗？”

“不想。您再给我拿一杯。”

酒保拿起杯子闻了闻。“这杯不好吗？”

“没有不好。我只是想再来一杯。”

“好的，先生。”

是我搞错了，拉维奇想。窗户被雨打湿了，雾气蒙蒙的，这样怎么能清楚地辨出东西呢？他专注地盯着窗外，就像一个站在候猎处的猎人，他观察每一个过往的行人——但同时，一片朦胧中，一部灰暗却清晰的影片一幕幕飞快地闪过，零星的回忆——

柏林。一九三四年的一个夏夜——盖世太保的办公处；血；一个光秃秃的没有窗户的房间；露在外面的灯泡明晃晃的光；一张溅着点点鲜血的桌子，上面有绑人用的皮带；他的大脑熬了一宿，却非常清醒，他的脑袋被浸在水桶里十几次，几乎窒息，晕了过去，现在又被人吓醒；他的肾脏被打得那么厉害，都不再疼了；西比尔那张不知所措的扭曲面孔；几个穿着制服的小刽子手抓着她——还有一个声音和一张微笑的脸，这张脸在友善地告诉他，如果他不承认，这女人会怎样——西比尔，据说三天之后有人发现她上吊死了。

酒保来了，把酒杯放在桌上。“这是另外一种苹果白兰地，先生，是卡昂的迪迪耶产的。年份更老一些。”

“好的，好的。谢谢。”

拉维奇把那杯酒一饮而尽。他从兜里拿出一小包香烟，从中抽出一支，点上烟。他的手还是安定不了。他把火柴扔到地上，又要了一杯苹果白兰地。

那张脸，那张微笑的脸，他刚刚以为自己认出了那张脸——肯定是他搞错了！哈克在巴黎，那是不可能的。不可能！他从回忆中挣脱出来。既然什么办法都没有，就没理由用这种事把自己弄得筋疲力尽。到了那边的那些事土崩瓦解，我们可以回去的时候再想这些。在那之前……

他把酒保叫过来，把钱付了；但他还是忍不住仔细打量路上的每一个人。

他和莫罗索夫一起坐在“地下墓穴”中。

“你不相信那就是他？”鲍里斯·莫罗索夫问道。

“不相信。但那人看上去就像他。不知什么地方太他妈像了。不然就是我的记忆不牢靠了。”

“真是倒霉，你当时正在餐馆里。”

“是啊。”

莫罗索夫沉默了片刻。“让你不安极了，是吧？”他终于问道。

“没有。为什么？”

“因为你也不知道。”

"我知道的。"

莫罗索夫没有回话。

"简直是恶鬼缠身，"拉维奇说，"我还以为我会摆脱这些呢。"

"永远不会摆脱。我也这样过。主要是最开始那段时间，最初的五六年里。那时我还在等着俄国的三个人。原本是七个。有四个已经死了。其中两个是被自己的政党枪杀的。现在我已经等了二十多年了。从一九一七年开始等。还活着的三个人里有一个现在得有七十岁了。剩下两个大约四五十岁。但愿他们还能落到我的手里。这是为了我的父亲。"

拉维奇看着莫罗索夫。他身材魁梧，但也年过六十了。"他们会落到你手里的。"拉维奇说。

"是啊，"莫罗索夫把一双大手张开又合上，"我在等着他们。因此活得比较小心。不再那样常常喝酒了。或许还要再等一段时间。到时候我得有力气。我既不想开枪，也不想动刀子。"

"我也不想。"

他们坐了一会儿。"要不要下盘棋？"莫罗索夫问。

"好的。但我没看到空着的棋盘。"

"那边，教授下完了。对阵莱维来着。跟往常一样，又赢了。"

拉维奇过去拿棋盘和棋子。"您下了好久啊，教授，"他说，"整整一下午。"

老人点头。"象棋让人着迷。象棋比打牌更完美。打牌是时而走运时而倒霉，不能让人全然投入。象棋就是一个独立的世界。只要下棋，这个世界就代替了外面的那个，"他抬起红肿的眼睛，"不那么完美的那个。"

他的对手莱维突然开始抱怨，然后又不说话了，惊恐地环顾四周，跟着教授走了。

他们下了两局棋。之后莫罗索夫站起来。“我得走了，为人类的精英开门去了。你到底为什么再也不去我们那儿转转了？”

“我也不知道。只是偶然吧。”

“明天晚上去一趟怎么样？”

“明天晚上我没空。我得去吃顿饭。去马克西姆餐厅。”

莫罗索夫咧开嘴笑了。“身为一名非法居住的流亡者，你还再三进出巴黎那些最高档的饭店，其实也怪放肆的。”

“咱们只有在这些地方才可以全然安心。你要是一举一动都像个难民，很快就会被逮住。你一个无国籍护照持有者，自己也应该知道这些啊。”

“也对。那你要跟谁去啊？跟着德国大使吗，拿他当你的保护伞？”

“跟凯特·赫格斯特伦去。”

莫罗索夫吹了声口哨。“凯特·赫格斯特伦，”他说，“她回来了？”

“她明天早上到。从维也纳来。”

“好。那看来你之后还是会来我们那儿。”

“也可能不去。”

莫罗索夫打了个不相信的手势。“不可能！凯特·赫格斯特伦只要在巴黎，就会拿山鲁佐德当她的大本营。”

“这次不一样。她来是为了去诊所。她这几天就要做手术了。”

“那她更要来。你不懂女人，”莫罗索夫挤了挤眼睛，“还是说你不希望她来山鲁佐德？”

“为什么不呢？”

“我刚想起来，你自打那次把那女人送到我这里之后就不上我们这儿来了。乔安·玛朵。我觉得这不是个纯粹的偶然。”

“瞎说。我都不知道她还在你们那里。你们用得上她吗？”

“用得上。她最开始进了合唱团。现在她有了个独唱的小节目，唱两三首歌。”

“这段时间里她已经有点适应了吗？”

“当然了。怎么不能适应？”

“她绝望得要命，那个可怜鬼。”

“什么？”莫罗索夫问。

“我说她是个可怜鬼。”

莫罗索夫微微笑了。“拉维奇，”他像父亲一般说道，突然摆出一张走遍千山万水、尝遍人间百味的脸来，“别胡说了。那可是个好轻佻的娘们。”

“什么？”拉维奇说。

“一个轻佻的女人。不是个荡妇，只是轻佻。你要是个俄国人，就会明白了。”

拉维奇笑了。“那她肯定是变了好多。再见，鲍里斯！愿上帝保佑你的双眼。”

七

“我该什么时候去诊所，拉维奇？”凯特·赫格斯特伦问。

“随便您。明天、后天，什么时候都行。早一天晚一天都不要紧。”

她站在他面前，苗条得像个小男孩一样，自信又漂亮，但不算太年轻了。

拉维奇两年前给她切了盲肠。那是他在巴黎做的第一个手术。她给他带来了好运。那之后他就一直有活干，没在警察那里遇到麻烦。某种意义上，她对于他来说就像个吉祥物一样。

“这次我很害怕，”她说，“不知道为什么。但我害怕。”

“您不用害怕。这都轻车熟路了。”

她走到窗边，往窗外望去。外面是兰开斯特酒店的院子。一棵高大的老栗树朝着湿漉漉的天空伸出自己古老的胳膊。“这场雨啊，”她说，“我从维也纳出发时在下雨。我在苏黎世一觉睡醒时在下雨。现在到了这里——”她把窗帘拉回去，“也不知道自己怎么了。我想，是我渐渐老了吧。”

“我们不老的时候总会这样想。”

“我本来不该这样的。两周以前我离了婚，原本应该高兴的。但是我很累。一切都在重复，拉维奇。这是为什么呢？”

“什么都不会重复。只有我们重复自己，这样而已。”

她露出笑容，在假壁炉旁边的沙发上坐下。“我回来了，真好，”她说，“维也纳成了一个兵营。没有希望了。德国人把那城市践踏了。奥地利人还跟他们一道。奥地利人也那样，拉维奇。过去我以为那是违背自然的，怎会有奥地利纳粹。但我竟见到了他们。”

“不算出奇。权力是世上传染力最强的疾病。”

“是啊，也是最容易让人变模样的。因此我离婚了。两年以前我嫁的那个迷人的懒汉突然间成了一个大吼大叫的冲锋队队长，让伯恩施坦老教授清洗马路，自己站在旁边笑。那是伯恩施坦啊，一年以前刚给他治好了一场肾炎。据他说是因为治病的酬金太高了，”凯特·赫格斯特伦撇了撇嘴唇，“酬金是我付的，又不是他。”

“您摆脱了他，值得高兴。”

“他为离婚要了二十五万先令。”

“便宜，”拉维奇说，“只要是用钱就能摆平的，都是便宜的。”

“他什么都没拿到，”凯特·赫格斯特伦扬起那张瘦削的脸，那张脸毫无瑕疵，就像一颗雕琢过的宝石，“我跟他说了，我是怎么看待他、他的党和他的元首的——还说，从此以后这些话我都会公开地说。他拿盖世太保和集中营来威胁我。我就嘲笑他，说我仍然是个美国人，是有使馆保护的。我不会出什么事，倒是他不安全，谁让他跟我结婚了呢，”她笑了，“他没想到这些。打那之后他就不再找麻烦了。”

使馆，保护，保护伞，拉维奇想。这就像是另一个星球上的事。“伯恩施坦还可以出诊，这倒奇怪。”他说。

“他不能再出诊了。我第一次出血时，他偷偷给我做了检查。上帝保佑，我不能生下孩子。纳粹的孩子——”她颤抖了。

拉维奇站起来。“现在我得走了。下午韦贝尔会给您再检查一遍。只是走个形式。”

“我知道。即便这样——我这次很害怕。”

“凯特啊——又不是第一次了。比我两年前给您切盲肠那次还要简单，”拉维奇轻轻地握住她的肩膀，“您那次是我来巴黎后做的第一场手术。那就跟第一次恋爱有点像。我会小心的。再说您是我的吉祥物。您给我带来了好运，以后也会这样。”

“是啊。”她说着注视着他。

“好的。再会，凯特。我晚上八点过来接您。”

“再会，拉维奇。我现在去曼波彻店里买条晚礼服裙。我得摆脱这疲惫，还有身处蜘蛛网中的感觉。维也纳啊，”她带着苦涩的微笑说道，“梦之城啊——”

拉维奇坐电梯下楼，走过吧台，穿过大厅。几个美国人四散着坐在各处。大厅中央的一张桌子上有一大束红色的剑兰花。在漫射的灰暗光线中，它们的颜色就像陈年的血，直到他走近才看到，这些花是很新鲜的。只是外面的光线把它们照成了这样。

国际酒店三层一片忙乱。好几个房间的门开着，女佣和男仆跑来跑去，女店主在楼道里指挥着这一切。拉维奇走上楼梯。“怎么了？”他问。

女店主是个粗壮的女人，胸脯丰满，脑袋却特别小，一头短短的黑色鬈发。“西班牙人还是走了。”她说。

“这我知道。可您为什么这么晚还收拾房间？”

“我们明天早上要用这些房间。”

“新来一批德国流亡者？”

“不是，是西班牙来的。”

“西班牙的？”拉维奇问，他一时间不明白她是什么意思。“怎么，他们可是刚刚才走啊？”

老板娘用一双亮闪闪的黑色眼睛看着他，露出笑容。直接知晓什么内情，且带有赤裸裸的讽刺意味之时，才会有这种笑容。“另外那拨人回来了。”她说。

“什么另外那拨人？”

“当然是另一方那些。每次都这样。”她朝正在收拾房间的女佣喊了几句话。“我们这酒店开很久了，”喊完后她又说，多少有些骄傲，“客人们喜欢回我们这儿来。他们早就等着住进自己过去的房间了。”

“他们早就等着？”拉维奇惊讶地问，“谁早就等着呢？”

“另一方那些先生啊。他们大多已经在这儿住过一回了。当然了，其中好几个这段时间里已经遇难了。但是剩下那些先前在比亚里茨和圣让德吕兹等着，就等着我们的房间空出来。”

“您说这些人已经在这里住过一回了？”

“我说，拉维奇先生啊！”见他没一下子明白过来，店主很吃惊，“普里莫·德里维拉在西班牙独裁时他们可是来过啊。当时他们不得不流亡，在这里生活。后来西班牙成了共和制，他们就回去了，换了君主主义者和法西斯过来。现在后面这批人回去，共和党人又过来。剩下来的那些共和党。”

“说得对。我还真没想到这些。”

店主朝其中一个房间里面望了望。退位国王阿方索的一张彩色印刷画挂在床上方。“把那个拿下来，让娜。”她叫道。

女佣把画像拿过来。“来这儿。把它放这里。”店主把画像靠在右边墙上，又往前走。下一间屋子里挂着一张佛朗哥将军的画像。“那儿那张也是。把它跟另外那张放一块。”

“这些西班牙人到底为什么不把他们的画像带上？”拉维奇问。

“流亡者回去时很少把画像带上，”店主说，“画像在异国他乡是种安慰。人们回去后就用不到了。这画框在路上也太不方便了，玻璃又容易碎。画像基本上每次都留在酒店里。”

她把另外两张胖元帅的画像跟楼道里的那些放到一起，一张是阿方索的，一张小一些的是凯波·德·利亚诺的。“圣画像可以留在里面，”发现了一张花里胡哨的圣母像后，她决定，“圣人是中立的。”

“不总是。”拉维奇说。

“困难年代，上帝总是受人垂青。我在这儿还见过有个无神论者祈祷呢，”老板娘很有精神地动了一下，把左乳房挪正位置，“水淹到您脖子时，您不是也祈祷过吗？”

“当然了。但我也不是无神论者。我只是不会轻信。”

酒店小厮上楼来了。他艰难地抱着一大堆画像顺着楼道走过来。“您想重新装饰吗？”拉维奇问。

“当然了。干酒店这行，我们必须得有不少技巧。这样才能让酒店真有个好名声。特别是跟咱们这儿这类客人打交道的时候，我可以跟您保证，这类客人在这些事情上非常难搞。要是有人在屋里看到他的死敌五颜六色的，甚至常常还镶了个金框，居高临下地对着他耀武扬威，我们总不能指望他喜欢这屋子吧。我说的对不？”

“一点不错。”

店主转向小厮。“把画放这边来，阿道夫。算了，还是靠在墙上好，在光照着的地方，挨一起，让人家看得到。”

那人嘟哝一声，弯下腰为这场展览做准备。“您这是往那里面挂什么呢？”拉维奇好奇地问，“驯鹿啊，风景啊，维苏威火山爆发之类吧。”

“只有在不够的情况下才挂这些。只要旧画还够用，我就把旧画放回去。”

“什么旧画？”

“过去的画像。就是那些先生接管了政权后留在这里的那些。在这儿呢。”

她指了指楼道左边的墙。这时小厮已经把新拿来的画在那里摆好了，摆了一排，正对着从房间里拿出来的那些。这里有两张马克思，三张列宁，其中一张有一半都糊在纸里，还有一张托洛茨基和几张较小的黑白印刷画，上面画着内格林和西班牙的其他共和党领袖。这些画上的人不太起眼，没有一个挂着一身的各色勋章、颜色光鲜亮丽，像对面右侧墙边的阿方索、普里莫和佛朗哥他们那贵气十足的一列那样。光线昏暗的楼道里，两列相对的世界观无言地盯着对方，而中间站着法国老板娘，一身的技巧、经验和诙谐讽刺的智慧。

“当时我把这些东西保存起来了，”她说，“就是先生们搬走的时候。如今政权都不会长久。您看，我说的没错吧——现在这些政权对我们还挺有好处的。干酒店业，就得目光长远。”

她指示人们这些画应该挂在哪里。托洛茨基给送回去了；她觉得这张太不保险了。拉维奇仔细打量了下列宁那张被纸糊了一半的印刷画。他把那张齐着列宁头高的纸撕开了一点——粘着的纸后面又显出了一个托洛茨基的脑袋，这脑袋正朝着列宁微笑。可能是一个斯大林的拥戴者把它糊上了。“看看，”拉维奇说，“这儿还藏着一个托洛茨基呢。还是过去那段友谊和兄弟情谊的美好岁月留下来的呢。”

老板娘拿起那张画。“这个可以扔掉了。这一点儿价值都没有。有一半不断地侮辱另一半，”她把画交给小厮，“把框留着，阿道夫。这是好橡木。”

“剩下那些您准备怎么办？”拉维奇问，“那些阿方索跟佛朗哥？”

“那些要拿到地下室里。谁知道呢，可能将来还能再派上一次用场。”

“您的地下室肯定精彩纷呈。简直是个临时性的陵园吧。您那里面还有别的吗？”

“哦，当然有啦！我们有俄国人物——几张比较朴素的列宁，框在硬纸框里，可以用来救个场，还有末代沙皇的画像。都是死在这里的俄国人留下的。有一张非常漂亮的原版油画，放在很沉的金框里，是一个自杀的先生留下的。那里还有意大利人物。两张加里波的，三张国王像和一张报纸上剪下来的墨索里尼，这张墨索里尼稍微有些损坏了，是他还在苏黎世当社会主义者那时候的像。不过这件东西只是图个稀罕。谁都不会把它挂起来的。”

“也有德国人物吗？”

“还有几张马克思，这是最多的；一张拉萨尔；一张倍倍尔——还有一张艾伯特、谢德曼、诺斯克等好几个人的群像。上面的诺斯克用墨水给涂掉了。先生们告诉我，他成了一个纳粹。”

“没错。您可以把这张画跟信社会主义的墨索里尼挂一块儿。您没有德国另一派的人像吧？”

“有的！我们有一张兴登堡、一张威廉皇帝、一张俾斯麦——还有，”老板娘微微笑了，“甚至还有一张穿着雨衣的希特勒。我们这儿应有尽有。”

“什么？”拉维奇问，“希特勒？您怎么有希特勒呢？”

“是一个同性恋者拿来的。他是一九三四年罗姆和那边另外一些人被杀的时候过来的。他很害怕，总是祈祷。后来有个有钱的阿根廷人把他带走了。他名叫普西。您想看看那张画吗？就放在地下室里。“

“现在还不想看。我不想去地下室看，还是等到酒店所有房间里都挂满了这种画的时候再看吧。”

老板娘敏锐地看了他一眼。“这样啊，”随后她说，“您是说，到了那些人当了难民，跑这里来的时候。”

鲍里斯·莫罗索夫穿着他那身镶了金边的制服，站在山鲁佐德的门口，打开出租车门。拉维奇走出来。莫罗索夫微微笑了，“我以为你不想来呢？”

“确实不想。”

“我逼着他来的，鲍里斯，”凯特·赫格斯特伦拥抱了莫罗索夫，“上帝保佑，我又回到你们这儿来了。”

“您有一个俄国灵魂，卡提亚。天知道您为什么非得出生在波士顿。来吧，拉维奇，”鲍里斯·莫罗索夫把入口处的门推开，“人是决心上的巨人，行动上的弱者。我们的悲惨和耻辱源出于此。”

山鲁佐德布置得像一座高加索的帐篷。酒保是穿着红色切尔克斯服装的俄国人。乐队里都是俄国和罗马尼亚的吉卜赛人。客人们坐在小桌子前，小桌子放在一张沿着墙摆放的软垫长椅前面。桌板是玻璃做的，底下亮着灯。屋子里光线很暗，坐满了人。

“您想喝什么，凯特？”拉维奇问。

“伏特加。让吉卜赛人奏乐吧。阅兵时演奏的《维也纳森林》我已经听够了。”她飞快地脱了鞋，把双脚放到软垫长椅上。“现在我不累了，拉维奇，”她说，“在巴黎待上几个小时，我就不一样了。但我还是觉得自己仿佛是从一座集中营里跑出来的。您能想象这感觉吗？”

拉维奇看着她。“大概可以吧。”他说。

切尔克斯人送来一小瓶伏特加和杯子。拉维奇把酒倒上，其中一杯递给凯特·赫格斯特伦。她贪婪地一下喝干了酒，然后把杯子放回去。之后她环顾四周。“小屋子里全是飞蛾，”她说着笑了，“可到了夜里，这儿就成了避难和做梦的安乐窝。”

她仰回去。桌板下面柔和的光照亮了她的脸。“为什么，拉维奇？夜里，一切都有了颜色。什么好像都不那么难了，你觉得什么都能做到，实现不了的可以用梦来满足。为什么这样？”

他微微笑道：“我们做梦，是因为没有梦就无法忍受真实。”

乐队开始调音了。几个五度音和几声小提琴急奏翩然响起。“您不像是那种会用梦来欺骗自己的人。”凯特说。

“我们也可以用真实来欺骗自己。那是一个更危险的梦。”

乐队开始演奏了。一开始只有弦乐器。轻柔的钢琴音被包裹在乐音中，从朦胧中轻轻地拾起一段旋律，轻得几乎听不到，把它抛到空中，化作一个温柔的滑音，然后迟疑地把它转交给小提琴。

那个吉卜赛人慢慢地走过舞池，走到桌边来。他站在那里，笑意盈盈，肩上放着小提琴，瞪着一双急切的眼睛，心不在焉的脸上满是贪婪。要是没有小提琴，完全可以当他是个牲口贩子——有了小提琴，他就成了一个信使，传达草原、长夜、地平线和那一切永不现实的东西。

凯特·赫格斯特伦感觉，旋律就像四月的泉水一般流淌在自己的皮肤上。她的心中突然充满回音，可是没有人在呼喊她。种种消散的声音喃喃低语，模糊的回忆碎片翩跹无常，有时闪光如锦缎，但湍急如漩涡，可没有人在呼喊。没有人呼喊。

吉卜赛人躬了下身。拉维奇从桌子底下往他手里塞了一张钞票。凯特·赫格斯特伦在自己的角落里动了一下。“您可曾幸福过，拉维奇？”

“我常常是幸福的。”

“我不是这个意思。我说的是真正的幸福。那种让人喘不上气、失去了意识的幸福，全身心地感受幸福。”

拉维奇看着面前那张情绪激动的消瘦面孔，这张脸只知道快乐的一种含义，也是最游移不定的一种——爱情，其他的含义她都不懂。“我常常体验，凯特。”他说，但他指的是种完全不同的东西，而且他知道，那也不是幸福。

“您不想理解我，要么就是不想谈这些。现在是谁伴着乐队唱歌？”

“我不知道。我好久不来这里了。”

“从这儿看不到唱歌的女人。她没跟吉卜赛人在一起，肯定是坐在什么地方的一张桌子边。”

“那可能是个客串歌手。这里常常有这种人。”

“好特别的声音，”凯特·赫格斯特伦说，“又悲哀又叛逆。”

“悲哀又叛逆的是歌曲。”

“或者是我。您懂她唱的是什么吗？”

“*Ja wass loubill*——我爱过你。普希金的一首歌曲。”

“您懂俄语吗？”

“就懂莫罗索夫教过我的那些。大多是骂人话。俄语是一种很适合骂人的语言。”

“您不喜欢谈您自己的事吧？”

“我甚至不喜欢考虑我自己的事。”

一时间她只是坐着。“偶尔我想，以前的日子已经过去了，”之后她说，“无忧无虑，充满期待——过去的这一切都不再了。”

拉维奇微笑。“永远不会过去，凯特。生活这东西太广大了，大得在我们停止呼吸以前都不会过去。”

她没有听他说的话。“我常常感到恐惧，”她说，“突如其来的恐惧，说不清道不明。就仿佛是我们从这里出去时，外面的世界可能会一下子崩塌。您也知道这种感觉吗？”

“知道，凯特。每个人都知道。这是一种欧洲病症。二十年以前就有了。”

她沉默了。“这可不是俄语歌了。”她说着，一边聆听着那音乐。

“不是了。那是意大利语。Santa Lucia Luntana①。”

聚光灯从小提琴手身上移动到乐队旁边的一张桌子上。现在拉维奇看到唱歌的女人了。那是乔安·玛朵。她独自坐在桌旁，一只胳膊撑着桌子，望着前方，仿佛沉浸在思考中，仿佛除她以外什么人都不在场。在白光中，她的脸一片苍白。脸上没有了他熟知的那种乏味模糊的神色。它突然间拥有了一种激动人心的、绝望的美丽，他记起来，自己曾有一刹那见过这副模样——那是夜里在她的房间——但当时他以为，那是醉后的一场温柔骗局，而且那神情马上就熄灭了，消失了。现在它又完全绽放出来，而且更甚于前。

“怎么了，拉维奇？”凯特·赫格斯特伦问。

他转过身。“没什么。我只是知道这首歌。一首那不勒斯的感伤小调。”

“有什么回忆吗？”

“没有。我没有回忆。”

他没想到自己的语气这么激动。凯特·赫格斯特伦看着他。“有时候我真的希望自己知道您是怎么回事，拉维奇。”

他做了一个拒绝的动作。“也不比别人更复杂。如今世界上充满了身不由己的冒险家。每家难民酒店里都坐满了这样的人。每个人都有一个故事，要是给大仲马和维克多·雨果写，每个故事都能成为传世经典；而现在呢，这个故事还没讲出口，别人就已经打起哈欠来了。再给您一杯伏特加，凯特。如今，明确安稳地生活，就是最大的冒险。”

---

① 意大利语，再会，桑塔露琪亚。

乐队开始演奏一首蓝调歌曲。舞曲演奏得相当糟糕。几个客人努力地试图起舞。乔安·玛朵站起来，向出口走去。她走路的样子就仿佛这屋里空无一人。拉维奇突然想起来莫罗索夫是怎么评价她的。她紧挨着他的桌子走过去。他觉得她看到自己了；但她的目光马上就冷漠地从他身上掠过，她从屋里出去了。

“您认识这女人吗？”凯特·赫格斯特伦观察了他一会儿，然后问道。

“不认识。”

八

“看到这个了吗，韦贝尔？”拉维奇问，“这里——还有这里——还有这里……”

韦贝尔弯腰去看被夹住的刀口。“是啊……”

“这里这些小突起——还有这里，这不是肿块也不是粘连……”

“不是……”

拉维奇直起身子。“癌症，”他说，“明白无误就是癌症！我好久没有做过这么倒霉的手术了：窥镜什么都没显示，检查骨盆只发现一侧稍微有点柔软，有点肿胀，可能有个囊肿或者子宫肌瘤，没什么要紧的，但我们不能从底下进去，必须开刀，结果冷不丁就发现了癌症。”

韦贝尔看着他。“您想怎么办？”

“我们可以做个冷冻切片，用显微镜确定一下检验结果。布瓦松还在化验室里吗？”

“肯定在。”

韦贝尔给护士布置了任务，让她给化验室打个电话。护士急匆匆地走了，橡胶鞋底毫无声息。

“我们得继续切。做个子宫切除，”拉维奇说，“做别的都没有意义。糟糕的就是她自己还不知道。脉搏怎么样？”他问麻醉护士。

“正常。九十。”

“血压呢？”

“一百二十。”

“好，”拉维奇看着凯特·赫格斯特伦的身体，她的头在低处，以特伦德伦伯格卧位[①]躺在手术台上，“她本应该事先知悉。必须得到她同意后才行。我们不能就这么直接在她身体里切来切去——我们可以吗？”

“按照法律是不可以的。不过……我们毕竟已经动手了。”

“动手是必须的。刮宫不能从下面开始。但现在这是另一场手术了。把子宫取出来跟刮宫还是不一样的。”

“我想，她信任您，拉维奇。”

“我不知道。或许吧。但她会不会同意呢……”他用胳膊肘把套在白大褂外的橡胶罩衣弄正。“不管怎样……我可以先试着再动几刀。我们可以之后再决定是不是必须要做子宫切除术。刀，欧仁妮。”

他一直切到肚脐，把较小的血管夹住，给较大的血管打上双结，又取了一把刀，把发黄的筋膜切开。筋膜下面的肌肉被他用刀背隔开，然后他把腹膜提起来，打开，钳上。“牵引器！”

助理护士已经把牵引器准备好了。她把带着重物的链条抛到凯特·赫格斯特伦的双腿之间，钩住了膀胱板。“纱布。”

“纱布！”

他把温暖湿润的纱布推进去，把腹腔打开，开始小心翼翼地使用平口钳。接着他抬起眼睛。“您看看这里，韦贝尔——还有这里——这条宽韧带。又厚又硬的一大堆。上科赫尔钳是不可能的。已经来不及了。”

韦贝尔盯着拉维奇指给他看的那个地方。“您看看这处，”拉维奇说，“动脉已经钳不上了。太脆弱了。这也已经扩散了。

① 仰卧位的一种，常用于腹部手术。

没希望了——”

他小心地分离下窄窄的一小块。“布瓦松在化验室里吗？”

“在，”护士说，“我打过电话，他已经在等着了。”

“好。您把这个送过去。我们可以等着化验结果。用不了十分钟就会出结果。”

“您让他打电话过来，”韦贝尔说，“尽快打。我们一边做手术一边等着。”

拉维奇直起腰来。“脉搏如何？”

“九十五。”

“血压呢？”

“一百一十五。”

“好。我看啊，韦贝尔，我们现在不需要考虑该不该不经同意就做手术了。现在没办法了。”

韦贝尔点头。

“缝合，”拉维奇说，“把胎儿取出来，就这样。缝合，什么都不要说。”

他在那里站了片刻，看着白色纱布下敞开的躯体。刺眼的光让纱布显得更白了，像新下的雪一样，在那下面，敞开的刀口中红色的洞张开大嘴。凯特·赫格斯特伦，三十四岁，任性无常，身材苗条，一头褐发，锻炼得很结实，充满了生命意志——却被一只朦胧中的手扼住，这只看不见的手破坏了她的细胞，注定了她的死亡。

他又朝着这躯体俯下身。“我们还得——”

孩子。这个崩塌的身体中，还有一条生命在盲目地摸索着生长。它也注定要死亡了。还在吞噬、吮吸，贪婪热切，除了成长的欲望什么都没有，那东西希望有朝一日在花园里玩耍，它想要成为个什么，工程师，教士，士兵，杀人犯，一个人，它希望生活，受苦，得到快乐，再碎裂成沙灰——器械小心翼翼地沿着看不到的墙行进——遇到阻碍，小心地把它放倒，取出——结束了。一切没有意识的旋回都结束了，没有经历过的呼吸、欢欣、哀叹、生长、成就，全都结束了。除了一团苍白的死肉和一点逐渐凝固的血，什么都没有了。

“布瓦松那边已经有消息了吗？”

“还没有。肯定很快就来了。”

“我们还能再等几分钟。”

拉维奇后退一步。“脉搏？”

他看着支架后面凯特·赫格斯特伦的眼睛。她盯着他——不是僵直地盯着，就仿佛是她正看着他，知道这一切似的。他有一瞬间相信她是醒着的。他上前一步，又停下了。不可能！这是个偶然；是灯光。“脉搏如何？”

“一百。血压一百一十二。降了。”

“还有时间，”拉维奇说，“布瓦松现在可能已经弄完了。”

楼下的电话响了，声音闷闷的。韦贝尔朝门边看了一眼。拉维奇没往那边看。他等待着。他听到门开了。护士走进来。“嗯，”韦贝尔说，“是癌症。”

拉维奇点头，继续干起活来。他把钳子和夹子都收起来，把牵引器取出来；还有纱布。欧仁妮在他旁边清点器械。

他开始缝合。细致精确，有条不紊，全神贯注，什么都不想。墓穴合上了，层层薄膜合在一起，直到最后那层，最外层；他把这一层夹上，直起身来。“完事了。”

欧仁妮脚踩转轴，让手术台重新横过来，然后给凯特·赫格斯特伦盖上被单。山鲁佐德，拉维奇想，前天，一条曼波彻的裙子，您可曾幸福过，常常是幸福的，我害怕，都轻车熟路了；吉卜赛人演奏。——他望了望门上的钟。十二点。中午。现在外面的办公室和工厂都开着，健康的人从里面拥出来。两个护士把放平的手术推车从手术室里推出去。拉维奇把手上的橡胶手套扯下来，走进洗浴室洗手。

“小心您的烟，”韦贝尔说，他正在旁边的第二个盥洗盆前清洗，“您要把嘴唇烧到了。”

“好。谢谢。可谁来跟她说呢，韦贝尔？”

“您去说。”韦贝尔毫不犹豫地说。

“我们得跟她解释，为什么要给她动刀。她本来以为我们会伸到里面去。我们不能告诉她实情。”

“您会想到一些说辞的。”韦贝尔满怀信心地说。

“您觉得会吗？”

“当然会。您今晚之前都有空啊。”

“您呢？”

“我说什么她都不会信的。她知道是您给她做的手术，肯定希望由您告诉她。我去只会让她起疑心。”

“确实。”

“我不明白，怎么会在这么短的时间内就生出癌症来。”

“这是可能的。但愿我知道自己该说什么。”

“您会想到一些说辞的，拉维奇。随便编一个囊肿或者子宫肌瘤就行。”

“是啊，”拉维奇说，“随便编一个囊肿或者子宫肌瘤就行。”

夜里他又去了趟诊所。凯特·赫格斯特伦在睡觉。晚上她醒过一回，吐过，焦躁不安地躺了大约一小时，然后又睡着了。

“她问起过什么吗？”

“没有，”红脸蛋的护士说，“她还恍恍惚惚的，什么都没问。”

“我看她会一直睡到明天。如果她醒后问起来，您就跟她说，一切都很顺利。让她接着睡。如果有必要，您就给她打一针。如果她焦躁不安，您就给韦贝尔医生或者我打电话。我会给酒店留个口信，告诉他们我要去哪儿。”

他站在街上，就像一个再次逃过一劫的人一样。还有几个小时的期限，然后他就必须对着一张相信他的脸撒谎了。他突然间感觉夜晚那么温暖，繁星闪烁。生命那灰色的麻风病再次被天赐的几个小时慈悲地遮盖上了，这几个小时如鸽子一般飞向长空，它们也是谎言——我并没有白白得到什么；几个小时无非是拖延而已，可什么不是拖延呢？一切不都是拖延吗，大慈大悲地予以拖延，一面彩色的旗，把远处那扇无情逼近的黑色大门遮盖起来？

他走进一家酒馆，在窗前的一张大理石桌边坐下。屋子里烟气缭绕，十分吵闹。酒保来了。“来杯杜本内酒，再来包殖民地烟。”

他打开包装，点了一支黑色的香烟。他旁边有几个法国人在就腐败的政府和《慕尼黑协定》进行辩论。拉维奇只听了半耳朵。每个人都知道，这个世界正在漠然地奔向一场新的战争。谁都没有反对意见——拖延，再拖延一年——人们几经踌躇，就只做出了拖延战争的决定。这里也是拖延——不断拖延。

他喝了那杯杜本内酒。开胃酒带点儿甜的模糊味道让他的口中满是腻味的反感。为什么要点这酒呢？他朝酒保招了下手。“来杯特优干邑。”

他望着窗外，摆脱了种种思绪。如果什么都做不了，那就不应该让自己发疯。他记起了自己是什么时候学到这个教训的。他一生中最重要的几课之一——

那是一九一六年，八月，伊珀尔附近。连队一天前从前线回来。自打被送上战场，这还是他们第一次得到了一时的安宁。什么事都没有。眼下他们躺在温热的八月阳光下，围着一小团火烤他们在田间找到的土豆。一分钟后这一切都无影无踪了。炮袭突如其来——一颗榴弹击打在火焰的正中；他恢复了意识，全身完好，毫发无伤，却看到两个战友死了——远一些的地方是他的朋友保罗·梅斯曼，他们两个刚会跑时就认识了，一起玩耍，一起上学，形影不离——他躺在那里，胃和肚子都炸开了，内脏流了出来——

他们把他放到一张防水油布上，拖着他往野战医院走，走最近的路，穿过一片庄稼地，上了一个平缓的斜坡。他们四个人拖着他，每人拽着一个角，他躺在棕色的油布上，双手按着白色的鼓胀的血淋淋的内脏，嘴张开着，呆滞的眼里满是不解。

两小时后他死了，其中一小时一直叫喊。

拉维奇记着，他们回去，他坐在驻扎兵营里，脑子钝钝的，惘然若失。这还是他第一次看到这种景象。卡钦斯基在兵营里找到了他，那是他们的班长，平日里是个鞋匠。“跟我来，”他说，“今天巴伐利亚食堂里有啤酒和烧酒。还有香肠。”他盯着他看。不明白他为何如此残忍。卡钦斯基打量了他一会儿，然后说：“你跟我来。即便我得揍你一顿你也必须来。今天你得大吃大喝，然后去逛逛窑子。”他没有回答。卡钦斯基在他旁边坐下。“我知道出了什么事。我也知道你现在对我有什么想法。但我都在这儿待了两年了，你才两周。听好了！我们还能为梅斯曼做些什么吗？——不能。——你信不信，只要还有一线希望，咱们就会拼尽一切去救他？”——他抬起眼睛。是啊，这些是他知道的，都是从卡钦斯基那儿知道的。“好了。他死了。咱们什么都做不了了。但过两天咱们就得再出去，上前线。这回那边不会那么消停了。如果你现在就窝在这里想梅斯曼，你就会把这些想法都吞到自己身体里。那会让你的神经都坏掉，让你心神不宁。或许恰好会让你在外面下一轮火力轰来的时候行动不够快。慢了半秒钟。然后我们就得跟拖梅斯曼一样把你拖回来。这又对谁有好处呢？对梅斯曼？没有。还是对别人？对谁都没有。就是把你放倒而已，没别的了。现在你明白了吗？”“明白，但我做不到。”“闭嘴，你做得到！别人也做到了。你又不是头一个。”

这一晚之后，他觉得好一些了。他跟着卡钦斯基一起去了，上了自己的第一课。能帮助别人时就出手——一出手就竭尽全力；但如果什么都做不到了，就忘掉吧！转过身去！别倒下！同情留给和平年代吧。生死攸关之时何谈同情。把死者埋葬，仍然存在的占为己有！你肯定还用得上那些。哀悼是一码，事实是另一码。哀悼并无丝毫减轻，尽管如此还是要认清并接受事实。只有这样才能存活下来。

拉维奇喝光了那杯白兰地。邻桌的法国人仍然在为他们的政府喋喋不休。讲法国有多没用。讲英国。讲意大利。讲张伯伦——就只是陈词滥调。真正行动的只有那另一方。对方并非更强大，只是更果断。对方也不是更勇敢；只是知道另一方不会战斗。不断拖延，可拖延了又能怎样？你们备战了吗？进行过补救吗？打起精神了吗？你们只是看着别人继续备战——然后等着，毫无作为地盼着再拖延一轮。可记得海象群的故事？好几百头海象待在海滩上；它们中间有个猎人正在用木棍把它们一头接一头地打死。要是它们一拥而上，可以轻易地把他压死——但它们就是躺在那里，眼看着他过来，杀戮，自己却一动不动；毕竟他正打着的就只是邻居嘛——一个又一个邻居。这就是欧洲海象的故事。文明的暮光。倦怠的、没有定形的诸神黄昏。一面面空泛的人权旗帜。一块大陆正在清仓大甩卖。末日洪水正汹涌袭来。人们还在为最后几个价码而斤斤计较，一如既往地在火山上跳着末路之舞。一个个民族啊，再一次被慢慢地赶向屠宰场。羊被牺牲掉之后，跳蚤可以逃过一劫。回回如此。

拉维奇把烟按灭。他环顾四周。这一切是怎么回事？夜晚不是刚刚还如同一只鸽子一样吗，如同一只柔弱的灰鸽？埋葬死者，吞噬生命。时光是短暂的。坚持就是一切。总有一天会用得上你，所以要保全自己，时刻准备着。他朝酒保招手，把钱付了。

他走进山鲁佐德，里面光线很暗。吉卜赛人在演奏，只有聚光灯的光全部打在乐队旁边的桌子上，乔安·玛朵正坐在那里。

拉维奇在大门口站住。其中一个酒保走上前来，为他把一张桌子摆正。但拉维奇还是站着，望着乔安·玛朵。

“伏特加？”酒保问。

“好。来一瓶。”

拉维奇坐下。他给自己倒了一杯伏特加，很快地喝了下去。他想摆脱自己在外面时想到的那些念头。过往的鬼脸和死亡的鬼脸——一个被榴弹炸开的肚子，还有一个被癌症蚕食的。他意识到，自己坐的这张桌子，正是两天以前跟凯特·赫格斯特伦一起坐过的那张。旁边还有另一张桌子是空的。他没有挪过去。无论坐这张还是另一张都无所谓——对凯特·赫格斯特伦都没有帮助。韦贝尔有次说什么来着？当一场手术徒劳无望的时候，您干吗要发怒呢？我们能做什么就做什么，做完了回家。不然还能待在哪儿呢？是啊，不然还能待在哪儿呢？他听到乔安·玛朵的声音从乐队那边传来。凯特·赫格斯特伦说得对——这是个动人的声音。他伸手去拿那个放着清澈烈酒的玻璃瓶。又是一个这样的瞬间，色彩褪去，生命在无力的手中变得灰暗。潮水神秘地退去。两息之间的间顿轻不可闻。时间的啮噬慢慢啃食心灵。Santa Lucia Luntana，乐队旁边那个声音这样唱着。那声音就像一片海一样前来——来自被遗忘的对岸，在那里有什么东西在盛放。

“您喜欢她吗？”

“喜欢谁？”拉维奇站起来。俱乐部经理正站在他身边。他朝着乔安·玛朵做了个手势。

“喜欢。很喜欢。”

“她并没大红大紫。但还是用得上，可以放在其他节目之间。”

经理飞快地走开了。一瞬间，他的山羊胡子被白光衬得很黑。接着他消失在黑暗中。拉维奇目送着他，然后去拿他的杯子。

聚光灯熄灭了。乐队开始演奏一曲探戈。被灯打亮的桌面再次浮现，还有桌面上方一张张模糊的脸。乔安·玛朵站起身来，从桌子之间穿过。她不得不停下几回，等着几对男女走向舞池。拉维奇看着她，她也看着他。她的脸上没显出惊异的神色来。她径直向他走去。他站起来，把桌子往旁边推。一个酒保过来帮他。“谢谢，”他说，“我自己也能行。我们只是还需要一个杯子。”

他把桌子重新推正，往酒保拿来的杯子里倒上酒。“这是这儿的伏特加，”他说，“不知您喝不喝。”

“喝的。我们已经喝过一次了。在‘美丽的曙光’。”

“没错。”

我们也来过这里一次，拉维奇想。好久好久以前的事了。三周以前的事。当时你坐在这里，在你的雨衣里蜷缩成一团，无非是半明半暗间的一丝死灰朽木。现在呢——“干杯。”他说。

一道光从她脸上飞掠而过。她没有笑；她的脸只是亮了一些。“我已经好久没听过这句了，”她说，“干杯。”

他喝完自己那杯酒，看着她。高耸的双眉，分得很开的眼睛，嘴——这些过去全都是模模糊糊的，各顾各的，没有联系，如今突然间聚成了一张明亮又神秘的脸，这张脸的秘密就是它的坦率。它什么都不隐藏，因此也什么都不泄露。我过去怎么没有看到这些，他想。但或许当时就没有这些吧，或许这张脸当时被困惑和恐惧填得满满的吧。

“有香烟吗？”乔安·玛朵问。

“只有阿尔及利亚烟。就是味道很冲的黑烟。”

拉维奇想朝酒保招手。“不太冲，”她说，“您也给过我一支。在阿尔玛桥上。”

“确实。”

确实，也不确实，他想。当时你像条丧家之犬一样，毫无生气，并不是你；我们之间还有过一些别的什么，突然间那些都不再是真的了。“我来过这里一次，”他说，“前天的事。”

“我知道。我看到您了。”

她没有问起凯特·赫格斯特伦。她安静又放松地坐在角落里抽烟，似乎全神贯注在抽烟这件事上。随后她喝了酒，喝得又静又慢，似乎全神贯注在喝酒这件事上。她似乎把正在做的事情都做到了极致，即便那只是如此无关紧要的小事。她当时也绝望到了极致，拉维奇想——现在她不再是那样了。她突然间拥有了温度，还有一种自然又可靠的沉着。他不知道，她之所以成了这样，是否因为眼下这一刻什么都无法撼动她的生命；他只是感到，她的生命照耀着自己。

那瓶伏特加空了。“还接着喝这个吗？”拉维奇问。

“当时您给我的那个是什么来着？”

“什么时候？在这里吗？我记得咱们那时候乱七八糟地喝了一大堆。”

“不是。不是在这里。第一天晚上。”

拉维奇思索了一下。“我不记得了。——不是干邑白兰地吗？”

“不是。样子像是干邑白兰地，但是有些不一样。我试过去找那种酒，但没有找到。”

“怎么？有那么好喝？”

“不是那个原因。那是我这辈子喝过的最暖和的东西了。”

“我们在哪儿喝的？”

“在凯旋门旁边的一个小酒馆。必须得往下走几个台阶。里面有几个司机，还有几个当小姐的。酒保的胳膊上文了一个女人。”

“啊，我知道了。那应该是苹果白兰地。是诺曼底的一种苹果酒。您试过要这个了吗？”

“我觉得没有。”

拉维奇朝酒保招手。“有苹果白兰地吗？”

“没有。不好意思。从没有人点过。”

“这里太高档了，没有那酒。看来就是苹果白兰地。可惜了，咱们在这里翻不出来这酒。最简单的做法就是再去一回那个酒馆。不过现在还去不了。”

“怎么去不了？”

“您不用待在这里吗？”

“不用。我完事了。”

“好。走吗？”

“走。”

拉维奇不费吹灰之力就找到了那家酒馆。里面空荡荡的。胳膊上文了个女人的服务员很快地朝两人看了一眼，然后拖着脚从柜台后面出来擦桌面。“有进步，”拉维奇说，“那次他就没这样。”

“不是这张桌子，”乔安说，“那边那张。”

拉维奇露出笑容。“您迷信吗？”

“偶尔。”

服务员站在他们旁边。“没错，”他说着让文身跳了几下，“当时你们也坐的这张。”

“您还记得这个？”

“没错。”

“您应该当将军的，”拉维奇说，“有这好记性。”

“我从不忘事。”

“那您还能活到现在，可是怪事一桩。不过，您还记不记得，我们那回喝的是什么？”

“苹果白兰地。”酒保毫不犹豫地说。

“好。这次我们还要喝那个，”拉维奇转向乔安·玛朵，“有时候问题多容易解决啊！现在咱们就要看看喝起来是不是还是一样的味道。”

服务员把杯子端来。“双份的。当时您要的是双份苹果白兰地。”

“我渐渐觉得您有些可怖啊，伙计。您是不是也还记得我们当时穿的是什么呢？”

“雨衣。这位女士戴了一顶巴斯克贝雷帽。”

“您在这儿屈才了。您应该去演杂耍的。”

“演过啊，”服务员吃惊地说，“马戏团。我跟您讲过的。您都忘了？”

“是啊。说来脸红，忘了。”

“这位先生很容易忘事，”乔安·玛朵对服务员说，“他是精于遗忘的艺术家。就像您是个精于不忘的艺术家。”

拉维奇抬起眼睛。她正看着他。他微笑了。“可能也算不上，”他说，“咱们这就尝尝这苹果白兰地。——干杯！”

"干杯！"

服务员站着没动。"忘了什么，日后生活里就会缺什么，先生。"他说道。这个话题对他来说还没说完。

"没错。而忘不了的东西，会让人如陷地狱。"

"不会让我这样。都过去了嘛。那怎么会把人的生活弄得像地狱一样？"

拉维奇抬头看他。"正因为都过去了，兄弟。不过您是个幸福的人，不只是个艺术家。是同一种苹果白兰地吗？"他问乔安·玛朵。

"还要更好。"

他看着她。一股轻柔的暖意涌上他的额头。他知道她是什么意思；可她说了这话，他就缴械投降了。这话可能产生什么效果，她好像并不在乎。她坐在简陋的酒馆里，就好像沉浸在自己的世界中一样。光秃秃的电灯泡发出残酷无情的光线。两个妓女跟他们隔着几张桌子，在这光线中看上去老得像自己的祖母。但这光对她毫无影响。之前她在夜总会的一片朦胧中什么样，到了这里还是丝毫不差。那张线条分明的明净面孔，什么都不问，只是在那里等着——这是一张空着的脸，他想；拂上一丝神色，这张脸都会变样。可以梦想着它染上千万种神色。它就像一座漂亮的空屋，在等着人铺上地毯，挂上图画。那里有千万种可能性——既可以成为一座宫殿，也可以成为一座窑子。只看那个给它填放东西的人怎么想了。相较而言，那些已经被填满了神情、挂上了张面具的脸，全都显得多么狭隘啊——

他看到她那杯酒喝完了。"钦佩至极，"他说，"那可是双份的苹果白兰地。您还想再来一杯吗？"

"好的。要是您有空的话。"

我怎会没空呢，他想。随后他突然想起来，上次她看到他跟凯特·赫格斯特伦在一起。他抬头看她。她的脸不动声色。

“我有空，”他说，“明天九点我得做个手术，仅此而已。”

“您那么晚都不睡觉，还能做手术吗？”

“可以的。跟那没有关系。那就是个习惯。我也不是每天都做手术。”

服务员把杯子满上。他送来酒瓶时一并拿来了一包香烟，把这烟放在桌上。这是一包绿盒劳伦斯。“当时您还要了这个，是不？”他得意洋洋地问拉维奇道。

“不知道。您比我更清楚。不过我毫无保留地相信您。”

“没错，”乔安·玛朵说，“就是绿盒劳伦斯。”

“您看吧！这位女士的记性比您好，先生。”

“这还不见得。无论如何，烟我们大概还是需要的。”

拉维奇打开包装，把盒子递给她。“您还住在那同一家酒店里？”他问。

“是啊。我只是换了个大一些的房间。”

一群司机走了进来。他们在邻桌坐下，大声聊起天来。

“走吗？”拉维奇说。

她点头。

他朝服务员招手，把钱付了。“您不用再回山鲁佐德吗？”

“不用。”

他拿起她的大衣。她没有穿上大衣，只是把它披在肩膀上。这是一件廉价的貂皮大衣，可能只是个仿制品——但穿在她身上不显得廉价。只有那些不能心安理得穿在身上的东西才廉价，拉维奇想。他还见过廉价的贡品级貂皮呢。

“那咱们就送您回酒店。”他们站在大门外面的蒙蒙细雨中时，他说。

她慢慢地转向他。“不去你那里吗？”

她的脸就在他的脸下方，离得很近，侧仰起来对着他，门前路灯的光遍洒在那上面。细密的水珠湿淋淋地在她发间闪亮。

“好。”他说。

一辆出租车过来停下。司机等了一会儿，然后咂了下嘴，咔嚓一声换了挡，开走了。

“我一直在等你。你知道吗？”她问。

“不知道。”

她的眼睛亮亮的，映出路灯的光。你可以朝这双眼睛里面望，而它们似乎永远没有尽头。“我今天才看到你，”他说，“过去的那个不是你。”

“是啊。”

“过去的那个什么都不是。”

“是啊。我都把过去那些忘了。”

他感觉到她气息间轻轻的潮起潮落。这看不到的潮向他震颤而来，轻柔得没有一点重量，心甘情愿又满怀信任之情——那是这陌生的夜里一团陌生的生命。蓦然间，他感到自己的血。血液不断涌来，又不止是血：是生命，受过千次咒骂，还是得到千次相迎，不断失落又不断找回——一小时以前还只是一片贫瘠的风景，光秃秃的，只有一个个昨日，没有一丝慰藉——可现在生命又在喷涌了，接近了那个他本来都不再相信的神秘时刻；他又成了站在海边的第一个人，生命从潮中升起，洁白光明，既是问题又是解答，不断迎向他，眼前的风暴骤起——

“扶住我。”乔安说。

他低头看着她的脸，用一条胳膊环住她。她的肩迎向他，就像一艘想要停在港口的船。“你一定要人扶着才行吗？”他问。

“是啊。”

她的双手放在一起，紧贴在他胸前。“我会扶住你的。”

“是啊。”

又一辆出租车嘎吱一声停在人行道边上。司机无动于衷地望着他们。他的肩上坐着一只穿了一件针织背心的小狗。“打车吗？”那司机问道，嘶哑的声音从嘴唇上亚麻似的长胡子底下传来。

“看啊，”拉维奇说，“那边那人什么都不知道。他可不知道有什么东西触动了我们。他看着我们，却没看到我们已经变了。这世界的疯狂之处就在于此了：你可以变成一个大天使、一个傻瓜或一个罪犯，可谁都看不出来。但如果你缺了一个钮扣——就每个人都看到了。”

“那样不疯狂。那样很好，可以让我们不受打扰。”

拉维奇看着她。我们——他想。怎样的一个字眼啊！世上最神秘的字眼。

“打车吗？”司机很有耐心地嘶声说道，不过声音大了些，还给自己点了支烟。

“来吧，”拉维奇说，“我们甩不掉那边那位。他干这行干出经验来了。”

“不要坐车。我们走着吧。”

“下起雨来了。”

“不是雨。这是雾。我不要坐出租车。我要跟你走着。”

“好。但我至少要跟那边那位解释清楚，如今这儿的情况不一样了。”

拉维奇走过去，跟司机说了说。那个人露出了一个非常好看的笑容，朝着乔安做了个只有法国人在这种时刻才会用的手势，示意了一下，然后开走了。

“你怎么跟他解释清楚的？”拉维奇回来后她问。

“用钱。这样最简单不过。这人干夜班，又玩世不恭，一听就明白了。他仁慈大方，又有一点儿和蔼可亲的鄙夷之意。”

她微微笑了，靠在他身上。他感觉自己心中有什么东西敞开了，延展开来，温暖，柔软，宽广，这种东西仿佛用许多只手把他往下拉。他们比肩而立，这突然让他无法忍受，怎能用双脚站在地上，用这双造型可笑、让人保持平衡的狭小平面支撑；而不是将这一切遗忘，陷入沉醉，臣服于肌肤的抽噎，听从深埋于千万年岁月后的那声呼唤，溯回这一切都还不存在的时代，头脑啊问题啊痛苦啊疑虑啊都还不存在的时代——只有血液中的幽暗快乐——

“来吧。”他说。

他们穿过细密的雨，走在空旷的灰色街道上，走到尽头时，那广场突然又出现在他们面前，广阔无垠，一汪流动的银中，飘然高悬的，是凯旋门沉重的灰影。

九

拉维奇回酒店。早上他离开时，乔安·玛朵还在睡觉。他本来以为过一小时就会回去。现在已经是三小时之后了。

“您好，医生。”在通往三楼的楼梯上，有个人招呼他。

拉维奇看着那个男人。一张苍白的脸，一丛乱七八糟的浓密黑发，戴着眼镜。他不认识这人。

“阿尔瓦莱，”那男人说，“哈姆·阿尔瓦莱。您记起来了吗？”

拉维奇摇头。

那男人弯下腰，把裤腿拉起来。一条长长的疤痕从胫骨往上拖到膝盖。“现在您想起来了吗？”

“这是我做的手术？”

男人点头：“是在前线后面一间厨房的桌子上做的。那是阿兰胡埃斯的一座临时搭建的野战医院。一片杏树林里的那座白色的小别墅。这下记起来了？”

拉维奇突然感觉到杏花的浓烈气味。他闻到这气味，就仿佛那腐坏的气味顺着昏暗的楼梯而上，跟更甜更腐朽的血的气味混杂在一起，怎么也分不开。

“是啊，”他说，“我记起来了。”

当时伤员们躺在被月光照亮的露台上，一个挨一个列成几排。这都是几架德国和意大利飞机造成的后果。孩子、女人、农夫，都被弹片撕裂。有个孩子的脸没有了；有个怀孕的女人胸以下都被炸开了；一个老头惊恐地把一只手上炸断的手指拿在另一只手里，因为他相信人家能把它们重新缝上。这一切之上笼罩着夜晚那浓重的气味，滴落着晶莹的露水。

“这条腿现在一点儿问题都没有了吗？”拉维奇问。

“差不多吧。我还是没法让它完全屈下去，”男人微笑，“倒是足以靠它翻越比利牛斯山。冈萨雷斯死了。”

拉维奇不记得冈萨雷斯是谁了。但这时他记起了一个给他帮忙的年轻大学生。“您知道马诺洛现在怎么样了吗？”

“被捕了。枪毙了。”

“那赛尔纳呢？那个旅长？”

“死了。保卫马德里之前就死了，”男人又露出微笑。这微笑僵硬机械，突如其来，一丝情感都没有，“穆拉和拉帕纳被捕了。枪毙了。”

拉维奇不记得穆拉和拉帕纳是谁了。他在西班牙待了六个月，后来前线被突破了，野战医院也解散了，他就走了。

“卡尔纳罗、欧尔塔和戈尔德施坦因进了集中营，”阿尔瓦莱说，“都在法国。布拉茨基也还安全。他躲在边境后面。”

拉维奇还记得的只有戈尔德施坦因。那时候那边的面孔太多了。“您现在住在这酒店里？”他问。

“是啊。我们前天搬来了。就在那边，”男人指着三层的房间，“我们在南方边境的集中营里被关了很久，总算给放出来了。当时我们还有些钱。”他又露出笑容。“有床。真正的床。真是家好酒店。墙上甚至还有我们领袖的画像。”

“是啊，”拉维奇说，并无讽刺之意，“那肯定是很舒适的，毕竟你们在那边经历了这么多。”

他向阿尔瓦莱道别，进了自己的房间。

房间被整理过了，里面空无一人。乔安已经走了。他环顾四周。她什么都没留下。他也没指望她留下什么。

他按铃。过了一会儿，女佣进来。“太太已经走了。”他还没来得及问，她就说。

“我自己也看出来了。可您怎么知道有人来过这儿呢？”

“拉维奇先生啊。”女佣说，也没再说下去，一张脸上的表情仿佛在说自己的尊严受到了严重伤害似的。

“她吃早饭了吗？”

“没有。我没看到她。不然我也会想到早饭的事的。她这事我以前就知道的。”

拉维奇看着她。最后那句话他不喜欢。他拿出几法郎，给女佣塞到围裙兜里。“很好，”他说，“下次您还这么办。只有在我跟您明确说了之后，您再把早饭送过来。确定这房间里没人之前，别过来打扫。”

女佣露出贴心的笑容。“很好，拉维奇先生。”

他不太自在地目送她离开。他知道她在想什么。她想，乔安已经结婚了，不想被人家看到。要是在过去，他见了也就笑笑。现在他不喜欢这样。到底为什么不喜欢呢，他琢磨着。他耸了下肩，往窗边走去。酒店就是酒店啊。这是没办法的。

他打开窗户。一栋栋房屋上方是个阴云密布的中午。麻雀在屋檐底下鸣叫。下面那层有两个声音在争吵。肯定是戈尔德贝格那家。那家的丈夫比妻子大二十岁，是个做粮食生意的大批发商，来自布雷斯劳。妻子跟流亡过来的威森霍夫搞外遇。她以为没人知道这事。可唯一一个不知情的就是戈尔德贝格。

拉维奇关上窗户。他早上做了一个胆囊手术。一个匿名胆囊，算给迪朗的。他替迪朗切开了一个不知名男人的肚子。酬金两百法郎。之后他去了凯特·赫格斯特伦那儿。她发烧了。烧得太厉害了。他在那里待了一小时。她睡得很不安宁。这也不是什么异常情况，但最好还是不要这样。

他盯着窗外。一股事后那种特殊的空虚感。床，没一点痕迹了。天，把昨天无情地撕裂了，就像豺狼撕裂羚羊的皮一样。夜间的森林在黑暗中像有魔法一样升高，现在又无限遥远了，只是时间的荒漠上一场海市蜃楼罢了……

他转身，在桌子上发现了吕西安娜·马蒂内的地址。她不久前出院了。她可不让人闲着。两天以前他还去了她那里。没必要这就再去看她，但他也没别的可干，于是决定过去一趟。

那房子在克拉瓦尔街上。一层有个肉铺，一个强健的女人在里面挥着砍肉刀卖肉。她正在服丧。她丈夫两周以前死了。女人现在管着这店铺跟一个伙计。拉维奇走过去时看到了她。她似乎正打算外出做客，头戴着一顶有一条长长的黑色绉布面纱的帽子，还热情地要给一个熟人赶紧切条猪腿下来。面纱都飘到开了膛的猪身上了，砍肉刀一闪，咔嚓一声砍下去了。

“一刀的事。”寡妇满意地说，把猪腿扔到秤上。

吕西安娜住在最顶层，屋顶下面的一个小房间里。她不是一个人。一个大约二十五岁的小伙子正无所事事地坐在一把椅子上。他戴着一顶骑自行车的人戴的那种帽子，抽着一支自己卷的烟，他说话时烟就粘在他上嘴唇上。拉维奇进屋时他坐着没动。

吕西安娜躺在床上。她有些困惑，脸也红了。“医生——我不知道您今天要来，”她朝那小伙子望去，“这是……”

“爱谁谁，”小伙子粗暴地打断她的话，“用不着到处说人家名字。”他往后一靠。“好啊，看来您就是医生了？”

“怎么样啊，吕西安娜？”拉维奇也不管他，就问道，“您还在卧床，明智之举。”

“她早就能起床了，”小伙子说，“她没事了。她要是不去工作，这就得一笔一笔往外掏钱。”

拉维奇回头看着他。“您出去。”他说。

“什么？”

“出去。到门口去。我要给吕西安娜做检查。”

小伙子爆发出一阵大笑。“那您就查呗。我们没那么讲究。再说干吗要检查啊？您前天才来了一趟。这又得另花一笔出诊费，是不？”

“老弟，”拉维奇平静地说，“您看上去不像是出钱的人。此外，要不要花钱是另一回事了。现在您出去吧。”

小伙子咧开嘴笑了，舒舒服服地叉开了腿。他穿着一双尖头的漆皮鞋和紫色的袜子。

“拜托了，波波，”吕西安娜说，“肯定也就一眨眼的事。”

波波不理会她。他只顾盯着拉维奇。“您来得正好，”他说，“这样我就能立马跟您摊开了说个明白。老兄，要是您以为，可以捞笔账单走，什么医院、手术之类的玩意儿——没门！我们就没打算送她进医院——更别提做手术，就甭想着捞一大笔钱了。我们没要损害赔偿，您还能谢天谢地了！您做这手术违背了人家的意愿。”他露出一排脏兮兮的牙齿。“吃了一惊吧，嗯？波波我心知肚明；没那么容易骗人家当冤大头。”

小伙子看上去心满意足了。他感觉自己从这烂摊子里漂亮地抽身出来了。吕西安娜脸色变得煞白。她畏惧地看看波波，又看看拉维奇。

“明白了吗？”波波得意洋洋地说。

“就是他吗？”拉维奇问吕西安娜。她没有回答。“那就是他了。”他说着打量起波波来。

一个瘦巴巴的高个子无赖，细细的脖子上围着一条人造丝巾，喉结在丝巾边沿处上下起伏。塌肩膀，鼻子过长，没下巴——简直就是书里走出来的城郊皮条客。

“什么就是他？”波波挑衅地说。

“我跟您说了好几遍让您出去，我想现在说得已经够多了。

我要检查了。”

“妈的。”波波回应道。

拉维奇慢慢地向他走去。他已经受够这个波波了。小伙子跳起来，朝后退了一步，手里突然拿了一条大约一米长的细绳子。拉维奇知道他想干什么。他打算在拉维奇离他更近时跳到一边，然后很快地到拉维奇后面去，好把绳子从他脑袋上面套下去，从后面勒住他。如果对方没看出这种意图，或者试图上拳头，这种做法还挺管用的。

“波波，”吕西安娜叫道，“波波，别！”

“你这小流氓，”拉维奇说，“又是绳索这套脓包把戏——别的你都不会了？”他笑了。

波波一时间惊呆了。他的眼光犹疑起来。紧接着拉维奇用双手把他的上衣从肩膀上拽下来，这一来他的胳膊就抬不起来了。“这招你可能还没见过吧？”他说着很快地打开门，相当粗暴地把这惊慌失措的小伙子推到门外面，“你要是有兴趣干这些，就去当兵啊，不是巴不得杀人放火吗！别来烦扰成年人。”

他从屋里把门关上。“好了，吕西安娜，”他说，“现在我们来看看。”

她在哆嗦。“安心，安心。已经过去了。”他拿起那条破旧的棉布面鸭绒被，把它放在椅子上。他又把绿色的毯子卷起来。“睡衣睡裤？为什么穿这身呢？穿这身可没那么舒服啊。您还不能多活动呢，吕西安娜。”

她沉默了片刻。“我今天才穿上这身的。”她说。

“您没有睡袍穿了？我可以从诊所给您送两条。”

“不用，不是这个原因。我穿上这身，因为我知道……”她看了一眼门，轻声说道，“……知道他要来。他说我已经病好了。他不想再等了。”

“什么？可惜我没早点儿知道，”拉维奇愤怒地朝门那边看了一眼，“他得等着！”

吕西安娜有着贫血女子那种非常白皙的皮肤。薄薄的表皮下透出蓝色的血管。她形体优美，骨骼纤细，身材细长，但哪里都不干瘦。这又是那无数姑娘中的一个，拉维奇想，你看到她们就要寻思，大自然为什么要费力把她们造得那么窈窕——如果你知道她们几乎全都会变成什么样——会劳累过度，被错误又不健康的生活方式迅速消磨得不成人形。

“您还得卧床一周，多在床上休息，吕西安娜。您可以起床，在这里走几步。但是要小心；别搬东西。接下来的几天里也别走台阶。有人照料您吗，除了这个波波之外？”

“还有房东。但她也开始发牢骚了。”

“没别人了？”

“没有了。过去还有玛丽。她死了。”

拉维奇打量这房间。屋子里摆设寒酸，但是干净。窗前放了几株倒挂金钟。“那波波呢？”他问，“看来这一切都过去之后，他又冒出来了……”

吕西安娜没有回答。

“您为什么不把他扔出去？”

“他没那么坏，医生。就是太放肆……”

拉维奇看着她。爱情啊，他想。这也是爱情。这亘古的奇迹。它不仅把梦幻的彩虹抛到事实的灰色天空上——就连粪堆都要用浪漫的光辉美化一番；既是奇迹，又是癫狂的嘲弄。他突然间有了种奇特的感觉，仿佛自己归根结底也成了个同谋。“好了，吕西安娜，”他说，“您别生气。先只管把身体养好。”

她轻松了，点了点头。“钱的事，”她尴尬地匆匆说道，“那不是真的。他只是那么一说。我会把所有钱都付了的。一分不少。分期支付。我什么时候可以再去工作？”

“大约两周之后吧，如果您不胡来的话。也别跟波波乱来！绝对不行，吕西安娜！不然您会没命的，明白吗？”

“明白。”她不确信地回答。

拉维奇把毯子盖到那苗条的身子上。他抬头看她时，发现她哭了。“就不能早一点吗？”她说，“我干活时可以坐着呀。我必须得……”

“或许吧。我们再看。这取决于您的表现。您得告诉我给您做手术的那个接生婆叫什么，吕西安娜。”

他看到她眼睛里的抗拒。“我不去找警察，”他说，“绝对不去。我只想试试把您交过的钱从那里掏出来，那样您就可以更安心一些了。有多少钱？”

“三百法郎。您永远不会从她那儿得回来的。”

“可以试试嘛。她叫什么，住哪里？您再也用不上她了，吕西安娜。您不会再怀上孩子了。她也没法对您怎么样了。”

姑娘犹豫着。“在那边的抽屉里，”她终于说道，“右边的抽屉里。”

“这儿这个字条？”

“对。”

“好。过两天我就过去。您别害怕。”拉维奇穿上自己的大衣。“怎么？”他问，“您干吗要起床？”

“是波波。您不知道他。”

他微笑。“我想，再恶劣的我也知道。只管躺着吧。据我所见，咱们用不着担心。再见，吕西安娜。我会很快再过来的。”

拉维奇同时转动钥匙和门把手，迅速地把门打开。楼道里什么人都没有。他也没指望有人在；他知道波波这种人。

现在站在楼下肉铺里的是那个伙计，这人脸色发黄，没有老板娘那种激情。他无精打采地剁这剁那。办过丧事后，他明显疲惫了很多。他跟师母结婚的机会渺茫。小餐馆里坐拉维奇对面的一个制刷工高声讲了这些，还说不等他们结婚，她就会连他也送进坟地里去，说这伙计现在已经虚了很多了，那寡妇倒是容光焕发的。拉维奇喝了一杯黑醋栗酒，付了酒钱。他原本以为会在餐馆里遇到波波，但波波不在。

乔安·玛朵从山鲁佐德的大门里出来。她拉开出租车门，拉维奇正在那里面等着。“走，”她说，“咱们离开这里，去你那儿。”

“出了什么事吗？”

“没有。什么都没有。我只是受够了这种夜总会的生活了。”

“稍等。”拉维奇朝站在大门口的卖花女人招了招手，让她过来。“大妈，”他说，“把你的玫瑰都给我。要多少钱？可别漫天要价。”

“六十法郎。给您的特价。因为您给我开过治风湿的药方。”

“有用吗？”

“没用。只要我还整夜站在湿地里，就不可能有用。”

“您真是我这辈子遇到过的病人里最理智的一个了。”

他接过玫瑰。“谨表歉意，毕竟你今天早上醒来时不得不一个人待着，而且没吃到早餐，”他对乔安说，把花放在出租车的地上，“你还想去喝点什么吗？”

“不想。咱们去你那里。把花拿来，放这座位上。别放到地上。”

“放那里挺好。我们应该爱花，但别为了花搞得太麻烦。”

她很快地转过头。“你的意思是，我们不应该把自己爱的东西宠坏了？”

“不是。我的意思就是，我们不应该对漂亮的东西大肆渲染。再说，眼下我们之间最好别放花。”

乔安怀疑地看了他一会儿。然后她的脸上露出喜色。“你知道我今天干了什么吗？我活了。又活过来了。我呼吸了。又能呼吸了。我存在。我又存在了。这是第一次。我又有双手了。还有眼睛和一张嘴巴。”

司机灵活地驾驶着出租车，从狭窄的街道上别的车之间钻出来。接着他猛地开起来。这一下子把乔安掷到拉维奇那边。一瞬间他用双臂环着她，感受着她。这就像一场温暖的风，当她坐在那里说着话，沉迷于自己的情感和自身之时，就像一阵风吹拂着他，让日间结出的硬痂、让他心中那拒人千里的奇特冷漠之意融化得无影无踪。

“一整天——源源不绝地，仿佛到处都涌出泉流，泉水喷射到我的脖颈上，涌到我的胸前，就好像我定要泛出绿意，抽出枝叶，开出花朵——这感觉摄着我，摄着我，牢牢地摄住我，让我无法摆脱——现在我存在了——而你——”

拉维奇看着她。她向前弓着身子坐在肮脏的皮座椅上，黑色的晚礼服裙中透出来的双肩一片晶莹。她坦率，说话时既不迟疑也不羞怯，她有什么感觉就说什么，让他自觉在她面前贫乏又生硬。

我做手术来着，他想。我把你忘了。我去了吕西安娜那里。我沉浸在过往中的某处。没有想到你。之后，夜幕降临，暖流渐袭。我的思绪不在你那里。我想着凯特·赫格斯特伦来着。

“乔安，”他说着把双手放到她撑在座位上的双手上，“咱们还不能去我那里。我还得去趟诊所。就待几分钟。”

“你还得去看看你给做了手术的那个女人吗？”

“不是要看今天早上那个。是另一个。你愿意找个地方等我吗？”

“你一定得马上就去吗？”

“最好马上就去。我不希望别人过会儿打电话找我。”

“我可以在你那儿等你。咱们还有空去趟你的酒店吗？”

“有空。”

“那就去酒店。你过会儿再来。我可以等你。”

“好的。”拉维奇对司机说了地址。他靠回座椅上，感到座椅边沿挨着自己的脖颈。他的双手还放在乔安的手上。他感到她在等着他说些什么，说些关于他和她的事。但他说不出来。她已经说了太多了。并没有那么多，他想。

车停了。“走吧，”乔安说，“这里的事我会应付的。我不害怕。把你的钥匙给我就好。”

“钥匙在酒店里。”

“我会跟他们要的。我得学会这个，”她从地上拿起花，“赶上了这么一个男人，在我睡觉时离开我，我以为他不会回来时他又回来——肯定还有不少要学的呢。这就学起来吧。”

“我会跟你一起上楼的。咱们也别太夸张。我马上就又得留下你一个人就够糟的了。”

她笑了。她显得很年轻。“请您稍等一下。”拉维奇对司机说。

那人慢慢地闭起一只眼睛。“多等会儿也行。”

“把钥匙给我。”乔安上楼梯时说道。

“为什么？”

“给我。”

她打开门，然后就站着不动。“多美。”她朝着黑洞洞的屋里说，屋子的窗外有一轮光秃秃的月透过云，亮着。

“美？这间破屋？”

“是啊，多美！什么都美。”

“或许现在还是。现在还黑着。可是——”拉维奇伸手去够灯的开关。

“别。我自己来。你去吧。不过别到了明天中午才回来。”

她站在黑暗的房门口。窗户那边的银光打在她的肩和头后面。她的身形影影绰绰，令人血脉偾张，又神秘莫测。她的大衣滑到了地上，在她双脚边如同一团黑色泡沫。她靠在门上，只有一只胳膊上捕获了一道楼道里的光亮。“去吧，要回来啊。”她说着关上门。

凯特·赫格斯特伦的高烧退了。“她醒过吗？”拉维奇问睡眼惺忪的护士。

“醒过。那是十一点的时候。她问起过您。我就把您嘱托我的跟她说了。”

“她没问起绷带的事？”

“问了。我跟她说，这刀是不开不行的。我说，这就是一场小手术，您明天会给她解释。”

“就这些？”

“对。她说，如果您觉得这样对，就没问题。她说，如果您再过来，今夜再来，我就代她问个好，还要跟您说，她相信您。”

“这样啊——”

拉维奇站了一会儿，低头看着护士那分成两路的黑色头发。“您多大了？”随后他问道。

她惊讶地抬起头。“二十三岁。”

“二十三岁。您干护理有多久了？”

“两年半。到一月就两年半了。”

“您喜欢这份工作吗？”

护士的苹果脸上露出笑容。“喜欢，”她滔滔不绝地说开了，“当然有些病人是很累人的，但大多数都很友善。昨天布里索太太送了我一条漂亮的丝绸裙子，几乎是全新的。上周我还从勒尔纳太太那里得到了一双漆皮鞋。就是后来死在家里的那个。”她又微微笑了。“我几乎都不用买衣服了。基本上一直有人送我些什么。要是有东西用不上，我就把它拿到一个开了一家店的朋友那里换成钱。这一来我就过得很好。赫格斯特伦太太也一直十分大方。她给的是钱。上次给了一百法郎。才十二天而已。这次她要待多久啊，医生？”

“久一些。几周吧。”

护士看上去很高兴。她没有皱纹的明净脑门后面在计算这能给她带来多少收入。拉维奇又朝凯特·赫格斯特伦弯腰看了看。她安静地呼吸。伤口上淡淡的气味跟她发间刺鼻的香水味混在一起。他突然受不了了。她信任他。信任。野兽还在那被切过的平坦腹中啮噬。这就被缝上了，什么办法都没有。信任啊。

“晚安，护士。”他说。

“晚安，医生。”胖乎乎的护士在屋子角落里的一张沙发椅上坐下。她把朝着病床的灯光调暗，往脚上裹了一张毯子，伸手拿了一本杂志。那是一本刊登侦探故事和电影照片的廉价期刊。她舒舒服服地挪正位置，读了起来。她旁边的小桌子上放着一个张开的袋子，里面装着巧克力小饼干。拉维奇走之前看到，她看也不看就从里面拿了一块。有时候我们理解不了那些最简单的东西，他想——这同一间屋子里，一个人躺在床上，病得要死了，这些却跟那另一个人毫无关系。他关上门。可我不也一样吗？我不是从这间屋子里出去，进另一间，到那间——

房间里很暗。浴室的门稍稍开着。门后亮着灯。拉维奇犹豫了。他不知道乔安是不是还在浴室里。随后他听到她的呼吸声。他穿过房间走进浴室，什么都没说。他知道她在，而且她没有睡，然而她也不说话。房间里突然充满了沉默、等待和紧张——一如无声呼喊的漩涡——思绪彼岸的陌生深渊，晕眩这红色的醉人罂粟如云雾般从中漫起。

他关上浴室的门。白色灯泡的明澈光亮中，一切都又变得熟悉可信了。他拧开淋浴喷头的开关。这是酒店里唯一一个淋浴喷头。他知道，自己不在的时候，酒店老板娘还把它当作奇景让她的法国亲友们来参观。

温热的水流到他的皮肤上。现在乔安·玛朵就躺在近旁，正在等着他。她的皮肤很光滑，她的头发就像惊涛骇浪在枕头上翻腾，她的眼睛熠熠生辉，即便在房间里几乎没有光亮的时候也闪闪发光，仿佛它们甚至可以捕捉窗前微弱的冬日星光，再把这光反射出来。她正躺在那里，灵活酥软，神秘善变，令人激动，因为短短一个小时以前见到的那个女人已经不见踪影了，世间万种不含爱情的魅力和诱惑，只要是有的，都在她身上——然而他对她突然有了种近乎厌恶的感情——这是种奇异的抗拒感，和突如其来的强烈爱慕混杂在一起。他不由自主地往四周望了望——他觉得，要是浴室还有第二个出口，自己有可能早就穿上衣服出去喝酒了。

他擦干身子，又犹豫了一会儿。多奇怪啊，有什么东西从一片乌有中出来，向他侵袭而来。那是一个影子，是一片虚无。或许之所以如此，是因为他从凯特·赫格斯特伦那里来。抑或是因为乔安之前在出租车里说过的话。太快了，太容易了。或者单纯是因为有人在等——而不是他在等别人。他撇了撇嘴唇，打开门。

“拉维奇，”乔安在黑暗中说，“苹果白兰地在窗边的桌子上。”

他站住了。他注意到方才自己很紧张。她要是说别的，他很有可能会受不了。但这句没问题。紧张消散了，变成了松弛温和的安全感。“你找到那瓶子了？”他问。

“很容易就找到了。它就在那里嘛。不过我把它打开了。我发现了一个开瓶器，在你那堆东西底下的什么地方。再给我倒一杯。”

他倒了两杯酒，给她拿了一杯。“来——”体味到清澈的苹果酒精，真是美妙。乔安说对了话，太好了。

她把脑袋靠回去，喝了酒。头发落到她的双肩上，这一刻她似乎整个人都在全心全意地喝酒。拉维奇之前就已经注意到，她这个人无论做什么，都全心全意地投入。那不仅很有魅力，还藏了一份危险，这隐约触动了他。她喝酒时就整个人都全心全意地喝酒，爱着什么时就整个人都全心全意地爱，绝望时就整个人都全心全意地绝望，如果遗忘就一星半点都不会再想起。

乔安把杯子放下，突然笑了。“拉维奇，”她说，“我知道你想了什么。”

“真的？”

“是啊。你刚刚觉得自己几乎算是结婚了。我也一样。在门口叫人抛下不是什么别致的经历，再加上怀里还抱着玫瑰花。谢天谢地，这里还有苹果白兰地。别老舍不得喝那瓶酒。”

拉维奇把酒倒上。“你真是个了不起的人物，”他说，“确实。在那边的浴室里时我有点受不了你了。现在我觉得你太棒了。干杯！”

“干杯！”

他喝完了那杯苹果白兰地。“这是第二夜了，”他说，“这夜很危险。陌生的魅力已经消退，熟识的魅力还没出现。我们要熬过这一夜。”

乔安放下自己的杯子。“这方面你好像了解得不少啊。”

“我什么都不了解。只是说说而已。我们永远都不会了解什么。什么都在不断地改变。现在也一样。永远都不会有第二夜。每次都是第一夜。如果有第二夜，那就是尽头了。”

“谢天谢地！不然我们会变成什么样呢？会落到算术那样的境地里吧。好了，过来吧。我还不想睡觉。我想跟你喝酒。星星在那冷冷的天上赤裸裸地挂着。如果独自待着，多容易冻死啊。即便天热时也一样。要是两个人，就永远不会冻死。”

“即便两个人在一起，也会冻死的。”

“我们不会。”

“当然不会，”拉维奇说，一片昏暗中，她看不到他脸上飞掠而过的表情，“我们不会。”

十

“我这是怎么了，拉维奇？”凯特·赫格斯特伦问。

她躺在床上，身子稍微抬高，头下面垫了两个枕头。屋子里一股身体之水[①]和浓香水的气味。上面的窗户开了一条缝。外面清冽的空气带着些许霜意涌进来，跟室内的温暖混杂在一起，仿佛现在不是一月，而是四月了。

“您发烧了，凯特。发了几天烧。后来您一直睡觉，几乎二十四小时都在睡。现在烧退了，一切正常了。您感觉如何？”

“很累。仍然很累。但跟之前不一样了。不抽筋了。不怎么疼了。”

“还会疼的。不会疼得特别厉害，我们也会想办法让您忍受得了。不过不会一直像现在这样。这些您自己也知道吧——”

她点头。“你们给我开刀了，拉维奇——”

“是的，凯特。”

“有这个必要吗？”

“有。”

拉维奇等待着。最好让她自己发问。

“我还得这样躺多久？”

“几周时间。”

她沉默了一会儿。“我想，这样大概也好吧。我可能需要休息。真是够了。现在我意识到了。之前我很累。那时我不愿意识到这点。这跟现在这事有关系吗？”

“肯定有，毋庸置疑。”

“还有，我偶尔会出血，也是因为这个吗？两次月事之间出血？”

“也是因为这个，凯特。”

“那样的话，还好我现在有空了。可能必须得这样。要是现在就得下床，再去应付那一大堆事情——我觉得自己可能做不到吧。”

“不用那样。忘了那些吧。只想着接下来的事就好。比如说您的早餐。”

“好，”她露出虚弱的笑容，“那您把镜子递给我。”

他把床头柜上的手镜拿给她。她仔细地看了看镜中的自己。“那边的花是您送来的吗，拉维奇？”

“不是，是诊所送的。”

她把镜子放在床上。“诊所不会在一月送丁香花。诊所送的是紫菀之类。诊所也不知道丁香是我最喜欢的花。”

“这家诊所知道。您是这儿的老前辈了，凯特，”拉维奇站起来，“现在我得走了。快到六点时我会再来一趟，再看看您。”

“拉维奇……”

“嗯……”

他转过身。来了，他想，现在她要问了。

她伸出一只手。“谢谢，”她说，“谢谢你们送的花。也谢谢您照料我。我在您这里总是感到特别安心。”

“好了，凯特，好了。那之后就谈不上照料了。要是睡得着，您就再睡会儿吧。如果疼了，您就按铃让护士来。我会嘱咐她准备针剂的。下午我再过来。”

“韦贝尔，酒呢？”

“有那么糟糕吗？酒瓶在这里。欧仁妮，您找个杯子

① 一种淡香水。

出来。”

欧仁妮不情愿地拿了一个杯子。“这就是一个顶针，”韦贝尔抗议道，“您找个正经杯子来。您还是等一下，别把手弄伤了。我自己来。”

“我不明白，韦贝尔医生，”欧仁妮尖刻地说，“每次拉维奇先生一进来，您就——”

“好啦，好啦。”韦贝尔打断她的话。他倒了一杯干邑白兰地，“给您，拉维奇。她怎么想？”

“她根本没问。她问都不问就信了。”

韦贝尔抬起头看他。“您看吧，”他得意洋洋地说，“我一开始就说了。”

拉维奇喝完了那杯酒。“之前有没有过这样的病人，您为他什么都做不了，他还为此感谢您？”

“常有。”

“还什么都信您？”

“当然。”

“您有什么感觉？”

“感觉松了口气，”韦贝尔惊讶地说，“轻松了很多。”

“我觉得要吐了。感觉自己像个骗子。”

韦贝尔笑了。他把酒瓶拿开了。“要吐了。”拉维奇重复了一遍。

“我还是头一次在您身上发现一丝人类的情感冲动，”欧仁妮说，“当然，要抛开您表达这种情感冲动的方式来看。”

“您不是个发现者，您是个护理者，欧仁妮，这一点您常常忘了。”韦贝尔说，“看来情况还好，拉维奇？”

“是啊，目前还好。”

“好。她今天跟护士说，离开医院之后，她想去意大利。那样我们就从这堆事情里抽身了，”韦贝尔搓了搓手，“到时候可以让那边的医生去管这事。我不希望有人死在这里。死人总是有损名声的。”

拉维奇按了按给吕西安娜做手术的那个接生婆的门铃。过了好久，一个浅黑肤色的男人打开门。他看到拉维奇后，手握着门。“您要干吗？”他嘟囔道。

“我要跟布歇太太说话。”

“她没空。”

“没关系。我等到她有空时。”

男人要把门关上。“如果不让我等她，我就过一刻钟再来，”拉维奇说，“不过下次就不会我自己来了。我要带上别人，无论如何都能跟她说上话的人。”

男人盯着他。“什么意思？您要干吗？”

“我跟您说过了。我想跟布歇太太说话。”

男人考虑了一下。“等一下。”他说着关上门。

拉维奇打量着那扇被撞过的棕漆门板，还有白铁信箱和写着名字的珐琅门牌。这扇门中走出过许多悲苦恐惧。几个没有意义的法律条文迫使多少条生命不去看正经医生，只能来找江湖郎中，都是因为这个。这一来孩子就生不下来了。人要是不想要孩子，总会找到办法，有没有这法令都是一样的。唯一的区别就是，现在每年都有成千上万的母亲被毁掉了。

门又打开了。“您是警察的人吗？”那个没刮胡子的男人问道。

“我要是警察的人，就不会再跟这里等着了。”

“进来吧。”

男人引领拉维奇费劲地穿过黑洞洞的走廊，进了一个塞满了家具的房间。那里有一张丝绒沙发，几把镀金椅子，一张假的欧比松地毯，一个胡桃木立柜，墙上挂着几张田园牧歌风情的印刷画。窗前有一个金属架子，上面放着一个装了一只金丝雀的鸟笼。只要有块地方，就摆了瓷器和小人偶。

布歇太太出来了。她长得极胖，穿着一件紧绷绷的和服，衣服看着不太干净。她是个庞然大物，但一张脸光滑漂亮，除了一双眼睛，她的眼睛不安地乱转。“先生有何贵干？”她用公事公办的口气问道，站着没动。

拉维奇站起来。“我是为了吕西安娜·马蒂内的事来的。她在您这里堕过胎。”

“胡说！”那女人马上就镇定自若地说道，“我不认识什么吕西安娜·马蒂内，我也不堕胎。您肯定搞错了，不然就是被人家骗了。”

看她的样子，好像事情这就解决了，她想走了。但她没走。拉维奇等待着。她转过身，“还有别的事吗？”

“堕胎不成功。姑娘失血严重，差点死了。她只能找人开刀。是我给她开的刀。”

“撒谎！”布歇太太突然嘶嘶地叫喊起来，“撒谎！这帮耗子精！本身就是下三滥，还想把别人也拉下水。但我就要教训教训她。耗子精！我的律师会解决这事的。我是个有名望的人，是个纳税人，我倒要看看，这么一个放肆的小畜生，到处乱搞——”

拉维奇入迷地盯着她。她这样发作一场，同时一张脸丝毫没变，仍然光滑漂亮，只是嘴巴抿得紧紧的，像挺机关枪一样飞沫四射。

“姑娘也没想要什么，”他打断了女人的话，“她只想把付给您的钱要回来。”

布歇太太笑了。“钱？退回去？我什么时候从她那儿收过钱？她有收据吗？”

“当然没有。您可不会开收据。”

“因为我就从没见过她！还有人信她这话？”

“有。她有证人。她在韦贝尔医生的诊所里做了手术。检验结果一清二楚。有一份手术记录。”

“您有一千份手术记录又怎样！哪儿写着我碰过她了！还诊所！还韦贝尔医生！笑死人了！这么一只小耗子还得送进高档诊所！您没别的事干了吗？”

“有。要干的事够多的。您听好了。姑娘付给您三百法郎。她可以向您提出控告，索要损害赔偿——”

门开了。浅黑肤色的男人走了进来。“有什么事吗？阿黛勒？”

“没有。索要损害赔偿？如果她上诉，她自己就会受审。保证是她先受审，因为她这是承认自己打过胎。然后她还得证明那是我干的。她证明不了。”

浅黑肤色的男人咯咯地笑了。“安静，罗杰，”布歇太太说，“你可以出去了。”

“布吕尼耶在外面。”

“好。跟他说，让他等着。你也知道——”

男人点头，走了。一股浓烈的干邑白兰地气味随他消失了。拉维奇嗅了嗅。“这是陈年干邑白兰地，”他说，“至少也有三四十年了。下午就能喝上这些，真是幸福。”

布歇太太惊愕地盯了他片刻。然后她慢慢地扭了扭嘴唇。“没错。您想来一杯吗？”

“恭敬不如从命。”

她虽然胖，走到门口的动作却迅速轻盈得让人吃惊。“罗杰！”

浅黑色皮肤的男人来了。“你又动那瓶好干邑了！别撒谎，我都闻到了！把瓶子拿来！甭说话，拿瓶子来！”

罗杰拿来一个瓶子。“我给布吕尼耶倒了一杯。他逼着我陪他喝了一杯。”

布歇太太没有回话。她关上门，从胡桃木立柜里拿了个弧形的杯子。拉维奇厌恶地看了看那个杯子，那上面刻了个女人的头。布歇太太倒了一杯酒，把杯子放在他面前画着孔雀的桌面上。“您似乎是个理智的人，先生。”她说道。

拉维奇不由得对她产生某种敬意。她不像吕西安娜告诉他的那样，是铁石铸就的；比那更糟糕——她是橡胶做的。铁石还能弄断，橡胶却不行。她拒绝吕西安娜的索赔要求，这么做没错。“您的手术不成功，”他说，“后果很严重。这应该足以让您把钱还回去了。”

“如果一个病人做完手术后死了，您会把钱还回去吗？”

“不会。但有时候我们不收手术费。比如说吕西安娜的钱。”

布歇太太看着他。“那好——那她还胡闹什么？大可以庆幸了！”

拉维奇举起杯子。“太太，”他说，“敬您。您真不容小看。”

那女人慢慢地把杯子放到桌上。“先生，已经有很多人试过这么做了。但您似乎理智一些。您觉得我干活是图高兴，还是觉得所有钱都进我口袋？那三百法郎里有差不多一百法郎给了警察。您以为这钱不交我还能干下去？这外面就坐着个又是要钱来的。得花钱打点，不断地打点。不然就干不下去。我在这儿偷偷地把话跟您说了，这些话天知地知你知我知，如果您想拿这些话挑事情，我就拒不承认，警察也会把事情压下去。您只管信我的。”

“我相信。”

布歇太太很快地看了他一眼。发现他没有讽刺的意味后，她拉过来一把椅子坐下。她拉那把椅子，就像拉一片羽毛一样；那身脂肪下面似乎有着巨大的力量。她又给他倒了一满杯贿赂用的白兰地。“三百法郎看着好像很多——但这钱可不止要给警察。有租金——在这儿当然比别处贵得多，洗衣费，要买器械——卖给我要比卖给医生贵一倍，还有回扣，贿赂——要把所有人都打点好，酒水，新年要送礼，当官的还有官太太们过生日时也得送礼——方方面面，先生！有时候都剩不下什么。”

“对这些是没什么好说的。”

“那要说哪些？”

“说说发生了这样的事，吕西安娜这样的。”

“医生手底下就从来不出这种事？”布歇太太很快地说。

“远没有这么寻常。”

“先生！”她直起身子，“我是个实诚人。我跟每个来这儿的人都说，到时候可能会发生这种事。谁听了也没回去。她们求我动手。她们哀求啊绝望啊。如果我不帮她们，她们就要自杀。这里什么样的戏码都演过。她们在那块地毯上滚来滚去地求我！您看到那儿那个立柜没有，看那角上有块抛光面掉了？那是一个有钱的女士绝望之下干的。我帮了她。您还想看看别的吗？厨房里有十磅李子酱，那是她昨天送来的。那纯粹是出于感激，虽然她已经交过钱了。我跟您说，先生……”布歇太太的声音抬高了，变得更加浑厚——“您可能说我是个堕胎的——别人可叫我恩人和天使。”

她站了起来。她的和服雍容华贵地裹在身上。笼子里的金丝雀仿佛得了令似的唱了起来。拉维奇站起来。他明白这是一出闹剧。但他也知道，布歇太太没有夸张。“很好，”他说，“我这就走。对于吕西安娜来说您可算不得恩人。”

“您真应该看看她，看她之前的样子！她还想要什么？她身子健康——孩子也没了——她想要的可就这些。诊所的钱她又不用付。”

“她再也不会有孩子了。”

布歇太太愣了一秒。“那样更好，”她不为所动地说，“对她来说是极大的幸事，那小婊子。”

拉维奇看出来，干什么都无济于事。“再见[①]，布歇太太”，他说，“跟您说话还挺有意思的。”

她走到他近旁。拉维奇原本打算尽量不跟她握手。但她根本没那个意思。她亲昵地压低了声音。“您很理智，先生。比大多数医生都理智。可惜啊，您——”她顿住了，看着他，好像在鼓励他，“偶尔遇到某些病例，我们需要——一个理智的医生可能会帮很大的忙呢——”

拉维奇没有表示反对。他打算听她说下去。“不会有损于您的，”布歇太太又说，“只在情况特殊的时候。”她打量着他，就像一只猫假装喜爱鸟。“其中有些病人很有钱，偶尔也有这样的……当然都是预付款的，而且——我们很安全，在警察那边没任何问题——我猜，您大概也愿意赚上几百法郎的外快——”她拍了拍他的肩膀——“您这么漂亮的男人——”

她露出一个大大的笑容，伸手抓起酒瓶。“怎么样，您怎么想？”

“谢谢。”拉维奇说着，把瓶子推回去。“不喝了。我喝不了太多。”他拒绝得很艰难，那白兰地太好了。瓶子上没有酿酒厂的标签，肯定是某个一流的私人酒窖里拿出来的。“另外那件事我会考虑的。过不久我再来拜访。我很愿意看看您的器械。或许可以在这方面给您提提意见。”

“您再来时，我给您看我的器械。到时候您给我看看您的证书。信任是相互的嘛。”

“您已经对我表示出某种程度的信任了。”

“一点儿也没有，”布歇太太微微笑了，“我只是给您提了

---

① 原文为法语。

个建议，随时可以反悔。您不是法国人，别人听得出来，虽说您法语说得挺好。您看样子也不像法国人。您可能是个流亡者吧。”她的笑意更浓了，用一双冷冰冰的眼睛盯着他。“别人不会相信您的，最多对法国文凭感点兴趣，可您又没有。外面那接待室里就坐着一个警官。如果您愿意，可以马上过去告发我。您不会这样做的。不过，我的建议您可以好好考虑考虑。您不愿意告诉我您叫什么，住哪里，是不？”

“不愿意。”拉维奇说，他感觉自己被打败了。

“我就知道，”现在布歇太太看上去真像一只吃饱喝足的大肥猫，“再见，先生！您考虑一下我的提议吧。我一直想要请一个流亡的医生为我工作呢。”

拉维奇微笑起来。他知道这是为什么。流亡来的医生会被她牢牢地掌控住。如果有朝一日出了什么事，他就成了责任人。“我会考虑的，”他说，“再见，太太！”

他穿过黑洞洞的走廊。他听到其中一扇门后面有人在呻吟。他猜想，这些屋子被布置得像一个个装着床的小隔间。来这里的女人在里面躺几个钟头，然后就踉踉跄跄地回家。

接待室里坐着一个瘦高的男人，这人有一撇修剪过的小胡子和橄榄色的皮肤。他专注地打量拉维奇。坐他旁边的是罗杰。罗杰的桌子上也放着一瓶那种陈年干邑。看到拉维奇时，他不由自主地试图把酒藏起来。随后他咧嘴一笑，放下了手。“晚上好，医生[①]。”他说着露出一副肮脏的牙齿，似乎刚才在门口偷听来着。

“晚上好，罗杰。”拉维奇感觉，表现得亲密一些比较合适。不出半个小时，那个坚不可摧的婆娘就几乎把他这个明显是敌人的人变成了共犯。这一来，不用太正经的腔调对罗杰说

① 原文为法语。

话反而成了一种解脱，经历了这一切后，罗杰身上突然显出了某种惊人的人情味。

他在楼下的台阶上遇到两个姑娘。她们在几扇门前来回寻摸。“先生，”其中一个下定决心问道，“布歇太太住在这房子里吗？”

拉维奇犹豫了。可是说了又有什么用呢？没有用的。她们还是会去的。他又不能给她们指明别的方法。“四层。门口有一个牌子。”

夜光钟的钟面像一个借来的小太阳一样，透过黑暗闪着光。现在是早晨五点。乔安本来应该三点钟过来。她可能还会来。也可能太累了，直接回自己的酒店了。

拉维奇躺回枕头上，想再睡一会儿。但他没睡着。他躺了很久，望着天花板，斜对面屋顶上霓虹灯招牌的红色光带每隔一段时间就曳到天花板上闪一下。他感到空虚，又不知这是为什么。就仿佛是他身体里的温暖从皮肤中一滴滴渗出去了，不知去了哪里，也仿佛他的血液想要依靠在什么并不存在的东西上，又仿佛他的血液不断下落，坠入一片温柔的虚无。他的双手交叉在脑袋后面，他静静地躺着。现在他知道了，自己在等待。他也知道，不仅是他的意识在等待乔安·玛朵，他的双手、血管和心中一种异样的陌生柔情都在等待着。

他站起来，穿上晨衣，在窗户边上坐下。他感受着皮肤上柔软棉布的温度。这件衣服很旧了；多年来他带着它东奔西走。逃亡途中，他曾穿着它睡觉；在西班牙度过的那些寒冷的夜里，他疲惫不堪地从野战医院回自己的棚屋后，曾穿着它取暖。十二岁的胡安娜长着一双八十岁的眼睛，死的时候就盖着这件晨衣——死时只有一个愿望，希望有一天也能拥有一件这么柔软的棉布做的衣服，再忘记别人是怎么把她的母亲强奸，又怎么把她的父亲一脚一脚践踏致死。

他环顾四周。房间，几个箱子，几样东西，几本翻旧了的书——男人生活所需的东西不多。既然活得不安稳，不习惯拥有很多也好。东西总是要不断丢弃的，要么就是被人拿走。每天都得做好逃走的准备。这就是他一直独自生活的理由；漂泊之时，会拖住人的东西都不应该有。让心旌摇动的东西都不应该有。只有冒险——再无其他。

他朝床上看了看。乱七八糟的苍白床单。等待并不要紧。他过去常常等着女人。但他感觉，过去的等待跟这次不一样——过去简单、明了又残酷。偶尔也加上不可名状的柔情，给欲望裹上一层银彩——但远不像今天这份期待。有种东西潜入他的心中，是他之前没留意过的。是再次悸动起来了？是在动摇吗？有多久不曾这样了？不是再次有什么东西从前尘往事中、从蓝色深渊中发出呼唤；四月森林的气息不是已经像草场上吹来的微风一样，满载薄荷的香气飘向地平线上的一排白杨树？他不想要这种东西了。他不想拥有它。他不想被它占据。他正在漂泊啊。

他站起来穿衣服。人必须保持独立。什么都是从些许的依赖开始的。你不在意这点儿事——结果，你突然就落入了习惯的网中。习惯啊，它有很多名称——爱是其中之一。什么都不应该习惯。就连别人的一具躯体也不该习惯。

他没有关门。如果乔安·玛朵过来，是找不到他的。如果她愿意，可以待在这里。用不用留一张纸条呢，他考虑了一瞬。但他不想撒谎，也不想告诉她，自己要去哪里。

快到早上八点时，他回来了。他踏过路灯下冰冷的晨意，感到清醒又放松。但当他站在酒店门口时，又感到了那种紧张。

乔安不在。拉维奇告诉自己，自己本来也没期待她在。可他感觉房间比往常更空。他环顾四周，寻找她来过的迹象，却什么都没发现。

他按铃叫女佣。过了一会女佣来了。“我想吃早饭。”他说。

她看着他。她什么都没说。他也什么都不想问她。“我要咖啡和可颂面包，埃娃。”

“好的，拉维奇先生。”

他看着床。如果乔安来过，你总不能期待她在一张乱七八糟的空床上躺下吧。真是奇怪，无论什么跟身体相关的东西——床、衣物，就连浴池都是，只要失去了温热，就会变得死气沉沉。这些东西一旦失去了温热，就令人生厌。

他点了支烟。她可能以为自己被叫去照料某个病人了。他突然感觉自己很傻。他本来希望自己独立自主，结果只是粗暴冷酷。粗暴愚蠢得像个十八岁的孩子，想要证明自己。他没等她回来，依赖之意却更甚。

女佣把早餐拿过来了。“需要整理床铺吗？”她问。

“怎么现在要整理呢？”

“要是您还想睡觉，我就整理。在干净的床上睡得更好。”

她没有表情地看着他。“有人来过吗？”他问。

“不知道。我七点钟才过来的。”

“埃娃，”拉维奇问，“每天早上都得给十几个陌生人整理床铺是什么感觉？”

“还可以，拉维奇先生。只要先生们没有别的需求就还可以。不过总有几位还想要别的，虽然巴黎的妓院这么便宜。”

“人不能早上去妓院的，埃娃。而早上有些客人感觉特别阳刚。”

“是啊，特别是那些岁数大的，”她耸了耸肩膀，“如果不干就没有小费了，就这样。有几个干完后还要抱怨连连——说房间不干净，或者说你太放肆。当然都是因为自己生气。你也管不了他们。生活啊就是这样。”

拉维奇拿出一张钞票。“今天咱们让生活轻松一些吧，埃娃。您去犒劳犒劳自己，买顶帽子，或者买件羊毛衫。”

埃娃的眼睛一亮：“谢谢您，拉维奇先生。这天开了个好头。那我晚些时候再来整理床铺？”

“好。”

她看着他。“那位女士是个很有意思的人物，”她说，“就是如今总来这里的那位女士。”

“再说一句，我就把您那张票子收回去了，”拉维奇把埃娃推到门外，“老登徒子们已经在等您了。别让他们失望。”

他在桌边坐下，吃早饭。早饭不是很好吃。他站起来，站着吃。好吃一些了。

红彤彤的太阳出现在重重屋顶上。酒店醒来了。他下面那层的老戈尔德贝格开始演奏自己的晨间音乐会，又是咳嗽又是清嗓子，就跟长了六个肺似的。流亡过来的威森霍夫打开了窗户，用口哨吹奏一首进行曲。上面那层传来哗哗的流水声。一扇扇门啪嗒作响。只有西班牙人那边一片安静。拉维奇伸了伸懒腰。夜晚已经过去了。黑暗中的堕落感也消散了。他决心一个人待几天。

外面大街上，报童大声报出晨间新闻。——捷克边境事变。德军抵达苏台德区前线。《慕尼黑协定》岌岌可危。

十一

男孩没有叫喊。他只是盯着医生看。他仍然失魂落魄，连疼痛都感觉不到。拉维奇看了那条碾碎的腿一眼。“他多大了？”他问孩子的母亲。

“什么？”那女人不解地问。

“他多大了？”

戴着头巾的女人嘴唇动了动。“他的腿啊！”她说，“他的腿啊！那是辆卡车。”

拉维奇听了听心跳。“他得过病吗，以前？”

“他的腿！”女人说，“那可是他的腿啊！”

拉维奇直起身子。孩子的心跳快得像鸟的心跳，但听不出什么令人警觉的迹象。打了麻醉之后，他得一直观察着那孩子，孩子看上去很憔悴，身形佝偻。他必须马上动手了。那条破碎的腿上满是街上的尘灰。

“现在要截掉这条腿吗？”男孩问。

“不用。”拉维奇说，自己也不相信这话。

“您还是把它截掉的好，比它动弹不得好。”

拉维奇专注地看着那张少年老成的脸。那上面还是没有痛苦的迹象。“我们再看吧，”他说，“现在我们得让你睡一觉。那是很简单的。你不用害怕。只管安心吧。”

“稍等一下，先生。号码是 FO2019。您愿意帮我妈把它写下来吗？”

“什么？什么，让诺？”母亲吃惊地问。

“我把那号码记下来了。车牌号。是FO2019。当时那号码就在我眼前。那时是红灯。是司机的责任，”孩子呼吸困难起来，“保险公司必须交钱。号码……”

“我记下来了，”拉维奇说，“安心吧。我什么都记下来了。”他朝欧仁妮示意，让她开始麻醉。

“我妈得去找警察。保险公司必须赔钱，”豆大的汗珠突然出现在他脸上，好像雨落到那上面，“如果您把这条腿截掉，他们给的钱——要比它——动弹不得时多——”

那双眼睛沉没在两个青黑的圈中，它们从皮肤中浮现出来，就像两个肮脏的水洼。孩子呻吟着，努力地想要很快地再说些什么。“我妈——不懂——她——您帮帮——”他说不了了。他大声咆哮起来，仿佛身体里蛰伏着一头受到折磨的野兽。

“外面的世界在干什么，拉维奇？”凯特·赫格斯特伦问。

“您为什么想知道这个，凯特？还是想些更高兴的事吧。”

“我感觉自己已经在这里待了好几周了。其他的一切都远去了，就像是沉到水底去了。”

“您让那些东西好好地再沉一段时间吧。”

“不行。不然我会担心这间屋子成了最后一艘方舟，大洪水已经涨到了窗户下面。外面怎么啦，拉维奇？”

“没什么新鲜事，凯特。世界急忙赶着为自杀做准备，同时还瞒着自己，不让自己知道自己在干什么。”

“要打仗吗？”

“要打仗，每个人都知道。还不知道的就只有什么时候打而已。每个人都在等待奇迹，”拉维奇微笑，“像如今的法国和英国这么多的相信奇迹的政治家，我还真是从没见过呢。像德国那样，只有那么点儿相信奇迹的政治家，也是我从没见过的。”

一时间她就静静地躺着。“可能要打仗啊——”过了一会儿后，她说。

“是啊——看上去毫无可能，所以某一天真会打起来。究其原因，恰是因为我们以前觉得那是不可能的，为此毫无防备。您身上疼吗，凯特？”

“没疼到受不了的份上，”她把头底下的枕头推正，“我想离开这一切，拉维奇。”

“是啊——”他说得不太坚定，“谁不想呢？”

“我从这里出去后，要去意大利。去菲耶索莱。我在那里有座宁静的老屋，还有一座花园。我要在那里待一段时间。那时候天气还凉爽。太阳还是苍白明朗的。中午，最早的一批壁虎会爬在南墙上。晚上能听到佛罗伦萨的钟声。而到了夜里，月亮和星星从柏树后面升起。屋子里有些书，还有一个很大的石头壁炉，周围摆着木头长凳。你可以坐在壁炉前烤火。铁质的柴架上面可以放一个支架，你可以把杯子放到支架里面。这样可以煨红酒。那地方没有人。只有一对操持家务的老夫妇。”

她望着拉维奇。“真好，”他说，“宁静，炉火，书，还有和平。我们过去把这些东西当成市民生活的家常便饭。如今这可是失落天堂的梦了。”

她点头：“我要在那里待一段时间。待几周。也或许待几个月。我也不知道。我想静一静。之后我会再来这里，然后就回美国了。”

拉维奇听到有人在楼道里推着一车盛晚餐的托盘过来，几只碗叮当作响。“好的，凯特。”他说。

她犹豫了。“我还能再有孩子吗，拉维奇？”

“现在不能。您得先让身子骨强壮很多。”

“我不是这个意思。我以后还能再有孩子吗？做了这个手术。不会是——”

“没有，”拉维奇说，“我们什么都没切掉。一点儿都没有。”

她深深地吸了口气。“我想知道的就是这个。”

“不过要等很长时间，凯特。您的整个机体先得进行一些变动。”

“无论要多久都没关系，”她把头发捋回去，手上的宝石在暮色中熠熠发光，“我这样问很可笑吧，是不是？偏偏在这个时候问这个。”

“不可笑。常常有人这样问。这样问的人多得你都不相信。”

“我厌倦了这里的一切，突然间就厌倦了。我要回去结婚，要过正经传统的日子，生孩子，安宁度日，赞颂上帝，热爱生活。”

拉维奇望着窗外。狂野的晚霞肆意悬在屋顶上，霓虹灯广告溺死于其中，仿佛上了色的影子，无精打采。

“您知道我过去的种种，肯定觉得这些事情荒谬可笑。”凯特·赫格斯特伦在他背后说道。

“没有，根本没有。根本没有，凯特。”

夜里四点，乔安·玛朵来了。拉维奇听到门响后醒过来。他已经睡了，没等着她来。他看到她站在敞开的门里。她努力把一大捧巨大的菊花挤进门里。拉维奇没有看到她的脸。他只看到她的身影和一朵朵明亮的大花。“这是什么呀？”他说，“菊花林吗？老天，这到底是什么意思啊？”

乔安把花拿进门来，一把扔到床上。花又湿又凉，花瓣上一股浓烈的秋天和泥土气味。“礼物啊，”她说，“自打我认识你，就总有人送我礼物。”

“拿走。我还没死呢。躺在花下——而且还是菊花——国际酒店这张亲爱的老床看着也像口棺材。”

“别！”乔安猛地把花一把收拾起来，扔到地上。“别这么说！永远不要！”

拉维奇看着她。他刚才忘了他们是怎么认识的。“忘了吧！”他说，“我不是有意的。”

“永远别再那样说话。就算开玩笑也别这么开。你得向我保证。”

她的嘴唇在颤抖。“乔安啊——”他说，“真把你吓成这样？”

“是啊。不止是吓人。我不知道是什么。”

拉维奇站起来。“我再也不开这种玩笑了。现在满意了吗？”

她靠着他的肩点头。“我不知道这是怎么回事，就是忍受不了这个。这就好像有只手从黑暗中伸出来抓我。这是恐惧——让人不能自持的恐惧，总感觉它在哪里等着我，”她依偎到他身边，“别让它这样。”

拉维奇用胳膊紧紧搂住她。“不——我不会让它这样。”

她又点了点头。“你是可以做到的……”

“是啊，”他说，嗓音里充满了悲哀和讥讽，他想到了凯特·赫格斯特伦，“我可以，我当然可以……”

她在他的臂膀间动了动。“我昨天来过——”

拉维奇没有动。“是吗？”

“是的。”

他沉默了。好像有什么东西烟消云散了！他之前多幼稚啊！等也好不等也好——这一切为了什么？玩一场愚蠢的游戏，对手是一个根本不玩的人。

“那时候你不在——”

“确实。”

“我知道不该问你去了哪里——”

“不该。”

她从他臂膀里挣脱开来。“我想洗澡，”她说话的声音变了，“我很冷。还能洗澡吗？还是说会把酒店的人吵醒？”

拉维奇微笑。“如果你想做什么，就别问后果。不然你就再不会去做了。”

她看着他。“在小事上还是应该问一问的。大事上绝对不问。”

“也对。”

她走进浴室，打开水龙头。拉维奇在窗前坐下，拿出一盒香烟。外面的屋顶上反射着城市微红的光，雪在这片光中无声地旋转。一辆出租车呼啸着穿过街道。菊花在地板上闪烁着苍白的颜色。沙发上有份报纸，是他晚上带回来的。——捷克边境在打仗，中国在打仗，最后通牒，内阁下台。他拿起报纸，把它垫到花下。

乔安从浴室出来。她身上暖暖的，抱着腿坐在他旁边的地上，在那些花之间。“你昨天夜里去了哪里？”她问。

他给她递了支烟。“你真想知道？”

“是的。”

他犹豫了。“我在这里，”过了一会儿后，他说，“等着你来着。我以为你不会再来了，然后就出去了。”

乔安等待着。她的烟在黑暗中亮起，然后又熄了。

“就是这样。”拉维奇说。

“你去喝酒了吗？”

“对——”

乔安向他转过身，看着他。“拉维奇，”她说，“你真是因为这个才出去的吗？”

“嗯。”

她把胳膊放在他的膝盖上。他感到她的温暖透过他的晨衣。那是她的体温和晨衣的温度，他对这件晨衣的熟悉甚过他生命中的某些年月，蓦然间，他感觉仿佛两种温暖早就是一体的，仿佛乔安是从他生命中的某个地方回到自己身边的。

“拉维奇，我每天晚上都来找你。你肯定知道我昨天也会来。你出去，难道不是因为你不想见我吗？”

“不是。”

“如果你不想见我，可以直接跟我说的。”

“那样我会跟你说的。”

“不是那样吗？”

“不是，确实不是那样。”

“那我好幸福。”

拉维奇看着她。“你刚才说什么？”

“我好幸福。”她又说了一遍。

他沉默了一会儿。“你也知道自己在说什么吗？”他问她。

“知道。”

外面透进来的黯淡光芒映在她的眼睛里。“这种话不该轻率地说出口，乔安。”

“我说得也不轻率啊。”

“幸福，”拉维奇说，“从哪里开始，又在哪里结束呢？”

他的脚碰到了菊花。幸福，他想，是青春时代蓝色的地平线。是生活中金亮的平衡，幸福啊！上帝，这些都去哪里了？

“开始于你，也结束于你，”乔安说，“很简单啊。”

拉维奇没有回话。她在说什么啊，他想。“你马上就还要跟我说你爱我吧。”

“我爱你。”

他动了一下。“你还不怎么了解我呢。”

“那又有什么关系？”

“大有关系。你爱一个人——那你就愿意与他白头偕老。”

“这些我根本不懂。你爱一个人，那没有他你就活不下去。我知道这个。”

“苹果白兰地呢？”

“在桌子上。我给你拿过来。你坐着吧。”

她拿来酒瓶和一个杯子，把它们放在地上的花朵之间。“我知道你不爱我。”她说。

“那你知道的比我还多。”

她很快地抬头看了一眼。“你会爱我的。”

“好。我们要为此喝一杯。”

“等着。”她倒满一杯酒，把它喝掉。然后她把杯子重新倒满，递给他。他接过来，一时间就只是举着。这一切都不是真的，他想，是正在凋零的夜里一个半真半幻的梦。黑暗中讲出来的话——那怎么可能是真的呢？真实的话语需要很多光亮。“你怎么什么都这么清楚呢？”他问。

“因为我爱你。”

她怎么这样使用这个字眼，拉维奇想。想都不想，就像拿着一个空碗。她随便拿些东西把碗装满，就管那叫作爱情。都往里面装了些什么啊！对独处的恐惧，因遇到另一个自我而产生的激动，提升了的自尊心，幻想映射出的那些熠熠生辉的倒影！可又有谁真的明白呢？我刚才说的白头偕老之类的难道不是所有蠢话中最蠢的一句吗？她这样想都不想就说，不是要比我正确得多吗？我又为什么在战争和战争之间的一个冬夜坐在这里，像个学究先生一样拆字眼？我为什么要抗拒，为何不能毫无虔心地一头扎进去？

“你为什么要抗拒？”乔安问。

“什么？”

“你为什么要抗拒？”她重复道。

“我没有抗拒——我该抗拒什么？”

“不知道。你心里有什么东西锁起来了，你不想让任何东西进去，不想让任何人进去。”

“来，”拉维奇说，“再给我倒点喝的。”

“我幸福，而且希望你也幸福。我很幸福。我跟你一起醒来，还跟你一起入睡。别的我都不知道。我一想到我们，我的脑袋就像是银子做的，有时候就像一把小提琴一样。条条街道上到处都是我们，就跟到处充满音乐一样，偶尔有人介入我们，说些话，那就像是在电影里，画面掠过去了，音乐却留下。音乐永远都在。”

几周以前你还觉得不幸呢，拉维奇想，也不认识我。这幸福来得多轻易啊！他喝掉那杯苹果白兰地。“你常常感觉幸福吗？”他问。

“不常。”

“但偶尔也会。上一回你的脑袋像银子做的一样，是什么时候？”

“你为什么问这个？”

“随便问问。没有理由。”

“我忘了。我也不想再记起了。那时候不一样。”

“每次都不一样。”

她朝他微微笑了笑。她的脸明亮又坦率，就像一朵没几片花瓣的花，什么都不隐藏。“那是两年以前，”她说，“那次时间不长。是在米兰。”

“当时你是一个人吗？”

“不是。我当时已经跟别人在一起了。他很不开心，又很嫉妒，不能理解。”

“当然不能。”

“是你的话就会理解。他把事情闹得很可怕。”她挪正坐姿，从沙发上拉过来一个靠垫，把它放到背后，然后靠在沙发上。“他骂我。说我是个婊子，不忠又不知感激。那不是真的。我爱他的时候一直忠于他。他不明白我不再爱他了。”

“那是人们永远都不会理解的。”

“不，你就会理解的。但我也会永远爱你的。你不一样，咱们两个的事，都跟那些不一样。他那时候想杀死我，”她笑了，“他们总是想杀人。过了几个月之后，那另一个也想杀我。他们永远不会下手。你就永远也不会想要杀掉我。”

“最多用苹果白兰地杀，”拉维奇说，“把瓶子给我拿过来。谢天谢地，聊天聊得有点儿人情味了。几分钟以前我可是很害怕呢。”

“因为我爱你吗？”

“我们还是不要再开始那个话题了。那就像穿着钟式裙戴着假发散步。我们在一起——可能长久也可能短暂，谁知道呢？我们在一起，这就够了。我们为什么还需要贴个标签呢？”

“可能长久也可能短暂这话我不喜欢。但这毕竟只是句话而已。你不会离开我的。这也只是句话而已，你明白的。”

“当然明白。你爱的人离开过你吗？”

“离开过，”她看着他，“总有一方要离开的。有时候对方离开得更快。”

“那你又是怎么做的呢？”

“什么都做！”她从他手中拿过杯子，把剩下的酒都喝了，“什么都做！但什么用都没有。我难过得要命。”

“要难过好久？”

“一周吧。”

“那不算长。”

“确实难过的时候，这些时间就长得没有尽头。我就那样，全身心地难过，难过得一周后就哪里都筋疲力尽了。我的头发难过，我的皮肤、我的床，就连我的衣服都难过。我全身充满了不幸，都没有让其他东西存在的地方了。如果其他东西都不存在，不幸就开始不再是不幸了——因为可以用来对比的东西都没有了。之后就只剩下纯粹的疲惫。再之后就过去了。你慢慢地又开始生活了。”

她吻吻他的手。他感受到那对柔软的嘴唇，它们小心翼翼的。“你在想什么？”她问。

“什么都没想，”他说，“什么都没想，就想着你纯洁得肆意。你纯粹是堕落，又一点也不堕落。这是世上最危险的了。把杯子给我。我要为我的朋友莫罗索夫喝一杯，那谙熟人心的行家。”

“我不喜欢莫罗索夫。我们能为别的什么喝一杯吗？”

“你当然不喜欢他了。他有一双慧眼。让我们为你喝一杯。”

“为我？”

“对，为你。”

“我不危险，”乔安说，“我遭受危险，但不危险。”

“你这样想，正说明你有多危险。你永远不会出事的。干杯！”

“干杯。但你不理解我。”

“谁愿意理解呢？世上所有误解都是这么来的。把瓶子给我。”

“你喝这么多啊。你为什么要喝这么多啊？”

“乔安，”拉维奇说，“总有一天你会说：太多了！你喝得太多了，你会这样说，而且还会相信自己只是希望我好。但其实你只是想阻止我远行到一个你无法控制的区域。干杯！我们今天要欢庆。曾有一份做作的郑重其事像乌云一般压在窗前，咄咄逼人，如今我们已经摆脱了它，真是了不起。我们用郑重其事干掉了郑重其事。干杯！”

他感觉她震颤了一下。她稍微直起身子，双手撑在地板上，看着他，一双眼睛睁得大大的，浴衣从她肩上滑下，头发倾泻到背上，一片黑暗中，她看上去多少有些像一头聪慧的、很年轻的母狮。“我知道，”她平静地说，“你笑话我。我知道的，但我不在乎。我感到自己活着；我全身心都感到自己存在着，我的呼吸不一样了，我的睡眠也不再是僵死的了，我的关节又有了知觉，我的双手不再是空荡荡的了。你对此会怎么看，又会怎么说，我是完全无所谓的，我让自己飞翔，让自己奔跑，毫无顾虑地扑倒在地上，我很幸福，说出这话时既不用谨慎也没有畏惧，即便你笑话我，嘲讽我——”

拉维奇沉默了一会儿。“我没有嘲讽你，”随后他又说，“我嘲讽的是我自己，乔安——”

她靠到他身上。“为什么？你脑袋里有什么东西不甘愿。为什么？”

“没有什么不甘愿。我只是比你慢一些。”

她摇头。“不止是那样。那里有什么东西想要独自待着。我能感觉到。那就像一道障碍。”

“不是障碍，只是比你多活了十五年的岁月。并非每个人的生活都是一栋属于他的房子，可以让他用记忆这种家具填充得越来越富足。有人住在酒店里，住在很多家酒店里。岁月在他身后咔嚓一声关闭，就像一扇扇酒店大门——保留下来的唯有一点勇气，没有任何惋惜遗憾。”

一时间她什么都没回应。他不知道她是否仔细听他说了。他望着窗外，感到苹果白兰地深沉的光泽静静地淌在他的血管里。脉搏的律动沉默了，化为一片沉寂延展开来，这片沉寂中，滴滴答答不知疲惫的时间机枪静默了。朦胧的红月升到屋顶上，就像一座在云朵之间半隐半现的清真寺的圆顶，缓缓地越来越高，而大地正淹没在一片飘雪中。

“我知道，”乔安说，她的双手放在他的膝上，下巴则抵在手上，“我给你讲我过去的这些事情，这是很傻的。我也可以什么都不说，或者说谎，但我不愿意那样。为何不把过去自己生命中的一切都说给你听呢，又何必就此大说特说呢？这些事我宁愿少说一些，因为现在看来，这些事只剩下可笑，我也搞不明白当时那都是为何了，你是应该笑话那些事的，要我说，也应该笑话我。”

拉维奇看着她。她的膝盖把巨大的白色花朵压到他铺在菊花下面的报纸上。多特别的夜晚啊，他想。现在有地方正在开枪，有人正在被追捕、监禁、折磨、杀害，世上一块平和的净土正被践踏，你活着，你知道，你茫然无措，明亮的酒馆里熙熙攘攘的生命，没有人在意，人们平静地去睡觉，我则跟一个女人坐在这里，在苍白的菊花和一瓶苹果白兰地之间，爱情的阴影正在升起，陌生又悲哀，令我毛骨悚然，她也是孤寂的，从过往的安乐园中放逐出来，胆怯，狂野，匆忙，仿佛伤天害理似的——

“乔安，”他慢慢地说，想要说些大不一样的话，“有你在真好。”

她看着他。

他拿起她的手。“你明白这是什么意思吗？胜似千言万语……”

她点头。她的双眼突然间充满泪水。“什么意思都没有，”她说，“我知道的。”

“不是那样。”拉维奇说，心里知道就是那样的。

“不。什么意思都没有。你一定要爱我，我最亲爱的，仅此而已。”

他没有回答。

“你一定要爱我，”她又说了一遍，“不然我就失去希望了。”

失去希望——他想。她这话说得好轻巧啊！真正失去希望的人，就不再说话了。

十二

“您把那条腿截掉了吗？”让诺问道。

他瘦削的脸上没有血色，白得像面旧屋墙。上面的雀斑颜色深得扎眼，仿佛它们根本不是长在那脸上的，而是用颜料抹上去的。一截残腿罩在一个铁丝筐下，筐上盖着罩子。

“你疼吗？”拉维奇问。

“疼。脚上疼。脚很疼。我问过护士了。那个老悍妇不想告诉我。”

“你的腿截肢了。”拉维奇说。

“截到膝盖上面还是膝盖下面？”

“上面十厘米处。膝盖碾碎了，治不了了。”

“好，”让诺说，“那样保险公司要多给大约百分之十五。挺好的。假腿就是假腿，到膝盖上面还是下面都一样。但多个百分之十五，每个月就能多挣些钱。”他犹豫了片刻。“您最好还是先别跟我妈说。毕竟有这个鹦鹉笼子罩在这条断腿上，她看不出来的。”

“我们什么都不跟她说，让诺。”

“保险公司得出一笔终身抚恤金。确实会出，对吗？”

“我想是的。”

那张苍白的脸挤出一个鬼脸。“他们会大吃一惊的。我才十三岁。他们得交好久的钱。您知道是哪家保险公司了吗？”

“还不知道。不过我们有车牌号码。你把它记下来了嘛。警察已经来过了，他们会询问你的。你今天早上还在睡觉。他们今晚还会再来。”

让诺思索着。“证人，”后来他说，“我们得有证人，这很重要。我们有吗？”

“我想，你妈妈有两人的地址。她手里有张纸条。”

男孩不安起来。“她会把纸条弄丢的。即便她现在还没弄丢，以后也会的。您知道上了年纪的人是什么样的。她现在在哪儿？”

“你妈妈在你床边坐了一宿，一直待到今天中午。后来我们总算把她打发走。她很快就会回来的。”

“但愿她还没丢掉纸条。警察——”他用虚弱的手做了个无力的手势。“流氓，”他喃喃地说，“都是流氓。跟保险公司都是一伙的。但如果我们有好证人——她什么时候回来？”

“很快，你别为这些事激动。会没事的。”

让诺的嘴动了动，仿佛在嚼着什么。“有时候他们的钱一笔付清。当作赔偿。而不是付年金。那样我们就可以开个店，妈妈和我。”

“好好休息吧，”拉维奇说，“这些事你以后随时可以考虑。”

男孩摇了摇头。“可以的，”拉维奇说，“警察过来的时候，你得有精神才行。”

“是啊，没错。那我该怎么办？”

“睡觉。”

“可这一来——”

“会有人叫你起来的。”

“红灯。当时肯定是红灯。”

“没错。但现在你得努力睡一会儿。这里有一个电铃，有需要可以按。”

“医生——”

拉维奇转过身。

“如果一切顺利——”让诺躺在枕头上，某种类似微笑的东西浮现在他那张早熟、痉挛的脸上——“我们偶尔也会交好运的，是吧？”

夜晚潮湿温暖。碎裂的云低垂着，飘浮在城市之上。福克餐厅的门前放了几个圆形的焦煤炉。几副桌椅围在那周围。一张桌子旁坐着莫罗索夫。他朝拉维奇招手。“来，跟我喝几杯。”

拉维奇在他旁边坐下。“我们在屋子里坐得太久了，”莫罗索夫说，“你注意过吗？”

“你可没有。你一直站在山鲁佐德门口的街上嘛。”

“小子，别跟我讲你那蹩脚的逻辑。每天晚上我就是山鲁佐德的一扇长了两条腿的门，可不是自由自在待在外面的人。听着，我们在屋子里坐得太久。我们在屋子里想事情，想得太久。我们在屋子里生活得太久。我们在屋子里绝望得太久。你要是自由自在地待在外面，会绝望吗？”

“怎么会呢！”拉维奇说。

“就是因为我们在屋子里生活得太久了。不是说我们习惯于这样。在野外绝望总比在一套带有厨房的公寓里绝望更合适，也更舒服。别反驳我！反驳体现的是西方人精神的狭隘。又有谁是对的呢？我今天晚上有空，要来体味一下生活。另外，我们在屋子里酒也喝得太多了。”

“我们在屋子里尿得也太多了。”

“别拿你那些讽刺来烦我。存在的种种事实简单又平庸。只不过是我们的想象力赋予它们生命。事实这根晾衣杆叫想象力一摆弄，就成了梦想的旗杆。我说的对吗？”

“不对。”

“自然不对。我也根本没打算对。”

“你说得当然对。”

“好了，老弟。我们在屋子里睡得也太多了，都要变成家具了。石头房屋把我们的脊背都压断了。我们成了会到处行走的沙发、梳妆台、保险柜、租赁合同、工资接收机、煮饭用的锅和抽水马桶。”

“没错。到处行走的党纲、军械厂、盲人院和疯人院。”

“别接二连三地打断我。喝你的酒，闭上嘴好好活着，你这用手术刀杀人的谋杀犯。看吧，我们都变成了什么样！据我所知，只有古希腊人有掌管饮酒和生命欢愉的神祇：巴克斯和狄俄尼索斯。我们有的则是弗洛伊德、自卑情结和精神分析——还有对爱情中那些太大的字眼和政治中那些太大太大的字眼的恐惧。多悲哀的一代！”莫罗索夫眨眨眼睛。

拉维奇眨眨眼睛。“真是个玩世不恭的好老头，还有好多梦想。”他说。

莫罗索夫咧开嘴笑了。“没有憧憬的浪漫主义者，多么凄惨——以拉维奇之名短暂地在世上行走一遭。”

“十分短暂。要看名字的话，这已经是我第三条命了。这是波兰伏特加吗？”

“爱沙尼亚的。从里加运来的。这是最好的。你自己倒上吧——然后我们来安安静静地坐在这里，赞美这个柔和的夜晚，坦然地唾弃绝望。”

焦煤炉里的火噼噼啪啪地响。一个拉小提琴的男人站在人行道边，开始演奏《在我那金发女郎身旁》。来来往往的行人撞到他身上。琴弓发出呕哑之声，但男人继续演奏，仿佛没有别人似的。琴声贫乏空洞。小提琴好像冻上了。两个摩洛哥人在桌子之间走来走去，想把花哨的人工丝绸做的地毯卖给人家。

报童们带着新出的报纸过来了。莫罗索夫买了一份《巴黎晚报》和一份《强硬报》。他扫了一眼新闻标题就把报纸推到一边。“做伪币的，”他发牢骚道，“你注意过吗，我们生活在一个伪钞制造者的时代？”

“没有。我以为，我们是生活在一个罐头时代。”

“罐头？怎么讲？”

拉维奇指了指报纸。“我们不需要再思想了。一切都被想好了，嚼碎了，都被人体味过了。都成了罐头。只供人打开。一天三趟，运送到家。什么都不用你亲自培植繁育，也不用你放到疑问、怀疑和渴望之火上烹煮。这就是罐头，”他咧嘴一笑，“我们活得不轻松，鲍里斯。只是廉价。”

“我们活得像伪钞制造者，”莫罗索夫把报纸举高，“你看看这个。他们建造兵工厂，是因为他们想要和平；他们建集中营则是因为他们热爱真实。正义是每个政党暴行的托辞；搞政治的强盗成了大救星，自由是遮盖在贪权之欲上的漂亮话。伪钞啊！精神上的伪钞！宣传的都是谎话。家家户户灶台上都是马基雅维利主义。理想主义倒存在于黑社会的手里，如果黑社会好歹还算诚实的话——”他把报纸揉成一团，扔开了。

“我们在屋子里看报，也看得太多了。”拉维奇说。

莫罗索夫笑了。“当然了。在野地里，报纸用来点火——”

他停住了。拉维奇不在他旁边坐着了。拉维奇跳了起来，从咖啡馆门口那群人之间挤过去，朝着乔治五世大街的方向跑去。

莫罗索夫只惊讶地呆坐了一秒钟。随后他从兜里掏出钱，把钱扔在杯子下面的一个陶瓷托盘里，追拉维奇去了。他不知道发生了什么，但无论如何也要跟上拉维奇，以便在他需要自己时在他身边。他没看到警察，也没看到便衣警察跟在拉维奇后面。人行道上挤满了人。算他走运，莫罗索夫想，如果有警察认出了他，他很容易逃脱。他一直跑到乔治五世大街，才重新看到拉维奇。这时刚变灯，一排排被拦住的汽车正往前疾驶而去。尽管如此，拉维奇还是试图横穿马路。一辆出租车几乎把他撞倒了。司机大发雷霆。莫罗索夫从后面抓住拉维奇的胳膊，把他拽回来。“你疯啦？”他吼道，“你想自杀吗？怎么回事？”

拉维奇没有回答。他愣愣地望向另一侧。街上车来车往。一辆跟着一辆，足足有四排。穿过这些车是不可能的。拉维奇站在人行道边上，往前弓着身子，盯着前方。

莫罗索夫摇了摇他。“怎么啦？有警察吗？”

“不是。”拉维奇的眼睛没有离开飞掠而过的车辆。

“那是怎么回事啊？怎么回事啊，拉维奇？”

“哈克——”

“什么？”莫罗索夫的眼睛眯了起来，“他什么模样？——快点儿！”

“灰色大衣——”

交通警察尖锐的哨声从香榭丽舍大街中央往这边来了。拉维奇猛冲到街上，从最近的几辆车之间钻过去。一件深灰色的大衣——他就知道这些。他横穿过乔治五世大街和巴萨诺路。突然间出现了几十件灰色的大衣。他咒骂了一句，继续往前挤，能多快就多快。到了伽利略街上，车辆停滞了。他匆忙从车之间穿过，不管不顾地从前面的人群中闯过，沿着香榭丽舍大街继续向前。他来到普雷斯堡路，跑过十字路口，突然站定了脚步：他面前是星辰广场，巨大，纷乱，满是车辆行人，周围的路口通往四面八方。完了！到了这里就什么都找不到了。

他缓缓转过身，仍然在细细打量着人群中的一张张脸——但那份激动骤然消失了。他突然感到十分空虚。又搞错了——要不然就是哈克第二次从他面前溜走了。可我们真会搞错两回吗？会有人凭空消失两回吗？那里还有几条支路，哈克可能转弯了。他朝普雷斯堡路上望了望。车挨车，人挤人。这是晚上最繁忙的时刻。再彻底搜寻一遍也没有意义了。这回又太迟了。

“没找到？”莫罗索夫朝他迎面走来，问他。

拉维奇摇头。“我可能又见鬼了。”

“你认出是他？”

“我觉得是。刚才还这样觉得。现在——我一点都不清楚了。”

莫罗索夫看着他。“有很多脸是很像的。”

“是啊，还有些脸是永远忘不掉的。”

拉维奇站着不动。“那你想怎么办？”莫罗索夫问道。

“不知道。我该怎么办呢？”

莫罗索夫盯着人群。“真他妈倒霉！正好是这个时候。正赶上下班。到处都是人——”

“是啊——”

“再加上这灯光！说暗不暗。你把他看清楚了吗？”

拉维奇没有回答。

莫罗索夫抓住他的胳膊。“听着，”他说，“再跟这儿跑街串巷没有意义了。你要是站在一条路上，就会觉得他正好在旁边那条道上。找不到的。我们回富凯饭店吧。那位置正好。你从那里观察，比来回跑看得更清楚。他要是还回来，你肯定会在那里看到他。”

他们在一张桌子旁坐下，这桌子靠边，四周都没有遮挡。他们在那里坐了很久。“如果你再碰到他，打算怎么办呢？”终于，莫罗索夫问道，“你现在清楚吗？”

拉维奇摇头。

“考虑一下吧。最好还是事先就知道怎么办。惊慌失措地做些傻事是没有意义的。特别是在你这种情况下。你还不打算进监狱待上好几年吧。”

拉维奇抬起眼睛。他没有回答，只是看着莫罗索夫。

“是我的话就无所谓，”莫罗索夫说，“如果是我的事的话。但这是你的事，我不能无所谓。假如他现在在这里，你刚在那边的转角碰到了他，你会干什么呢？”

“我不知道，鲍里斯。我是真的不知道。”

“你什么都没带着，是吧？”

“没有。”

“如果你想也不想就去攻击他，不到一分钟别人就会把你们分开。这会儿你已经进警察局了，他可能只是青了几块，这些你也知道吧？”

“知道。”拉维奇盯着街道。

莫罗索夫考虑了一下。“你可能最多就是试着在一个十字路口边上把他推到汽车轮子底下去。但这也不保险。他可能就蹭伤了几处，幸免于难。”

“我不会把他推到车轱辘底下。”拉维奇盯着街道。

“我知道。我也不会这么办。”

莫罗索夫沉默了一会儿。“拉维奇，”他开口道，“如果那就是他，你又遇到了他，那你必须有万分的肯定，你明白吧？你就只有一次机会。”

“是啊，我明白。”拉维奇仍然盯着街道。

“如果你看到他，就跟着他。没别的。跟着他就好。查出来他住在哪里。别干别的。其他的你都可以之后再考虑。给自己留些时间。别做傻事，听到了吗？”

“听到了。”拉维奇心不在焉地说，盯着街道。

卖开心果的小贩来到桌前。一个卖玩具老鼠的男孩跟在他身后。男孩让老鼠在大理石桌面上跳舞，顺着他的袖子往上跑。拉小提琴的人又出来了。他现在演奏的是《对我细诉爱语》[①]，还戴了一顶帽子。一个鼻子上有梅毒病征的老太婆在兜售紫罗兰。

莫罗索夫看了看他的表。“八点了，”他说，“没必要再等下去了，拉维奇。我们已经在这里坐了两个多钟头了。那人不会在这种时候再回来的。这个钟点，身在法国的每个人都在找地方吃晚饭呢。”

“你尽管走吧，鲍里斯。你到底干吗非要跟我在这干坐着呢？”

“没关系。我可以跟你坐在这里，咱们想坐多久坐多久。但我不希望你把自己搞疯了。你再跟这儿等几个钟头也没有意义。这时候，在哪里遇到他的可能性都一样大。而且正相反：在随便哪家餐厅、随便哪家夜总会、随便哪家妓院里遇到他的可能性甚至更大一些。”

“我知道，鲍里斯。”

莫罗索夫把毛茸茸的大手放到拉维奇的胳膊上。“拉维奇，”他说，“听我说。你该遇到那个人的时候就会遇到他——不该遇到的话，可能等好几年也遇不到。你明白我的意思。你要时时刻刻睁大眼睛——在哪里都一样。还要做好方方面面的准备。但除此之外，你还是得生活，就当你看错了。或许你确实看错了。你能干的只有这个。不这样你就会把自己搞坏。我也有过这种情况。那是大概二十年以前。我时时刻刻都相信自己看到了一个杀害我父亲的刽子手；结果是幻觉。”他把酒一饮而尽。“该死的幻觉。好了，跟我来吧。咱们找个地方吃饭去。”

“你去吃饭吧，鲍里斯。我晚点再去。”

---

① 一首法语歌。

“你想坐这里不走吗？”

“就再待几分钟。之后我回酒店。在那里还有些事要做。”

莫罗索夫看着他。他知道拉维奇去酒店要干什么。但他也知道自己无能为力了。这些都是拉维奇自己的事。“好，”他说，“我去‘玛丽大妈’那家。之后去‘布伯利施基’。给我打电话，要么就过来。”他扬了扬自己浓密的眉毛。“别冒险。别毫无必要地逞英雄！也别犯傻当白痴。要开枪，就得确保你能逃脱。这不是儿戏，也不是警匪片。”

“这些我知道，鲍里斯，别担心。”

拉维奇去了国际酒店，然后马上回来，半道路过米兰酒店。他看了眼表。这时是八点半。他还能赶上乔安在房间。

她看到他来。“拉维奇，”她吃惊地说，“你来这里了？”

“是啊——”

“你还从没来过这里，知道吗？自打那次之后，你接我的那次。”

他心不在焉地微笑。“确实，乔安，我们活得挺特别。”

“是啊。就像鼹鼠或者蝙蝠那样。或者猫头鹰。我们只在天黑后才见面。”

她在房间里迈着轻柔的大步踱来踱去。她穿着一件深蓝色的晨衣，这件衣服裁剪得像男式的，髋部紧紧地系着一条带子。床上放着那件黑色的晚礼服，就是她要在山鲁佐德穿的那件。她很美丽，离他无比遥远。

“你不用走吗，乔安？”

“还不用。过半个小时才走。这是我最享受的时间。出门前这段时间。你看，我这时候有什么。我有咖啡和无限的闲暇。现在连你都来了。我还有苹果白兰地。”

她拿来酒瓶。他拿过瓶子，没有打开就把它放在桌上。随后，他小心翼翼地握住她的双手。“乔安。”他说。

她眼中的光熄了。她紧挨着他站着。“立刻告诉我，怎么回事——”

“怎么？告诉你什么？”

“无论是什么。每次你一这样，总是出了什么事。你是为此才来的吗？”

他感觉她的手在从他手中挣脱。她没有动。她的双手也没有动。只不过，那双手里仿佛有什么要从他手中抽离。“你今天晚上不能来我那儿，乔安。今天不行，或许明天和几天之内都不行。”

“你需要待在诊所里吗？”

“不是。是别的事。那些事我不能说。但那些事跟你我之间是没有关系的。”

她一动不动地站了一会儿。“好。”她终于说。

“你明白了吗？”

“不明白。但既然你这样说，那大概就是对的。”

“你没有生气？”

她看着他。“上帝啊，拉维奇，”她说，“我什么时候会为了这么点儿事情对你生气？”

他抬头看她。他感觉，仿佛有一只手用力覆在他的心上。乔安的话说得无心，但她再做什么都不会像这句话那样触动他。她夜里零碎的密语，他并不太在意；晨光在窗前泛出缕缕灰烟时，那些话就忘到一边。他知道，她蜷缩或躺在他身边那些时刻的销魂之处正是他对她本人的迷恋，但他把这些视作迷醉，视作一时间的袒露心迹，如灵光般来了又去，向来仅此而已。现在这还是头一回，就像一个飞行员穿过闪亮的云朵之间的一道裂缝，在云上和光玩了几回捉迷藏后，突然发现了下方的大地，绿褐相间，熠熠生辉，他看到了更多。他看到了那份销魂之下的倾心之意，迷醉之下的情感，铿锵言辞之下是单纯的信任。他曾以为会遭到怀疑、疑问和不解——但没料到这些。向来是细微之物说明情况，从不是那些大事情。大的事情太近似于演戏的作态和谎言的诱惑。

一个房间。一个酒店房间。几个箱子，一张床，灯光，窗前是夜晚和往昔的黑色荒凉——而这里是一张明澈的脸，上面有灰色的眼睛、高挑的眉毛、头发轮廓鲜明的弧线——生命啊，柔顺的生命正坦率地向着他，正如一丛夹竹桃向着光——它就在那里，它就站在那里，等待着，沉默着，向着他呼喊：带走我！扶住我！很久以前，他不是曾说过吗：我会扶住你的？

他站起来。“晚安，乔安。”

“晚安，拉维奇。”

他坐在福克餐厅前，就坐在之前那张桌子边。他在那里坐了一小时又一小时，沉浸在旧日的阴霾中，那阴霾中只亮着一束微弱的光：复仇的希望。

他于一九三三年八月被捕。他让两个被盖世太保追捕的朋友在自己家里藏了十四天，然后又帮他们逃亡。其中一个一九一七年在佛兰德斯的毕克斯朔特战地[①]前救过他的命，当时他躺在无人区慢慢地流血，眼看就要死了，这个友人顶着铺天盖地的机枪战火把他救了回来。另一个朋友是个相识多年的犹太作家。他被带去受审；人家想知道那两人逃往什么方向，持什么证件，又有谁会在路上帮助他们。是哈克审问的他。第一次昏迷之后，他试图用哈克的左轮手枪把他射死，或者把他砸

① 指1917年8月16—18日的一战西线的朗格马克战役，德法军队曾在毕克斯朔特交战。

死。结果他跃进了一团轰鸣作响的红色幽暗之中。面对四个武装壮汉，他的企图毫无意义。随后有三天之久，哈克冷酷的微笑面孔一次次从昏迷、缓慢的苏醒和剧烈的疼痛中浮现。同样的问题重复了三天之久——同一具身体被折磨了三天之久，筋疲力尽，几乎无法再多受一点苦。之后呢，第三天的下午，他们把那女人带来了。她什么都不知道。他们让她看他，好让她供述。她是个奢华美丽的人儿，一向游戏人间。他本以为她会惊叫崩溃。她没有崩溃。她猛地扑向那些刽子手。她说了要命的话。会置她于死地的，她自己也知道。哈克不再微笑了。他中断了审讯。第二天，他告诉拉维奇，他要是不供认，她就会在女囚集中营里面临什么。拉维奇没有搭理他。于是哈克告诉他，她进集中营前面临的是什么。拉维奇什么都没供认，因为没什么好供认的。他曾试图让哈克相信，那女人什么都不可能知道。他曾告诉他，他对她的了解很肤浅。她在他生命中的意义不比一张美丽的画更重，还说他永远不可能向她吐露任何秘密的。这一切都是真的。哈克只是微笑。三天之后，女人死了。她在女囚集中营里自缢了。又过了一天，他们把其中一个逃亡者抓回来。是那个犹太作家。拉维奇看到他时，都认不出他来了，就连声音都听不出来了。他在哈克的审讯之下又挨了一周，之后再也没有价值了。于是他自己也要进集中营。医院。从医院逃亡。

银色的月亮立在凯旋门上。香榭丽舍大街上的灯光在风中飘舞。强烈的光映在桌上的酒杯中。多不真实啊，这些酒杯，这弯月亮，这街道，这夜和这时刻，这时刻拂面而来，陌生又熟悉，仿佛已经经历过一次，在另一段生命中，在另一颗星球上——多不真实啊，这些对已逝岁月的回忆，它们已然过去、散落，鲜活，同时又死寂，如今它们只在我的头脑里发出磷光，早已僵化成词句——还有那奔流在我幽暗的血管中的、永不停歇的、37.6 度的、味道有些咸的四升秘密和滚滚洪流，血液，神经节细胞中的反射，被称作记忆的、虚无当中不可见的储藏间，这些也多不真实啊，星星点点，年年岁岁，越掷越高，一个记忆明亮，另一个记忆血腥，如同贝里街上空的火星，还有一些光芒暗淡，满是污垢——记忆的天空之下，此刻正焦躁地维持着那一团混乱。

复仇的绿光。城市静静地浮在后半夜的月光和汽车马达的呼啸声中。一条街之外，一排排的房屋，延展得没有尽头，一排排的窗户，窗后是一束束被绑缚起来的命运。几百万人的心跳声，无休无止的心跳，如同被一个百万倍功率的马达驱动，慢慢地、慢慢地驶在生命的街道上，每一次脉动都向死亡稍稍近了一毫米。

他站起来。香榭丽舍大街几乎空了。几个妓女在角落里溜达。他沿着大街往前走，路过皮埃尔·夏隆街、马尔别夫街和马里涅街，一直走到圆点广场，再返回凯旋门。他迈过铁链，站在无名战士墓前。蓝色的小灯在阴影中闪烁。一个枯萎的花环躺在墓前。他穿过星辰广场，走向那家酒馆，他第一次以为自己看到了哈克，就是在这酒馆前面。几个司机坐在酒馆里。他在窗边坐下，坐在当时他的那个位置，然后喝了杯咖啡。外面的街道空了。司机正在聊希特勒。他们觉得他滑稽可笑，预言说，如果他胆敢踏上马奇诺防线，很快就会迎来末日。拉维奇盯着街道。我为什么还要坐在这里，他想。我也可以坐在巴黎的任何一个地方：几率是一样的。他抬头看了看钟。快三点了。太晚了。哈克——假使那真是他——这时候大概也不会在街上闲逛了。

他看到外面有个妓女在溜达。她望了望窗户里面，然后走开了。她一回来，我就走，他想。妓女回来了。他没有走。如果她再来一次，我绝对就走，他下定决心。——那哈克就不在巴黎。妓女回来了。她朝他摇摇脑袋，示了个意，又走过去了。他仍然坐着。她又回来一次。他没有走。

酒保把椅子翻到桌子上。司机们付了账，离开了酒馆。酒保把柜台上的灯关上。屋子没入一片脏兮兮的朦胧中。拉维奇朝四周看看。“付账。”他说。

外面的风大了些，天也冷了些。云高了，飘浮得更快了。他路过乔安的酒店，站住脚步。所有窗户都是黑的，只有一扇除外，那里面有一盏灯在窗帘后面发出微光。那是乔安的房间。他知道，她最讨厌走进一间黑屋。她让灯开着，因为她今天不去他那里。他抬起头看，突然间不理解自己了。之前他为什么不愿意见她？对那个女人的记忆早就无影无踪了；只有对她死亡的记忆还留着。

那其他的呢？那些跟她有什么关系？那些甚至跟他自己还有什么关系呢？他不是个傻瓜吗？追寻一个幻影，一段纠结的黑色记忆的投射，寻求一个幽暗的反应——重新开始在那些死去的岁月剩下的渣滓里翻寻，一个意外就让他旧事重提，而那张脸只是相像得要命而已——他又让那段腐朽的过往浮现，让那种没彻底痊愈的神经病症重新发作，这一来把此前为自己构建的一切都置于险境，还把那唯一一个与自己相联的人置于这飘摇风雨之中？此与彼有何相干呢？他不是不断地教导自己这些吗？要不是这样，他怎会逃脱出来呢？要不是这样，他会落到何等地步了呢？

他感觉自己肢体里的铅融化了。他深深地呼吸。一道道疾风刮过大街小巷。他又抬头看那扇亮着的窗。那里有个人在乎他，重视他，那个人的脸一看到他就会变样子——他却原本打算牺牲那个人，就为了一个扭曲的幻想，就因为他那苍白的复仇欲念有种好不耐烦、拒人千里的傲慢……

他到底想要什么？他为何抗拒？他为何不敞开心扉？生活向他伸出橄榄枝，他却拒绝。不因其太过贫瘠，而因其太过充裕。只有到了往昔这场腥风血雨从他头顶上移开之时，他才能认清这些吗？他摇了摇肩膀。心啊，他想，心！它坦诚敞开！它悸动不已！窗啊，他想，夜里的一扇孤独明亮的窗，那是猛烈地扑向他的另一条生命投下的反照，它敞开着，只待他也敞开心扉。情欲的火焰，万千柔情的圣艾尔摩之火，血液中静静地亮起一道闪电，光明迅捷的电光——你明白这些，你什么都明白，你知道得太多，所以相信那柔软金色的爱之迷惘再不能淹没你的头脑——结果一天夜里，你突然站在一家三流酒店门口，这一切如烟雾从柏油路上升腾起来，你感觉到它，就仿佛从地球的另一边、从那些蓝色的椰树小岛上传来了热带之春的温暖，这温暖经海洋、珊瑚礁、熔岩和地下的黑暗过滤，骤然在巴黎升腾出来，就在这条破破烂烂的庞塞勒街，混杂着木槿和含羞草的气息，就在这样一个被复仇和过往填满的夜，不可抗拒，不容反驳，情感神秘地得已释放——

山鲁佐德里全是人。乔安跟几个人一起坐在一张桌子边。她马上就看到了拉维奇。他在门口站定。俱乐部沉浸在烟雾和音乐之中。她对同桌的人说了些什么，然后很快地走向他。“拉维奇——”

“你在这儿还有事吗？”

“怎么？”

“我要带你走。”

“可你不是说——”

“那已经过去了。你在这儿还有事吗？”

“没有。我只是得跟那边那些人说一声，我要走了。”

"快去——我在外面的出租车里等你。"

"好，"她站着没动了，"拉维奇——"

他看着她。"你是因为我才回来的吗？"她问。

他迟疑了一秒。"对，"然后他轻声地对那张会呼吸的脸说，那张把自己奉献给他的脸，"对，乔安。因为你。只因为你！"

她迅速地动了一下。"来吧，"她说，"我们走吧！这里这些人跟我们还有什么相干。"

出租车沿着烈日路行驶。"怎么回事，拉维奇？"

"没什么。"

"之前我很怕。"

"忘了吧。没什么。"

乔安看着他。"我还以为你不会再来了。"

他向她俯下身。他感到她在颤抖。"乔安，"他说，"什么都别想，什么都别问。你看到外面那些街灯的光和成千上万彩色的牌子了吗？我们生活在一个正在死去的时代，这个城市因生命而震颤。我们脱离了一切，只剩下我们的心灵。我原先在月亮之上，现在回来了，你在，你就是生命。别再问了。你头发中蕴藏的秘密甚过一千个问题。看，我们面前就是夜晚，早晨喧嚣着来叩窗之前还有几个小时，却长如一份永恒。人们相爱，这就够了；既是奇迹，又是世上最理所当然之事，这就是今天的夜融化在一丛花木之中，风中传来草莓的香气时，我感受到的，没有爱的话，我们就是羁旅世间的死灵，无非是几个数据和一个偶然得到的名字，就算死去也毫无二致——"

路灯的光洒进出租车的窗户，就好像一座灯塔上盘旋的探照灯穿过船上一间小室里的黑暗。乔安苍白面孔上的眼睛一会儿全然透明，一会儿黑如点墨。"我们不会死的。"她在拉维奇的臂弯里轻声说道。

“是啊。我们不会。只有时间会死。可憎的时间。它总是要死的。我们活着。我们永远活着。你醒来，就是春天，你入睡，就是秋天，冬和夏在其间往来千万次；如果我们深深相爱，我们就永恒，就坚不可摧，就像心跳就像雨水就像风，那就足矣。我们赢在朝夕，甜美的爱人，而输在年岁，但又有谁关心这些呢，谁会在乎这些呢？一时就是一生，一瞬最近乎永恒，你的双眼闪烁，星尘会滴落在无尽时光中，诸神会老迈，但你的嘴仍年轻，那个谜在我们之间战栗，那就是你和我、呼唤和回答，它来自傍晚，来自黎明，来自所有恋人心醉神迷之时，是天涯海角的情热叫喊榨成的金色风暴，一条无尽的道路从变形虫到路得[①]和以斯帖[②]和海伦和阿斯帕齐娅[③]，再到路边小教堂里的蓝衣圣母，从蠕动和动物到你和我——”

她躺在他的臂弯里，一动不动，脸色苍白，全然忘我，甚至显得心不在焉——他则俯身对着她，说个没完——一开始，他感觉有人从身后看着他，那是一个影子，仿佛在跟他一起无声地说话，挂着暧昧不清的微笑，他身子弯得更深了，感到她迎向他，那东西还在，然后就没了。

---

① 《希伯来圣经》人物，生活在大约公元前 1100 年的一位摩押族女子，英雄人物大卫王的曾祖母。

② 《希伯来圣经》人物，波斯帝国亚哈随鲁的王后。

③ 雅典哲学家、演说家、政治家伯里克利特的第二个妻子。

十三

“骇人听闻，”坐在凯特·赫格斯特伦面前、戴着祖母绿宝石的女人说，“惊天丑闻啊！整个巴黎都看笑话了。你以前知道吗，路易是个同性恋？肯定不知道。我们全都蒙在鼓里；他掩盖得可真好。丽娜·德·纽布格充当他的正牌情妇——你来想想看：一周以前他从罗马回来，比他之前说的早了三天，然后晚上去了这个尼基的公寓，想要给他个惊喜，你说他在那儿发现了谁？”

“他太太。”拉维奇说。

戴着祖母绿宝石的女人抬头看他。突然间，她那样子就像是刚刚听说自己丈夫破产了。“您知道这回事了？”她问。

“不知道。但肯定是这样的。”

“我不明白，”她困惑地盯着拉维奇，“那可是出奇的不可思议。”

凯特·赫格斯特伦微微笑了。“拉维奇医生有种理论，黛西。他称之为偶然事件系统学。根据这理论，最不可思议的几乎每次都是最合逻辑的。”

“有意思。”黛西礼貌地微笑，一点都不感兴趣。“本来什么都不会大白于天下的，”她继续说，“要是路易没有搞出那么一大团乱子就好了。他完全失控了。如今他住在克里隆镇。想要离婚。每个人都等着听他的理由。”她满心期待地靠回沙发椅背上。“你怎么看？”

凯特·赫格斯特伦迅速地朝拉维奇那边看了看。他正在观察一根兰花枝，花枝放在桌上的帽盒和一个装着葡萄和桃子的果篮之间——蝴蝶一般的白色花朵，花心是淫荡的红色一点。

“不可思议，黛西，”她说，“实在不可思议！”

黛西大获全胜，得意洋洋。“您之前大概也料不到这些吧，嗯？”她问拉维奇。

他小心翼翼地把花枝插回细长的水晶花瓶中。“料不到，那是自然料不到的。”

黛西满意地点头，把她的手袋、粉盒和手套收拾起来。“我得走了。五点钟露易丝要开鸡尾酒会。人家那位部长要来。各种各样的传言满天飞，”她站起来，“还有，费利和玛尔特又分了。她把她那些首饰给他寄回去了。这都第三回了。还是让他大受感动。那单纯的笨蛋。还以为人家爱的就是他这个人呢。他会把那些首饰都还给她，还要再加上一件以示奖励。一如既往。他不知道——可她早就在欧斯特塔格店里把想要的挑好了。他每次都在那家店买东西。挑的是一个红宝石胸针；四方形的大块宝石，最好的鸽血红。她机灵得很。”

她吻了吻凯特·赫格斯特伦。“再见，我的小绵羊。现在你起码多少跟上外面发生的事了。你还不能马上就从这里出去吗？”她看着拉维奇。

他注意到凯特·赫格斯特伦看了他一眼。“暂时还不能，”他说，“很遗憾。”

他帮助黛西穿上大衣。这是一件深褐色的貂皮大衣，没有领子。这大衣乔安穿着正好，他想。“您哪天一定要跟凯特一起来喝茶，”黛西说，“每周三总是只有几个人在；到时候我们可以好好聊聊，没人打扰。我对手术的事很感兴趣。”

“好啊。”

拉维奇让她出去，关上门回来。“好漂亮的祖母绿宝石。”他说。

凯特·赫格斯特伦笑了。“那就是我之前的生活，拉维奇。您能理解吗？”

“能啊。怎么不能？能理解这些是件好事。可以让人免遭很多罪。”

“我已经理解不了了。”她站起来，小心地朝自己的床走去。

拉维奇看着她的背影。“我们生活在哪里都是无关紧要的，凯特。某些地方可能更舒服些，但这从来不重要。重要的只有我们如何利用这处境。而且那也不总是重要的。”

她把一双漂亮的长腿伸到床上。“要是你躺了几周后重新能走了，”她说，“什么都不重要。”

“如果您不愿意，就不用再待在这里了。只要带上一个护士，您就可以去‘兰开斯特’住。”

凯特·赫格斯特伦摇摇头。“我就待在这里，待到可以出行。在这儿我可以免去太多黛西这种人的打扰。”

“她要是来，您就把她赶走。没什么比听人说闲话更累人的了。”

她小心翼翼地在床上伸展身躯。“您能想象吗，这个黛西虽然天天风言风语，还是个了不起的母亲呢？她把两个孩子养育得很好。”

“有可能。”拉维奇不为所动地说。

她把被子拉到自己身上。“诊所就像修道院，”她说，“要再次学着去重视那些最简单的东西。走路啊，呼吸啊，看东西啊。”

“是啊。幸福就这样位于我们周围。我们只需把它拾起。”

她看着他。“我是说真的，拉维奇。”

“我也是，凯特。只有简单的东西才永远不会让人失望。只要幸福，我们在多低贱的地方开启人生都可以。”

让诺躺在床上，一堆小册子四散在被子上。

“怎么不开灯呢？”拉维奇问。

“我还能看得清楚。我眼睛好。”

小册子上讲的都是假腿。让诺想尽一切办法，找来了这些。他母亲给他把最后几本拿过来了。他给拉维奇看特别花哨的一本。拉维奇打开灯。“这是最贵的。”让诺说。

“不是最好的。”拉维奇应道。

“但这是最贵的。我要跟保险公司说，我一定要这个。当然了，我根本不想要这个。只不过保险公司应该付这笔钱。我就要一条木头腿，还有那笔钱。”

“保险公司有顾问医生的，他们要监督这一切，让诺。”

男孩直起身子。“您的意思是，他们不会同意给我装一条腿？”

“他们会的。或许不是最贵的那种。但他们不会把钱给你；他们要负责让你真的得到那条腿。”

“那我就得收下它，然后马上卖回去。这一来我肯定要亏钱。您觉得我亏个两成够了吗？我要先说个打九折。或许可以事先跟商家谈谈。这腿我要不要，跟保险公司有什么关系？他们一定得交钱；其余的全都不关他们事——不是吗？”

“当然是。你可以去试试嘛。”

“还是会值些钱的。那样我们就可以用这笔钱买个柜台，再买些设备，准备开一家小奶制品店，”让诺狡黠地笑了，“谢天谢地，这么一条装着关节、样样俱全的腿还挺贵。那是精细活。这样很好。”

“保险公司已经派人来过了吗？”

“没有。为假腿和补偿的事还没有。只为了手术和诊所的事来过。我们必须请一个律师吗？您怎么看？当时是红灯！肯定是！警察——”

护士送来了晚餐。她把晚餐放在让诺身旁的桌上。男孩什么都没说，一直等到她走了。“这里吃的真多，”护士走后他说，“我还没吃过这么好的。我一个人吃不掉。我妈总是来把剩下的吃掉。这些够我们两个人吃的。这样她能省些钱。反正这间屋子的花销太多了。”

“那笔钱保险公司会付的。你躺在哪里都一样。”

男孩灰色的脸上，一丝光彩一闪而过。“我跟韦贝尔医生谈过了。他给我打九折。费用的账单他会寄给保险公司。他们会付账；但他会把账目的百分之十退还给我，给我现金。”

“你很能干嘛，让诺。”

“你要是穷人，那就得能干！”

“没错。你身上疼吗？”

“脚疼，就是我已经没有的那只。”

“那是神经疼，还剩下一些神经。”

“我知道。尽管如此还是可笑。明明都没有了，还是会疼。或许我那只脚的灵魂还在。”让诺咧开嘴笑了。他说了句玩笑话。然后他把盖在他晚餐上的碗掀开。“汤，鸡肉，蔬菜，布丁。这些给我妈留着。她喜欢吃鸡肉。我们家里不常吃到。”他舒舒服服地靠回去。“有时候我会在夜里醒过来，想着这一切的花销我们都得自己付。夜里刚醒来那一刻，人就会想这些事。然后我就记起来，我像上等人的儿子一样躺在这里，有权要这要那，还可以按铃叫护士来，一按她们就得来，还有别人来负担这所有的花销。真棒啊，是吧？”

“是啊，”拉维奇说，“真棒啊。”

他坐在奥西里斯的体检室里。“还有人吗？”他问。

“有，”莱昂妮说，“还有伊冯娜。她是最后一个。”

“让她进来。你没问题，莱昂妮。”

伊冯娜二十五岁，长得丰满，一头金发，扁鼻子，手脚短粗，跟很多妓女一样。她洋洋得意地晃悠着进来，把自己穿的那件破绸缎衣服撩起来。

“去那边。”拉维奇说。

“这样还不行？”伊冯娜问。

“怎么？”

她没有回答，而是沉默地转过身去，给拉维奇看她结实的屁股。上面都是青蓝的鞭痕。她肯定是被什么人狠狠地打了一顿。

“但愿那客人给了你一大笔报酬，”拉维奇说，“这可不是闹着玩的。”

伊冯娜摇了摇头。“一生丁也没有，医生。不是客人干的。”

“那看来你乐得其中了。我倒不知道你喜欢这个。”

伊冯娜又摇了摇头，脸上露出满足又神秘的微笑。拉维奇看出来，她喜欢这种状况。她感觉自己很重要。“我不是受虐狂。”她说。她会说这个词，还挺自豪的。

“那是怎么回事？吵架了？”

伊冯娜等了一秒钟。“是爱情。”她说着惬意地扭了扭肩膀。

“嫉妒？”

“是啊。”伊冯娜喜形于色。

“很疼吗？”

“这样的不疼，”她小心翼翼地躺下，“您知道吗，医生，罗兰德太太一开始不想让我工作？就干一个钟头，我说；您就试一个钟头！您就会知道了！而现在呢，我有了这青屁股，干得可是比过去什么时候都成功得多。”

“为什么呢？”

“不知道。有些男的对这种事可疯迷了。这能让他们兴奋。过去这几天里我多挣了二百五十法郎。这还能看多久？”

“至少两三周吧。”

伊冯娜咋了下舌头。“如果还能这样下去，我就能用这钱给自己买一件毛皮大衣了。狐狸皮——或者颜色染得天衣无缝的猫皮。”

“如果钱不够，你这位朋友还可以轻而易举地再揍你一顿，再帮你一把嘛。”

“他不会那么做的，”伊冯娜热烈地说，“他不是那种人。不是那种爱打小算盘的无赖，您知道吗！他只是一时热血上头才打我的。只有他失了魂时才这样。我也可以跪下来求他，他平时不这样。”

“性格使然，”拉维奇抬起眼睛，“你没问题，伊冯娜。”

她站起来。“那就可以开始工作了。底下已经有个老头在等我了。一个长了一把灰白山羊胡子的老头。我给他看过这鞭痕。他对这个疯得很。在家里什么话都说不上。就做梦也想揍他家老太婆一顿，我猜是这样。”她突然发出一阵银铃般的笑声，“医生，这世界好奇怪呢，是吧？”她得意洋洋地摇晃着出去了。

拉维奇洗了洗手。随后他把自己用过的东西放到一旁，走到窗前。屋顶上悬着银灰色的薄暮。光秃秃的树木就像死人黑色的手伸展过柏油马路。过去有时可能会在填埋上的战壕里看到这样的手。他打开窗户，看着外面。非现实的时刻，飘摇在日和夜之间。这是小酒店中爱情的时刻——属于那些已婚人士，他们到了晚上还要摆出威严姿态，当一家之主。这时刻，伦巴第平原上的意大利女人已经开始说晚安[①]。绝望的时刻，幻梦的时刻。

---

① 意大利语。

他关上窗子。房间突然显得暗了很多。许多阴影飘了进来，蛰伏在角落里，无声地说个不停。罗兰德送来的干邑白兰地酒瓶就像一块抛过光的黄晶石一般闪耀。拉维奇站了片刻——然后下楼去了。

唱片机转着，大房间里已经灯火通明。姑娘们穿着粉色的绸缎衫子，分成两排坐在软垫子上。她们都敞着胸脯。客人们想看看自己买的是什么。已经来了六七个客人。大多数是中年的小市民。这都是谨慎的行家，他们知道什么时候体检，于是赶在这个时候来，一点得淋病的风险也不冒。伊冯娜跟她的老头在一起。他坐在一张桌子旁，面前是一瓶杜本内酒。她站在他旁边，一只脚放在椅子上，正在喝香槟。那一瓶酒的钱可以分给她一成。那男人肯定是昏了头，连这酒钱都慷慨照付。那都是宰外国人的。伊冯娜对这些心知肚明。她的架势就像马戏团里随和的驯兽师。

“完事了，拉维奇？”罗兰德站在门口，问他。

“嗯。一切正常。”

“你想喝一点吗？”

“不了，罗兰德。我得回酒店了。一直工作到现在。洗个热水澡，换上新衬衣——我现在需要的就这些。”

他从吧台旁边的衣帽间旁走过，出去。夜幕睁着紫罗兰色的眼睛，立在门外。一架飞机嗡嗡地飞过蓝色的天空，孤独又匆忙。一只黑乎乎的小鸟在一棵光秃秃的树最高的树枝上啁啾。

一个身患癌症的女人，癌症在她身体里，像一头没有眼睛的灰色野兽一般吞噬；一个残废，计算着自己能得到多少年金——一个妓女，靠屁股上的伤财源滚滚——树枝上的第一只画眉鸟——它们相继掠过，而现在，他对这一切无动于衷，慢慢地从有一股温暖床铺气味的暮色中走过，走向一个女人。

“你还想再来一杯苹果白兰地吗？”

乔安点头。“嗯，再来一点。”

拉维奇朝店家招手。“还有比这种更陈的苹果白兰地吗？”

“这种不好吗？”

“没有不好。不过您的地窖里或许还有另外一种。”

“我去看看。”

服务员走到柜台边，老板娘正跟她的猫一起在那里睡觉。他消失在那里的一扇毛玻璃门后，老板跟他的账单就窝在那门后。过了一会儿，服务员带着一副全神贯注的庄重表情回来了，也不看拉维奇一眼，就下楼进地窖去了。

“看样子成了。”

服务员拿着一个瓶子回来了，就像抱着一个襁褓里的婴孩一般。那是一个肮脏的瓶子，不是那种供给游客们的包装花哨的瓶子，就只是一个脏兮兮的瓶子，在地窖里放了好多年。他小心翼翼地打开瓶子，闻了闻木塞，然后拿来两个大杯子。

“先生请。”他对拉维奇说着，倒了几滴酒。

拉维奇拿起杯子，闻了闻酒味。随后他喝了酒，靠回椅背上，点点头。服务员也庄重地点点头，然后给两个杯子倒了三分之一的酒。

“来尝尝这个。”拉维奇对乔安说。

她喝了一口，放下杯子。服务员观察着她。她惊异地看着拉维奇。“我还从没喝过这样的，”她说着又喝了一口，“都不是喝下去，是直接闻进去。”

“正是如此，女士，”服务员满意地说，“您已经领会了。”

“拉维奇，”乔安说，“你这可是在冒险。喝过这种苹果白兰地后，我再也不想喝别的了。”

“不会的啊，你还是会再喝别的的。”

“但我会不断地梦见这种。”

“好啊。这一来你会变成个浪漫主义者。一个苹果白兰地的浪漫主义者。”

“可这一来，我不会再喜欢喝别的了。”

“正相反，你甚至会觉得它比实际上更好喝。那会变成一种加入了对另一种苹果白兰地之欲的苹果白兰地。这样就让它不那么寻常了。”

乔安笑了。“这是胡话。你也知道的。”

“当然是胡话。但我们就是靠胡话活着的。不是靠事实这种没一点油水的面包。不然爱情该置于何地？”

“这跟爱情有什么关系？”

“关系大了。这让爱情得已长存。没有它，我们只能爱一次，后面的一切都要拒绝。可有了它，那一点点对我们背离或背离我们之人的欲念就成了后来者脑袋上的荣光。光是我们曾经有所失这件事，就已然对新来者进行了某种浪漫的美化。这是古已有之的虔敬幻术。”

乔安看了他一眼。“你这样说话，我听了厌恶。”

“我也一样。”

“你不应该这样。就算开玩笑也不应该。这把奇迹变成了耍手腕。”

拉维奇没有回答。

“而且，听上去好像你已经厌倦了，考虑着离开我。”

拉维奇带着一种疏远的柔情看着她。“你永远不用这样想，乔安。如果真到了那一步，会是你离开我。而不是我离开你。毋庸置疑。”

她重重地放下杯子。“真是胡说八道！我永远不会离开你。你又想怎么拿话左右我？”

这双眼睛，拉维奇想，仿佛有闪电在那后面降下。红彤彤的温柔闪电，来自一团凌乱的烛火。“乔安，”他说，“我不想左右你干什么。但我想给你讲一讲波浪和礁石的故事。这是一个古老的故事。比我们要老。你听好。从前有一道波浪，它爱着海里某处的礁石，我们就说是卡普里湾的礁石吧。它用泡沫包围它，从四面八方冲刷它，日日夜夜地亲吻它，用自己白色的胳膊环抱它。它叹息，哭泣，乞求礁石来它这里，它爱它，它对它顶礼膜拜，这一来慢慢地把它冲蚀了，有一天，礁石顺从了，被冲蚀空了，倒在海浪的臂膀里。”

他喝了一口苹果白兰地。“然后呢？”乔安问。

“突然间，它不再是一块可供海浪在周围嬉戏、爱抚和哀悼的礁石。它只不过是海底的一块碎石，毁在波浪中了。波浪感到失望，感觉自己受骗了，于是去找一块新的礁石。”

“然后呢？”乔安怀疑地看着他，“这是什么意思？它本应一直当礁石的。”

“波浪一直这样说。但所有会动的都比所有凝固的要强大。水比礁石强大。”

她做了个不耐烦的手势。“这一堆跟我们有什么关系？那就只是一个故事啊，没什么意义。还是说，你又在取笑我了？如果真到了这地步，你会离开我的，我确凿知道的就只有这个。”

“临到你离开之前，”拉维奇笑道，“你还会一口咬定的也是这一句。你会告诉我，是我离开了你。你还会找到我离开你的理由——而且相信这些——而且当你站在世上最古老的法庭前面时，公理会在你这边：那法庭就是自然。”

他朝服务员招手。“我们可以买下这瓶苹果白兰地吗？”

“您想把它带走？”

“没错。”

“先生，这有违我们的规定啊。我们不卖瓶装酒。”

“您去问问老板。”

服务员拿着一份报纸回来了。那是《巴黎晚报》。“老板想破个例，”他说，把瓶塞紧紧地塞进去，把《巴黎晚报》的体育版副刊拿出来、折起来塞进兜里后，把酒瓶包在报纸里，“给您，先生。把它存储在阴凉处。这是我们老板祖父的私产。”

“好。”拉维奇付了账。他拿起瓶子看了看。“阳光，你在诺曼底的一个清风吹拂的古老果园里，栖在苹果之上度过了炎热一夏、湛蓝一秋，跟我们来吧。我们需要你。宇宙中某个地方，风暴正起。”

他们走到街上。下起雨来了。乔安站住。“拉维奇！你爱我吗？”

“爱，乔安。比你以为的更爱。”

她倚在他身上。“有时候好像不是那样啊。”

“正相反。不爱的话，我绝不会给你讲那些东西的。”

“你还是给我讲些别的比较好。”

他看着落雨，微微笑了。“爱情不是池塘，可以让人时时照见自己，乔安。它有潮起潮落。也包含废墟残骸，淹没的城市，章鱼和风暴，还有装了金子的箱子和珍珠。但珍珠都在深处。”

“我不懂这些。爱情是彼此归属。生生世世。”

生生世世，他想，古老的童话啊。可我们连分分秒秒都无法把握！

乔安把大衣扣上。“我希望现在是夏天，”她说，“我还从没像今年一样盼过夏天。”

她从柜子里拿出自己黑色的晚礼服，把它扔在床上。“有时我好恨这衣服。老是这黑裙子！老是那山鲁佐德！永远都是一个样！永远都是一个样！”

拉维奇抬起眼睛。他什么都没说。

“你不明白吗？”她问。

“明白啊——”

“你为什么不把我从那里带走，亲爱的？”

“去哪里？”

“哪里都行！哪里都行！”

拉维奇把那瓶苹果白兰地从报纸里拿出来，抽出瓶塞子。然后他拿了一个杯子，倒满一杯酒。“来，”他说，“喝了这杯。”

她摇头。“没有用。有时候喝酒没用。有时候什么都没有用。我今天晚上不想去了，不想去那群白痴那儿。”

“待在这里。”

“然后呢？”

“打个电话，说你病了。”

“那我明天还是得去，那样更糟。”

“你可以病个几天。”

“还是一样，”她看着他，“只不过，这是怎么回事？我这是怎么了，亲爱的？是因为下雨吗？是因为湿淋淋的黑天吗？有时候这就像一口棺材，我们躺在里面。看这些灰蒙蒙的下午，我们都能在里面溺死。一开始我把这些都忘了，我跟你一起待在小饭店里，原本是很开心的——你为什么非要说什么离弃和遭到离弃呢？我不想知道那些，不想听那些！那些话让我悲伤，它把一些我不想看的图景递给我看，让我不安。我知道你不是那个意思，但那话会打击到我。它打击到我，再加上下雨和黑夜。你不明白这些。你很强大。”

“强大？”拉维奇重复她的话。

“对。”

“你怎么知道呢？”

“你不会害怕。”

“是我已经不会害怕了。这是不一样的，乔安。”

她没有听他说的。她迈着自己大大的步子来回地走，让这房间显得太小了。她走路时总是像顶着风行走，拉维奇想。“我想离开那一切，”她说，“离开这酒店，离开这夜总会，还有那里黏糊糊的视线，离开！”她站定。“拉维奇，我们一定要像现在这样生活吗？我们不能像其他相爱的人那样生活吗？厮守在一起，拥有属于我们的东西、夜晚和安全感，而不是这些箱子、空虚的白日和让你置身其中感到陌生的酒店房间？”

拉维奇的脸让人不可捉摸。来了，他想，他就知道有朝一日会这样。“你真能想象我们那样吗，乔安？”

“怎么不能？别人也有那些！温暖，归属，几个房间，一关上门，不安就没了，不安也不会透过墙钻进来，就像这里这样。”

“你真能想象这些？”拉维奇重复道。

“能啊。”

“一间体面的小寓所，在里面过着体面的小市民生活。在火山口边上维持着一点体面的安全。你真能想象这些？”

“也可以换种说法，”她难过地说，“不用非得这么——轻蔑。如果你爱着一个人，你就会想到别的叫法。”

“本质还是一样的，乔安。你真的能想象这些？我们两个生来就不是那样的。”

她站定了。“我是。”

拉维奇微笑。笑容中有柔情、讽刺和一道悲伤的阴影。

“乔安，”他说，“你也不是。你比我更不是。但这不是唯一一个理由。还有另一个。”

“是啊，”她苦涩地应道，“我知道。”

“不，乔安。你不知道。但我还是要跟你说。还是这样好。你不要再像现在这样想。”

她仍然站在他面前。“我们快点儿说完，”他说，“以后就别再多问我。”

她没有回答。她的脸上一片空旷。这脸突然间又成了她过去有过的那张脸。他抓住她的双手。“我在法国的生活是非法的，”他说，“我没有证件。这是真正的原因。因此我永远不能有个寓所。如果爱上什么人，我也永远不能结婚。要结婚我需要证件和签证。那些我没有。我甚至不能工作，只能做黑工。我永远不能过跟现在不同的生活。”

她盯着他。“这是真的吗？”

他耸肩。“有几千人也过着差不多的日子。你肯定也知道这些。如今谁都知道嘛。我就是其中之一，”他微笑着，放开她的手，“一个没有未来的人，就像莫罗索夫所说。”

“嗯——可是——”

“我甚至过得还很好。我有工作，我能过活，我有你——些许不便之处又算得了什么？”

“警察呢？”

“警察不太管这些。假如他们偶然把我抓住了，我就会被驱逐出境，就只是这样。但那是不可能的。好了，去吧，给你的夜总会打电话，说你今天不去了。今晚就是我们自己的。一整晚都是。就说你病了。如果他们想要医生证明，我就去找韦贝尔给你开一张。”

她没有走。“驱逐出境，”她说，仿佛慢慢地才能理解，“驱逐出境？离开法国？然后你就走了？”

“只是很短的一段时间。”

她似乎没有听到。“走了，”她说，“走了！那我又该怎么办？”

拉维奇朝她笑笑。“是啊，”他说，“那你又该怎么办？”

她坐着，双手撑在椅子上，仿佛凝固了一般。“乔安，”拉维奇说，“我在这里待了两年了，什么事都没有。”

她的脸色还是那样。“如果你还是被抓到了呢？”

“那我很快就回来了。过一两周而已。这就像出去旅行，没别的了。好了，给山鲁佐德打电话吧。”

她犹豫地站起来。“我该怎么说？”

“就说你得了支气管炎。说话声音沙哑一些。”

她过去打电话。随后她很快回来了。“拉维奇——”

他小心翼翼地挣脱她。“来吧，”他说，“这些都忘了吧。这样甚至是个福分，让我们不至于逐渐靠激情后的年利过活。这样我们的爱情可以保持纯洁——这份爱情永远是束火焰——不会沦为家事炉灶上的鸡毛蒜皮。好了，去打电话吧。”

她拿起听筒。他看着她说话。一开始她心不在焉；她仍然在注视着他，仿佛他马上就要被捕了。但随后她的谎话逐渐变得轻巧又理所当然。她甚至加上了几句没有必要的谎话。她的脸精神起来，展现出她正在描述的胸中疼痛。她的声音疲惫起来，越发沙哑，最后她都开始咳嗽了。她不再看着拉维奇；她看着前方，全然沉浸在角色之中。他沉默地注视着她，喝了一大口苹果白兰地。并不错综复杂，他想。只是一面什么都能映出的镜子——但什么都不会留下。

乔安放下电话，把头发捋到后面。“他们全相信了。”

“你刚才真是出色。”

“他们说，我应该卧床休息。还说，如果明天还没好，我务必要接着休息。”

“你看吧。这一来明天的事情也就解决了。”

“是啊，”她说着，阴郁了一瞬间，“如果真这么看的话。”

随后她走向他。“你吓到我了，拉维奇。告诉我，那些不是真的。你常常就是随便说说而已。告诉我，那些不是真的。不像你说的那样。”

“那些不是真的。”

她把脑袋靠在他的肩上。“不可能是真的。我不愿再次孤独一人。你一定要待在我身边。我孤独一人时什么都不是。没有你，我什么都不是，拉维奇。”

拉维奇低头看她。“乔安，”他说，“有时候你就像个门房的女儿，有时候你是来自森林的戴安娜。有时候又两者兼备。”

她靠在他的肩上，一动不动。“我现在是什么？”

他微笑。“带着银弓的戴安娜。无懈可击，致人死地。”

“你应该多对我说说这种话。”

拉维奇不说话了。她并不理解他是什么意思。倒也不用非得理解。她接受那些适合她的东西，用那些适合她的方法，别的什么都不在乎。但这不正是吸引他的地方吗？谁又想要一个跟自己一样的人呢？又有谁想在爱情中索求道德呢？爱情中的道德是弱者的发明，牺牲品的哀歌。

“你在想什么？”她问。

“什么都没想。”

“什么都没想？”

“也不是，”他说，“咱们出去旅行几天吧，乔安。去有太阳的地方。去戛纳或者昂蒂布。去他妈的小心谨慎！去他妈的三室居所的美梦，去他妈的小市民品性的废话！那些不归我们。入夜之后，整个世界都热切贪婪地盼着夏日，伴着月亮熟睡之时，你不就是布达佩斯，你不就是开满鲜花的栗树大道上的清香？你说得对！我们要出去，离开这昏暗这寒冷这阴雨！至少离开几天。”

她迅速地直起身子，看着他。“你真这么想？”

“对。”

“可是——警察——”

“让警察滚蛋去吧！那边不比这里更危险。游览胜地管控得不会太严。特别是好酒店。你从没去过那边吗？”

“没有。从没去过。我只在意大利和亚得里亚海边待过。我们什么时候去？”

“过两三周。那时候最好。”

“那咱们有钱吗？”

“有一些。再过两周就够用了。”

“咱们可以找一间小膳宿公寓住。”

“你不是住小膳宿公寓的人，你要么就该住这里这样的小破屋，要么就该住一流的酒店。我们要去住昂蒂布的卡普酒店。这种酒店都是万无一失的，谁也不在那里跟人要证件。接下来我得找个要人，随便找个高官，给他肚子上开一刀；我们需要多少钱，他都会把不够的那部分补上。”

乔安很快地站起来。她的脸熠熠生辉。“来，”她说，“再给我倒点苹果白兰地。这好像真是梦里的苹果白兰地一样。”她走到床边，举起那条晚礼服，“上帝啊——我就只有这两件黑色的破旧衣服！”

“或许我们到时候还能有辙。两周里可以发生一些事了。搞个上等人的盲肠，或者百万富翁的复杂疝气——”

十四

安德烈·迪朗表现得着实愤慨。“没法再跟您合作了。”他说。

拉维奇耸耸肩。他从韦贝尔那里得知，迪朗为这场手术挣了一万法郎。如果他不事先说清楚自己的意愿，迪朗就会给他寄两百法郎。上次他就是这么干的。

“还有半小时就要做手术了。我真没想到您会这样，拉维奇医生。”

“我也没想过。”拉维奇说。

“您知道，您始终大可信任我的慷慨。我不明白，您现在怎会这么爱谈生意。真是让我难受，在这个节骨眼上，病人知道他的生命在咱们手里，咱们却要谈钱的事。”

“我不难受。”拉维奇应道。

迪朗看了他一会儿。他那张满是皱纹、留着白色八字胡的脸上显出威严和愤怒的神色。他推了下金边眼镜。“那您想怎样？”他不情愿地说。

“两千法郎。”

“什么？”迪朗看上去仿佛被人打了一枪，而且仍然无法相信。“可笑。”他简短地说。

“很好，”拉维奇说，“您可以轻易再找个别人嘛。您去找比诺；他可出色了。”

他伸手去拿大衣。迪朗盯着他。他那张充满威严的脸似乎在忖度。“您等等，”拉维奇拿起帽子时，他说，“您不能就这样把我晾在这里啊！怎么昨天不跟我说呢？”

“昨天您去乡下了，我找不到您。”

“两千法郎！您可知，我都不敢去要这么多钱？病人是我的朋友，我只能要他点辛苦费。”

安德烈·迪朗的样子就像是童书里的慈悲上帝。他七十岁了，作为诊断医生还算凑合，但作为主刀医师就差劲了。他辉煌的业绩主要靠的是过去的助手比诺的工作，比诺两年以前终于能够独立开业了。从那之后，迪朗就用拉维奇给他做自己的复杂手术。拉维奇的刀口极小，做完手术后疤痕几乎看不出来。迪朗在品尝波尔多酒方面很有一套，在高档宴会上很受欢迎，他的病人大多是从那里来的。

“我要是知道就好了。”他喃喃地说。

他一直是知道的。正是由于这个原因，他做比较大的手术前会在自己乡下的居所里住一两天。他想避免在手术前谈价格的事。手术后事情就容易了——到时候他可以让人寄希望于下回——而到了下回又是老样子。这回，让迪朗惊异的是，拉维奇不是在最后一刻才出现，而是比安排好的手术时间早了半个小时就来了，在病人麻醉前逮到了自己。这一来就没法把上了麻药当作理由来缩短商讨时间。

护士把脑袋伸到门里。“我们可以开始麻醉了吗，教授先生？”

迪朗看着她，然后很有人情味地看着拉维奇，充满恳求之意，拉维奇也看着他，目光很有人情味，但是坚定。“您怎么说，拉维奇医生？”迪朗问。

“您来决定，教授。”

“稍等片刻，护士。我们还没把流程完全讲清楚。”护士缩回去了。迪朗转向拉维奇。“怎样？”他谴责地问他。

拉维奇双手插进兜里。“您把手术改到明天——或者推迟一个小时，然后找比诺。”

二十年里，比诺几乎完成了迪朗的所有手术，结果一无所获，因为迪朗几乎把他从上到下方方面面的门路都切断了，他稍微独立一些都不行，迪朗一直让他当高级些的杂役。他恨迪朗，至少会跟他要五千法郎的手术费，拉维奇知道这些。迪朗也知道。

“拉维奇医生，”他说，“我们的职业不该蜕变成谈生意。”

“我也这样想。”

“您为何不让我小心谨慎地把事情处理好呢？您之前可一直很满意啊。”

“从来也没满意过。”拉维奇说。

“您从没跟我说过。”

“因为说了也没什么用。再说以前我不太关心这些。这回我关心了。我需要这钱。”

护士又进来了。“病人有些不安了，教授。”

迪朗盯着拉维奇。拉维奇也盯着他。他知道，从法国人那里把钱抢过来很是困难。比从犹太人那里要钱还难。犹太人看得到生意，法国人只看到要交出去的钱。

“稍等片刻，护士，”迪朗说，“您去测一下脉搏、血压和体温。”

“已经测过了。”

“那您开始打麻醉吧。”

护士走了。“那好吧，”迪朗下定决心，“我给您一千法郎。”

“是两千。”拉维奇纠正他。

迪朗不同意。他捋了捋自己白色的八字胡。“您听着，拉维奇，”他又亲切地说，“作为一个不能出诊的流亡者——”

“我也是不能在您这里做手术的。”拉维奇平静地说。他现在只等着对方老调重弹，说他获准待在这国家，必须要知道感激。

但迪朗没有那么说。他看出自己碰壁了，而且时间紧急。“两千，”他说得苦涩无比，仿佛那个词语就是一张从他嗓子里飘出来的钞票似的，“我得自掏腰包了。我以为您会记得我为您做过什么。”

他等待着。奇之怪哉，拉维奇想，吸血鬼都这么喜欢讲道德。这个扣眼里戴着荣誉军团玫瑰花勋章的老流氓指责我利用他，而不是为自己羞愧。而且他居然真的相信这些。

“好吧，两千法郎，”迪朗终于说，“两千法郎。”他重复道，就仿佛说的是故乡，天父，绿油油的芦笋，小山鹑，古老的圣埃米利永，都不再了！“我们现在可以开始了吗？”

那男人大腹便便，胳膊和腿很细。拉维奇恰好知道这是谁。他叫拉瓦尔，是一个官员，职权范围里包括移民事务。韦贝尔告诉过他这些，是当成一个别致的笑料讲的。拉瓦尔这个名字，国际酒店每个流亡者都知道。

拉维奇迅速切下第一刀。皮肤像一本书一样打开。他把皮肤夹好，看着黄澄澄的脂肪朝自己涌出来。“我们再来个额外赠送，给他减几磅的体重。他之后可以再把这些吃回来。”他对迪朗说。

迪朗没有回应。拉维奇把那层脂肪去掉，好达到肌肉那一层。看他就躺在这里，流亡者的这位小上帝，他想。这个男人手握千百人的命运，用的就是这只白皙的小手，它现在正毫无生气地搁在这里。这个男人，就是他把迈耶老教授驱逐出境，而迈耶已经无力再踏上苦路，在被逐的前一天直接吊死在国际酒店的衣柜里。吊死在衣柜里，因为别处哪儿都没有钩子。迈耶做到了；他饥饿，所以太过消瘦，用来挂衣服的钩子都能撑得住他。女佣早上发现的，也无非是一团衣服，里面夹杂着一点被扼杀的生命。如果这里这个大肚汉能有些怜悯之意，迈耶就还活在世上。“夹子，”他说，“棉球。”

他继续切。锋利刀刃多么精准。下刀准确，感觉得到。那肚子上有个窟窿。内脏如盘着的长虫。敞开着肚子躺在这里的这位，也有自己的道德准则。这人对迈耶有着人道上的同情，但也有某种东西，他称之为自己的民族责任。总有一把保护伞让他可以躲在后面；他有个上级，上级又有个上级；条条指令、指示、职责、命令——最后则是那个三头六臂的怪物，道德也好，必要情况也好，严峻的现实也好，责任也好，不管那被称做什么吧——总有一把保护伞撑在那里，让他避开人性这种简单的准则。

那是胆囊。腐烂病变。千百块罗西尼牛排、卡昂式牛肚、油封鸭和富含油脂的酱汁，再加上恶劣的脾气和几升好波尔多酒，一同把它弄成了这样。老迈耶就没有这样的烦恼。如果现在切坏一刀，切得太长，切得太深——会不会一周之内就有一个好一些的人坐进那间飘着档案和飞蛾那种陈腐气味的房间，许多瑟瑟发抖的流亡者在那里面等待着关乎自己生死的判决？一个好一些的人——也可能是一个更坏的。刺眼的灯光下手术台上这具失去了意识的六十岁躯体无疑认为自己慈善人道。他肯定是个和善的父亲、一个优秀的丈夫——但走进办公室那一刻，他就变成了一个暴君，藏在“我们确实无法……”和“如果……那将导致什么后果呢”这类的空话后面。法国不会亡的，即便迈耶仍然在一天吃一顿简陋的餐食，即便罗森塔尔寡妇仍然能够在国际酒店的一间用人房间里等着自己被害的儿子回来——即便身患肺病的面食商贩施塔尔曼没有因为非法穿越边境而坐了六个月的牢，之后被释放，只等着死亡在他于边境上被射杀之前降临。

好。切得很好。不太深，不太长。肠线。结节。胆囊。他把胆囊指给迪朗看。它在白色的灯光下油光闪亮。他把它扔到桶里。继续。法国这边为什么用雷维尔丹缝合法？手术钳可以拿出去了！一个年薪三万至四万法郎的普通公职人员温暖的肚子。他怎可以支付这一万法郎的手术费？剩下的钱是怎么挣来的？这个大肚汉也曾玩过弹珠。缝合得很好。一针又一针。两千法郎仍然写在迪朗的脸上，虽然看不到他的八字胡了。那写在他的眼睛里，每只眼一千法郎。爱情败坏人的品性。不然我会压榨这个退休医生、动摇他对剥削这一神圣世界秩序的信仰吗？明天他会一本正经地坐在这大肚汉的床前，笑纳人家对他工作的感激之词。小心，那里还有一个夹子！这大肚汉意味着乔安和我在昂蒂布度过一周。在时间的火山灰倾盆而落之时，享受一周的光明。那是暴风雨来临之前的一方蔚蓝天空。现在轮到腹壁的褶边。格外细致，为了那两千法郎。我应该顺便把一把剪刀缝进去，以纪念迈耶。嗡嗡作响的白光。为什么非要有这么多乱七八糟的想法呢？或许是因为报纸，或者收音机。骗子和懦夫喋喋不休。大堆大堆的词句让人无法集中。混乱的头脑。敞开大门迎接一切蛊惑人心的污言秽语。不再习惯咀嚼认知这块干硬的面包。头脑没有牙齿。都是蠢话。好了，这也缝完了。现在就剩下松松垮垮的皮肤了。过不了几周他就又可以把浑身发抖的流亡者驱逐出境了。或许没有胆囊他也能温和一些。如果他不死的话。这种东西要活到八十岁才死，受人敬重，自命不凡，荫及子孙。行啦。把他送一边去吧！

拉维奇从手上脱下手套，从脸上摘下口罩。那位高官在无声的车轮上飘然出了手术室。拉维奇目送着他。你要是知道就好了，拉瓦尔！他想。知道你那特别合法的胆囊将会给我这不合法的流亡者一笔厚赠，让我在里维埃拉那边度过异常不合法的几天！

他去洗手。迪朗在他身边洗手，洗得又慢又有条理。那是一双患有高血压的老年人的手。迪朗一边细致地磨蹭自己的手指，一边有节奏地慢慢蠕动自己的下颚，像磨磨盘一样，就仿佛在碾碎谷粒。他手上一停，嘴里也不再咀嚼了。手上一重新动起来，嘴里也同样再次开始咀嚼。他这回洗得特别慢特别久。他还想把那两千法郎多留几分钟，拉维奇想。

“您还等什么呢？”过了一会儿，迪朗问道。

“等您的支票。”

“病人付款后我会把钱寄给您的。那要等几周时间，等他出了院。”

迪朗把手擦干。随后他拿起一瓶奥赛古龙水，把香水搽在身上。“这点儿信任，您大概还是有的吧——嗯？”他问。

滑头，拉维奇想，还想稍微羞辱我一下呢。“您刚才可是说了，病人是您的一个朋友，只付您一点辛苦费。”

“对——”迪朗干巴巴地回应道。

“好了——辛苦费就是材料开销和付给护士的几法郎。这诊所是您的。假如您把这些加起来算作一百法郎——您可以把这一百法郎扣除，以后再给我。”

“辛苦费啊，拉维奇医生，”迪朗说着直起身子，“可惜比我之前想的多了不少。给您的两千法郎也算在里面了。因此我也得把这钱算到病人账上。”他闻了闻自己双手上的古龙水味。“您看啊——”

他微笑起来。黄色的牙齿跟雪白的胡子形成鲜明的对比。就仿佛有人在雪里撒尿了似的，拉维奇想。无论如何，他是会付钱的。韦贝尔会把度假的钱给我的。我不会再求这老山羊付钱，让他心里欢喜了。

“很好，”他说，“既然您这么为难，那就之后再寄给我吧。”

“我倒不为难。虽然您这要求突如其来，让我惊讶。这些只是因为有规定。”

“好吧，那就说是因为有规定吧；都是一样的。”

“绝对不是一样的。”

“结果是一样的，”拉维奇说，“好了，恕我无礼告辞。我要去喝一杯了，再会。”

“再会。”迪朗惊讶地说。

凯特·赫格斯特伦微微笑着。“您为何不跟我一起去呢，拉维奇？”

她站在他面前，身材苗条，满怀信心，双腿修长，双手插在大衣的兜里。“菲耶索莱的连翘现在肯定已经开花了，就像依着花园的墙燃起一道黄色的火焰。还有一个壁炉，有书，有安宁。”

外面有辆卡车在铺石路面上隆隆驶过。诊所小接待室里的玻璃相框叮叮当当地响起来。框里都是夏特尔大教堂的照片。

“夜里的宁静。远离一切，”凯特·赫格斯特伦说，“您会不喜欢这些吗？”

“喜欢。但我可能受不了那些。”

“为什么受不了？”

“只有在自己心静的时候，宁静才是好的。”

“我心里不静呀。”

“您知道自己想要什么。这就基本上没差了。”

“您不知道吗？”

“我什么都不想要。”

凯特·赫格斯特伦慢慢地把大衣扣上。“什么意思呢，拉维奇？是幸福还是绝望？”

他不耐烦地露出笑容。“都有，可能是吧。两者都有，基本上从来都是这样吧。不该过多地考虑这些事。”

“那应该怎样呢？”

“应该高兴。”

她看着他。“那我们就不需要别的人了。”她说。

“要高兴的话，我们总是需要别的人。”

他不说话了。我在说什么啊，他想。临别赠语。临别时的尴尬局面，虽说温情，但还是传教的废话。“说的不是您有次讲过的那种小小的幸福，”他说，“那种幸福在哪里都能开花，就像烧毁的房子周围开出紫罗兰一样。要是无所期待，就不会失望——这种起点就很好。随后无论遇到什么，都是点滴的幸福。”

“根本就什么都不是，”凯特·赫格斯特伦说，“只有当我们躺在床上谨慎思忖时，才是你说的这样。只要我们可以到处走动，就不会再是这样了。到时候这一点幸福就又失落了。我们总想要的更多。”

一道斜斜的光线从窗那边直射到她脸上，让她的眼睛落入阴影之中；只有她的嘴充满孤独的生机。

“您在佛罗伦萨有医生吗？”拉维奇问。

“没有。我需要医生吗？”

“还是可能会再出小问题的。各种各样的小问题。要是知道您在那边也有个医生，我会安心一些。”

“我感觉很好。而且，如果出现什么问题，我可以回来嘛。”

“当然了。只是稍微小心一些。佛罗伦萨有个好大夫：费欧拉教授。您想记一下吗？费欧拉。”

“我会忘了的。这也不重要啊，拉维奇。”

“我把这名字写下来。他会照料您的。”

“可这是为什么啊？我没问题的。”

“职业性的谨慎，凯特。没别的意思。我会给他写信的，让他给您打电话。”

“我没意见，”她拿起手袋，“再会了，拉维奇。我走了。或许我很快就从佛罗伦萨去戛纳，再从那里乘坐‘萨瓦伯爵号’回纽约。如果您哪天到了美国，会发现一个住在乡间别墅里的女人，有丈夫孩子，有马有狗。您过去认识的那个凯特·赫格斯特伦，我就留在这里了。她在山鲁佐德有一座小小的墓。您去那里的时候，偶尔也向它敬上一杯吧。”

“好。用伏特加。”

“是啊。用伏特加。”房间里的一片朦胧中，她犹犹豫豫地站着。那一道光此时落在她身后的一张夏特尔大教堂照片上。那是放着十字架的主祭坛。“奇怪，”她说，“我本来应该高兴的。可我不高兴——”

“每次道别都是这样的，凯特。甚至跟绝望作别也是如此。”

她踌躇着站在他面前，充满了柔和的生命力，决绝又有些悲哀。“道别之时，最简单的就是离去，”拉维奇说，“来吧，我送您出去。”

“好。”

空气温润潮湿。天空悬在屋顶之间，如灼红的铁。“我给您叫辆出租车，凯特。”

“不用。我要走到街角。到了那里我会找一辆的。这简直是我第一次重新来到外面。”

“如何？”

“像喝葡萄酒。”

“真的不用我给您叫辆出租车吗？”

“不用。我想走着。”

她朝湿漉漉的街道望去，然后笑了。“不知哪个角落里仍然有一丝恐惧。这也是应该的吗？”

“是啊。这也是应该的。”

“再会，拉维奇。”

“再会，凯特。”

她站在那里又待了一秒钟，仿佛想说些什么。随后她走下台阶，迈着小心翼翼的步子，身影苗条，仍然是矫健的，沿着街道走了，走进紫罗兰色的傍晚，走向自己的死亡。她再没有回头。

拉维奇回去了。路过凯特·赫格斯特伦住过的房间时，他听到了音乐声。他惊讶地站定。他知道，那里面还没住新的病人。

他小心翼翼地打开门，看到护士跪在一台留声机前。她听到拉维奇的声音时吓得跳了起来。留声机在放一张老唱片：《最后的华尔兹》[①]。

姑娘把衣服捋平整。“赫格斯特伦小姐把这留声机送给我了，”她说，“这是美国的机器。在这里买不到的。全巴黎都买不到。在这儿独一无二。我已经很快地试过一回了。可以自动放五张唱片。”

她骄傲得满脸通红。“至少值三千法郎。再加上所有的唱片。有五十六张呢。而且里面还有一个收音机。可真叫幸福啊。”

幸福，拉维奇想，又来了。在这里它就是一台留声机。他站定，倾听。小提琴就像一只鸽子，飞翔在管弦乐队之上，哀哀切切。这种感伤小曲有时比肖邦的所有夜曲都更能抓住人心。拉维奇环顾四周。床已经收拾好了，床垫也立起来了。衣物摞成一堆，放在门旁。窗户都开着。暮色讽刺地盯着屋里。

① 一张法语唱片。

一缕逐渐散去的香水味和一曲沙龙华尔兹几个接近尾声的和弦，这就是凯特·赫格斯特伦留下的东西了。

“我没法一下子全带走，”护士说，“太沉了。我要先把机器搬走，然后再分两次把唱片拿走。或许要三次。真是太棒了。都可以用这些开一个咖啡馆了。”

“好主意，”拉维奇说，“小心点，别把东西弄坏了。”

十五

拉维奇慢慢地醒来。他在梦境和现实之间奇特的朦胧之中还躺了一会儿——梦境还在，苍白破碎——同时，他已经知道自己做梦了。他在黑森林地区，德国边境附近，在一座小火车站里。近旁有瀑布轰响。群山那边传来冷杉的气味。那是在夏天，山谷里满是树脂和草场的气味。火车的铁轨在落日中闪着红通通的光——就仿佛有列往外滴血的火车在上面驶过。我在这里干什么呢？拉维奇想。我在德国这里干什么呢？我可是在法国啊。我可是在巴黎啊。他掠过一道绵软闪亮的波浪，这浪给他倾注了更多的睡意。巴黎——已然溶解了，只剩雾中余影，沉没了。他不在巴黎。他在德国。只不过他为何还要重返这里呢？

他穿过那小车站。乘务员站在报刊亭旁边。他在读《人民观察家报》，这是一个中年男人，一张肥脸上长着金黄色的眉毛。“下一列车什么时候开？”拉维奇问。

乘务员懒洋洋地看着他。“您想去哪里呢？”

拉维奇突然感到一阵热辣辣的惊惧之情。他在哪里啊？这地方叫什么？这站叫什么？应该说他要去弗莱堡吗？该死，他为什么不知道自己在哪里？他朝站台望了望。没有地名标牌。哪里都没写着名字。他微笑。“我在度假。”他说。

“那您想去哪里啊？”乘务员问。

“我坐着火车到处漫游，在这儿下车就是碰碰运气。从车窗里看时我挺喜欢这里。现在我不喜欢这地方了。我厌恶瀑布，现在想接着走了。”

“您到底想去哪里？您定然知道自己想去哪里吧？”

“后天我得去弗莱堡。那之前我有空。这样没有个目标，四处漫游，还挺有意思的。”

“这趟线不去弗莱堡。”乘务员说，注视着他。

我在这里胡闹些什么？拉维奇想。说到底，我干吗要问他呢？干吗不直接等着？我是怎么到这里来的？“这我知道，”他说，“我时间还够用嘛。这附近有樱桃酒吗？纯正的黑森林樱桃酒？”

“那边的车站客栈里有。”乘务员说，仍然注视着他。

拉维奇慢慢地穿过站台。他的步子在车站露天屋顶下的水泥地上回响。他在一等二等车厢的候车室里看到两个坐着的男人。他感到他们的视线落在自己背上。几只燕子在车站的屋顶下飞过。他假装自己在观察燕子，用眼角余光望向那乘务员。乘务员把报纸折起来，然后跟在拉维奇后面。拉维奇走进客栈。屋子里一股啤酒的气味。这里没有人。他又离开这酒馆。乘务员站在外面。他看到拉维奇出来，就走进候车室。拉维奇加快了脚步。他突然发觉自己的举止显得很可疑。走到车站转角后，他环顾四周。站台上没有人。他匆匆地从行李服务处和空无一人的托运窗口之间穿过。他弯下腰，从放了几个牛奶桶的行李装卸台下走过，又蹑手蹑脚地从窗户底下过去，窗户后面有一台电报机在滴滴答答地响，他就这样走到车站的另一侧。他小心翼翼地往四周看了看，随后很快地穿过铁轨，穿过一片鲜花盛放的草地，朝冷杉林跑去。他穿过草地时，蒲公英的白色冠毛飞扬起来。他跑到冷杉树那边后，看到乘务员和那两个男人站在站台上。乘务员指了指他，两个男人跑了起来。他往后面一跳，在冷杉树间夺路而逃。长着针叶的树枝打到他的脸上。他转了个大弯，站定脚步，省得暴露自己的位置。他听到那两人费力地从冷杉之间穿过，跑远了。他分分秒秒都在倾听。有时候他什么都听不到，那就只能等待。随后又传来咔嚓声，他也匍匐前进，这回是伏在地上，这样声音更小一些。他倾听时攥起双拳，屏住呼吸。他感到一种痉挛般焦灼的愿望，想要跳起来奔走——但那一来他就暴露自己位置了。只有另外两人也在动时他才能动。他卧在蓝色的獐耳细辛间的一片灌木丛中。獐耳细辛[①]，他想。獐耳细辛，獐耳细辛。树林似乎无边无际。现在到处都传来噼啪声。他感到所有毛孔中都渗出汗液，就仿佛他的身体在下雨。突然间，他的双腿一软，膝盖弯了下去，好像关节都变软了。他试图站起来，却沉了下去。地面就像一片泥沼。他往身下看了一眼。地面是硬的，是他的腿软了。两条腿就像是橡胶做的。这时，他听到两个跟踪者近了。他们径直向他来了。他猛地站起来，然而橡胶膝盖一弯，他又沉了下去。他硬拖着两条腿走，费力地往前跋涉，耳里听得身后的噼啪声越来越近，后来枝枝杈杈间的天空突然显得蓝了，一片林间空地映入眼帘，他知道，如果不能很快地跑出去，他就迷路了，他拖着双腿跑啊跑啊，转过身去，看到身后有一张脸阴险地微微笑着，哈克的脸。他往下沉啊，沉啊，无力抵抗，绝望无助，他喘不上气，他用双手撕扯着凹陷的胸口，他呻吟——

他在呻吟吗？他在哪里？他感到自己的双手掐在脖子上。双手都是湿的。他的脖子是湿的。他的胸口是湿的。他的脸是湿的。他睁开眼睛，仍然不十分清楚自己在哪里，是在冷杉林灌木丛的泥沼中，还是别处。他还没想到巴黎。一轮白色的月悬在一个未知世界的一方窗棂之上。一束苍白的光如同一轮被扼杀掉的光环挂在一个黑黝黝的十字架后面。苍白的、死掉的

① 原文为獐耳细辛的拉丁语学名 Hepatica triloba。

光朝着一方惨淡的铁色天空无声地叫喊。满月在窗户的木头窗框后，窗户是国际酒店的一个房间的，在巴黎。拉维奇坐起身子。刚才那是怎么回事？一列满是鲜血的火车，滴滴答答地淌着血，呼啸着穿过一个夏夜，在血淋淋的铁轨上奔驰——那做过千百次的梦，重返德国，被一个将谋杀合法化的血腥政权的刽子手们包围、跟踪、追捕——这梦已经做过多少次了！他瞪着那月亮，它用自己借来的光将世界上的色彩吞噬。那些梦中满是集中营里的恐惧，满是遇害的朋友们僵硬的面孔，满是死里逃生之人那流不出泪水的、石化的痛苦，满是生离死别，还有那唯一一份已经超越了所有悲苦的孤寂——白天，这份孤寂可以建起一道壁垒，那道高过眼睛的障壁——在那些漫长困苦的年月里，你慢慢建起这道障壁，用玩世不恭的态度将希望扼杀，将回忆无情地埋葬、踩严，把自己身上的一切撕下，包括自己的名字，将种种情感灌入水泥——如果某一天，旧日那张苍白的脸还是会浮现于一个猝不及防的时刻，甜腻腻的，幽魂一般，你就要把它沉溺于酒精，喝到不省人事。白天——但每天夜里，你还是任旧日摆布，自制的刹车器松弛，车子开始滑脱，那张脸重新从意识的地平线后升起，从一座座坟冢中浮出，原已凝固的痉挛再起，阴影来了，血液蒸腾，伤口裂开，黑色的风暴席卷过所有壁垒屏障！要说忘记——白天还简单一些，只要意志的街灯照亮世界就可暂忘；但如果这灯熄灭，蛆虫的声响清晰可闻，如果那一个已然毁灭的世界如维内塔城[1]一般从洪水中升起，重新活过来——那就不太一样了。你可以痛饮，招来那沉重如铅的醉意。一夜又一夜，这醉意会将那一切消除——你可以把夜晚过成白天，把白天过成夜晚——白天

① 中世纪民间传说中一座位于西波美拉尼亚的波罗的海海岸上的城市，城市居民道德败坏，致使这座城市受到惩罚，在一场大洪水中沉入海底。

做的梦是不一样的，不会像夜里这样绝望得仿佛从万事万物中放逐出来。难道他没这样做过吗？有多少次，直到晨曦漫上街巷之时，他才回酒店？或者跟每一个愿意陪他喝酒的人一样待在地下墓穴里，等到莫罗索夫从山鲁佐德回来，再跟他一起接着喝，在假棕榈树下，在这个没有窗户的房间里，只有时钟告诉你外面已经有多亮了？那就跟在潜水艇中喝得酩酊大醉一样。摇摇头，认定人应该理智一些，那是容易。可是，天杀的，那可不容易啊！生命就是生命；它没有价值，也蕴含一切价值；你可以把它抛开，那样也很简单。但你不能把仇恨一同抛开啊，还有那每日每时都在遭受讥讽、唾弃、嘲弄的东西，大约就是那种无论如何都留存于心的、对人性和人类的信念，你不能把它也一同抛开吧？一条空荡荡的生命——你不能像扔个空弹药筒一样把它扔掉啊！如果战斗的时刻来临，如果这条生命仍然可以派上用场，它仍然足以去战斗。这不是出于私欲，甚至不是出于复仇心，尽管仇恨刻骨，既不是出于利己主义也不是出于利他主义的原因，无论帮忙把这个世界的车轮从鲜血和瓦砾中往前推一转有多重要——说到底，无非是你要战斗，只要一息尚存，就只是在战斗，以及等待着战斗的机会。可是等待会吞噬你，也可能是毫无希望的，再加上心中暗暗的惧意，害怕终于等到了决战之时，你可能已经被消磨啮噬，因等待太久而变得懒散，每个细胞都变得疲惫，没法再行军跋涉！为此，你不是把一切可侵蚀你神经的东西都践踏到忘却，你不是冷嘲热讽甚至硬起心肠吗？你不是不断逃窜，装成另一个人，一个陌生的自我？直到你任睡眠和幽灵鬼怪摆布之时，那残酷的晕眩再次找上门来——

硕大的月亮爬到窗棂之下。它不再是钉在十字架后面的圣光了——而是一个肥胖猥琐的偷窥狂，呆滞地盯着人家的房间和床铺。拉维奇现在完全清醒了。刚才那还是一个相当无害的梦。他见识过这类梦境。但他上次做梦都是很久以前的事了。他思索着——自从他不再一个人睡觉以来，就几乎一直没做过梦。

他在床边摸索。瓶子不在那里。它不在那里，有一阵子了。它在屋角的桌子上，他犹豫了片刻。没必要喝酒。他知道的。不喝酒也没有必要。他站起来，光着脚走到桌旁。他找到了一个杯子，把瓶塞拔出来，喝起酒来。这是那瓶喝剩下来的陈年苹果白兰地。他拿起杯子，对着窗户。月亮让杯子成了一块蛋白石。烈酒不该放到光下，他想。无论是日光下还是月光下都不行。受伤的士兵如果在满月下的野外躺一宿，会比别的夜晚过后更加虚弱。他摇摇头，把那杯酒喝完了，然后又给自己倒了一杯。他抬起头，注意到乔安已经睁开了眼睛，正在看着他。他止住不喝了。他不知道，她是不是醒了，真的在看他。

"拉维奇。"她说。

"嗯——"

她抖了一下，仿佛现在才醒过来。"拉维奇，"她换了种声音说，"拉维奇——你在那儿干什么呢？"

"我喝点酒。"

"可你为什么——"她直起身子。"怎么啦？"她困惑地问，"出事了吗？"

"没什么。"

她把头发捋到脑后。"上帝啊，"她说，"真吓到我了！"

"我没想吓你。我以为你会接着睡呢。"

"你突然就那样站在那儿——站在角落里——一点都不一样。"

"很抱歉，乔安。我没想到你会醒过来。"

"我感觉到你不在了。很冷。就像刮了阵风。冷冰冰的很可怕。然后你突然站在那边。出事了吗？”

“没有，没事。什么事都没有，乔安。我醒了，想喝点东西。”

“给我也来一口。”

拉维奇把杯子倒满酒，走到床边。“你的样子就像个孩子。”他说。

她用双手拿起杯子，把酒喝了。她喝得很慢，越过杯子盯着他看。“你怎么醒了？”她问。

“不知道。我想是因为月亮吧。”

“我恨这月亮。”

“到了昂蒂布你就不会恨它了。”

她放下杯子。“我们真的要去？”

“是啊，我们要去。”

“离开这雾气和阴雨？”

“是啊——离开这该死的雾气和阴雨。”

“再给我一杯。”

“你不想睡吗？”

“不想。睡觉就太可惜了。因为睡眠，我们浪费了太多的生命。给我一杯。这是那瓶好酒吗？我们带上它去吧。”

“什么都不该带上。”

她看着他。“从来都不应该吗？”

“从来都不应该。”

拉维奇走到窗前，拉上窗帘。窗帘只拉了一半。月光从窗口落入，仿佛进入一个采光井，光把房间分成朦胧昏暗的两半。“你为什么不上床来？”乔安问。

拉维奇站在月光另一侧的沙发边上。他看到乔安模糊的身影坐在床上。她的头发反射着幽暗的光，披在她的背上。她赤裸着。她和他之间流泻着那冰冷的月光，月光不流向何方，只是自顾自地流淌着，仿佛奔流在两侧黝黑的岸之间。它流入这充满了温暖睡眠气息的房间的四壁之中，从一条穿越了没有空气的黑暗太空的无尽道路奔流而来，这破碎的光啊，撞裂在一颗遥远的死去的星球上，如变了场魔术，从温暖的恒星光辉转变成了这铅一般冰冷的流光——它流啊，流啊，却永不会停住脚步，永不会将这房间填满。

“你怎么不过来？”乔安问。

拉维奇走过房间，穿越幽暗和光明，然后再次穿越幽暗——没有几步路，但他感觉很远。

“你把酒瓶拿来了吗？”

“嗯。”

“你想要杯子吗？几点了？”

拉维奇抬头看了看带荧光数字的小钟盘。“大约五点。”

“五点。也可能是三点。或者七点。夜里时间是静止的。只有钟表在走。”

“是啊。尽管如此，什么事情都是夜里发生的。也可能正因如此。”

“什么事情？”

“那些到了白天会让人看到的事情。”

“别吓我。你的意思是，那些事情其实之前就发生了，在人们睡觉的时候？”

“对。”

她从他手里拿过酒杯，喝起酒来。她十分美丽，他感觉自己是爱她的。她不是雕塑或者图画那种美；她的美像一片有风吹拂的草地。是生命在她身体里搏动，是生命将她从两个细胞的碰撞、从母腹中的一片虚无神秘地塑造成现在这个样子。总是同一个不可解的谜，何以一颗微小的种子里已经包含了整棵树木，树虽然僵硬石化，透过显微镜才能看到，却已经在那里，树梢也好果实也好，甚至每年四月伊始的落花似雨，都已经在那里面，早已注定——正如何以从一个爱欲之夜和一丁点汇聚在一起的黏液中变出了一张脸、一双肩膀和眼睛，而且正是这里这双眼睛、这对肩膀；何以它们原本遗失在天涯海角，混迹于千百万人之中，游弋于世间某处，可后来，你于一个十一月的夜晚站在巴黎的阿尔玛桥上，它们竟向你走来——

“为什么是夜里？”乔安问。

“因为——”拉维奇说，“靠近些，亲爱的，睡眠的深渊将你送还于我，你从无定的命运那一片月亮上的草原回到我身边——因为夜晚和睡眠都是背叛者。你可记得这一夜我们是怎么入睡的，我们彼此紧紧挨在一起，贴得多近啊，两个人能贴得多近就有多近。我们的额头，我们的皮肤，我们的思想，我们的呼吸，都在彼此触摸，彼此交融——随后，没有色彩的灰暗睡眠开始慢慢地渗入我们之间，先是几个斑痕，然后越来越多，就像麻风病一样落在我们的思绪上、我们的血液中，盲从无意识中一滴一滴落下，滴进我们心中——然后，突然间，我们就各自孤独一人了，我们孤独地在某处的幽深河道里游荡，任未知的力量和每一种无形的威胁摆布。我醒过来时看你。你还在睡。你仍然身处远方。你完全从我身边脱离开来。你一点儿都不记得我了。你在某个我无法随你而去的地方。”他吻了吻她的手。“如果光是每夜睡觉时，我就要离开你，爱情怎会是完满的呢？”

“我躺在你近旁。在你的臂膀里。”

“你在一个未知的国度。你是在我身旁，但你又在远方，即便你在天狼星上也不会那般遥远。白天你离开时就不是那样——白天的事我都知道。可是对于夜晚，谁又了解丝毫呢？”

“我在你身边。”

“你不在我身边。你只是躺在我旁边。谁又曾知道，自己是怎么从那个无法控制的国度回来的？已经变了个人，却还不知道呢。”

“你也一样啊。”

“是啊，我也一样，”拉维奇说，“好了，把酒杯还给我吧。我说着胡话，你却在喝酒。”

她把杯子递给他。“幸好你醒来了，拉维奇。多亏了这月亮。如果没有它，我们就一直睡着，记不得彼此。或者当我们无力抵抗之时，我们中一个的心里已经撒下了离别的种子。这种子会慢慢地生长起来，在看不见的地方长啊长啊，直到有一天破土而出。”

她轻轻地笑了。拉维奇看着她。“你没把这些话当真吧，嗯？”

“没有。你呢？”

“没有。但其中还是有些许值得留意。因此我们才不会把它当真。人之所以伟大正因如此。”

她又笑了。“我不害怕这些。我信任我们的身体。比起夜里在我们头脑里作祟的那种东西，身体更懂得它们想要什么。”

拉维奇把他那杯酒喝完。“好，”他说，“也对。”

“我们今夜就不睡了，怎么样？”

拉维奇举起瓶子，对着月光的银色通道。里面的酒只剩三分之一。“不多了，”他说，“但我们可以试试。”

他把瓶子放在床边的桌上。然后他转过身，看着乔安。“你的样子就像是男人的所有愿望加在一起，还多出了一种他所不知道的。”

“好，”她说，“我们要每夜都醒过来，拉维奇。你夜里跟白天不一样。”

“更好一些？”

“不一样。夜里你让人吃惊。你总像是从某个别人不知晓的地方回来。”

“白天就不是？”

“不总是。偶尔也是。”

“这是真心话，说得很好，”拉维奇说，“几周以前你就不会跟我说这些。”

“不会。当时我也还没那么了解你。”

他抬起眼睛。她脸上没有那种含沙射影的阴影。她就是这个意思，而且觉得这样很自然。她既没打算伤害他，也没打算故作惊人之语。“以后会好的。”他说。

“怎么？”

“再过几周你还会更了解我，我也会越发不那么让人吃惊。”

“跟我一样。”乔安说着笑了。

“你不一样。”

“为什么不一样？”

“原因在于五万年来的生物学特质。爱情让女人变得敏锐，男人则变得混乱。”

“你爱我吗？”

“爱。”

“这种话你说得太少了。”她伸了伸懒腰。像只吃饱喝足的猫一样，拉维奇想。就像只心满意足的猫，确信自己的猎物跑不了了。

“有时我都想把你从窗户里扔出去。”他说。

“为什么不扔呢？”

他看着她。“你真扔得了吗？”她问。

他没有回答。她躺回到枕头上。“要毁掉一个人，就因为你爱他？要杀掉一个人，就因为你太过爱他？”

拉维奇伸手去拿酒瓶。“上帝啊，”他说，“我怎就遭了这种罪？夜里醒过来，就为了听这种话？”

“不是真话吗？”

“是真话。对于三流诗人和不会遇到这种事的女人来说是真的。”

“对于会做这种事的人来说也是。”

“随你这样说。”

“你会这样做吗？”

“乔安，”拉维奇说，“别再说这些胡话了。这样的空想我干不来。我已经杀过太多的人了。无论是当半吊子还是专业人士，无论是当兵还是当医生。这会让人产生对生命的轻视、冷漠和尊重。杀人不会让人丢掉很多东西。你要是杀过很多人，就不会再为了爱情而杀戮。因为为了爱情而杀戮，会让死亡可笑又渺小。可死亡绝不是渺小可笑的。它也不关女人的事；死亡是男人们自己的事。”他沉默了一会儿。“我们在说什么啊？”他说着向她俯身。“你不是我无根的幸福吗？我浮云般轻飘飘的幸福？探照灯般霎时明灭的幸福？来吧，我要吻你！生命从来不曾像今天这样珍贵——因为它今天几无价值。”

十六

光。一直是那道光，一遍一遍。它像白色的泡沫一般，从地平线那边飞来，飞翔在深蓝的大海和较为明亮的天空之间；它向这边飞来，没有呼吸，同时也是至深的气息，既发光，又反射，这样明亮，这样闪耀，这样轻灵飘浮，没有任何物质，简单又亘古的幸福啊——

看那光落在她的脑袋后面，拉维奇想，就像一轮没有色彩的圣光！远和近间没有距离。看它流淌在那对肩膀上！仿佛迦南的奶水，光线织就的绸缎！在这光中，没有人是赤裸的。皮肤会捕捉到这光，把它照射回去，就像岩石把外面的海水击回，光线的泡沫，透明的迷乱，最明亮的雾织成最轻薄的衣裙——

“我们在这里待多久了？”乔安问。

“八天了。”

“仿佛过了八年一样，你不觉得吗？”

“不觉得，”拉维奇说，“仿佛才过了八小时。八小时又三千年。看，你现在站的位置，三千年前同样站过一个年轻的伊特鲁利亚女人——那时的风同样从非洲来到这里，追赶着光越过大海。”

乔安在他身边的岩石上屈腿坐下。“咱们得什么时候回巴黎啊？”

“今晚去了赌场，咱们就知道了。”

“我们赢钱了吗？”

“没赢够呢。”

“你赌起钱来，就好像你是个老手似的。或许你确实是。你的事我什么都不知道嘛。那个庄荷怎会把你当作一个有钱的军火厂主来欢迎？”

“他把我跟某个军火厂主弄混了。”

“不对。你也认出他来了啊。”

“这样做比较礼貌。”

“你上次来这里是多久前的事？”

“不知道。很多年以前吧。看你都晒得这么黑了。你要一直是褐色皮肤才好。”

“那我就得一直在这里生活了。”

“你想那样吗？”

“不想一直生活在这里。但我想一直过此时此地的生活，”她把头发甩到肩膀上，“你肯定觉得这样很肤浅吧——是不？”

“不。”拉维奇说。

她微微笑了，转身朝着他。“我知道这样很肤浅，亲爱的，可是啊，天哪，我们那种混账的生活里，肤浅的东西实在太少了！战争、饥饿，政权颠覆，我们都见得够多了，还有革命和通货膨胀——可从没有过一丁点的安全啊轻松啊安宁啊闲暇啊。现在你还说，又要打仗了。我们的父母真是比我们活得简单些，拉维奇。”

“是啊。”

“我们就只有这一条短暂的生命，它还不断流逝——”她把双手放在温暖的岩石上，“我没有太多价值，拉维奇。生活在一个历史性的时代，我也会不恼火。我想要幸福，不希望什么都如此艰辛困难。仅此而已。”

“谁不想那样呢，乔安？”

“你也想吗？”

“当然了。”

那片蓝，拉维奇想，地平线上天潜入大海之处，那片几乎没有颜色的蓝，还有这风暴，刮至越发深邃之处，侵入海之深渊，天之穹顶，直到最后进入这双眼睛，它们在巴黎时从没像在这里那样蓝。

“但愿我们能够那样。”乔安说。

“我们现在就是那样啊——就在此刻。”

“是啊，就在此刻；几天时间；可之后我们又要回巴黎；回那家夜总会，里面什么都没变；回去过那家肮脏酒店里的生活——”

“你夸张了。你的酒店不脏。我的倒挺脏，除了我的房间。”

她撑起两条胳膊。风拂过她的头发。“莫罗索夫说，你是个出色的医生。可惜，你现在是这样。不然你可以挣大钱的。当外科医生正好就能挣钱。迪朗教授——”

“你怎么说起他了？”

“他偶尔到山鲁佐德去。勒内，就那个领班服务员，他说，没有一万法郎，人家连一根手指头都不动。”

“勒内耳聪目明。”

“而且他有时一天要做两三场手术。他有一座豪宅，还有一辆帕卡德——”

奇怪，拉维奇想，这张脸一点儿没变。倒不如说她瞎说这些妇道人家的陈芝麻烂谷子时，这张脸变得更吸引人了。她用那种抱窝孵蛋的本能宣扬银行家的理想之时，看上去就像一位眼中有汪洋的亚马孙女战士。可她有什么错吗？这般美貌不是永远正确吗？而且什么时候都情有可原？

他看到那汽艇在一波浪花间往这边来了；他没有动；他知道那汽艇为什么过来。“你的朋友们来了。”他说。

“怎么？”乔安早就看到那艘汽艇了。——“怎么是我的朋友？”她问，“还不如说是你的朋友。他们认识你比认识我要早。”

“早了十分钟。”

“反正是早。”

拉维奇笑了。“好的，乔安。”

“我用不着去。很简单。我不去。”

“当然不用去。”

拉维奇在岩石上伸了伸懒腰，闭上眼睛。太阳马上就变成一条温暖的金色毯子。他知道之后会发生什么。

“我们不算太礼貌。”过了一会儿后，乔安说。

“恋爱的人从来也不太礼貌。”

“那两人是为我们才过来的。他们想接我们走。既然我们不想去，你至少可以下去告诉他们。”

“好，”拉维奇半睁开眼睛，“我们就长话短说。你下去，说我得工作，然后跟他们去。就跟昨天一样。”

“工作——这话多奇怪啊。谁在这儿工作啊？你怎么不直接跟着去？那两人很喜欢你。你不来，他们昨天就很失望。”

“上帝啊，”拉维奇把眼睛全睁开了，“为什么所有女人都喜欢这种愚蠢的你来我往呢？你想坐船，我没有船，生命短暂，我们只在这里待几天，我干吗非要跟你这儿装得宽宏大量，强迫你去做你总归要做的事，只为了让你心里好受一些？”

“你用不着强迫我。我可以自己做。”

她看着他。她的眼睛还是那样熠熠生辉，只是嘴巴扭曲了一瞬——这表情从那脸上一闪而过，拉维奇都可以相信自己看错了。可他知道，他没看错。

海水拍打在停靠码头的岩石上。水花高高溅起，风将一道晶莹闪耀的波涛卷来。拉维奇感受着皮肤上的风，那就像一阵短暂的寒颤。“那是你的海浪，”乔安说，“就像你在巴黎时给我讲的故事里那样。”

“你还记得那故事？”

“还记得。不过你不是岩石。你是一块混凝土。”

她下去，往船坞那边去了，整片天空都在她美丽的肩上。就仿佛是她在背负着天空。她情有可原。她大概会坐在那艘白色的船上，她的头发大概会在风中飞舞，我竟不跟她一起去，真是个白痴，拉维奇想。可我还演不来这个角色。这也是那些已被遗忘的年代留下的某种愚蠢的高傲，某种意义上的堂吉诃德；可除此之外，我们还剩什么呢？月夜中盛放的无花果树、塞内加和苏格拉底的哲学，舒曼小提琴曲音乐会，比他人更早认识到失落。

他听到底下传来乔安的声音，然后听到马达的沉闷轰响。他直起身子。她大概会坐在船尾。外面的海上，某个地方有个岛，岛上有座修道院。偶尔，鸡鸣声会从那边传来。——隔着一层眼睑，太阳显得多红啊！孩提时分温柔的草地上，花红得像充满期许的鲜血。大海古老的摇篮曲。维内塔的钟声。什么都不想时那种神奇的快乐。他很快睡着了。

下午，他把车从车库里开出。这是一辆塔尔博特[①]，是莫罗索夫在巴黎给他租的。他跟乔安就是开着这车过来的。

拉维奇沿着海岸驾驶。天色十分明净，明亮得几乎有些过头。他驶过中间的那条滨海路，开往尼斯和蒙特卡洛，然后又去滨海自由城。他喜爱这座古老的小港，在码头边的一个小酒馆前坐了一段时间。他漫步穿过蒙特卡洛赌场前的公园，又走

① 法国汽车品牌，1920 至 1959 年间生产。

过海边高高的山崖之上自杀者的墓地；他寻找一座坟墓，站在墓前良久，微微笑着。他驶过尼斯古城狭窄的街巷，又驶过新城那些立了纪念碑的广场；随后他驶回戛纳，经过城市又离开，一直开到那个岩石显出红色、渔村都有着《圣经》中名字的地方。

他忘记了乔安。他忘记了自己。他只是把自己敞开，向着这明澈的天，向着这太阳、海和陆地组成的三和弦，三和弦让一条海岸繁花似锦，此时那边的山路上还积雪皑皑。法国上空阴雨绵绵，欧洲上空风暴怒号——但这条狭窄的海岸似乎对那一切都毫不知晓。它似乎被遗忘了；生命在这里还跳着另一种脉搏；它后面的陆地已经因绝境、预感和危险的迷雾而变得灰暗时，这里的太阳还亮着，而且光辉灿烂，一个正在死去的世界最后一点泡影汇聚在它的光芒中。

最后一道光周围的点点飞蛾和蚊虫之舞——跟任一只蚊虫的舞蹈一样无关紧要；像咖啡馆那边传来的轻柔音乐一样愚蠢——一个已变得多余的世界，就像十月的蝴蝶，小小的夏日心灵已经染上寒霜，依然那样舞着，闲聊着，调着情，恋爱着，欺骗着，在镰刀和狂风来临之前，还要稍微装出这幅歌舞升平之景。

拉维奇转弯开进圣拉斐尔城。四方形的小海港中满是帆船和汽艇。码头边的咖啡店都支起了彩色的阳伞。晒出褐色皮肤的女人屈腿坐在桌旁。还能重见此景啊，拉维奇想。轻快温柔的生活画卷——还能重见此景啊。这明快的诱惑，让人释放天性，游戏人间——即便久违，还是会再次认出。我们也曾这样过活，像蝴蝶一般的生命，也曾相信这样就足矣。车子猛地从拐弯处冲出，上了大道，驶进灼热的夕阳。

他来到酒店，发现乔安留了口信。她打过电话，让人转告说她不回来吃饭了。于是他去伊甸豪海酒店。那儿没几个人吃晚饭。人们大多在朱安雷宾和戛纳呢。他在露台的胸墙边坐下，这胸墙建得就像是一方船甲板，安置在岩石之上。下面拍岸的浪花溅起泡沫。深红青蓝的波涛从落日中涌来，又变换成明亮一些的金红和橘黄色，然后把暮光放到自己纤细的背上，把它撞碎在岩石上，撞成五颜六色的朦胧泡影。

拉维奇在露台上坐了很久。独自一人时，他感到漠然，心中是深深的孤寂。他很清醒，不带一丝情绪地看出将来会发生什么。他知道，自己还能让那些事稍微晚些到来；有些花招和策略可以用。他知道那些花招，也知道自己不会去用。要要花招已经迟了。花招是用来应付那些小打小闹的情事的；此时只剩一个方法：直接承认，坦率承认，不要自欺，也不要逃避。

拉维奇朝着光举起酒杯，杯里盛着普罗旺斯清澈的低度葡萄酒。这是个冷淡的夜，露台四周海浪轰鸣，天空中满是夕阳道别时的欢声笑语，以及遥远星辰的钟声——而我心中一盏冷淡的探照灯，他想，照进未来沉默的日日月月，扫过它们，让它们归于黑暗，这些我已知晓，现在还不觉痛苦，然而我亦知晓，并不会一直不觉痛苦，我的生命又一次像手中的杯子，晶莹剔透，装满了陌生的酒，酒无法留在杯里，因为放久了会变味，情欲腐朽后污浊的酸醋。

不会长久的。那另一条生命中有太多的开始，它不能这就停滞于长久。天真无邪，无所顾忌，就好像一株趋光的植物，它要转向一个轻松些的灵魂给与的诱惑和纷繁芜杂。它想要未来——而他能给予它的，只有那有些褴褛的当下。什么都仍未发生。也没必要发生什么。一切都早已定好。我们只是不知道而已，只是把离奇的结局当作判决，可是好久以前，几个月以前，一切都已然无声地定好。

拉维奇喝完了那杯酒。这低度葡萄酒的味道似乎跟先前不一样了。他重新倒满一杯，又喝完了。酒又是过去那种轻薄透彻的味道了。

他站起来，开车去戛纳的赌场。

他静静地下注，赌注很小。他仍然感觉到心中的冷漠，知道只要这份冷漠还在，自己就能赢。他押了最后的十二、双二十七和二十七。一个小时后，他赢了三千法郎。他给双二十七的赌注翻倍，又多押了个四。

乔安进来时，他看到了她。她换了身衣服，肯定是他刚一离开酒店，她就回去了。她跟那两个开汽艇接她的男人一起。他知道他们是比利时人勒克莱克和美国人纽根特。乔安看上去非常美丽。她穿着一条白色的晚礼服裙，上面有大朵大朵的灰色花朵。他临行前一天给她买了这条裙子。当时她猛地大叫一声，扑向这条裙子。“你怎么这么懂晚礼服裙？”她问，“比我那条好多了。”又看了一眼后，“也贵多了。”鸟儿啊，他想，仍在我的枝头，但已经张开翅膀，准备飞翔了。

庄荷把一些筹码推给他。双二十七赢了。他把赢的钱收起来，赌注不变。乔安走向玩百家乐那几桌。他不知道她看没看到他。几个没在赌博的人看着她的背影。她走路时仍然像是迎着一阵轻风，又仿佛想去的地方并不存在。她转过头，对纽根特说了几句——拉维奇突然感觉到，自己的双手渴望把筹码都推开，把自己也从这绿色的桌子旁推开，站起来带着乔安走，飞快地穿过这些人，穿过一道道门，远走高飞到一座岛上去，或许就是昂蒂布天边的那座岛，离开这一切，好锁住她，留住她。

他重新下注。开出来了七。岛屿并不与世隔绝。心中的焦躁也无可隔绝；抱在怀里的最容易失去——已经离开的则永不会失去。球慢慢地转动，直到停下。十二。他再次下注。

他抬起眼睛，正好跟乔安的眼睛对上。她站在桌子的另一侧。他对她点点头，微微笑了笑。她盯着他。他指了指轮盘，耸了下肩。开出来了十九。

他下注，又抬起眼睛。乔安不在那里了。他克制住自己，坐着没动。他从自己旁边的一包烟里抽了一支出来。一个使者给他点上火。这是一个秃头男子，大腹便便，穿着制服。“如今时代不同了。”他说。

“是啊。”拉维奇说。他不认识这人。

“二九年那时候不一样啊——”

“是啊——”

拉维奇不记得自己一九二九年是否来过戛纳，抑或这人只是随便说说而已。他看到四已经开出来了，都没看到是怎么出来的，于是努力集中注意力。但突然间他感觉，拿着几法郎来赌，为了能够多待几天，好傻啊。这又是为了什么呢？他到底为什么要过来呢？这他妈的是一个弱点，仅此而已。它会腐蚀，缓慢无声地啃噬，直到你打算振作起来却心力交瘁时，才会意识到它。莫罗索夫说得对。离开一个女人最好的途径，就是把一种你只能让她稍微过上几天的生活展现给她看。她会努力继续过那种生活——却是和别人一起，一个有能力为她长期提供这种生活的人。我要告诉她，必须要结束了。我要在巴黎跟她分手，不要等到为时晚矣。

他琢磨着，是不是应该换一张桌子继续赌。可他突然没有兴致了。已经大干过一遍的事，就不该零零散散地再来一遍了。他环顾四周。看不到乔安。他进了酒吧，喝了一杯干邑白兰地。然后他去停车场取车，打算在四周转一个钟头。

他发动车子时，看到乔安过来了。他下车。她飞快地过来。“你打算抛下我开回家吗？”她问。

“我想在山间开一个小时的车再回来。”

“骗人！你就不想回来了！你想把我跟这些白痴一起留在这儿！”

“乔安，”拉维奇说，“你接下来就会一口咬定，都怪我，你才跟这些白痴在一起。”

“就是你的错！我就是一气之下才去坐船的。我回来时你为什么不在酒店里？”

“你可是说好了要跟你那些白痴一起吃饭的。”

她愣了一秒。“我回来时你不在，我才去的。”

“好了，乔安，”拉维奇说，“咱们不要再说这些了。你玩得开心吗？”

“不开心。”

她站在他面前，在柔和的夜色蓝色的阴霾中喘息着，激动不已；月亮在她的发间，她的嘴唇在一张轮廓分明的苍白面孔上是一抹暗红，暗得几乎发黑。这是一九三九年二月，那不可避免之事将在巴黎起始，它会缓缓地匍匐而来，带着无数小小的谎言、侮辱和龃龉；他要在它到来前就离开她，此刻他们还在这里，而那事要不了太多日子就要到来了。

“你要去哪里？”她问。

“不去哪里。就这么转转。”

“我跟你一起去。”

“你那些白痴会怎么想啊？”

“不会怎么想。我已经跟他们道别了。说了你在等我。”

“不错，”拉维奇说，“你是个会思考的孩子。你等我把车篷合上。”

“敞着吧。我的大衣够暖和了。我们开得慢一点。路过那每一家咖啡店，看人们无所事事地坐在里面，就只是幸福开心，不需要理由。”

她轻快地坐上了他旁边的座位，吻了吻他。“这是我第一次来里维埃拉，拉维奇，”她说，“你体谅体谅我吧！我第一次真正地跟你在一起，夜晚也不冷了，我好幸福。”

他驾驶车子，从车水马龙的街道离开，驶过卡尔顿酒店，往朱安雷宾的方向去。“这是第一次，”她重复道，“第一次，拉维奇。你听了这话会怎么说，我全都知道，这事跟那些都毫无关系。”她靠在他身上，把脑袋搭在他的肩上。“今天的事都忘了吧！再别考虑那些了！你车开得很棒，你知道吗？你刚才开得非常厉害。那些白痴也这么说。他们昨天看到你鼓捣车子的样子。你真让人害怕。你没有过往。你的事别人什么都不知道。我对那两个白痴的生活的了解，已经比对你生活的了解多了百倍。你看，我能不能找个地方去喝杯苹果白兰地？今天闹腾了一天，夜里我需要喝一杯。跟你一起生活太难了。”

车子沿着街道行驶，就像一只飞得很低的鸟。“开太快了吗？”拉维奇问。

“不快。开得再快些。要把车开得就跟风穿过大树一样。看，那夜晚在疾驰啊。我被爱情击打得千疮百孔。透过我爱情的创口，我都能看穿自己的身体。我那么爱你，我的心赤裸裸地敞开，就像玉米田里的女人面对一个注视她的男人。我的心想要躺倒在地上。躺倒在草场上。它想要躺着，又想要飞翔。它疯狂了。你在开车，而它在爱你。我们再也不要回巴黎了。我们去偷一箱子首饰，或者偷个银行保险箱，再开上这车，再也不要回去了。”

拉维奇把车停在一个小酒吧前。马达的隆隆声止住了，大海深沉的呼吸蓦地从很远的地方轻柔地传来。“来吧，”他说，“这里有你要的苹果白兰地。你已经喝了多少了？”

“太多了。都是因为你。再说我突然就听不得那些白痴的无聊话了。”

“那你为什么不去找我呢？”

“我来找你了啊。”

“是，你以为我要走的时候才来的。你吃过东西了吗？”

“吃得不多。我饿了。你赢钱了吗？”

“赢了。”

“那咱们开车去最贵的饭店，吃鱼子酱喝香槟，就跟我们的父母经历这一场场战争之前一样，无忧无虑，多愁善感，没有恐惧，狂放不羁，一身的俗气品位，生命里都是眼泪啊，月亮啊，夹竹桃啊，小提琴啊，大海啊，爱情啊！我愿相信，我们将来会有孩子，还有一座花园和一座房子，你有护照和未来，我则为了你而放弃了远大前途，二十年后我们仍然相爱，仍然喜欢吃醋，那时候你仍然觉得我是美丽的，你一宿不回家，我就睡不着觉，而且——”

他看到泪水在她脸上流淌。她在微笑。“这些全都是，最亲爱的——全都是俗气品位。”

“来，”他说，“我们去马德里城堡。那是在山里，那里有俄国吉卜赛人，你想要什么就有什么。”

天已经蒙蒙亮了。高高的山下，灰色的大海上没有波浪。天上没有云朵，也没有颜色。地平线上，一道狭窄的银从水中升起。太静了，他们可以听到自己的呼吸。他们是最后两位客人了。吉卜赛人在他们之前就开着一辆旧福特车顺着盘山道下山去了。服务员们开着雪铁龙走了。厨师也用一辆一九二九年款的六座德拉哈耶采购去了。

“已经是白天了，”拉维奇说，“另一边的某个地方现在还是夜晚。将来会有飞机造出来，坐着那样的飞机，我们就可以赶上夜晚。那些飞机会跟地球转动的速度一样快。到时候，如果你夜里四点爱我，我们就可以让时间永远都是四点钟；我们只要随着时间绕着地球飞就好，钟点一直静止着。”

乔安靠在他身上。“我真情不自禁。太美好了！美好得让我着迷。你可以笑我——”

“确实美好，乔安。”

她看着他。“你说的那种飞机在哪里？最亲爱的，等它发明出来，我们都老了。我可不想变老。你呢？”

“想。”

“真的？”

“能多老就多老。”

“为什么呢？”

“我想看看这个星球还会变成什么样。”

“我不想变老。”

“你不会老的。时间会从你的脸上掠过，就只是这样而已，你的脸会变得更美。人到了什么都感受不到的时候才会老。”

“不，是当人不再爱的时候。”

拉维奇没有回答。离开，他想，离开你！几个小时以前我在戛纳想的都是什么啊？

她在他的臂弯中动了动。“现在庆典结束了，我要跟你一起回家去，我们要睡在一起。这一切多美好啊！我们全身心地生活，而不是只用自己的一部分过活。我们身心充实得一丝缝隙都不剩，安宁平静，因为再没有什么可以加进来，这时分多么美好啊。来吧，我们回家去吧，回我们租来的家园，回那座看着像花园洋房的白色酒店。”

车子沿着盘山路滑行下山，几乎没用油。慢慢地，天色越来越亮了。土地的气息像露水。拉维奇关上了车前的探照灯。他们经过滨海路时，装着鲜花和蔬菜的车子迎着他们而来。他们驶在通往尼斯的路上。后来他们超过一队土耳其骑兵。他们听到马蹄哒哒地穿过马达的嗡鸣。这声音十分明亮，在这碎石路上听来几乎像是假的。骑兵的脸在斗篷帽子下面黑乎乎的。

拉维奇看着乔安。她正对着他微笑。她的脸苍白疲惫，比平时更显脆弱。在这个妙不可言的幽寂清晨，前面的昨日已经沉入渊底，今朝的时刻还未到来，在他看来，此刻这脉脉含情的疲倦面孔比往常任何时候都要美丽；清晨飘飘悠悠地悬在空中，时间还没有到来，满满的都是安宁，既没有惧怕，也没有疑问。

转过一个大弯，昂蒂布海湾迎向他们。天越来越亮了。愈发湛蓝的天幕上显出了四艘战船铁灰色的影子：三艘驱逐舰和一艘巡洋舰。它们肯定是连夜驶入海港的。它们立在不断退却的苍天前，低矮静默，咄咄逼人。拉维奇看了看乔安。她靠在他的肩上睡着了。

十七

拉维奇往诊所去。他从里维埃拉回来有一周了。突然间，他站住了。他看到的景象就像小孩的玩意儿。新建的房子在阳光中闪闪发亮，就仿佛是用一箱子模型搭起来的；脚手架就像是晴空前的金银细丝——当其中一根钢丝松开，一根横梁带着一个人影慢慢倾斜起来时，那样子就像是一根火柴带着上面的一只苍蝇往下掉落。那横梁落啊落啊，似乎要没完没了地跌落——那个人影从上面掉下来，现在就像一个小玩偶，伸出了胳膊，笨拙地在空中滑翔。就仿佛这世界被冻住了一瞬间，死寂一片。什么动静都没有，没有风，没有人呼吸，没有声音——只有那个小人影和那僵直的横梁落啊落啊——

然后，突然间喧嚣尘上，四周躁动不已。拉维奇感觉自己的呼吸都停住了。他跑了起来。

出事的人躺在石板路上。一秒钟以前，街道几乎是空的。现在这里挤满了人。他们从四面八方赶来，就好像警报钟敲响了似的。拉维奇从人群中挤过去。他看到两个工人正试图把出事的人抬起来。“别抬他！让他躺着！”他叫道。

四周和面前的人给他让了路。两个工人已经把出事的人半抬起来了。“慢慢地放下！小心！慢点儿！”

“您是谁啊？”其中一个工人问道，“大夫吗？”

“对。”

“好。”

工人把出事的人放到石板路上。拉维奇在他身边跪下，仔细听了听心跳。他小心地解开汗湿的衬衫，感测了一下那人的身体。然后他站了起来。——“怎么？”之前问他话的那个工人又问，“没意识了，是不？”

拉维奇摇头。

“怎么？”工人问。

“死了。”拉维奇说。

“死了？”

“对。”

“可是，”那人不解地说，“我们刚才还跟他一起吃午饭呢。”

“是有个医生吗？”在那一圈盯着他们看的人身后，有人问道。

“怎么啦？”拉维奇说。

“有医生？快来！”

“怎么啦？”

“这女的——”

“什么女的？”

“横梁砸到她了。她在流血。”

拉维奇挤过人群。那是一个穿着一条蓝色大围裙的小个子女人，躺在一个放石灰的坑边上的一堆沙子上。她的脸上满是皱纹，十分苍白，一双眼睛一动不动地嵌在上面，好像两个煤球。脖子底下，血像一个小喷泉般喷涌出来。它汩汩地从一侧喷出来，斜射成一道血柱，样子怪怪的，很不对劲。她脑袋底下，一片黑色的血泊飞快地在沙子上漫开来。

拉维奇压住了她的动脉。他从总是随身携带的狭小急救包里撕出一条绷带。“拿着这个！”他对身边的人说。

四只手同时伸出去拿急救包。包掉到沙子上，敞开了。他掏出一把剪刀和一团纱布，把绷带撕开。

女人什么都没说，连眼睛都没动一下。她僵在那里，身上的每一块肌肉都绷紧了。“没问题的，大妈，”拉维奇说，“没问题的。”

横梁砸到了她的肩膀和脖子。肩膀被击碎了；锁骨断了，关节也碎了。这肩膀可能再也没法活动了。“是左胳膊的问题。”拉维奇说着，动作很慢地摸了摸她的后颈。皮肤撕裂了，但别的都好好的。脚扭了；他按了按她的骨头和腿。一双灰色的长袜，补过好多次，但完好无损，用一根黑色的丝带系在膝盖底下——正是随处可见的穿着打扮！黑色的系带鞋也缝补过，鞋带打了个双重结，鞋尖是修过的。

“有人打电话叫救护车了吗？”他问。

没有人回答。“我觉得警察已经叫过了。”过了一会儿，有人说。

拉维奇抬起头。“警察？人呢？”

“在那边——另一个那里——”

拉维奇站起来。“那就没问题了。”

他打算走。恰在此刻，警察推开人群。这是一个年轻男子，手里拿了个笔记本。他激动地舔了舔一支很短的钝头铅笔。

“稍等片刻。”他说着写了起来。

“这边没问题。”拉维奇说。

“稍等片刻，先生。”

“我急着走呢。我得赶去看个急诊。”

“稍等片刻，先生。您是医生？”

“我把血管扎住了，仅此而已。现在您只需等着救护车来。”

“稍等片刻，先生！我得把您的名字记下来。您是个证人。”

“我没看到事故的经过。事情发生之后我才碰巧路过的。”

“可是我必须把一切都记录下来。这是一起严重的事故，医生！”

“这我看得出来。”拉维奇说。

警察想要问出女人的名字。女人说不出话来。她冲他瞪着眼睛，却没有在看他。警察热切地朝她俯下身去。拉维奇看了看四周。人群像堵墙一样把他围住了。他没法穿出去。

“您看，”他对警察说，“我很急——”

“很好，医生。别添乱了。我必须把一切都依次记录下来。你是个证人，这是很重要的。这个女人可能会死。”

“她不会死的。”

“这谁也说不好。还有损失赔偿的问题。”

“您叫救护车了吗？”

“我的同事会叫的。您先别妨碍我，不然耽误的工夫就更长了。”

“那女的都快死了，您还想跑。”其中一个工人对拉维奇说，充满责备之意。

“我要是不在，她已经死了。”

“那好啊，”那工人说，俨然是没一点逻辑，“那您更得待在这儿了。”

照相机的快门咔哒一声。一个男人，头戴一顶帽子，前面的帽檐朝上翻着，正微微笑着，“您能不能再来一次，装作在系绷带？”他问拉维奇。

“不能。”

“这是要出新闻的，”那男人说，“您也跟着会上新闻，还要刊出您的地址和一段报道，说您救了那女人。多好的宣传。请到这儿来，这样——这里的光线更好。”

“去您的吧！”拉维奇说，“这女人急需救护车。绷带这么绑着管不了太久的用。您再去问问，让救护车过来。”

“一件一件地办，先生，”警察说，“我先得把记录写完。”

“那死人跟没跟你说他叫什么？”一个半大小子问。

“闭上你的狗嘴！”[①]警察朝着他的双脚之前唾了一口。

“您再从这边拍一张照片。”有人对摄影师说。

“怎么？”

“这样人家就能看到，这女人是待在封锁了的人行道上。这条街封了。您看看那边……”他指着一块斜立着的细长木板，上面写着：注意！危险！[②]“您这么把那个拍下来，让别人看看。我们需要这个。别想要损失赔偿。”

“我是新闻摄影师，”戴帽子的男人拒绝道，“我只拍我觉得有意思的东西。”

“可那就很有意思啊！还有什么更有意思了？把牌子放在背景里。”

“牌子没有意思。行动有意思。”

“那您就把这些写到记录里。”那男人敲了敲警察的肩膀。

“您又是谁啊？”警察生气地说。

“我是建筑公司的代表。”

“很好，”警察说，“您也在这儿待一下。您叫什么？这您总得知道吧！”他问那女人。

女人的嘴唇动了动。她的眼皮扑闪起来。就像蝴蝶，就像筋疲力尽的灰色飞蛾，拉维奇想，同时还在想：我真是白痴！我得找个机会跑掉。

“妈的！”警察说，“她可能疯了吧。给人找事！我这班三点就结束了。”

---

① 原文为法语。

② 原文为英语。

“马塞尔。”女人说。

“什么？稍等。什么？”警察重新弯下身去。

女人不说话了。“什么？”警察等待着，“再说一遍！您再说一遍！”

女人不说话了。“这他妈嘟嘟囔囔说什么呢，”警察对建筑公司的代表说，“这叫人怎么弄你的报告啊？”

同一瞬间，照相机的快门又咔嚓一声。“多谢，”摄影师说，“十分生动。”

“您把我们的标牌照下来没有？”建筑公司代表问，也不听警察说话了，“我马上预订六份。”

“没照，”摄影师说，“我是社会主义者。您就乖乖地付保险费吧，百万富翁的卑贱猎狗。”

尖锐的警报声响起。救护车来了。就是现在，拉维奇想。他小心翼翼地走了一步。但警察抓住了他。“您得一同到哨所里去，先生。很抱歉，但这些都得记录下来。”

这时候第二个警察站在他旁边了。没办法了。但愿顺利吧，拉维奇想，一同走了。

警察局里的主管警官先是沉默着认真听完了宪兵和那个刚作完记录的警察说的话。现在他转向拉维奇。“您不是法国人。”他说。这不是发问；他已经下定结论了。

“不是。”拉维奇说。

“您是什么人？”

“捷克人。”

“您怎会在这里当医生？您是外国人，如果没有入籍，是不能在这里行医的。”

拉维奇微笑。“我不是在这里行医。我在这里旅游。来休闲度假的。”

“护照带着吗？”

“我们需要看护照吗，费尔南德？”另一个警官问，“这位先生帮了那个女人，我们又有了他的地址。这就够了吧。还有别的证人嘛。”

“我有些好奇。您带着护照吗？或者您的身份证件？”

“当然没有，”拉维奇说，“谁会随时带着护照啊？”

“您放在哪里了？”

“在大使馆里。一周以前送过去的。这护照得延期。”

拉维奇知道，如果他说护照在酒店，对方就可能派个警察跟他一起去，这场骗局就马上败露了。再说，他会瞎说一个酒店名，小心起见。说使馆的话还稍微有些戏。

“在哪个大使馆？”费尔南德问。

“捷克的啊。不然呢？”

“我们可以往那儿打个电话去问问。”费尔南德看着拉维奇。

“当然可以。”

费尔南德等了一会儿。“很好，”他说，“我们这就去问。”

他站起来，进了旁边的小房间。另一个警官很是尴尬。“不好意思，先生，”他对拉维奇说，“这当然是毫无必要的。马上就弄清楚了！我们很感激您提供的帮助。”

弄清楚，拉维奇想。他抽出一支烟的时候静静地环顾四周。宪兵站在门口，这倒是个偶然。目前为止还没人真心怀疑他。他可以把宪兵推到一边——可建筑公司的那人和两个工人也在。他放弃了。要冲出去的话太困难了；外面大门周围一般总是还有几个警察。

费尔南德回来了。“使馆没有您名下的护照。”

“有可能。”拉维奇说。

“怎么有可能？”

“单是一个官员，又不会在电话边上就什么都知道。那有五六个人管这些事情。”

“这一个都清楚。”

拉维奇没有回答。

“您不是捷克人。”费尔南德说。

“我说，费尔南德。”另一个警官开腔了。

“您没有捷克口音。”费尔南德说。

“那就没有吧。”

“您是个德国人，”费尔南德得意洋洋地说，“而且您没有护照。”

“没有，”拉维奇说，“我是摩洛哥人，而且我有全世界的法国护照。”

“先生！”费尔南德咆哮道，“您怎敢放肆？您在侮辱法兰西殖民帝国。”

“妈的！”两个工人中的一个说。建筑公司的代表那副表情，就仿佛要敬军礼似的！

“费尔南德，算了吧——”

“您说谎！您不是捷克人！您有没有护照？回答我！”

看着是人，其实是耗子，拉维奇想。耗子一只，还永远不会给淹死。我有没有护照跟这白痴有什么关系？但这耗子闻到了什么，已经从洞里爬出来了。

“回答我！”费尔南德呵斥道。

一张纸而已！有没有又怎样。如果你真有这么张纸，这畜生就要躬身道歉了。无论你灭过人家的门还是抢过银行都无所谓了——那人会朝你敬礼。但就连基督都没有护照——要是在今天，他就会被抓进监狱去了。他总归是活不到三十三岁，早就死于非命了。

“您待在这里，直到事情解释清楚了，”费尔南德说，“我会把事情搞清楚。”

“很好。”拉维奇说。

费尔南德踏着沉重的脚步出去了。另一个警官翻腾他那些文件。“先生，”他说，“真是抱歉。他一遇到这种事就疯疯癫癫的。”

“没关系。”

“我们完事了吗？”其中一个工人问。

“完事了。”

“好，”他转向拉维奇，“一搞起世界革命，您就不需要护照了。”

“您得理解，先生，”警官说，“费尔南德的父亲在世界大战时阵亡了。因此他恨德国人，会干这样的事情。”他尴尬地盯着拉维奇看了一眼。他似乎已经预感到这是怎么一回事。“实在是抱歉，先生。如果只有我一个人——”

“没关系，”拉维奇环顾四周，“我能打个电话吗，在这个费尔南德回来之前？”

“当然可以。就在那边桌上。您快打。”

拉维奇给莫罗索夫打了电话。他用德语告诉他发生了什么，让莫罗索夫去告诉韦贝尔。

“也告诉乔安吗？”莫罗索夫问。

拉维奇犹豫了。“不用，先别告诉她。就说我被扣留了，但过两三天就没事了。你照顾她一下。”

“很好，”莫罗索夫说，不是很有热情，“很好，沃采克。”

费尔南德过来时，拉维奇挂了电话。“您刚说的是什么？”他狞笑着说，“捷克语吗？”

“世界语。”拉维奇回答说。

第二天上午，韦贝尔来了。“破屋一间。”他说着环顾四周。

“法国监狱还是真正的监狱，”拉维奇说，“还没被人道主义的醉话腐蚀。还在可亲可爱、臭气熏天的十八世纪呢。”

“令人作呕，”韦贝尔说，“您陷入这种境地，真是令人作呕。”

“就不该做善事。立刻就遭了报应。我就该让那女人流血致死。我们活在一个铁的时代啊，韦贝尔。”

“是一个生铁时代。那几个家伙是不是发现了您在这儿非法居留？”

“当然发现了。”

“您的地址也查出来了？”

“当然没有。我可不会供出我们的好国际酒店来。不然老板娘会挨罚的，因为她那儿有没登记的住客。然后就会在那儿搞大搜捕，逮走十多个流亡者。我这次说我住兰开斯特酒店。那是个昂贵高档的小酒店。过去我曾在那里住过一回。”

“您的新名字是沃采克？”

“弗拉多米尔·沃采克，”拉维奇咧嘴笑了，“我第四个名字。”

“活见鬼，”韦贝尔说，“我们能做些什么，拉维奇？”

“能做的不多。最重要的是，别让那些家伙发现，我已经来过这儿几回了。不然就得坐六个月的牢了。”

“混账东西。”

“是啊，这世界一天比一天人道。要危险地生活，这是尼采说的。流亡者就是这样的——但并非所愿。”

“如果他们没发现呢？”

“那就十四天，我想。然后就是众所周知的驱逐出境了。”

“再然后呢？”

“然后我再回来。”

“直到您再次被逮走。”

“正是。这回的时间挺久啦。两年。等于过了一生。”

“我们必须得做些什么啊。不能再这样了。”

“怎么不能，可以的。您想怎么办呢？”

韦贝尔思索着。“迪朗，”他突然说道，“当然了！迪朗认识一堆人，有些影响——”他停下不说了。“上帝啊，您自己还给这么一个达官贵人做过手术呢！就胆囊的那个！”

“不是我。是迪朗——”

韦贝尔笑了。“我自然不会跟那老头这么说。但他可以做些什么。我会去掏心窝子地求他。”

“您不会有什么收获的。之前我让迪朗丢了两千法郎。那家伙不会轻易忘了的。”

“他会的，”韦贝尔挺开心地说，“因为他会害怕，怕您讲打黑工替他做手术的事。您替他做了好几十场手术嘛。再说他需要您！”

“他再找一个人很容易。找比诺或者找个流亡来的外科大夫。要多少有多少。”

韦贝尔捋了捋自己的小胡子。“他们没有您的巧手。我们无论如何得试试。我今天就去。这里有没有我能帮到您的？吃的怎么样？”

“耸人听闻。但我可以找人给我拿些东西来。”

“香烟呢？”

“够抽了。我需要的您可弄不来：我需要洗个澡。”

拉维奇跟一个犹太裔安装工人、一个有一半犹太血统的作家和一个波兰人一起生活了两周。那个安装工人思念故乡柏林，作家则憎恨那地方，波兰人什么都不在乎。拉维奇供应香烟，作家会讲犹太笑话，安装工人作为除臭专家无可取代。

两周之后，拉维奇被接了出去。人家先把他送去见一个检察官，检察官问他有没有钱。

“有。”

“很好。那您可以叫辆出租车。”

一个警官跟他一起走了。街道上晴朗明媚。重新到外面来真是好。大门口有个老人在卖气球。拉维奇想不出来他为什么恰恰要在监狱门口卖。警官招手叫一辆出租车过来。“咱们去哪里？”拉维奇问。

“去头儿那里。”

拉维奇不知道那是个什么头儿。那对他来说也是无所谓的，只要不是某个德国集中营的头儿就行。这世上只有一件真正可怕的事：全然无助地叫人送到血腥暴政的手里去。现在这个没什么。

出租车上有个收音机。拉维奇把它打开。他听到了蔬菜市场上的新闻，然后是政治新闻。警官打了个哈欠。拉维奇又换了个台。音乐，一首流行歌曲。警官露出喜色。“夏勒·特雷内，”他说，“《梅尼蒙当》[①]，好听。”

出租车停下来。拉维奇付了钱。他被送进了一间接待室，这屋子就像世间所有接待室一样，有一种期待、汗水和尘灰的气味。

他坐了半个小时，读一本某个来访者留下来的一期旧《巴黎人生活》。两周没书可读，这本杂志简直就是古典文学。随后，他被带到头儿那里。

他花了点工夫才认出那个矮个子胖男人。他做手术时一般不关心病人的脸。对于他来说，那就像号码一样。他只关心病变的部位。可这张脸他曾好奇地仔细看过。看他健健康康地坐

① 法国歌手夏勒·特雷内的一首歌曲。

在这里，大肚子重新吃出来了，胆囊也没了，正是拉瓦尔。韦贝尔打算去动员迪朗帮忙，拉维奇原本都忘了有这回事，他也没料到会被带到拉瓦尔本人面前。

拉瓦尔从上到下打量了他一遍，很是悠闲。“您当然不会叫沃采克。”随后，他咕哝着说。

“不叫。”

“您叫什么？”

“纽伊曼。”拉维奇跟韦贝尔商量过了。韦贝尔又跟迪朗说了。沃采克这名字太怪了。

“德国人吧，是不？”

“对。”

“难民？”

“对。”

“还真看不出来。看着不像啊。”

“不是所有的难民都是犹太人。”拉维奇说。

“您干吗说谎啊？说了个假名字？”

拉维奇耸了耸肩。“又能怎么办呢？我们说谎，尽可能少说。我们不得不说谎——但不是因为喜欢这样。”

拉瓦尔挺起身板。“您以为，我们非得管您这件事，是因为我们喜欢吗？”

灰色，拉维奇想。脑袋是灰白色的，眼袋是灰扑扑的，嘴巴半张着。那时候他什么都没说，那时候他就是一堆抖抖索索的肉，里面有个正在烂掉的胆囊。

“您住在哪里？地址也是假的。”

“我哪儿都住。一会儿住这里，一会儿住那里。”

“有多久了？”

“三周了。三周以前我从瑞士过来。叫人给送到了边境这一边。您知道的，我们不合法，没有证件，在哪儿都没权活着——而且我们中的大多数还没能下决心自杀。所以啊，我们给您添麻烦来了。”

“您就应该待在德国，”拉瓦尔咕哝着说，“那边根本就没那么糟。别人说得太夸张了。”

刀稍微切偏一丝，拉维奇想，你就不会在这里说这些胡话了。蛆虫早就没带证件越过你的边界——也可能你都是某个庸俗没品的骨灰坛里的一抔灰尘了。

“您在巴黎的哪些地方住过？”拉瓦尔问。

你想知道这个，拉维奇想，为的是过去抓别人。“住在高级酒店里，”他说，“用的是不同的名字。每次就住几天。”

“您说得不对。”

“既然您知道得比我还清楚，还问我干什么。”拉维奇说，他逐渐没耐心了。

拉瓦尔用平坦的手愤怒地拍了下桌子。“不要放肆！”拍完他就马上仔细瞧了瞧自己的手。

“您拍到剪刀上了。”拉维奇说。

拉瓦尔把手插进兜里。“您不觉得自己很没教养吗？”他问道，突然间沉静自若，好像别人都完全仰仗着他，他要能够好好克制住自己才行。

“没教养？”拉维奇惊讶地看着他，“您管这样叫没教养？我们现在可既不是在学校里，也不是在给悔过犯人办的慈善机构里！我这是不得已而为之——您倒希望，我自觉像个骗子，求您开恩放我一马？就只因为我不是个纳粹，才没有证件？就因为我们想要活下去，就见识过各种各样的监牢、警察，受过五花八门的侮辱，就算这样我们仍然不觉得自己是罪犯——这是我们抱定不放的唯一一个念头了，您不懂吗？上天可鉴，这不叫没教养。”

拉瓦尔对此没说什么。“您在这里行过医吗？”他问。

“没有。”

伤疤现在肯定已经小一些了，拉维奇想。我当时缝合得很好。脂肪那么多，那可是一件困难工作啊。如今他又把那身肥肉吃回来了。吃回来喝回来了。

“那是最危险的事，”拉瓦尔说，“您在这儿到处乱窜，一没通过考试，二没受过审查！谁知道这都有多久了！别以为我相信您说的三周。谁知道您那手指都捅进什么地方过，暗地里干过多少事。”

捅过你的肚子，捅过你硬化的血管、肥硕的肝脏和发酵的胆囊，拉维奇想。如果我没把手指捅进去，你的朋友迪朗已经人道又愚蠢地把你弄死了，而且这一来作为主刀医师还要更扬名立万，收费也要更高。

“最危险不过，”拉瓦尔又说了一遍，“您不许行医。所以您遇到什么困难都得自己克服，这已经说清楚了。我跟我们这儿的一位权威谈过这事了：他也是这个意见，丝毫不差。您要是对医学有些了解的话，应该知道他的名字——”

不，拉维奇想。不会是真的。他不会这就说出迪朗的名字。生活不会开这种玩笑的。

“迪朗教授，”拉瓦尔威严地说，“他给我讲过了。什么医疗辅助人员、刚出校门的学生、按摩师、助理医师，什么人到了这儿都自称是德国来的名医。谁能核查这些？无照做手术，给人打胎，跟接生婆和江湖医生搞到一起，天知道这都还要干什么！我们再怎么严厉都不过分！”

迪朗，拉维奇想，这是他在报那两千法郎的仇。可现在谁给他做手术呢？比诺吗，可能吧。他们可能又商量好了吧。

他发现自己不再听着了。直到韦贝尔的名字出现，他才再次专注起来。“有个韦贝尔医生来为您说过情。您认识他吗？”

“一面之缘。”

“他来过这里。”拉瓦尔直勾勾地盯着前方，片刻之后他使劲打了个喷嚏，掏出一块手绢，彻彻底底地擤了擤鼻涕，又看了一眼自己擤出来的东西，把手绢折好，重新放回兜里。“我帮不了您。我们必须严格执法。您会被驱逐出境。”

“我知道。”

“您之前来过法国吗？”

“没有。”

“如果您再回来，就要坐六个月牢。这您知道吗？”

“知道。”

“我会盯着您尽早被驱逐出境。我能为您做的就这些。您有钱吗？”

“有。”

“好。那您就得付随行警察和您自己去边境这一路的路费，”他点了点头，“您可以走了。”

“有没有规定说我们必须什么时候回去？”拉维奇问那个送他回边境的警官。

“没有确切规定。看情况。怎么了？”

“我想喝杯开胃酒。”

警官看着他。“我不会跑的。”拉维奇说，掏出一张二十法郎的钞票把弄起来。

“好吧。几分钟也不要紧。”

他们让出租车在最近的小酒馆前停下。几张桌子已经摆在酒馆外了。天气很凉，但阳光明媚。“您喝什么？”拉维奇问。

“苦味利口酒。这时候没别的可喝。”

“给我一大杯特优干邑白兰地。不要掺水。”

拉维奇静静地坐着，深深地呼吸。空气——那该是什么啊！人行道上的树枝已经抽出光亮的棕色枝芽。一股新鲜面包和新酒的气味。服务员拿来杯子。“哪儿能打电话？”拉维奇问。

“里屋，右边，洗手间旁边。”

“可是——”警官说。

拉维奇把那张二十法郎的钞票塞进他手里。“您大概也想得到我是要给谁打电话。我不会跑的。您也可以跟我去啊。来吧。”

警官没有踌躇太久。“好吧，”他说着站起来，“人总归是人嘛。”

“乔安——”

“拉维奇！上帝啊！你在哪里？他们把你放出来了？告诉我你在哪儿——”

“在一个小酒馆里——”

“行啦。说真的，你在哪儿？”

“我在一个小酒馆里。”

“哪儿？你从监狱出来了吗？你这段时间都在哪儿啊？这个莫罗索夫——”

“事情正是他跟你讲的那样。”

“他一次都没跟我说过，他们把你带到哪儿去了。不然我早就去——”

“正因如此他才没跟你说的，乔安。还是这样好。”

“你为什么在一家小酒馆里打电话？你为什么不来这里？”

“我不能去。我只有几分钟时间。我刚说服了那警官，让我在这里待一会儿。乔安，这几天我就要被送到瑞士去了，之后——”拉维奇透过玻璃窗户张望了一下。警官正靠在柜台上聊天。“之后我马上就回来，”他等待着，“乔安——”

“我这就去。我马上就去。你在哪里？”

“你不能过来。我离你有半个小时的路程。我只有几分钟时间。”

“你拖住那警察！给他钱！我可以带上钱！”

“乔安，”拉维奇说，“行不通的。就这样吧，这样简单一些，也更好些。”

他听到她的呼吸声。“你不想见我吗？”她问。

太困难了。不该打电话的，他想。无法看到对方之时，该怎么解释事情呢。“除了见你，我再无它求，乔安。”

“那就过来啊！那人可以一同过来！”

“那不行。我得挂断了。再赶快跟我说说，你正在干什么。”

“什么？你什么意思？”

“你穿着什么衣服？在哪里？”

“在我房间里。正待在床上。昨夜搞得很晚。我一分钟之内就能穿好衣服，马上就来。”

很晚，昨夜。正是这样！即便你被关起来了，万事万物还是要继续。咱们总是忘记这个。待在床上，还没完全睡醒，乱蓬蓬的头发散在枕头上，长袜、内衣和一条晚礼服裙散放在椅子上——让人心旌摇荡：热烘烘的电话间里，窗板被呼出的气弄得有些模糊；那警官的脑袋仿佛远在天边，游曳在窗玻璃上，就好像那是一个水族箱似的——他振作精神。“我得挂断了，乔安。”

他听到她不知所措的声音。“可是怎可以这样！你不能就这样一走了之，我却什么都不知道，不知你去哪里，这是怎么回事——”撑起了身子，把枕头推到一边，电话拿在手里，好像一件武器，又像一个仇敌，那双肩，那双眼，激动成一潭幽深——

“我不是去打仗。我只是要去趟瑞士而已。我很快就会回来的。你就当我是个商人，想要把一大批机关枪卖给国际联盟。”

“等你回来，事情又会跟当初一模一样。我会害怕得活不下去。”

“把最后那句再说一遍。”

“真是那样！”她的声音怒气冲冲，“我是最后一个听到消息的，也只了解了一星半点！韦贝尔可以去看你，我不能！你给莫罗索夫打了电话，不给我打！现在你又要走——”

“天呐，”拉维奇说，“我们别吵架了吧，乔安。”

“我不是要吵架。我只是说说这事情。”

“好了。我现在得挂断了。再会，乔安。”

“拉维奇，”她叫道，“拉维奇！”

“嗯——”

“你要回来！你要回来啊！没有你我就没有希望了！”

“我会回来！”

“好——好——”

“再会，乔安。我很快就回来。”

他在那个雾气腾腾的燥热隔间里站了片刻。随后他看到，自己的手没有松开听筒。他打开门。警察抬起眼睛，和善地笑了笑。“说完啦？”

“嗯。”

他们出去，回到桌边。拉维奇喝完了他那杯酒。我不该打这电话的，他想。之前我很平静，现在脑子里乱糟糟的。我早该知道的，在电话上说一通话，结果只能是这样。对我也好对乔安也好只会是这样。他感到一种诱惑，想要回去再打个电话，把自己原本打算跟她说的都告诉她。告诉她，自己为什么无法见她。告诉她，自己不希望她看到自己这样，一副肮脏囚徒的模样。但他会逃出来的，也会再次变成这副模样。

“我看，咱们该动身了。”警官说。

“是啊——”

拉维奇朝服务员示意。“您给我拿两小瓶干邑白兰地，还要所有的报纸和十二包下士牌烟。还有账单也拿来，”他看着警官，“没问题吧，嗯？”

“人总归是人嘛。”警官说。

服务员把酒瓶和烟拿过来。“您帮我把瓶塞打开。”拉维奇说着，仔细地把烟分装在自己的口袋里。他又把瓶子塞住，以便不用开瓶器也能很方便地把瓶子打开，然后把瓶子装进自己大衣的内侧口袋里。

“您挺擅长的嘛。”警官说。

“熟能生巧。说来也是遗憾。小时候我也没想过，一把岁数了还得再演一回印第安人。”

那个波兰人和那个作家看到白兰地很是兴奋。安装工人则不喝烈酒。他喜欢喝啤酒，说柏林的啤酒要好得多啦。拉维奇躺在一张木板床上看报纸。波兰人不看报；他不懂法语。他抽了烟，很是幸福。夜里，安装工人哭了起来。拉维奇醒着。他倾听那压抑的抽泣声，盯着小小的窗户，窗户后面苍白的天空上微光熠熠。他睡不着。后来，安装工人安静下来了，他还是睡不着。之前的生活太好了。一旦失去就让人痛心不已的东西，已经拥有太多。

十八

拉维奇从火车站走来。他又累又脏。他刚在一列燥热的火车上待了十三个小时，车上都是满身大蒜味的人、带着狗的猎手、怀里抱着鸡笼鸽笼的妇女。之前有三个月待在边境上——

暮色中有什么在闪光。他抬头去看。有什么在闪光，仿佛圆点广场周围都是镜子拼出来的棱锥，彼此间投掷着五月最后一点灰暗的光。

他站定脚步，定睛往那边望去。确实是镜子拼出来的棱锥。它们立在郁金香花坛后，到处都是，全都一模一样，仿佛幽灵鬼怪。“这是什么啊？”他问自己身边的园丁，那人正在把一坛翻出来的泥土弄平整。

“镜子啊。”园丁眼都不抬地说。

“看出来了。我上回来这里时，这些还不在呢。”

“好久没来这里了吧？”

“有三个月了。”

“啊，三个月了！这儿这些是前两周弄的。给英国国王弄的。他要来访问。这一来他就能在里面照照自己的脸。”

“骇人听闻。”

“可不是嘛。”园丁说，也不惊讶。

拉维奇走开了。三个月——三年——三天——时间是什么？什么都不是，又什么都是。现在栗树开花了——而当时它们还连片叶子都没有，德国已经再次撕毁了自己的协议，占领了整个捷克斯洛伐克，日内瓦国际联盟的大厦前，流亡者约瑟夫·布鲁门塔尔在一阵歇斯底里的大笑中朝自己开了一枪，他化名君特在贝尔福挺过的一场肺炎，还剩了些残余在胸中某个地方隐隐作痛，而现在他又回到这里了，在这一个绵软如女人酥胸的夜晚——几乎没有什么让人惊讶。你接受这些，就像接受很多东西时那样，有一种认了命的镇定自若，这份镇定是无助中唯一的武器。无论何处的天空都是一样的，永远是一样的，俯视着谋杀啊憎恨啊牺牲啊爱啊——树木何知，年年又开新花，青李子般的暮光变幻了颜色，来了又去，对那些护照啊背叛啊绝望啊希望啊无动于衷。回到巴黎了，真好。走着，慢慢地走着，在银灰色的灯下沿着这街道走着，什么都不想，真好；拥有这样一个时刻，真好，此刻仍然可以推迟一切，可以轻柔地沉浸在一团模糊之中，身处于一道边界上，至为遥远的悲哀和至为细腻的幸福——仅仅因为还活着就一次次感到的幸福——如天地般交融在这里——那是初来乍到的时刻，刀子和飞矢仍未再次伤到你身上——这生物的奇特感觉，这气息，传至远方，又从远方过来，轻轻吹拂，仍感觉不到，沿着心灵的街道，路过事实那一团团幽暗的火，路过过往之事那一桩桩钉着钉子的十字架，路过将来之事那一个个锐利如刺针的铁钩，享受一拍的休止，动荡中的沉默，片刻的停顿，最为坦率又最为封闭的生命，世间一须臾中，一拍温柔的永恒——

莫罗索夫坐在国际酒店的棕榈间中。他面前放着一大瓶葡萄酒。“你好啊，鲍里斯老家伙，”拉维奇说，“看来我回来的时刻正好。那是武弗雷酒吗？”

“一如既往。这回是三四年产的。稍微甜一点，味道更醇。你回来了，好啊。三个月了，是不？”

“是啊。比往常长一些。”

莫罗索夫摇了摇一个旧式的桌上摇铃。铃声就像是乡村教堂里辅祭拿的铃。地下墓穴里只有电灯，没有电铃。不值得安电铃，流亡者基本上不敢按铃。“你现在叫什么？”莫罗索夫问。

“还是叫拉维奇。我在警察那里没用这个名字。当时叫沃采克、纽伊曼、君特。也是一种任性吧。我不想放弃拉维奇这个名字。我喜欢用这个名字。”

“他们没查出来你住在这里，是吧？”

“当然没有。”

“明白了。不然他们肯定来搞过大搜捕了。那你就可以回来住了。你的房间空着。”

“老太太知道出了什么事吗？”

“不知道，没人知道。我说你去鲁昂了。你的东西在我那间小屋里。”

女侍拿着托盘过来了。“克拉丽斯，给拉维奇先生拿个杯子。”莫罗索夫说。

“啊呀，拉维奇先生！”姑娘惊得露出了牙齿，“您又回来了？您有半年多不在了吧，先生？”

“是三个月，克拉丽斯。”

“不可能。我以为都有半年了。”

她拖着脚走开了。随后，地下墓穴那个油腻腻的服务员马上手里拿着一个葡萄酒杯过来了。他没有用托盘；他在这里的时间已经太久了，可以随意一些。莫罗索夫看着他的脸，看他想说什么，然后率先开口：“好了，让，你快说，拉维奇先生走了多久。你知道个确切吗？”

“莫罗索夫先生啊！我当然一清二楚了！连日子都记得。刚好是——”让故意停了一下，露出笑容，说道，“刚好是四周半时间。”

“没错。”拉维奇说，不等莫罗索夫回答。

“自然了。我从没弄错过。”让走开了。

“我不想让他失望，鲍里斯。”

“我也不想。我只是想给你证明一下，时间成了过往之后，是多么衰弱不堪。它给你抚慰，让你惊慌，也让你不再在乎。一九一七年在莫斯科，我跟新布拉申科近卫兵团的比尔斯基中尉失去了联系。我们曾经是朋友。他去了北方，穿过芬兰。我则一路走过满洲里和日本。八年之后，我们在这里重逢之时，我以为自己上次见他是一九一九年在哈尔滨，他以为一九二一年在赫尔辛基见过我。差了两年——还差了几千公里。”莫罗索夫拿起瓶子，往杯子里倒酒。“你看，无论如何，这儿的人还是认出你来了。这就已经给人一种回家的感觉了，是不？”

拉维奇喝了酒。酒水度数很低，喝着凉凉的。“这段时间里我有次离德国边境很近了，”他说，“非常近，那是在南边的巴塞尔。一条街的一侧是瑞士的，另一侧是德国的。我站在瑞士那一侧吃着樱桃，樱桃核都能吐到德国去。”

“那也给你一种回家的感觉吗？”

“没有。家乡还从没那么遥远生疏过。”

莫罗索夫咧开嘴笑了。“可以理解。路上怎么样啊？”

“跟往常一样。而且越来越困难了，就这样。他们把边境守得更严了。一会儿把我抓到瑞士去，一会儿又抓到法国去。”

“你怎么一直没个音信呢？”

“我不知道这里的警方管到什么地步了。他们有时候突然很有劲头嘛。最好还是别让别人遇到危险。毕竟我们的辩词都不算特别出彩啊。战时的老规矩了：静静卧着，别让人看到。你还指望我不这样做吗？”

“我是没有。”

拉维奇看着他。“书信，”过了一会儿后他说，“书信是什么？书信从来就没用。”

“是啊。”

拉维奇从兜里掏出一盒烟。“奇怪，人一离开，就一切都变了。”

“别糊弄人了。”莫罗索夫说。

“我没糊弄人。”

“一直不回来倒也好，一回来就不一样了。一回来就重新开始了。”

“可能是吧。也可能不是。”

“你说话可难懂得很啊。你这么看也好。咱们要不要下局棋啊？教授死了。他过去是我唯一一个好对手。莱维去巴西了。他得了个酒保工作。如今这生活变得可真他妈快。我们什么都不该适应。”

“是不应该。”

莫罗索夫认真地看着拉维奇。“我不是那个意思。”

“我也不是。不过我们不能离开这个霉臭的棕榈坟墓？我有三个月不在这里；尽管如此这里还是一如既往的臭——一股厨房、灰尘和恐惧的气味。你要什么时候走？”

“今天压根不用去。今晚休息。”

“也是，”拉维奇很快地笑了一下，“高雅之夜，旧时俄国和大杯烈酒之夜。”

“你想跟我去吗？”

“不。今天就算了。我累了。有好几晚都没怎么睡。至少睡得不安稳。我们再出去待一个钟头，找个地方坐会儿吧。好久没这样了。”

“武弗雷酒吗？”莫罗索夫问。他们坐在科丽茜咖啡馆前。“为什么要那个？夜还长呢，朋友。现在是喝伏特加的时间。”

“是啊。但我还是要武弗雷酒。我喝这个就足够了。”

“怎么啦？不想至少来杯特优干邑白兰地吗？”

拉维奇摇了摇头。“在一个地方初来乍到，第一晚应该喝个烂醉，”莫罗索夫说，“清醒地盯着过往的幻影那些悲伤的面孔，这是没有必要的英雄主义。”

“我没盯着那些。我是在小心谨慎地庆幸自己活在世间。”

拉维奇看出来，莫罗索夫并不相信他。他没有试图说服他。他静静地坐在靠街的第一排里一张桌子旁，喝着葡萄酒，望着傍晚熙熙攘攘的行人。只要他不在巴黎，一切就都清楚明晰地显现于他心中。现在这一切却昏暗无力，色彩驳杂，令人惬意地从眼前掠过，不过这就像是人太过迅速地下山时那样，下面山谷里的声音只能听个大概，好像透过一层棉花。

“你回酒店前去过什么地方吗？”

“没有。”

“韦贝尔问起过你几次。”

“我会给他打电话的。”

“你这样我不喜欢。讲讲发生了什么事。”

“没什么特别的。日内瓦的边境被看管得太好了。我最开始在那儿试过，后来去了巴塞尔。也很难。最后还是过去了。染上了感冒。夜里睡在荒野上，又是雨又是雪。也没办法。后来成了肺炎。贝尔福的一个医生把我送进了医院。偷偷带了进去，又偷偷带了出来，还让我在他家待了十天。得把钱给他寄回去。”

“你现在没事了吗？”

“没什么事了。”

“所以你才不喝烈酒？”

拉维奇微笑。“我们干吗兜圈子啊？我有些累了，想先适应适应。这是真的。多奇怪啊，人在路上时想得那么多，到了之后又想得那么少。”

莫罗索夫挥手表示拒绝。“拉维奇，”他用父亲般的口吻说道，“你在跟你的鲍里斯·莫罗索夫老爹说话，这是识人心的行家。别绕弯子了，直接问吧，问完我们就能让事过去了。”

“很好。乔安在哪里？”

“我不知道。几周以来我没有她的消息了。也没再见过她。”

“之前呢？”

“之前她总是问起你。过了一段时间之后就不问了。”

“她不在山鲁佐德了吗？”

“不在了。她大约五周以前不干了。后来她又去了两三次。再后来就不来了。”

“她不在巴黎了吗？”

“我想不在了。至少看上去是那样。不然我就还能偶尔在山鲁佐德见到她的吧？”

“你知道她在做什么吗？”

“我想是跟电影有关吧。至少她跟看衣帽间的那个女的是那么说的。你也知道这是怎么回事。就他妈随便找个托词。”

“托词？”

“是啊，托词，”莫罗索夫愤怒地说，“不然呢，拉维奇？你还期望是别的吗？”

“是啊。”

莫罗索夫不说话了。“期望和了解是两回事。”拉维奇说。

“只有天杀的浪漫派才这么想。喝点儿正经的——别喝那柠檬汁。来杯像样的苹果白兰地……”

“先不要苹果白兰地。来干邑白兰地吧，省得你老不放心。不然苹果白兰地也行。”

“总算啊。”莫罗索夫说。

窗。屋顶的蓝色剪影。褪色的红沙发。床。拉维奇知道，自己一定得熬过去。他坐在沙发上抽烟。莫罗索夫把他的东西拿过来了，还告诉拉维奇，要是想找他，可以到哪里去。

他把那套旧衣服扔了。他洗了澡，在热水中洗了很久，打了很多肥皂。他把这三个月冲掉了，从他的皮肤上拭去了。他换上了干净的内衣和另一身衣服，又刮了胡子；要不是太晚了，他倒真愿意去家土耳其浴场。他把这些都做完了，其间感觉很好。他还想再多做一些，因为，他坐在窗边的此刻，空虚突然从各个角落向他匍匐而来。

他给自己倒了一杯苹果白兰地。他的东西里还有一瓶苹果白兰地，里面剩了一点。他记起那一夜，他和乔安一起喝这酒，但回忆也没什么感觉了。时间太久了。他只是注意到，这是很好的陈年苹果白兰地。

月亮慢慢地升到屋顶上。对面肮脏的院子成了一座阴影和白银建造的宫殿。用上一点点幻想，什么都能从污秽变成白银。一股花香从窗外飘进来。石竹刺鼻的气味弥散在夜里。拉维奇靠在阳台护墙上，看着下面。楼下的窗台上放了个木头盒子，里面种着花。那是流亡者威森霍夫的——如果住那地方的还是他的话。拉维奇给他洗过一次胃。那是一年以前的圣诞节。

酒瓶空了。他把瓶子扔到床上。它像个黑色的胚胎般待在那里。他站起来。干吗要盯着床看？要是没有女人，就得去给自己找一个。这在巴黎很简单。

他穿过狭窄的街巷，往星辰广场那边走。夜间城市那温暖的生活从香榭丽舍大街劈头盖脸地向他袭来。他往回走，走得飞快，然后越来越慢，一直走到米兰酒店。

“你好吗？”他问门房。

“啊，是先生您！”门房站起来，“先生好久不来了。”

“是啊，有段时间了。我之前不在巴黎。”

门房用一双机灵的小眼睛打量他。“太太不在这里了。”

“我知道。已经走了好久了。”

这门房是个好门房。别人不问，他就知道别人想从他那里知道什么。“到现在有四周了，”他说，“四周以前她搬出去了。”

拉维奇从盒子里抽出一支烟。“太太不在巴黎了吗？”门房问。

“她在戛纳。”

“戛纳！”门房用一只大手抹了下脸，“您都不会相信，先生，十八年前我在尼斯的鲁尔酒店当门房，不相信吧？”

“我相信。”

“时代啊！那小费！战后那段美好的时光啊！如今——”

拉维奇是个好客人。他懂这些酒店员工，不用他们把话说得太明白就懂。他掏出一张五法郎的钞票放在桌上。

“谢谢您，先生。再祝您喜乐开心！您看上去更年轻了，先生！”

“我感觉也是。晚安！”

拉维奇站在街上。为什么要去酒店呢？现在就差去山鲁佐德喝个烂醉了。

他凝望天空，天穹上满是星辰。事已至此，他本应高兴的。他省下了好多没必要的争执。他早知道会这样，乔安也知道。至少到了最后是知道的。她做出了唯一一种正确的选择。没有解释。解释是不体面的。感情中没有解释。只有行动。上帝保佑，这回不用把道德当润滑油涂抹。上帝保佑，乔安不懂道德的事。她只是行动了。完毕了。结束了。没有拉拉扯扯。他也行动过了。那他现在为什么还站在这里？肯定是空气的缘故，这五月和巴黎之夜织就的轻柔锦裳。自然也是夜晚的缘故。人在夜里总是跟白天不同。

他回到酒店。“请问，我能打个电话吗？”

“当然可以，先生。不过我们没有电话间。只有这里这台电话机。”

“那就够了。”

拉维奇看了看手表。韦贝尔可能在诊所。这是最后一轮夜间查房的时间。“韦贝尔医生在吗？”他问护士。他没听过这个声音。她肯定是新来的。

“韦贝尔医生没法接电话。”

“他不在吗？”

“在的。但他现在没法接电话。”

“您听着，”拉维奇说，“您去告诉他，这是拉维奇打来的电话。您马上去。这很重要。我不挂电话等着。”

“好吧，”护士犹豫地说，“我会去问他，但他不会来的。”

“我们再看。问了便知。是拉维奇。”

片刻后韦贝尔来接电话了。“拉维奇！您在哪里啊？”

“巴黎。今天到的。您大概还要做手术？”

“是啊。二十分钟后有一场。急性盲肠炎。我们过会儿见见？”

“我可以去您那边。”

“太好了。什么时候？”

“马上。”

“好的。那我等着您。”

“这儿有好酒，”韦贝尔说，“这是报纸和医学杂志。您自便。”

“来杯烈酒吧。再来件手术罩衫和一副手套。”

韦贝尔看着拉维奇。“就是个简单的盲肠手术。不值得您去做。我跟护士就可以很快做完了。您肯定也够累的了。”

“韦贝尔，您帮我个忙，让我做这手术吧。我不累，没一点问题。”

韦贝尔笑了。“您心急火燎地要回来开工啊。很好，如您所愿。我其实很理解。”

拉维奇洗了手，穿戴好白大褂和手套。手术室。他深深地吸入乙醚的气味。欧仁妮站在手术台上病人脑袋边的位置，给病人上麻醉。另一个非常漂亮的年轻护士在整理器械。“晚上好，欧仁妮护士。”拉维奇说。

她差点把滴管掉在地上。“晚上好，拉维奇医生。”她说。

韦贝尔微微一笑。她还是第一次这么称呼拉维奇。拉维奇朝病人俯下身子。强烈的手术室灯光焦灼地亮着，一片明晃晃的白色。这灯光把周遭的世界排除在外，把种种思绪排除在外。它客观实际，冰冷无情，多么好。拉维奇拿起漂亮的护士递给他的手术刀。透过薄薄的手套，他感受到凉凉的钢。能感受到这钢刀，真好。从游移不定中走出，回归清晰精确，真好。他切了一刀。细细的红色血丝跟在刀后流了出来。突然间一切都变得简单了。自从回来之后，他第一次重新感觉到自己了。灯无声地呼啸。到家了，他想。终于回来了！

十九

“她来了。”莫罗索夫说。

“谁？”

莫罗索夫把自己的制服捋平整。“别装得跟你不知道似的。别在光天化日的大街上惹你鲍里斯老爹生气。你以为我不知道你干吗两周之内去了山鲁佐德三回？一回带了个蓝眼睛黑头发的尤物，两回独自一人？人是软弱的——不然人还有什么魅力呢？”

“见鬼去吧，”拉维奇说，“别赶在我需要力量时侮辱我——你这开门的真是多嘴多舌。”

“你倒宁愿我不告诉你这事吗？”

“当然了。”

莫罗索夫走到一边，让两个美国人进去。“那就回去啊，改天晚上再来。”他说。

“她一个人在这儿？”

“就算是当朝的女王公主，我们也不能放她们一个人进来，你总得知道这个吧。西格蒙德 · 弗洛伊德倒可能会喜欢你的问题。”

“你又怎么懂得西格蒙德 · 弗洛伊德了。你喝醉了，我要找你们经理柴德申尼茨上尉投诉你。”

“柴德申尼茨上尉当中尉时那个军团，我是那里面的中校，小子。他还记得这个呢。你去试试看吧。”

“很好。让我进去。”

“拉维奇！”莫罗索夫把一双沉重的手放在他的肩膀上，“别犯傻！如果非要来，就去给那个蓝眼睛的尤物打个电话，再跟她一块儿回来。这是一位年老的过来人提供的简单建议。花不了你几个钱，但每次都有效。”

“不，鲍里斯，”拉维奇看着他，“在这里耍花招没用。我也不想那样。”

“那就回家去。”鲍里斯·莫罗索夫说。

“回那发霉的棕榈间吗？还是回我的小屋？”

莫罗索夫放开了拉维奇，迈步走到一对正想叫出租车的男女前面。拉维奇站着不动，等他回来。“你比我想象中要理智一些，”鲍里斯·莫罗索夫说，“不然你都已经进去了。”

他把自己镶着金边的帽子往后推了推。他还没来得及说别的，一个穿了件白色小礼服、略带醉意的年轻人就出现在门口：“上校先生！叫辆赛车！”

莫罗索夫朝一列出租车里最近的那辆招了招手，领着那个稍微有些蹒跚的客人进去了。“您没有笑，”喝醉了的年轻人说，“上校这玩笑可开得挺好呢——不是吗？”

“很好。赛车这玩笑几乎开得更好。”

“我考虑了一下这件事，”莫罗索夫回来后说，“进去吧。让别的事都见鬼去。是我我也会那么干的。反正总有一天还是会到那一步；那为什么不现在就去呢？不管怎样也把事情了结了。我们要是不再孩子气了，那就老了。”

“我也考虑过了。我去别的地方。”

莫罗索夫饶有兴味地瞅着拉维奇。“很好，”他终于说，“那半小时后见。”

“或者不见。”

“那就一个小时后见。”

两个小时之后，拉维奇坐在金钟餐厅里。餐厅里还没什么人。楼下一张很长的吧台旁边，妓女们蹲坐着闲聊，活像杆子上的一排鹦鹉。她们当中还站了几个卖块状可卡因的商贩，他们在等着游客来。楼上坐着几对男男女女，他们在喝洋葱汤。拉维奇对面角落里的一张沙发上，一对女同性恋一边轻声低语，一边喝雪利白兰地。其中一个穿着定制套装，打着领带，还戴了一片单边眼镜；另一个是个红发的丰满女子，穿着一件闪闪发亮的晚礼服裙，领子开口很低。

愚蠢，拉维奇想。我为什么不去山鲁佐德呢？我在怕什么啊？我又为什么跑掉呢？那东西滋长起来了，我知道的。这三个月没有把那东西摧毁，反让它更强大了。欺骗自己没有意义。在街巷中悄然潜行之时，在暗室中苦苦等待之时，在没有星星的陌生夜晚一滴滴地品味孤寂之时，我身边几乎只剩下那一样。她不在，反而更能让那种东西滋长，她自己都永远无法让它至此，而现在……

一声压抑的叫喊将他从冥思苦想中唤醒。原来此时几个女人已经进屋来了。其中一个看上去是个肤色很浅的黑人女子，喝得醉醺醺的，一顶带花的帽子被推到脑袋后面，她把一把餐刀扔开，慢慢地下楼去了。没人拦着她。一个服务员走上楼来。另一个女子站在楼上拦着他的路。“没事，”她说，“没事。”

服务员耸了耸肩，转身回去了。拉维奇看到，红发女子站在墙角。同时，那个拦住服务员的女人飞快地下楼，往吧台那边去了。红发女子静静地站着，手放在丰满的胸前。她小心翼翼地移开两根手指，低头去看。裙子被撕开了几厘米，看得到下面张开的伤口。看不到她的皮肤，只有那光彩炫亮的绿裙子中间张开的伤口。红发女子盯着那伤，仿佛无法相信似的。

拉维奇不由得动了起来。随后他坐回去了。驱逐出境一次就够了。他看到，穿着定制套装的女子把红头发拽回沙发上。

此刻那另一个女人从吧台那边回来了，拿着一杯烈酒上了楼梯。穿套装的女子跪在过道的边坡上，一只手捂着红头发的嘴，又飞快地把她的手从伤口上拉开。另一个女子把那杯酒倒进了伤口。原始杀菌法，拉维奇想。红头发呻吟着，抽搐着，可旁边那个女人死死地抓着她。另有两个女人把桌子挡住，不让其他客人看见。这一切都进行得异常迅速敏捷。几乎没有人看到什么。一分钟之后一大群男女同性恋拥入餐馆，仿佛都是被施法唤来的。他们围住角落里那张桌子，抬起红发女子，搀扶着她，其他人说说笑笑地挡着这群人，全都离开了餐馆，就仿佛什么都没发生过。大多数客人几乎丝毫也没察觉到。

“挺好，是不？”有人在拉维奇身后问他。是那服务员。

拉维奇点头。“怎么回事？”

“嫉妒。这些变态是挺暴躁的一伙人。”

“其他人到底是从哪儿这么快就过来的？简直是传心术嘛。”

“他们嗅到气味了，先生。”服务员说。

“可能是有人打电话了。不过实在太快了。”

“他们嗅到气味了。而且他们抱团，跟死神与魔鬼一样。不会告发彼此。别找警察就行——他们就这一个希望。私底下就把事情了结了，”服务员拿起拉维奇桌上的杯子，“再来一杯？您喝什么？”

“苹果白兰地。”

“好。再来一杯苹果白兰地。”

服务员拖着脚走了。拉维奇抬起头，看到乔安隔着几张桌子坐在那里。他跟服务员说话时，她进来了。他没看到她进来。她跟两个男人坐在一起。他看到她那一刻，她也看到了他。她那张被日光晒成褐色的脸变得煞白。一时间她就静静地坐着，眼睛没从他身上离开。然后她粗暴地一下子把桌子推到一边，站起来向他走来。她走过来时，一张脸都变了。它融化了，变成模糊的一片；只有一双眼睛仍然直勾勾的，透明得像水晶一样。拉维奇觉得它们比以往任何时候都要明亮。它们蕴含着一种近乎愤怒的力量。

“你回来了。”她轻轻地说，几乎喘不上气来。

她站得离他很近。有一瞬间她动了一下，仿佛想要拥抱他。但她没有那么做。她也没把手伸给他。“你回来了。”她重复道。

拉维奇没有回答。

“你回来多久了？”她又问，声音还是跟之前一样轻。

“回来两周了。”

“回来两周了——我都不——你一次也没有……”

“没人知道你在哪里。你的酒店不知道——山鲁佐德也不知道。”

“山鲁佐德——可我——”她止住了，“你为什么不给我写信？”

“我不能写。”

“你撒谎。”

“好。我不想写。我不知道还能不能回来。”

“你又在撒谎。那不是理由。”

“怎么不是。我可能会回来，也可能不会。你不明白吗？”

“不明白，但我知道你回这儿两周了，却丝毫来找我的意思都没有——”

“乔安，”拉维奇平静地说，“你这褐色的双肩不是在巴黎晒出来的。”

服务员嗅到了风声，轻轻地从旁边走过去。他望了乔安和拉维奇一眼。刚才那一幕可能还刻印在他心里。他看似漫不经心地把红白格桌布上的两把刀和两把叉子放在一个盘子上拿走。拉维奇注意到了。“没事的。”他说。

“什么没事？”乔安说。

“没什么。之前这里出了点儿事。”

她盯着他。“你在这儿等女人吗？”

“上帝啊，不是。有什么人有口角。有人流血了。这回我没掺和进去。”

“掺和进去？”她突然间明白了。她的表情变了，“你在这里干什么？他们会再把你抓住的。现在我都明白了。下回就是坐半年牢。你得走啊！我之前不知道你在巴黎！我以为你再不会回来了。”

拉维奇没有说话。

“我以为你再不会回来了。”她又说。

拉维奇看着她。“乔安——”

“不！这一切都不是真的！什么都不是真的！什么都不是！”

“乔安，”拉维奇谨慎地说，“回你的桌上去吧。”

她的眼睛突然湿润了。“回你的桌上去吧。”他说。

“是你的错！”她脱口而出，“是你！都怪你！”

她突然转过身，回去了。拉维奇把他的桌子推开，坐下。他看到那杯苹果白兰地，伸手要去拿来喝。但他没有喝。他跟乔安说话的时候是很平静的。现在他突然感到一阵悸动。奇怪啊，他想。皮肤下面的胸肌在颤抖。为什么偏偏是她？他拿起酒杯，打量着自己的手。手很平静。他喝酒时没对着她那边。服务员从旁边走过。“来包烟，”拉维奇说，“下士牌的。”

他点上了一支烟，把杯子里剩下的那半杯酒喝了。他又感觉到了乔安的视线。她在期待什么？他想。期待我在她眼前难过得把自己灌醉？他朝服务员招手，把钱交了。他站起来那一刻，乔安活泼地跟其中一个同伴说起话来。他从她那桌边上走过时，她没有抬头看。她尽力露出笑容时，一张脸坚硬冰冷，没有表情。

拉维奇穿过条条街道，不由自主地重新走回了山鲁佐德门口。莫罗索夫的脸笑开了。“态度不错，士兵！都快对你不抱希望了。能够言中，总是件高兴事嘛。”

“别高兴得太早了。”

“你也别高兴得太早。你来得太晚了。”

“我知道。我已经碰到她了。”

“什么？”

“在金钟餐厅里。”

“可是那……”莫罗索夫困惑地说，“生活母亲总是备着些意想不到的转折。”

“你这儿什么时候下班，鲍里斯？”

“过几分钟就下班。已经没人了。得去换衣服。你先进去吧，喝杯伏特加，俱乐部请客。”

“不了，我在这里等你。”

莫罗索夫看着他。“你感觉怎样？”

“想吐。”

“你以为不会这样吗？”

“是啊。人总是以为不会这样。去换衣服吧。”

拉维奇靠在墙上。卖花的老太婆在他身边把自己的花包在一起，她没打算向他兜售。他感觉自己愚蠢无聊，但如果她向他推销，他会很高兴的。现在就好像她都没指望他有买花的需要。他的目光顺着那一列列的房子望去。几扇窗户还亮着。出租车慢慢地悠闲开过。他期待过什么啊？他是清楚知道的。他没有料到的是乔安竟会掌握主动权。但说到底，那有什么不行的呢？如果你只攻击不抵抗，就已然很占理了！

服务员们出来了。他们一整夜都是穿着红色上衣和长筒靴的高加索人和切尔克斯人。现在他们成了疲惫的平民百姓，穿着一身套在他们身上显得挺怪的日常西装，悄悄地回家去。最后一个是莫罗索夫。“去哪儿？”他问。

“我今天已经哪儿都去过了。”

“那我们就回酒店下棋吧。”

“什么？”

“下棋。一种摆木头棋子的游戏，让你转移注意力，同时又让你集中精神。”

“好，”拉维奇说，“何不去下几局呢？”

他醒过来，立刻就知道乔安在屋里。天还是黑的，他看不到她，但他知道她在。房间不一样了，窗户不一样了，空气不一样了，他自己也不一样了。“别闹了，”他说，“开灯过来吧。”

她没有动。他都听不到她的气息。“乔安，”他说，“咱们别玩捉迷藏了。”

“是啊。”她轻轻地说。

“那就过来吧。”

“你本来就知道我会过来？”

“不知道。”

“你的门开着。”

“我的门几乎从不关。”

她沉默了片刻。“我以为你大概还没回来，”她开口道，“我只是想——我以为——你大概还坐在什么地方喝酒。”

“我原本也这样想。但后来去下棋了。”

“什么？”

“下棋。莫罗索夫。在楼下那屋子里，看着就像是没有水的水族箱的那间。”

“下棋！”她从自己的角落里走出来，“下棋！那可是——还去能下棋，事情都——”

“我原本也不相信，结果还可以。甚至下得挺好。我还赢了一局。”

“你是最冷酷、最没有心肠的——”

“乔安，”拉维奇说，“别搞这一出。我很会陪人演闹剧。只是今天不行。”

“我不想演闹剧。我就是不开心得要命。”

“很好。那我们这些话就都不要再说。如果人只是有些不开心，大吵大闹一通才是对的。我认识一个男人，从他妻子死去的那一刻，到她下葬之时，他都把自己锁在房间里研究棋谱。别人觉得他没有心肠，但我知道他爱自己妻子胜过世间一切。他只是不知还能干什么，就日日夜夜地钻研棋局，好不去想那些。”

乔安这时站在屋子中央了：“所以你就去下棋吗？”

“不。我跟你说了，那是别人。你来的时候，我睡觉来着。”

“对，你睡觉来着！你还睡得着觉！”

拉维奇撑起来。“我还认识另一个男人，他妻子也去世了。他躺在床上足足睡了两天。他丈母娘见了这些气坏了。她不明白，人怎么可以一边做着许多毫无绝望之意的事，一边还绝望至极。奇之怪哉，恰好是不幸，被慢慢贴上了怎样的一个标签啊！你要是看到我愚蠢地把自己灌个酩酊大醉，那倒全都显得挺合适了。现在我下棋又睡觉，也证明不了我这人冷酷残忍，没心没肺。挺简单的，是吧？”

咔嚓一声，有东西碎了。乔安抓起了一个花瓶，把它扔在地上。“好，”拉维奇说，“反正我也受不了那东西。只不过你得小心，别踩到碎片上。”

她把碎片踢到一边。“拉维奇，”她说，“你为什么这样？”

“是啊，”他说，“为什么呢？我在给自己鼓劲。你看不出来吗，乔安？”

她飞快地把脸转向他。“看上去是这样。但是到了你这里，别人永远不知道到底是怎么回事。”

她小心翼翼地绕过四散的碎片，在床上坐下。现在他可以在晨光中看清她的脸了。他惊讶地看到这张脸并不疲惫。它显得年轻，而且显然很急切。她穿着一件轻便的大衣，是他没见过的，身上的裙子跟她在金钟餐厅里穿的那条也不一样了。

“我以为你再不会回来了，拉维奇。”她说。

“花了很长时间。我没法早些回来。”

“你为什么一直都不写信呢？”

“写了会有什么用吗？”

她移开目光。“可能会好些。”

“要是我永远不再回来，可能会好些。但我没有别的国家和别的城市可以去了。瑞士太小了；别处都是法西斯。”

“可是这里——警察——”

“警察捉到我的机会跟以前一样大，也一样小。那次是个不幸的意外。我们不需要再考虑那件事了。”

他伸手去够一包香烟。烟放在床边的桌子上。那是一张不大不小的桌子，用着很方便，上面放着书、烟和几样别的东西。拉维奇厌恶那种装着假大理石的玩意，那东西通常放在床边上当床头柜和托架。

“也给我一支烟。”乔安说。

“你想喝点什么吗？”他问。

“想。你躺着吧。我去拿就好。”

她把酒瓶拿来，倒满两杯酒。她递给他一杯，拿起另一杯喝光了。她喝的时候，大衣从肩膀上滑落。这时，拉维奇在逐渐明亮的晨曦中认出了她穿的那条裙子。那正是他们去昂蒂布时他送她的那条。她为什么要穿这条呢？这是他送她的唯一一条连衣裙。他过去从没想过这些事情。他也不愿想这些事情。

“我看到你的时候，拉维奇——突然间——”她说，“我脑子里一片空白。什么都没有。你走了之后……我以为再也不会见到你了。我没有马上就想到这些。我先是等着，等你回金钟餐厅。我以为你肯定会回来。你为什么没有回去？”

“我为什么要回去？”

“我会跟你一起走的。”

他知道那不是真的。但他不想考虑这些。突然间他什么都不想再考虑了。他本来就不相信，那样就能满足了。他不知道她为何要来，她真正想要的是什么——但他蓦然间满足了，这感觉奇特、深沉又安抚人心，因为她来了。这是怎么回事？他想。已然至此了吗？超越了控制？已经到了幽暗渐袭、血脉呼唤、受幻想胁迫、岌岌可危的地步？

“我以为你想离开我了，”乔安说，“你就是想离开我吧！说实话！”

拉维奇没有回答。

她看着他。“我就知道！我就知道！”她坚信不疑地重复道。

“再给我一杯苹果白兰地。”

“这是苹果白兰地？”

“是啊。你没喝出来吗？”

“没有。”她倒上酒。她拿着酒瓶时，一条胳膊顶着他的胸脯。他的肋骨都能感受到这条胳膊的触碰。她拿起杯子把酒喝了。“嗯，这是苹果白兰地，”然后她又看着他，“我这趟来得好。我就知道。我这趟来得好。”

天色更亮了。百叶窗开始轻轻地吱嘎作响。晨间的风起了。“我这趟来得好吗？”她问。

“我不知道，乔安。”

她俯身对着他。“你知道的，你定然是知道的。”

她的脸在他上面，离得那么近，她的头发都落到了他的肩上。他注视着她。那是一片他见过的风景，十分陌生又十分熟悉，总是一个样子，又从来不尽相同。他看到她额头起皮了。他看到她上嘴唇的红色口红剥落了几处，他看到她没有好好化妆——这一切他都在那张眼下正伏在他上方的脸上看到了，这张脸离他的脸太近了，把剩下的整个世界都给他挡上了——他看着这张脸，知道只不过是自己的幻想让它仍旧显得神秘莫测；他知道，还有比这更美丽的脸，更聪慧的、更纯洁的——但他也知道，哪张脸也不会像这一张那样对他产生一种强大的力量。而这种强力是他亲自交给它的。

“知道，”他说，“挺好。无论如何都好。”

“我可能会承受不了，拉维奇。”

“什么？”

“如果你真走了的话。再不回来。”

“可你说了，你本来以为我再不会回来了。”

“那不是同一回事。如果你去另外一个国家生活了，那是不一样的。那样我们只是分开了。我也可以去找你。可是在这里，在同一个城市里——你不明白吗？”

“明白的。”

她直起身子，把头发捋回去。“你不能留下我孤独一人。你对我有责任。”

“你是孤独一人吗？”

“你对我有责任。”她说着露出笑容。

他憎恨了她一秒钟——因为那笑容，也因为她说这话的方式。“别胡说了，乔安。”

“不是胡说，你就是有责任。从那时起。没有你的话……”

“很好。我对占领捷克斯洛伐克也有责任。好了，别说这个了。天亮了。你马上得走了。”

“什么？”她盯着他，“你不希望我待在这里？”

“不希望。”

“这样啊——”她轻声地说，突然大发雷霆，“原来是这样！你不再爱我了！”

“上帝啊！”拉维奇说，“还有这胡话。过去这几个月你都跟什么白痴在一起了？”

“他们不是白痴。我又能怎样呢？坐在米兰酒店里死盯着墙看，变成疯子吗？”

拉维奇半撑起身子。“别说这些自白了，”他说，“我不想听你自白。我只是意图让这对话水平稍微高一些。”

她盯着他。她的嘴巴和眼睛都茫然乏味。“你为什么总是批评我？别人就不批评我。在你这里，无论什么都一说就是错！”

“对啦。”他喝了一口苹果白兰地，然后躺回去。

“真是那样，”她说，“别人永远都不知道该怎么对你。你会让他们说不想说的话。然后你就攻击他们。”

拉维奇深深地吸了口气。他之前都在想什么啊？爱情的幽暗，幻想的强力，顷刻之后就被颠覆了！是他们自己颠覆的，不断地亲自颠覆。正是他们无比热衷地毁灭幻梦。可他们又能怎样呢？确实，他们又能怎样呢——美丽又没有方向的人，身不由己地前行——地底下的某个地方有块巨大的磁石——上面则是花花世界中人，他们自信拥有自己的意志，掌控着自己的命运——他们又能怎样呢？他自己也是其中之一吗？仍然充满怀疑，牢牢地抱守着有点儿吃力的谨慎和有些蹩脚的尖酸刻薄——说到底却已经知道，将来会不可避免地发生什么？

乔安蜷缩在床脚边。她看上去就像一个怒气冲冲的漂亮洗衣妇——同时又像个从月亮上飞到这里的精怪，茫然无措。晨曦变成了朝霞，照在她身上。新生的一天从远方吹来自己纯净的气息，这气息越过一个个肮脏的院落和烟雾弥漫的屋顶，氤氲进窗，里面仍存有森林和生命。

“乔安，”拉维奇说，“你为什么要来？”

“你为什么问这个？”

“是啊——我为什么问？”

“你为什么总是问？我来了。这难道还不够吗？”

“足够，乔安，你说得对。这就够了。”

她抬起头。“总算说了！但你就是得先把人家搞得一点都不快活。”

快活！她管这叫快活！身处在一个螺旋桨里，被许多黑色的推进器驱使，在想要重新拥有的欲望中回旋，喘不上气来——快活？外面，那里有片刻的快活，窗前的朝露，白日张开利爪之前有十分钟沉寂的欢愉。可是，活见鬼，这一切又是干吗？她难道说得不对吗？她不是像朝露和麻雀和清风和血脉一样正确吗？他为何要问？他想知道什么？她来了，飞过来了，不假思索地来了，像一只飞蛾，一只天蛾，一只天蚕蛾一样，急速地来了——他躺在这里，数着它翅膀上的斑点和狭窄的裂纹，盯着它那稍有些模糊的釉光。她来了，我有这么愚蠢的优越感，只是因为她来了，他想。如果她不来，我就会躺在这里冥思苦想，试着自欺欺人地把自己想成一个英雄，同时，暗自期盼的无非是她来。

他把被子甩到一边，双脚一下子越过床沿，蹬到拖鞋里。“你想干什么？”乔安吃惊地问，“你要把我扔出去吗？”

“不。我要吻你。我早就该吻你了。我是个白痴，乔安。我说了些胡话。你来了，实在太好了！”

一道光彩闪过她的双眼。“你不用起来吻我的。”她说。

朝霞高悬在房屋之后。上方的天空是一片淡淡的蓝色。几朵云彩游曳于天上，好像正在睡觉的火烈鸟。“看看这些，乔安！多好的一天！你还记得下雨时什么样吗？”

“记得。过去一直在下雨，最亲爱的。天空灰蒙蒙的，还下雨。”

“我离开时还在下雨。你在满天的阴雨之下绝望。而现在——”

“是啊，”她说，“而现在——”

她躺在他身旁，紧挨着他。“现在什么都有了，”他说，“甚至还有个花园。就是楼下的流亡者威森霍夫窗户前面的丁香花。院里的栗子树上还有鸟儿。”

他看到她哭了。“你为什么不问问我，拉维奇？”她说。

“我已经问过你太多次了。你之前不是自己这么说的吗？”

“这次不一样。”

“没什么好问的。”

“问问这段时间里有过什么事。”

“什么都没有。”

她摇头。

“你把我当成什么了，乔安？”他说，“你看看那外面。红的红，金的金，蓝的蓝。外面那些是不是在问，昨天是否下过雨？中国或者西班牙那里是否打了仗？此刻是不是有千万人正在死去，或者有千万人正在出生？存在，兴盛，就是这样。你还希望我问你吗？在这光中你的肩膀就像青铜，我还应该问你什么？在这映照过来的红色光芒里，你的眼睛就像是希腊人的大海那样淡紫酒红，难道我还应该希望知晓那些已经过去的事？你在，我还应该像个傻瓜一样翻腾过往那枯萎的落叶？你把我当成什么了，乔安？”

她的泪水止住了。“这话我有好久没听过了。”她说。

“那你就是跟一堆榆木脑袋混在一起了。女人就应该要么得到崇拜，要么被人离弃。非此即彼。”

她睡着了，紧紧地环抱着他，仿佛再也不想放开他。她睡得很沉，他感到她轻柔有序的呼吸喷在他的胸前。他又醒着躺了一会儿。晨间的喧嚣已在酒店里响起。水管沙沙的流水声，开门关门的声响，楼下的流亡者威森霍夫咳嗽起来，把他醒了的消息咳得窗外人尽皆知。他感到乔安的肩挨在他的肩旁，他感受到她睡意沉沉的温暖皮肤，他要是转过头，就能看到她全然放松、全然忘我的面孔，这张脸纯洁得仿佛没有过一点过错。崇拜或者离弃，他想。都是漂亮的空话。谁能做得到呢？又有谁想这么做呢？

二十

他醒来。乔安不再躺在他身旁了。他听到浴室里哗哗的水声，便直起身子。他一下子就清醒了。过去的几个月让他重新学会了这个。你要是能一下子醒来，有时候还能逃走。他看了看钟。上午十点。乔安的晚礼服裙跟她的大衣一起落在地上。她的花缎面鞋放在窗口，有一只倒了。

“乔安，”他叫道，“大半夜的，你在那喷头底下干什么呢？”

她打开门。“我没想吵醒你。”

“那无所谓。我怎么都能睡着。可是你为什么已经起了呢？”

她戴着一顶浴帽，身上滴着水。她的肩膀闪着浅棕色的光亮。她看上去像个亚马孙女战士，戴着一顶紧贴着脑袋的头盔。“我不当夜猫子了，拉维奇。我不在山鲁佐德工作了。”

“这我知道。”

“谁告诉你的？”

“莫罗索夫。”

她审视地盯着他看了一秒。“莫罗索夫？”她说，“那多嘴的老头。他还跟你讲了什么？”

“没什么。除此之外还有什么要讲的？”

“没有什么站夜班的门房可以讲的了。他们就跟看管衣帽间的女人一样，是专门传闲话的人。”

“别管莫罗索夫了。站夜班的门房和医生都是专门当悲观主义者的人。他们都靠生命中的阴暗面为生。但他们不传闲话。他们有义务保持缄默。”

“生命的阴暗面，”乔安说，“谁又想要那些了？”

“没人想要。但大多数人就活在其中。再说，当时是莫罗索夫给你弄来了山鲁佐德的那个职位。”

“我也不能就永远为此眼泪汪汪地感激他啊。我没有让人失望。我配得上给我的钱，要不然他们就不会留下我了。再说，他那么做为的是你。不是我。”

拉维奇伸手拿了支烟。“你到底反感他的什么？”

“没什么。我就是不喜欢他。他总是那样看着别人。是我的话就不会信任他。你也不该那样。”

“什么？”

“你不该信任他。你知道，法国的门房全都是警察的眼线。”

“还有别的吗？”拉维奇平静地问。

“你当然不会相信我了。山鲁佐德的每个人都知道。谁知道是不是……”

“乔安！”他把被子扔回床上，站了起来。“别胡说了。你怎么回事啊？”

“没什么。我应该怎么样吗？我受不了他，就这样。他给我的印象不好。而且你一天到晚跟他黏在一起。”

“原来如此，”拉维奇，“因为这个啊。”

她突然间露出笑容。“是啊，因为这个。”

拉维奇感觉，不仅仅是因为这个。还有些别的什么。“你想吃什么早餐？”他问道。

“你生气了吗？”她反问他。

“没有。”

她从浴室里出来，用胳膊环住他的脖颈。透过睡衣的单薄布料，他感觉到她湿淋淋的皮肤。他感觉到她的身体，还有自己的血。“我嫉妒你的朋友们，让你生气了吗？”她问。

他摇头。一顶头盔。一个亚马孙女战士。一位从海洋中升起的水泽女神，光洁的皮肤上还附着着水和青春的气息。“放开我。”他说。

她没有回答。高耸的颧骨到下巴间的线条。嘴巴。过于沉重的眼睑。挤在他敞开的睡衣下裸露皮肤上的双乳。“放开我，不然——”

“不然怎样？”她问。

一只蜜蜂在开着的窗户前嗡嗡作响。拉维奇的眼睛追随着它。它可能是流亡者威森霍夫的石竹吸引来的吧，现在正在找别的花朵。它飞了进来，落在窗台上一个盛过苹果白兰地的杯子上。

“你想我吗？”乔安问。

“想。”

“很想吗？”

“很想。”

蜜蜂飞了起来。它绕着杯子盘旋了几圈。随后，它嗡嗡地飞到窗外，回到阳光里，回去找流亡者威森霍夫的石竹了。

拉维奇躺在乔安旁边。夏天了，他想。夏天，早晨的草地，带着干草气息的头发和三叶草一般的皮肤——感激的血无声地奔流，如同一条溪水，它就只是上涨，无欲无求地淹没那一片片沙洲，高涨的平滑水面上映出了一张脸，这张脸上带着微笑。在这光明的一瞬间，什么都不再是干枯死寂的，有桦树和杨树，寂静中轻柔的喃喃低语如一束回声从遥远的失落天堂传来，在血管中敲击。

“我想待在这里。”乔安依在他的肩膀边说。

“留下吧。我们睡吧。我们都没怎么睡。”

“我不能留下。我得走了。”

“这时候你穿着那条晚礼服裙哪儿都去不了。”

“我还带来了另一条裙子。”

“放哪里了？”

“我把它放我大衣底下了。还有鞋子。那裙子必须跟我的东西放一起。我什么都带在身边。”

她没说得去哪里。也没说为什么要去。拉维奇也没有问。

蜜蜂又过来了。它不再漫无目标地嗡嗡飞旋。它径直飞向那杯子，停在杯沿上。它似乎对苹果白兰地有几分了解。要么就是对水果糖有些认识。

“你之前就认定了要留在这里啊？”

“是啊。”乔安说，一动也不动。

罗兰德用一个托盘拿来了酒瓶和酒杯。“不喝酒了。”拉维奇说。

“你不想喝伏特加？这是野牛草伏特加。”

“今天不喝了。你可以给我倒些咖啡。浓咖啡。”

“好。”

他把显微镜收拾起来放到一边。然后他给自己点了支烟，走到窗前。外面的法国梧桐长出了浓密的新叶。他上次来这里时，树上还光秃秃的。

罗兰德端来咖啡。“你们这儿的姑娘比之前多了。”拉维奇说。

“多了二十个。”

“生意那么好吗？这可是六月份啊？”

罗兰德在他旁边坐下。“生意好得不可思议。人们好像都发疯了。下午就开始过来了。可是晚上才——”

“可能是天气的缘故。”

“不是天气。我知道以往的五月和六月什么样。现在这样子就是疯了。酒吧的生意有多好，说来你都不信。你能想象吗，法国人在我们这儿点香槟酒？”

“想象不了。”

“外国人就算了。酒就是卖给他们的。可法国人呢！甚至是巴黎人！点香槟酒！还真的掏钱！都不点杜本内酒或者啤酒或者特优干邑。你能相信吗？”

“除非让我亲眼看见。”

罗兰德给他倒上咖啡。“还有这热闹劲，”她说，“吵得人耳朵都聋了。你下楼时就看到了。这时候就开始了！来的也不再是那些小心谨慎的行家了，专门等到你来检查时过来。一大帮人已经跟那儿守着了！这些人叫什么鬼迷心窍了，拉维奇？”

拉维奇耸了下肩。“有个故事讲了一艘正在沉没的远洋轮船。”

“可我们这儿什么也没沉没啊，拉维奇！生意红火得很。”

门开了。妮奈特走了进来，她二十一岁，瘦得像个男孩子，穿着她那条粉红色的绸缎短裤。她长了一张圣女般的脸，却是这妓院里最好的妓女之一。眼下她手里端着个托盘过来了，上面有面包、黄油和两罐果酱。“太太听说医生要喝咖啡，”她用沙哑的低音说道，“她给您送点果酱尝尝。是她亲手做的！”妮奈特突然咧开嘴笑了，天使般的面孔裂成了淘气包的鬼脸。她把托盘放在桌子上，蹦蹦跶跶地走了。

“你看到了吧，”罗兰德叹了口气，“立刻就放肆起来了！知道我们需要她们。”

“是啊，”拉维奇说，“她们别的时候又怎能放肆呢？这果酱是什么意思？”

“是老板娘自豪的杰作。她亲手做的。在她里维埃拉的庄园里做的。确实是好。你想尝尝吗？”

“我讨厌果酱。特别是百万富婆做的果酱。”

罗兰德拧开了罐子的盖，从里面舀了满满几勺果酱出来，把果酱涂在一张厚纸上，又往上放了一块黄油和几片吐司面包，把这些东西包得严严实实的，递给拉维奇。“一会儿再扔掉，”她说，“就当让她高兴。一会儿她会检查你吃没吃。这是一个年华老去又没有幻想的女人最后的骄傲了。你拿着吧，就算出于礼貌。”

“好吧。”拉维奇站起来，打开门。“可真闹腾啊。”他说。他听着楼下的说话声、音乐、笑声和叫喊声。“来的全都是法国人吗？”

“那倒不是。这里大多数是外国人。”

“美国人？”

“不是，这就是奇怪之处了。大多数是德国人。我们这儿还从没来过这么多德国人。”

“不奇怪。”

“大多数人法语说得很好。根本不像是几年以前的那些德国人。”

“我想也是。这儿是不是也有好多法国一战老兵？还有新兵和殖民地士兵？”

“那些人常来。”

拉维奇点头。“德国人花的钱挺多吧，是不是？”

罗兰德笑了。“是啊。只要别人想喝酒，他们就请客。”

“特别是请当兵的喝，我猜。德国搞了那种封锁马克[1]，边

---

① 德国外汇管制经济概念，1931 年启用，与帝国马克并行。为防止外汇流失，流向外国的金融资产必须用封锁马克账户支付。

境也都封锁了。只有拿到了当局的许可才可以出来，而且身上的钱不能多于十马克。这些兴高采烈的德国人，带着那么多钱，还说着那么好的法语，奇之怪哉啊，是不？”

罗兰德耸了下肩。“要我说呢——只要他们的钱是真的——”

八点之后，他回家了。“有人给我打过电话吗？”他问门房。

“没有。”

“下午也没有？”

“没有。一整天都没有。”

“有人来找过我吗？”

门房摇头。“没有。”

拉维奇上楼。走到二楼时，他听到戈尔德贝格夫妇在吵架。三层有个孩子在哭喊。这是法国公民吕西安·西尔伯曼。一岁又两个月大。对于他的父母——来自美因河畔法兰克福的咖啡商西格弗里德·西尔伯曼及其妻，旧姓列维的奈莉来说，他是个圣物，也是个投机对象。他生在法国，他们指望靠他早两年得到法国护照。于是，吕西安以一岁稚童之资质成了这家里的暴君。四层有台留声机在咿咿呀呀地响。那是难民沃尔迈耶的东西，他以前被关在奥拉宁堡集中营，如今倒放起德国民歌来。楼道里一股白菜和黄昏的气味。

拉维奇走进自己的房间看书。有次他买了几本世界史，现下把这些书找了出来。读这些书不算是一件其乐无穷的事。他从中唯一所获的就是一种令人沮丧的奇特的满足感，感到如今发生的事情中没有一件是新的。所有事情都发生过十几次了。一桩桩谎言、背信弃义、杀戮、巴托罗缪之夜、权力意志导致的腐败，接连不断的一长串战争——人类的历史是由鲜血和泪水写成的，过往千万座沾染血污的雕像中只有寥寥几座身处于慈善的银色光辉之下，闪闪发亮。那些蛊惑民心之人、那些骗子、那些杀害父亲和友人的凶手、迷醉在夜色之中的自私自利之人、用剑劝人向爱的狂热先知；永远都是一样的，而且百姓每次都顺服隐忍，彼此驱赶着走向屠刀，为帝王、宗教和狂人毫无意义地死去——这一切都没有尽头。

他把书放到一边。有话语声从楼下敞开的窗口传到他耳中。他听出来了——那是威森霍夫和戈尔德贝格太太。“现在不行，”露特·戈尔德贝格说，“他马上就回来了。一个钟头里就回来了。”

“一个钟头也是一个钟头嘛。”

“他也可能会早回来。”

“他去哪儿了？”

“去美国大使馆了。他每天晚上都去。就站在外面看着他们。没别的。然后他就回来。”

威森霍夫说了些话，拉维奇没听明白。“当然了，”露特·戈尔德贝格咄咄逼人地说，“谁不疯呢？你说他岁数大了，我也知道。”

“算了吧，”过了一会儿后，她说，“我现在没兴致。没那个心情。”

威森霍夫说了些什么。

“你说得倒好，”她说，“可他有钱。我一生丁都没有。你呢——”

拉维奇站了起来。他看了一眼电话，又犹豫了。快到十点了。乔安上午走了之后就再没有过消息。他没问她晚上来不来。他原本断定她会来。现在他不那么肯定了。

“对于你倒容易。你就想玩玩，没别的。”戈尔德贝格太太说。

拉维奇去找莫罗索夫。他的屋子锁着。他下楼去地下墓穴。“如果有人打电话来，就来楼下找我。”他对门房说。

莫罗索夫在那里。他在跟一个红头发的男人下棋。几个女人坐在各个角落里，有的在织毛衣，有的在一脸忧心忡忡地读书。

拉维奇看了一会儿棋局。红头发男人下得很好。他出招速度飞快，而且完全是漫不经心的样子，莫罗索夫眼看就要输了。“我这边什么乱子都有，是不？”他问。

拉维奇耸耸肩。红头发男人抬起眼睛。“这是芬肯施泰因先生，”莫罗索夫说，“刚从德国过来。”

拉维奇点头。“那边如何？”他毫无兴趣地问了一句，就是为了说点话。

红头发男人耸起肩膀，什么都没说。拉维奇也没指望他说什么。只有最初几年才会那样：当时他们还会热切地发问，期待别人回答，狂热地等着听到崩溃垮台的消息。现在人人都早已知道，只有战争才能带来那些结果。每个有些理智的人都同样深知，一个用军火工业来解决失业问题的政府只有两种选择：战争或者国内的灾难。那就选战争吧。

“将杀。”芬肯施泰因毫无热情地说，然后站了起来。他看着拉维奇。“要怎么才能睡觉呢？我在这儿睡不着。一睡下就立刻醒过来。”

“喝酒，”莫罗索夫说，“勃艮第酒，多喝勃艮第酒或者啤酒。”

“我不喝酒。我已经在街上走了好几个钟头了，直到我觉得累得要死为止。但这没用。我睡不着。”

“我给您拿几片药，”拉维奇说，“您跟我一块上楼去。”

“再回来啊，拉维奇，”莫罗索夫在他身后喊道，“别留我一个人在这儿，兄弟！”

几个女人抬起眼睛。然后她们接着织毛衣或读书，仿佛她们就是靠着那些活下去的。拉维奇跟芬肯施泰因一起去自己房间。他打开门后，从窗外进来的夜间空气向他迎面而来，就像一道幽暗凉爽的波浪。他深深地吸气，打开灯，很快地扫了一眼房间。没有人在。他给芬肯施泰因拿了几片药。

“谢谢。”芬肯施泰因说，脸上一动不动，然后像个影子一般出去了。

拉维奇突然间明白了，乔安不会过来了。他也明白，这些自己今天早上就明白了。他只是不愿意承认而已。他环顾四周，就仿佛有人在他身后说了些什么。突然这一切都显得非常清楚简单。她在他这里想要的，都已经得到了，现在不用那么急切了。他之前又期待过什么呢？盼着她为了他抛下一切？盼着她跟过去一样回来？多愚蠢啊！当然有别人了，而且不止是别的人，还有另外一种生活，那是她不愿意抛下的！

他重新下楼去。他感觉自己很是可悲。“有人打电话吗？”他问。

值夜班的门房刚到，他摇了摇头，满嘴都是蒜肠。

“我在等一个电话。眼下我要去楼下。”

他回去找莫罗索夫了。

他们下了一局棋。莫罗索夫赢了，心满意足地看了看周围。女人们这期间已经无声无息地走了。他摇了摇那个辅祭用的铃。“克拉丽斯！来瓶桃红葡萄酒。”

“这个芬肯施泰因下得像台缝纫机，”他说，“令人作呕！简直是个数学家。我最讨厌完美。那都不像个人。”他看着拉维奇。“这么一个晚上，你干吗待在这里？”

“我在等一个电话。”

“你又准备去用科学的手段杀什么人了吗？”

“昨天我给一个人切掉了胃。”

莫罗索夫倒满两杯酒。“你坐在这儿喝酒，”他说，“你的牺牲品则躺在那边，烧得直说胡话。这也有些不近人情啊。你至少也该胃疼一回。”

“对了，”拉维奇说，“世间的悲惨就在于此，鲍里斯·莫罗索夫，我们造成的后果，自己是永远也感觉不到的。可你为什么恰好想从医生入手开展改革呢？政治家和将军们要合适得多。你改革了他们，我们就世界和平了。”

莫罗索夫靠回椅背上，打量着拉维奇。“我们永远不应跟医生有私交，”他说，“那会让我们减少对医生的信任。我跟你一起喝醉过——那我怎能再让你给我做手术呢？即便我知道，你做起手术来比另外一个我不认识的医生要好——我也会找那另一个。这是对不认识的人的信任—— 一种深邃的人类特性，老伙计！医生就应该住在医院里，永远别给放到日常生活来。你们的前辈，那些巫婆跟巫医就明白这个。如果我要做手术，我就会相信这些人以外的因素。”

“我也不会给你做手术的，鲍里斯。”

“为什么不会呢？”

“没有哪个医生愿意给他的兄弟做手术。”

“反正我也不会给你这个机会的。我会在睡梦中死于心跳骤停。我正活分地致力于这个结局。”莫罗索夫像一个兴高采烈的孩子一样盯着拉维奇看。随后他站了起来。“我得走了。得给蒙马特区的文化中心开门去了。人到底为什么而活？”

“为了思考这个问题。还有别的问题吗？”

“有。假如人思考了这个问题，刚变得理智一些，结果马上就死了，那他为何而活？”

“也有些人还没变理智就死了。”

“别回避我的问题。也别跟我拿轮回说事。”

“我先要问你另一个问题。狮子杀死羚羊；蜘蛛杀死苍蝇；狐狸杀鸡——这世界上唯一一种不断自己跟自己争个你死我活的物种是什么呢？”

“这是小儿科的问题。当然是万物之灵，创造了爱、善和慈悲这些字眼的人类了。”

“好。自然界中唯一一种能够自杀，也确实会自杀的生物又是哪个呢？”

“又是人类——创造了永恒、神和复活的人类。”

“说得好，”拉维奇说，“你看，我们是由多少矛盾组成的。而你却想知道我们为什么要死？”

莫罗索夫惊奇地抬起眼睛。随后他喝了一大口酒。“你这诡辩家，”他说，“敷衍取巧。”

拉维奇看着他。乔安，他心中有什么东西在想。如果她现在穿过那边那扇肮脏的玻璃门进来该多好。“鲍里斯，错就错在，”他说，“我们开始思考了。如果我们一直身处于肉欲情热和大快朵颐之时的至福之中，就不会有这一切了。有什么人在拿我们做试验——但这人似乎还没找到解答。我们就不要抱怨了。就算实验动物也应该有职业自豪感。”

“那是屠夫说的，不是待宰的牛说的。是科学家说的，实验用的豚鼠则永远不会那么说。是医生说的，永远不会是小白鼠说的。”

“正确——法律万岁，这是大有道理的。来吧，鲍里斯我们来喝一杯，敬美——那是一瞬间中妩媚的永恒。你知道只有人能干的还有什么吗？还有笑和哭。”

“还有把自己灌醉。用烈酒、葡萄酒、哲学和女人和希望和绝望。你知道只有人知道的还有什么吗？那就是人必定会死。为解此毒，人有了幻想。石头是实际的。植物是实际的。动物也一样。它们都该怎样怎样。它们不知道自己定然会死。人可是知道的。飞升吧，灵魂！飞吧！不要悲伤呜咽，你这合法杀人的凶手！咱们不是刚刚唱诵了人类的颂歌吗？”

莫罗索夫摇晃那灰色的棕榈树，让尘土飞扬起来。“好个象征符号，象征着洋溢在南国的希望，法国酒店老板娘梦寐以求的植物，别了！还有你，无家可归之人，离开了泥土的藤蔓，从死神兜里偷东西的贼，别了！自豪吧，因为你是个浪漫派！”

他朝拉维奇咧开嘴笑笑。

拉维奇没有回他一个笑容。他望向门那边。门刚才开了。值夜班的门房走了进来。他朝这桌子走来。电话，拉维奇想。终于打来了！还是打来了！他没有站起来。他等待着。他感觉自己的胳膊绷紧了。

“您的烟，莫罗索夫先生，”门房说，“那孩子刚把烟送来。”

“谢谢。”莫罗索夫把那盒俄国烟塞进兜里。“再见，拉维奇。过会儿见？”

“或许吧。再见，鲍里斯。”

失去了胃的人凝视着拉维奇。他很难受，但没法吐出来。他没有能吐的东西了。他感觉自己就像一个失去了双腿还觉得脚疼的人。

他很不安。拉维奇给他打了一针。这人活下去的希望不太大了。心脏情况一般，一个肺上全是结了膜的空洞。三十五年来，他没享受过太多健康的生活。长年的胃溃疡，得过一次肺结核又治好了，现在又是癌症。病历上写着，他有过一段四年的婚姻，妻子死在了产床上，三年后孩子死于肺结核。没有其他亲属。这人现在正躺在那里凝视着他，不愿意死去，坚韧又勇敢，还不知道自己只能靠肠道吸收营养了，生命中为数不多的几种乐趣之一，酸黄瓜和煮牛肉，他是再不能享用了。他躺在床上，身上发臭，又被切掉了一块，却还具有某种让双眼转动的东西，那就是被称作灵魂的东西。自豪吧，因为你是个浪漫派！人类的颂歌。

拉维奇把那块记录体温和脉搏的牌子挂回去。护士站了起来，等待着。她把一件刚开始织的毛衣放在身旁的椅子上。毛衣针插在上面，毛线团放在地上。一根细毛线从椅子上垂下去，就像一道细细的鲜血；就仿佛毛衣正往地上流血。

这人躺在那里，拉维奇想，尽管打了针，还是面临着可怕的一夜，要忍受疼痛，动弹不得，呼吸困难，噩梦连连，我却在等着一个女人，还想着如果她不来，这一夜对我来说会很难熬。我知道，拿我的事跟这个垂死之人相比，跟隔壁那个碾碎了胳膊的加斯东·佩里叶相比，跟成千上万别的人相比，跟今夜将会发生在这个世界上的所有事情相比，是很可笑的，可即便知道这个也没有办法。什么都没有用，什么办法都没有，什么都不会改变，依旧如常。莫罗索夫说什么来着？你为什么不会胃疼？是啊，为什么不疼呢？

“如果出了任何状况，您就给我打电话。”他对护士说。这正是那个从凯特·赫格斯特伦那里收到一台留声机的护士。

“这位先生很顺从。”

“他什么？”拉维奇惊讶地问。

“很顺从，是个好病人。”

拉维奇环顾四周。这里没什么是护士可以指望着当礼物收下的。很顺从——有时候这些护士说的都是些什么话啊！那边那个可怜鬼正用自己所有血细胞和神经细胞的大军跟死神交战呢——他一丝一毫也不顺从。

他回到酒店，在门口遇到了戈尔德贝格。这是一个留着灰白胡子的老人，西装马甲上有一条很粗的金表链。“真是个宜人的夜晚。”戈尔德贝格说。

“是啊。”拉维奇想到威森霍夫房里的女人。“您不想再出去散散步吗？”他问。

“我已经去过了。走到了协和广场，又回来了。”

走到了协和广场。美国大使馆就在那里。繁星之下洁白的建筑，安静又空旷，那是一座诺亚方舟，里面有签证的章印，却是触不可及的。戈尔德贝格曾站在使馆之前，在它门外，克里雍大饭店旁边，凝视着大门和黑漆漆的窗户，就仿佛盯着一幅伦勃朗的画，或者那颗光之山钻石[①]。

“我们要不要再去走走？走到凯旋门再回来？”拉维奇问，心里想着：假如我能救下楼上那两人，乔安就会在我的房间里，或者在这段时间里到我房间来。

戈尔德贝格摇了摇头。“我得上去了。我太太肯定都在等着我了。我出去了两个多钟头。”

拉维奇看了看表。十二点半了。不用救了。他太太早就回自己房间了。他看着戈尔德贝格慢慢上楼梯的背影。然后他去找门房。“有人给我打电话吗？”

“没有。”

房间里灯大亮着。他记得自己离开房间时就让灯这么亮着。一页一页的纸闪闪发光，仿佛出人意料地下过一场雪。他离开之前在桌上放了一张字条，上面写着自己半个小时后就会回来，他拿起这字条，把它撕成碎片。他想找些酒喝。什么都没有。他又下楼去。门房没有苹果白兰地，只有科涅克白兰地。他就要了一瓶轩尼诗和一瓶武弗雷酒。他跟门房聊了一会儿，门房想向他证明，接下来要在圣克劳德举办的两岁马比赛中，露露二世是最有希望的。西班牙人阿尔瓦雷茨从他们身边经过。拉维奇看到，他还是稍微有点瘸。他买了一份报纸，上

① 一颗105.6克拉（21.6克）的钻石，曾是世界上最大的钻石，维多利亚时代成为了英国的王室珠宝。

楼回房间。这样的一夜该会有多长啊？恋爱的人要是不相信奇迹，就没有希望了，这是律师阿伦森一九三三年在柏林说的，三周之后人家把他关进了集中营，因为他的恋人把他告发了。拉维奇打开那瓶武弗雷酒，从桌上拿了一本柏拉图。几分钟后，他把书扔开，在窗边坐下。

他盯着电话。这该死的黑色机器。他不能给乔安打电话。他不知道她的新电话号码。他甚至不知道她住在哪里。他没问过，她也没告诉他。或许她是故意不说的。反正之后她总能找到借口。

他喝了一杯低度葡萄酒。愚蠢，他想。我等着一个今天早上还在这里的女人。我有三个半月的时间不见她，都不像现在这样，一天不见就如此惦记她。可能如果我没与她重逢的话，事情会简单一些。我本来已经适应了。现在却——

他站起来。也不是这样。啮噬他心灵的是那种不确定感。是猜疑，一小时一小时地，慢慢地潜入他心中。

他走到门口。他知道，她不会被关在外面的；但他还是又察看了一遍。他开始读报纸；但读起来就像透过一重帷幕。波兰在动乱。冲突不可避免。德国索要但泽走廊。英国法国与波兰结盟。战争越来越近了。他让报纸滑落到地上，关上了灯。他躺在一片黑暗中等待着。他睡不着。他又把灯打开。那瓶轩尼诗立在桌上。他没有把瓶子打开。他起身在窗边坐下。夜凉天高，繁星点点。几只猫在院落里嘶叫，叫声传来。一个穿着底裤的男人站在对面的阳台上抓痒痒。那人大声地打了个哈欠，回自己亮着灯的屋子里去了。拉维奇看着床。他知道，自己睡不着的。读书也没用的。他几乎记不得自己之前读的是什么。出去——这样可能最好。可去哪儿呢？什么都一样。他也不想出去。他想了解些什么。见鬼——他握起那瓶白兰地，又把它放了回去。然后他到自己的包那边拿出几片安眠药。就是他之前给那个红头发的芬肯施泰因的药片。那人现在已经睡了。拉维奇把药吞下。也不知道他自己能不能睡得着。他又吃了一片。如果乔安过来，他会醒过来的。

她没有来。第二夜也没有来。

二十一

欧仁妮的脑袋探进切掉了胃的那人的房间里。“有电话，拉维奇先生。”

“谁打来的？”

“不知道。我没问。接线员在外面告诉我的。”

拉维奇没有一下子认出乔安的声音。这声音很模糊，很遥远。“乔安，”他说，“你在哪儿呢？”

她的声音听起来像是从巴黎之外的地方传来的。他几乎以为她会说出里维埃拉的某个地名来。她过去从没往诊所给他打过电话。“我在自己的住处。”她说。

“就在巴黎？”

“当然了。不然呢？”

“你病了吗？”

“没有。怎么？”

“因为你往诊所打电话啊。”

“我已经给酒店打过电话了。你不在酒店。所以我就往诊所打。”

“出了什么事吗？”

“没有。能出什么事啊？我就是想知道你好不好。”

现在她的声音清晰一些了。拉维奇掏出一支烟和一个火柴盒。他用胳膊肘夹住烟的上半截，划了一根火柴，把烟点上。

“这是诊所，乔安，”他说，“我们这儿接电话，就是准备听人说出事和生病。”

“我没生病。我躺在床上，但我没病。”

“好。”拉维奇把一盒火柴放在桌子的白色油布上来回摆弄。他等待着。

乔安也在等待。他听到她的呼吸声。她想要他先开口。那样对她容易一些。

“乔安，”他说，“我不能打很长时间的电话。我刚打开了病人的绷带，得回去了。”

她沉默了片刻。“为什么我听不到你的一点儿音讯？”随后她问。

“你听不到我的音讯，是因为我既不知道你的电话号码，也不知道你住在哪里。”

“可我跟你说过了啊。”

“没说过，乔安。”

“说过。我跟你说过，”这下她说得底气十足，“绝对说过。我知道的。只是你又给忘了。”

“好吧。我给忘了。再跟我说一遍吧。我这儿有支铅笔。”

她告诉他自己的住址和电话号码。“我确信自己跟你说过，拉维奇。确凿无疑。”

“很好，乔安。我得回去了。我们今晚要不要一起吃饭？”

她沉默片刻。“你为什么都不来看我？”她问。

“好。我也可以去。今天晚上。八点如何？”

“你怎么不能现在过来？”

“现在我得工作。”

“要多久？”

“大约还要一个钟头。”

“完事就过来吧。”

原来如此，你晚上没空啊，他想，然后问道：“晚上为什么不行？”

“拉维奇，”她说，“有时候你不明白那些最简单的事情。因为我希望你现在过来。我不想等到晚上。不然我为什么要在这个时候往诊所打电话？”

“好。我完事了就来。”他沉思着把那张纸条折起来，回去了。

这是一座位于帕斯卡尔街转角处的房子。乔安住在最上面那层。她打开门。“来，”她说，“你来了真好！进来吧。”

她穿着一件朴素的黑色晨衣，这衣服的剪裁像是男式的。她身上有几种特点是拉维奇很喜欢的，这是其中之一：她从不穿那些云雾般的细纱或者绸缎衣服。她的脸比平时更苍白，而且有些激动。“来，”她说，“我在等你。你一定要看看我住得怎么样。”

她走在他前面。拉维奇微笑了。她很机灵。她提前堵住了他的任何一个问题。他望着那双平直漂亮的肩。光落在她的头发上。屏息静气的一瞬间里，他很爱她。

她领着他走进一间大屋子。这是间工作室，里面洒满了午间的阳光。一面又高又宽的窗户对着拉斐尔大街和蒲鲁东大街之间的几个花园。往右可以一直看到犬舍城门。城门后面，金绿交映的，是布洛涅林苑的一角。

房间的装饰是半现代风格。一张大沙发上盖着一张颜色太蓝的罩子；有几把沙发椅，看上去比坐上去更舒服；几张太低的桌子；一盆印度榕；一台美国留声机，乔安的一个箱子放在角落里。这些东西都不碍眼，但拉维奇对这些还是没太多好感。要么特别好，要么特别讨厌——他对不好不坏的东西没有感觉。而且他厌恶印度榕。

他注意到乔安在观察他。他会怎么看待这房间，她没有把握；但她还是敢冒险一试的。

“挺好，”他说，“屋子挺大，挺好。”

他拿起盖着留声机的罩子。这是一台很好的盒式机器，机械工艺高超，可以自动换唱片。旁边的桌子上有一堆唱片，乔安拿起几张，放到机器上。

“你知道怎么用吗？”

他知道。“不知道。”他说。

她拧了一个按钮。“特别棒。可以放几个钟头。你不用站起来换唱片调按钮。你可以躺着听音乐，看着外面越来越暗，听着听着进入梦乡。”

这台机器非常好。拉维奇知道这个牌子，也知道买它大约需要两万法郎。它让房间里充满了轻飘飘的音乐——充满了感伤的巴黎歌曲。“我要等待……”①

乔安站着，向前探着身子，倾听着。“你喜欢吗？”她问。

拉维奇点头。他没有看着留声机。他看着乔安。他看着乔安的脸，这张脸上满是陶醉之情，全然沉醉在音乐里。她多轻松啊——他曾为这份自己没有的轻松爱她至极！过去了，他想，并没有痛苦，感觉上像一个旅人，离开了意大利，返回雾气沼沼的北方。

她直起身子，露出笑容。“来——你还没看到卧室呢。”

“必须得看吗？”

她审视地盯着他看了一秒。“你不想看吗？为什么不想呢？”

“是啊，为什么不想呢？”他说，“当然想。”

她抚摸他的脸，吻了他，他知道这是为什么。“来吧。”她说着拉起他的胳膊。

---

① 意大利歌手丽娜·凯蒂1938年录制的著名流行歌曲。

卧室布置成法式风格。床很大，是复古的路易十六时代风格—— 一张肾一样形状的梳妆台，也是同样的风格—— 一面仿巴洛克风镜子—— 一张现代风的欧比松毯——单人椅，沙发椅，全都跟蹩脚电影里的道具一样。中间还有一个十六世纪的佛罗伦萨彩绘箱子，非常漂亮，和这一切根本不搭调，显得像是一位公主混入了一群暴富的门房之子中。这箱子被人毫不在意地推到了角落里。一顶饰有紫罗兰的帽子和几只银色的鞋子放在它珍贵的盖子上。

床上没有床罩，被子没收拾过。拉维奇可以看出乔安之前躺在哪里。好几个香水瓶立在梳妆台上。一个壁橱敞开着。好多件衣服挂在里面。她过去没有这么多衣服。乔安没有放开拉维奇的胳膊。她靠在他身上。“你喜欢吗？”

“挺好。跟你很相配。”

她点头。他感觉到她的胳膊和胸脯，不假思索地把她朝自己拉近了些。她由着他这样，很是顺从。她的双肩碰到他的双肩。她的脸很平静；最开始那轻微的激动已经全无痕迹。这张脸自信又明澈，让拉维奇感觉，那上面好像还不止是压抑的满足感——还有一丝几乎不可见的遥远阴影：她大获全胜。

奇怪，他们这么甘于卑鄙下流，他想。她要在这儿把我弄成一个不怎么样的小白脸，甚至恬不知耻地给我看她情人给她布置的小窝——同时她看上去正像是萨莫色雷斯岛上的胜利女神。

“可惜，你不能拥有这样的东西，”她说，“一套房子。人在里面感觉大不一样。跟在那些可悲的酒店房间里完全不同。”

“你说得对。还能看一看这些，真好。我走了，乔安——”

“你想走了？这就走了？你才刚到啊。”

他抓起她的手。“我走了，乔安。再不回来了。你跟别人生活在一起了。我不跟别的男人分享我爱的女人。”

她把手挣脱出来。“什么？你说什么呢？我——谁跟你说的这些？说这种话！”她盯着他。“我都想得到！当然是莫罗索夫，这个——”

“别提莫罗索夫！我用不着别人跟我讲什么。事情明明白白。”

她的脸上突然间充满了苍白的愤怒。她本来已经有把握了，现在还是成了这样。“我知道了！就因为我有了这房子，不在山鲁佐德干了！那自然定是马上就有人来养着我了！自然了！没有别的可能嘛！”

“我没说有人养着你。”

“一样。我已经明白了。你先是把人家送进那间破夜总会，然后就留我一个人，以后我刚一跟什么人说话或者刚有什么人关心我，那就意味着有人养着我了！这么一个看门的除了龌龊的想象力之外什么都没有嘛！我自身也并非什么都不是，可以独立工作，自己就可以成就些什么，这些当然进不了那个只会要小费的心灵！而你，居然是你拿这些来质问我！你害不害臊啊！”

拉维奇把她转过去，抓住她两条胳膊，把她举起来越过床脚扔到床上。“好好待着！”他说，“别胡说八道！”

她惊得呆呆躺着。“你也想打我吗？”过了一会儿，她问。

“不想。我只是希望你别再唠叨这些。”

“并不意外，”她说，声音又轻又压抑，“并不意外。”

她静静地躺着。她的脸空洞苍白，嘴巴发白，眼睛亮着死寂的光，好像玻璃一样。她的胸脯半露着，一条赤裸的腿挂在床角。“我给你打电话，”她说，“还毫不知情，我很期待，我想跟你在一起——结果出了这种事！这种事！”她鄙夷地重复了一遍，“我还以为，你是不一样的。”

拉维奇站在卧室的门口。他看着这件布置成虚伪的复古风格的房间，他看着躺在床上的乔安，他看到，这一切是多么相称啊。他为自己还说了几句话而生气，就应该什么都不说直接走掉的，那样就结束了。但那之后她会去找他，事情还是一样的。

“你，”她又说了一遍，“我没料到你也会这样。我以为你是不一样的。”

他没有回答。这一切都太卑劣了，他都快受不了了。突然间他不明白了，自己竟有三天之久一直相信，如果她不再来找他，他就再也睡不着了。这一切跟他还有什么关系呢？他拿出一支烟，把烟点上。他的嘴巴很干。他听到，那留声机仍然在响着。它又在重播一开始放的那张唱片：《我要等待》。——他走进旁边的房间，把机器关上了。

他回来时，她一动不动地躺在那里，似乎没动过，但晨衣比先前敞得更开了。“乔安，”他说，“我们这些话说得越少越好……”

“不是我开的头。”

他真想往她头上扔一瓶香水。“我知道，”他说，“是我起的头，现在我要作结了。”

他转过身，走了。可他还没走到工作室的门边，她就站在他面前了。她一把关上门，站在门前，双臂和双手压在木头门上。“好哇！”她说，“你要作结了！你作结了就走。很简单是吧？可我还有话要说！我还有很多话要说！是你，是你自己在金钟餐厅看到了我，你看到了我跟什么人在一起，夜里我去找你时，你就什么都无所谓了，你跟我睡了，早上你还是全无所谓，你还没个够，又跟我睡，所以我爱你，觉得你真太妙了，什么都不想知道，所以我从没像那样爱过你。你睡觉的时候我哭了，我吻了你，感觉好幸福，我回家去，觉得你是个圣人——可现在呢！现在你过来批评我，为的正是当初你想跟我睡觉时宽宏大量撇开忘掉的事，现在你又把这事翻出来摆到我面前，站在那儿跟个受了侮辱的道学先生似的，像个吃醋的丈夫一样闹将起来！你想要我怎样？你有什么权利这样？”

“什么权利都没有。”拉维奇说。

“你看吧！还好你至少能承认。你为什么要过来，事到如今又把这些劈头盖脸地扔给我？我夜里去找你时你为什么不这样？当然不会了，当时——”

“乔安——”拉维奇说。

她不说话了。她的呼吸急促，她盯着他。

“乔安，”他说，“你到我那儿去的那一夜，我以为你会回来。你回来就足够了。可我错了。你没有回来。”

“我没有回来？那不然是怎么回事？是一个幽灵到你那儿去的吗？”

“你到我那儿去。但你没有回来。”

“这话对我来说太高深了。我倒想知道，那有什么区别？”

“你是清楚的。我当时不懂。如今我懂了。你跟别人同居了。”

“好哇，我跟别人同居了。又来这一套！如果我有几个朋友，那我就是跟别人同居了！那我是不是应该整天锁起门来跟谁都不说话啊，就为了别让你说，我跟别人同居？”

“乔安，”拉维奇说，“别这么荒唐。”

“荒唐？谁荒唐了？你才荒唐。”

“无所谓。要我用力气把你从门前拉开吗？”

她没有动。“就算我跟人同居了，那又关你什么事？你自己说了，你不想知道。”

“好。我原本是不想知道。我以为，那都过去了。过去的事跟我无关。但我错了。这些事还是知道的好。或许我原本想要欺骗自己吧。那是我的弱点，但这也没有什么不同。”

“怎么没有不同？既然你认识到你不公正——”

“这事跟公正与不公正无关。你不仅过去跟别人好上了，现在仍然在跟别人好，而且还想这样继续下去。当时我不知道这些。”

“别撒谎了！”她突然平静地打断他的话，“这些你一直是知道的。当时也知道。”

她径直看着他的眼睛。“好吧，”他说，“无所谓，就算我原本也知道吧。那就是我不想知道。我知道却不相信。你不懂的。女人不会遇到这种情况。但你不理解也没有干系。”

她的脸上突然掠过一阵狂野绝望的恐惧。“我可不能因为你突然又冒出来了，就随随便便地把一个没伤害过我的人扔出去啊！你不懂吗？”

“我懂。”拉维奇说。

她站在那里，就像一只被赶到角落里的猫，打算跳起来，脚下的地板却突然被抽走了。“是吗？”她惊讶地说，眼中的紧张之意消失了。她双肩沉了下去。“既然你懂，为什么还要折磨我？”她疲惫地说。

“别挡在门前。”拉维奇在一把坐起来不像看上去那么舒服的沙发椅上坐下。乔安犹豫着。“过来吧，”他说，“我不会跑了。”

她慢慢地走过来，一屁股坐在沙发上。她看上去筋疲力尽，但拉维奇看得出来，她其实不累。“给我拿点喝的。”她说。

他看出来，她想赢取些时间。他无所谓。

“酒瓶放哪儿了？”他问。

“那边的柜子里。”

拉维奇打开低矮的酒柜。里面立着不少瓶子。大多数是白色的薄荷乳酒。他厌恶地打量这些酒，把它们推到一边。他在角落里找到了半瓶马爹利和一瓶苹果白兰地。装苹果白兰地的瓶子还没打开。他没动那酒，拿起了马爹利。“你现在喝薄荷酒了吗？”他回头问她。

“不喝。”她在沙发上回答说。

“好。那我就拿马爹利白兰地。”

“有苹果白兰地啊，”她说，“把那瓶苹果白兰地打开。”

“马爹利就行了。”

“把苹果白兰地打开。”

“下次吧。”

“我不想喝马爹利。我想喝苹果白兰地。求你了，打开那瓶子吧。”

拉维奇又看了看那柜子里面。右边是白色的薄荷乳酒，给另一个人准备的——左边是给他准备的苹果白兰地。一切都像家庭主妇操持好的那样井井有条，几乎让人感动。他拿起那瓶苹果白兰地，把瓶塞抽出来。说到底又有什么不行呢？喝着最爱的酒，在愚蠢的分手一幕中感伤地加入一个合适的符号。他抓起两个杯子，回到桌边。他倒苹果白兰地时，乔安打量着他。

此时过午已久，窗前一片金色。那光芒颜色更艳，天空更加明澈。拉维奇看了看表。三点多了。他看着秒针，以为它停住了。但秒针像一个小小的金色鸟喙一样，继续敲打那一圈钟点。那是事实——他在这里才待了半个小时。薄荷乳酒，他想。什么品味啊！

乔安蜷缩在蓝色的沙发上。“拉维奇，”她轻柔地说，疲惫又小心翼翼，“你又在耍什么花招吗，还是说，你真的明白？”

“不是花招。那是真的。”

“你明白？”

“是啊。”

“我就知道，”她朝他微笑，“我就知道，拉维奇。”

“那是很容易明白的。”

她点头。“我需要一些时间，我不能马上就那样。他没惹过我。我以前又不知道你还会不会回来。我不能马上就跟他说。”

拉维奇猛地放下杯子。“我们干吗要说这些细节？”

“你应该知道的啊。你应该明白这些。这个事……我需要一些时间。他可能会……我不知道他可能会干什么。他爱我。而且他需要我。他又没有办法。”

“当然没有办法。你慢慢来，要多慢就多慢，乔安。”

“不用。只要一些时间。不能马上办好，”她靠向沙发上的垫子，“这套房子，拉维奇——这跟你可能会想的不一样。我自己能挣钱。挣得比过去多一些了。他帮过我。他是演员。我在电影里演些小角色。是他帮我找的。”

“我觉得也是。”

她不在意这话。“我没有太多天赋，”她说，“我也不自欺欺人。可我想离开那夜总会。在那里是没有前途的。在这里有前途。没有天赋也行。我想要自立。你可能觉得这一切都很可笑……”

“不，”拉维奇说，“很理智。”

她看着他。

“当初你不是因为这个才来巴黎的吗？”他问。

“是啊。”

看她坐在那里，他想，像个微带哀怨之意的无辜之人，被生活和我严厉地折磨了一番。她很平静，第一场暴风雨已经退却了；她会宽恕我，如果我不快走，她还要把过去几个月的故事细细地讲给我听，这朵钢筋铁铸的兰花，我来她这里，为的是明明白白地结束这一切，结果她现在倒大占上风，弄得我都快不得不承认她是对的了。

“好了，乔安，”他说，“你现在已经走到了这一步。你会更有前途的。”

她向前探过身子。“你觉得会吗？”

“肯定会。”

“真的吗，拉维奇？”

他站起来。再等三分钟他就要听她谈拍电影的业务了。就不能跟这种人商讨事情，他想。最后你总是会成为输家。逻辑就是任他们揉捏的蜡。你应该行动，就行了。

“也不是这个意思，”他说，“这些事你最好问问你那些专家。”

“你这就要走吗？”她问。

“我必须走了。”

“你为什么不再待一会儿？”

“我得回诊所了。”

她抓起他的手，抬头看着他。“你之前说过，你把诊所的事干完了才过来。”

他思索着要不要告诉她，他不会再来了。但今天已经够了。对她和他来说都够了。她无论如何也要阻止这结果到来，但它还是会自然而然地到来。“留下来，拉维奇。”她说。

“我不能留下。”

她站起来，紧紧靠在他身边。又是这个啊，他想。旧把戏。低劣却有用。她什么都不会放过。可谁又想要求猫去吃草呢？他挣脱开来。“我必须走了。诊所里有个人快死了。”

“医生总能找到合适的理由。”她慢慢地说，看着他。

“跟女人一样，乔安。我们管理死亡，你们管理爱情。在这些事情上怎么都能找到理由，干什么都没问题。”

她没有回答。

“我们的胃也还好，”拉维奇说，“我们需要它。不然我们就没办法了。别人无能为力之时，我们就要开始让自己振作起来。别了，乔安。”

“你还会再来的吧，拉维奇？”

“别考虑这些了。慢慢来。你会自己明白的。”

他匆匆走到门口，不再往周围看。她没有跟着他。但他知道她正看着他的背影。他感到出奇的麻木——就仿佛在水下行走。

二十二

叫喊声从戈尔德贝格家的窗户里传来。拉维奇细听了片刻。他感觉，老戈尔德贝格往他太太头上扔东西或者揍她，都是不太可能的。他也没听到别的。只听到有人奔跑，然后是流亡者威森霍夫屋里一阵激烈急促的谈话声和关门的声音。

紧接着有人敲起他的门来，老板娘冲了进来。“快——快——戈尔德贝格先生——”

“什么？”

“吊死了。在窗边上吊了。快——”

拉维奇把书扔开。“警察来了吗？”

“当然没有。不然我就不来叫您了！她刚刚才发现他的。”

拉维奇跟她一起下楼梯。“有人把他放下来吗？”

“还没有。他们正扶着他——”

昏暗的屋子里，一群黑乎乎的人站在窗前。露特·戈尔德贝格、流亡者威森霍夫和另外一人。拉维奇打开灯。威森霍夫和露特·戈尔德贝格把老戈尔德贝格抱在怀里，好像抱着一个娃娃，第三个人正紧张地试图解开拴在窗户把手上那条领带打的结。

“你们把它剪断吧——”

“我们这儿没有刀啊。”露特·戈尔德贝格叫道。

拉维奇从包里拿出一把剪刀，把领带剪了。这条领带是用又厚又重的光滑绸缎做的，花了几秒钟才剪断。剪的时候戈尔德贝格的脸就紧挨在拉维奇面前。突出的眼睛，张着的嘴，稀薄的灰白胡子，伸出来的舌头，带着白点的深绿色领带，深深地陷入他满是褶皱的肿胀脖子里。——这具躯体在威森霍夫和露特·戈尔德贝格的怀里微微晃动，仿佛伴着凝固了的可怖狂笑无声地来回晃悠。

露特·戈尔德贝格的脸色通红，满是泪水，她身边的威森霍夫在躯体的重负下满身大汗，这具躯体比它生前任何时候都要沉重。两张湿漉漉的脸，惊恐万分，哀叹呻吟，它们之上沉默着那轻轻晃动的头颅，咧着嘴，朝着彼岸露出笑容。拉维奇把领带剪断后，它朝露特·戈尔德贝格落下，她叫了一声，往后退去，放开了胳膊，结果那躯体晃悠着胳膊朝边上滑去，仿佛像个怪诞的小丑一样跟着她走。

拉维奇扶住这躯体，在威森霍夫的帮助下把它放到地上。他解开领带的结，开始给它做检查。

“去电影院，”露特·戈尔德贝格喋喋不休地说，“他让我去电影院。‘露特小亲亲啊，’他说，‘你都难得消遣；为什么不去趟古塞莱斯的剧场呢，那儿正在放一部嘉宝的电影，《琼宫恨史》；何不去看一看呢？找个好位置，有扶手椅的或者包厢里的位置；去看吧，离开这悲惨的境地两个小时也算不错了。’他平静又友善地说了这些，还轻轻拍了拍我的脸蛋。‘看完后你去蒙索公园边上的甜品店吃个巧克力和香草冰激凌，去享受享受吧，露特小亲亲。’他是这么说的，我就去了，回来之后，他——”

拉维奇站起来。露特·戈尔德贝格不说了。“肯定是您一走，他马上就上吊了。”他说。

她把两个拳头挡到嘴边，“他是不是——”

“我们还要再试试看。先是人工呼吸。您懂得这个吗？”拉维奇问威森霍夫。

“不懂。不太懂。就会一点。”

“您注意看。”

拉维奇抓起戈尔德贝格的双臂，把它们往后拉，放到地上，然后再把它们往前拉到胸前，然后往后，再往前。戈尔德贝格的喉咙发出了嘎嘎的声音。“他还活着！”他太太叫道。

“不是。那是气管受到压迫。”

拉维奇又把这动作示范了几回。“好了，现在您来试试。”他对威森霍夫说。

威森霍夫犹犹豫豫地在戈尔德贝格身后跪下。“快开始吧，”拉维奇不耐烦地说，“抓住手腕，最好抓住小臂。”

威森霍夫汗流浃背。“再用力些，”拉维奇说，“把所有空气都从肺里挤出来。”

他转向老板娘。这时候这屋子里来的人多了。他招手让老板娘出去。“他死了，”他在楼道里说，“里面那是瞎折腾。就是一种必须要做的仪式，没有别的。要是还能有点用，那就该是奇迹了。”

“我们该怎么办？”

“别无选择。”

“急救站？找人抢救？那就意味着，十分钟之后警察就要来了。”

“您反正也必须找警察。戈尔德贝格夫妇有证件吗？”

“有。证件齐全。有护照和身份证。”

“威森霍夫呢？”

“有居留证。签证延长过。”

“好。那他们就没问题。您告诉他们，别提我住在这里。她回家来，发现了他，就叫喊起来。威森霍夫把他放下来，还试着做了人工呼吸，一直等到救护车来。您可以这样说吗？”

老板娘用一双鸟一样的眼睛看着他。“当然可以。反正警察来的时候我也会待在这里。我会留神的。”

“好。”

他们回去了。威森霍夫朝戈尔德贝格弯着腰，给他人工呼吸。有那么一瞬间，他们两人仿佛在地板上做柔软体操。老板娘在门口停住脚步。“女士们先生们[①]”，她说，“我必须给急救站打电话。之后，跟救护车一块过来的卫生员或者医生肯定得马上通知警察。最迟半个小时之内，警察就要来了。诸位谁要是没有证件，最好马上收拾好东西，至少把那些摊在明面上的东西收拾起来，送到地下墓穴去，在那底下待着。警察有可能搜查房间或者寻找证人。”

房间马上就空了。老板娘朝拉维奇点了点头，示意自己会指示露特·戈尔德贝格和威森霍夫怎样做。拉维奇拿起自己的包和放在剪断的领带旁地上的剪刀。领带上公司的商标都能看清。S. 佛尔德，柏林。这条领带过去至少价值十马克。还是戈尔德贝格春风得意之时买的呢。拉维奇知道这家公司。他自己也买过那儿的东西。他把自己的东西收拾进几个箱子，把箱子送到莫罗索夫的房间去。这只是出于谨慎，警察可能什么都不管。但这样更好些——对费尔南德的记忆还深刻在他心里。他下楼进了地下墓穴。

好多人在那里面激动地跑来跑去。都是没有证件的流亡者，一群法外之徒。女侍克拉丽斯和服务员让正指挥人们把箱子送进地下墓穴一间地窖一样的厢房里。地下墓穴本身已经备好了晚餐。桌子都铺好了桌布，四周都是装了面包的篮子，厨房那里传来大鱼大肉的气味。

“时间足够，”让对紧张的流亡者说，“警察不会那么快的。”

---

① 原文为法语。

流亡者没有侥幸心理。他们不习惯撞大运。他们急匆匆地拿着自己那几样东西挤进地下室。西班牙人阿尔瓦雷茨也在他们当中。老板娘把警察要来的消息传遍了整个酒店。阿尔瓦雷茨几乎像道歉一般朝拉维奇微微笑了一下。拉维奇不知道这是为什么。

一个瘦子从容地走了过来。这是语言学和哲学博士昂斯特·塞登鲍姆。“这是演习，”他对拉维奇说，“是总彩排。您要待在地下墓穴吗？”

“不。”

塞登鲍姆是个逃难六年的老前辈，他耸了耸肩。“我待在这里。没有逃跑的兴致。我不相信除了犯罪查证之外还能有别的。谁会对一个死去的德国犹太老头感兴趣呢？”

“对他是没兴趣。但对还活着的非法难民有兴趣。”

塞登鲍姆扶正自己的夹鼻眼镜。“我对那些也无所谓。您知道上回大搜捕时我干了什么？当时有个下士甚至下楼进地下墓穴来了。那是两年多以前的事。我拿了件让的服务员上衣，跟他一块端茶送饭。给警察送酒喝。”

“好主意。”

塞登鲍姆点头。“总有一天，我们连逃都逃够了。”他悄然往厨房走去，打算探明一下那儿有什么吃的。

拉维奇经地下墓穴的后门穿过院子。一只猫从他脚边走过。其他人走在他前面。他们匆匆地四散到街上。阿尔瓦雷茨还有些跛脚。或许做次手术还能改善，拉维奇心不在焉地想。

他坐在特尔纳广场边，突然感到今夜乔安会来。他说不出来这是为什么——就是一下子知道了。

他付了晚餐的钱，慢慢地走回酒店。天气暖和，狭窄的街道上，钟点酒店的招牌在傍晚的天色中发出红彤彤的光。一面面亮着的窗户的缝隙在帘子后面闪着微弱的光。一群水手跟在几个妓女身后。水手们很年轻，吵吵嚷嚷的，因酒意和夏意满身燥热，他们消失在其中一家酒店里。不知何处传来了手风琴的音乐声。一个念头像信号弹一样升起，射在拉维奇心中，四散开来，飘飘摇摇，从一片昏暗中升起一片魔幻的景象：乔安在酒店里等他，为了告诉他，自己已将一切抛下，回到他身边，扑向他，淹没他——

他站定脚步。我这是怎么啦？他想。我为什么站在这里，双手感受着空气，仿佛抚摸着一人的脖颈，一道秀发的柔波？太晚了。什么都一去不回。没有人走了还会回来。正如活过的每时每刻都不会复返。

他接着走，回酒店，穿过院子，经过后门，进地下墓穴。他从门外看到好多人坐在四处。塞登鲍姆也在，没扮成服务员，而是正当着食客。看上去危险已经过去了。他走进去。

莫罗索夫在自己的房间里。“我正要出去，”他说，“看到你的箱子还以为你又走了，去瑞士。”

“没问题吗？”

“没有。警察不会再来了。就连尸体都还回来了。案情一清二楚。尸体就在楼上；就要上灵床了。”

“很好。那我就可以搬回我的小屋了。”

莫罗索夫笑了。“这个塞登鲍姆啊！”他说，“他全程都在。拿了个公文包，里面随便放了几份文件，还带着他的夹鼻眼镜。他装成律师和保险公司的代理人，在警察面前装得挺强硬，把老戈尔德贝格的护照救下来了。他口口声声地说自己需要这护照；警察只有权拿走身份证。这就蒙混过关了。他自己有证件吗？”

“一个角都没有。”

“好啊，”莫罗索夫说，“那护照可值千金了。还有一年才到期。有人可以靠它活下去。只要不是个塞登鲍姆那样胆大包天的人，只要别非得在巴黎过活就行。照片是很容易换的。要是那位新的阿隆·戈尔德贝格太年轻了，想换个出生日期，有的是要价便宜的修改专家。现代形式的还魂转世——有本护照就能弄出好几条生命来。”

“那就是说，塞登鲍姆从现在开始要叫戈尔德贝格了？”

“不是塞登鲍姆。他拒绝了。那样有辱他的尊严。他是地下世界公民中的堂吉诃德。他有种宿命论的好奇心，想知道他这样的人会有什么下场，不会用借来的护照假冒身份的。你去用如何？”

拉维奇摇头。“我也不用。我站在塞登鲍姆那边。”

他拿起他的箱子，走上楼梯。走到戈尔德贝格一家那一层时，一个穿着黑色长袍、留着胡子和边落[1]的犹太老头走到了他前头，这张脸就像是《圣经》里的犹太族长。老头的鞋底是橡胶做的，走路时无声无息，就仿佛正悬浮在昏暗楼道里，幽暗苍白。他打开戈尔德贝格家的门，刹那间烛光一般红彤彤的光流泻出来，拉维奇听到一声奇怪又单调的哀诉，半是压抑，半是狂野，几乎像是在唱诵。是雇来哭灵的女人，他想。现在还有这种事吗？抑或只是露特·戈尔德贝格一人？

他打开门，看到乔安坐在窗边。她站起来。“你来啦！怎么回事？你为什么拿着箱子？你又得走吗？”

拉维奇把箱子放在床边。“没什么。只是小心起见。有人死了。警察得过来一趟。现在都完事了。”

“我打过电话。有人接电话，还告诉我你不住在这里了。”

“那是我们的老板娘。一如既往的谨慎机灵。”

---

① 指犹太男子按照律法在鬓角留的鬈发。

“我就跑到这里来了。房间开着门，里面空着。你的东西都不在了。我以为——拉维奇！”她的声音颤抖了。

拉维奇费力地笑了笑。“你看——我天生靠不住。不值得人太过信任。”

有人敲门。莫罗索夫进来了，手里拿了几个瓶子。“拉维奇，你把你的弹药忘了——”

他看到乔安站在昏暗之中，装作没看到她。拉维奇不知道他是不是压根就没认出她来。莫罗索夫把瓶子交给他，然后就告辞了，都没进屋。

拉维奇把苹果白兰地和武弗雷酒放在桌上。他听到之前在楼道里听过的那个嗓音从敞开的窗户外面传来。哭丧声。这声音越来越大，逐渐平息，然后重新开始。或许，在这温暖的夜里，戈尔德贝格身边的窗开着，那间放着桃花心木家具的房间里，老阿隆僵硬的身体现在已经开始慢慢腐烂。

“拉维奇，”乔安说，“我很难过。我不知道这是为什么。我一整天都很难过。让我待在这里吧。”

他没有马上回答。他感到震惊。他预想的不是这样。不是这么直接。

“待多久？”他问。

“到明天。”

“那还不够久。”

她在床上坐下。“咱们就不能把这些忘一忘吗？”

“不能，乔安。”

“我什么都不要。我只想在你身边睡一觉。或者让我在沙发上睡吧。”

“不行。我也马上就得走了。去诊所。”

“没关系。我可以等你回来。我也常常这样等着嘛。”

他没有回答。他这么平静，让自己很吃惊。他在街上感到的温暖和悸动消失了。

“你也不用非得去诊所。”乔安说。

他沉默了片刻。他知道，如果自己跟她睡了，他就没有希望了。那就像是签了一张汇票，拿什么都没法再抵补了。她会一次次地过来，索要自己已经得到的东西，每次都会要点儿什么，自己却从不给予，直到他完全掌握在她手中，而她终于厌倦地离开他，留下虚弱的他，让他心中腐朽崩坍，成为自己弱点和挫败的欲望的牺牲品。她并没有这样的意愿，她甚至不知道会这样，但事情会变成这样。只有一夜并不要紧，这么想是很容易的；但每次都有一份抵抗心随之而去，一份你这一生中永远不该败坏的东西也随之消散。天主教的教义手册以一种特别的、谨慎的畏惧之意把这称作对精神犯下的罪，即便与整个教义相悖，还是隐晦地加上一句，说这样的罪无论在此生还是在来生都是不会得到宽恕的。

“确实，”拉维奇说，“我不用去诊所。但我不希望你待在这里。”

他以为她会突然发作。但她只是平静地说：“为什么不希望呢？”

他是否应该试着向她解释呢？说到底，他能不能解释呢？“你已经不属于这里了。”他说。

“我属于这里。”

“不。”

“为什么不？”

他不说话了。她多机灵啊！他想。她提个简单的问题，让他来解释。可你要是解释，你就已经在辩解了。

“你是知道的，”他说，“别提这么傻的问题。”

“你不想要我了？”

“不想，”他说，还逆着意愿加上了一句，“不想像现在这样。”

戈尔德贝格房里单调的哭声透过窗户传来。那是对死亡的哀诉。黎巴嫩牧羊人的哀恸，回荡在巴黎的小街巷上。

“拉维奇，”乔安说，“你得帮我。”

“我对你最大的帮助，就是留你一个人待着。你对我也一样。”

她没有在意。“你得帮我。我可能会说谎；可我不想再撒谎了。没错，我是有人了。但那跟和你在一起时不一样。如果一样我就不会来这里了。”

拉维奇从兜里掏出一支烟。他感受到干燥的卷烟纸。看来确实如此。他总算知道了。这就像一把冰冷的刀，不会让人伤痛。已经确定的事从来不会让人痛苦。只有确定之前和之后才会。

“从来不是一样的，”他说，“可又总是一样的。”

我在说什么蹩脚的玩意啊，他想。都是报纸上那种悖论。你把真理说出来时，它可能会显得多卑微可怜啊。

乔安直起身子。“拉维奇，”她说，“你知道，要说人们只能爱一个人，那不是真的。有些人只能爱一个人。他们就很幸福。而另一些人彼此间纠缠不清。你是明白的。”

他把自己的烟点上。都不用往那边看，他就知道乔安是什么模样。苍白的肤色，深沉的眼睛，沉静且专注，几乎在哀哀乞求，脆弱——但永远不会被摧毁。那天下午在她家里时，她也是那副样子——就像传达天主讯息的天使一样，深信不疑，满心都是轻飘飘的信念，假托想要拯救一个人，却试图慢慢地把人钉在十字架上，好让人家不能摆脱自己。

“是啊，”他说，“那是我们的一种借口。”

“那不是借口。我们那样做的时候并不快乐。我们被投入那团混乱之中，身不由己。那样幽暗暧昧，像团乱麻，最终一场空忙——可我们必定要经历一场。我们逃不掉的。它会尾随我们，会赶上我们。我们不想那样。可它更强大。”

“你为什么考虑这些？如果那更强大，你就去追随它。”

“我是那样做的。我知道别无他法。可是——”她的声音变了，“拉维奇，我不想失去你。”

拉维奇沉默了。他抽烟，但感觉不到那烟。你不想失去我，他想，但也不想失去另外那人。就是这样。你干得出来那样的事！因此我必须离开你。不是那一个人的事——那个人很快就会被你忘掉的。反正你也为那段情事找了无数借口。可你深陷于那幽暗暧昧之中，都没法挣脱出来，这才是原因。你会挣脱出来。但那种事还会再次发生，会一次一次地发生。那幽暗暧昧就在你心中。过去我也可以那样。跟你在一起却不能那样。因此我必须摆脱你。现在我还摆脱得了。下一次——

“你以为你那是特殊情况，”他说，“那是全世界最平常的情况了。就是丈夫和情人那回事。”

“不对！”

“对的。那情况有很多花样。其中一种就是你这种。”

“你怎么可以说这种话！”她跳起来。“你绝不是这样的，你从来都不是，将来也永远不会是。另外那人相比而言……”她不说了。“不，那也不是这样的。我没法解释清楚。”

“我们这样说：安稳和冒险。这样听上去好些。这是一样的。我们想要其中之一，又不想放弃另外那种。”

她摇头。“拉维奇，”她的声音从昏暗中传来，音调震颤他的心，“这件事，我们说好话也罢，说坏话也罢，什么也改变不了了。我爱你，我至死都会爱你。这我是知道的，我心里清楚得很。你就是地平线，所有思绪都终结于你。无论发生什么都无所谓，一切都还是在你这地平线之内。那不是欺骗，不会从你那里夺走什么。因此我才不断地来这里，因此我才没有歉意，不会感到自己有罪责。”

“感情中没有罪责，乔安。你怎会想起这些？”

“我考虑过了。我考虑了很多，拉维奇。考虑的都是我的事和你的事。你从来不想完全拥有我。或许你自己也不知道。总有些东西对我来说是封锁起来的。我永远不能完全进入其中。可我想进去！我多想进去啊！总是那样，你时时刻刻都可能走掉。我永远不能安心。上次警察把你遣走，你不得不离开——也完全可能换种方式——你某一天就走了，自己走的，就是不在了，离开了，不知去哪里……”

拉维奇凝视着面前朦胧的昏暗中的那张脸。她说的话里有几分是对的。

“总是那样，”她说，“每次都是。然后就有个想要我的人出现，除我之外别无他求，想完全地拥有我，永远地拥有我，非常单纯，没有一点纠缠之处。我就笑了，我不想那样，只是想玩一玩，那好像一点危险都没有，那么轻巧就可以重新甩到一边——可之后呢，突然间事情不止那样了，出现了一种迫人的力量，我心中有种东西也动起欲念来，我抗拒，可是没用，我不属于那边，并非我心中的一切都蠢蠢欲动了，只有一部分想要，可那会推着我前行，就像一场缓慢的山崩，一开始还对它发笑，可突然间就没有可以支撑住自己的东西了，没法抗拒了。可我不属于那边，拉维奇。我属于你。”

他把烟扔到窗外。烟像一只萤火虫一样飞落到院子里。“发生的事就是发生了，乔安，”他说，“我们现在无法改变了。”

“我什么也不想改变。那会过去的。我属于你。我为什么又回来？我为什么会站在你的门前？我为什么要等着你，就算你把我扔出去，我还会再来？我知道你不相信我，觉着我有其他理由。那我有什么理由？如果另外那些能把我填满，我就不会再来了。那样我就会忘了你。你说，我在你这里寻求的是安稳。不是那样的。我寻求的是爱。”

话语，拉维奇想，甜蜜的话语。温柔虚伪的安慰剂。说什么帮助，什么爱情，什么我们属于彼此，什么还会再来——话语，甜蜜的话语。无非是话语。两具躯体之间简单、狂野、残酷的引力，要用多少话语来描述！一道幻想、谎言、情感和自我欺骗交织出的彩虹高悬于其上！看他站在这离别之夜里，看他平静地立于昏暗之中，让这场甜蜜话语像点点细雨般淋在自己身上，那些话语的意味无非是离别、离别、离别。这些话一旦说起，一切就已然没有希望了。爱之神额头染血，他是不懂话语的。

“你现在得走了，乔安。”

她站起来。“我要待在这里。让我留在这里吧。就一宿。”

他摇头。“你把我当什么了？我又不是机器人。”

她靠向他。他感到她在颤抖。

“都无所谓。让我留下吧。”

他小心翼翼地把她推到面前。“你不该跟我好，欺骗另外那个人。还有他受的呢。”

“我不能现在自己一个人回去。”

“你也不会一个人待太久的。“

“会的，我就一个人。已经有好几天了。他走了。不在巴黎。”

“这样啊——”拉维奇平静地说。他看着她。“无论如何，你至少还算坦率。别人知道跟你一起是要干什么。”

“我过来不是为了这个。”

“当然不是。”

“我本来也不用说这话的。”

“没错。”

“拉维奇，我不想一个人回家。”

“那我就送你回去。”

她慢慢地退后一步。“你不再爱我了……”她轻声说，有几分威胁之意。

“你过来就是为了听这个吗？”

“对——也为了这个。不光是为了这个——但那也是个原因。”

“上帝啊，乔安，”拉维奇不耐烦地说，“那你刚刚听到的就是一段最坦率的示爱之语了。”

她没有回答，只是看着他。“你以为不然我就会想方设法把你留在这里，不管你跟谁同居？”他说。

她慢慢地露出笑容。那不是真正的笑容——那是一道由内而外的光亮，仿佛有人在她心中点上了一盏灯，灯的光辉慢慢地越升越高，一直升到她双眼中。“谢谢你，拉维奇。”她说。过了一会儿后，她眼睛仍然看着他，小心翼翼地说：“你不会离开我吧？”

“为什么这么问？”

“你会等我吗？你不会离开我吧？”

“我想，这方面危险不大。根据和你在一起的经验来看。”

“谢谢。”她变了副模样。那么快就得到自我安慰了，他想。可她为什么不该这样呢？她相信，即便没有留下来，自己想要的也已经得到了。她吻了他。“我就知道你会的，拉维奇。你肯定是这样的。现在我走了。不用送我回家了。我可以一个人回去。”

她站在门口。“别再来了，”他说，“也别乱想。你不会毁掉的。”

“是啊。晚安，拉维奇。”

“晚安，乔安。”

他走到墙边，打开了灯。你就一定要这样，他轻轻地摇了摇身子。铸就她们的是黏土和金子，他想。是谎言和震颤。是眩晕和无耻的真实。他在窗边坐下。楼下依旧传来那微弱单调的哀悼之声。一个女人，欺骗了自己的丈夫，现在正哀悼他，因为丈夫死了。但或许也只是因为他们的宗教是那样规定的。拉维奇惊异于自己竟没有比原先更难过。

二十三

“我回来了，拉维奇，没错。”凯特·赫格斯特伦说。

她坐在自己位于兰开斯特酒店的房间里。她消瘦了些。皮肤下面的肉似乎陷下去了，仿佛是被精细的器械从里往外掏空了。线条轮廓更是明显；皮肤就像是丝绸，很容易就能撕开。

“我以为您还在佛罗伦萨——或者戛纳——或者已经回美国了。”拉维奇说。

“我这段时间一直在佛罗伦萨。待在菲耶索莱，直到我再也受不了了为止。您还记得吗，我是怎么劝您跟我一起去的？有书，有炉火，有夜晚，有宁静？书还在——壁炉里的火也在——可宁静呢？拉维奇，就连亚西西的方济各这座城市都变得喧闹了。喧闹不安，那边哪里都这样。方济各劝鸟儿向爱[1]的地方，如今是一队队穿着制服的军人在走来走去，那些人沉浸在夸耀、空话和毫无理由的仇恨当中。”

“早就一直是那样了，凯特。”

“不是那样。几年以前，我的管家还是个穿着条绒裤子和丝胶鞋的友善男人。现在他成了个大英雄，穿着高筒靴和黑衬衫，身上佩着好多把金匕首，还给人做演讲——说什么地中海必须变成意大利的，英国必须毁灭，尼斯、科西嘉和萨伏伊必须归还给意大利。拉维奇，这个可爱的民族，千百年来没赢过一场胜仗，自从人家让它在埃塞俄比亚和西班牙赢过几回之后，就发起疯来了。我的朋友们，三年以前还是理智的，如今却当真相信他们三个月内就能战胜英国。这国家都沸腾了。这是怎么回事啊？我从维也纳逃了出来，躲开褐衫军的残暴——现在我又离开了意大利，逃避黑衫军的疯狂——别处可能还有绿衫军；美国自然也有银衫军——地球陷入各色衬衫的迷乱中了吗？”

“似乎是这样。但这可能很快就会改变了，将会统一变成红色的。”

“红色？”

“是啊，血那样的红色。”

凯特·赫格斯特伦望着下面的庭院。过午已久，日光透过那里的栗树叶，滤成温柔的绿色。“真没法相信，”她说，“二十年里打了两场大战——太过了。我们还没从第一场中缓过来呢。”

“只有胜利者还没缓过来。被战胜的那一方不是。胜利让人轻率。”

“是啊，可能是吧，”她看着他，“剩下的好日子不多了，是吧？”

“恐怕不太多了。”

“您觉得，对我来说还够用吗？”

“为什么不够？”拉维奇抬头看她。她没有避开他的眼睛。“您见过费欧拉了吗？”他问。

“嗯，见了一两回。他是少数几个没染上那黑色瘟疫的人之一。”

拉维奇没有回答。他等待着。

凯特·赫格斯特伦从桌上拿起一串珍珠，让这串珠子在双手间滑来滑去。在她那细长的手指之间，珍珠就像一条贵重的玫瑰念珠。“我感觉自己就像是永远漂泊的犹太人，”她说，

---

① 传说方济各曾向鸟儿传教，让它们赞美天主。

“正在寻找宁静的途中。但我上路的时间似乎错了。无论在哪里都没有宁静了。只有这里——这里还剩了一些宁静。”

拉维奇看着那串珍珠。不成形的灰色软体动物造就了它们，是因为受到了异物的刺激，有一粒沙子钻进了壳中。偶然的刺激促生了拥有如此柔和光彩的美丽事物。我们应该记住这个，他想。“您还是想去美国吧，凯特，”他说，“要是能离开欧洲，就离开吧。现在已经不是做其他打算的时候了。”

“您想让我走吗？”

“不。但您上次不是说，您要让自己的事情步上正轨，要回美国去吗？”

“是啊。可现在我不想那样了。现在还不想回去。我还想待在这里。”

“巴黎夏天又热又不舒服。”

她把珍珠放在一边。“如果这是最后一个夏天，就不至于不舒服，拉维奇。”

“最后一个夏天？”

“是啊。最后一个，之后我就回去了。”

拉维奇沉默了。她知道什么了？他想。费欧拉跟她说什么了？

“山鲁佐德怎么样？”她问。

“我都好久不去了。莫罗索夫说，那里每天晚上都人满为患。别的夜总会也都是一样。”

“夏天也这样？”

“是啊，夏天也这样，过去这时候大多数地方都关门了。您觉得奇怪吗？”

“不奇怪。每个人都仍然打算在一切结束前把能得到的都带走。”

“是啊。”拉维奇说。

“您愿不愿带我去那里一趟？”

“当然可以，凯特。只要您愿意，什么时候都行。我以为您不想再去了呢。”

“我原先也那样以为。现在我改主意了。我也要把我还能得到的都带走。”

他又看了看她。“好的，凯特，”之后他说，“只要您愿意，什么时候都行。”

他站起来。她陪他走到门口。她靠在门口，身子很瘦，干燥的皮肤薄如绸缎，仿佛别人一碰她，她就会发出簌簌的响声。一双眼睛很是清澈，比过去更大了。她把手伸给他。这只手很热很干。“您为什么不告诉我我生了什么病？”她漫不经心地说，仿佛在问天气似的。

他盯着她，没有回答。

“我可以经受得住的，”她说，脸上闪过一道类似嘲讽的微笑的东西，但没有责备之意，“再会，拉维奇。”

失去了胃的男人死了。他呻吟了三天，吗啡也几乎不再管用了。拉维奇和韦贝尔早就知道他会死。他们本可以让他少痛苦这三天的。他们没有这样做，因为有这么一种宗教劝告你要爱邻人，禁止你缩短他的痛苦。还有一种法律保护这宗教。

“您给他家人发过电报吗？”拉维奇问。

“他没有家人。”韦贝尔说。

“或者随便哪个亲戚朋友？”

“他什么人都没有。”

“什么人都没有？”

“没有。他住处的门房来过。他从没收到过信件——除了百货商店的商品目录和反对酒瘾、肺结核、性病的宣教册子之类的东西。从没有人去看望他。手术费和住院四周的费用他都预付过了。多付了两周。门房说，他许诺把自己拥有的一切财产都给她，因为她照顾过他。她要求我们一定要把那两周的住院费退回去。她说她就跟他的母亲一样。您真应该去看看那位母亲。口口声声说她为他承担过各种各样的开支。房租也为他交了。我告诉她，他在这儿交的钱是预付的；他没理由不同样把房租也预付了。再说这些事都归警察管。于是她就咒骂我。”

“钱啊，”拉维奇说，“让人多能异想天开啊。”

韦贝尔笑了。“我们会通知警察局的。他们可以处理这事。也会把下葬的事办了。”

拉维奇又朝那个没有亲属也没有胃的男人看了一眼。他躺在那里，这一个小时里他的脸已经变样了，他三十五年的人生里，这张脸上从没有过这样的变化。他呼出最后一口气时的痉挛已然凝固，死亡严厉的面容慢慢地从中浮现出来。所有偶然的东西都融解了，死亡的迹象也逐渐模糊，不经意间，这张歪斜的平凡面孔默默变成了永恒的面具。再过一个小时就只剩下这面具了。

拉维奇走了。他在楼道里遇到了值夜班的护士。她刚刚到。“十二号房的先生死了，”他说，“他是半小时前死的。您不用守着他了。”他看到她的表情后又说：“他给您留下什么东西了吗？”

她犹犹豫豫地说：“没有。那位先生很是冷淡。过去几天里，他几乎连话都不说了。”

“是啊，他不说话了。”

护士像个家庭主妇一样看了拉维奇一眼。“他有个非常漂亮的化妆盒；整个都是银子做的。其实对于一位先生来说太精细了。还是给女士用才好。”

“您跟他说过这些吗？”

“我们有次说了这些。那是周二夜里；当时他比较平静。可是他说，男人用银东西也没问题。还说那些化妆刷太好了，如今没有那样的东西了。除此之外他就没说什么。”

“银盒子现在要给警察局了。那人没有亲属。”

护士会意地点了点头。“可惜！盒子会变黑的。刷子要是旧了，又没有人用，就会坏掉的。得先给它们洗一洗。”

“是啊，可惜，”拉维奇说，“要是给您就好了。那样至少有人还能为这些东西开心一下。”

护士露出了感激的笑容。“没关系。我没指望得到什么。快死的人很少送人东西。只有那些快痊愈的人才送。快死的人不愿相信自己要死了。因此他们不会送东西。医生先生，垂死的人有时候多可怕啊！他们死之前有时候跟人家说的都是些什么啊！”

她孩子气的红润脸蛋坦率又明净。发生在自己周围的事，只要进不了她那个小世界，她就不会在乎。将死之人就是不乖的孩子或者无助的孩子。别人照料他们，直到他们死去，然后就会有新人过来；有些会恢复健康，满心感激，另一些没有恢复健康，还有一些则会死去。就是这样而已。不是让人焦虑不安的事。乐蓬马歇清仓大甩卖时能不能把价钱压个五折——或者冉表哥会不会娶那个安妮·库图里叶——可比那些重要得多呢。

本来也是重要得多，拉维奇想。有个抵御混乱的小圈子。——不然人会变成什么样呢？

他坐在凯旋咖啡馆前。夜空苍白阴翳，天气暖和，什么地方无声无息地闪着电光。熙熙攘攘的生命在人行道上徐徐行进。一个戴了顶靛蓝色帽子的女人在他的桌边坐下。

“请我喝杯苦艾酒吗？”她问。

“好。不过别待在这里。我在等人。”

“我们可以一起等啊。”

“还是不要吧。我在等体育馆的一个女摔跤手。”

女人露出笑容。她脸上的妆太浓了，别人只能从她的嘴唇上看出这笑容。其余的一切都像是一张白色的面具。“跟我来吧，”她说，“我家可漂亮呢。而且我很棒哟。”

拉维奇摇了摇头。他把一张五法郎的纸币放在桌上。“给。再会。祝你安好。”

女人拿起纸币，把它折起来塞到袜带底下。“忧郁症？”她问。

“不是。”

“我很会治忧郁症。我有个很讨人喜欢的朋友，很年轻，”她顿了一下，又说，“胸脯跟埃菲尔铁塔似的。”

“下回再说吧。”

“很好。”女人站起来，在几张桌子之外的地方坐下。她又往这边看了几眼，然后买了一份体育报纸，读起比赛的结果来。

拉维奇盯着那不断从桌子旁边经过的拥挤人流。咖啡馆里面的乐队正在演奏维也纳华尔兹。闪电更明亮了。一群年轻的同性恋者像鹦鹉一样，一边卖弄风情，一边吵吵嚷嚷地在旁边的桌子落座了。他们留着络腮胡子，这是眼下最时髦的，他们的上衣肩部太宽，腰部太紧。

一个姑娘在拉维奇的桌旁停住脚步，注视着他。他隐约觉得她有些面熟——但这样的人他认识的太多了。她看上去就像那种最柔弱不过的妓女，绝望无助，让人一看就心生怜悯。

“您认不出我了吗？”她问。

“当然认得出。”拉维奇说。他其实认不出，“您好吗？”

“很好。但您真的认不出我了吗？”

“我忘了您的名字。但我当然认识您。我们上次见面后，已经过了很久。”

“是啊。您当时可让波波吓了一大跳，”她微笑，“您救了我的命，现在您认不出我来了。”

波波。救了她的命。接生婆。这下拉维奇想起来了。“您是吕西安娜啊，”他说，“当然了，您那时候病着。如今您身体好了。就是这么回事。所以我没马上认出您来。”

吕西安娜喜形于色。“真的！您确实记得我！多谢您从接生婆那儿要回来的一百法郎。”

“那个啊——哦……”当时他在布歇太太那儿碰了钉子后，自己出了些钱送给她，“可惜没能全要回来。”

“已经够了。我还以为钱全丢掉了呢。”

“好。您愿意跟我一起喝点什么吗，吕西安娜？”

她点了点头，小心翼翼地在他旁边坐下。“一杯钦扎诺威末酒，加苏打水。”

“您在做什么，吕西安娜？”

“我很好。”

“您还跟波波在一起吗？”

“是啊，当然了。不过他现在变了，变好了。”

“很好，”

没太多可问的。小裁缝变成了一个小娼妓。他把她缝合好了，结果就是这样。其余的事都是波波管的。她不用再害怕怀上孩子了。更多了个理由。她才刚刚上道；一点点的孩子气让她在有经验的老嫖客那里多了一重魅力——就像一个瓷器，还没有因为用得太多而被刮坏。她像只小鸟一样小心喝酒，但一双眼睛已经在游移不定了。这不是什么让人开心的情形。但也不算太让人遗憾。就只是一丝生命在滑落。“你满足吗？”他问。

她点头。他看出来，她确实是满足的。她觉得一切都很合适。没什么值得别人大做文章的。“您一个人吗？”她问。

“是啊，吕西安娜。”

“在这样一个夜晚独自一人？”

“是啊。”

她怯生生地看了他一眼，露出笑容。“我有空。”她说。

我这是怎么啦？拉维奇想。我看上去那么饥渴吗，已经到了每个妓女都愿意献给我一份待价而沽的爱情的地步吗？“去你那儿太远了，吕西安娜。我没有那么多时间。”

“我们可以不去我那里。不能让波波知道。”

拉维奇看着她。“波波从不知道这些？”

“知道的。其他人来找我，他都知道。他得留神看着我嘛，”她微笑起来，“他还太年轻。他以为，不看着我我就不会把钱给他。您的钱我就不要了。”

“所以不能让波波知道？”

“不是这个原因。不过他会吃醋的。之后他会发狂的。”

“他吃所有人的醋吗？”

吕西安娜惊讶地抬头看他。“当然不会。别的都是做生意。”

“那就只吃那些不给钱的人的醋了？”

吕西安娜犹豫起来。随后她慢慢地脸红了。“不是那个原因。只是在他觉得，还有别的什么事的时候，”她又犹豫了，“觉得我有些动情的时候。”

她没有抬起眼睛。拉维奇握住了她那只无助地放在桌上的手。“吕西安娜，”他说，“你还记得我，这样很好。你还愿意跟我走，也很好。你很吸引人，我也愿意带你走。但我不能跟由我做过手术的人上床。你明白吗？”

她抬起纤长漆黑的睫毛，很快地点了点头。“嗯，”她站起来，“那我这就走了。”

“再会，吕西安娜。祝你一切安好。小心点，别染上病。”

“好。”

拉维奇在一张纸条上写了些什么。“如果你还没有这个，就去买一些。这是最好的。也别把所有钱都给波波。”

她笑了笑，又摇了摇头。她是明白的，他也知道，尽管如此她还是会把钱都给波波。拉维奇目送她的背影，直到她消失在人群中。然后他朝服务员招了招手。

戴着蓝色帽子的女人过来了。她观看了这一幕。她扇着那份叠起来的报纸，咧开嘴，露出一口假牙。“你要么是阳痿，要么是同性恋，甜心，”她走过去时友善地说，“祝你好运，多谢你啦。”

拉维奇穿过温热的夜。电光在屋顶上飘摇。空气静止着。到了卢浮宫旁，他发现大门亮着灯。门都开着。他走了进去。

今天又是夜场展览。一部分展厅亮着灯。他穿过埃及展，那里就像是一座灯火通明的巨大坟墓。三千年前的君王们化作石头，或蜷坐或站立，一动不动地用花岗岩眼睛凝视着一群群逛来逛去的学生、戴着过时帽子的妇女和一脸无聊的年长男人。一股尘埃、死气和不朽的气味。

希腊展厅里，几个姑娘在米洛的维纳斯前说悄悄话，她们跟它毫无共同点。拉维奇站定。见过了埃及人的花岗岩和绿色正长岩后，这大理石显得颓废又柔和。丰腴得有些温柔的维纳斯有点像一个家庭主妇，正在心满意足地洗澡，漂亮且头脑空空。杀死蜥蜴的阿波罗[①]简直是个还需多加锻炼的同性恋者。但他们站在展厅里，于是死掉了。埃及的那些就不会因此死

① 指的是公元前4世纪希腊雕塑家普拉克西特列斯的名作《杀蜥蜴的阿波罗》。

掉；他们就是为陵墓和庙宇而造的。希腊人需要太阳、空气，和让雅典的金色阳光倾泻而下的石柱。

拉维奇继续往前走。有楼梯的大厅冷冷地向他迎面而来。萨莫色雷斯的胜利女神像骤然间高悬于一切之上。

他好久不见这尊像。上次见她是在灰暗的一天，当时大理石显得很不好看，在博物馆的冬日暗光里，胜利的公主也犹豫起来，都冻僵了。可现在她高高地站在楼梯之上，立于大理石船头突出的部分之上，被聚光灯照亮，光彩夺目，一双翅膀伸展开来，衣裙被风吹得紧贴在迈步向前的身体上，明快光亮，准备好了展翅飞翔。她身后仿佛有萨拉米斯葡萄酒色的大海呼啸，天空蒙上了一层期许的幽暗天鹅绒。

她不懂得道德。她不懂得种种问题纠结。她不知道风暴和鲜血背后的漆黑。她知道胜利和失败，而这两者几乎是一样的。她不是诱惑，她是飞翔。她不引诱人；她漠不关心。她没有秘密——可与隐藏起自己的性器官又从而将其彰显的维纳斯相比，她更令人血脉偾张。她近似飞鸟、船只——风、浪和地平线。她没有故乡。

她没有故乡，拉维奇想。但她也不需要故乡。她以天下行船为家，哪里有勇气和战争，就以哪里为家，甚至失败，只要是不曾绝望的失败，也是她的家。她不只是胜利女神——她也是充满冒险精神的女神和流亡者的女神——只要流亡者不放弃希望。

他环顾四周。大厅里已经没有人了。学生和拿着旅行指南的人们都回家去了。回家——那些没有归属的人，除了另一个人短暂澎湃的心潮之外，还能以别处为家吗？爱情击中无家可归之人的心，让他们如此动摇，完全占据他们身心，原因不就是这个吗？——因为他们别无其他了？他不是正因此还曾经试图避开她吗？而她不是追了上来，追上了他，把他击倒？在异国他乡光滑的冰面上重新站起来，要比在熟识之处亲切的土地上难。

有什么东西吸引了他的视线。某个小小的、翩翩飞舞的白色的东西。原来是只蝴蝶，肯定是穿过开着的大门飞了进来。它从不知何处飞来，或许是从杜伊勒里宫温暖的玫瑰花圃中，被两个恋人从自己芬芳的睡梦中惊起，又被灯光晃了眼，那灯火就像陌生的太阳，太多了，令它迷惘——它逃进了这大门里，逃进了藏匿在门后面的黑暗中以寻庇护——现在它无望又勇敢地在这大厅里四处翩跹，可能会葬身于此——它会疲惫，将在一个壁架上、一个突出的窗台上或者在这高高在上、容光焕发的女神肩上入睡，到了早上，它将去寻找鲜花和生命和花朵中清澈的蜜，却找寻不到，早晚会在千年之久的大理石上再次睡下，已然变得虚弱，直到那些柔弱却可靠的脚再也抓不住东西了，它会跌落，成为过早到来的秋一片狭长的落叶。

多愁善感啊，拉维奇想。胜利女神和流亡的蝴蝶。多低廉的象征符号。可是，除了低廉的东西、低廉的符号、低廉的情感、低廉的感伤之外，又有什么能打动人呢？到底是什么让它们如此低廉？可是因为它们真实得太过明显？危在旦夕之时，附庸风雅的情调也就烟消云散了。蝴蝶消失在半明半暗的穹顶中。拉维奇走了出去。外面温暖的空气迎来，温热得如同在洗浴。他站定脚步。低廉的情感！他自己不就受着天下最低廉的情感摆布吗？他凝视着宽阔的庭院，数个世纪的阴影蛰伏于此，他感觉仿佛突然挨了拳头的击打。这一击几乎让他踉跄。展翅高飞的白色胜利女神又在他眼前一闪而过——可在她后面，阴影中浮现的是另一张脸，一张低廉的脸，一张珍贵的脸，他的幻想囚于这张面孔之中，如同一张印度纱巾落入一片满是荆棘的玫瑰丛里。他使劲拉扯，但荆棘勾着不放，牢牢地抓着那些金色的丝线，它们已经紧紧纠缠在一起，眼睛都无法完全区分开，哪个是长满荆刺的花枝，哪个是闪闪发亮的织物。

面孔！面孔！谁会去问它是低廉还是珍贵。是独一无二还是千篇一律？事情开始前，你大可以发问——但一旦你被捕获，你就不再明了。你深陷爱情的囹圄中——而不是被某个恰好冠上了爱情之名的人捕获。已然目眩于幻想之火，谁还能评定优劣呢？爱情是不懂价值的。

天低低地压下来。无声的电光瞬间把硫磺似的积云从夜空中撕下。长着千万只盲眼的闷热气息盘踞在屋顶上，不成定形，拉维奇沿着里沃利路走。拱廊下的橱窗亮着。人流熙熙攘攘地从这些橱窗前走过。一列车流反映着灯光，明晃晃的。我行走在这里，他想，是千万人中的一员，在这些陈列出来的亮闪闪的废物和珍贵商品旁边慢慢地走过，双手插在兜里，是一个夜游人——血液在我身体里颤动，在那两捧软体动物般的组织块组成的、不断搏动的灰白色阡陌交通——所谓的大脑中，一场看不见的鏖战正酣，让真显得假，假显得真。我感觉到有手臂推搡到我，有身体从我身边擦过，有眼睛在打量我，我听到汽车声、说话声，坚实的现实在沸腾，我身处现实之中，却离它比月亮更远——身处于一个星球之上，位于超越逻辑和事实的彼岸，有什么东西在我身体里呼喊着一个名字，明知并不是那个名字，却仍然在呼喊，它的呼喊遁入一片寂静之中，那里已经回响着很多呼喊，却从没给予过任何回应，它知道得不到回应，却仍然呼喊着那个名字，那是爱欲之夜和死亡之夜的呼喊，销魂之际和意识崩溃之时的呼喊，原始森林和茫茫荒漠中的呼喊，我或许能听到千种回应，这一种却超乎我之能，是我永远得不到的。

爱情！这个名字之下定然掩藏了多少啊！从皮肤上的款款柔情到精神中的荒远动荡，从最简单的成家心愿到死亡之念带来的战栗，从没有意识的情热到雅各与天使的抗争[①]。看我在这里行走，拉维奇想，一个四十多岁的男人，在很多学校受过教育，曾被打倒，又重新站了起来，经历过风雨，认识到很多，曾被岁月滤选，变得更为严厉，学会了批判，也变得更为冷酷——我不想要爱情，我不相信爱情，原本也不曾想到它还会再来——可现在已然至此，一切经验都无济于事，一切认识只能让它更为熬煎——在情感的烈焰上，还有什么比干枯的玩世不恭和危难岁月中积攒的木柴烧得更旺呢？

他走啊走啊，夜广阔无际，空旷回响；他失魂落魄地继续走着，也不知走了几小时还是几分钟，他在拉斐尔大街后面的花园里回过神时，只是稍稍有点吃惊。

帕斯卡路上的房子，往上看去一层层都是苍白的——楼上的工作室，有几间还亮着灯。他找到了乔安工作室的窗户。它们亮着。她在家呢。不过她也可能不在家，只是亮着灯而已。她讨厌走进黑漆漆的屋子。就跟他一样。拉维奇朝街那边走。几辆车停在房前，其中有一辆黄色的敞篷车。那是辆普通汽车，装饰得像辆跑车一样。可能是另外那人的车。这就是演员会开的那种车。红色的皮座椅，仪表盘像飞机的一样，安了一车没必要的仪器——当然了，那肯定是他的。我在嫉妒吗？他惊讶地想。嫉妒这个她偶然牵连上的对象？嫉妒某个跟我毫不相干的东西？你可以为一段已经转身离去的爱情吃醋——但不能为它调转的方向吃醋。

他回到公园里。黑暗中传来花香，混杂着泥土和绿草褪下燥热后的气味。这气味很浓烈，就像下雷雨之前那样。他找到

---

① 指《圣经·创世记》中雅各与天使摔跤并没有失利，被神赐名为以色列。这个故事历来有多种诠释方法，如犹太人认为它暗指犹太民族和敌对者的斗争，基督教将其解释为教徒抱定信仰不松懈，现代心理学认为它指的是雅各与自己的影子斗争后重生并获得新的身份。

一张长凳，坐了下来。我不是这种人，他想，错过了爱情，在这里坐在一张长凳上，候在那个已经离开他的女人房前，看着她的窗户！我不是这种人，被一种欲念震颤，这欲念他可以详细剖析，却还是无法主宰！我不是这种人，不是这里的这个傻瓜，只要能倒转时间，得回那个满头金发的镜花水月，听她在自己耳边喋喋不休地说那些千篇一律的废话，宁愿献出几年的光阴！我不是这种人——那些借口托辞都见鬼去吧——坐在这里，妒火中烧，支离破碎，满心凄苦，宁愿一把火烧掉那辆汽车！

他摸出一支烟。火光微弱。看不见的烟缭绕。火柴如短暂的彗星坠地。他为什么不上楼进那工作室？又能怎样呢？还不算太晚。灯还亮着。他大概可以控制住局面的。他何不带她出来？既然他现在已经什么都明白了？带她出来，带她走，再不放开她？

他凝视着黑暗。那又有什么用呢？又会发生些什么呢？他不能把另外那人扔出去。你不能把任何东西和任何人从另一个人心里扔出去。她之前来找他时，他不是本可以接受她吗？为什么没那么做呢？

他把烟扔开。因为那还不够。就是这个原因。他还想要得更多。即便她来了，即便她回来了也不够，即便她把一切都忘了，让一切都过去了，那也永远不够，他永远都不会满足，异样而可怖。有什么东西走上了歧路，不知何时开始，幻想的光束不再照射到那面本该截住它、再把炽热的光反射回去的镜子里，如今那光束射到镜子外面，射入一片昏暗的永不满足当中，再没有什么可以让它回来，这一面镜子不行，纵再有千万面镜子也不行。它们只能截住这光束的一部分，但永不能再把它召回。它早已迷失，在爱情的空旷天幕边缘神出鬼没，只能用光亮的雾填满这片天空，那雾也不再有形态，不再会在爱人的头上架起一弯彩虹。那一圈魔魅的环破碎了，悲叹长留，希望却碎成了一片片。

有人从那房子里出来了。一个男人。拉维奇直起身子。一个女人跟在后面。他们在笑。不是他们。其中一辆车子启动了，开走了。他又拿了一支烟。本来能够挽留她吗？如果不是这样，他能够留住她吗？可我们又能留住什么呢？只能留住一种幻觉，几乎再无其他了。可幻觉还不够吗？我们可曾得到过幻觉以外的东西吗？谁又对生命的黑色漩涡有些许了解，那奔流澎湃于种种感官之下的、不可名状的黑色漩涡，因感官而从空洞的呼啸变成实物，变成桌子和灯和家乡和你和爱情？我们只有一种预感和一片可怖的朦胧。那还不够吗？

不够。只有当你还满心相信的时候才够。一旦水晶在疑虑的重锤之下碎裂，我们就只能把它黏合，却仅此而已。黏合，自欺欺人，打量那曾是皎白光彩的碎光！什么都不会回来。什么都不会变回原来的模样。什么都不会。即便乔安回来，也不会再是过去那样了。黏合过的水晶。时机已经错过了。她无论如何也不会再回来。

他感到一种无法忍受的尖锐痛苦。有什么在撕扯他的心，片片撕碎。上帝啊，上帝啊，他想，我竟如此能忍。竟能忍受这些。我从背后观察自己所为，但这无济于事。我知道，即便我得到所求，还是会再次失掉它，可纵使知道也不能消除我的渴望。我剖析这渴念，就像解剖停尸房台子上的一具尸体——可它反而比过去更鲜活千倍。我知道，总有一天这会过去——但仍然于我无助。他用一双晕眩的眼凝视着楼上的窗，感觉自己滑稽得可怕——但此情仍然无解。

突然，一道沉闷的雷从城市上空隆隆滚过。雨点拍打在灌木丛上。拉维奇站起来。他看到街道洒上了点点黑色的银。雨开始唱。巨大的雨点打在他脸上，暖暖的。突然间，他不知道自己是滑稽还是悲惨了，也不知自己是否痛苦了——他只知道，他还活着。他活着！他存在，那情愫又捕获了他，震颤着他，他不再是旁观者了，不再是局外人了，那无法控制的情感耀目的光辉再次奔流于他的血管，就像火焰奔涌在高炉的管道中，他是幸还是不幸，几乎是无所谓的了，他活着，全身心都感受得到自己活着，这就够了！

他站在雨中，雨像一架天上的机关枪一样朝他俯射。他站在那里，他就是雨和风暴，水和泥土，天边而来的电光在他身体里纵横交错；他是造物，是元素；一切都不再有名字，因而一切都变得孤独，一切都是同样的，爱情，倾泻的水，屋顶上苍白的火，仿佛向上隆起的土地，再没有界限，他也归属其中，幸与不幸只不过是空壳，生活的强烈感触和感觉自己活着的鲜活感受汇成的漩涡把这些空壳甩走。“你在那楼上，”他朝着那扇亮着的窗说，他在笑，却不知自己在笑，“你是微光，你是海市蜃楼，你这张面孔对我有种奇特的强力，虽说这星球上还有千百万张别的面孔，有的更好、更美、更聪明、更让人认同、更忠诚、更理智——你是个偶然，在一个夜里闯到我的路上，落到我的生命中，你是被水流冲来的情感，没有思想，只会占有，在睡梦中匍匐于我的皮肤之下，你，我对你几乎一无所知，除了知道我在抗拒，因此你就向我扑来，直到我不再抗拒，然后你又想要更多——向你问好！我站在这里，本来还以为自己再不会这样呆立。雨水流淌在我的衬衫间，比你的双手和皮肤更温暖更凉爽更柔软；我站在这里，如此凄惨，嫉妒的利爪在撕扯我的心肝，同时我渴望你，鄙视你，钦佩你，崇拜你，因为是你抛出了燃着的闪电，而那电光休憩于每个人心怀中，正是生命的火花，黑色的火焰；我站在这里，不再像是羁旅世间的死者，有点玩世不恭，有点尖酸刻薄，又有着些许的勇气，我不再是冰冷的；我又有了生气，或者说又感到了痛苦，但重新张开双臂迎接生命的雷雨，重新降生在生命质朴的强大力量之中！赞颂你，心踪永不停歇的圣母，说着罗马尼亚口音的胜利女神。幻梦和欺骗，幽暗神祇破碎的镜子，一无所知的人啊——感谢你！我永远不会把这话对你说，因为你会无情地拿去为自己所用，可你让我重新得到的东西，是柏拉图也好星辰一般的菊花也好，逃难也好自由也好，所有诗也好所有怜悯同情也好，绝望也好最崇高坚韧的希望也好——是这些都不能给我的：简单、强大、直接的生命，在这个灾难和灾难之间的时代，那生命对我来说就像犯罪一样！问候你！感谢你！我必须离开你才能知道这些！我向你致意！”

雨成了一张闪闪发光的银色帘幕。灌木散发出沁香来。泥土有种强烈的感恩的气味。有人从房子里冲出来，把那辆黄色敞篷车的顶篷拉下来。无所谓。什么都无所谓。看那夜呵，它把雨水从星辰上倾倒下来，神秘丰饶的雨泼洒在石头城市的条条街道和座座花园上，千百万朵鲜花用自己五彩缤纷的生殖器承接这雨；雨则投洒在千百万株枝繁叶茂的强劲树木间，钻入泥土当中，以赴与千百万条热望它的根的婚约；雨，夜，自然，生长，它们存在，并不在意毁灭、死亡、罪犯、虚假的圣人、胜利或失败；它们年年岁岁都在，这一夜，他也是它们中的一员，破开的壳，舒展的生命，生命，生命，生命，问候你，赞颂你！

他迅速地穿过花园和街道，他没有往回看；他走啊走啊，布洛涅林苑的树冠像一个嗡嗡作响的巨大蜂巢一般欢迎他；雨擂在那些树梢上，它们应声摇摆，他感觉自己仿佛重新变得年轻了，就像第一次去找女人。

二十四

“您来点儿什么？”服务员问拉维奇。

“您给我拿一杯……”

“什么？”

拉维奇没有回答。

“我没听明白，先生。”服务员说。

“随便给我拿点什么吧。”

“茴香酒怎么样？”

“好……”

拉维奇闭上眼睛，然后又慢慢睁开。那男人仍然坐在那里。这回不可能是看错了。

哈克坐在门边的桌子旁。他独自一人，正在吃东西。桌子上放了个盛着两份半只龙虾的银盘子，还有一瓶放在冰桶里的天然干香槟。一个服务员站在他的桌边，往他的蔬菜沙拉里调配番茄。拉维奇把这一切看得太过清楚，这一切就像蜡上的浮雕一般烙印在他眼底。哈克把酒瓶从冰桶中拿出来时，他看到一枚带盾徽的红石头印章戒指。他认出了那枚戒指和那只白胖的手。他在那无数有条有理的疯狂组成的漩涡中见过这枚戒指，当时他倒在行刑台旁，在一阵晕厥后被抛回到刺眼的灯光下——哈克在他面前，谨慎地后退几步，以便不让泼到拉维奇身上的水溅到自己一尘不染的制服上——那只太过白皙的胖手伸着，朝他指着，还用温柔的声音说：“这才刚刚开始。这还算不了什么呢。您现在想把名字告诉我们吗？还是说，我们应该接着来呢？我们还有好多办法呢。我看到，您的手指甲还好好的呢。”

哈克抬头看他。他径直看着拉维奇的眼睛。拉维奇用上了全身的力气让自己坐稳。他拿起那杯茴香酒喝了一口，强迫自己慢慢地往沙拉碗那边瞅，仿佛对服务员拌菜很感兴趣似的。他不知道哈克是不是认出他来了。他感觉自己的后背在一分钟之内湿透了。

过了一会儿，他又往那张桌子上扫了一眼。哈克正在吃龙虾，正看着自己的盘子。他的秃脑袋上反着光。拉维奇往四周看了看。这餐厅里坐满了人。动手是不可能的。他没带枪，如果真扑向哈克，下一刻就会有十个人把他拉回来。两分钟之后警察就会来。除了等待和跟踪哈克之外别无他法。只能弄清楚他住在哪里。

他逼着自己抽了支烟，等烟抽完了才再望向哈克那边。他慢慢地往四周看了看，仿佛在找人似的。哈克刚刚吃完他的龙虾。他手里拿着一块餐巾，用它擦了擦嘴唇。他擦嘴唇时用的不是一只手，而是两只。他有些紧张地抓着餐巾，把嘴唇擦得干干净净的——先擦一边，再擦另一边，就像一个在卸唇妆的女人。他边擦边专注地看着拉维奇。

拉维奇的视线继续游移。他感觉到哈克在盯着他看。他朝服务员招手，让他再给自己拿一杯茴香酒。这时候另一个服务员在给哈克收拾桌子。他把剩下的龙虾拿走，又给空杯子续上酒，端来一盘奶酪。哈克朝草垫上的一块汤汁四溢的布里奶酪指了指。

拉维奇又抽了一支烟。过了一会儿，他眼角的余光再次感受到哈克的视线。这可不是偶然了。他觉得自己的皮肤都缩紧了。如果哈克已经认出他来——他叫住了从旁边经过的服务员：“您能把我的茴香酒拿到外面去吗？我想坐在露台上。那儿更凉快。”

服务员犹豫了：“如果您在这儿付钱的话会好些。外面就是别的服务员了。您付完钱我可以把杯子给您拿出去。”

拉维奇摇了摇头，拿出一张钞票。“我可以在这儿喝完这杯，出去再点一杯。那就不至于出乱子了。”

“很好，先生。谢谢您，先生。”

拉维奇一口气喝完那杯酒。哈克听他说话来着，他知道的。拉维奇说话时哈克就不吃了。现在他又吃了起来。拉维奇又静静地坐了一会儿。如果哈克已经认出他来了，就只有一种办法：他自己装作没认出哈克来，躲藏起来继续盯着他。

几分钟后，他站了起来，溜溜达达地往外走。外面几乎所有桌子都坐满了人。拉维奇站了一会儿才找到一个位置，从那里能看到餐厅里哈克那张桌子的一角。哈克本人倒是看不到；不过哈克起身离开时，拉维奇肯定能看到他。拉维奇要了一杯茴香酒，马上付了账。他想做好随时跟着哈克走的准备。

“拉维奇——”有人在他身边说。

他吓了一跳，好像被人打了似的。乔安站在他身边。他盯着她看。“拉维奇——”她又说了一遍，“你不认得我了吗？”

“认得，当然认得。”他盯着哈克的桌子。服务员站在那里，拿了咖啡过来。他喘了口气。还有时间。

“乔安，”他费劲地说，“你怎么到这儿来了？”

“什么问题啊！人人都每天来福克餐厅吃饭嘛。”

“你一个人吗？”

“对。”

他看到，她仍然站着，他自己却坐着。他站起来，这样就斜对着哈克的桌子了。“我在这里有点事，乔安，”他匆匆地说，都没看她，“我没法跟你解释是什么事。但我在这儿用不着你。你得让我一个人待着。”

“我会等着的，”乔安坐下，“我要看看那女人长什么样子。”

“什么女人？”拉维奇不解地问。

“你等的那个女人啊。”

“我没等女人。”

“那你等什么？”

他看着她。“你没认出我来，”她说，“你想把我支开，你很激动——我知道肯定是有个人。我倒要看看那是谁。”

五分钟，拉维奇想。也可能要喝十或十五分钟的咖啡，哈克可能还要抽支烟。可能会抽一支吧。他得设法在那之前摆脱乔安。

“好，”他说，“我不能拦着你。但你要换个地方坐。”

她没有回答。她的眼睛更明亮了，她的脸也紧张起来。“我没等女人，”他说，“再说，活见鬼了，就算是女人跟你又有什么关系？你都跟你那演员搞上了，还吃我的醋，简直可笑。”

乔安没有回答。她的身子随着他的视线转来转去，她试着辨出来他在找谁。“别找了。”他说。

“她跟另一个男人在一起吗？”

拉维奇突然坐下了。哈克之前已经听到他想去露台坐。如果哈克认出了他，他就会产生怀疑，会去看他待在哪里。那么，跟一个女人一起坐在外面，会显得更自然，更无关紧要。

“好吧，”他说，“待在这儿吧。你想的都是空穴来风。之后我要站起来走掉。你要跟我一起到出租车那边，但不能跟我一起走。你愿意吗？”

“你为什么这么神秘？”

“我不神秘。那儿有个男人，我好久不见他了。我想知道他住在哪里，就是这样。”

“不是个女人？”

“不是。是个男人，这方面的事我不能跟你再多讲了。”

服务员站在桌边。“你想喝什么？”拉维奇问。

“苹果白兰地。”

“一杯苹果白兰地。”服务员拖着脚走开了。

“你不喝吗？”

“不了，我喝这儿这杯。”

乔安打量着他。“你都不知道，有时候我有多恨你。”

“有可能。”拉维奇扫了一眼哈克的桌子。酒杯，他想。颤巍巍的、流光溢彩的酒杯。街道、桌子、人—— 一切都在摇摆的酒杯中沉浸成凝胶。

“你冷漠、自私——”

“乔安，”拉维奇说，“这些事我们下次再说。”

服务员把酒杯放在她面前时，她不说话了。拉维奇马上付了账。

“你让我陷进了这一切——”随后她挑衅似的说。

“我知道——”一瞬间他看到哈克的手在桌子上方，又白又胖，正在拿糖。

“就是你！不是别人！你从没爱过我，就是跟我玩玩。你都看出来我爱你，却无动于衷。”

“没错。”

“什么？”

“没错，”拉维奇说，都不看着她，“后来事情就不一样了。”

“好啊，后来！后来！后来什么都乱了。后来已经太迟了。是你的责任。”

“我知道。”

“不要这样跟我说话！”她的脸色煞白，满脸怒气。“你都没好好听着。”

“我听着呢！”他看着她。要谈话，随便谈些什么，说什么都无所谓。“你跟你那个演员吵架了吗？”

“对。”

“会过去的。”

那个角落里升起青烟来。服务员又去倒咖啡了。哈克好像并不急着走。“我本来也可以跟你说我们没吵架，”乔安说，“我也可以说，我是偶然来这里的。可我不是那种人。我就是找你来着。我想离开他。”

“人总是想离开。那很正常。”

“我害怕他。他威胁我，说要开枪打死我。”

“什么？”拉维奇突然抬起眼睛。“怎么回事？”

“他说要开枪打死我。”

“谁？”他之前只听进去一半。随后他明白了。“是这样啊！你不会信这话吧？”

“他大发雷霆，好吓人的。”

“胡说！说这种话的人是不会那么干的。演员更是绝对不会。”

我在说什么啊？他想。就这样了吗？我在这儿想干什么？随便找一个人的声音，随便找一张脸盖过我耳中的轰鸣。这些跟我有什么关系？“你干吗给我讲这些？”他问。

“我要离开他。我要回到你身边。”

如果他叫出租车，我拦下一辆前至少要等几秒钟，拉维奇想。等到车子开起来，可能就太晚了。他站起身。“你在这儿等着。我马上就回来。”

“你想干什么——”

他不答话。他迅速穿过步行道，拦了一辆出租车。“给您十法郎。您能不能等我几分钟？我在那里面还有些事干。”

司机看了看钱，接着又看了看拉维奇。拉维奇眨眨眼睛。

司机也朝他眨眨眼睛。他慢慢地来回摇了摇那张钞票。“这是另给您的，”拉维奇说，“您懂的，为什么我——”

“懂了，”司机咧开嘴笑了，“好的，我就在这里等着。”

“您停车要停得可以马上开出来。”

“好的，老板。”

拉维奇急匆匆地挤过杂乱的人群回去。他喉咙里骤然一紧。他看到哈克站在门底下。他没听到乔安在说什么。“等着！”他说，“等着！马上的！就一会儿！”

“不要！”

她站起来。

“你会后悔的！”她几乎在抽噎了。

他费劲地扯出一个微笑。他紧紧抓住她的手。哈克仍然站在那里。“坐下吧，”拉维奇说，“就一会儿！”

“不！”

她的手想从他的掌握中拉扯出来。他放开她。他不想引人注意。她飞快地走了，从桌子之间走了过去，贴着门走了过去。哈克看着她的背影。然后他慢慢地往回看了一眼，朝拉维奇望去，接着他又往乔安走的方向望了望。拉维奇坐下了。突然间，血在他的太阳穴勃勃跳动。他拿出自己的钱包，装作在找什么的样子。他注意到，哈克慢悠悠地从桌子之间一路过来了。他漠然地朝相反的方向望去。哈克走到那里时肯定会从他的视线中穿过。

他等待着。似乎过了无比漫长的一段时间。突然间，一种疯狂的恐惧将他攫住。如果哈克调头回去怎么办？他匆匆转过头去。哈克不在那里了。一瞬间，一切都反转了。“我可以坐下吗？”有人在他身边问道。

拉维奇没有听到这话。他往门那边望去。哈克没有回餐厅。要跳起来，他想，跑着追上去，试着追上他。他身后那声音又开腔了。他转过头盯着那边。哈克转到他背后来了，现在正站在他身边。他正指着乔安坐过的那把椅子。“我可以坐下吗？没有别的空桌子了。”

拉维奇点头。他说不出话来。他的血倒流回去，汹涌地流啊流啊，仿佛流到椅子底下，把身体像个空口袋一样抛下了。他的后背死死地压在椅背上。酒杯还在。浑浊黏稠的液体。他举起酒杯把酒喝了。杯子很沉。他朝杯子看了一眼。杯子安安稳稳地拿在他手里。颤抖只是他血管里的。

哈克要了一杯香槟产特优干邑白兰地。来一杯陈年的特优香槟产干邑白兰地。他说法语时带着浓重的德语口音。拉维奇朝一个报童招了招手。“来份《巴黎晚报》。”

报童朝大门那边看了一眼。他知道，卖报的老太太就在那里。他把报纸递给拉维奇，仿佛不经意般地把报纸折了起来，抓过硬币，匆匆走掉了。

他肯定是认出我来了，拉维奇想，不然他干吗要过来？他原本没料到会这样，现在只能在这里待着，看看哈克想干什么，然后随机应变。

他拿过报纸，读了新闻标题，又把报纸放在桌上。哈克看着他。“晚上好。”他用德语说。

拉维奇点头。

哈克微笑。“我眼睛挺尖，是吧？”

“看来是。”

“我在餐厅里面就看到您了。”

拉维奇专注又漠然地点点头。他紧张至极。他想象不到哈克打算干什么。哈克不可能知道他这是非法待在法国。但盖世太保也可能是知道这些的。不过这些事还不急。

“一眼就认出您来了。”哈克说。

拉维奇看着他。“那条疤痕，”哈克说着指了指拉维奇的额头，“军团的学生[1]吧。看来您肯定是个德国人。或者在德国上过大学。”

他笑了。拉维奇依旧看着他。不可思议！太可笑了！他一下放松了，深深地吸了口气。哈克并不知道他是谁，还以为他的伤疤是决斗留下的呢。拉维奇笑了。他跟哈克一同大笑着。他必须攥起拳头，让指甲深嵌入手中，才能停下来。

“对不对？”哈克洋洋自得地问。

“对，正是如此。”

他额头上的伤疤。那就是在哈克眼前、在盖世太保的地牢里被人打出来的。当时鲜血流进了他的眼睛里，又流进嘴里。现在哈克却坐在这里，以为那是决斗留下的伤疤，还为此洋洋自得。

服务员端来了哈克的香槟产特优白兰地。哈克享受地来回闻了闻那酒水。“他们这儿有这个，”他说，“好白兰地！除此之外——”他朝拉维奇眨眨眼睛。“什么都烂。整个民族都靠退休金过活。除了安稳和好日子之外什么都不要。比不了我们。”

拉维奇想，他说不了话。他相信自己一旦说话，就会把杯子一把举起来，扔到桌子上，把杯子砸碎在桌沿上，然后把尖利的碎片插到哈克眼睛里。他小心又费力地拿起杯子，把酒一口气喝光，又把杯子静静地重新放下。

“这是什么酒？”哈克问。

“茴香酒。代替苦艾酒的。”

“啊，苦艾酒。就是那东西让法国人雄风不振的，是不？”哈克微微一笑，“抱歉！这话不是说您。”

---

① 18 世纪末出现于德意志国家的学生社团总称为“德国学生军”，这种学生社团在政治上倾向于右翼，一战以后，很多社团学生都支持国家社会主义。

“苦艾酒被禁了，”拉维奇说，“这儿这杯是无害的替代品。苦艾酒可能会让人不育，不是让人不举，所以被禁了。这儿这杯用的是茴香。喝起来像甘草水。”

还行，他想，还行，甚至没让我太冲动。他可以轻巧地对答如流。有一个漩涡深藏于他心中，发出嗖嗖的啸声，黑沉沉的——表面上却风平浪静。

“您在这里生活？”哈克问。

“对。”

“很久了吗？”

“一直在这里。”

“明白了，”哈克说，“德国侨民。您出生在这里吧，是不？”

拉维奇点头。

哈克喝他的特优白兰地：“我们国家有几个最厉害的人都是德国侨民出身。元首的副手就出生在埃及。[①]罗森贝格出生在俄国。[②]达雷是从阿根廷来的。[③]态度决定一切，是不？”

“确实啊。”拉维奇说。

“我想也是。”哈克的脸上充满了满足感。随后他在桌子上方微微躬身，看样子他似乎在桌子底下还扣了下两脚鞋跟。“顺便一提——不揣冒昧——在下冯·哈克。”

拉维奇重复了一下这套礼仪。“霍恩。”这是他之前用过的一个假名字。

“冯·霍恩？”哈克问。

“对。”

---

① 指鲁道夫·赫斯（1894—1987），纳粹党和纳粹德国的副元首，出生在埃及的亚历山大港。

② 阿尔弗雷德·罗森贝格（1893—1946），纳粹党的思想领袖和最早的成员之一，出生于俄罗斯帝国爱沙尼亚省列威利（今爱沙尼亚塔林）。

③ 瓦尔特·达雷（1895—1953），1933—1942 年间担任第三帝国粮食和农业部部长，被称作“帝国农民元首”，出生在布宜诺斯艾利斯。

哈克点头。他表现得更亲密了。毕竟他遇到了一个跟他同一阶层的人。“您很了解巴黎吧？”

“挺了解的。”

“我的意思是：不只是了解这些博物馆。”哈克圆滑老练地咧开嘴笑了笑。

“我知道您是什么意思。”

这个充满雅利安种族优越感的大老爷可能想去过一把花天酒地的日子，却不知道该怎么办，拉维奇想。要是他可以带着他去什么地方，去一个偏僻的角落，找个荒郊野外的小酒馆，或者找家没人去的窑子——他飞快地思索。哪里都行，只要没人打扰和阻止他。

“这儿什么都有，是不？”哈克问。

“您在巴黎待得还不久吧？”

“我每隔两周就过来待两三天。算一种监察工作吧。挺重要的。去年我们在这儿建立了各种组织。进展特别顺利。这方面我不能跟人说，不过——”哈克笑了，“——我们在这儿几乎什么都能花钱买。这儿的人是一伙子腐化分子。我们想知道的几乎都能知道。都不用去找。他们自己就给送来了。背叛祖国倒成了某种爱国主义。这是党派系统的后果。每个党派都会出卖另一个党，出卖国家，为的是自己获利。对我们很有好处。我们在这儿有很多同志。都在有权有势的圈子里。”他举起酒杯，审视了一下，发现杯子空了，又把它放回去。“他们这儿连武装准备都不做。还以为只要他们不武装起来，我们就不要他们怎么样。要是您知道他们飞机和坦克的数目——这些积极准备自杀的家伙得让您笑死。”

拉维奇认真地听他说话。他专注至极，尽管如此，一切都飘浮在他四周，就像马上要醒来时的那种梦。桌子、服务员、晚间熙熙攘攘的甜美生活、穿梭掠过的一队队汽车，房屋上方的月亮、房前挂着的彩色霓虹灯广告牌——还有他对面这个健谈的谋杀犯，杀人如麻，也毁掉了他的生活。

两个穿着紧绷绷的定制套装的女人走了过来。她们朝拉维奇微微笑了笑。那是奥西里斯的伊芙特和玛尔特。她们今天休息。

“真靓，好家伙。”哈克说。

找条小路，拉维奇想。一条空无一人的狭窄小路——如果我能带他去那里的话。或者进布洛涅森林。“那是两位靠爱情为生的女士。”他说。

哈克看着她们的背影。“看着很不错。您肯定很了解这儿的这些事情吧，嗯？”他又要了一杯特优干邑。“我可以请您喝一杯吗？”

“谢谢，我就接着喝这杯好了。”

“这里好像有一些绝妙的小店。有那种很棒的地方，还有表演之类。”哈克的眼睛闪闪发光。它们闪闪发光，一如当初，多年以前，在盖世太保地牢光秃秃的灯下。

我不能想那些事，拉维奇想。现在不行。“您从没去过那些地方吗？”他问。

“我去过几家。为了研究研究嘛，自然啦。要看看一个民族能堕落到什么地步。但肯定是没去过那些真正的好地方。我当然得谨慎一些。可能叫人家误会嘛。”

拉维奇点头。“您不用担心这个。有些地方从没有游客去。”

“您知道那些地方吗？”

“当然了。甚至挺熟悉的。”

哈克喝了他的第二杯特优干邑白兰地。他显得更亲热了。在德国时会有的那些拘束感都无影无踪了。拉维奇感觉，哈克什么都不知道。“我刚才还盘算着，今天去逛逛。”他对哈克说。

“真的吗？”

“真的。我偶尔会去逛逛。凡是我们能了解的，都应该了解了解。”

“说得对！这话很对！”

哈克呆滞地看了他片刻。把他灌醉，拉维奇想，如果没有别的办法，就把他灌醉，拽到什么地方去。

哈克的神色变了。他没有醉，他只是在思索。“可惜，”他终于说，“我倒真愿意跟您去。”

拉维奇什么都没说。他想避免让哈克产生丝毫怀疑。

“我今天夜里得去柏林了，”哈克看了看表，“过一个半小时就走。”

拉维奇十分平静地坐着。我得跟他一起去，他想。他肯定住在一家酒店里。没有私人住宅。我得跟他一起去他的房间，在那儿结果了他。

“我正在这儿等两个熟人，”哈克说，“他们肯定马上就到了。他们跟我一起走。我的东西已经送到火车站了。我们从这里直接去坐火车。”

完了，拉维奇想，我为什么没带着手枪？我真是白痴，过去这几个月里怎么会相信当时只不过是个错觉？我本来可以在街上开枪把他打死，再试着跑进地下通道逃走。

“可惜啊，”哈克说，“不过我们或许可以下次再去。过两周我会再来这里的。”

拉维奇又喘上气来了。

“好的。”他说。

“您住在哪里？到时候我可以给您打个电话嘛。”

“我住在威尔士亲王酒店。就在对面那条街边上。”

哈克拿出笔记本，把地址记下来。拉维奇看着那个有着柔软的红色俄国皮革面的精致小本。那支铅笔又细又长，笔杆是金子做的。这本子里面写的可能是什么呢？他想。或许是会致使人遭受酷刑、走向死亡的信息吧。

哈克把笔记本塞回去。“之前跟您说话的女人好漂亮啊。”他说。

拉维奇回忆了片刻。“她啊——是啊，很漂亮。”

“演电影的？”

“差不多。”

“您跟她很熟？”

“马马虎虎。”

哈克出神地看着前方。“这就是在这儿难办的事——很难认识个可人儿。时间太少，找不到合适的机会——”

“是有这种事。”拉维奇说。

“是吗？您就没有兴趣吗？”

“什么兴趣？”

哈克尴尬地笑了。“比如说对跟您说话那位女士的兴趣。”

“丝毫没有。”

“老天爷，能跟她也不坏啊！她是法国人吗？”

“我想是意大利人。还混了几个其他种族的血。”

哈克咧嘴笑了。“不坏。回家去自然不能这么搞。但在这儿人们都隐姓埋名嘛，多多少少的。”

“您是那样的吗？”拉维奇问。

哈克愣了一秒。接着他露出笑容。“我懂了！对特殊知情人士当然无所谓——但对于其他人可严得很。另外，我突然想起来了——您跟流亡者有什么联系吗？”

“没什么联系。”拉维奇谨慎地说。

“可惜！我们很愿意对某些——您懂的，信息——我们甚至会出钱买——”哈克抬起手来，“您自然不在乎钱！尽管如此，最细微的消息——”

拉维奇注意到，哈克仍然在看着他。“有可能，”他说，“毕竟我们永远都不知道——总有可能发生点什么。”

哈克把自己的椅子拉近了些。“这是我的任务之一，您知道吧。这叫里应外合。这挺难，有时你得去接近对方。我们在这儿有些不错的人手，”他会意地扬了扬眉毛，“我们自己人之间自然就不一样了。这是义不容辞的事。毕竟事关祖国嘛。”

“理应如此。”

哈克抬起眼睛。“我的熟人过来了。”他把账单算好后，放了几张钞票在瓷盘子上。“每次都直接把账单价目放在盘子里，挺方便的。我们也可以借鉴这个。”他站起来，伸出手。“再见，冯·霍恩先生。今天很高兴。过两周我给您打电话，”他微笑道，“当然会谨慎的。”

“没问题。您别忘了。”

“我什么都不会忘。每一张脸和每一个约定都不会忘。我担不起嘛。因为我的职责。”

拉维奇站在他面前。他有种感觉，仿佛自己必须把胳膊撞穿一座水泥墙。接着他感到哈克的手在他手里。这只手很小，软得出人意料。

他又犹豫不决地站了片刻，目送哈克的背影。接着他重新坐下了。他感到自己突然间发起抖来。过了一会儿，他付了账，走了。他往哈克走的那方向去。随后他想起来，自己看到他跟另外两人一起上了一辆出租车。跟踪他是没用的。哈克的酒店房间已经退了。假使他偶然在什么地方再次见到自己，最多就是让他生疑而已。拉维奇转过身，回国际酒店去了。

“你做得很理智。”莫罗索夫说。他们坐在圆点广场边的一个咖啡馆前。

拉维奇看着自己的右手。他用酒精把这只手洗过几遍。他洗手时觉得自己很傻，但不洗就是不行。现在手上的皮肤干得像羊皮纸一样。

“你要是真干了些什么，那才是疯了呢，”莫罗索夫说，“幸好你身上什么都没带。”

“是啊。”拉维奇不太坚定地回答。

莫罗索夫看着他。“你不是那种白痴，不会情愿因为谋杀或者谋杀未遂上法庭。”

拉维奇没有回答。

“拉维奇——”莫罗索夫把瓶子重重地放在桌上，“别胡思乱想了。”

“我没有胡思乱想。可你明白吗，浪费了机会这个念头在我心里挥之不去？要是早两个小时，我就可以把他拖到什么地方去——或者干些别的什么——”

莫罗索夫给两个杯子倒上酒。“喝了吧！这是伏特加。他还会再落到你手里的。”

“也可能不会了。”

“你会逮住他的。他会来的。他这种人会来的，你已经放了个好鱼饵出去。干杯！”

拉维奇把那杯酒一饮而尽。

“我还是可以去巴黎北站。看看他是不是坐车走了。”

“当然可以。你也可以尝试着在那里开枪打死他。——至少蹲二十年监牢。这类念头你还有别的吗？”

“有。我也可以去看一眼他是不是走了。”

“然后被他看见，前功尽弃。”

“我应该问问他，在哪家酒店投宿。”

“然后让他生疑，”莫罗索夫又给杯子倒满酒，“听着，拉维奇，我知道，现在你坐在这里，以为自己把什么都做错了。别这样想啦！如果你愿意，可以去打坏个什么出气。随便打坏个又大又不是很贵的东西。要我说就国际酒店的棕榈盆景。”

“没用的。”

“那你就讲讲。讲讲这事，讲累了为止。把话都从心里说出来。讲到你自己平静下来。你不是俄国人，不然你就懂了。”

拉维奇直起身子。“鲍里斯，”他说，“我知道，耗子是一定要消灭掉的，而且绝对不能跟它们对咬。可这些事我不能讲，而是要思考一下。考虑考虑我可以怎么做。我会像准备手术一样为这事做准备，能做什么准备就做什么准备。我会适应的。我有十四天的时间。这样很好。这样是真他妈好。我还可以冷静下来，而且适应这冷静。你说得对。你可以把一件事来来回回地讲，讲到厌烦为止，这样就平静慎重了。但你也可以把一件事情来来回回地想，想到厌烦为止，效果是一样的。要想的就是仇恨。故意冷静地来来回回地想这深仇大恨。我要在脑子里把他一遍遍地杀死，这样到他回来的时候，杀死他就跟一个习惯差不多了。干第一千次时就比干第一次时要慎重平静些。现在我们来谈谈吧。但是要谈些别的。例如说说那边的白色玫瑰！你看看那些花！在这个闷热的夜里那就像是白雪。就像是夜晚躁动波涛上的浪花。这下你满意了吗？”

“不满意。”莫罗索夫说。

拉维奇沉默了。

“到我们已经把这事聊过百遍之后，我才会满意。”莫罗索夫说。

“好。你好好看看这个夏天。一九三九年的夏天。闻上去有股硫磺的气味。玫瑰看上去已然像是下一个冬天乱葬岗上的积雪。可面对此景，我们这个社会还蛮其乐融融的，是不？作壁上观的世纪万岁！道德情感僵化的世纪万岁！今夜会有很多人死于非命，鲍里斯。每一夜都如此。很多人被杀戮。一座座城市成为火海，不知何处的犹太人在哀嚎，捷克人倒毙在森林里，中国人被日本人的汽油焚烧，持着鞭子的死神从一座集中营缓缓走向另一座——这种情况下，当一个杀人犯将被铲除之时，我们应像多愁善感的妇人一样吗？我们要逮住他，消灭他，就这样——这些事，我们以前对那些无辜之人做了一遍又一遍，而他们只不过是穿的制服跟我们不一样……”

“好，”莫罗索夫说，“或者至少是好些了。你之前学没学过怎么用刀子？刀子不会那么响。”

“今天就别跟我说这些了。我得去睡觉，怎么也得睡下。鬼知道我能不能睡着，尽管如此还是得安心去睡。你明白吗？”

“明白。”

“这一夜我会一遍遍地杀死他。两周之内我必须变成一个机器人。重要的是把这段时间打发过去，也就是我第一次睡着以前的这段时间。喝个酩酊大醉是没有用的。打镇静剂也没用。我必须疲惫到睡着。那样到了第二天才能好起来。你明白吗？”

一时间莫罗索夫静静地坐着。“去找个女人。”随后他说。

“那有什么用吗？”

“多少有些用。跟女人睡觉总是好的。给乔安打个电话。她会过来的。”

乔安。没错。之前她也在。她还说了些什么。他已经把那些话忘掉了。“我不是俄国人，”拉维奇说，“还有别的建议吗？说点简单的。就要最简单的。”

“老天爷啊！别那么纠结！摆脱一个女人最简单的方法，就是偶尔再跟她睡一次。让她别多做幻想。谁会拿自然的生理行为大做文章呢？”

“是啊，”拉维奇说，“谁会那样呢？”

“那就让我去打个电话。我打电话让她来。我这门房不是白当的。”

“别去。我们就喝酒赏玫瑰吧。一阵机关枪扫射后，死人的脸在月光下可以白得像那花一样。有次在西班牙见过那样的。天空是法西斯的发明，那个五金工人帕布洛·诺纳斯当时就是这么说的。他还剩下一条腿，对我有些埋怨，因为我没把他另一条腿放在酒精里保存起来。他感觉自己已经有四分之一入土了。还不知道是狗把那条腿偷走啃掉了——”

二十五

韦贝尔走进包扎室。他招呼拉维奇。两人走出去。“迪朗打来电话。他希望您马上过去一趟。说有个特殊病例，情况很不寻常。”

拉维奇看着他。“那就是说，他弄砸了一台手术，现在想把它推给我，是吧？”

“我觉得不是。他很激动，好像不知道自己该怎么做。”

拉维奇摇了摇头。韦贝尔沉默了。“他到底怎么知道我回来了？”拉维奇问。

韦贝尔耸了耸肩。“不知道。可能是从哪个护士那儿听来的吧。”

“他为什么不给比诺打电话？比诺很能干啊。”

“这话我已经跟他说过了。他告诉我，这是一个特别复杂的病例。正好是您的专业领域。”

“胡说。在巴黎，每个专业领域都有很多很有本事的医生。他怎么不给马尔特尔打电话？那是世界上最好的外科医生之一了。”

“您还想不到那是为什么吗？”

“当然想得到。他不想在同行面前出洋相嘛。找个打黑工的流亡医生就不一样了。那样的人肯定会闭上嘴不乱说嘛。”

韦贝尔看着他：“事情很急。您想去吗？”

拉维奇把白大褂上的带子扯开。“当然去，”他气冲冲地说，“不然我还能怎样？但您不跟我一块儿去，我就不去。”

“好的。我们可以开我的车去。”

他们下楼。韦贝尔的车在诊所前的阳光中闪闪发亮。他们上车。“只有您也在那儿待着，我才干，”拉维奇说，“不然天知道那老兄会不会给我下套。”

“我觉得眼下他不会想那些。”

车子开动了。“我见过别人的事，”拉维奇说，“我在柏林时认识一个年轻的助理医生，他具备成为一名好外科大夫的全部资质。他的教授喝了个半醉还做手术，切错了一刀，什么都没声张，让那助理医生接着干；助理医生没有注意到这些——过了半小时，那教授闹腾起来，把切错的那刀推给年轻人。病人在手术中死了。年轻人一天之后也死了，自杀的。教授接着做手术，接着大喝特喝。”

他们在马尔索大街停下；一列卡车沿着伽利略街哓哓作响地开来。炎热的阳光透过车窗。韦贝尔按了仪表盘上的一个按钮。活动车棚慢慢滑了下去。他骄傲地看了拉维奇一眼。“这是我新近装上的。电动的。太棒了！看看人们都发明了什么啊，嗯？”

风从敞开的车顶吹进来。拉维奇点了点头。“是啊，真棒。最新的发明是有磁力的水雷和鱼雷。如果没打中目标，它们还能转个弯回去，直到打中为止。我们这个种族出奇地有创造力。”

韦贝尔把红脸膛转向他。这好脾气的人满脸光彩。“您又说打仗啊，拉维奇！我们离打仗比月亮还远。这方面的流言蜚语只不过是一种政治上的高压手段，没有别的，您相信我吧！”

皮肤如青色的珍珠母。脸色如灰。面孔周围一头浓密的金发在手术室的白色灯光下如火焰般燃烧。这头金发在土灰色的脸周围燃烧得夺目，几乎显得有些淫荡。只有这头秀发还活着，光芒四射地活着，叫喊着，仿佛这生命已经从身体中逃出，仅仅依附在头发上。

躺在那里的年轻女子非常美丽。身材苗条颀长，即便是深度昏迷的阴影也不能损害到那张脸半分——这女子就是为奢华和爱情而生的。

女人几乎没流什么血。太少了。“您把子宫打开了？”拉维奇问迪朗。

“对。”

“后来呢？”

迪朗没有回答。拉维奇抬起眼看他。迪朗盯着他。

“好，”拉维奇说，“眼下我们不需要护士了。我们有三个医生，这就够了。”

迪朗做了个手势，点了点头。护士和助理医生退下去了。

“后来呢？”他们走后，拉维奇又问了一遍。

“您自己看就知道了啊。”

“不知道。”

拉维奇看出来了，但他希望迪朗把这些在韦贝尔面前说出来。这样更保险。

“怀孕三个月。有些出血。必须刮宫。就做了刮宫。似乎伤到了内壁。”

“还有呢？”拉维奇接着问。

他看着迪朗的脸。这张脸上充满了无能为力的怒火。他要恨我一辈子了，他想。光是因为让韦贝尔也一同听到，就够他愤恨了。

“穿孔了。”迪朗说。

“用刮宫勺穿的？”

“当然了，”过了一会儿，迪朗说，“不然用什么？”

出血已经完全止住了。拉维奇沉默地继续检查。然后他直起身来。“您给穿了个孔，没有注意到，还让一段肠子进到穿的孔里了。您没看出来发生了什么。可能以为那是胎儿的一块胞衣，把它给刮了，伤到了。是这样吗？”

迪朗的额头上突然间满是汗水。口罩下的胡子动来动去，仿佛他在大口大口地咬着这胡子。

“可能是这样。”

“您这手术已经做多久了？”

“您来之前，总共三小时又一刻钟。”

“内出血。小肠受伤。败血症风险异常高。肠子一定要缝合起来，子宫要切除。马上动手。”

“什么？”迪朗问。

“您自己也知道。”拉维奇说。

迪朗的眼神游移起来。“是，我知道的。我让您过来为的不是这个。”

“我能跟您说的就只有这个。您把您的人手重新叫进来，接着干活。我给您出谋划策——快点。”

迪朗嘴里咀嚼了几下。“我太激动了。您愿不愿意替我做这手术？”

“不行。我呢，您知道嘛，在法国是不合法的，没权做手术嘛。”

“您……”迪朗刚张嘴又不说了。

医疗辅助人员、刚出校门的学生、按摩师、助理医师，这些人都称自己是德国来的医生——拉维奇没忘记迪朗对拉瓦尔说过什么。“这方面的事拉瓦尔先生跟我讲了一些，”他说，“在我被驱逐出境之前。”

他看到韦贝尔抬起头。迪朗没说什么。“韦贝尔医生可以替您做了这手术。”拉维奇说。

“可您也常常替我做手术啊。如果价钱——”

“跟价钱没有关系。我回来之后就不再做手术了。尤其不给那些没准许医生做这种手术的病人做手术。”

迪朗盯着他。“我们现在也不能为了询问病人，就把人家从麻醉状态唤醒啊。”

“可以的，我们可以的。但您要冒败血症的风险。”

迪朗的脸汗湿了。韦贝尔看着拉维奇。拉维奇点点头。“您的护士们可靠吗？”韦贝尔问迪朗。

“可靠——”

“我们不需要那助理医生，”韦贝尔对拉维奇说，“我们这里有三个医生和两个护士。”

“拉维奇——”迪朗说不出话来。

“您本来应该给比诺打电话的，”拉维奇说，“或者马隆，要不然马尔特尔。都是一流的外科医生。”

迪朗没有回答。

“现在您愿不愿意在韦贝尔面前说，您给子宫造成了穿孔，还把一段肠子当成胎儿胞衣，对它造成了损伤？”

等了一段时间。“愿意。”迪朗这才用沙哑的声音说。

“您还愿不愿意声称，您请求偶然在场的韦贝尔跟我一起充当您的手术助手，完成子宫切除术、肠切除术和一场吻合手术？”

“愿意。”

“您愿不愿意为这场手术及其结果承担责任，并为患者并未知情且没有给与许可这一事实承担责任？”

“愿意，当然愿意。”迪朗嘶哑地说。

“好。您把护士叫来。我们用不着那助手。您告诉他，您已经允许韦贝尔和我协助您给这一复杂的特殊病例做手术。就说这是您过去应允我们的之类。麻醉的事您可以继续接管。护士是不是得给自己重新消次毒？”

“没必要，她们很可靠，什么都没碰。”

“那样更好。”

腹腔敞开着。拉维奇无比小心地把那段肠子从子宫的洞里抽出来，用消过毒的纱布把它一段一段缠起来，以防出现败血症，最后把受伤的那部分抽出来。随后，他把子宫用纱布完全遮好。“宫外孕，”他对韦贝尔喃喃地说，“您看看这里—— 一半在子宫里，一半在输卵管里。甚至没法全怪在他身上。这是相当少见的病例。尽管如此——”

“什么？”迪朗在手术台病人脑袋那侧的遮帘后面对他说，“您说什么？”

“没什么。”

拉维奇把肠子夹好，做了切除手术。随后他迅速地把敞开的两个端口缝上，做了个侧边吻合术。

他感受到做手术的紧张感，忘记了迪朗。他把输卵管和输送血液的血管都扎好，把输卵管切掉了一段。随后他动手把子宫切出来。为什么不会多流些血？他想。当你把生命的奇迹和继续造就这种奇迹的能力一同切除时，这些东西流的血为什么不如心脏多？

躺在这里的这个美人没有生命了。她可以活下去，但已经没有生命了。她成了传宗接代之树上一条枯死的枝条。还在开花，但失去了结出果实的秘密。巨大的猿人历经千万代，披荆斩棘地走出漆黑的森林，埃及人建造了庙宇，希腊文化繁荣昌盛，血脉神秘地汩汩流淌，不断向上，向上，结果最后造就了这个人，她就像干瘪的麦穗一样，不会再把这血脉传递给儿子或女儿。这链条被迪朗那只粗鲁的手折断了。可迪朗不也是千万代人造就出来的，古希腊和文艺复兴开花结实不也是为了他吗？为了造就他这个长着山羊胡子的朽木死灰？

“令人作呕。”拉维奇说。

“什么？”韦贝尔问。

“各种各样的事。”

拉维奇直起身子。“干完了。”他看着麻醉架后面那张没有生气的可爱脸庞和那头灿烂的秀发。他又看了看桶里那满是血污的东西，正是这东西让这张脸如此美丽。随后他看着迪朗。“完了。”他又说了一遍。

迪朗终止了麻醉。他没有看拉维奇，他等着护士把推车推出去，然后跟着车子走了，什么都没说。

“明天他会为这场手术多要五千法郎，”拉维奇对韦贝尔说，“还会跟她说，他救了她的命。”

“眼下他看上去不像是会那么干啊。”

“一天是挺长的一段时间。后悔则是短暂的。尤其是在悔意可以转变成生意的情况下。”

拉维奇洗了手。透过白色洗手台旁的窗玻璃，他看到对面的窗台上盛放着红色的天竺葵。一只灰猫坐在簇簇花下。

夜里一点钟，他给迪朗的诊所打了个电话。他这电话是从山鲁佐德打去的。夜班护士说，那女人在睡觉。两个小时前她一度很不安稳。当时韦贝尔在，给她稍微打了点镇静剂。似乎一切正常。

拉维奇打开电话间的门。一股浓烈的香水味迎面而来。一个头发染成淡金色的女人快步走进女洗手间，一副很骄傲的样子，仿佛在向谁挑衅。诊所里那女人的头发是真正的金发。带点红色的灿烂金发！他点了支烟，回山鲁佐德去。一成不变的俄国合唱团在那里唱着一成不变的《黑眼睛》；二十年来，这合唱团把这首歌唱遍了全世界。一出悲剧，却长达二十年，就有了让人发笑的危险，拉维奇想。悲剧一定要短暂。

“不好意思，”他对凯特·赫格斯特伦说，“我这电话不打不行。”

“没事吧？”

“目前看来没事。”

她为什么要这么问？他迷惑地想。她自己又并非一点事都没有。“这儿有您想要的吗？”他指了指那个装着伏特加的玻璃瓶子。

“没有。”

“没有？”

凯特·赫格斯特伦摇了摇头。

“这是夏天。夏天我们不应该窝在夜总会里。夏天我们应该坐在露台上。要我说就坐在一棵哪怕是患了肺痨的树旁边，围在一圈铁栏杆里也行。”

他抬起头，眼睛正对上乔安的双眼。她肯定是在他打电话那段时间里过来的。之前她不在那里。她坐在对面的角落里。

“您想去别处吗？”他问凯特·赫格斯特伦。

她摇头。“不想。您呢？去坐到一棵患了肺痨的树底下？”

“那种地方的伏特加大多也患了肺痨。还是这儿的好。”

合唱团不唱了，音乐换了。乐队奏起一首布鲁斯。乔安站起来，朝舞池走去。拉维奇看不清楚她。也看不清楚她跟谁在一起。只有惨淡的蓝色聚光灯每次扫过舞池之时，她才出现在光线中，然后又消失在昏暗朦胧之中。

“您今天做手术了吗？”凯特·赫格斯特伦问。

“嗯……”

“做完手术后，晚上坐在一家夜总会里是什么感觉？是不是跟离开一个战场，回到一座城市时一样？还是就像大病一场后重返人生？”

“不总是那样。也有时候就只是很空虚。”

乔安的双眼在那惨淡的光束中是透明的。她望着他这边。并不是心在动，拉维奇想。是胃在搅动。太阳神经丛猛地震颤了一下。人们已经为这种感觉写过千万首诗。那震颤也不是从你那里而来，你这块微微冒汗的、漂亮的、舞着的肉——它来自我大脑中的暗室——每当你翩跹地穿过那光束之时这震颤更加强烈，这两者之间的关联只是偶然而松散的。

“那不是有次在这里唱歌的那个女人吗？”凯特·赫格斯特伦问。

“对。”

“她不在这里唱了吗？”

“我想是这样的。”

“她很美。”

“是吗？”

“是啊。她甚至不只是美。那张脸上明明白白地展现着生命。”

“可能是吧。”

凯特·赫格斯特伦从狭长的眼角打量着拉维奇。她微笑了，是那种可能以泪水作终的微笑。“您再给我倒杯伏特加，喝完我们就走吧。”她说。

拉维奇起身时感觉到乔安的目光。他挽起凯特的胳膊。没有这个必要，她自己也能好好地走；但他感觉，让乔安看到这一幕，对她可能也没什么坏处。

“您愿不愿意帮我一个忙？”凯特·赫格斯特伦问，这时他们已经在她位于兰开斯特酒店的房间中。

“当然愿意。只要我能办到。”

“您愿不愿意跟我一起去参加蒙特福尔家的舞会？”

“那是什么啊，凯特？我从没听说过。”

她在一把扶手椅上坐下。椅子对于她来说太大了。她坐在那上面显得纤细脆弱——就像中国的舞人俑一样。她眼睛上面的皮肤绷得比以前更紧。“蒙特福尔舞会是巴黎夏天最重要的社交活动，”她说，“下周五在路易 · 蒙特福尔的别墅和花园里举办。这些事您没听说过吧？”

“没听说过。”

“您愿意跟我一起去吗？”

“我真可以去吗？”

“我会给您弄张请柬。”

拉维奇看着她。“为什么要这样，凯特？”

“我想去，又不想一个人去。”

“不然您就得一个人去吗？”

“不然我就会一个人去的。我不想跟过去那些人一起去。我已经受不了跟他们一起去了。您明白吗？”

“明白。”

“那是巴黎最好的游园会，也是最后一次了。过去的四年里我每年都去。您愿意帮我这个忙吗？”

拉维奇知道她为什么想跟自己一起去。那样她会安心一些。他没法拒绝。

“好的，凯特，”他说，“您不用让人特意邀请我。我相信，只要人们知道您会带人去，应该就可以了。”

她点头。“自然。谢谢，拉维奇。我马上给索菲 · 蒙特福尔打电话。”

他站起来。“那我周五来接您。您打算穿什么去？”

她抬起眼睛看了看他。灯光在她熨帖的头发上投下一道锐利的影。像蜥蜴的头一样，拉维奇想。瘦削轻灵的完美形体，纤细、干枯又严厉的高雅风姿，永远不会获得健康。“这就是我此前一直没告诉您的事，”她稍微犹豫了一下后说道，“这是场化装舞会，拉维奇。游园会要办成路易十四的宫廷。”

“上帝啊。”拉维奇重新坐下了。

凯特·赫格斯特伦笑了。她突然像孩子那样自由无邪地笑了。“那边有陈年的好白兰地，”她说，“您要喝一杯吗？”

拉维奇摇头。“那些人真是什么都想得出来！”

“每年都有类似的。”

“那就是说，我得——”

“我会把一切都准备好的，”她很快地打断他，“您什么都不用管。服饰的事我来办。就找些简单的衣物。您连试穿都不用。把您的尺码告诉我就行。”

“我想，我还是需要喝杯干邑白兰地。”拉维奇说。

凯特·赫格斯特伦把酒瓶推给他。“现在您可别说不去了。”

他喝了白兰地。十二天，他想。还有十二天，哈克就重回巴黎了。这十二天必须得打发掉。十二天——他的生活只剩下这些时日，这以外的东西他都没法去想。十二天—— 一道深渊在那之后张开巨口。无论他怎么打发过这段时间都无所谓。化装舞会——这茫然无措的两周里，又有什么称得上荒诞呢？

“好吧，凯特。”

他又去了一趟迪朗的诊所。长着金红色头发的女人在睡觉。她额头上渗出大滴大滴的汗珠。一张脸上有了血色，嘴巴微微张着。“发烧吗？”他问护士。

“三十七度八。”

“好。”他朝那张湿漉漉的脸俯下身子。他感觉到她的呼吸。那气息里已经没有乙醚了。那呼吸纯净得像百里香。——百里香，他回忆起黑森林中的一片山间草场，屏住气息匍匐在烈日下，躲避着头顶上追踪者的呼喝声——还有百里香令人迷醉的香气。奇怪，什么都会忘记，只有气味忘不了。百里香——即便再过二十年，它的气味也能把逃进黑森林那天的情景从记忆遍布尘埃的缝隙中拽出来，仿佛那就在昨天。不是再过二十年，他想——再过十二天。

他走了，穿过温暖的城市，回酒店。快三点了。他步上楼梯。他的门前放着一个白色的信封。他拾起信封，那上面写着他的名字，但没有邮票和邮戳。乔安，他想，打开了信封。一张支票掉了出来。是迪朗。拉维奇漠不关心地朝上面的数字看了一眼。然后他又看了一眼。他无法相信。不是通常的两百法郎，而是两千法郎。迪朗肯定是害怕得要死，他想。迪朗自愿给了他两千法郎——简直是世界第八大奇迹了。

他把支票放进钱包里，把一捆书放在自己床边的桌子上。他两天以前买了这些书，为的是睡不着觉时读一读。书很奇怪——它们对于他来说越发重要了。书不能取代一切，但它们可以触及其他别的东西都无法触及的地方。他记得，最初的几年里他一本书都没碰过，跟发生过的事情相比，书显得苍白无力。可现在它们已经成了一道墙壁——即便书无法守护什么，人还是可以依靠书。它们没太大用处；可是在一个快步奔向幽冥的时代，书可以保护人，让人不至于完全陷入绝望。这就够了。曾几何时，人们想出了一些观念，如今这些观念遭人鄙夷、受人嘲笑，但它们已经被人想到了，而且会留存下去，这就够了。

他开始看书之前，电话响了。他没有拿起听筒。电话响了很久。几分钟之后，电话已经不响了，他拿起听筒，问门房是谁打的电话。“她没有说自己叫什么。”那人说。拉维奇听出来，门房在吃东西。

“是个女的？”

“是的。”

“带口音的？”

“这我不知道了。”那人继续吃起东西来。拉维奇往韦贝尔的诊所打了个电话。那里没人给他打过电话。迪朗的诊所也没人打过。他又打给兰开斯特酒店。女接线员告诉他，酒店里没人打过他的号码。看来肯定是乔安打来的。她或许是在山鲁佐德打的。

一个小时之后，电话又响了。拉维奇把书放到一边。他站起来，走到窗边，把胳膊肘撑在窗台上，等待着。轻风把百合花的香气送上来。流亡者威森霍夫用百合代替了自己窗前凋谢的石竹。如今，在温暖的夜里，这房子闻起来就像是墓园的小教堂或者修道院的花园。拉维奇不知道，威森霍夫这么做，是出于对老戈尔德贝格的虔敬，抑或仅仅是因为百合花在木头盒子里很好养。电话不响了。今夜我可能睡得着吧，他想，然后回床上去了。

他睡觉时，乔安来了。她一来就打开天花板上的灯，站在门口不动。他睁开眼睛。“你一个人吗？”她问。

“不是。关上灯，走开。”

她犹豫了片刻，随后走过去打开了浴室的门。“骗人。”她说着露出笑容。

“滚开。我累了。”

“累了？干什么来着？”

“累了。再见。”

她走近了些。“你才刚到家吧。之前我每隔十分钟就给你打次电话。”

她细细地打量他。他没有说她在说谎。她换过衣服了。她跟那小子睡过了，把他打发回家，现在又过来，好吓我一跳，她还以为凯特·赫格斯特伦在这儿，打算让人家看到我是个该死的色胚，女人们夜里会在我这里进来出去，别人一定得躲开我，他想。他虽不想笑，但还是不由得露出笑容。不幸的是，她这种毫无疏漏的行动总是让他不由得惊叹不已——即便此举对付的就是他自己。

“你笑什么？”乔安很冲地说。

“我就是笑笑，仅此而已。关上灯。你在灯光下显得特别可怕。走吧。”

她不在意：“跟你在一起的那个婊子是谁？”

拉维奇半撑起身子。“滚出去，不然我扔东西砸你脑袋了！”

“这样啊——”她打量着他，“原来是这样啊！已经到了这种地步了。”

拉维奇伸手拿了支烟。“别让人笑话了。你跟另一个男人同居，还来这儿演争风吃醋的戏码。回你的演员那儿，让我消停一下。”

“那根本不是一回事。”她说。

“当然喽！”

“那当然根本不是一回事！”她突然间爆发了。“你清楚得很，那是不一样的。那是我无能为力的。我不喜欢那样。可事情就是那样了，我不知道这是怎么回事——”

“事情总是那样，永远都不知道这是怎么回事——”

她盯着他。“你——你总是那么肯定！你言之凿凿的，都能把人逼疯！什么都不能让你失去自信。我真厌恶你这种优越感！我一直厌恶你这种优越感！我需要的是激情！我需要一个为我疯狂的人！我需要一个没有人就活不了的人！没有我你也能活下去。你永远都能活下去！你不需要我。你冷漠！你是空壳一个！你根本不懂爱情！你从来没有真的体贴过我！我当时撒过谎，那时候我说之所以成了这样，是因为你离开了两个月！就算你待在这里，也会变成那样。别笑！我知道这里的区别，我什么都知道，我知道另外那人不聪明，跟你也不一样，但他昏了头似的爱上了我，除了我之外什么都不在乎，除了我之外什么都不想，除了我之外什么都不要，除了我之外什么都不知道，我需要的就是这个！”

她站在床前，剧烈地喘息着。拉维奇拿过一瓶苹果白兰地。“那你干吗过来？”他问。

她没有马上回答。“你是知道的，”她终于轻声说道，“为什么还问？”

他倒满一杯酒，把杯子递给她。“我不想喝，”她说，“那是个什么样的女人？”

“一个病人，”拉维奇无意说谎，“一个生了重病的女人。”

“不对。撒谎要撒得好一点。生病的女人应该在医院，不在夜总会里。”

拉维奇把杯子放回去。真相总是显得那么不可能。“是真的。”他说。

“你爱她吗？”

“这跟你有什么关系？”

“你爱她吗？”

“这到底跟你有什么关系，乔安？”

“关系大了！只要你没爱上别人——”她顿住了。

“之前你管那女人叫婊子。那怎么谈得上爱情呢？”

“我就是那么一说而已。我一眼就看出来她不是婊子。所以我才那么说的。要是为了一个妓女，我就不会过来了。你爱她吗？”

“关灯走人。”

她走近了些。“我就知道。我看到了。”

“见鬼去吧！”拉维奇说，“我累了。带着你那低劣的哑谜见鬼去吧，你还以为自己从没打过哑谜——你说其中一个男人是一时的意乱情迷，爱过一阵子就好，或者就是为了事业——

另一个呢，你说你爱他，爱得更深，而且是不一样的爱法——如果那头蠢驴由着你，你就当他是休憩用的港湾。见鬼去吧；我觉得你的爱情种类太过繁多了。”

“不是那样的。不像你说的那样。不一样的。你说得不对。我要回你身边来。我会回你身边来的。”

拉维奇又把自己的杯子满上。“可能你愿意回来。但那只是一种错觉。可惜只是你欺骗自己的错觉，为的是把那些事放下。你永远不会回来的。”

“会的！”

“不会。即便回来，也只是短暂地回来。之后你又会有另一个人，一个除你之外别无他想的人，一个只想要你的人，然后就又从头开始了。对我来说真是了不起的前景啊。”

“不对，不对！我会待在你身边的。”

拉维奇笑了。“甜心，”他的话音几乎是温柔的，“你不会待在我身边的。我们总不能把风关住吧。水也是关不住的。要是关住，它们就要腐臭了。被圈住的风会变成污浊的空气。你生来就是不会留在哪里的。”

“你也一样。”

“我？”拉维奇把那杯酒喝完。上午那个一头金红色头发的女人，他想——然后是凯特·赫格斯特伦，腹中有个死神，皮肤像脆弱的丝绸——现在又是这儿这位，毫无顾忌，满是对生命的贪婪渴求，就连自己都觉得自己陌生，却又比任何一个男人都更了解自己，天真又容易失魂，在某种奇特的意义上是忠实的，却又跟她的母亲——自然一样不忠，驱使人的同时受人驱使，又想驻足停留又想远走高飞。“我？”拉维奇又说，“你知道我的什么了？一段原本一切都已不再可信的生命被爱情击中后会怎样，你又知道些什么？你那种低廉的意乱情迷跟这相比算得了什么？当无尽的坠落突然止住，当无尽的疑问变成了一个无尽的你，当情感如同沉默的荒漠上一片海市蜃楼般骤然升起、成形，血液的幻术在无力的手中变成一片风景，跟它相比所有梦想都苍白平庸？一片银子锻造的风景，一座金丝和蔷薇石英打造的城市，如同灼热血液明亮无比的反光一般耀眼——你懂得这些吗？你以为，这些事都是可以轻易谈及的吗？你以为区区几句话就可以把这些事仓促地归入言词和情感的陈词滥调中吗？座座坟墓张开，人身处于对昨日众多没有色彩的夜晚的恐惧之中，你懂得这感受吗——可那些坟墓张开，骸骨已然不在里面了，那里面只有泥土。泥土，孕育生命的萌芽，第一丝新绿已经萌生。你懂得这些吗？你爱意乱情迷，爱征服，爱那个陌生的你，那个又想因你而毁灭又永远不会毁灭的你，你爱血液狂乱如风暴的骗局，但你的心将永远空旷——因为我们能留住的无非是本身就生长在我们心中的东西。可在风暴中不会有太多东西生长。只有在孤寂的空虚之夜里，那些东西才会生长——如果我们不绝望的话。你懂得这些吗？”

他说得很慢，也没有看着乔安，仿佛已经把她忘了。现在他看着她。“我在说什么啊？”他说，“陈旧的蠢话。今天喝得太多了。来，你也喝点，然后就走吧。”

她在床上坐下，坐在他旁边，拿起杯子。“我明白了。”她说。她的脸不一样了。就像一面镜子，他想。无论你对这张脸说什么，它都会马上反映回来。这张脸此时专注又美丽。“我明白了，”她说，“有时我也能感受到。可是，拉维奇，你常常因自己对爱情和对生命的爱把我忘掉。我只是个缘由——接着你就走进你那些银城，不怎么想起我了。”

他长久地看着她。“或许吧。”他说。

“你太在乎你自己的事了，你对自己的内心发掘得太多，让我不知怎的只能停留在你生命的边缘。”

“或许吧。但你是没法让我信任的，乔安。这你也知道。”

“你想信任我吗？”

“不想，”拉维奇考虑了一会儿后说，说着他微笑了，“如果你是个从一切坚实之物中流亡出来的难民，你有时就会落入奇特的处境，你还会做些奇特的事情。我当然不想那样。可你要是只有唯一的一只羔羊，有时就想用它做许许多多的事情。”

夜晚突然间满是平和，仿佛又成了许久以前那些夜晚中的一个，当时乔安还躺在他身边。城市无比遥远，无非是天边一道柔和的嗡鸣声，时光的链条断开了，时间无声无息，仿佛静止了。世上最简单也最难理解的一幕又出现了：两个人彼此交谈，自说自话——可尽管如此，那些被称作词句的声音还是在颅骨后面颤动的组织里构造出同样的图景和感觉——从声带无意义的振动、大脑对此做出的费解反应和大脑那些灰暗肮脏的蜿蜒回旋中骤然重新延展出重重天穹，云朵、溪流、过往、盛衰枯荣和既往积累的种种认识都反映在那天空上。

“你爱着我，拉维奇——”乔安说，这只是半个问题。

“是啊。可我要尽我所能摆脱你。”

他这话说得平静，仿佛那跟他们两人都没什么关系。她不在意。“我无法想象我们有朝一日会分开。分开一段时间是可能的。但不会永远分开。永不会永远分开，”她又说了一遍，皮肤上流经一阵寒颤，“永不是一个可怕的词，拉维奇。我无法想象我们永远分开了。”

拉维奇没有回答。“让我待在这里吧，”她说，“我再不想回去了。永远不想。”

“明天你大概就会回去吧。你知道的。”

“每当我在这里时，就无法想象自己不留在这里。”

“那是一样的。你也知道。”

时光正中的空穴。这灯光照亮的小室又跟过去一样了——你爱的那个人也又回来了，可出奇的是，那人已经不是过去那人了，你只要伸出双臂就能抓住她，却又不能触到她。

拉维奇放下杯子。“你知道，你会再次离开的——无论明天、后天，总有一天——”他说。

乔安垂下头。“是啊。”

“如果你还回来——你知道吧，你总是要离开的？”

“知道。”她抬起脸。那脸上淌着泪水，“可这是怎么回事啊，拉维奇。怎会这样？”

“我也不知道，乔安，”他仓促地笑了下，“爱情有时不那么快乐，是吧？”

“是啊，”她看着他，“我们到底是怎么了，拉维奇？”

他耸了耸肩。“我也不知道，乔安。或许因为我们没有别的东西可以扶持住彼此。过去我们拥有很多——安稳、背景关联、信仰、目标——到处都是友善的扶栏，当爱情撼动我们之时，我们可以用那扶栏支撑住自己。如今我们什么都没有了——最多只有一点绝望，一点勇气，此外就里里外外都是陌生的东西。当爱情飞向我们——那就像一个火把飞向干草。我们除了爱情之外一无所有，这就让它不一样了——让它更狂野、更重要，也更有破坏力。”他把酒杯重新倒满。“我们不该过多地去想这些事。咱们身处这个情况，是不能想太多的，想太多只能让人受到伤害。我们可不想受到伤害吧？”

乔安摇头：“不想。那是个什么样的女人，拉维奇？”

“一个病人。我之前跟她去过那儿一次。当时你还在唱歌。一百年前的事了。你现在还做些什么工作吗？”

“有些小角色。我觉得我演得不好。但我挣得挺多，足以自立。我想要每时每刻都能抽身而去。我没有野心抱负。”

她不流眼泪了。她喝完了那杯苹果白兰地。她显得很累。“人为什么要遇到这一切，拉维奇？为什么呢？得有个理由啊。否则我们也不会发问了吧？”

他阴郁地微笑。

“这是人类最古老的问题，乔安。为什么——至今为止，所有逻辑、所有哲学、所有科学都在这问题上折戟沉沙。”

她走了。她走了。她到门口了。有什么东西在拉维奇心间蓦然涌起。她走了。她走了啊。他直起身子。骤然间不可想象了，一切都不可想象了，再给我一夜吧，就一夜，再一次让那张熟睡的脸靠在肩头，明天再抗争也好，再一次有这个气息在身旁，再一次坠入温柔的幻觉、甜蜜的骗局。不要走，不要走，我们在痛苦中死去，在痛苦中生活，不要走，不要走，我到底拥有什么？单单一份勇气对我来说算是什么？我们正奔向何方？只有你是真实的！最清醒不过的梦！啊，阿福花盛开的遗忘之原[①]啊！再来一次吧！再来一丝永恒的火花！我到底是为了谁而保守自己？又是为了何种绝望之事？为了何种幽暗不定？埋葬了，没有希望了，我的生命还剩下十二天，十二天，之后就什么都什么没有了，十二天和这一夜。闪亮的肌肤啊，你为何恰在这一夜到来，这飘忽在剥离了星辰的天空的一夜，这被旧梦的乌云压顶的一夜，为何恰在这除了我们之外无人还有生命的一夜，你冲破了壁垒障碍？巨浪不是涌起了吗？它不再跌下——“乔安。”他说。

她转过身。她的脸上骤然掠过一种喘不上气来的狂野光彩。她的东西掉到地上，她扑向他。

① 阿福花盛开的原野即冥界，典出《奥德赛》。

二十六

车子在伏吉拉尔街的转角处停下。“怎么啦？”拉维奇问。

“有示威游行的队伍，”司机头都没转，“这回是共产主义者。”

拉维奇朝凯特·赫格斯特伦看了一眼。她身形纤细，楚楚动人，穿着一身路易十四时期宫廷贵妇的衣服，坐在角落里。她的脸上扑了很多粉，尽管如此还是显得苍白。鬓角和脸颊上的骨头都挤出来了。

“好啊，”他说，“一九三九年七月，五分钟以前是场火十字团[1]的法西斯游行——现在又来了场共产主义者的——而这段时间里我们两个却穿着伟大的十七世纪的服装。好啊，凯特。”

“没关系的。”她微笑。

拉维奇低头看了看自己的宫廷高跟鞋。此情此景的讽刺意味太强了。都没必要再去考虑，随便一个警察就还可能把他抓起来呢。

“是不是应该换条道？”凯特·赫格斯特伦问司机。

“转不了方向了，”拉维奇说，“咱们后面的车已经太多了。”

游行队伍安静地经过前面的交叉路。他们拿着旗帜和标语牌。没有人唱歌。一大群警察跟在队伍旁边。伏吉拉尔街的转角旁另有一群不显眼的警察。他们推着自行车，其中一个沿街巡逻。他朝凯特·赫格斯特伦的车里看了一眼，神色没变，溜溜达达地往前走去了。

凯特·赫格斯特伦看到拉维奇的眼神。“他并不觉得奇怪”，她说，“他明白的。警察什么都明白。蒙特福尔家的舞会是夏季盛事。房子和花园周围都有警察守着呢。”

“那可真是让我心中大慰啊。”

凯特·赫格斯特伦微微笑了。她根本不知道拉维奇的处境。“等下次那么多珠宝首饰在巴黎凑到一起，可不会是很快的事。那都是真正的古装和真正的珠宝。警察不会在这种事情上冒险的。人群里肯定也有警探在。”

“也穿着古装？”

“有可能。怎么了？”

“幸好知道了。我原本打算偷罗斯柴尔德的绿宝石的。”

凯特·赫格斯特伦把车窗旋下来。“这事让您感觉无聊，我知道的。可这回您是怎么都躲不过了。”

“我不觉得无聊。正相反。不然我也想不到还能干什么。酒够喝吗？”

“我想是够的。但我可以给用人领班提个醒。我跟他挺熟的。”

可以听到游行者在铺石路面上的脚步声。他们不是在齐步行进，而是挺没规矩地走着。听声音，仿佛一群疲惫的牲畜正闲散地走过去呢。

“如果可以让您挑的话，您想生活在哪个世纪呢？”

“就这个。不然的话，我现在就已经死了嘛，不知哪个白痴会装扮成我去参加这场宴会。”

“我不是这个意思。我的意思是，您愿意在哪个世纪重新过活一遍？”

拉维奇看了看自己那身装扮的天鹅绒袖子。“还是一

① 二战期间的法国民族主义政党，成立于1927年。

样，”他说，“就我们这个。这是目前为止最糟糕、最血腥、最腐化、最单调、最肮脏的世纪——可尽管如此还是选它。”

“我就不一样了。”凯特·赫格斯特伦把一双手按在一起，仿佛冻着了似的。柔软的锦缎落在她纤细的手腕上。“我选这个，”她说，“十七世纪或者某个更早的世纪。在哪个世纪都行——只是别在我们这个世纪。我也是几个月以来才明白这个的。过去我从没考虑过这些。”她把车窗完全旋下来。“多热啊！多闷啊！队伍还不马上过去吗？”

“嗯。那边就是头了。”

一声枪响从康布罗纳街那边传来。下一刻，街角的警察坐上了他们的自行车。一个女人喊了些什么。人群突然轰然响应。人们跑了起来。警察踩着车蹬子，骑着车行驶在人群之中，他们的警棍在空中挥舞着。

“怎么回事？”凯特·赫格斯特伦惊慌地问。

“没什么。就是个车轮崩了。”

司机转过头。他的脸色变了。“这——”

“您快开吧，”拉维奇打断了他的话，“现在您可以过去了。”

十字路口空荡荡的，仿佛是一阵风把那儿刮干净了。“走吧。”拉维奇说。

康布罗纳街上传来叫喊声。又是一声枪响。司机开动了车子。

他们站在对着花园的露台上。到处都是旧式衣装。黄昏之意已浓，树下朦胧之中，玫瑰正在盛放。风灯里的蜡烛送出摇曳温暖的光。一个小乐队在一座凉亭中演奏小步舞曲。这一切就像一幅华托[①]的画活了过来。

“好看吗？”凯特·赫格斯特伦问。

“好看。”

“真的吗？”

“真的，凯特。至少从远处看显得不错。”

“来吧。咱们去花园里转一圈。”

高大的古木下展开一幅不真实的画卷。许多蜡烛影影绰绰的光闪耀在金银锦缎和天青色、粉红色及海绿色的天鹅绒上，也在加长假发和扑着香粉的赤裸肩膀上投下柔和的反光，小提琴声在这周围温柔地翩跹；成对成群的宾客矜持地来回漫步，佩剑的剑柄闪闪发亮，一座喷水池里水声潺潺，修剪过的黄杨灌木丛构成幽暗的背景，很有风雅格调。

拉维奇看到，就连仆役们都扮上了古装。他猜想，这一来警探们也得穿着古装。也好，他想，被莫里哀或者拉辛逮起来。或者换个花样，落到宫廷侏儒小丑的手里。

他抬头看上面。一滴沉重温暖的雨点落到他的手上。淡红色天空蒙上了阴霾。“要下雨啊，凯特。”他说。

“不会的。不可能的。花园——”

“会下的。快走吧！”

他挽住她的胳膊，带她走到阳台上。他们刚走到，倾盆大雨就下了起来。雨水就那么铺天盖地地倾泻，风灯里的蜡烛熄灭了，几秒钟后，桌布像苍白的破布一样垂下来，人们一下子慌乱起来。侯爵夫人、公爵夫人和宫廷贵妇卷起锦缎衣衫冲向阳台；伯爵、高官和元帅们试图护住假发，推推攘攘，乱成一团，五颜六色，活像一群受了惊吓的鸡。雨水灌进加长的假发、衣领和胸衣，把香粉和胭脂冲刷下来，一道苍白的闪电

---

① 让-安东尼·华托（1684—1721），法国洛可可时代代表画家。

把花园拖进空幻的光中，随后低沉的雷鸣隆隆响起。

凯特·赫格斯特伦一动不动地站在阳台的遮帘后，紧紧挨在拉维奇身边。“还从没出过这种事，”她不知所措地说，“我常来这里。还从没这样过。哪一年都没有。”

“这是偷那绿宝石的大好时机啊。”

“是啊。上帝啊——”

穿着雨衣、打着雨伞的仆役们在花园里跑来跑去。他们脚上的绸面高跟鞋在雨衣下面出奇的突兀。他们陪着最后几位茫然无措、浑身湿透的宫廷贵妇来到阳台上，然后又去寻找人们丢失的披肩和物品。其中一人送来一双金色的鞋子。这双鞋非常小巧，他用一双大手小心翼翼地拿着它们。雨倾泻到空桌子上。雷打在绷紧的遮帘上，就仿佛天空用水晶槌敲鼓，敲出一首没人听过的起床号。

“咱们进去吧。”凯特·赫格斯特伦说。

别墅里的屋子太小了，装不下这么多宾客。看上去没人考虑过坏天气的情况。白天的闷热依旧沉郁地在屋子里没有散去，拥挤的人群又让热意更甚。女士们宽大的衣裙都被压扁了。丝绸被踩在上面的脚撕裂了。人们几乎连动都动不了。

拉维奇和凯特·赫格斯特伦站在门边。一位扮成蒙特斯潘侯爵夫人[①]的伯爵夫人一头湿发一绺绺下垂，在他们面前喘息着。她毛孔粗大的脖颈上有一条梨形钻石串成的项链。她现在的模样就像是一个在狂欢节庆典卖菜的妇女，淋了一身的雨。她身边有个没有下巴的秃头男人在咳嗽。拉维奇认出了他。这是外交部的布兰歇，穿着科尔贝尔[②]的装束。两位漂亮又苗条

① 弗朗索瓦丝·阿泰纳伊斯·德·罗什舒阿尔（1640—1707），通称蒙特斯潘夫人，路易十四的情妇。

② 让－巴蒂斯特·科尔贝尔（1619—1683），路易十四时期政治家、国务活动家。

的宫廷贵妇站在布兰歇前面，侧影像灵缇一样；一位又胖又吵的犹太男爵戴着一顶镶珠宝的帽子，饶有兴味地摸着她们的肩膀。几个南美人扮成侍从的样子，专注地打量着他，一副惊异不已的样子。贝朗伯爵夫人打扮成拉瓦莉埃①的样子，站在那几人中间，一张脸像堕天使一样，身上戴着好多红宝石；拉维奇记着一年以前给她的卵巢做过手术——是按照迪朗的诊断做的。这里根本就全是迪朗的熟人。站在几步开外处的那位，他认得是年轻豪富的兰普拉尔男爵小姐。她跟一个英国人结了婚，但没有子宫了。拉维奇把她的子宫切了出来。那是因为迪朗误诊。手术费高达五万法郎，这是迪朗的女秘书透露给他的。拉维奇得了两百法郎——而那女子失去了十年生命和生育孩子的可能。

雨水的气味、死气沉沉的闷热气息跟香水、皮肤和湿头发的气味混杂在一起。一张张面孔被雨水冲刷过后，在假发之下显得比之前不穿古装时更加赤裸。拉维奇环顾四周；他看到周围有很多美丽面孔；也看到富有才智的灵魂和机敏多疑的头脑——可他的眼睛久经锻炼，擅于发现疾病的轻微迹象，他也不会轻易受到完美表象的迷惑。他知道，一个群体无论在哪个世纪——不管那世纪是伟大还是渺小——都是一样的，但他也知道何为狂热和衰败，熟识它们的症状。暧昧淫靡，纵容软弱；从事体育运动却不够强壮，富有才智却不会缄默；为了诙谐而诙谐；血已经疲惫，破碎成星星点点的讥讽、小小的冒险、空洞的贪欲，成了融入灵魂的宿命论，无精打采，毫无意图。这个群体大概拯救不了这世界吧，他想。可是又有什么人能救得了世界呢？

他朝凯特·赫格斯特伦望去。“您什么都喝不到了，”她

① 露易丝·德·拉瓦莉埃（1644—1710），路易十四的另一个情妇。

说，“用人们忙不过来了。”

“没关系。”

他们被人慢慢地挤进了下一间屋子。墙边上有几张放着香槟的桌子，香槟是刚拿进来的，很快就摆设好了。

不知哪里亮着几个烛台。外面的闪电颤抖着切过烛台白色的光，刹那间把一张张面孔带入惨白可怖的死亡瞬间。随后雷声隆隆滚过，盖住了说话的声音，主宰一切，震慑众人——直到温柔的烛光回来，带回生命和闷热的气息。

拉维奇朝那边放着香槟的桌子指了指。“要我给您拿点喝的吗？”

“不用了。太热了，”凯特·赫格斯特伦看着他，“看来这就是我要的庆典了。”

“或许雨很快就停了。”

“不会的。即便停了——舞会已经毁掉了。您知道我想干什么吗？离开——”

“好啊。我也是。这里就跟马上要法国大革命了似的。人们每时每刻都等着无套裤汉[①]到来。”

他们花了好长时间才挤到门口。他们到了门口后，看凯特·赫格斯特伦的衣服那样子，就仿佛她穿着这身睡了几个小时的觉似的。外面沉重的雨点笔直地落下。对面的房子俨然坐落在花店里淌满了水的窗户后面。

汽车轰响着开过来了。“您想去哪儿？”拉维奇问，“回酒店吗？”

“还不想。但咱们穿着这身衣服也去不了别的地方。咱们就坐着汽车转一转吧。”

“好的。”

---

① 又称长裤汉，是十八世纪末法国大革命时期对革命群众的称呼。

车子缓慢轻巧地穿行于夜巴黎。雨敲打在车顶上，几乎盖过了其他一切声响。灰色凯旋门从银色的水流中挺立出来，然后又消失了。灯火通明的香榭丽舍大街倏忽掠过。圆点广场上一股花和清爽的气味，在铺天盖地的雾气中宛如一道五彩的巨浪。远处的协和广场半明半暗，广场上矗立着海神和海怪，仿佛一片汪洋。里沃利路飘飘忽忽地来到眼前，一道道明亮的拱廊瞬间仿若威尼斯的胜景，后面高耸着永恒的灰色卢浮宫，那庭院宽广无限，所有的窗户都亮着。再之后就是座座码头，道道桥梁，在平缓轻柔的水流中摇曳，犹如虚幻。几艘运货驳船，一台亮着灯的牵引机，让人看了心安，仿佛那里藏着无数家园。塞纳河。林荫大道，道上行驶着公共汽车，喧嚣热闹，人来人往，店铺林立。卢森堡宫的铁栅栏和宫殿后面的公园就像里尔克的一首诗。蒙帕纳斯公墓沉默孤寂。狭窄古旧的街巷紧紧依在一起，房屋和寂静的广场赤诚袒露着，令人惊讶，还有树木、扭曲的房屋立面、教堂、剥蚀的纪念碑、雨中影影绰绰的路灯，公厕像小小的碉堡一样从地里挺出来，满是钟点酒店的小巷之间夹杂着几条旧日街道，街上房屋门脸都是纯粹的洛可可和巴洛克风格，微微笑着俯视众生，逐渐消失在雨雾中的大门好像出自普鲁斯特的小说——

凯特·赫格斯特伦坐在角落里，一言不发。拉维奇抽着烟。他看着香烟的火光，但是没感受到烟雾。就好像他坐在幽暗的车子里抽着一支虚幻的烟，他慢慢感觉一切都不真实——这一路、这辆无声行于雨中的汽车、身边掠过的街道、坐在角落里的安静女人，街灯的光影倏忽扫过她身上的古装，她一双已经打上了死亡印记的手一动不动地安放在身上的锦缎上，仿佛再也不会动了——这幽魅的车程驶过幽魅的巴黎，载着未曾想过却已知晓的事实，和未曾说出口却已在眼前的别离，没有理由，不可名状。

他想到哈克。他试着考虑自己要怎么做。他想不出，思绪在雨中化为乌有。他想到自己给做过手术的那个一头金红色头发的女子。他想到陶伯河上的罗腾堡的一个飘雨夜晚，他曾跟一个已然淡忘的女子一起度过；想到埃森胡特酒店和不知哪扇窗中传来的小提琴声。他突然想起洛姆贝格，一九一七年于一场雷雨中在佛兰德的一片罂粟田中阵亡，那场雷雨如鬼怪般朝战场上的连珠炮火隆隆袭来，就好像上帝已经厌倦了人类，打算把大地扫射干净。他想到豪特许尔斯特海军营一名士兵拉的那台手风琴，哀切又蹩脚的琴声里满是令人无法忍受的渴望——雨中的罗马在他脑海中闪过，鲁昂一条湿淋淋的公路——集中营棚屋顶上一成不变的十一月淫雨；死去的西班牙农民，雨水汇聚在他们张着的嘴里——克莱尔那张湿润明丽的面孔，通往海德堡大学的那条丁香花飘香的路——投影机中的一幕幕过往——往昔的画面列成无尽的队伍，像车外的道路一样倏忽而过，是毒药也是安慰——

他按灭了烟，坐直了。够了。总是往回看，就容易撞到什么东西上，或者坠入深渊。

此刻，汽车沿着蒙马特区的小巷往上攀爬。雨停了。天上绵延着云朵，它们染着一层银光，沉重急切，像一群打算诞下半轮残月的孕母。凯特·赫格斯特伦让车子停下。他们下车，顺着几条小巷往山坡上走了走，转过一个弯。

蓦然间，巴黎立于他们脚下。广阔的、闪耀的、湿淋淋的，巴黎。看它那街道、广场、夜、云和月啊，巴黎。花冠似的环城大道，斜坡、塔楼、屋顶上苍白的微光，光之上投下的暗。巴黎。地平线那边吹来的风，平原上的光点，黑暗和光明织就的桥，阵雨消散在远方的塞纳河上，车灯无数，巴黎。营营作响的生命汇成巨大的蜂巢被谁从夜色中抢夺出来，建造在千百万条污秽的下水道上的、地下恶臭之上开出的灯火之花，癌症和蒙娜丽莎的城市，巴黎。

“稍等片刻，凯特，”拉维奇说，“我去给咱们两个拿点喝的。”他走进旁边的小酒馆。新鲜血肠和肝肠的温暖气味迎面而来。没人在乎他的服装。他买了一瓶干邑白兰地，又拿了两个杯子。店家打开了酒瓶，然后把瓶塞轻巧地塞回瓶颈。

凯特·赫格斯特伦站在外面，跟他离开时一模一样。她穿着那身古装站在那里，在动荡的天空下显得很苗条——仿佛被另一个世纪忘在了这里，而不是一个有着瑞典血统的美国波士顿女子。

“来，凯特。要抵抗凉意、雨水和太过寂静引发的悸动，喝这个最好。我们喝这杯酒，敬山下的这座城市。”

“好，”她接过杯子，“我们来这里真好，拉维奇。比世间所有庆典都好。”

她喝完一杯酒。月光落在她的肩上、裙上和脸上。

“干邑白兰地，”她说，“还是杯好白兰地。”

“没错。只要您喝得出来这个，就没任何问题。”

“再给我一杯。喝完后我们就下山去吧，我要换身衣服，您也一样，然后我们去山鲁佐德，我要伤感地肆意狂欢一番，为我自己而难过，与生命这一切美好的肤浅表面作别，从明天开始我要阅读哲学，写下遗嘱，行为举止无愧于自己的身体状况。”

拉维奇在酒店的楼梯上遇到了酒店老板娘。她拦住他。“眼下您有空吗？”

“当然有空。”

她带他上三层，用万能钥匙打开一扇房门。拉维奇看到，这房间里还有人住呢。

“这是什么意思？”他问，“您干吗闯进这房间？”

“罗森菲尔德住在这里，”她说，“他要搬出去了。”

“我不想换房间。”

“他要搬出去，最后三个月的房钱还没交呢。”

“他的东西还在这儿啊。您可以扣留下来。”

老板娘鄙夷地踢了一个箱子一脚，这破破烂烂的箱子敞开着，放在床边。“那又有什么用？没有值钱东西。硬化纸板做的。衬衫都破成缕了。还有西装，您跟这儿就能看清楚了。他只有两套。全加起来也不值一百法郎。”

拉维奇耸耸肩。“他说过他要搬走吗？”

“没有。但这种事看得出来。今天我直接问他了。他也承认了。我跟他说，明天以前他得把账付了。我不能一直供着他这种人，不付钱的房客。”

“好。需要我做什么？”

“那些画。那也是他的。他说过这些画很值钱。他说用这些画来抵的话，可比房租值钱多了。您来看看吧！”

拉维奇之前没留意墙上。他抬起眼睛。他面前，就在床上方，挂着凡·高全盛时期画的一幅阿尔勒风景画。他往前走了一步。毫无疑问，那画是真的。“可吓人了，是不？”老板娘问，“那应该是树吧，那儿那些歪歪扭扭的东西！您再看看那个！”

那一幅挂在洗脸台上的是高更的画。一个赤裸的南海姑娘站在一片热带风景前。“看看那腿！”老板娘说，“脚腕子跟大象似的。还有那张傻乎乎的脸。您看她站的样子！他那儿还有一张，那张甚至都没画完。”

没画完的是张塞尚太太的画像，塞尚画的。“那嘴！斜的，脸蛋子上没有颜色。他还想拿这些来糊弄我！您见过我的画——那才叫画！按照自然画的，真实正确。餐厅里那幅雪景和鹿。可是这些破烂——看样子是他自己画的。您说是不？”

“大约是那样吧。”

“我想知道的就是这个。您可是个有教养的人，对这些也多少懂些。连画框都没安上。”

三幅画没有画框就挂在那里。它们在肮脏的裱糊纸上明亮得像是通往另一个世界的窗户。“就算装了个好的金画框也好啊！那样就能把框取下来了。可现在就这样！我看出来了，这些破烂得让我收着，我又上当受骗了。好心好意就换来这个！”

“我觉得，您不需要收下这些画。”拉维奇说。

“不然还能怎样？”

“罗森菲尔德会凑够钱付您账的。”

“怎么呢？”她飞快地看了看他。她的脸变了副模样，“这些东西有那么值钱吗？有时候恰好是这种东西能值些钱！”简直看得出来，一个个想法从她焦黄的额头后面喷涌出来。“反正我也得没收一幅，为的是最后一个月的房钱！您说我拿哪幅？床上那张大的？”

“哪幅都不用。您等罗森菲尔德回来。我敢肯定，他会带着钱回来的。”

“我可不敢肯定。我是酒店主啊。”

“那您为什么要等这么久？平时您不会这样等吧？”

“因为他说的话！他跟我说的话一套一套的！您也知道这屋这人是什么样的。”

罗森菲尔德突然出现在门口。他沉默不语，瘦小安静。老板娘还没来得及开口，他就把钱从兜里掏出来了。“给您——这是我的账单。能否请您帮我签字确认一下？”

老板娘惊讶地看着钞票。然后她又看了看那几张画。然后又回头看钱。她想说好多话——但话没出口。“还得找给您一些。”最后她说。

“我知道。您现在能找给我吗？”

“能，好的。我这儿没钱。收银台在楼下，我去换钱。”

她走了，仿佛受到了很大的侮辱似的。罗森菲尔德望着拉维奇。

“对不起，”拉维奇说，“老太婆把我拽了过来。我也不知道她想干什么。她想听听这些画值多少钱。”

“您告诉她了吗？”

“没有。”

“好。”罗森菲尔德看着拉维奇，脸上挂着奇特的笑容。

“您怎能把这样的画挂在这里呢？”拉维奇问，“您给它们上保险了吗？”

“没有。不过画是不会被偷的。最多也就是每隔二十年有人从博物馆里偷一次画。”

“这儿的屋子可能会着火的啊。”

罗森菲尔德耸了耸肩。“总得担些风险。上保险对于我来说太贵了。”

拉维奇打量着那幅凡·高。这画至少值一百万法郎。罗森菲尔德跟着他一起看。

“我知道您在想什么。既然有这幅画，就应该有钱给它上保险。可我没有钱。我是靠我这些画为生的，把它们慢慢地卖掉，我又不愿意卖。”

塞尚那幅画下的桌上放了个酒精炉。炉子边上是一个放着咖啡的小盒、一块面包、一锅奶油和几个口袋。房间很寒酸，很窄小。可世界胜景在墙上熠熠生辉。

“我明白。”拉维奇说。

“我本来以为是能办好的，”罗森菲尔德说，“我把所有的钱都交好了，火车票、渡轮的钱，什么都好了，就差这三个月的房钱。我几乎没怎么吃东西，可还是没能付上账。办签证的时间太久了。今天晚上我得卖掉一张莫奈，卖一张韦特伊风景画。——还以为我还能把它带走呢。”

“您把它带到别的地方去，不也得卖掉吗？”

“没错。但可以换成美元。那卖价就可以翻一番了。”

“您要去美国吗？”

罗森菲尔德点头。“是时候离开这里了。”

拉维奇看着他。“死亡之鸟要走了。”罗森菲尔德说。

“什么死亡之鸟？”

“您不知道啊——马库斯·迈耶。我们管他叫死亡之鸟。他能嗅得出来咱们什么时候不走不行了。”

“迈耶？”拉维奇说，“是那个偶尔在地下墓穴弹钢琴的秃头小个子吗？”

“对，他就叫死亡之鸟——从他在布拉格开始。”

“好名字。”

“他总能嗅出风向来。希特勒上台两个月前，他从德国跑出来了。纳粹执政前三个月，他离开了维也纳。德国进军布拉格前六周，他又离开了布拉格。我就跟着他走。每次都是。他能嗅出风向。我就是这样把这些画救出来的。毕竟我们不能从德国带着钱走嘛，他们搞了那封锁马克。我本来存了一百五十万马克。还打算把钱取出来。结果纳粹来了，就取不出来了。迈耶比我聪明。他走私了一部分出来。我就没他那么镇定。现在他要去美国了。我也去。就可惜了那幅莫奈。”

“您可以把卖画后没花完的钱带走啊。这儿还没搞封锁法郎。”

“是啊。可如果我到了那边再卖，就能靠这钱多活一段时间了。这样一来我可能很快就要把那幅高更也牺牲掉了。”

罗森菲尔德来回摆弄了几下他的酒精炉。“这是最后几幅了，”他说，“只剩这三幅了。我得靠它们活下去。工作——我不指望找工作。能找到简直就是奇迹了。还剩下三幅。每少一幅就少了一段生命。”

他寒酸地站在自己的箱子前。“在维也纳——待了五年；那时候物价还没这么高，我还可以少花点钱活下去；可还是花了两幅雷诺阿和一幅德加的粉蜡笔画。到了布拉格，我为了吃住糟蹋了一幅西斯莱和五张素描。没有人愿意花钱买素描——那是两张德加、一张雷诺阿的粉笔画和两张德拉克洛瓦的棕钢笔画。要是在美国，我可以靠这些画多活一年的。您看吧，”他很是绝望地说，“如今我只剩这三幅画了。昨天还有四幅。这个签证至少费了我两年时间。可能甚至有三年！”

“还有好多人没有画来供自己生活啊。”

罗森菲尔德耸了耸瘦骨嶙峋的肩膀。“这话安慰不到我。”

“确实，”拉维奇说，“但这是真的。”

“我得靠这些画活过这场战争。战争又会打很久。”

拉维奇没有回答。“死亡之鸟是这样说的，”罗森菲尔德说，“而且他都说不清美国会不会一直这么安全。”

“那他想去哪里？”拉维奇问，“剩下的地方也不多了。”

“他还不太清楚。他想的是海地。他觉得黑人共和国不会参战。”

罗森菲尔德说得非常严肃。“或者去洪都拉斯。那个是南美的小共和国。圣萨尔瓦多。也可能去新西兰吧。”

“新西兰。那地方挺远吧？”

“远？”罗森菲尔德露出阴郁的笑容，“离哪里远？”

二十七

一片汪洋。雷鸣般呼啸的黑暗汪洋，朝着双耳澎湃而来。随后，那尖锐的铃声穿过条条走廊而来，那是一艘船，一边沉没一边咆哮，不断地发出铃声——夜，比夜更苍白的窗，亲昵地向不断退却的睡梦依来，铃声还在——是电话。

拉维奇拿起听筒。“喂……”

“拉维奇——”

“什么事？谁啊？”

“是我。你听不出我的声音了？”

“嗯，现在听出来了。什么事？”

“你得过来！快来！马上来！”

“怎么了？”

“快来，拉维奇！出事了！”

“出什么事了？”

“出事了！我害怕！来！马上过来！救救我！拉维奇！快来！”

电话里咔嚓一声，拉维奇等待着。空闲信号嗡嗡作响。乔安已经挂断了。他把听筒放回去，盯着惨白的夜。假寐还沉沉地悬在他脑子里。哈克，他一开始以为是他。是哈克——直到他看到窗户，想起来自己在国际酒店，不是在威尔士亲王酒店，才回过神来。他看了看表。荧光指针指着四点二十分。他蓦地从床上跳下来。乔安当时，就是他遇到哈克的时候，说过些什么——说过危险、恐惧。——如果……什么都有可能！他还见过比这更荒唐的事呢。他急匆匆地把最为必要的东西收拾好，然后穿好衣服。

他在最近的街角找到一辆出租车。司机带着一条很小的小鹿犬。小狗像个皮领子一样绕在那人的肩上。出租车摇晃的时候，小狗也跟着摇晃，简直让拉维奇受不了。他真想把小狗扔到座椅上。可他了解巴黎的这些出租车司机。

车子隆隆作响地穿过温热的七月之夜。树叶怯生生地呼吸，送来逐渐消散的气息。繁花似锦，不知哪里有菩提树，树荫如盖，氤氲着茉莉花香的天空上繁星点点，间或有一架飞机飞过，闪着绿色和红色的信号灯，就像一群萤火虫中有一只穷凶极恶的甲虫；毫无生气的街巷，营营的生命，两个醉鬼的歌声，一间地下室里传来手风琴的声音，骤然间一切都冻结了，恐惧和鞭笞人的慌乱袭来，有什么在拉扯心灵——或许已经太晚了……

那栋房子。温热倦怠的黑暗。电梯徐徐下行。徐徐下行，仿佛一只缓慢的、亮闪闪的昆虫。拉维奇都上到了二层，才回想起来，又折了回去。无论电梯多慢，都比他要快些。

巴黎这些玩具似的电梯啊！陈旧破败的监狱，吱嘎作响，咳嗽个不停，顶棚敞着，四周也敞着，无非是脚底一块板和几根钢铁支柱，还有个快烧坏的灯泡，闪着阴惨惨的光，另一个灯泡没拧紧，接触不良——终于到了最上面那层。他把电梯栅栏推起来，按响门铃。

乔安打开门。拉维奇盯着她看。没有血——脸上一切如常，什么事都没有。“出什么事了？”他问，“他在哪里——”

“拉维奇。你来了啊！”

“他在……你干了些什么吗？”

她往后退。他往前走了几步。遍览这房间。没有人在。“在哪儿？卧室吗？”

“什么？”她问。

“有人在卧室里吗？你跟谁在卧室吗？”

“没有。为什么这么问？”

他看着她。“你过来时，我这儿不会有人的。”她说。

他仍然看着她。她站在那里，毫发无损，朝着他微笑。“你怎么说起这些了？”她的笑意更浓。“拉维奇。”她说，他则感到冰雹打在自己脸上，她竟以为他嫉妒了，还在享受这种妒意。放着器械的包突然有了千斤之重。他把包放在一把椅子上。“你这该死的骗人精。”他说。

“什么？你想干什么？”

“你这该死的骗人精，”他又说，“我这蠢驴，竟上了你的当。”

他重新拿起包，转身往门那边走，她马上站到他身边。“你想干什么？不要走！你不能留我一个人！我不知道，你要是留下我一个人，会发生什么事！”

“骗子，”他说，“可悲的骗子！你撒谎倒也没什么，但你撒谎撒得这么卑劣，真令人作呕。不能拿这种事开玩笑！”

她把他从门口推开。“可你往四周看看啊！是出了事啊！你自己也看得见！你看，他大发雷霆。我害怕他回来！你不知道他会做些什么。”

一把椅子倒在地上。还有一盏灯。几片碎玻璃片。“在这儿走来走去的时候把鞋穿上，”拉维奇说，“别把脚扎了。我能给你的建议就这些。”

玻璃片之间有张照片。他用脚把玻璃推到一边，把照片捡起来。“给你——”他把照片扔到桌上，“别再烦我了。”

她站在他面前，看着他。她的脸色变了。“拉维奇，”她轻声说，声音很压抑，“不管你管我叫什么，我都不会生气。我常常撒谎。而且我也会继续撒谎。我就想那样。”她猛地推了那照片一下。照片从桌子滑下去，落到地上，让拉维奇可以看得清楚。照片上不是他在金钟餐厅时在乔安身边见过的那个人。

“人人都要人家那样，”她充满鄙夷地说，“别撒谎，别撒谎！只能说真话！可要是真说真话，他们就忍受不了。谁也受不了！可我没怎么骗过你。没对你也那样。对你，我不想那样——”

“好，”拉维奇说，“我们用不着论证这些。”他突然感到一阵莫名其妙的感动。有什么东西打动了他。他有些生气。他不想再被打动了。

“不。对你，我没必要那样。”她说着看着他，脸上是几分乞求之意。

“乔安……”

“我现在也没撒谎。我说的不全是谎话，拉维奇。我给你打电话，真是因为我害怕。我把他赶出去又锁上门时很高兴。我想到的第一件事就是给你打电话。这么做有那么糟吗？”

“我过来时，你平静得要死，一点都不害怕。”

“因为他走了啊。也因为我想你会过来帮我。”

“好。那现在没事了，我可以走了。”

“他会再来的。他叫着说他会回来。现在他正坐在什么地方喝酒呢。我知道的。到他喝醉了回来的时候，可不会跟你一样——他不能喝酒。”

“够了，”拉维奇说，“别说了。这些事太蠢了。你的门关得好好的。别再干这种事了。”

她仍然站在那里。“那我应该怎么办？”她猛地蹦出这么一句。

“什么都别干。”

“我给你打电话——打了三遍、四遍——你不接。就算你接了，也会跟我说别来烦你。你觉得你这些做派怎么样啊？”

“就那样。”

“就那样？什么就那样？我们是可以开开关关的自动机器吗？前一夜还温柔缱绻，现在就突然——”

她看到拉维奇的脸色后不说话了。“我就知道会这样，”他轻声说，“我就知道你会试图把那一次拿来利用！你就是这种人！你也知道那回是最后一回了，你本应该就此打住的。你到我那儿去，因为是最后一回，事情就那样了。那次很好，而且那就是道别了，你中有我我中有你，彼此填占得满满的，我们本来会让这些事永存于记忆——可你就干不出来别的，只会像个商贩一般把那一夜拿来利用，把它扭曲，提出新的要求，好把一件仅此一次、过去就过去的事加上繁冗的后续！因为我不愿意，你现在就要这种令人恶心的诡计，你还非要让人回味这些事，光是说起这些就很无耻了。”

“我……”

“你是知道的，”他打断她的话，“别再撒谎了。我不想重复你说过的话。我还做不到那种事。我们两个都知道的。你再不想回去了。”

“我没有回去啊！”

拉维奇盯着她。他费劲地控制住自己。“好。那你打了电话。”

“我打电话，是因为我害怕！”

“上帝啊，”拉维奇说，“这太蠢了！我放弃争论！”

她慢慢露出笑容。“我也放弃，拉维奇。你没看出来，我想要的不过是让你待在这儿？”

“那正是我不想要的。”

“为什么呢？”她仍然在微笑。

拉维奇感觉到强烈的挫败感。她就是拒绝理解他，一旦他开始解释，天知道会说到哪儿去。“那样就是他妈的堕落，”他终于说，“你不会明白的。”

“我明白啊，”她慢慢地回应道，“可能明白吧。可这怎么就跟一周以前不一样呢？”

“一周以前也是一样的堕落。”

她沉默，看着他。“我不在乎那叫什么。”她终于说。他没有回应。他感到她大占上风。“拉维奇，”她说着走得近了些，“对，当时我是说过，这就结束了。我说过，你再不会听到我的消息了。我那么说，是因为你要那样。即便说了我也不会那么做——你不明白吗？”

她注视着他。“不明白，”他粗暴地回答，“我明白的就只有你想跟两个男人睡。”

她不为所动。“不是那样的”，随后她说，“可就算真是那样，那跟你有什么关系？”

他凝视着她。

“那实际上跟你有什么关系？”她又说一遍，“我爱你。还不够吗？”

“不够。”

“你用不着嫉妒。你用不着。你又从来不是——”

“怎么？”

“不。你根本不知道那是怎么回事。”

“当然不知道。我又不像你那个小子一样会排戏——”

她微笑。“拉维奇，”她说，“对方一息尚存，你就会嫉妒。”

他没有回答。她站在他面前，看着他。她注视着他，一言不发。空气，狭窄的通道，半暗的灯——蓦然间一切都充满她的身影。充满了某种等待，一种让人喘不上气的温柔张力，就像大地牵引着人头晕目眩地从一座塔楼的护墙上弯下身子。

拉维奇感受到这些。他不想被捕获。现在他不再想着要走了。如果他走，这里这些就会如影随形。可他不想被跟随着。他想要个明确的了断。明天他需要清醒。

“你这儿有酒吗？”他问。

“有。你喝什么？苹果白兰地？”

“要是有干邑白兰地，就干邑白兰地。或者苹果白兰地也行。都无所谓。”

她走向那个小柜子。他望着她的背影。一阵清爽的气流，诱惑散发出一道看不见的光照，那句话：让我们在这里建起小巢吧——永远都是那老一套骗人的话——仿佛洪荒之血暂时凝成的宁静祥和，倒可以长过一夜似的！

嫉妒？他不知嫉妒为何物吗？难道他竟不知道爱情是不完美的吗？难道那不比一点点个人困窘更痛苦、更难以平息吗——嫉妒？嫉妒，不是当你知道自己会比别人更早死去时，就已经开始了吗？

乔安拿来的不是苹果白兰地。她拿来一瓶干邑白兰地。好，他想，有时候她也是可以明白些道理的。他把照片推到一边，放下他的杯子。随后他又把照片拿起来。驱除这段感情的影响，最简单的方法就是好好看看自己后继者的样子。“奇怪，我的记性这么差，”他说，“我还以为，你那小子长得根本不是这样。”

她把瓶子放下去。“可那根本就不是他啊。”

“这样啊——已经换了个人了。”

“是啊——所以才有那一出。”

拉维奇喝了一大口白兰地。“你应该知道的，当过去的情人过来时，你不能把男人的照片到处乱放。压根就不该把照片到处乱放。这样很没品味。”

“这照片没到处乱放。是他把它找了出来。他到处乱翻。我又有些照片。你不懂。女人就会明白这些。我本来也不希望他看到这些照片。”

“所以你才跟他吵。你靠他养着吗？”

“不是。我有工作合同。合同期两年。”

“是他给你弄来的？”

“怎么不是？”她着实很吃惊。“那又怎样？”

“不会怎样。不过有些人会为这些事情忧愤。”

她耸起肩膀。他看着。一段回忆。一份怀旧之情。这双肩膀曾依偎在他身边，在睡梦中轻轻地平稳地呼吸。染上微红暮色的天空中，身披霞光的鸟儿汇成的一片流云？远去了吗？过去多远了？告诉我吧，我看不到的簿记员！那只是被埋葬了，抑或实际上只是最后几段正在消散的回光返照？可又有谁知道呢？

窗户大敞着。有什么东西飞进来了，踉踉跄跄的，像块深色的布片，在灯罩上停下，一双翅膀张开着，伸展着——紧接着变成了一个紫色、蓝色和各种棕色构成的幻影——夜的勋章，被吹进屋来，挂在那绸缎灯罩上——一只彩色的天蚕蛾。绒布般的翅膀轻轻地呼吸——轻得像是对面那层薄薄衣料下胸脯的起伏——此景确是旧日重现吧，那是什么时候呢，其间已过了亿万斯年吗？

卢浮宫。胜利女神。不，还要早得多。要回溯到尘和金鸿蒙初开之时。黄玉祭坛上的烟雾；火山爆发的隆隆之声渐响，阴霾和情欲和鲜血构成的帷幕渐暗，认知的小舟渐微，漩涡激流渐沸腾，熔岩光亮渐耀眼，倾斜的陡坡张着黑色的手指匍匐下行而来，将生命摇撼吞噬——那之上是美杜莎的永恒微笑，她在笑那几个写在时间之砂上的、转瞬即逝的象形文字：精神。

飞蛾飞了起来，轻巧地飞到绸缎下面，用一双翅膀徒劳地扑打起灼热的电灯泡。紫罗兰色的磷粉落下。拉维奇捉住它，把它拿到窗口，扔进夜空中。

“它会回来的。”乔安说。

“也可能不会。”

“它们每天夜里都会进来。它们是从公园那边来的。每次都是那几只。几周以前是柠檬黄色的，现在是这样的。”

“是啊，每次来的都是那几只。又每次来的都不一样。每次都不一样又都一样。”

他在说什么啊。是什么处于他身后的东西在说话。那是一种反响，一种回声，从远方传来，最后一道希望之后回荡。他希望的是什么？是什么在这个虚弱的时刻蓦然打击他，是什么像一把手术刀一样切过他原以为早已愈合的肌肉？曾经躲藏、藏匿、化蛹，仍然在冬眠——那可是种期望，仍然鲜活，他却曾想欺瞒它？他拿起桌上放的那张照片。一张脸。随意的一张脸。千百万张脸中的一张。

“从什么时候开始的？”他问。

“前不久。我们一起工作。几天以前吧。是你在福克餐厅那次之后——”

他抬起手。“好了，好了！我知道了！你觉得假如那天晚上我——你知道不会是那样的。”

她犹豫了。“不——”

“你知道的！别撒谎！重要的事不至于多坚持一会儿都不行。”

他想听什么啊？他为什么要说这些？他难道不是就只想听一句慈善悲悯的谎话吗？“确实，也并不确实，”她说，“我管不住自己，拉维奇。我被那东西驱使着。就仿佛我错过了什么似的。我伸手去抓它，我一定要拥有它，可这一来它就什么都不是了。于是我又去抓新的东西。我事先就知道，这次也有个尽头，就跟另一次一样，可我就是情难自已。那东西驱使着我，它把我抛向某处，它会在一段时间里占据我的身心，然后就放开我，让我再度空虚，那就像饥饿一样，然后它又回来。”

没有希望了，拉维奇想。那是真的了，现在一点希望也没有了。没有错了，不是一时陷入纠葛，不会醒来，不会回到我身边。既然幻想的蒸汽可能会再次蒙蔽认知的水晶体，知道了也好。

温柔又坚定无情的化学物质啊！血一旦彼此交融过，就再不能像当初那样强健。那种仍然攫着乔安，时时驱使她回到他身边的东西，就是他身上她仍未参透的那一部分。如果她把这仅存的一部分都参透了，就再也不会回来了。谁想等着那一刻到来呢？谁会为之而满足呢？谁会为之把自己全盘交出呢？

“我希望我跟你一样强大，拉维奇。”

他笑了。这话也要再来一遍。“你比我强多了。”

“不。你可是看到了，我总追着你跑。”

“这正好显示出你的强大。你可以允许自己那样做。我就不行。”

她专注地看了他一会儿。随后，她脸上泛起的那种光彩熄灭了。

“你不会爱，”她说，“你永远不会全身心投入其中。”

“你却总是投入其中。所以你也每次都会得到拯救。”

“你不能认真地跟我说话吗？”

“我正认真地跟你说话呢。”

“如果我每次都会得到拯救，那为什么我就摆脱不了你？”

“你会彻底摆脱我的。”

“算了吧！你知道，那是毫不相干的。如果我能摆脱你，我就不会追着你跑了。其他人都被我忘了，却忘不了你。这是为什么？”

拉维奇喝了一口酒。“或许因为你没把我完全踩在脚下。”

她愣住了。然后她摇头。“我没像你说的那样，把他们全都踩在脚下。有些人压根没踩，但我把他们都忘了。我不乐意这样，但我把他们忘了。”

“你也会忘记我的。”

“不会的。你让我不安了。不会的，永远都不会。”

“你根本就不会相信我们能忘掉多少东西，”拉维奇说，“那既是巨大的福分，又是该受诅咒的不幸。”

“你还没有跟我说，我们为什么会成这样。”

“那是我们两人都无法向彼此说清的。只要我们想说，就可以说下去，但只会越说越乱。有些东西是我们解释不了的。还有些东西是我们不明白的。我们心中幸而有那一小片杂乱的丛林。我现在要走了。”

她很快地站起来。“你不能留下我一个人。”

“你想跟我睡吗？”

她看着他，什么都没说。“我希望你不想。”他说。

“你为什么这么问？”

“为了让我开心些。去睡吧。外面天都亮了。没时间上演悲剧了。”

“你不想待些时候吗？”

“不想。而且我永远不会再来了。”

她静静地站着。“永远不会？”

“永远不会。你也永远不会再去我那里了。”

她慢慢地摇头。随后她指着那桌子。“是因为那个？”

“不是。”

“我不明白你的意思。咱们可是可以——”

“不可以，”他很快地说，“别再说那些了。什么友谊那一套滥调子。就像在渐熄的情感熔岩上建一座小菜园。不，咱们做不到那样。咱们不行。有些小情小爱后可以那样。就算那种时候也是假惺惺的。不该用友谊玷污爱情。结束就是结束。”

“可为什么偏偏是现在？”

“你说得对。本应该早些结束。我从瑞士回来时就该结束。可谁也不会无所不知。而且，有时候我们也不希望无所不知。那是——”他不说了。

“那是什么？”她站在他面前，仿佛有什么东西理解不了，却又迫切地一定要知晓。她脸色苍白，一双眼睛是透明的。“我们到底是怎么了，拉维奇？”她轻声说。

她发丝后面的通道半明半暗，在灯光中摇曳，仿佛引领他走向远方的深井，那里有暧昧不清的诺言，被重重叠叠的旧日许诺滴下的甘露濡湿，因不断涌现的新希望滴下的甘露濡湿。“爱情……”他说。

“爱情？”

“爱情。因此这就是终结了。”

他关上身后的门。电梯。他按按钮。可他没等到电梯升上来。他怕乔安跟着他来。他迅速地走楼梯下去。没听到开门声，他很诧异。他在第二个楼梯间站定，仔细倾听。什么动静都没有。没有人过来。

出租车还在房前。他都把车忘了。司机轻叩自己的帽子，亲昵地咧嘴一笑。“多少钱？”拉维奇问。

“十七法郎五十生丁。”

拉维奇付了钱。“您不回去吗？”司机诧异地问。

“不是。我想走回去。”

“挺远的呢，先生。”

“我知道。”

“那您本来用不着让我等您的。您白花了十一法郎。”

“没关系。”

司机努力点上粘在他上嘴唇上那个棕色的湿烟头。“那好，但愿这钱花得值。”

“太值了！”拉维奇说。

花园矗立在寒冷的晨光中。空气已经暖了，但光还是冷的。丁香木丛上蒙着一层尘灰。长凳。其中一张长凳上睡着一个男人，他的脸上盖着一份《巴黎晚报》。正是在这张长凳上，拉维奇曾在那个雨夜久坐。

他看着那个睡觉的人。《巴黎晚报》一呼一吸地在那人脸上一抬又一抬，仿佛那份烂报纸拥有了灵魂，或者是一只蝴蝶，马上就想要带着重大新闻飞向天空。粗体字标题和缓地呼吸着：希特勒声称，除波兰走廊外无其他领土要求。下面则是：烫衣女工用热熨斗打死男子。一张凹版印刷照片里，一个胸部丰满的女人穿着周日礼服，盯着前方。她旁边还有一张照片在上下起伏：张伯伦称仍有和平希望，他那姿态跟个银行职员似的，手里拿着一把雨伞，一张脸活像只幸福的绵羊。他脚下有个小标题：数百名犹太人在边境被杀。

用这一切抵御夜间露水和清晨光照的男人沉沉睡着，十分安详。

他穿着一双破旧的帆布鞋，一条棕色的毛呢裤子和一件破破烂烂的西装上衣。这一切都跟他无关。他远远及不到这些，所有的一切都跟他没关系了——就像一条深海里的鱼丝毫感觉不到大洋上的风暴。

拉维奇回国际酒店。他头脑清醒，一身轻松。他什么都没留下，也什么都用不上。他不再需要那些仍会让他迷惘的东西。他打算今天就搬进威尔士亲王酒店去。提早了两天，但提前去等着哈克，好过去得太迟。

二十八

拉维奇下楼时，威尔士亲王酒店的大厅空荡荡的。一台便携式收音机在前台轻声响着。几个女佣在角落里忙着干活。拉维奇迅速地穿过大厅，没让人注意到。他看了看门对面的钟。这是早上五点。

他沿着乔治五世大街前往福克餐厅。那里没有人。餐厅早就打烊了。他在那里站了片刻，随即拦了一辆出租车，前往山鲁佐德。

莫罗索夫站在门口，迎面看着他。“什么动静都没有。”拉维奇说。

“我想也是。今天也别盼着有什么。”

“可就该是今天啊。到今天就已经过了两周了。”

“别指望着当天。你这段时间一直在威尔士亲王酒店吗？”

“对，从一大早等到现在。”

“明天他会打电话的，”莫罗索夫说，“可能今天有些事要干，或者晚了一天动身。”

“明天上午我得做手术。”

“他不会那么早就打电话的。”

拉维奇没说什么。他望着一辆出租车，那车里走出一个穿着白色小礼服的舞男。一个面色苍白、长着大板牙的女人跟着他下车。莫罗索夫给他们打开门。街上突然传来一股香奈儿五号香水的气味。那女人有点儿跛。舞男付了出租车费之后，懒洋洋地跟在她身后。女人在门口等着他。她的眼睛在路灯光下是绿色的。瞳孔收缩得很小。

“这时候他肯定不会打电话的。”莫罗索夫回来后说。

拉维奇没有回答。“要是你给我钥匙，八点时我可以过去，”莫罗索夫说，“然后我可以等到你回来。”

“你得睡觉啊。”

“别胡说了。我要是想睡，可以在你的床上睡。不会有人打来电话的，不过如果那样能让你安心，我可以帮你等着。”

“我的手术得做到十一点。”

“好。把钥匙给我。我不希望你一激动就把圣日耳曼郊区哪位太太的卵巢跟胃缝一块儿。省得她九个月之后会把孩子呕吐出来。你带着钥匙吗？”

“嗯。给你。”

莫罗索夫把房间钥匙塞进兜里。随后，他拿出一盒薄荷片，递给拉维奇。拉维奇摇头。莫罗索夫拿出几片扔进嘴里。含片消失在他的胡子里，仿佛白色小鸟消失在一片树林里。“神清气爽。”他说。

“你有没有过一整天都坐在一个满是丝绒的房间里苦等的经历？”拉维奇问。

“再长也有过。你不也一样吗？”

“是啊。但不是等这个。”

“你没带着可以读的东西吗？”

“带够了。可我什么都没读。你在这儿还要忙多久？”

莫罗索夫给一辆出租车打开门。那车里坐满了美国人。他让他们进去。“至少还得两个小时，”他回来后说，“你也看到这情况了。好多年以来最疯狂的一个夏天。乔安也在里面。”

“哦。”

“是啊。还可以告诉你，她是跟另一个男人在一起。”

"我不关心。"拉维奇说。他转过身要走。"那我们早上再见。"

"拉维奇。"莫罗索夫在他身后叫他。

拉维奇走回去。莫罗索夫把钥匙掏出来。"给你！你还得进威尔士亲王那个房间呢。反正我早上之前也不会去见你。你走的时候把门开着。"

"我不在威尔士亲王酒店睡觉，"拉维奇拿过钥匙，"我在国际酒店睡。那边的人尽量别看到我的脸，这样更明智。"

"你还是应该在那里睡觉。如果你不在一家酒店睡觉，就不算住在那里。还是在那里睡比较好，以防警察去前台问询。"

"确实，不过如果他们去问询，我要是能证明这段时间一直住在国际酒店，也会更好些。我在威尔士亲王酒店把什么都弄好了。床铺也翻开了，洗手池、毛巾、浴缸之类的都用过了，弄得像是我很早就走了似的。"

"很好。那就再把钥匙给我吧。"

拉维奇摇头。"最好还是别让那儿的人连你也看到了。"

"没事的。"

"怎会呢，鲍里斯。咱们可别犯傻。你的胡子又不随处可见。再说，你说的也对；我得照常生活，装得好像没有出过什么特别情况似的。如果哈克明天早上真会打电话来，他下午也会再打一遍的。要是料想不到这些，我这一天都会战战兢兢的，像个废物一样。"

"你现在要去哪儿？"

"睡觉去。但愿你这儿闲下来时我已经睡着了。八点钟还得做手术呢。"

莫罗索夫怀疑地看着他。"好的。那我明天下午去威尔士亲王酒店找你。如果之前有什么事，给酒店打个电话找我。"

"好。"

街巷。城市。淡红的天空。一路的房屋上游移着红白蓝三色。风像一只温柔的猫绕着一家家酒馆的拐角嬉戏。人，空气，在令人窒息的酒店房间苦等了一天后一切都是新鲜的。拉维奇沿着山鲁佐德后面那条大街走着。围着铁栅栏的树木欲言又止地向铅灰色的夜散发出绿意和森林的回忆气息。他骤然间感到空虚疲惫，仿佛要一头倒下似的。如果我就此放下该多好，他心中有什么东西在想，如果我完全放下，忘记，如同蛇蜕掉一张陈年老皮那样把这事情抛掉，该有多好！此事跟我还有什么关系？这出闹剧来自几已遗忘的过往。就连这个人跟我又还有什么关系呢？在这段暗无天日的中世纪残余中，在中欧这场日食中，那不过是个渺小随机的器具，是样无关紧要的工具。

那跟他还有什么关系？一个妓女试图把他引到门洞里。她在门后的暗影中敞开衣服。这衣服穿成她这样，解开腰带后就像睡袍一般四散开来。苍白的肉体上一片模糊的亮光。黑色的长筒袜，黑黢黢的腰腹，黑色的眼窝里满是阴影，连眼睛都看不到了；一块腐朽衰败的肉，看上去已经腐烂出磷光了。

一个皮条客，上唇粘着一支香烟，靠在一棵树上盯着他看。几辆运蔬菜的车从旁边经过。几匹马边走边点头，皮肤下面沉重的肌肉绷得紧紧的。草药和菜花散发出浓郁的气味，菜花看上去就像绿色叶片间石化的大脑。西红柿红艳艳的，菜篮子里装着豆子、洋葱、樱桃和芹菜。

那些事跟他还有什么关系？多一个人或者少一个人。千万个一样坏甚或更坏的人中多一个抑或少一个。少一个。他蓦地站定了。就是这样！他一下子完全清醒了。就是这样！正是因为你疲惫了，因为你想要忘却了，因为你想：那跟我还有什么关系？——这才使得他们那群人越来越壮大。就是这样！少一个！对，少一个——轻于鸿毛，又重于泰山！重于泰山！他慢慢地从兜里抽出一支烟，又慢慢地把它点上。火柴的黄色光亮照亮了他双手手心，仿佛照亮了一个有着条条纹路沟壑的洞穴，那一刻他蓦然间明白了，什么都无法阻止他杀死哈克。莫名其妙地，仿佛一切针对的都是那一件事。那件事一下子远不仅是一场私人的复仇。就仿佛，如果他不去杀他，就是犯下了一项偿还不清的罪——如果他不行动，这个世界上就会有某种东西永远失落了。同时他清楚地知道事情并不是那样——然而，尽管知道，在远离解释和逻辑的彼岸，他的血液仍然隐约知晓，那件事是必须要做的——就仿佛这件事会荡出看不见的波浪，之后还会发生大得多的事情。他知道，哈克只是这场恐怖的一个小小的执行者，意义不大——但突然间他也明白了，杀死他这件事，有着无比重大的意义。

他手中洞穴里的光熄了。他把火柴扔开。晨光悬在树梢。刚刚醒来的麻雀演奏的拨奏音列撑开一张银纱。他惊异地环顾四周。他心中有什么东西油然而生。一个看不见的法庭开庭了，判决也已经做出了。他清晰地看到四处的树木、一栋房屋黄色的墙、自己身边一道铁栅栏灰暗的颜色、蓝色雾气中的街道——他感觉自己将永远忘不了此景。直到此刻，他才真正明白，自己将会杀死哈克，而且这件事不再是他自己的小小私事，它的意义要重要得多。这是一个开端。

他从奥西里斯的大门前经过。几个喝醉的人踉踉跄跄地走了出来。他们眼神呆滞，满脸通红。门口没有出租车。他们咒骂了一会儿，然后走开了，步子沉重有力，一路吵吵嚷嚷。他们说的是德语。

拉维奇本来想回酒店的。这时他改主意了。他突然想起来，罗兰德跟他说过，这几个月来，奥西里斯常有德国游客。

他走了进去。

罗兰德穿着黑色的主管服，站在吧台前，正在冷静地巡视四周。留声机朝着埃及风格的墙壁轰响，泛起回音。“罗兰德。”拉维奇说。

她转过身。“拉维奇！你好久没来了。你来得正好。”

“怎么？”

他挨着她站在吧台边，朝店里四处望了望。客人已经不多了。他们零零散散地蜷缩在各张桌边，睡眼惺忪。

“我要离开这里了，”罗兰德说，“再过一周我就走了。”

“不回来了？”

她点头，从低胸的领口里拿出一份电报。“你看。”

拉维奇打开电报，然后把它还给她：“你那个姑妈吗？她终于死啦？”

“是啊，我要回去了。我已经跟老板娘说过了。她大发雷霆，但她理解我。冉奈特只得接我的班了。她还得多练练，熟悉一下，”罗兰德笑了，“可怜的老板娘。她今年本来想在戛纳出出风头的。她的别墅已经住满客人了。一年以前她成了伯爵夫人，跟一个图卢兹的皮条客结婚了。只要他不离开图卢兹，她每月都付给他五千法郎。现在她只能待在这儿了。”

“你的咖啡馆要开起来了吗？”

“是啊。我已经在整天东跑西跑，购置所有该买的东西了。在巴黎可以买得便宜些。印花棉布当窗帘。你觉得这种图案怎么样？”

她从胸衣里拿出一块压皱了的碎布。上面是黄底印花。“非常好。”拉维奇说。

“我花七折的钱就能拿下。这是去年的滞销货，”罗兰德的眼睛亮闪闪的，温暖又温柔，“这一来我就省了三百七十法郎。多好，是不？”

“太妙了。你要结婚吗？”

“对。”

“你为什么想结婚呢？为什么不再等等，先把想办的事都办好了？”

罗兰德笑了。“你不懂做生意的事，拉维奇。没有个男人是做不成生意的。结婚是做生意的一部分。我知道自己该做什么。”

她站在那里，坚定，稳妥，镇定自若。她把一切都考虑好了。结婚是做生意的一部分。“先别一下子就把你的钱都转给他，”拉维奇说，“先等等，看看情况。”

她又笑了。“我都知道情况会如何了。我们都很理智，做生意时要互帮互助。要是妻子拿着钱，男人就算不得男人了。我不想要个靠女人养的皮条客。我得尊重这个男人。要是他不得不时时刻刻跟我要钱，我就没法尊重他。你难道不明白这些吗？”

“明白。”拉维奇说，但实际上不明白。

“好，”她满意地说，“你想喝点什么吗？”

“什么都不用。我得走了。我只是过来看看。明天早上还得工作呢。”

她看着他。“你太清醒了。你想要个姑娘吗？”

“不想。”

罗兰德轻轻挥了下手，指示两个姑娘到一个坐在过道边沿上睡觉的男人那里去。其余的姑娘都在各处欢闹着跑来跑去。只有少数几个坐在沿着中间过道放置的两排凳子上。别的姑娘在过道的光滑瓷砖上滑行，就像孩子们冬天滑冰一样。每次都是两个姑娘拉着蹲在地上的第三个，小跑着沿着长长的过道滑过。松散的头发飞扬着，乳房晃动着，双肩亮闪闪的，那一小片绸缎什么都遮掩不住，姑娘们开心地叫喊着，奥西里斯突然间成了一片充满古典年代纯真之意的阿卡狄亚[①]净土。

“到夏天了，”罗兰德说，“得让她们每天早上享受一点自由。”她看着他。“星期四是我在这里的最后一晚了。老板娘给我准备了一场晚宴。你来吗？”

“星期四吗？”

“对。”

星期四，拉维奇想。再过七天。七天。那就像是七年。星期四——到时候事情早就过去了。星期四——谁能想那么远的事呢？“当然来，”他说，“在哪里？”

“这里。七点钟。”

“好。我会来的。晚安，罗兰德。”

“晚安，拉维奇。”

他放置牵引器时出事了。事情发生得很快，令人惊慌失措、急躁不安。他犹豫了片刻。腹腔敞开着，像个鲜红的洞穴，吊着肠子的湿热纱布冒出缕缕细密蒸汽，夹子旁边纤细的血管中渗出血来——他突然间看到困惑地望着自己的欧仁妮，他看到韦贝尔的脸，在金属般的灯光下，那张大脸上所有毛孔和每根毛发都看得一清二楚——随后他控制住自己，镇定地继续工作。

他开始缝合。他的手在缝合。伤口闭上了。他感觉自己腋下正流出汗水来。汗顺着他的身体往下流。“您愿意缝完吗？”他问韦贝尔。

“行啊。怎么啦？”

“没什么，天气太热。没睡够。”

韦贝尔看到欧仁妮的目光。“难免嘛，欧仁妮，”他说，“就

---

① 古希腊典故，意义类似“世外桃源”。

算上帝的义人[①]也难免。”

手术室摇摆了片刻。一阵狂野剧烈的疲惫袭来。韦贝尔继续缝合。拉维奇机械地给他打下手。他的舌头钝了。上颚变得像棉花一样。他极慢地呼吸。罂粟，他身体里有什么东西在想。佛兰德的罂粟。敞开的鲜红腹腔。一片鲜红，绽放的罂粟花，恬不知耻的秘密。生命紧紧依附在拿着刀的手下。抽搐，胳膊垂下，一场遥远的死亡散发出磁力，吸引着他。我不能再做手术了，他想。必须先把那件事解决。

韦贝尔用药涂抹缝合的刀口。“缝完了。”

欧仁妮摇手柄，让病人的腿低下来。手术推车发出轻微的辘辘之声，出去了。“来支烟吗？”韦贝尔问。

“不了。我得走了。还有事情要办。这儿还有事要干吗？”

“没有了，”韦贝尔惊异地看着拉维奇，“您干吗这么着急？不想喝杯苏打水兑苦艾酒或者别的凉饮料吗？”

“什么都不要了。我得走了！我都不知道已经这么晚了！再会，韦贝尔。”

他匆匆出去了。出租车，到了外面后，他想。出租车，快来。他看到一辆雪铁龙开来，把车子拦住。“去威尔士亲王酒店！快！”

我得跟韦贝尔说，他这几天靠不上我，得自己应付一下，他想。这样是不行的。如果我做手术时突然想到，哈克可能这时候正在给我打电话，我会发疯的。

他付了出租车钱，穿过大厅。仿佛等到了地老天荒，电梯才来。他穿过宽阔的楼道，打开房间门。电话。他拿起听筒，仿佛那有千斤之重。“我是冯·霍恩。有人给我打过电话吗？”

“先生请稍等。”

---

① 指虔诚信奉耶和华的人。

拉维奇等着。女接线员的声音传来。“没有。没人打电话。”

“谢谢！”

下午，莫罗索夫来了。“你吃过了吗？”他问。

“没有。我等你来着。咱们可以一起在这儿吃顿饭。”

“瞎说。那样太显眼了。在巴黎，除了病人，没人在自己的房间里吃饭。你去吃饭吧。我待在这儿。这个时候没人打电话。人人都在吃饭。肚子是神圣的。如果他还是打电话来，我就说我是你的贴身男佣，记下他的电话号码，告诉他你过半个小时就回来。”

拉维奇犹豫了一下。“好，”他随后说，“二十分钟后我就回来。”

“不用忙。你等的时间已经够久了。先别紧张。你去福克餐厅吗？”

“嗯。”

“让他们给你上点开瓶的三七年产武弗雷葡萄酒。我刚喝过。一流好酒。”

“好。”

拉维奇下楼。他匆匆穿过马路，在餐厅露台上巡视了一圈。随后他在餐厅里来回走了一圈。哈克不在那里。他在一张挨着乔治五世大街的空桌子旁坐下，点了烩牛肉、沙拉、山羊乳酪和一大瓶武弗雷酒。

吃饭的时候，他小心留意。他强迫自己吃出滋味来，品出那葡萄酒味道淡，还有些烈。他吃得很慢，一边吃一边环顾四周，他看到天空像一面蓝色的锦缎旗子般挂在凯旋门上，他又点了一杯咖啡，感受到咖啡的苦味，他慢慢地点了支烟。他不想急着走，于是又坐了一会儿，观察旁边经过的人，随后站起来，朝威尔士亲王酒店走去，把这一切都忘了。

“武弗雷酒怎么样？”莫罗索夫问。

“好。”

莫罗索夫拿出一副便携棋盘。“我们下局棋？”

“好。”

他们把棋子插进棋盘上的洞里。莫罗索夫在一张扶手椅上坐下。拉维奇坐在沙发上。“我觉得，没有护照的话，我在这儿待不了三天了。”他说。

“前台已经问过你护照的事了？”

“还没有。他们有时会在人家入住时要带签证的护照。因此我是夜里搬进来的。值夜班的小厮没有多问。我跟他说，我需要一间房，住五天。”

“昂贵的酒店对这些事没那么仔细。”

“如果他们过来要我的护照，可就麻烦了。”

“他们暂时不会过来的。我在乔治五世和丽兹两家酒店打听过。你登记时说你是美国人吗？”

“不是。我说是乌特勒支过来的荷兰人。跟那个德国名字不太相称，所以我把它改了改，小心起见。改成了范·霍恩，不是‘冯’。如果哈克打电话找我，听起来也是一样的。”

“好。我想，这事情还是能办成的。毕竟你住的不是那种便宜房间。人家不会多管闲事的。”

“但愿不会。”

“可惜，你说了你名叫霍恩。我知道有一张无可挑剔的身份证，还有一年到期。那是我一个朋友的，他七个月以前死了。验尸的时候，我们说他是没有证件的德国难民，就这么救下来一张有效证件，自己留下了。人家给他冠上约瑟法·维斯的名字，把他埋在了不知什么地方，这些对他来说无关紧要了。可这边已经有两个流亡者靠他的证件活下来了。他叫伊万·克鲁格。不是俄国名字。照片模糊不清，又是侧面照，上面没盖戳，很容易换一张。”

“还是现在这样好，”拉维奇说，“我一从这里搬出去，就没有霍恩这个人了，也没有证件了。”

“那样在警察那边会保险些，但他们不会来的。那些租一个套间要花一百法郎以上的酒店，警察是不会去的。我认识一个难民，他从五年前开始就住在丽兹大酒店，也没有证件。唯一一个知道这件事的人是值夜班的门房。你考虑过没有，假设那些老兄最后还是要找你问询，你要怎么办呢？”

“当然想过。我的护照放在阿根廷大使馆办签证去了。我会向他们保证，第二天就把护照拿回来。然后就把箱子留在这里，再也不回来了。干这些事的时间我还是有的。一开始应该是酒店经理来询问，不会是警察直接过来。我算计到了这些。只不过——这一来这儿的事就吹了。”

“会办成的。”

他们下棋下到八点半。“你先去吃晚饭吧，”莫罗索夫说，“我在这儿再等等。然后我就得走了。”

“我晚些时候在这儿吃饭。”

“瞎说。快去正正经经吃顿饭。如果那小子打来电话，你肯定先要跟他喝酒。最好还是在那之前已经吃得饱饱的。你知道要跟他去哪里吗？”

“知道。”

“我的意思是，要是他还想去看看什么，或者喝些什么的话。”

“知道。我知道很多没人爱管闲事的地方。”

“先去吃饭吧。别喝酒。吃些油腻的硬菜。”

“好的。”

拉维奇又去了福克餐厅。他感觉，一切都不真实。就仿佛这些都是他在一本书里读到的，或者在一部剧情片里看到的，或者是梦到的。他再次在福克餐厅的两边巡视一番。露台上都人满为患。他仔细检查了每一张桌子。哈克不在。

他在一张小桌边坐下，这桌子在门边上，这样他就可以观察大门和街上。他旁边有两个女人在聊夏帕瑞丽[①]和曼波彻。一个胡子稀稀落落的男人坐在她们身边，一言不发。另一侧，几个法国人在谈政治。其中一个支持火十字团，另一个支持共产主义者——其余几人则拿他们俩开玩笑。同时，他们全都在打量两位自信满满地喝着苦艾酒的美国丽人。

拉维奇一边喝酒，一边注视着街道。他没蠢到会相信偶然。只有优秀文学作品里才没有偶然——生活中每天都充满了最荒谬的偶然。他在福克餐厅待了半个小时。这次比中午轻松一些。他又在餐厅挨着香榭丽舍大街的那一侧走了一圈，然后回酒店了。

"这是你的汽车钥匙，"莫罗索夫说，"我换了辆车。这回是辆蓝色的塔尔博特，带皮座椅的。另一辆车的座椅是灯芯绒的。皮子更容易清洗。这是一辆翻篷汽车，你开车时顶篷敞着或者关着都行。你得一直开着窗户。如果你开枪时只能关着顶篷，就打开后面的窗户再开枪，省得子弹在车里留下痕迹。这辆塔尔博特我租了两周。千万别一干完就把车开回车库。找条总是停满了车的小路放一段时间。通通风。车子现在在贝利路上，正对着兰开斯特酒店。"

"好的。"拉维奇说。他把车钥匙放在电话旁边。

"这里还有汽车的证件。我没能给你弄张驾照来，不想找太多的人问这件事。"

---

① 艾尔莎·夏帕瑞丽（1890—1973），出生于意大利的法国著名时装设计师。

“用不着驾照。在昂蒂布开车时我也一直没有驾照。”

拉维奇把汽车的行驶证跟钥匙放在一起。“今天夜里你把车子停到另一条路上。”莫罗索夫说。

情景剧，拉维奇想，一部拙劣的情景剧。“我会去的。谢谢你，鲍里斯。”

“真希望我能跟你一起去。”

“我不希望。这种事要一个人办。”

“是啊。但你别错失良机，也别给他机会跑掉。把他解决掉，这就完了。”

拉维奇微笑。“这些你都跟我讲过十几遍了。”

“怎么讲也不嫌多。在关键时刻，脑子里不知会冒出什么蠢念头，这事可真要命。一九一五年，沃尔科夫斯基在莫斯科时就这样，突然间鬼迷心窍想追求荣耀了。猎人的怪癖，不想冷血杀戮之类的。结果被一头猪猡开枪打死了。你烟够抽吗？”

“有一百支呢。而且在这儿我要什么都可以打电话。”

“如果我不在山鲁佐德那边了，你就去叫醒我。”

“我无论如何也会去的。无论办没办成都会去。”

“好。再见，拉维奇。”

“再见，鲍里斯。”

莫罗索夫出去后拉维奇关上门。房间一下子变得非常安静。他在沙发的一角坐下。他看着墙上的布面。那是蓝布做的，嵌在框架里。才两天时间，他对这布面就比对他置身于其中多年的房间墙纸更加熟悉了。他熟悉这些镜子，熟悉地板上灰色的绒面，以及靠窗户边的那块深色污渍，他熟悉桌子和床的每道线条，还有扶手椅的套子——他对这一切都熟悉到了想吐的地步——只有电话他还不熟悉。

二十九

塔尔博特停在巴萨诺路上一辆雷诺和一辆奔驰之间。那辆奔驰是新的，有一块意大利车牌。拉维奇把塔尔博特开出来。他很不耐烦，就没仔细留意，塔尔博特后面的保险杆从奔驰左边的挡泥板上划过，留下一道划痕。他没在意这些，匆匆驾车赶往豪斯曼大街。

他开得很快。手里有车是挺好的。开起车来，像水泥一般压在胃里的幽暗失望之情就好抵抗了。

这是凌晨四点钟。他本来应该多等一会儿的。然而，他突然感觉一切都没有意义了。哈克可能早就把那段小插曲忘掉了。或许他根本就没再回巴黎来。他们现在在那边有别的事情干。

莫罗索夫站在山鲁佐德门前。拉维奇把车停在最近的转角处，又走回来。莫罗索夫迎面看着他。“你接到我的电话了吗？”

“没有。怎么啦？”

“我五分钟以前给你打过电话。有一群德国人正在我们这儿呢。其中一个看上去就像——”

“在哪里？”

“乐队边上。只有一张桌子边坐了四个男人。你从门口就能看到了。”

“好的。”

“你去门口那张小桌子坐吧。那是我给你留的。”

“好的，好的，鲍里斯。”

拉维奇在门口站定。屋里很暗。聚光灯全打在舞场上。一个穿了件银色连衣裙的女歌手站在那里。窄窄的一道光束太亮了，光束之外，什么东西都辨不出来。拉维奇盯着乐队边上那张桌子。他看不到它。颤动的白光没有打在那上面。

他在门边那张桌子边坐下。一个酒保送来一大瓶伏特加。乐队似乎在拖延。那甜丝丝的旋律迷雾徐徐荡过，像蜗牛一样慢。我要等待——我要等待[①]。

歌手躬身。掌声翩跹飞起。拉维奇向前探过身子。他等待聚光灯熄灭。歌手转向乐队。吉卜赛人点头，架起小提琴。铜钹把几个和缓的经过句抛到高空。第二首歌来了。《月光中的小教室》。[②]拉维奇闭上眼睛。等待让人几乎难以忍耐。

一曲还没唱完，他已经重新坐直身子，直挺挺地坐了很久。聚光灯熄灭了。桌上的灯亮了起来。最初那一刻，他除了模糊的轮廓之外什么都看不到。他已经盯着聚光灯看太久了。他再次合上眼睛，然后抬头去看，马上就找到了那张桌子。

慢慢地，他仰回去。那几个人里谁都不是哈克。他就这样坐了很久，骤然间感到一阵可怕的疲惫。眼底都是疲惫。这倦意像高低不一的波浪一般，一浪又一浪地袭来。在酒店房间的一片静寂和新一轮失望之后，音乐声、此起彼伏的话语声和轻柔的嘈杂声让他昏昏沉沉。那就像是睡梦拼成的万花筒、一场不知不觉的催眠，沉沉地笼罩起那些做好了凶残准备却空等一场的脑细胞。

不知何时，舞者纷纷拥向那一个黯淡的光点，他在那光点中看到了乔安。那张毫无保留的饥渴面孔正往后仰着，她的头

① 原文为法语。

② 原文为法语。

紧挨在一个男人的肩膀上。看到这一幕，他什么感觉都没有。谁都不会比你曾经爱过的人更让你陌生，他疲惫地想。一旦幻想和客观事物之间的脐带被扯断，一人可能还会对另一人射出电光，像幽幻的星辰一般荧荧发光；但这光已经死了。它令人悸动，却不会再点燃心火——再没有什么在两方心田间来往流淌。他把脑袋仰回去，靠到沙发靠背上。万丈深渊上的一丝亲密。两性间的幽深隐晦，有着万千种甜蜜的名字。一片大海上的点点星花，当你想要采摘之时，会沉没于其中。

他直起身子。他得在睡着之前从这里出去。他朝酒保挥了挥手。“买单。”

“没有要买的单。”酒保说。

“怎么会呢？”

“您什么都没喝啊。”

“哦，对。”

他给那人一笔小费，然后走了。

“不是？”莫罗索夫在外面问。

“不是。”拉维奇回答说。

莫罗索夫看着他。“我放弃了，”拉维奇说，“这就像场捉印第安人游戏，可憎又可笑。现在我已经等了五天了。哈克跟我说过，他每次就只在巴黎待两三天。按照这说法，他现在肯定已经回去了—— 假如他确实来过的话。”

“好好睡一觉吧。”莫罗索夫说。

“我睡不着。我这就回威尔士亲王酒店取我的箱子，然后把房间退了。”

“好吧，”莫罗索夫说，“那我明天中午去那里见你。”

“哪里？”

“威尔士亲王酒店。”

拉维奇看着他。“对，当然喽。是我胡说八道了。不是吗？或许也不是胡说八道。”

“再等到明天晚上吧。”

“好吧。我再看看。晚安，鲍里斯。”

“晚安，拉维奇。”

拉维奇从奥西里斯旁边经过。他把车停在转角处。他害怕回自己国际酒店的房间。或许他可以在这里睡几个钟头吧。今天是周一，妓院不开门。门房不在外面。可能都没什么人在。

罗兰德站在门边监察大房间。留声机呕哑嘲哳地响着。“今天不太热闹吧？”拉维奇问。

“什么人都没有。就只有那儿那个无聊鬼。跟猴子一样好色，但不愿意上楼去。你也知道这种人。想要，却又没胆。又是个德国人。呐，他钱都付过了；不可能再待太久了。”

拉维奇冷淡地朝那张桌子望了一眼。那男人背对着他。他身边是两个姑娘。他朝其中一个探过身子，双手握住她的双乳时，拉维奇看到了他的脸。那是哈克。

在他耳中，罗兰德的话仿佛隔着一个漩涡。他听不懂她的话，仅仅意识到自己往后退了几步，现在站在门口了，在这里他恰好还能看到桌子边缘，自己却不会被人看到。

“来杯干邑白兰地？”罗兰德的声音终于透过了那漩涡。

管风琴吱嘎作响。摇曳感仍在继续，横膈膜上一阵痉挛。拉维奇把指甲掐进拳头里。

不能让哈克在这里看到他。罗兰德也不能看出他认识哈克。

“不了，”他听到自己说，“已经喝够了。你说是德国人？你认识他吗？”

“不认识，”罗兰德耸了下肩，“这帮人长得都挺像的。我觉得这个还从没来过。你不想再喝点什么了吗？”

“不了。就是顺便过来看一眼而已——”

他感到罗兰德在看着自己，强迫自己镇定下来。“其实我只是想问下，你的晚宴是什么时候，”他说，“是周四还是周五？”

“周四，拉维奇。你会来的吧？”

“当然了。我只是想确认一下。”

“周四六点钟。”

“好。我会准时到的。我想问的就是这个。现在我得走了。晚安，罗兰德。”

“晚安，拉维奇。”

白色的夜突然喧嚣甚起。房屋不见了——只剩石头林立，窗棂森然。骤然间战事再起，巡逻者沿着空旷的街道悄悄行进。车子成了掩体，他蜷缩着身体躲在里面，在发动机的嗡鸣声中暗自等着敌人。

他一出来就开枪打死他？拉维奇朝街上看了看。三三两两的汽车。几束黄色的灯光。还有几只猫。远处一盏路灯下面有什么东西，看上去像个警察。自己的车牌号、开枪时的响声、之前刚见过他的罗兰德——他听到鲍里斯的声音：“什么险都不要冒，别冒险，这种事不值得。”

没有门房。没有出租车！很好！周一这个时间点没什么运输车。就在他想这些的那一刻，一辆雪铁龙铿锵作响地过来了，在门前停下。司机给自己点了支烟，大声打了个哈欠。拉维奇感觉身上的皮肤都收紧了。他等待着。

他琢磨，是不是应该下车跟司机说，里面已经没有人了。那是不可能的。把他打发走，付给他钱，给他随便派个差事，让他去找莫罗索夫。他撕下一张纸条，写了几行话，又把它撕了重新写。就写莫罗索夫不用在山鲁佐德等他了，随便签上个名字——

出租车发动了，开了起来。他死死地盯着窗外，却什么都看不到。他不知道自己写字条时，哈克是不是上车了。他迅速挂上一挡。塔尔博特从拐角处冲出来，跟到出租车后面。

透过后车窗，他没看到有人。但哈克可能坐在边上。他慢慢超过出租车。后座上一片昏暗，什么都看不清楚。他减速落到后面，然后重新开到前面，尽可能靠近另一辆车。那司机转过头，破口大骂："嗨，白痴！你想别我吗？"

"我一个朋友在你车里。"

"你喝醉了吗，蠢货，"司机咆哮道，"没看这车里是空的吗？"

此刻，拉维奇自己也看到了，出租车没有打表。他一个急转弯冲了回去。哈克站在路边招了招手。"哈喽，出租车！"拉维奇开过去，刹车停下。

"出租车？"哈克说。

"不是，"拉维奇从窗口探出身子，"您好。"他说。

哈克看着他，一双眼睛眯了起来。"什么？"

"我想，我们是认识的。"拉维奇用德语说。

哈克向前探过身子。他脸上的怀疑神色消失了。"上帝啊——您是冯……冯……"

"霍恩。"

"对啦！对啦！冯·霍恩先生！当然了！多巧啊！天，这段时间您跑到哪儿去啦？"

"就在巴黎。来吧，上车。我都不知道，您已经回来了。"

"我给您打过几次电话。您换酒店了吗？"

"没有。还在威尔士亲王酒店，"拉维奇打开车门，"来吧。我捎您一程。这个时候您叫出租车可不容易。"

哈克一只脚踩到上车用的踏板上。拉维奇感受到他的呼吸。他看着那张热得发红的脸。“威尔士亲王，”哈克说，“见鬼，对，这才是！威尔士亲王！我一直给乔治五世酒店打电话来着。”他大声笑了起来。“那儿没人知道您。现在我明白了！威尔士亲王，当然了！我弄混了。我的旧笔记本没带过来。我还以为都记在脑子里呢。”

拉维奇眼睛看着门口。大概还要过一会儿才会有人出来。姑娘们肯定先得换衣服。尽管如此，他还是得尽快让哈克上车。

“您是想进去吗？”哈克毫不拘束地问。

“我是想过，但大概已经太晚了。”

哈克鼻孔里呼哧呼哧地出着气。“正是，亲爱的。我是最后一个。那里面要关了。”

“没关系。反正也挺无趣的。我们去别处吧！您上车。”

“还有开着的吗？”

“当然有。真正的好店这才开张呢。这儿这家是招待游客的。”

“真的吗？我还以为……这家就已经很棒了。”

“才不是呢。还有好得多的。这家就是个窑子。”

拉维奇在油门上轻轻踩了几脚。发动机咆哮起来，又平息了。正在他预料之中；哈克拖拖拉拉地爬上他旁边的座位。“再次见到您，真好，”他说，“真的很好。”

拉维奇从他身前探过手，把车门拉上。“我也很高兴。”

“这屋子真有意思！一大堆光着身子的姑娘。警察竟然允许这样的！不过她们大概大多有毛病，是不是？”

“有可能。在这种地方自然是永远没法安心的。”

拉维奇开动车子。“有没有绝对保险的地方？”哈克咬断了一支雪茄，“我不愿意带着一身淋病回家。可是呢：咱们就活一回嘛。”

“是啊。”拉维奇说着，把电动打火机递给哈克。

“我们要去哪里？”

“先去个幽会室如何？”

“那是什么地方呢？”

“是上流社会的女人找刺激的地方。”

“什么？真的是上流社会的女人？”

“是啊。丈夫岁数太大的女人，丈夫太过无聊的女人，丈夫挣的钱不够花的女人……”

“可怎么……她们可不能直接就……那是怎么搞的呢？”

“那些女人去那里待一个小时，或者更久。就跟去参加鸡尾酒会或者去夜总会一样。她们中有一些是可以打电话叫过去的。那当然不是蒙马特区这家这样的小屋。我去过那儿的一栋非常漂亮的房子，就在森林中央。那里的老板娘看上去很有公爵夫人的气质。那里什么都特别高贵，而且行事谨慎，优雅别致。”

拉维奇说得缓慢镇定，说话时气息绵长。他听到自己说起话来像个导游一样，但还是强迫自己说下去。他手臂中的血管在颤抖。他用双手牢牢地握着方向盘，好把这震颤压抑下去。“您一看到那些房间，就会大吃一惊的，”他说，“所有家具都是真品，地毯和哥白林挂毯都是古董，葡萄酒是精选出来的，服务出色，您找那些女人，自然是毫无风险的。”

哈克把雪茄的烟喷出来。他转向拉维奇。“我说，这些听上去都非常好，亲爱的冯·霍恩先生。只不过还有一个问题：那肯定不便宜吧？”

“绝对不贵。”

哈克咯咯地笑了，有些尴尬。“看您管什么叫‘不贵’了。咱们德国人那一点外汇……”

拉维奇摇头。“我跟老板娘很熟。她欠了我的账。她会让我们当特殊贵客的。您去了那里，作为我的朋友，可能都不用交钱。最多就给点儿小费——比您在奥西里斯买瓶酒的钱还少呢。”

“真的？”

“您会看到的。”

哈克坐正身子。“好家伙，那可真不赖。”

他咧开嘴，朝拉维奇露出一个大大的笑容。“您似乎懂得很啊！肯定是送过那老板娘一个很大的人情吧。”

拉维奇看着他。他直接看着他的眼睛。“行政当局有时候会找这种地方的麻烦。稍微试着敲诈几回就行。您懂得我的意思吧？”

“当然懂！”哈克思索了片刻，“您在这儿有那么大影响吗？”

“不大。就有几个朋友身居高位。”

“那已经了不得了！我们可以好好利用这个。咱们能不能找机会谈谈这些？”

“当然。您还要在巴黎待多久？”

哈克笑了。“我似乎总是在正要启程的时候遇到您。我早上七点半就走，”他看了看车里的钟，“就是两个半小时后。正要跟您说呢。之后我得去巴黎北站。咱们来得及吗？”

“很容易。您事前还得回酒店吗？”

“不用。我的手提行李已经送到车站去了。酒店房间下午就退了。这样能省一天的房钱。咱们这点儿外汇……”他又笑了。

拉维奇突然注意到，自己也在笑。他把双手牢牢按在方向盘上。不可思议，他想，真是不可思议！肯定还会出什么事，肯定还会遇到乱子。这么多偶然碰到一起，不可思议。

清新的空气把哈克肚中的酒意引出来了。他的声音越发缓慢低沉。他在自己的角落里挪正姿势，打起盹来。他的下颚咔哒一声垂下去，一双眼睛也合上了。车子转了个弯，驶进森林寂静的幽暗之中。

车头灯像无声的幽灵般在汽车前面飘动，把鬼影一样的树木从一片昏暗中拉扯出来。槐树的气味涌进敞开的车窗。轮胎擦在柏油路上的响声轻柔持久，仿佛永远不愿停歇。湿润的夜间空气中，发动机的嗡鸣亲切、深沉且轻柔。一片小池塘上浮光点点，垂柳的剪影在黑沉沉的山毛榉前显得较为明亮。草地上洒满露珠，显出万点苍白的珠光。马德里路，圣詹姆斯城门路，德于里路。一座睡眼蒙眬的房子。水的气味。塞纳河。

拉维奇沿着塞纳河大道行驶。被月光照亮的河水上有一前一后两个黑黢黢的影子，那是两只小船随波逐流。远处有一条狗在狂吠。水上传来话语声。第一只小船的前端，一盏灯亮着。拉维奇没有停住车子。他让车子保持匀速，以免吵醒哈克，就这样沿着塞纳河行驶。他本来想在这里停车的。那样不行。两只小船离河岸太近了。他拐进农场路，从河边离开，回到珑骧大道。他顺着这条路开，穿过玛格丽特王后大道，然后转进那些更狭窄的道路。

他望向哈克时，发现哈克的眼睛是睁着的。哈克正在看着他，在仪表盘上微弱的灯光中，一双眼睛像蓝色的玻璃球一样闪亮。他仿佛挨了一道电击。“醒啦？”拉维奇问。

哈克没有回答。他注视着拉维奇。他一动不动，就连眼睛都没有转动。

“我们在哪里？”他终于问道。

“在布洛涅森林里。离瀑布餐厅很近。”

“咱们已经开了多久了？”

“十分钟。”

“比这更长。”

“没长太多。”

“我睡着前看过时间。咱们开了半个多小时了。”

“真的吗？”拉维奇说，“我以为没那么久呢。咱们这就到了。”

哈克的眼睛没从拉维奇身上移开。“到哪儿？”

“到幽会室啊。”

哈克动了一下。“您开回去。”他说。

“现在吗？”

“对。”

他没有醉意了，清醒得很。他的脸色变了。那份快活和随和之意无影无踪。拉维奇这才第一次重新见到自己熟识的那张脸，那张在盖世太保的恐怖刑房里永生永世铭刻在他脑中的脸。蓦然间，他一直以来感受到的那种迷惘消失了——将要谋杀一个其实跟他毫无关系的陌生人的感觉消失了。他车里原本载着一个喝了一肚子红酒的平易随和之人，他还徒劳地在这人的脸上寻找杀他的理由——其实那些理由就在他脑子里，无论他试图想什么，那些理由都横在他的思绪之前。现在，这同一双眼睛骤然重现，正是他在濒死的痛苦中失去意识，醒来后面前的那双眼睛。正是这双冷酷的眼睛，正是这个冰冷、轻柔、咄咄逼人的声音——

不知什么东西陡然在他心中翻腾起来。就像一道电流改变了电极。紧张感没变；但那些颤抖、焦躁、变幻无常的东西都汇入同一道洪流，这道洪流只有一个目标，除此之外别无其他。岁月崩塌成齑粉，那间有着灰色墙壁的屋子又回来了，还有那些没有灯罩的白色灯光，血、皮子、汗水、痛苦的恐惧的气味——

“为什么？”拉维奇问。

“我得回去。有人在酒店等我。”

“但您可是说了，您的东西已经送到车站去了。”

“没错。但我还有别的事要干。我之前忘了。您开回去。”

“好。”

拉维奇一周以前开车在布洛涅森林里转过十多次；白天和夜里都来过。他知道自己在哪里。还有几分钟就到。他转进左边一条狭窄的林荫路。

“我们正往回开吗？”

“对。”

白日也照不进阳光的丛丛树木之下，空气散发着浓烈的味道。幽暗愈发深邃。车头灯光愈发明亮。拉维奇在反光镜中看到，哈克的左手从车门边小心翼翼地慢慢缩了回去。右舵，他想，谢天谢地，这辆塔尔博特是右舵！他转了一个弯，用左手把住方向盘，装作自己转弯时摇晃了一下，踩满油门，冲上那条笔直的林荫道；车子飞驰向前，几秒钟之后，他竭尽全力踩了刹车。

塔尔博特颠跳了一下。刹车发出尖锐的声响。拉维奇一只脚踩在油门上，另一只脚抵在地上，保持住平衡。哈克的双脚没东西挡着，也没料到这一颠，上半身朝前扑去。他没能及时把手从兜里掏出来，额头猛地撞在挡风玻璃和仪表盘间的棱上。恰在此刻，拉维奇从右边口袋里掏出一把沉甸甸的螺旋扳手，一把砸在他的颅骨正下方的脖颈上。

哈克没再坐起来。他从一边滑了下去，被右肩拦在中途。他的右肩把身体卡在仪表盘上。

拉维奇马上就接着往前开。他横穿过林荫路，用顶篷遮住挡风玻璃。他继续往前开，等着看有没有人听到了刹车的尖锐声响。他考虑着是不是应该找个地方把哈克从车里推出去，要是有人过来就把他埋在灌木丛里。终于，他在一个交叉路边停下车，把车灯和发动机熄了，从车里跳出来，打开引擎盖和哈克那边的车门，仔细倾听。如果有人过来，他从这里老远就能看见听见。有时间把哈克拽到灌木后面，装作发动机出了问题的样子。

寂静就像一片喧哗，如此突如其来，不可捉摸，简直是在呼啸。拉维奇的双手攥成拳头，直到攥得生疼为止。他知道，在耳朵里呼啸的是自己的血。他深深地呼吸，慢慢地。

呼啸声变成一道轰响。透过这轰响传来一个尖锐的声音，而且那声音越来越响。拉维奇用全身的力气仔细听着。越来越响了，像金属的声音——突然间，他注意到，那是蟋蟀的叫声，轰响声也没了。这个正在醒来的清晨，斜对着他的只有那片狭长草坪上的蟋蟀。

那片草地坐落在晨光中。拉维奇关上引擎盖。不动手不行了。他必须在天色大亮前把事情干完。他环顾四周。这地方不好。布洛涅森林里什么地方都不好。天已经太亮了，不能往塞纳河边去了。他之前没料到会搞到这么晚。他开着车在周围转了几圈。他听到一种抓挠的声音，然后是一种刮东西的声音和一声呻吟。哈克的一只手从敞开的车门里慢慢地伸了出来，正在用指甲刮踏板。拉维奇发现自己手里仍然握着那把螺旋扳手。他抓住哈克的上衣领子把他拽出来，让他脑袋露在外面，又往他后颈上砸了两下。呻吟声停止了。

什么东西啪嗒一声。拉维奇静静站住。随后，他看到，那是一把左轮手枪，从座位上掉到踏板上。刹车前，哈克肯定是把这枪拿在手里。拉维奇把它扔回车里。

他继续侧耳细听。蟋蟀。草地。越发明亮、不断后退的天空。再过一会儿，太阳就要出来了。拉维奇打开车门，把哈克拽出来，把车前座放倒，试图把哈克推到车子前座和后座之间的地上。办不到。那地方太窄了。他绕着车子走了一圈，打开后备厢的盖子，很快地把后备厢清空。然后又把哈克从车里拉出来，拖到车子后端。哈克还没死掉。他非常重。汗水从拉维奇的脸上滚滚而下。他总算把哈克的身体塞到后备厢里，把他在那里面塞成胚胎的样子，膝盖抬着。

他从路边拿起工具，一把铁锹和一个千斤顶，把这些东西放在车里前排位置上。一只鸟在他旁边的某棵树上唱起歌来。他吓了一跳，感觉那歌声仿佛比他曾经听过的所有声音都要响。他朝草地那边望去，那里更明亮了。

他不能冒险。他回去，把后备厢的盖子打开一半。他把左脚放到后面的保险杠上，用膝盖抵住后备厢的盖子，让它半开着，仅仅开到让自己可以把双手探进去的程度。如果有人过来，会觉得他像是在忙些什么的样子，人畜无害。他还有一段很长的路要走。他得在那之前就把哈克杀掉。

那脑袋离右边的一角很近，他可以看到。脖颈很软，血管的脉搏还在跳动。他猛地把双手卡在那咽喉上，死死扼住。

似乎过了无穷无尽的时间。那脑袋挪动了一下。只是微微一下。身体试图伸展开。那样子就像是身体被困在衣服中。嘴巴张开了。那只鸟又尖声尖气地高唱起来。舌头伸出来了，又厚又黄，上面满是舌苔。蓦地，哈克睁开了一只眼睛。这只眼睛凸出来，仿佛得到了光亮，能够看到了，它仿佛要从眼眶里挣脱出来，朝拉维奇那边去——然后那身体顺从了。拉维奇又扼了一会儿。结束了。

盖子啪嗒一声掉下来。拉维奇又走了几步，然后感到膝盖在颤抖。他扶稳了一棵树，呕吐起来。他感觉吐得胃都要撕扯出来了。他试图忍住不吐。怎么都不行。

他抬头看时，看到一个男人正从草地上过来。那人正朝他望着。拉维奇站着不动。那人走近了，漫不经心地缓缓迈着步子。他穿戴得像个园丁或者工人。他看着拉维奇那边。拉维奇吐了口痰，掏出一包香烟，点了一支，把烟雾吸进去。烟雾辛辣，灼烧他的喉咙。那人横穿过林荫路。他看了眼拉维奇吐过的地方，然后又看了眼车，最后看了看拉维奇。他什么都没说，拉维奇从他脸上也看不出什么。男人缓缓迈着步子，消失在交叉路后。

拉维奇又等了几秒钟，然后关上车子的后备厢盖，给发动机点火。他在布洛涅森林里已经干不了什么了。天已经太亮了。他得开车去圣日耳曼区。他熟悉那里的树林。

三十

一个小时后，他在一家小客栈前停下。他饥肠辘辘，头脑麻木。他把车停在客栈前，那里放了两张桌子和几把椅子。他点了咖啡和布莉欧面包，然后去洗手。洗手间臭烘烘的。他要了个杯子，漱了漱口，接着洗洗手，回去。

早餐放在桌上了。咖啡的气味跟全世界的咖啡别无二样。燕子绕着屋顶盘旋，太阳把一天中的第一张金色哥白林挂毯挂上了房屋的墙壁，人们去上班，小餐馆的珠帘后，一个卷着裙子的女佣在擦瓷砖。这是拉维奇好久以来见过的最平和的夏日清晨了。

他把热咖啡喝了，但无法下决心吃东西。他不想用他那双手抓任何东西。他看着这双手。荒唐，他想。见鬼，我不想搞出什么心理情结来。我得吃东西啊。他又喝了一杯咖啡。他拿出一支香烟，小心翼翼，没把自己碰过的那端塞到嘴里。不能这样继续下去，他想。但尽管如此，他还是没吃东西。我得先把事情全办完了，他下定决心，站起来付了钱。

一群奶牛。蝴蝶。照在田野上的太阳。照在挡风玻璃上的太阳。照在顶篷上的太阳。照在后备厢亮闪闪的金属盖子上的太阳，哈克就躺在那底下——死了，都没来得及听到自己为什么会死，又死于谁手。本来不该是这样的。不该这样——

“你认出我了吗，哈克？你知道我是谁吗？”

他看着面前那张红色的脸。“没有，怎么？您是谁？

我们曾经见过吗？”

“对。”

“什么时候见的？您用‘你’称呼我？或许是在军官学校认识的？我不记得了。”

“你不记得了，哈克。不是在军官学校，比那晚些。”

“比那晚些？但您可是生活在国外吧？我从没离开过德国。只是这两年才来巴黎。也许我们是喝酒时……”

“不。不是喝酒时认识的。也不是在这里。是在德国，哈克！”

一道栅栏。铁轨。一座小花园，里面长满了玫瑰、天蓝色绣球花和向日葵。等待。一列破旧的黑色火车，喷着浓烟穿过没有尽头的清晨。挡风玻璃上映出那双鲜活的眼睛，它们正像黏稠的水母一样待在后备厢里，填满了从缝隙里落下来的灰尘。

“在德国？啊，我明白了。是在哪次党代会上吧。我觉得我想起来了。不是在纽伦堡宫饭庄那次？”

“不是，哈克，”拉维奇对着挡风玻璃慢慢地说，他感到这些年月如沉重的波涛般溯回，“不是在纽伦堡。是在柏林。”

“柏林？”阴影中的那张脸在玻璃反光中一颤一颤的，随和中有一丝不耐烦了，“呐，您就直说了吧，老天，把那段往事直说出来吧！别卖关子了，别一直兜圈子折磨我了。是在哪里？”

波涛从地上升腾而起，已经传入双臂之中。“折磨，哈克！正是那样！就是刑讯折磨之时！”

一阵笑声，没那么有把握了，谨慎起来了。“别开玩笑了，老天。”

“就是行刑之时，哈克！你现在知道我是谁了吗？”

又是那笑声，更没把握了，更谨慎了，带上了恐吓之意。“我怎会知道？我见过好几千人。我又不能把每一个都记着。如果您想说的是秘密警察……”

“对，哈克。盖世太保。”

耸肩，暗自提防起来。“要是您曾经被审问过……”

“对。你记起来了吗？”

再次耸肩。“我怎会记得？我们审问过几千人……”

“审问！是折磨拷打到失去意识，肾脏都给压烂了，骨头都给打断了，像个口袋一样被扔进地牢，再给提出来，把脸撕破了，睾丸捣碎了——你们管这叫做‘审问’！那些喊不出来的人焦灼可怖的呻吟声——‘审问’！晕厥和晕厥之间的呜咽，踩在人家肚子上的脚，橡胶棍，鞭子——好啊，你们倒挺不耐烦地管这些叫做‘审问’！”

拉维奇盯着挡风玻璃里那张看不到的脸，点缀着庄稼、罂粟和野玫瑰的风景从那张脸中无声地穿梭而过——他盯着它，嘴唇嚅动着，把自己早就想说、一定要一吐为快的话说了出来。

“手给我安静放着！不然我开枪打死你！你还记得小马克斯·罗森贝格吗，浑身残破了，在地牢里躺在我身边，打算一头撞死在水泥墙上，省得再去受‘审问’——为什么审问啊？因为他是个民主党！还有威尔曼，尿里带血，牙齿没了，只剩下一只眼睛，就是被你们‘审问’了两个钟头后——为什么审问啊？因为他信天主教，不相信你们的元首就是新的救世主。还有里森菲尔德，头上背上跟一团生肉一样，求我们把他的血管咬开，因为他自己没有咬血管的牙了，那也是被你‘审问’过之后——为什么审问？因为他反对战争，不相信文化会在炸弹和喷火器中得到最完满的体现。审问！你们‘审问’过几千人，是啊——手老实放着，猪猡！现在我终于逮到你了，我们要出城去，那里有一座房子，墙壁很厚，周围荒无人烟，我要‘审问审问’你——咱们就慢慢地、慢慢地审，审他个好几天，用罗森贝格那套审法，威尔曼那套审法，里森菲尔德那套审法，就跟你们给我们看过的一样！然后，这一切之后……”

拉维奇突然意识到车子在飞驰。他松开油门。一些房屋。一个村落。狗。鸡。奔驰在一片草场的马，脖子伸得很长，脑袋高扬着，充满异教气息。就像半人马一样，强大有力的生命。一个开怀大笑的女人拿着洗衣篮子。彩色的衣服在绳子上飘动，像是一面面蕴含着幸福意味的旗帜。几个孩子在家家户户门前玩耍，他看着这一切，仿佛隔着一道玻璃墙，近在咫尺，又遥远得不可思议，那一切之中满满地都是美、和平和纯真，强劲得令人痛苦，却仅仅因为这一夜就和他隔绝无缘，让他永远触不可及。他并不觉遗憾——就是这样了，仅此而已。

他慢慢地行驶。要是从村里飞驰而过，倒会制造唯一一种被人家拦下的契机。时钟。他已经开了快两个小时了。这怎么可能呢？他都没注意到。他什么都没看到，除了那张脸，他对它说话……

圣日耳曼郊区。公园。蓝天前的黑色栅栏，之后就是树木。树木。郁郁葱葱的林荫道。绿树成荫的公园，期盼着，希求着，蓦然间，森林就在眼前。

车声轻了。森林赫然耸起，如同一道金绿色的巨浪，从左右两边拔地而起，淹没了地平线，席卷了一切——包括那只在它之中快速辗转迂回的、亮晶晶的昆虫。

地面软绵绵的，到处都是丛生的灌木。这里离街道很远了。拉维奇把车子停在几百米外的不远处，这样就能看到它。接着，他拿起铁锹，铲起地来。这活不难。如果有人过来，看到汽车，他可以把铁锹藏起来，装成平和的散步者，回车那边去。

他挖得够深了，足以让泥土盖住尸体。随后，他把车子开过来。死尸是很沉的，尽管如此，他仍然只是把车停在地面坚硬的地方，以免留下轮胎的痕迹。

尸体还是软的。他把它拖到地洞边，把衣服扒下来，扔成一堆。这活比他想象的容易些。他放赤裸的尸体躺在那里，拿起衣服，塞到后备厢里，把汽车开回去。他关上车门和后备厢，带上了一把锤子。他得考虑有人偶然发现尸体的情况，不希望让别人通过任何线索认出这是谁。

一时间，他感觉自己很难再回到尸体那边去。他感到一种几乎无法抵抗的强烈渴望，想把那尸体就那样留在那儿，自己上车，飞驰而去。他站定脚步，环顾四周。几米外的一棵树的树干上，两只松鼠在追跑打闹。它们红色的皮毛在阳光中闪闪发光。——他往前走了。

浮肿了。发青了。他把一块沾满油的呢绒盖在那张脸上，然后动手用锤子把它砸烂。砸了一下后他停手了。那声响很是沉闷。随后他迅速地又砸了起来。半晌后，他把那块破布撩起来。那张脸成了一团面目全非的血肉，到处都是凝固的黑色血污。跟里森菲尔德的脑袋一样，他想。他感到自己牙关紧锁。跟里森菲尔德的脑袋不一样，他想。里森菲尔德的脑袋还要更糟：他那时还活着呢。

右手上的戒指。他把它摘下来，把尸体推进坑里。坑有些太短了。他把膝盖屈到肚子前。然后，他把泥土铲进坑里。很快就干完了。他把泥土踩平整，把自己之前用铁锹铲下来的几片苔藓盖到上面。正好盖得上。只有弯下身子才能看到边上的几道空白。他把灌木丛推回原处。

锤子。铁锹。破布。他把这些东西跟后备厢里的衣物放在一起。之后他又往回走了一趟，一边慢慢地搜寻痕迹。基本上找不到了。一点雨，再让草木生长几天，剩下的痕迹就无影无踪了。

奇怪：一个死人的鞋子。袜子。内衣。西装外衣倒没那么明显。袜子，衬衫，内衣——仿佛有幽灵似的，已经枯萎了，浸满了跟着主人一同死去后的死亡气息。抓着这些衣物，寻找花押字和裁缝标签，令人很不舒服。

拉维奇动作很快。他把这些标记剪下来，然后把东西卷成一小团，埋掉了。这里离他埋尸体的地方隔了好几公里——够远了，人家是不会一下子找到这两处的。

他再往前开，一直开到一条溪边。他拿起那些剪下来的标签，用纸把它们包起来。之后，他把哈克的笔记本撕成碎片，又在他的钱包里翻了翻。钱包里有两张一千法郎的钞票、一本去柏林的多程车票、十马克、几张写着地址的便签和哈克的护照。拉维奇把法国钱币塞进兜里。之前他在哈克的兜里还找到了几张五法郎的钞票。

他盯着那本多程车票看了片刻。前往柏林，看着这字样有种奇怪的感觉：前往柏林。他把车票撕碎，跟其他碎片放在一起。他久久地打量那护照。有效期三年。把它据为己有，用它活下去，简直是种诱惑，跟他这条生命的整个生活方式很是相称。要是这样做没有危险，他会不假思索地留下它的。

他把护照撕了。那张十马克钞票也撕了。他把哈克的钥匙、左轮手枪和行李箱的收据留下了。他打算好好琢磨一下，到底应不应该把箱子取回来，这就把哈克在巴黎的每一丝痕迹都消除了。酒店收据他已经找到了，撕毁了。

他把这些东西全都烧了。烧的时间比他想象中久些，不过他带了些报纸，这一来碎布片也可以烧掉。他把灰烬撒到溪水里。接着，他检查车上有没有血迹。什么都没找到。他把锤子和螺旋扳手小心地清洗一番，又把工具装回后备厢。他尽可能仔细地洗了洗手，拿出一支烟，坐着抽了一会儿烟。

直到他回到路上，转弯朝城堡的方向开时，才想起西比尔。那白色的城堡矗立在明净的夏日里十八世纪的永恒天空下。他蓦然间想起西比尔，打那时起，直到现在他才第一次不再努力抵抗，不再试图把这思绪推到一边、压抑下去。此前，他从不曾追忆起哈克让人把她领进刑房之前的事。他从不曾追忆起她脸上的惊慌和疯狂的恐惧之外的东西。其余的一切都从记忆中删去了。他曾听闻她上吊自杀的消息，但那之外的事他从没深想过。他从没相信过这消息；那是可能的——可谁知道那之前发生过什么？他每次想到她，必然感到大脑在痉挛，不由得双手都钩成鸟爪，仿佛胸口也箍上了一圈痉挛的肌肉，让他好几天都无法从那盼望复仇却无能为力的红色雾沼中逃脱出来。

他想着她，那胸口的箍、那痉挛和那雾沼突然间都消失了。有什么东西被消除了，一道障碍被挪开了，那个一动不动的可怖场面动起来了，这许多年来它一直凝固着，现在化开了。那张扭曲的嘴开始闭上了，一双眼睛中的僵硬消散了，血色温柔地回到了那张灰白的脸上。它不再是一张恐惧的僵直面具——它又变回西比尔了，他熟识的那个女人，曾跟他共同生活，曾让他触摸自己柔软的酥胸，又如同一个六月的夜晚般，从他生命中那两年岁月间被风卷走。

一个个白日升起——一个个黑夜——如同远处一个已被遗忘的打火机突然在地平线后燃起火焰。过往岁月中的一扇门，原本卡住了，紧紧锁住，覆着一层血迹，现在一下子轻巧无声地打开了，出现在那门后的又是一座花园，不再是盖世太保的地牢。

这一个多小时，拉维奇一直开车行驶。他没有回巴黎去。他开过圣日耳曼郊区，在塞纳河桥上把哈克的钥匙和左轮手枪扔进水里。然后他张开车子顶篷，继续往前开。

他穿过法国的清晨。那一夜几乎被忘在脑后，仿佛是几十年前的前尘旧事了。几个小时前发生的事，已经变得模糊了——然而，多年以来一直沉于记忆湖底的东西又神秘地浮上水面，向他靠近，不再由一条大地裂痕与他天人永隔了。

拉维奇不知道自己这是怎么了。他原本以为，自己肯定会空虚、疲惫、漠然、激动——他原以为自己会恶心，会暗自为自己辩解，会渴望痛饮一番，会酩酊大醉，然后遗忘——但不会是这样。他没想到自己会感到轻松和解脱，仿佛自己的过往中有一把锁掉落了。他环顾四周。风景掠过，一列列杨树高举起绿色的火炬，向上空欢呼，一片片种着罂粟和矢车菊的田野在他眼前铺开，小村庄的面包房里传来新鲜面包的香气，一座校舍里，孩子们的声音正伴着小提琴歌唱。

方才经过这里时，他在想什么呢？方才，几个小时前，亘古岁月前。那道玻璃墙去哪儿了，那种毫无可能的绝望感去哪儿了？蒸发了吧，就像雾气蒸发在高升的太阳下。他又看到了那些孩子，他们在屋门前的台阶上玩耍，他看到猫和狗在阳光中睡觉，他看到彩色衣服在风中扑簌，马在草场上跑动，那个女人仍然站在草地上，手里拿着几个架子，正把一长列又一长列的衬衫挂起来。他看着这些景象，感觉自己现在比多年以前更能融入其中。他心中有什么东西融化了，变得柔软湿濡，升腾起来，一片烧毁的耕地重泛出绿意，他心中有什么东西慢慢地荡回去，一份静谧的平衡建立起来了。

他静静地坐在车里；他一动都不敢动，不想把那种东西吓走。那东西在他周围不断地滋长，冒出上下浮动的气泡，他静静坐着，仍然不敢完全相信，却能感觉到、知道，它确实在。他原本以为，哈克的影子会坐在自己身边，盯着他——现在坐在他身边的只是他的生命，它回来了，正在看着他。那两只眼睛多年以来一直用力睁着，沉默倔强地索求着，控诉着，现在似乎闭上了；那张嘴安详地闭上，一双在极度的恐惧中向前伸出的胳膊总算落下去了。哈克的死把西比尔脸上的死亡抹去了——她的脸鲜活了一瞬，然后开始变模糊了。它终于可以安宁了，于是跌落回去，从此以后再不会回来了，白杨树和菩提树已经把它温柔地葬下，现在只剩下夏日和蜜蜂的嗡鸣，还有一重清晰、强烈、处于某种监察之下的倦意，就仿佛他已经好几宿没睡过觉了，现在想长睡一觉，或者永远都不再睡了。

他把塔尔博特停在彭色列路上。发动机不再出声，他从车上下来的那一刻，突然感到自己有多么累。那不再是驾驶时那种解脱后的倦意，而是只想睡觉的空洞虚无感。他往国际酒店走，越走越吃力，阳光像一道横梁一样落在他的脖颈上。他想起来，还得把威尔士亲王酒店的套房退掉，这事都给忘了。他太累了，累得甚至考虑了片刻能不能晚点儿再去退房。随后，他强迫自己去，叫了辆出租车去威尔士亲王酒店。付完房钱后，他几乎忘了让人去取自己的箱子。

他在凉爽的大厅里等着箱子。右边的酒吧里，有几个人正坐着喝马提尼酒。他都快睡着了，行李搬运工才来。他给了他一点小费，叫了辆出租车。“去巴黎东站。”他说。他声音很大，让门房跟搬运工能够听清楚。

到了波艾蒂路的转角时，他让出租车停下。“我记错了一个小时，”他对出租车司机说，“太早了。您在那个小酒馆前停下。”

他付了钱，拿上自己的箱子，往小酒馆走，看着出租车没影了。他往回走，另叫了一辆出租车，去国际酒店。

楼下除了一个正在睡觉的少年外一个人都没有。现在是十二点。老板娘正在吃午饭。拉维奇拿着箱子去自己房间。他脱了衣服，打开淋浴喷头。他花了好长时间，彻底地清洗自己一番。随后，他往身上擦了些酒精。这让他清醒了些。他把箱子收好，把里面的东西收好。他又换上新内衣和另一套西服，然后下楼找莫罗索夫。

“我正要去找你，”莫罗索夫说，“今天我休息。我们可以在威尔士亲王酒店——”他不说话了，更加仔细地注视着拉维奇。

“没必要了。”拉维奇说。

莫罗索夫看着他。“干完了，”拉维奇说，“今天早上。别问我了。我想睡一觉。”

“你还需要什么吗？”

“什么都不要了。都解决了。很幸运。”

“车子停哪儿了？”

“在彭色列路上。没有问题。”

“没别的事要干了吗？”

“没有了。就是突然间头疼得要死。想睡觉了。我晚点儿再下来。”

“好。要解决的事没别的了吗？”

“没有了，”拉维奇说，“没别的了，鲍里斯。很简单的。”

“你什么都没忘？”

“我觉得没有。没有。现在我没法把这事细细回味一遍了。得先去睡一觉。之后再说。你不走吗？”

“当然不走。”莫罗索夫说。

“好。我之后再下来找你。”

拉维奇回到自己房间。他突然头疼得厉害。他在窗前站了一会儿。他脚下，流亡者威森霍夫的百合花闪闪发亮。对面是那堵灰色的墙，墙上是一扇扇空荡荡的窗。一切都结束了。他做得对，做得好，必须得这样，但事情已经结束了，没有之后了。什么都没有了。他不复存在了。明天，他的名字就没有意义了。白日在他窗前陡然落下。

他脱下衣服，又洗了遍澡。他把双手在酒精里浸了很久，然后在空气中晾干。手指关节周围的皮肤紧紧绷着。他的脑袋很沉，大脑似乎在里面松松散散地滚来滚去。他拿出一支注射器，在窗台上的小电炉里煮了煮。水冒了一会儿泡，让他想起那条小溪。只是想到那条小溪。他把两瓶注射液的一端掰下来，把清澈如水的注射液倒进注射器。他给自己打了针，然后上床躺下。过了一会儿，他把那身旧睡衣拿过来，给自己盖上。他感觉自己仿佛正是十二岁，正置身于成长和青春时期那种独特的寂寞之中，疲惫又孤单。

黄昏时他醒来。一道苍白的玫瑰色挂在屋顶之上。威森霍夫和戈尔德贝格太太的声音从楼下传来。他听不懂他们在说什么，也不想听懂。一个没有睡午觉习惯的人下午睡了一觉，他现在的情绪正是如此——和世间再无牵连，准备好了快刀斩乱麻地结束自己的生命，即便那毫无意义。真希望我现在可以做场手术啊，他想。来一个几乎没有希望的重病例给我看。他突然想起来，自己一整天什么都没吃。他蓦地感到饿得发狂。头疼已经消失了。他穿好衣服，下楼去了。

莫罗索夫穿着长袖衬衫坐在自己房间的桌边，正在研究一个棋局。房间里几乎家徒四壁。其中一面墙上挂着一件制服上衣。一个角落里放了一座圣像，圣像前面还有一盏灯。另一个角落里放着一张桌子，桌上是一只铜茶壶。第三个屋角里是一台现代化的冰箱。那是莫罗索夫的奢侈品。他用这冰箱冷藏伏特加、食品和啤酒。一张土耳其地毯铺在床前。

莫罗索夫一言不发就站起来，拿了两个杯子和一瓶伏特加。他给杯子倒满酒。“野牛草伏特加。”他说。

拉维奇在桌边坐下。“我什么都不想喝，鲍里斯。我只是饿得要死。”

“好。那我们就去吃饭。在那之前——”鲍里斯·莫罗索夫从冰箱里翻出一块俄国黑面包、黄瓜、黄油和一小盒鱼子酱——“先吃了这些！这鱼子酱是山鲁佐德厨房主管的礼物。别担心。”

“鲍里斯，”拉维奇说，“我们就别演戏了吧。我在奥西里斯门前碰到了那人，在布洛涅森林里把他弄死了，又埋在圣日耳曼郊区。”

“有人看到你吗？”

“没有。在奥西里斯门口也没有。”

“哪儿都没人看到你？”

“在布洛涅森林时，有人从草地上过来。当时事情都结束了。我把他放在车里了。别人除了车和我之外什么都看不到，当时我在呕吐。我既可能是喝醉了酒，也可能是身上不舒服。没什么特别的。”

“你把他的东西怎么处理了？”

“埋掉了。能让人辨别身份的标志都剪了下来，跟他的证件一同烧掉了。我只留下了他的钱和一张在巴黎北站存行李的收据。他的房间已经退了，他正准备今天早上坐车走呢。”

“见鬼，运气真好！有什么血迹吗？”

“没有。几乎没流血。我把我在威尔士亲王酒店的房间退了。东西都拿回这里了。在这儿跟他交涉的那些人可能会猜他已经走了。要是把他的行李提走，他在这儿的痕迹就都没有了。”

“柏林那些人会发现他没回去，然后就会回头问这边的。”

“要是行李没了，别人就没法知道他去了哪里。”

“他们会知道的。他那张卧铺票没用过。你把车票烧了吗？”

“烧了。”

“那就把收据也烧了。”

“也可以把收据寄到托运处，让他们把行李寄到柏林或者别处去，货到付款。”

“一样的。最好把收据烧了。你要是太过精明，人家就比现在更容易起疑心。现在这样他就只是消失了。这种事在巴黎时有发生。人家会来追查，运气好的话能找出别人最后一次见到他的地方。就是在奥西里斯里面。你进去过吗？”

“嗯。待了一分钟。我看到他了。他没看到我。然后我就在外面等着他。当时没人看到我们。”

“人家会去询问谁在这段时间里去过奥西里斯的。罗兰德会想起来你去过。”

“我常去那里。这还不算什么。”

“最好还是别来找你问话。你是流亡者，没有证件。罗兰德知道你住在哪里吗？”

“不知道。但她知道韦贝尔的地址。韦贝尔才是她们正式的医生。罗兰德再过几天就要辞职了。”

“她在哪里，人家都会知道的，”莫罗索夫给自己倒了一杯酒，“拉维奇，我觉得你最好离开这里，躲上几周。”

拉维奇看着他。“这话说得容易，鲍里斯。去哪里呢？”

"去个有人的地方，哪儿都行。去戛纳或者多维尔。那边现在很热闹，你可以在那里避一避。或者去昂蒂布。你熟悉那地方，也没有人会问你要护照。到时候我可以随时找韦贝尔和罗兰德打听，看警察找没找他们问你的事，传你去当证人。"

拉维奇摇头。"最好还是该待在哪里就待在哪里，生活如常，仿佛什么事都没发生过。"

"不。这次不行。"

拉维奇看着莫罗索夫。"我不会逃走的。我就待在这里。这是事情的一部分。你不明白吗？"

莫罗索夫没回答这话。"先把行李收据烧了吧。"他说。

拉维奇把那张纸条从兜里拿出来，点上，放在烟灰缸上烧。莫罗索夫拿起那个铜质的碟子，把细细的灰烬倒到窗外去了。"好了，这事办完了。你身上还有从他那里拿来的东西吗？"

"有钱。"

"给我看看。"

他检查那些钱。上面没有标记。"很容易处理掉。你想拿这钱干什么？"

"我可以把这钱寄到难民基金会去。匿名寄过去。"

"明天把钱换了，过两周再寄。"

"好。"

拉维奇把钱收起来。他把钱折在一起时，突然想起来自己吃过东西了。他匆匆瞥了一眼自己的双手。早上他竟会那样想，多奇怪啊。他又拿起一块新鲜的黑面包。

"咱们要去哪里吃饭？"莫罗索夫问。

"哪儿都行。"

莫罗索夫看着他。拉维奇露出微笑。这是他第一次微笑。"鲍里斯，"他说，"别那样看着我，跟个护士担心人家精神崩溃时看人的眼神一样。我结果了一头畜生，它应得的结果该比这恶劣千百万倍。我这一生杀过好几十个跟我毫不相干的人，还为此受过勋，我也不是在公平的战斗中杀死了这些人，而是在他们毫不知情之时从背后潜近他们、窥探他们，可战争就是这样，这是光荣的。只有一件事让我如鲠在喉了几分钟，那就是我没能在杀死那家伙之前就当面把话跟他说了，可那只是一个愚蠢的愿望罢了。事情解决了，他不会再去折磨人了，做了这事我也能心安入睡，如今事情早过去了，在我看来就跟报纸上读到的事情一样，毫无感觉了。”

“好，”莫罗索夫给上衣系上扣子，“那咱们走吧。我需要喝点东西。”

拉维奇抬头看他。“你？”

“对，我！”莫罗索夫说。“我，”他迟疑了片刻，“今天我第一次感觉自己老了。”

三十一

罗兰德的道别宴会六点准时开始，只开了一个小时。七点钟又开始做生意了。

一间厢房里的桌上摆好了东西。所有妓女都穿戴整齐。她们大多穿着黑色的绸缎裙子。拉维奇之前只见过她们浑身赤裸或者穿着几块薄薄的布条的样子，这下费了很大力气才认出她们中的几个。只剩了五六个姑娘留在大厅里，以防客人急需。她们七点时会换上衣服，补上这顿大餐。她们谁都不会穿着工作时的衣服进来。这不是老板娘的规定——是姑娘们自己的想法。这不出拉维奇所料。他了解妓女们的礼数；她们的礼数比上流社会的更加严格。

姑娘们凑了份子，给罗兰德的餐厅送了六把藤安乐椅。老板娘捐助了一台收款机，拉维奇送了两张大理石桌子，跟藤椅配套。他是这场道别宴上唯一一个外人，也是唯一一个男人。

六点零五分开始吃饭，由老板娘主持。她右边坐着罗兰德，左边坐着拉维奇。再往后是新的女主管、助理主管和一列列姑娘。

小吃非常好吃。有斯特拉斯堡鹅肝、家常酱，还有陈年雪利酒。拉维奇要了一瓶伏特加。他厌恶雪利酒。之后上了一道非常鲜美的法式冷汤。再后面是鲽鱼配一九三三年产默尔索葡萄酒。鲽鱼做得跟马克西姆餐厅一样上档次。葡萄酒味道清淡，年份不久，搭配得正好。接下来是细细的绿色芦笋。还有穿在铁杆上烤出来的鸡肉，吃起来酥脆鲜嫩，再加上一道有蒜香味的精致沙拉，还有圣埃美隆城堡出产的葡萄酒。坐在桌子主位的几位喝了一瓶一九二一年份的罗曼尼康帝。“姑娘们不懂这酒。”老板娘说。拉维奇倒懂。人家又给他上了一瓶这种酒。因此，他没要香槟酒和巧克力慕斯。他跟老板娘一同就着酒吃了一碟奶汁丰富的布里奶酪，配着没放黄油的新鲜白面包。

席间人们聊天的风格跟女子寄宿学校里差不多。藤安乐椅上打了蝴蝶结。收款机闪闪发光。大理石桌子也亮亮的。惆怅之情在屋子里回荡。老板娘穿着一身黑衣服。她戴了些钻石，但不算太多，只有一个胸针和一枚戒指，以及几块精挑细选出来的蓝白色钻石。虽然她已经封了女伯爵，却没戴冠冕。她是有品位的人。老板娘喜欢钻石。她说，红宝石和绿宝石都有风险，还是钻石稳妥。她跟罗兰德与拉维奇闲聊。她博学多才，跟她聊起天来很有意思，又轻松又风趣。她旁征博引地使用蒙田、夏多布里昂和伏尔泰的话。那张聪明又有几分嘲讽之意的脸上面，一头微微发蓝的白发亮闪闪的。

七点钟，喝完咖啡后，姑娘们像听话的寄宿学校女生一样站起身来。她们礼貌地向老板娘致谢，然后跟罗兰德道别。老板娘又待了一会儿。她让人上了一瓶雅文邑白兰地，这样好的酒拉维奇还没喝过。那支替大家值班的小队进来了，她们洗过澡了，不像工作时那样化着浓妆，都换好了衣服，穿着晚礼服。老板娘等到姑娘们入座，吃上鲽鱼。她跟每个姑娘都说了几句话，感谢她们之前为大家献出了时间。随后，她优雅地告辞：“您走之前，我们还会再见的，罗兰德……”

“当然了，太太。”

“可以把雅文邑白兰地留给你们喝吗？”她问拉维奇。

拉维奇感谢了她。老板娘离开了，从头到脚每一寸都是第一等的贵妇风姿。

拉维奇拿起酒瓶，坐到罗兰德对面。“你什么时候启程？”他问。

“明天下午四点零七分。”

“我会去站台上送你。”

“不行，拉维奇。那样不行。我的未婚夫今天晚上就来了。我们一起走。你知道吧，这一来你是不能过去的。不然他会大吃一惊的。”

“当然了。”

“我们明天早上还要去挑几件东西，在出发前把所有东西寄走。今天晚上我就搬进贝尔福酒店。又好又便宜，还干净。”

“他也住那里吗？”

“当然不了，”罗兰德惊讶地说，“我们可是还没结婚呢。”

“是啊。”

拉维奇知道，这一切并不是装腔作势。罗兰德是个市民，曾有过一份职业。无论那职业是在女子寄宿学校还是在妓院，都是一样的。她尽职尽责，现在工作完成了，她要回自己的市民世界去了，不会带上另一个世界的影子。妓女中有很多人都是这样的。她们中的一些成了出色的妻子。当妓女是一种严肃的职业，不是不道德的事情，这职业可以让人不至于堕落。

罗兰德拿起那瓶雅文邑白兰地，给拉维奇重新倒了一杯。接着，她从手袋里拿出一张纸条。“如果哪天你想离开巴黎——这是我们家的地址。你可以随时过来。”

拉维奇看了一眼那个地址。“上面是两个名字，”她说，“有一个是最开始那两周用的。那是我的名字。之后就用我未婚夫的名字了。”

拉维奇把纸条收起来。“谢谢你，罗兰德。我暂时待在巴黎。再说，如果我突然出现在你们家里，你未婚夫肯定会意外的。”

“你的意思是，毕竟我都不希望你去火车站？那是另一回事。我给你这个地址，是以防你哪天必须离开巴黎。以防你需要很快离开。为的是这个。”

他抬起眼睛。“为什么这么说？”

“拉维奇，”她说，“你是个难民。难民有时候会遇到麻烦。这种情况下，知道自己能去哪里住而不会被警察管，总是件好事。”

“你怎么知道我是难民？”

“我是知道的。我没问过别人。这事跟这里的人都没有任何关系。把那地址收好。如果你哪天用得上它，就过来。我们那儿没人会过问你的事。”

“好的。谢谢你，罗兰德。”

“两天以前警察局有人过来了。他问起一个德国人的事，想知道那人来没来过这里。”

“然后呢？”拉维奇专注地问。

“来过。你上回过来时，那人在这里。你可能都不记得了。那是一个秃头胖子。他跟伊冯娜和克莱尔一起坐在那边。警察问他来没来过，还问当时有没有别人在。”

“我不清楚。”拉维奇说。

“你肯定没留意他。我当然没说，那天晚上你也在这里待了一小会儿。”

拉维奇点了点头。

“最好那么说，”罗兰德说，“这样就不给条子机会，找无辜的人要护照看。”

“当然了。他说过想干什么吗？”

罗兰德耸了耸肩。“没说。而且那跟咱们也没任何关系。我跟他说，这儿没来过别人。这是我们这儿的老规矩了。我们一向是毫不知情的。这样更好。警察也不是很上心。”

“是吗？”

罗兰德露出笑容。“拉维奇，某个德国游客出了什么事，很多法国人是并不在乎的。我们自己的事就够多的了。”

她站起来。“我得走了。再会，拉维奇。”

“再会，罗兰德。没有了你，这里就不会是老样子了。”

她微笑。“可能不会马上就不一样。但也很快了。”

她走了，去跟姑娘们道别，顺便又看了看那个收款机、那些椅子和桌子。都是些实用的礼物。她已经看得到它们摆在自己的咖啡馆里。特别是那台收款机。那就是收入、保障、家园和富足。罗兰德迟疑了片刻，然后还是抵抗不住诱惑。她从手袋里拿出几枚硬币，放在亮闪闪的机器旁，敲了几个键。机器嗡嗡地响起，显示出两法郎五十生丁，抽屉一下子推了出来，罗兰德带着孩子般的幸福笑容，把自己的钱收进了机器。

姑娘们好奇地走上前来，围住了收款机。罗兰德又让机器记了一次账。这次是一法郎七十五生丁。

“在您的店里，一法郎七十五生丁能买什么啊？”玛格丽特问，别人一般就叫她小马。

罗兰德想了想。“一杯杜本内酒，两杯茴香酒。”

“一杯苦味利口酒和一杯啤酒多少钱？”

“七十生丁。”罗兰德啪啪地按键。零法郎，七十生丁。

“很便宜啊。”小马说。

“我们必须要比巴黎便宜些。”罗兰德说。

姑娘们把藤安乐椅推到大理石桌子周围，小心翼翼地坐上去。她们把身上的晚礼服捋平整，突然就成了未来的罗兰德咖啡馆里的客人。“我们想要三杯茶加英式饼干，罗兰德太太。”黛西说，她是个纤细的金发女郎，特别受已婚男人的喜爱。

“七法郎八十生丁，”罗兰德操控着收款机，“真是抱歉，可英式饼干是很贵的。”

小马坐在旁边的桌子边，使劲思考了一会儿后抬起头来。“来两瓶伯瑞香槟。”她得意洋洋地下单。她很喜欢罗兰德，想要向她示好。

“九十法郎。这是好伯瑞香槟。”

“再来四杯白兰地，”小马喘着气说，“我过生日。”

“四法郎四十生丁。”收款机噼啪作响。

“再加上四杯咖啡配蛋白酥皮甜饼干呢？”

“三法郎六十生丁。”

小马着迷地盯着罗兰德看。她说不出来别的了。

姑娘们挤到收款机周围。“这些加起来多少钱啊，罗兰德太太？”

罗兰德给她们看那张印着数字的纸条。“一百零五法郎八十生丁。”

“这里有多少钱是您挣的？”

“大约三十法郎吧。靠的是那香槟酒，卖香槟可以挣很多。”

“好啊，”小马说，“好啊！就要一直这样！”

罗兰德回到拉维奇那边。她的眼睛亮闪闪的，只有眼中有爱情或者生意时才会这么亮。“再会，拉维奇。别忘了我跟你说的话。”

“不会忘的，再会，罗兰德。”

她走了，步子有力，身板笔直，背影清晰——对于她来说，未来一目了然，生活那么美好。

他和莫罗索夫一起坐在福克餐厅里。这是晚上九点钟。露台上挤满了人。远处，凯旋门之后，两盏路灯燃着白色阴冷的光。

“耗子们要离开巴黎了，”莫罗索夫说，“国际酒店里有三个房间空了。这是一九三三年以来就没有的事。”

“会有其他难民过来，把房间住上的。”

“什么难民？我们已经有俄国人、意大利人、波兰人、西班牙人、德国人……”

“法国人，”拉维奇说，“从边境那边来。逃难来的。跟上一场战争时一样。”

莫罗索夫端起杯子，看到杯子空了。他朝服务员招了招手。“再开一瓶普伊酒。”

“你怎么办，拉维奇？”随后他问。

“作为耗子吗？”

“对。”

“耗子如今也需要护照和签证了。”

莫罗索夫不以为然地看着他。“那些东西你之前有过吗？虽然没有，你还是去了维也纳、苏黎世、西班牙和巴黎。现在到了你离开这里的时候了。”

“去哪儿呢？”拉维奇问。他拿起服务员送来的玻璃酒瓶。杯子凉凉的，上面一层水雾。他把清淡的葡萄酒倒进去，“去意大利？盖世太保在那边的边境上候着呢？去西班牙？长枪党正等着我去呢。”

“去瑞士吧。”

“瑞士太小了。我去过瑞士三回，每次刚过一周就被警察拿住，然后给送回法国。”

“英国。从比利时偷渡过去。”

“不可能。他们会在码头上逮到你，把你送回比利时去。比利时又不是难民可以去的国家。”

“你不能去美国。墨西哥怎么样？”

“去的人太多了。而且也是至少得有一张证件才有可能去。”

“你什么证件都没有？”

“我有几张出狱证，都是我用不同的名字因为非法越境坐过的监牢。正好都是用不上的。我自然每次都马上把这些证撕掉了。”

鲍里斯·莫罗索夫沉默了。

“逃亡已经结束了，鲍里斯老爹，”拉维奇说，“总是要结束的，不论何时。”

“战争一开始，这里会发生什么事，你知道吗？”

“当然知道。会建法国集中营嘛。既然什么都没准备，集中营会挺糟糕的。”

“然后呢？”

拉维奇耸耸肩膀。“别提前想得太远。”

“好。可是，如果这儿什么都没有章法，乱来一气，你进了集中营，那你知道会怎样吗？德国人会逮到你的。”

“逮到我和别的好多人。可能会吧。人家也可能会把我们及时放走。谁知道呢？”

“然后呢？”

拉维奇从兜里掏出一支香烟。“咱们不要说这些了吧，鲍里斯。我出不了法国。这世界上别的地方要么危险，要么去不了。我也不想继续下去了。”

“你不想继续下去了？”

“不想了。我已经想过了。这些我没法跟你解释。没什么好解释的。我不想继续下去了。”

莫罗索夫不说话了。他朝那边的人群望去。“乔安在那里。”他说。

她和一个男人一起坐在很远处乔治五世大街后面的一张桌子旁。“你认识那人吗？”他问拉维奇。

拉维奇朝那边看了看。“不认识。”

“好像换得还挺快啊。”

“她追逐着生命，”拉维奇漠然地说，“跟咱们中的大多数一样。屏息静气地追寻着，生怕错过了什么。”

“也可以换种说法。”

“确实。但那还是一样的。就是躁动，老兄。这是过去二十五年里的病症。再没有人相信自己会靠着积蓄平安终老。人人都嗅到了火药味，试图把自己能抓到的都抢走。你倒不这样。你是个容易打发的哲学家。”

莫罗索夫没有回话。“她一点儿也不会选帽子，”拉维奇说，“你看看，她头上戴的是什么！她根本就没什么品味。那是她的强大之处。文化会让人衰弱。到头来真正重要的永远只是赤裸裸的生命欲望。你自己就是个出色的例子。”

莫罗索夫咧开嘴笑了。“你倒是漫步于云端，还是放过我那些低级趣味吧。品味简单的人容易遇到喜欢的东西，从来不会双手空空干坐着。活到了六十岁还在追逐爱情的人是个白痴，就如同人家拿着标记过的牌跟他玩，他还想赢。一家好妓院就能让人心绪安宁了。我常去的那家有十六个年轻女人。我在那儿花不了几个钱就能当回土耳其帕夏。我获得的柔情蜜意可比某些爱情的奴仆抽抽嗒嗒哀诉出来的还要真呢。爱情的奴仆，我就这么说。”

“我听明白了，鲍里斯。”

“好。那就让我们把这杯酒一饮而尽。这杯凉爽清淡的普伊酒。再让我们趁着这巴黎的银色空气还没被污染，好好呼吸几口这空气。”

“是啊。你看没看到，今年这栗树已经是第二回开花了？”

莫罗索夫点头。他指着天空，重重幽暗的屋顶之上，红彤彤的巨大火星在天穹上闪耀。“看到了。而且那颗星大概好多年没离地球这么近了，”他笑了，“很快咱们就会看到新闻，某处有个孩子出生了，身上长着个剑形的胎记。还有新闻说另有个地方下了场血雨。就差中世纪那颗神秘的彗星了，彗星一过来，这先兆就齐全了。”

“彗星在那儿呢。”拉维奇指着一家报社大楼上的霓虹灯，那些霓虹字样似乎在毫无停息地疾驰，还有那群沉默地站在楼前往后仰着脑袋的人。

他们坐了一会儿。一个拉手风琴的人在路肩上站定，拉起一首《鸽子》[①]来。几个肩上扛着丝织凯山地毯的地毯商贩出来了。一个男孩子走在桌子间兜售开心果。似乎一切如常——直到小贩带着新出的报纸过来。他们手里的报纸一下子就被抢光了，几秒钟之后，到处摊满了报纸的露台看上去就像是被埋在一群巨大的、没有血色的白色蛾子底下，它们轻轻地拍着翅膀，贪婪地落在自己的猎物之上。

“乔安走了。”莫罗索夫说。

“在哪儿呢？”

“对面。”

乔安斜穿过马路，朝一辆停靠在香榭丽舍大街上的绿色敞篷车走去。她没看到拉维奇。跟她一起的那个男人绕着车子转了一圈，在驾驶座上坐下。他没戴帽子，是个相当年轻的人。他灵活地把车从别的车子中开出来。那是一台车身很低的德拉哈耶。

“车子蛮漂亮。”拉维奇说。

“轮胎漂亮。”莫罗索夫说着哼了一声。“钢铁锻造的老好人拉维奇啊，”他气呼呼地又说，“呼之即来挥之即去的中欧人。还车子蛮漂亮。荡妇蛮该死——这我倒能明白。”

拉维奇微笑。“有什么关系呢？荡妇抑或圣女——重要的总

---

① 西班牙经典情歌。

是你自己怎么对待。你不明白这些，就知道心平气和地逛妓院，找你那十六个女人。爱情不是还想把自己的投资要回来的商贩。幻想只需要几颗钉子，就能把自己的面纱挂在上面。无论那钉子是金的、白铁的还是生锈的，对它来说都是无所谓的。一旦幻想被捕获，那就是被捕获了。无论荆棘丛还是玫瑰枝—— 一旦月亮和珍珠母织成的面纱落到那上面，这两者都一如天方夜谭中的童话。”

莫罗索夫喝了一口酒。“你说得太多了，”他说，“再说这些全都不对。”

“我知道。但在彻底的黑暗中鬼火都算一点光，鲍里斯。”

一阵凉意踏着银色的步伐从星辰广场那边走来。拉维奇的手握在雾气蒙蒙的葡萄酒杯上。杯子在他手掌之中凉飕飕的。生命在他心流之下寒意凛凛。夜的深沉呼吸承载起他的生命，随之而来的还有对命运至深的漠然。对命运和未来。曾有一次也差不多是这样吧，那是什么时候呢？那是在昂蒂布，他回忆起来。当时他明白了乔安会离开自己。那份漠然转为镇定。一如他不想逃走的那份决心。不再逃了。这些事情都是息息相通的。他恨过，也爱过。这就够了。这不是一切，但一个男人能够期冀的也就这些了。他原本对这两者都无所期待了。但他已经杀死了哈克，也没离开巴黎。他不想再离开这里了。理应这样的。你要是得到了一个希望，就也得交出一个来。这不是听天由命，这是决意后的平静，超越了逻辑的范畴。摇曳动荡终归静止。有些东西是安排好了的。你只需等待，集中精神，再环顾四周。这是一种不可解释的信任，生命凭这份信任在某个重大事件前屏息静气。其余的一切都失去了意义。所有的河流都停止。一面湖水向夜空涌起自己如镜的水面；这水将倾向何方，早上会见分晓。

“我得走了。”莫罗索夫说着看了看手表。

“好。我再待会儿，鲍里斯。”

“还想将诸神黄昏之前最后几个晚上攫走，嗯？”

“正是。这一切都不会再来了。”

“有那么糟吗？”

“也不是。毕竟我们也不会再来一遭嘛。昨日已经失落了，什么眼泪和恳求都不会把它唤回来。”

“你说得太多了，”莫罗索夫站起来，“心存感激吧。你正跟大家一同体验一个世纪的终结。这世纪可不怎么好。”

“这是我们的世纪。你说得太少了，鲍里斯。”

莫罗索夫站着把杯子里剩下的酒喝完。他小心翼翼地把杯子放回去，就跟那是甘油炸药做的似的，然后擦了擦胡子。他穿着便装，站在拉维奇面前显得孔武有力。“别以为我不懂你为什么不想走，”他慢悠悠地说，“你为什么不想继续下去了，我清楚得很，拿人家骨头做木工活的宿命论大夫。”

拉维奇早早地回酒店了。他看到一个孤单的小身影坐在大堂里，一见他进来就激动起来，双手奇怪地动了一下，从沙发上站起来。他注意到，那裤子的一条裤腿下没有脚。取而代之的是一截肮脏碎裂的木头，从裤腿下面伸出来。

“大夫——大夫——”

拉维奇仔细地朝他看了看。就着门厅里昏暗的灯光，他看到一个男孩子的脸，这张脸上的嘴咧开，扯出一个独特的笑容。“让诺，”他惊讶地说，“自然了，是你啊，让诺！”

“对啦！您又说对啦！我已经在这儿等了一晚上了。今天下午才得到您的地址。之前我已经试过好几次，想从那个老魔鬼，就诊所里那个护士长那儿打听您的地址。可她每次都跟我说，您已经不在巴黎了。”

“我确实离开了一段时间。”

“今天下午她总算告诉了我，您住在这里。所以我马上就来了。”让诺满脸放光。

“你的腿出什么问题了吗？”拉维奇问。

“什么事都没有！”让诺敲了敲那截木头，仿佛在敲一条忠诚的狗的后背，“一点儿问题都没有。什么都无可挑剔。”

拉维奇看了眼那截木头。“我看到你想要的已经到手了。你跟保险公司谈得怎么样？”

“不错。他们同意赔偿我一条机械腿。我就在店里打了个八五折，把钱拿到了。一切顺利。”

“你的奶制品店呢？”

“我就是为这个过来的。我们的奶店已经开张了。店很小，但我们会办好的。我妈管卖。我管购入和算账。我们奶源很好。直接从乡下运来的。”

让诺一瘸一拐地走回掉了漆皮的沙发那边，把一个捆得很紧的棕色包裹拿过来。“给您，大夫！给您的！我给您带来了这个。没什么稀罕东西。但全都是我们店里拿来的——面包、黄油、奶酪、鸡蛋。要是哪天不想出去，这也能当一顿挺好的晚餐，是不？”

他热切地看着拉维奇的眼睛。“甚至可以说，这什么时候都是顿丰盛的晚餐。”拉维奇说。

让诺满意地点了点头。“希望您喜欢这奶酪。这里有布里奶酪和一些蓬莱韦克奶酪。”

“那都是我最喜欢的奶酪。”

“太好了！”让诺高兴得用力打了下他自己那截残腿。“蓬莱韦克奶酪是我妈的意思。我以为您会更喜欢布里奶酪。布里更像是男人吃的奶酪。”

“两种都非常好。你们挑得再好不过，”拉维奇拿过包裹，“谢谢你，让诺。病人还记着自己的医生，这是不常有的事。他们要是来找我们，大多只是为了压压价。”

“有钱人吧，嗯？”让诺一脸机灵地点点头。“我们不会的。毕竟我们什么都是多亏了您嘛。如果这条腿只是僵着留下来，我们就基本上什么也拿不到了。”

拉维奇注视着他。他是不是以为，我把他这条腿截下来，是为了帮他个忙？他想。

“我们除了截肢之外别无他法，让诺。”他说。

“当然咯。”让诺朝他眨眨眼睛。“自然，”他把帽子往脑门上压了压，“那我这就走了。我妈肯定已经在等我了。我已经出门太久了。还得去跟一个人谈话呢，谈一种新出的罗克福干酪。再会，大夫。但愿这些东西合您胃口。”

“再会，让诺。谢谢你。祝你好运。”

“我们会交好运的！”

小小的身影招了招手，自信满满地跛着脚出去了。

拉维奇在房间里把包裹打开。他翻了翻，找出一个好多年不用的旧酒精炉，还在什么地方找出一包固体酒精和一个小平底锅。他拿了两块燃料放到炉子上点着。细细的蓝色火苗颤颤地跳动。他把一块黄油扔到平底锅上，打了两个鸡蛋，一并掺和进去。随后他把那新鲜松脆的白面包切开，在桌上垫了几张报纸，把平底锅放上去，打开那包布里奶酪，拿了一瓶武弗雷酒，吃了起来。他已经很久没这么吃了。他决定明天去多买几包固体酒精。酒精炉很容易带到集中营里去，这是可折叠的。

拉维奇吃得很慢。他还尝了尝那蓬莱韦克奶酪。让诺说得没错——这是一顿很好的晚餐。

三十二

“出埃及喽，”语文学和哲学博士塞登鲍姆对拉维奇和莫罗索夫说，“就缺了个摩西。”

他站在国际酒店的门旁，干瘦的身子，一脸蜡黄。门外，施特昂和瓦格纳两家人和单身汉施托尔茨正把东西往车上搬。他们合着租了一辆运家具的车。

八月午后明媚的天空下，好多家具放在大街上。有一张铺着欧比松沙发罩的镀金沙发、几把配套的镀金扶手椅和一张新的欧比松地毯。这些都是施特昂家的财产。一张沉重的桃花心木桌子当街支了起来。塞尔玛·施特昂正像只母鸡护着鸡雏般守着这张桌子，这是个面容枯朽的女人，长着一双天鹅绒似的眼睛。

“小心！桌面啊！别弄伤划痕！桌面！留神！留神！”

桌面抛过光，上过蜡。这是家庭主妇们的圣物之一，为了这东西，她们甘拿生命去冒险。塞尔玛·施特昂绕着桌子和那两个搬运工噗碌碌地打转，那两人一脸无所谓地把桌子从酒店里搬出来，放在外面的地上。

太阳照着桌面。塞尔玛拿着一块抹布俯身擦拭。她紧张兮兮地擦桌角。桌面像一面昏暗的镜子般映出她苍白的脸，就仿佛那是一位千岁的先祖透过时光之镜，疑惑地注视着她。

搬运工搬着一个桃花心木餐柜出来了。这餐柜同样上过蜡抛过光。其中一个搬运工转身太糟了，餐柜的一角在国际酒店的大门上蹭了一下。

塞尔玛·施特昂没有叫喊。她呆呆地站着，仿佛变成了石头，拿着抹布的一只手举着，嘴巴半张着，就好像她正打算把抹布塞进嘴里的时候变成了石头。

她的丈夫约瑟夫·施特昂，一个戴着眼镜的小个子，下嘴唇耷拉着，这时走到她身边。“好了，塞尔玛亲……”

她没有看他。她茫然地盯着前方。“餐柜……”

“好了，塞尔玛亲。我们有签证……”

“我妈妈的餐柜。是我父母的……”

“好了，塞尔玛亲。蹭了一下而已。就是稍微蹭了一点点。重要的是我们有签证了……”

“消不掉了。再也弄不掉了。”

“太太，”搬运家具的人说，他什么都没听懂，但很清楚他们在说什么，“您自己收拾这堆破烂吧。又不是我把这门弄这么窄的。”

“卑鄙的德国佬。[1]”另一个搬运工说。

约瑟夫·施特昂活跃起来。“我们不是德国佬，”他说，“我们是流亡者。”

“卑鄙的难民。”那人说。

“看见没有，塞尔玛亲，我们这可怎么办，”施特昂说，“谁又有什么办法？我们为你这些桃花心木听了你多少牢骚。咱们从科布伦茨出来就晚了四个月，因为你老是难舍难分的。这一来我们多花了一万八千马克的帝国出走税[2]。现在我们又站在这大街上，船可不等我们啊。”

他的脑袋偏到一边，愁眉苦脸地看着莫罗索夫。“这该怎么办？”他说，“卑鄙的德国佬！卑鄙的难民！我现在要是跟他

---

① 原文为法语。下同。

② 德国为防止资本流失于1931年颁布的新税法，国家社会主义时期被用于阻止犹太公民流亡国外。

说，我们是犹太人，他又该说卑鄙的犹太人，那就一点儿辙也没有了。”

“给他钱。”莫罗索夫说。

“钱？他会把钱扔我脸上的。”

“不可能，”拉维奇说，“会这么骂的人都是能收买的。”

“我不是那种性格的人。受了侮辱还要付人家钱。”

“侮辱到个人的才算是真正的侮辱，”莫罗索夫说，“这就是泛泛地侮辱一下。您给这人一笔小费，这就侮辱回去了。”

施特昂的眼睛中闪过一丝笑意。“好，”他对莫罗索夫说，“好。”

他拿出几张钞票，交给搬运工。两人鄙夷地接过钱。施特昂鄙夷地把钱包放回口袋。搬运工看了看四周。随后，他们动手把桃花心木椅子搬上车。他们挺讲原则，最后才搬餐柜。他们把餐柜搬上车时把它转了一下，餐柜右边蹭在家具车上。塞尔玛·施特昂抽搐了一下，却什么也没说。施特昂根本就没看到这些。他为自己的签证和证件付的钱太多了。

“没什么惨景比家具放在大街上更惨了。”莫罗索夫说。

现在街上都是瓦格纳一家的东西。几把椅子，一张床，一副不知廉耻的悲伤样子。两口箱子——贴着维亚雷焦的加尔多内大酒店的标签，还有柏林的阿德龙大酒店。一面可旋转的金框镜子，街道映在镜中。另有一些厨具——不知这些东西干吗要一块儿带到美国去。

“是亲戚，”莱奥妮·瓦格纳说，“芝加哥的亲戚把这些都给我们办了。他们给我们寄了钱，办了签证。只不过是个探访签证。之后还得去墨西哥。是亲戚办的，我们的亲戚。”

她有些害羞。只要她感觉到那些留下来的人的目光盯在自己身上，就感觉自己是个叛逃者。所以她想快点儿离开。她亲自帮人把东西推上运家具的车。要到过了最近的转角，她才会松一口气。但新的恐惧也会到来。船会不会开呢？人家会不会让她上岸呢？人家不会把她送回来吗？永远都是一种恐惧跟着另一种恐惧。好多年了。

单身汉施托尔茨除了书之外几乎什么都没有。只有一个装衣服的箱子和他的藏书。有首版书、老版本的旧书和新书。他身材畸形，长着一头红发，不怎么说话。

一些留下来的人慢慢地在酒店门口凑成一群。大多数人什么都没说。他们只是注视着这些东西和运家具的车。

"那就再见吧。"莱奥妮·瓦格纳紧张地说。东西都搬上车了。"或者 good bye[①]，"她困惑地笑了笑，"或者 adieu[②]。如今我们也不知道该怎么说了。"

她跟几个人握了握手。"那边的亲戚，"她说，"亲戚。要是我们自己的话，自然是永远也……"

她很快就不说了。昂斯特·塞登鲍姆博士敲了敲她的肩膀。"没什么。有些人运气好，有些人不好。"

"大多数都运气不好，"流亡者威森霍夫说，"没什么。一路顺风。"

约瑟夫·施特昂跟拉维奇、莫罗索夫和另外几个人道了别。他笑起来的样子，就仿佛诈骗了银行的钱似的。"谁知道还会怎样呢。或许我们还要盼着回国际酒店呢。"

塞尔玛·施特昂已经坐在车里了。单身汉施托尔茨没有跟大家道别。他不去美国。他的证件只能让他到葡萄牙。他觉得这不值得专门搞个道别场景。他只是在车子咔哒咔哒开走时，简短地挥了挥手。

留下来的人像一群淋了雨的鸡一样四散站着。"走吧，"莫

---

① 英语，意为"再见"。

② 法语，意为"再见"。

罗索夫对拉维奇说，“来，去地下墓穴！看了这些，不喝点苹果白兰地不行！”

他们刚坐下，其他人就进来了。他们像吹落的树叶一样被一阵风驱了进来。有两个面色苍白、胡子稀疏的拉比、威森霍夫、露特·戈尔德贝格、下棋机器芬肯施泰因、宿命论者塞登鲍姆、几对夫妇、五六个孩子，坐拥印象派画家作品的罗森菲尔德也还是没走掉，还有几个半大少年和几个很老的人。

要吃晚餐还太早；可似乎他们谁也不愿上楼回孤独的房间中去。大家蜷缩在一起，声音轻轻的，几乎有些谦卑的样子。他们都有过太多不幸了；这些事几乎都无所谓了。

“上层人士启程了，”塞登鲍姆说，“这里是一群被判终身监禁或者死刑的人正召开大会。天选之民啊！耶和华的宠儿！被挑出来遭受种族迫害。生命万岁。”

“还有西班牙呢。”芬肯施泰因说。他面前放着棋盘和《晨报》上的棋谱。

“西班牙。法西斯要是从那边来这儿，还会亲吻犹太人呢。”

肥胖却灵活的女服务员端来了苹果白兰地。塞登鲍姆戴上了自己的夹鼻眼镜。“我们中的大多数连这都做不到，”他说，“喝个烂醉都不行。哪怕有一夜摆脱这份凄楚，连这都做不到。这就是亚哈随鲁[①]的子孙。这情况，就连他这个老漂泊者都会绝望；如今要是没有证件，他都走不远。”

“跟我们一起喝一杯吧，”莫罗索夫说，“这苹果白兰地很好。老板娘还不知道这回事，谢天谢地。不然她就该涨价了。”

塞登鲍姆摇了摇头。“我不喝酒。”

拉维奇朝一个男人看去，那人满脸胡子，隔几秒就掏出一

① 13世纪宗教传说中的流浪的犹太人。这个犹太人嘲弄过背负十字架前往刑场的耶稣，因而受到诅咒，长生不死，永远在尘世间行走，直到耶稣再临。

把镜子，拿着打量自己，过一会儿再这么来一遍。“那是谁啊？”他问塞登鲍姆，“那人我还没见过呢。”

塞登鲍姆撇了撇嘴唇。“那就是新一任阿隆·戈尔德贝格。”

“怎么？那女人这么快就再婚了吗？”

“没有。她把死去的戈尔德贝格的护照卖给了他。卖了两千法郎。老戈尔德贝格有一副灰白胡子；所以那儿那位新戈尔德贝格也要长出一副来。因为护照上的照片嘛。您看看，他把自己的胡子拽了又拽。长出一副类似的胡子之前，他不敢用这护照。这是跟时间赛跑。”

拉维奇打量着那人，他紧张兮兮地拉扯自己的胡子茬，跟护照比来比去。“他大可以说，他的胡子被烧掉了。”

“好主意。我会告诉他的。”塞登鲍姆摘下夹鼻眼镜，把它来回摇晃。“这事挺黑色幽默的，”他微笑，“两周以前这还纯粹是桩生意。现在威森霍夫已经开始吃醋了，露特·戈尔德贝格也有些混乱。这就是证件的魔力。他在证件上确是她丈夫。”

他站起来，朝新一任阿隆·戈尔德贝格走去。

“证件的魔力，我挺喜欢，”莫罗索夫转向拉维奇，“你今天要干什么？”

“凯特·赫格斯特伦晚上要乘诺曼底号走了。我要送她去瑟堡。她有辆车。我把车开回来，送到车行去。她把车卖给车行的老板了。”

“她能上路吗？”

“当然可以。她做什么都是一样的。船上有位很好的医生。纽约那边……”他耸了耸肩，把自己那杯酒一饮而尽。

地下墓穴的空气闷闷的，死气沉沉。这屋子里没有窗户。覆了一层尘土的假棕榈树下坐着一对夫妻。两人全然沉浸在一重悲哀之中，这悲哀像一道墙般包围着他们。他们一动不动地坐着，手交握在一起，仿佛再也不能站起来了。

拉维奇突然感觉到，全世界的悲苦都被囚在这间缺少光线的地下屋舍里。病恹恹的电灯泡挂在墙上，给出无精打采的黄色光亮，让这一切更显绝望。有人沉默，有人低语，有人查阅那些翻腾过千百遍的证件，有人多付了钱，有人一言不发地坐在那里，有人无助地盼着末日来临，有人突然闪过一丁点勇气，受过千般侮辱的生命，如今已被逼进了角落，惊慌失措，无法再继续下去——他突然间感受到这生命，可以闻到它的气息，他嗅到了恐惧，巨大沉默的终极恐惧，他嗅到它，而且知道自己此前在哪里也曾闻过这个气味——那是在集中营里，当然人家把他们从道路上床上赶进这里来之后，他们立在那些窝棚里，等待着即将降临在自己身上的厄运。

他身边的桌子旁坐了两个人，一个头发中分的女人和她的丈夫。他们面前站着一个大约八岁的男孩。那男孩之前在各张桌子旁听了一圈别人的话，现在过来了。“我们为什么是犹太人？”他问那女人。

女人没有回答。

拉维奇看着莫罗索夫。

“我得走了，”他说，“去诊所。”

“我也得离开了。”

他们上楼梯。“确实太过分了，”莫罗索夫说，“我这个曾经的反犹主义者这么跟你说。”

经历了地下墓穴中那一幕后，诊所的氛围简直都是乐观积极的了。这里也有痛苦、疾病和惨状——但这里至少还有种逻辑和意义。你知道情况为什么是这样的，需要做什么，不能做什么。这里都是事实，你可以看到它们，还可以尝试着对它们采取一些措施。

韦贝尔坐在自己的诊室里看报纸。拉维奇在他背后看着他。“什么都有，是吧？”

韦贝尔把报纸扔到地上。“这帮腐败的东西！我们的政客里有五成都该绞死。”

“是九成，”拉维奇说，“您有什么关于迪朗诊所那个女人的消息吗？”

“她没事，”韦贝尔紧张地伸手去拿一支烟，“这些事对于您来说倒是轻巧，拉维奇。可我是个法国人啊。”

“我什么都不是。可我倒希望德国跟法国一样腐败。”

韦贝尔抬头看他。“是我胡说八道了，抱歉，”他忘记了点上雪茄，“不会打仗的，拉维奇！怎么都不会打起来的！两边对吠几声，互相威胁一下。到最后一刻还是会有些转机的！”

他沉默了一会儿。他过去那些信心全都没了。“毕竟我们还有马奇诺防线。”片刻后他说，几乎像在恳求。

“当然了。”拉维奇应道，并不相信他这话。这些他已经听过一千遍了。跟法国人聊天，最后总会说到这个。

韦贝尔擦了擦自己的脑门。“迪朗把自己的财产送到美国去了。他的秘书跟我说了。”

“他就是这种人。”

韦贝尔用一双焦虑的眼睛看着他。“不止是他一人。我妹夫把他的法国证件都换成了美国的。加斯东·内雷把自己的钱换成了美元钞票，存在一个保险箱里。杜庞好像也在自家花园里埋了几口袋金子，”他站起来，“这些话我不好说。我不会这样做的。这太不像话。竟有人背叛法国、出卖法国，太不像话。危难临头之后，大家都会团结起来的。大家都会的。”

“大家都会，”拉维奇说，没有一丝笑容，“包括那些现在就在跟德国谈生意的工厂和政客。”

韦贝尔克制住自己。“拉维奇——我们——还是说些别的吧？”

“好。我送凯特·赫格斯特伦去瑟堡，大约半夜回来。”

“好的，”韦贝尔剧烈地喘息，“您……您自己有什么准备，拉维奇？”

“什么都没有。我会进法国集中营的，那也会好过德国集中营吧。”

“不可能。法国不会把难民关起来的。”

“我们等着瞧吧。那是毋庸置疑的事，我们没法反对。”

“拉维奇——”

“好啦。我们等着瞧吧。但愿您是对的。您知道吗，卢浮宫要被清理了？最好的画都要送到法国中部区。”

“不知道。您怎么知道的？”

“我今天下午去了一趟。夏特尔大教堂的蓝色窗户也都给收起来了。我昨天在那儿。真是伤感的一程。本来还想再看一回的。那些窗户已经没了。有个机场离那里太近了。新的窗户已经装上了，就跟去年慕尼黑会议时一样。”

“您看吧！”韦贝尔马上抓到一线希望，“当时也什么事没有嘛。先是好大的动静，后来张伯伦就带着和平之伞来了。”

“是啊。和平之伞还在伦敦——胜利女神还在卢浮宫——却没有脑袋。她会留下来的。她太沉了，搬不走的。我得走了。凯特·赫格斯特伦在等我了。”

白色的诺曼底号上亮着千盏灯，停在夜幕中的海港上。风从水中拂来，凉爽，咸涩。凯特·赫格斯特伦把自己身上的大衣拉紧了些。她很瘦，脸上几乎只剩骨头，上面绷着一层皮肤，皮肤上那一双大得吓人的眼睛像两汪幽暗的池塘。

“我宁愿留在这里，”她说，“要离开，突然间变得好难。”

拉维奇凝视着她。那艘巨大的船就在那里，舷梯上灯火通明，人流拥入船中，其中许多人走得很急，仿佛担心自己在最后一刻迟到；那座闪耀光芒的宫殿就在那里，它不再叫做诺曼底号了，它叫做逃生、避难、救星；对于欧洲千座城市、千所房间、千家肮脏的酒店和地下室中的数万人来说，这是场映出生命的海市蜃楼，遥在天边，可这里有个人，死亡已在侵蚀她的五脏六腑，她却在他身边用细弱悦耳的声音说："我宁愿留在这里。"

这一切都没有意义。对于国际酒店的流亡者来说，对于欧洲千万家"国际酒店"来说，对于所有被驱策、被拷打、背井离乡、深陷囹圄之人来说，这就是应许之地；如果自己身边那只疲惫的手里飒飒飘摇的船票能归他们所有，他们会崩溃，抽泣，亲吻那舷梯，相信确有奇迹吧，可那船票簿归一个总归要向死而行的人所有，而且这人同时还说着："我宁愿留在这里。"

一群美国人过来了。他们走得很慢，毫无顾虑，一路上吵吵嚷嚷。他们的时间充裕得很。是公使馆催他们上路的。他们正在讨论这个。其实好可惜啊！不然的话，继续旁观这事态，也很"好玩"啊。他们又能出什么事呢？都是公使多事！我们是中立国的！其实好可惜啊！

香水的气味。珠宝首饰。钻石的一束束光亮。几个小时前他们还在马克西姆餐厅吃饭，换成美元便宜得可笑，最后还喝了瓶一九二九年产科通白葡萄酒和一瓶一九二八年产宝禄爵香槟作结；现在要上船了，他们会坐在吧台前玩双陆棋，再喝几杯威士忌——而领事馆前是一长列又一长列绝望的人，对死亡的恐惧气味就像一朵云悬在他们头上，还有几个忙得不可开交的职员，一个不断摇头的小个子秘书就组成了一个临时法庭——"不行，没有签证，不行，不可能"，多少沉默的无辜之人在无声中被判罪——拉维奇凝视着那船，那不再是船了，而是一艘轻巧的方舟，正打算在大洪水来临之前抢先溜走，这大洪水已经让人们逃脱过一回，现在又准备卷土重来了。

“您的时候快到了，凯特。”

“快到了吗？再会，拉维奇。”

“再会，凯特。”

“咱们用不着再彼此撒谎了吧？”

“是啊。”

“您也快过来吧……”

“肯定会，凯特。很快就来……”

“再会，拉维奇。谢谢您所做的一切。我现在要走啦。我会去上面招手。您待在这里，等到船开走，对我挥挥手吧。”

“好的，凯特。”

她慢慢地从舷梯上船去了。她的身影微微晃动。她的身子比旁边所有人都要苗条，只剩下纯粹的框架，几乎没有肉了，拥有了必定到来的死亡那种黑色的优雅风姿。她的脸上轮廓鲜明，就像埃及铜猫的头似的——只剩下线条、气息和一双眼睛。

最后几位乘客来了。一个汗流浃背的犹太人，胳膊上搭着一件皮大衣，几乎有些歇斯底里的样子，带着两个搬行李的帮工，一边叫喊一边跑过来。最后几个美国人也上船了。接着，舷梯慢慢地收起来。一种奇特的感情涌来。收起来了，不会放回来了。完了。窄窄的一道海水。那就是边界了。只是两米宽的水流——却是欧洲和美国之间的界限。获救和毁灭之间的界限。

拉维奇寻找凯特·赫格斯特伦。他很快就找到了她。她站在舷栏杆边，正挥着手。他也朝她挥手。

船似乎动了。陆地似乎在后退。又几乎没动。让人几乎察觉不到。突然间，那白色的轮船自由了。它漂浮在幽暗的水上，映在幽暗的天幕前，遥不可及了。凯特·赫格斯特伦已经辨不出了，留下的人沉默着面面相觑，有的尴尬，有的装出快乐的样子，有的匆匆走开，有的兀自恋恋不舍地离去。

汽车穿过黑夜，回巴黎去。诺曼底的灌木丛和果树园飞掠而过。一轮巨大的椭圆形的月亮挂在雾蒙蒙的天上。船已经被忘在脑后。剩下的只有这风景、干草和熟苹果的气味、这片不可改变的天地间的静谧和深沉的安宁。

汽车几乎无声地行驶着。它轻飘飘地前行，仿佛重力对它不起作用。旁边的房屋闪过，教堂、村落、星星落落的客栈和小酒馆金灿灿的光、一条波光点点的河道、一座磨坊，然后又是平原那不似真实的剪影，天空在它之上拱起，就像一个巨型贝壳的内壁，上面牛奶般的珍珠母间，月亮这枚珍珠熠熠发光。

这是一个终结，也是一种圆满。拉维奇之前已经有过几回这种感受；但此刻这感受很是强烈，无比强烈，让他挣脱不开，它充溢在他身心，他没有一丝抵抗。

一切都在漂浮，什么都没有重量。未来和过去相逢了，两边都既无愿望也无痛苦。哪边都不比另一边更重要、更强大。天地间的界线平衡了，有那么奇特的一瞬间，生命的种种表壳都如一。命运从未比人摆在它面前的那份沉静的勇气更为强大。如果到了无法忍受命运的地步，人可以自杀。他幸而知道这些，但也幸而知道，只要还活着，就永远不会有无望之事。

拉维奇了解这种危险。他知道自己在往何方去，也知道自己明天又会抗拒——可是在这个夜里，他离开失落的亚拉腊山[①]

① 《圣经》中诺亚方舟在大洪水后停泊的地方。

边海岸，回到那场正在降临的浩劫弥散的血腥气息中，在这个时刻，一切都突然间没有名字了；危险确是危险，又并非危险；命运同时既是牺牲品，又是享用牺牲品的神祇。明天则是一个未知的世界。

一切都好。已经过去的，还有即将到来的，都很好。已经足够了。如果这就是终结，那也很好。他爱过一个人，已经失去了她。他恨过另一个人，已经杀死了他。两人都已给予他自由。其中一人让他重能释放情感，另一人抹消了他的过去。尚未圆满之事，已经不剩了。再没有愿望了；没有仇恨，也没有哀怨。如果这是一个新的开始，那就这样吧。不带一点更为强烈、尚未破碎的期望，就这样开始吧。旧日尘灰已经扬撒干净，一度麻痹的地方重获新生，玩世不恭转变为力量。这样很好。

过了卡昂，几排马队过来了。长长的队列行走在黑夜中，马匹，那么多马匹，在月光中如暗影潜行。随后是四人一排的队列，士兵背着包袱，搬着纸箱和包裹。军队动员起来了。

他们几乎没有声响。没有人唱歌。几乎连说话的人都没有。他们沉默地行过黑夜，像一队队影子走在街道的右侧，好给车辆留出位置。

拉维奇超过了一队又一队。马匹，他想，那么多马匹。跟一九一四年一样。没有坦克。只有马匹。

他在一个加油站停下，给车子加满油。这个小地方的窗子里还有灯光，但几乎一点声响都没有。一列队伍从加油站穿过。人们凝视着他们的背影。没有人挥手。

“我明天要走了。”加油站边上那人说。这人有一张明净的、褐色的农夫面孔。“我的父亲是上一场战争中阵亡的。我的祖父是一八七一年阵亡的。我明天要走了。每次都一样。一百年来我们一直在干一样的事。但怎么都没用，我们还是得去。”

他环顾了一圈那破旧的油泵、那座小房子和那个一言不发站在他身边的女人。“二十八法郎三十生丁，先生。”

又是那风景。月亮。房屋。埃夫勒城。队列。马匹。沉默。拉维奇在一家小餐馆前停车。外面有两张桌子。老板娘说，能吃的东西都没了。无论如何，晚餐就是晚餐，什么时候都一样；在法国，煎蛋卷加上奶酪不算是晚餐。最后他总算听了老板娘的话，让她多上一碗沙拉，再加一杯咖啡和一瓶普通餐酒。

拉维奇独自坐在粉红色的餐馆前吃晚饭。雾从草地上拂来。几只青蛙呱呱地叫。一片寂静，只有屋子楼上有一台扬声器在响。一个声音在说话，令人心安，充满信心和希望，但纯粹是多余的。每个人都在侧耳倾听，但谁都不信它的话。

他付了钱。“巴黎要行灯火管制了，”老板娘说，“刚才广播里说的。”

“是吗？”

“嗯。以防空袭。小心起见。广播里说，这都是小心起见。还说不会打仗，现在正在协商谈判。您怎么想？”

“我相信不会打仗。”拉维奇也不知还能怎么回答。

“上帝保佑。可那又有什么用呢？德国人会把波兰占去。然后他们就会再要阿尔萨斯－洛林。然后就是我们的殖民地。然后还要别的。越要越多，直到我们投降或者不得不打仗。那可能还不如马上就打起来。”

老板娘慢慢走回屋去。又一队人马沿着街道走过。

巴黎的红色光亮出现在天边。灯火管制——巴黎就要行灯火管制了。这是自然而然的，但听上去很怪：巴黎要熄灯了。

巴黎。这就仿佛全世界的灯火都要熄了似的。

城郊。塞纳河。小街巷上飘浮的蒸汽。摇曳在雾气中的大道笔直地通往凯旋门，苍白的凯旋门在星辰广场雾蒙蒙的灯光中兀然矗立，仍然被照得很亮，凯旋门后面仍旧灯火通明、流光溢彩的，是香榭丽舍大道。

拉维奇舒了口气。他穿过大街。他穿过城市，随后他突然看到了：黑暗已经开始降临在城市之上。仿佛一块光亮的裘上赫然出现了几块疥癣，几处病态的幽暗斑点散落在城市之间。有些地方霓虹灯的彩色光影被阴霾吞噬，这长长的阴霾盘踞在所剩无几、畏畏缩缩的红白蓝绿色电光间，虎视眈眈。有几条街道已经暗了，仿佛有黑色的蛀虫匍匐而过，把一切光彩都碾碎了。乔治五世大街上没有灯了；蒙田大道上的灯火正在寂灭；曾经朝着夜空繁星抛洒瀑布般光流的房屋，如今露着光秃秃的灰色门脸发呆。维克多·依曼努埃尔三世大街上一半的灯都熄了；另一半还亮着——就像一具正在垂死挣扎的瘫痪躯体，已经有一半死去了，另一半还满是生命力。病症在各处蔓延开来，拉维奇把车开回协和广场时，这广阔的圆形广场也已经死去了。

一座座政府办公大楼苍白黯淡地立在那里，楼上的灯链消失了，在夜幕下的白色泡沫中跳舞的海神和海怪凝固成了一摊摊没有形体的灰色石块；喷泉枯竭了，流水黑沉沉的，曾经明亮的方尖碑灰暗突兀，就像永恒朝着越发幽暗的天空伸出的一根咄咄逼人的有力手指。防空用的苍蓝色小电轨几不可见，如微生物一般，匍匐着朝四面八方蔓延开来，亮着腐朽的磷光，如一场纵横天地间的肺结核在这座无声坍塌的城市中播散。

拉维奇把汽车交给车行。他叫了辆出租车，去国际酒店。

老板娘的儿子站在门口的一架梯子上，正在安装一个蓝色的电灯泡。过去，门口的灯光一直还算挺亮，恰好让人足以看清酒店牌子；但现在那点蓝光已经不够亮了；牌子的前一半没了——只能模模糊糊地看到“national①”的字样，而且也要花很大力气才能看到。

“您来得正好，”老板娘说，“有个人发疯了。在七号房间里。最好让她搬出去。我不能让疯子住在酒店里。”

“或许她没疯，只是精神崩溃而已。”

“那也一样！疯子就该进收容所。我已经跟他们说过了。他们当然不愿意。怎么这么多麻烦事！如果那女的安静不下来，她就得出去。这样不行。别的客人还得睡觉呢。”

“前不久丽兹酒店里有个人疯了，”拉维奇说，“是个亲王。后来所有美国人都要住套间。”

“那是另一回事。那是精神错乱才发疯。那样就很优雅。不是走投无路发的疯。”

拉维奇看着她。“您很了解生活，太太。”

“我必须得那样。我是个好人，收了好多难民。来多少收多少。好吧，我也赚了些钱。赚得不多。可是一个吵吵嚷嚷的疯子就太过分了。她要是不能安静下来，就必须让她出去。”

是那个女人，她家的小男孩问她自己为什么是犹太人。她坐在床上，整个身子都蜷缩在角落里，双手挡在眼前。房间里亮堂堂的。所有灯泡都亮着，桌上还有两架插着蜡烛的烛台。

“蟑螂，”女人喃喃地说，“蟑螂！好黑、好肥、好亮的蟑螂！就在那些角落里，它们就在那儿，千万只，数不过来，开

① “国际酒店”原文为“International”，这个词的后一半“national”意为“民族的、国家的”。

灯，开灯，要灯光，不然它们就来了，要灯，要灯，它们来了，它们来了……”

她叫喊起来，使劲往角落里缩，一双腿缩到高处，双手张着，呆滞的眼睛使劲睁着。她丈夫试图抓住她的双手。“什么都没有啊，孩子他妈，角落里什么都没有……”

“开灯！开灯！它们来了！蟑螂……”

“我们开灯了，孩子他妈。开着灯呢，你看看，桌上甚至还点着蜡烛呢！”他掏出一把手电，照了照亮堂堂的房间里亮堂堂的角落，“角落里什么都没有，你看，我打着光呢，那儿没有东西，什么都没有……”

“蟑螂！蟑螂！它们来了，全都是黑蟑螂！它们从角落里爬出来了！开灯！开灯！它们往墙上爬呢，它们要从天花板上掉下来的！”

女人喘息着，抬起胳膊挡在头上。“她这样已经有多久了？”拉维奇问那丈夫。

“从天黑开始就这样。我出去了一趟。当时还想再试一试，之前有人跟我说，去海地领事馆，我把孩子带上了，结果什么都没有，又是什么都没有，我们回来时，她就坐在这床角叫喊……”

拉维奇准备好了注射器。“她之前在睡觉吗？”

男人无助地看着他。“我也不知道。她总是很安静的。我们没钱去疗养院。我们也没有……我们的证件不够。如果她愿意停下来就好了。孩子他妈，全都在这儿了，我在，齐格弗里德在，大夫也在，没有蟑螂啊……”

“蟑螂！”女人打断他的话，“从四面八方过来了！它们爬过来了！爬过来了……”

拉维奇给她打针。“她之前也这样过吗？”

“没有过。我不明白。不知道她为什么恰恰要喊……”

拉维奇抬起手。“您不要再提醒她了。过几分钟她就会累了，然后睡着。有可能是因为她做过那样的梦——被梦吓到了。可能她明天醒来后就不记得这些了。您不要提醒她。您就装作什么都没发生过。”

“蟑螂，”女人睡意蒙眬地喃喃说道，“又肥又大的……”

“用得着这么多灯吗？”

“我们开这些灯，因为她一直叫着要开灯。”

“把顶上的灯关上吧。留着其他的灯，等着她睡熟。她会睡着的，这剂量已经足够了。明天上午十一点钟我再过来看她。”

“谢谢您，”男人说，“您觉得她不会……”

“不会的。如今那种事不常有了。接下来的几天小心点儿，别显得太担心……”

说得简单，他上楼回自己房间时这样想到。他打开灯。床边放着他的书。塞内加、叔本华、柏拉图、里尔克、老子、李白、帕斯卡、赫拉克利特、一本《圣经》，还有别的——从至为严酷到至为柔软，好几本书都是用字典纸印刷的薄薄一本，适合出门在外、带不了太多东西的人。他挑了挑想带走的书。随后，他又把其余的东西翻看一遍。要狠心放弃的东西不多。他一直是这样过活的，人家可以突然把他抓走。他的旧毯子，还有大衣——它们会像朋友一样帮助他。那个中空的奖章里装着毒药——那是他当初进德国集中营时就随身携带过的——意识到自己有这东西，而且随时可以用上它，让他熬过那段时间时容易了些——；他把奖章塞进兜里。最好还是带在身上吧，让人心安。

你也不知道还会发生什么。你可能会再次被盖世太保逮到。桌上还剩半瓶苹果白兰地。他喝了一杯。法国啊，他想，五年动荡的生活。三个月的监牢之苦，非法居住，四次被驱逐出境，然后又回来。五年的生命。这段岁月还不错。

三十三

电话响了。他睡意蒙眬地拿起听筒。“拉维奇——”有人说。

“嗯——”那是乔安。

“来，”她说。她说得很慢，声音很轻，“快来，拉维奇……”

“不行。”

“你必须——”

“不行。别烦我了。我这儿还有别人。我不去。”

“帮帮我——”

“我帮不了你——”

“出事了——”她的声音断断续续的，“你必须——马上——”

“乔安，”拉维奇不耐烦地说，“不是演这出戏的时候了。你已经给我演过一遍了，我上过你的当。现在我都明白了。别烦我。要演去找别人演吧。”

他没等她回答就把听筒放回去，试图重新入睡，但睡不着了。电话又响了。他没有接。电话响了又响，声音穿透灰色的枯夜。他拿起枕头，盖在电话机上。它继续闷闷地响了一会儿，然后停了。

拉维奇等待着。没有再响。他站起来，拿了一支香烟。味道不好。他把烟按灭了。剩下的苹果白兰地还在桌上。他喝了一口，又放到一边。咖啡，他想。热咖啡。再加上黄油和新鲜的可颂面包。他知道一家整夜开张的小酒馆。

他看了看表。他只睡了两个钟头，但已经不疲倦了。再次坠入沉沉的睡眠，然后筋疲力尽地醒来，那样也没什么意义。他走进浴室，拧开喷头。

有什么声音。又是电话吗？他关上水龙头。有人在敲门。有人在敲他的房门。拉维奇披上浴袍。敲门声越来越响了。不可能是乔安，是她的话就直接进来了。门又没锁着。他等了片刻才去开门。如果这回就是警察的话……

他打开门。外面是一个他不认识的男人，但这人让他想起某个人来。这人穿着一身小礼服。

“拉维奇医生吗？”

拉维奇什么都没说。他看着那人。“您有什么事？”他问。

“您是拉维奇医生吗？”

“您最好先告诉我，您有什么事。”

“如果您就是拉维奇医生，您必须马上去乔安·玛朵那里。”

“怎么？”

“她出了意外。”

“什么意外？”拉维奇露出怀疑的笑容。

“是枪，”那人说，“开了一枪……”

“她被打中了？”拉维奇问，仍旧在微笑。可能是她假装要自杀吧，他想，为的就是吓唬吓唬这儿这个可怜鬼。

“她要死了，上帝，”那人轻声说，“您快去吧！她要死了。我开枪打她了！”

“什么？”

“嗯——我——”

拉维奇已经把浴袍扔到一旁，拿起自己的东西。“您的出租车在楼下吗？”

“我开自己车的。”

“妈的——”拉维奇又把浴袍披上，拿起自己的包，把鞋子、衬衫和外衣抓在手里。“这些我可以上了车再穿——走——快点。”

车子疾驰着穿过雾白的夜。城市已经成了漆黑一团。没有街道了——只有一片辽远流动的雾沼，蓝色的防空灯浮现在其中，好像已然没有希望了，来不及补救——汽车仿佛在海底行驶。

拉维奇穿上鞋子和衣服；他把自己奔下楼时穿的那件浴袍塞到座位旁的角落里。他没穿袜子，也没打领带。他不安地凝视着夜幕。问这司机什么事都没用。他正全神贯注地开车，开得很快，注意力全集中在方向上。他没时间说话，只能让车子来回地急转弯，避开其他车辆，省得出事故，留神着不让自己在这片并不熟悉的黑暗中开错了方向。耽误了十五分钟，拉维奇想。至少耽误了十五分钟。

“开快些——”他说。

“开不快——没有开大灯——大灯关了——防空——”

“那您就打开大灯啊，妈的！”男人把大灯拧开。街角处有几个警察在叫喊。一辆被晃了眼的雷诺几乎撞上了他们。“走——接着开啊！快点！”

汽车猛地停在楼前。电梯就在楼下，门敞开着。不知何处有人在愤愤地按着门铃。那人冲出门时可能把门砸上了。好，拉维奇想。省下了几分钟。

电梯的轿厢慢慢地爬上楼去。这样的事已经有过一回了！当时什么事都没有！这回大概也一样……电梯突然停了。有人朝电梯窗里面看，打开了门。“怎么回事？让电梯在底下停那么久？”

正是按门铃的那个人。拉维奇把他推回去，把电梯门一把拉上。“马上回来！我们得先上去！”

外面那个人骂了起来。电梯继续往上爬。五层那人怒气冲冲地继续按铃。电梯停了，拉维奇一把拉开门，省得楼下那人胡来一气，让电梯带着他们两个再次下去。

乔安躺在床上。她穿戴整齐，身上是件晚礼服裙，领子很高，上面沾着银亮的血污。地板上有血。她就是在那里倒下的。后来这白痴把她放到了床上。

“安静！”拉维奇说，“安静！没有问题的。没那么糟。”

他把晚礼服的肩带剪开，小心地把衣服褪下去。胸口没有受伤。伤的是脖子。喉头大概没有伤到；不然她就没法打电话了。动脉也没有受伤。“疼吗？”他问。

“嗯。”

“很疼吗？”

“嗯……”

“马上就不疼了……”

注射器准备好了。他看着乔安的眼睛。“没什么。就是些止疼的东西。马上就不疼了。”

他把针打进去，又拔出来。“好了，”他转向那男人，“您打帕西区 2741 这个电话。叫一辆救护车，外加两个担架工。快打。”

“怎么回事？”乔安费力地说。

“帕西区 2741，”拉维奇说，“快点！快去！去！打电话去！”

“怎么回事啊——拉维奇？”

“不是什么危险的事。但我们在这儿没法检查。你得去医院。”

她看着他。她的脸上都是乱七八糟的妆痕，睫毛膏从睫毛上滴了下来，嘴上的胭脂被抹到了一侧。一半的脸看上去就像马戏团里蹩脚的小丑，另一半脸的眼睛下方抹了一道黑污，就像是一个筋疲力尽的妓女的脸。上面的头发却亮亮的。

“我不想做手术。”她轻声说。

“咱们再看看。或许都用不着呢。”

“是不是——？”她不说话了。

“不是，”拉维奇说，“没事的。只不过我们的器械都在那边。”

“器械……”

“检查用的。我这就——不疼的——”

注射起作用了。拉维奇仔细检查之时，她的一双眼睛不再有惊恐抗拒之意。那男人回来了。“救护车就来了。”

“您打奥德依区 1357 这个电话。这是家诊所。我要跟他们说话。”

男人听话地走开了。“你得帮我。”乔安气若游丝地说。

“当然。”

“我不想太疼。”

“你不会疼的。”

“我没法……我忍不了疼……”她的睡意上来了，声音低了下去，“我就是忍不了……”

拉维奇看着中枪的地方。大的血管都没有伤到。他没找到子弹出口。他什么都没说，只是把一块止血绷带绑上去。“是谁把你搬到床上的？”他问，“是你自己——”

“是他……”

“你走没走过——你能走路吗？”

两汪黏稠的湖水惊恐地变回了她的双眼。“怎么……回事……我……不能；我的脚动不了了。我的腿……怎么回事，拉维奇？”

“没什么。我想也是这样。会好起来的。”

那男人过来了。“诊所……”

拉维奇快步走到电话边。“是哪位？欧仁妮？要间病房——对——您给韦贝尔打个电话，”他朝卧室那边看了一眼，轻声说，“您把东西全都准备好。我们得马上动手。我已经叫过救护车了。出了场意外——对——对——没错——嗯——过十分钟就到……”

他放下听筒，呆站了一会儿。那桌子。那瓶薄荷乳酒，恶心的玩意，杯子，比迪烟，令人作呕，就像一部差劲的电影，地毯上放了支左轮手枪，这儿也有血迹，这一切都不是真实的，我到底为什么要这么想，那都是真的——现在他也明白了接他来的那男人是谁。穿了西装的肩膀过于笔挺，头发梳得油光水滑，淡淡的奥兹骑士古龙水味，来的路上就让他焦躁不安，双手都戴着戒指——这就是那个演员，他还笑话过这人发出的威胁。打得很准，他想。根本就没有瞄准，他想。打成这样，是不可能瞄准的。只有在什么都不懂，也不想打中之时，才会打得这么准。

他回去了。那人跪在床边。跪着，当然了。不跪是不行的；要倾诉，要哀叹，再倾诉，一个个音节圆润如珠……“站起来。”拉维奇说。

那人听话地站起身来，心不在焉地把裤子膝盖上的灰尘拂掉。拉维奇看着他的脸。还流着眼泪！还有这个！“我本来不想这样的，先生！我向您发誓，我没想打中她，我没想这样，这是意外，一场盲目的、不幸的意外！”

拉维奇只觉胃里一梗。盲目的意外！这人马上就要用抑扬格说话了吧。“这我知道。您现在下楼去，等着救护车来。”

那人想说些什么。“去！”拉维奇说，“把那破电梯准备好。天知道我们要怎么把担架抬下去。”

“你要帮我，拉维奇。”乔安倦倦地说。

“好。”他说，但没抱任何希望。

“你在。只要你在，我总是安心的。”

那张污秽的脸露出笑容。小丑在狞笑，妓女在吃力地微笑。

“宝贝，我没想——”那人在门边说。

“出去，”拉维奇说，“妈的，快滚！”

乔安静静地躺了一会儿，然后睁开眼睛。“他是个白痴，”她说，声音异常清晰，“他当然没想这样——那小可怜——只是想装装样子。”她眼中显出一种奇特的、几乎有些狡黠的神色。“我也从来不相信他那套——只是……用那些气气他……”

“你不用非得说话。”

“气气他，”她的眼睛合成一道缝，“现在我成了这样，拉维奇……我的命……没想打中……打中……而且……”

那双眼睛完全合上了。笑容黯淡了。拉维奇仔细听着门声。

“我们不能把担架抬进电梯。那里面太窄了。最多只能把担架半竖起来。”

“走楼梯的话你们能抬着它转弯吗？”

担架员出去了。“或许可以。我们得把担架举高。最好先把它系牢了。”

他们把担架牢牢捆好。乔安半睡半醒，偶尔呻吟一声。担架员从公寓出去了。

“您有钥匙吗？”拉维奇问那演员。

“我……没有……怎么？”

“要锁上屋子。”

“没有。但肯定在什么地方有把钥匙。”

“您把钥匙找出来，把屋子锁上，”担架员正在试着下第一段楼梯，“您带上那把左轮手枪出去。可以在外面把它扔掉。”

“我……我要……找警察自首。她伤得危险吗？”

“危险。”

那人冒出汗来。汗水突然就从他毛孔里渗出来，就跟他皮肤之下没别的东西一样。他回到公寓里。

拉维奇跟在担架员和担架后。这栋楼的照明电灯亮三分钟就会熄灭。每一层都有一个按钮，按了才会让灯重新亮起来。前半截楼梯担架员总是下得很顺利。转弯就难了。他们得把担架高举过头，从栏杆上抬过去，这样才能转过来。巨大的影子在墙上摇晃。有过这样的情况，那是什么时候的事？不知在哪儿已经经历过一次这样的事——拉维奇惘然若失地想。然后他突然想起来了。是拉钦斯基那回，最初之时。

担架员彼此呼叫，担架从墙上蹭下片片灰泥，此时一扇扇门都开了。门缝里露出许多好奇的面孔，睡衣睡裤，乱蓬蓬的头发，睡意蒙眬的浮肿面孔，睡袍，紫色的，绿得刺眼的，上面印着热带花朵……

灯又熄了。担架员在黑暗中发起牢骚来，停下脚步。“开灯！”

拉维奇摸索按钮。他碰到一个人的胸脯，闻到一种腐臭的气息，有什么东西在蹭他的腿。灯又亮了起来。一个黄头发的女人正盯着他看，一张脸上满是肥腻的褶子，涂的冷霜闪闪发光，她正用手拉拢着那件带着几千条娇俏花边的双绉晨服。她看上去就像一头肥胖的斗牛犬，卧在满是花边的床上。“死了吗？”她问，双眼闪闪发亮。

“没有。”拉维奇往前走。有什么东西尖叫一声，发出愤怒的呵气声。一只猫跳了回去。“菲菲！”女人弯下腰，沉甸甸的膝盖大张开，“天哪，菲菲，他们踩到你了吗？”

拉维奇往楼梯下走。担架在他下面摇摇晃晃。他看到乔安的脑袋随着担架员的动作摇动。他看不到她的眼睛。

最后一段楼梯。灯又灭了。拉维奇重新跑上最后一段楼梯找按钮。这一刻，电梯隆隆作响地过来了，把一片黑暗照得亮堂堂的，它轰响着下楼来，仿佛从天而降。门洞大开、金光灿灿的铁丝篮子里站着那演员。他无声地朝楼下滑去，停不下来，从拉维奇身边经过，从担架旁经过，像个幽灵一样。他方才发现电梯在楼上，就用它下来了，这样可以快点跟上别人。这样很明智，但显得像鬼怪一样，无比的可笑。

拉维奇抬起眼睛。他不再颤抖了。橡胶手套下的双手也不再是汗津津的了。他已经换过两次手套了。

韦贝尔站在他对面。“您要是愿意，拉维奇，就打电话把马尔托叫来。他过十五分钟就能到。您可以给他打下手，他会做这手术。”

“不用。太晚了。我也没法那样做。让我在一旁看着，还不如这样呢。”

拉维奇吸了口气。他现在平静了，开始动手。皮肤。白色的。跟每个人的皮肤一样，他告诉自己。乔安的皮肤。跟每个人的皮肤一样。

血。乔安的血。跟每个人的血一样。棉球。撕裂的肌肉。棉球。小心。继续。一片破碎的银色锦缎。丝线。继续。子弹留下的弹道。碎片。继续。弹道在延伸，延伸——

拉维奇感到自己脑袋空了。他慢慢直起身子。“这里，您看——第七节椎骨——”

韦贝尔朝伤口俯下身子。“看上去很糟。”

“不是糟。是没希望了。没有办法了。”

拉维奇看着自己的双手。这双手在橡胶手套下颤动。这是双强壮的手，出色的手，它们开过几千次刀，能把破裂的躯体重新缝合，往往卓有成效，偶尔也曾失手，更有几回让几不可能的事成为了可能，逮住了百分之一的机会——可是现在，现在正是一切都取决于这双手的时候，它们却无能为力。

他什么都做不到。谁都没有办法。没必要做手术了。他站在那里，凝视着那红色的刀口。他可以打电话叫马尔托来。马尔托会说的也是这些。

“没办法了吗？”韦贝尔问。

“没有了。我只能让她少受会儿苦。软弱啊。您看弹头的位置。我都没法把它移出来。”

“脉搏不稳，上升—— 一百三十……”欧仁妮在保护罩后面说。

伤口蒙上了一层灰影，仿佛有一丝阴霾掠过。拉维奇已经把咖啡碱注射器拿在手里：“尼可刹米！快点！停止麻醉！”

他又给她打了一针。“现在怎么样？”

“没有变化。”

血液仍然蒙着那层浅灰色的浮光。“准备一支肾上腺素注射液，还有供氧设备。”

血液颜色变深了。仿佛重重乌云压在外面，想要把阴影投上去一般。又仿佛有人站在窗前，正在把窗帘拉上。“输血，”拉维奇绝望地说，“我们需要输血。但我不知道她的血型。”机器又运转起来。“没问题吗？怎么回事？没问题吗？”

“脉搏降了。一百二十。稍微降了一点。”

生命回来了。“现在呢？好些了吗？”

“没变化。”

他等待着。“现在呢？好些了吗？”

“好些了。平稳些了。”

阴影退却了。伤口边缘的灰白色消失了。血又是血了。仍然是血。机器在运作。

“眼睑在动了。”欧仁妮说。

“没关系。可能要醒了。”拉维奇把伤口包扎起来。

“脉搏如何？”

“平稳些了。”

“真险啊。”

拉维奇感到有东西压在自己的眼皮上。那是汗水。沉重的汗珠。他直起身子。机器嗡嗡响着。“这机器再开一会儿。”

他绕着手术台转了一圈，又站定脚步待了一会儿。他什么都没想，只是看着那台机器，还有乔安的脸。那张脸在抽搐。它还没有死去。

“休克了，”他对韦贝尔说，“这是一份血样。我们得把它送去化验。哪儿能要到血液？”

“美国医院。”

“好。咱们必须试一试。什么都派不上用场。只能把时间稍微延长一下，”他打量着那台机器，“我们得通知警察吗？”

“嗯，”韦贝尔说，“我必须通知警察。之后这里会有两个警察过来找您问话。您想那样吗？”

“不想。”

“好。我们可以中午再考虑考虑。”

“够了，欧仁妮。”拉维奇说。

太阳穴上又有了些血色。灰白的肤色上显出一丝粉红。脉搏平稳地跳动，微弱却清晰。“咱们可以把她送回去了。我还要在这里待会儿。”

她动了。一只手动了动。右手动了。左手却没有。

“拉维奇。”乔安说。

“嗯……”

“你给我做手术了吗？”

“没有，乔安。没必要做。我们只是把伤口清洗了一下。”

“你会待在这里吗？”

“嗯……”

她闭上眼睛，又睡着了。拉维奇走到门口。“您给我拿些咖啡来。”他对值早班的护士说。

“咖啡和小面包？”

“不用。就要咖啡。”

他回身，打开窗户。晨光悬在屋顶之上，明净又璀璨。麻雀在屋檐上的排水沟里叽叽喳喳地叫。拉维奇在窗边的凳子上坐下，抽起烟来。他把烟呼到窗外。

护士送来了咖啡。他把咖啡放在旁边，喝咖啡，抽烟，看着窗外。看过明媚的清晨再回头看，房间就显得昏暗。他站起来，去看乔安。她在睡。她的脸被洗干净了，很是苍白。一双嘴唇几不可见。

他端起放咖啡壶和杯子的托盘，把它送出去。他把托盘放在楼道里的桌子上。外面有一股地板蜡和脓液的气味。护士拎着一个装了用过的绷带的桶从旁边经过。不知哪里有个吸尘器在响。

乔安开始不安稳了。她大概很快就要醒了吧。痛苦地醒来，还会越来越痛。她可能会再活几个小时，或者几天。她会痛苦至极，注射什么都没用。

拉维奇去拿了一支注射器和一瓶注射液。他回来时，乔安睁开了眼睛。他注视着她。

“头疼。”她喃喃地说。

他等待着。她努力地想让脑袋动一动。她的眼睑似乎很沉。她费劲地转了转眼球。

“就像灌了铅一样……”

她清醒了些。“我受不了了……”

他给她打了针。“很快就会好些了——”

“之前没有那么疼……”她的头动了下。“拉维奇，”她轻声说，“我不想受罪。我……你要保证我不会受罪……我的祖母……我看到她了……我不想那样……而且那样对她也没用……你要向我保证……”

“我向你保证。你不会很疼的。几乎感觉不到……”

她咬紧牙关。“很快就管用吗？”

“嗯——很快。就几分钟……”

“我的胳膊……怎么了……？”

“没什么。你现在动不了。以后就能动了。”

“我的腿也是……我的右腿……”

她试图蜷起这条腿。腿一动不动。

“也是那样，乔安。没关系。会好的。”

她的头动了动。

“我正打算开始……换种活法……”她轻声说。

拉维奇没有答话。他无言以对。那或许是真话吧。谁不都总想换种活法吗？

她的头又动了动，很不安的样子，从一侧转到另一侧。她的声音单调，听上去很吃力：“真好——你来了。要没有你，我会怎样呢？”

“嗯——”

一样的，他绝望地想。还是这样。随便一个江湖郎中都能做到。哪个江湖郎中都行。我只希求这一次，但毕生所知所学毫无用处。随便一个庸医都能做得跟我一模一样。什么办法都没有。

中午时她明白了。他什么都没跟她说，但她突然就明白了。“我不想当瘸子，拉维奇。——我的腿怎么了？两条腿我都没法……”

“什么事都没有。等你重新站起来后，就会跟以往一样走路的。”

“等我重新……站起来。你为什么骗我？你不用……”

“我没有骗你，乔安。”

“你就是——你只能这样。——只是不要让我就这样躺着……我现在就只是……疼。你要向我保证。”

“我向你保证。”

“要是我疼得太厉害，你一定要给我弄些什么。我的祖母……躺了五天……就一直叫喊。我不想那样，拉维奇。”

“你不会的。你几乎都不会感觉到疼。”

“如果疼得太厉害，你一定要多给我一些，足够让我永远都不再疼了。一定要这样做——即便我不想要了，或者什么都不知道了。——我现在说的话算数。之后……你要向我保证。”

“我向你保证。不会有这个必要的。”

惊恐的表情消失了。她躺在那里，一下子平和了。“你可以那样做的，拉维奇，”她耳语般地说，“如果没有你……我反正也活不了的。”

“瞎说。你当然会……”

“不。那个时候我想……你刚刚遇到我的时候……我不知道该去哪里了……你给了我这一年的时间。这是……你赠给我的时间，”她慢慢地把头转向他，“我为什么没有留在你身边呢？”

“是我的错，乔安。”

“不是。那是……我不知道……”

金色的正午立在窗外。窗帘是拉着的，但阳光还是从边上钻进来。乔安用了药后半睡半醒地躺着，生命所剩无几。这几个小时像恶狼一样将她吞噬。被子下面的身体似乎扁成了一片。这躯体对死亡的反抗消融了。她在睡眠和清醒之间徘徊，有时候几乎失去了意识，有时候又十分清醒。痛苦更强烈了。她呻吟起来。拉维奇给她打了一针。“头，”她喃喃地说，“更糟了。”

过了一段时间，她又说起话来。“光……太亮了……烧我……”

拉维奇走到窗前。他看到有百叶窗，就把它拉下来。他又把百叶窗后面的窗帘拉紧。这下屋子里几乎是一片黑了。他走到床边，坐下。

乔安的嘴唇在动。“等了……这么久……没有用了，拉维奇。”

“再过几分钟就好。”

她静静地躺着。双手死了一般地压在被子上。“我有好多话……一定要……对你说……”

“以后再说，乔安……”

“不。现在……已经没有时间了。有好多话……要说明白……”

“我想，那些话我大多是明白的，乔安……”

“你明白？”

“我想，是的。”

波浪。拉维奇看得到，痉挛的波浪从她身上涌过。现在她的两条腿都麻痹了。胳膊也是一样。胸脯还在起伏。

“你明白……我一直只跟你……”

“明白的，乔安。”

“别的都只是……一时躁动……”

“嗯，我明白的——”

她静躺了一会儿，费力地呼吸。“奇怪……”随后，她轻轻地说，“奇怪……明明在爱……却会死去……”

拉维奇朝她俯下身子。只剩下阴翳和那张面孔了。“我不够好……配不上你。”她气若游丝地说。

“你是我的生命……”

“我再不能……我想……我的手……再不能……拥抱你了……”

他看到，她用尽全力想要抬起胳膊。她的眼睛完全陷入阴霾中了。她睁开双眼。一双瞳孔很大。拉维奇不知道她是否看到了自己。“我爱你。[1]”她说。

她说的是自己儿时的语言。她太疲惫了，说不了另一种语言。拉维奇握住她没有生命的双手。他心中有什么东西撕碎了。“你让我活着，乔安，”他对着那张双眼呆滞的脸说，“你让我活着。我原本无非是块石头。你让我有了生命……”

“你爱我吗？”

这是想要躺下睡觉的孩子才会提的问题。这是筋疲力尽后的最后一丝倦意。

“乔安，”拉维奇说，“爱这个词不合适。只说爱情并不足够。那只是很少的一部分，是河中的一滴水，树上的一片叶。比爱情多得多……”

“我……一直跟你在一起……”

拉维奇握着她的手，它们已经感觉不到他的手了。“你一直跟我在一起，”他说，都没注意到自己突然说起了德语，“你一直跟我在一起，无论我爱你，恨你，还是以为可以不在乎你——从没有什么改变过这个，你一直跟我在一起，一直在我心里——”

他们原本一直借用别人的语言交谈。现在，这是第一次，他们各自不自觉地说起了自己的语言。词句的壁垒坍塌了，他

---

① 原文为意大利语。下同。

们从没像这样理解彼此。

“吻我…”

他亲吻那灼热干燥的双唇。“你一直跟我在一起，乔安——一直都是——”

“没有你……我就……没有希望了……”

“没有你，我的心更加荒凉。你曾是我的全部光明，是我的甜和苦——是你撼动了我，是你给予了我你和我。你给了我生命。”

乔安静静地躺了几分钟。拉维奇注视着她。肢体已经死了，全都死了，只有一双眼睛还活着，还有那嘴和那气息，他知道，现在她鼻息的辅助肌肉也正慢慢陷入麻痹；她几乎说不了话了，已经气息奄奄，牙齿吱嘎作响，面孔扭曲，她在垂死挣扎。她的咽喉在痉挛，她还试图说话，嘴唇在颤动。她的肺里发出咯咯声来，低沉可怖的咯咯声；终于，她爆出一声叫喊。“拉维奇，”她结巴着，“救……救……快！”

他早已准备好了注射器，飞快地把它拿过来，扎到她的皮肤下。不该让她慢慢窒息而死，让死亡拖成痛苦的折磨，呼吸的空气越来越少。不该让她毫无意义地忍受痛苦。她只剩下痛苦了。无非是痛苦。或许会长达几个小时……

眼睑颤动着。之后她平静下来。嘴唇放松了。呼吸停止了。

他把窗帘拉回去，把百叶窗卷上去，然后回到床边。乔安的脸僵硬陌生。

他关上门，去办公室。欧仁妮坐在一张放着病历的桌前。“十二号的病人死了。”他说。

欧仁妮头也不抬地点点头。

“韦贝尔医生在他的屋里吗？”

“我想是的。”

拉维奇穿过楼道。几扇门开着。他一直走到韦贝尔的房间。

“十二号死了，韦贝尔。您可以给警察打电话了。”

韦贝尔没有抬眼看他。“现在警察有别的事干。”

“怎么？”

韦贝尔指了指一张《巴黎晨报》的号外。德国军队侵入波兰。“我听到政府部门的消息。今天就要宣战了。”

拉维奇把报纸放回去。

“就这样了，韦贝尔。”

“是啊。就这样终结了。不幸的法国。”

一时，拉维奇就那样坐着。一切都空了。“不只是法国，韦贝尔。”过了一会儿，他说。

韦贝尔凝视着他。“对于我来说是法国。已经足够了。”

拉维奇没有回答。“您准备怎么办？”过了一会儿，他问。

“我也不知道。我可能会回我的军团吧。这里……”他做了个含含糊糊的手势，“会有人接手的。”

“医院会留给您的。战时也需要一些医院。他们会让您待在这里的。”

“我不想待在这里。”

拉维奇环顾四周。“这是我在这里的最后一天了。我想，这里是没有问题的。那个子宫病患快痊愈了；胆囊病患没事；癌症病患没有希望了；再做手术也没意义。就这样了。”

“为什么呢？”韦贝尔疲惫地问，“为什么是您最后一天了？”

“只要一宣战，他们就会来抓我们的，”拉维奇看到，韦贝尔还想说些什么，“我们就不要争论这些了吧。那是有必要的。他们会那么做的。”

韦贝尔在椅子上坐下。“我什么都不明白了。或许吧。或许也不会打起来。就这样把国家拱手相让。我们什么都不懂了。”

拉维奇站起来。“如果到时候我还在，就晚上再来一趟。八点钟。”

“好的。”

拉维奇走了。他在接待室里看到了那个演员。他本来都把那人忘在脑后了。那人跳了起来。“她怎么样了？”

“她死了。”

那人瞪着他。“死了？”他像演悲剧一样做了个手势，抓住心口，踉跄了几步。该死的喜剧演员，拉维奇想。他可能演过类似的玩意儿，所以事情发生在他自己身上时，他就回溯起某个角色来。但他也可能是真诚的吧，只不过他的那些演戏姿态轻飘飘地包裹在真实的痛苦周围，显得傻里傻气。“我可以去看看她吗？”

“为什么？”

“我必须再见她一面。”那人把双手按在胸前。那双手里抓着一顶绸缎边檐的浅棕色的汉堡帽。“您要明白！我必须……”

他眼里含着泪水。“听着，”拉维奇不耐烦地说，“您最好快走开。那女人死了，没有办法了。您的事自己去想办法解决。赶紧滚蛋吧！您是坐一年的牢还是像剧本里一样被无罪开释了，没人在乎。反正过几年您也会拿这事到处吹嘘，在别的女人面前装模作样，引她们上钩。滚吧——白痴！”

他一把把那人推到门口。那人踌躇了片刻，在门口转过身来。“这没血没泪的畜生！卑鄙的德国佬[①]！”

---

① 原文为法语。

条条街道上都站满了人。他们在各家报社不断变幻的巨型灯箱布告牌前挤成堆。拉维奇开车去卢森堡花园。他要在被捕之前一个人待几个钟头。

花园里空荡荡的。他躺在丰腴的夏末午后温暖的阳光中。树木初晓秋天将至——并非凋零之秋，而是成熟之秋。阳光如金，蔚蓝是夏日的最后一面锦旗。

拉维奇久久地坐在那里。他看着光线变幻，阴影拖长。他知道，自己自由的时刻，就只有这几个小时了。一旦宣战，国际酒店的老板娘就谁也庇护不了了。他想到罗兰德。罗兰德也不行。谁都不行。现在要是试图继续逃，那就意味着会被人当作间谍逮起来。

他一直坐到了晚上。他不悲伤。一张张面孔从他面前经过，面孔和年月。然后是那最后一张僵硬的脸。

七点钟，他走了。他离开这残存的最后一丝和平，这越发昏暗的花园，也知道就是这样了。在街上走了没几步，他看到了报纸号外。宣战了。

他坐在一家没有收音机的小酒馆里。之后他去诊所。韦贝尔迎上他。“您能再做一台剖腹产手术吗？咱们这儿送来一个病人。”

“当然可以。”

他去换衣服。欧仁妮撞见了他。她看到他时吃了一惊。“您大概以为不会再看到我了吧？”他说。

“是啊。”她说着，挺奇怪地看着他。随后，她匆匆地从他身边经过。

剖腹产手术很容易。拉维奇几乎不假思索地做完了。有几回，他感觉欧仁妮的视线落在自己身上。她想干什么呢？他有些惊奇。

孩子呱呱坠地。他们给他洗了澡。拉维奇看着那张不断哭喊的红色面孔和那些细小的手指。我们不是带着笑容来到世间的，他想。他把孩子转交给助理护士。这是个男孩。“谁知道他刚好赶上了怎样一场战争呢！”他说。

他洗手。韦贝尔也在他身边洗手。“如果您当真被捕，拉维奇，能不能马上让我知道您在哪里？”

“您为什么要自找麻烦呢，韦贝尔？这种时候，还是不要认识我这种人为好。”

“为什么呢？因为您是德国人吗？您是个难民啊。”

拉维奇露出忧郁的笑容。“您不知道吗，难民永远都是夹缝间的石头？对于故国来说，他们是叛徒，对于外国来说，他们仍然是故国国民。”

“我不管这些。我希望您尽快脱身。您想让我当担保人吗？”

“要是您愿意的话。”拉维奇知道，自己不会那样做的。

“当医生的，在哪里都有事情做，”拉维奇擦干了手，“您愿意帮我个忙吗？帮我照料一下乔安·玛朵下葬的事？我是没时间办这些了。”

“当然可以。还有别的事情要处理吗？遗物之类的？”

“那些可以留给警察去办。我不知道她还有没有什么地方的亲属。那也无所谓了。”

他穿好衣服。

“再会，韦贝尔。跟您共事这段时间很快乐。”

“再会，拉维奇。我们还得把剖腹产的账结了。”

“就把它算到下葬的费用中吧。反正丧事的花销更多些。我要把这钱留给您。”

“绝对不用。绝对不用，拉维奇。您希望她葬在哪里？”

“我不知道。随便找块墓地吧。我把她的名字和地址写给您。”拉维奇把这些写在诊所的一个账目簿上。

韦贝尔把这张便签压在一个水晶镇尺下，镇尺里面铸着一只银色的绵羊。

“好了，拉维奇。我想，过几天我也得走了。如果您不在了，我们基本上也做不了太多手术了。”他陪着拉维奇出去。

“再会，欧仁妮。”拉维奇说。

“再会，拉维奇先生，”她看着他，“您回酒店吗？”

“对。怎么？”

“哦，没什么，我只是以为……”

天黑了。酒店门前有辆卡车。“拉维奇。”莫罗索夫的声音从酒店的一个门里传出来。

“鲍里斯？”拉维奇站定脚步。

“警察在屋里。”

“不出所料。”

“我这儿有伊万·克鲁格的身份证。你知道，就是那个死了的俄国人。还有一年半的有效期。你跟我去山鲁佐德。我们把照片换了。然后你再找一家酒店，就当个俄国流亡者。”

拉维奇摇了摇头。

“太冒险了，鲍里斯。战争期间不应该用假证件。最好什么证件都没有。”

“那你想怎么办？”

“我回酒店。”

“你已经仔细考虑过了吗，拉维奇？”莫罗索夫问。

“嗯，仔细考虑过了。”

“妈的！谁知道他们要把你弄到哪儿去！”

“反正他们不会把我引渡到德国去。那已经不可能了。也不会把我驱逐到瑞士，”拉维奇微笑，“这会是警察七年来第一次想把我们留下来，鲍里斯。要打起一场战争来，才换来这个结果。”

“据说隆格尚普要建一座集中营，”莫罗索夫扯了扯自己的胡子，“你从一座德国集中营逃了出来……就为了现在进一座法国的。”

“或许他们很快就把我们放了。”

鲍里斯·莫罗索夫没有回答。“鲍里斯，”拉维奇说，“别为我担心。战争时期，医生是有用的。”

“他们抓你时，你要用什么名字？”

“用我自己的。这名字我就五年前用过一次。”拉维奇沉默了一会儿。“鲍里斯，”随后他说，“乔安死了。被一个男人开枪打死了。她在韦贝尔的诊所里，必须要下葬。韦贝尔向我保证过为她料理后事，但我不知道他是不是在那之前就得参军去了。你愿不愿意料理一下她的事？什么都别问我，说你愿意就完了。”

“愿意。”莫罗索夫说。

“好。再会了，鲍里斯。我的东西，你用得上什么就拿什么。搬到我的屋子里住吧，你一直想要我的浴室嘛。我现在要走了。再会。”

“妈的。”莫罗索夫说。

“好了。战后我们在福克餐厅见。”

“哪边的？香榭丽舍那家还是乔治五世大街那家？”

“乔治五世那家。我们都是白痴，拖着鼻涕却逞英雄的白痴。再会，鲍里斯。”

“妈的，”莫罗索夫说，“我们连好好道别都不敢。过来吧，白痴。”

他吻了吻拉维奇左右两边的脸颊。拉维奇感觉到他的胡子和烟斗的气味，并不舒服。他走进酒店。

难民们站在地下墓穴中。正像最早的基督徒一样，拉维奇想。最早的欧洲人。一个穿着便服的男人坐在假棕榈树下的一张写字台前，正在记录大家的履历。两个警察守着门，不过谁都没想逃走。

“护照？”警察问拉维奇。

“没有。”

“别的证件呢？”

“没有。”

“在这儿是非法逗留？”

“是的。”

“为什么？”

“我从德国逃了出来。不可能有证件。”

“姓什么？”

“弗雷森堡。”

“名字？”

“路德维希。”

“是犹太人吗？”

“不是。”

“职业？”

“医生。”

那人把这些写了下来。“医生？”他又说，举起一张纸条，“您认不认识一个叫拉维奇的医生？”

“不认识。”

“他应该是住在这里的。有人向我们举报。”

拉维奇看着那人。是欧仁妮，他想。她之前问过他，是不是要回酒店，而且看到他还没被关起来时吓了一跳。

“我跟您说过，没有叫这名的人住在这儿。”老板娘说，她站在厨房门旁。

“您别说话，”那人厌烦地说，“您没有把这些人上报，反正也会挨罚。”

“我为此而骄傲。如果人道就要受罚，那就罚吧。”

那人看上去好像要说些什么；但他截住了自己的话，做了个拒绝的手势。老板娘挑衅似的盯着他。她上面有人护着，什么都不怕。

“您把自己的东西收拾好，”那人对拉维奇说，“带上内衣，还有够吃一天的东西。要是有毯子，也一块儿带上。”

一个警察跟着他上楼。好多房间的门都开着。拉维奇拿了自己早就收拾好的箱子，也拿上毯子。

“没别的了？”警察问他。

“没别的了。”

“别的都要留下？”

“别的我都留下。”

“那个也留下？”警察指着床边的桌子，那上面立着一个木制小圣母像，那是乔安当初送到国际酒店给拉维奇的。

“那个也留下。”

他们下楼。阿尔萨斯来的女服务员克拉丽莎递给拉维奇一个包裹。拉维奇看到，别人也有同样的包裹。“给您吃的，”老板娘说，“这样就饿不着您了。我敢肯定，你们要去的地方什么都没给你们准备。”

她盯着那便衣警察。“您别这么多话，”警察恼怒地说，“又不是我宣的战。”

“也不是这里这些人宣的。”

“您别烦我了，”他看了眼跟拉维奇过来的警察，“完事了？带他们出去。”

黑压压的一群人动了起来。拉维奇看到那男人和那看到蟑螂的女人。男人用空着的手臂搀扶着妻子，另一条手臂下夹着一个箱子；第二个箱子被他拿在手里。男孩也拖着一个箱子。男人恳切地看着拉维奇。拉维奇点头。“我身上带着器械和药呢，”他说，“别害怕。”

他们爬上卡车。发动机哒哒地响起来。卡车开动了。老板娘站在门洞里挥手。“我们要去哪里？”有人问一个警察。

“我也不知道。”

拉维奇站在罗森菲尔德和假的阿隆·戈尔德贝格旁边。罗森菲尔德胳膊底下夹着一个卷轴。那里面是塞尚和高更的画。

他的脸费力地扭了扭。“西班牙签证，”他说，“过期了，我还没……”

他打住了。

“死亡之鸟走了，”过了一会儿，他又说，“马尔库斯·梅耶。昨天去美国了。”

卡车晃了晃。大家紧紧挤在一起。几乎没人说话。他们转过一个街角。拉维奇看到宿命主义者塞登鲍姆也在。他整个人都被挤到角落里。“我们又落到这地步了。”他说。

拉维奇想找支烟，却没找到。但他记得自己箱子里装的烟够抽。“是啊，”他说，“人是很能忍的。”

卡车行驶在瓦格拉姆大街上，转弯上了星辰广场。无处亮着灯。广场上只有幽暗。天色太黑了，连凯旋门都看不到了。

托马斯 · F. 施耐德：“真正失去希望的人，就不再说话了”

谈埃里希 · 玛丽亚 · 雷马克的《凯旋门》

一九四五年十二月一日，时值《凯旋门》初版于纽约阿普尔顿世纪出版社问世，玛琳 · 黛德丽从巴黎致信自己曾经的情人、生活在纽约的埃里希 · 玛丽亚 · 雷马克，她这封满含怅然之意的信是这样开始的：“不知道我该如何称呼你——现在‘拉维奇’是公共财产了——”“拉维奇”指的是小说的主角，这个角色曾是雷马克和玛琳 · 黛德丽大量往来信件中的一个形象，雷马克用这个身份给恋人写信。同时，玛琳 · 黛德丽这封信标志着一项长达八年的创作的终结，这项创作和黛德丽密不可分。

记录这项工程开端的是雷马克的一封电报，这是刚刚陷入爱河的作家于一九三八年一月九日从圣莫里茨发给正逗留在旧金山的恋人的：“句点开始写一本只给你一人的新书句点。”雷马克一九三七年九月初于威尼斯结识并爱上了玛琳 · 黛德丽，和她一起在巴黎度过秋天，从十一月开始被抛在欧洲。雷马克用许多信件、电报和电话熬过了这段别离，就这样等到两人一九三八年四月于巴黎重逢。此时他还没能兑现一月那封电报中的诺言，正相反，眼看着政局逐渐尖锐化，又和一些流亡者直接会面后，他于三月开始撰写一份欧洲流亡者报告：《爱你的邻人》。

一九三八年的春天，雷马克是和玛琳 · 黛德丽、她的丈夫鲁道夫 · 席贝尔、夫妻俩的孩子玛丽亚和席贝尔的情人塔玛拉·玛图尔——所谓“一家人”——一起在巴黎度过的，那一年的夏天则是在昂蒂布海岬。他不得不在那里目睹玛琳·黛德丽和加拿大亿万富婆乔·卡斯泰尔斯开始一段恋情，直到他们九月一同回到巴黎后，这段恋情还在持续。“拉维奇”想要跟玛琳·黛德丽建立一段平静的感情关系，近乎稳固安定的恋爱，然而她一再向他强调，她才是这段感情中的主导方，她既不会和席贝尔离婚，也没把雷马克视作唯一的情人。在接下来的几年里，直到两人于一九四〇年十一月无法挽回地分手，雷马克一直徘徊在爱恋与结束这段关系的愿望间，希望将自己从越发强烈的绝望和屈辱中拯救出来。

一九三八年十一月十八日，玛琳·黛德丽前往洛杉矶拍电影，雷马克再次独自一人在他位于瑞士提切诺隆科港的住宅里待了半年。在那里他继续和玛琳·黛德丽鸿信往来，并且于十二月开始着手创作那本为她而写的新书：

> 我们还抗拒过，我们两人都是——甚至抗拒了很久——或许现在我们偶尔还会抗拒——但其实我们知道，这只是一场游戏，这一来我们才会愈发明白，我们确实拥有自己。
>
> 不要笑我现在对你说的话——能知道这些，相信这些，多么奇妙啊。让我为你写下这些——不是用这寥寥数句——不，要写几百页，让这些书页记录我的故事，这许久以来你和我的故事，让我在你明年的生日前把这些写完，或许到那时你甚至会更加相信这些话。我一直在想象着，这会是一本我爱的书，将会是一本为你而写的书。
>
> 我给你的东西好少啊：一个承诺和一本书——而且这些还是我从你那里取得的——

据此可见，《凯旋门》这本小说的构思源于雷马克在和玛琳·黛德丽恋爱关系中遇到的困境，因为他希望挽留住情人——把文学当作爱情的证明。小说的构想又跟“拉维奇”这个角色联系在一起，密不可分。

“拉维奇”（读音 Ráwik，一个捷克姓氏）是雷马克早期长篇小说《嘉姆》中的一个角色，这本小说创作于一九二三至一九二四年，即开始与玛琳·黛德丽恋爱的十四年前。《嘉姆》的同名女主角遇到了许多男性角色，他们分别代表不同的哲学观念。其中之一便是拉维奇，“喜欢沉思的美学家”，“因其自身而内心”破裂。雷马克二十世纪二十年代早期的其他文章也出现过“拉维奇”这个角色，这个角色始终被描述成美学家或者艺术家，正在进行一个决定自己今后人生方向的决断。

雷马克很可能对玛琳·黛德丽讲过他这些早期文章，毕竟他为玛琳·黛德丽誊写了一遍自己一直没有出版过的长篇小说《嘉姆》，并在写给她的多封信件中提及小说中的角色。从一九三九年一月开始，也就是撰写《凯旋门》前几章的那段时间里，雷马克还让“拉维奇”成为自己在致情人书信中的一个身份：热恋的情人。种种情感热情洋溢，毫无节制地使用各种修辞、比喻和隐喻，很快就被增补的“阿尔弗雷德”挤到了一旁：这是一个完全不通文法和拼写的小男孩，会对“蕾娜阿姨”讲因分别而倍感绝望的拉维奇的事。

即使在“拉维奇”随着《凯旋门》的出版跻身世界文学宝库之后，这个角色还是在雷马克的作品中占据一席之地。在他未完成的最后一本小说《应许之地》中，拉维奇成功地在二战期间抵达美国，成为小说详尽又鲜活地描绘的纽约流亡者大观中的一分子。

尽管向玛琳·黛德丽承诺在先，雷马克在一九三八年至一九三九年冬优先进行的还是其他创作项目，而不是“拉维奇”这本书。由于欧洲局势急转直下，越发尖锐，雷马克这个冬天在隆科港专心完成《爱你的邻人》这本小说。一九三九年三月底，他来到纽约，在总算能去洛杉矶看望玛琳·黛德丽之前把《爱你的邻人》写完了，用不了几天就签完了样书、出版和小说的电影改编权这些合同。他来到洛杉矶后，玛琳·黛德丽表现得有些失望，因为雷马克没有写“拉维奇”那本书。一九三九年六月，两人回到巴黎，再度一同在昂蒂布海岬度过一个夏天，黛德丽的风流韵事为这个假期蒙上阴影。一九三九年八月中旬，玛琳·黛德丽为了拍电影回洛杉矶，几天之后，雷马克追随她而去，以逃避即将爆发的战争。

和黛德丽一同居住在比弗利山酒店的那段时间里，雷马克一边修订《爱你的邻人》的成书版，一边撰写“拉维奇”那本书，同时不得不目睹黛德丽情事不断，于是明显与她疏远了。导致两人于一九四〇年十一月初最终分手的最后一根稻草就是玛琳·黛德丽催促雷马克完成“她的”小说，还对他写《爱你的邻人》加以批评：

> 后来她在夜里打来电话，然后闲聊她跟斯登堡[①]的事，我看出来，那都是撒谎。她问我夜里干什么来着。工作来着。什么工作？写我的书。什么，还在写那本书？你可是五周以前就跟我说了，一周之内就会写完。确实，可是我写得不好，现在必须重新修改一遍。那你干吗不直接把书交了，开始写那本新的？因为我不会那样做，就算还

① 大概指的是约瑟夫·冯·斯登堡（1894—1969），美国著名导演，曾拍摄多部玛琳·黛德丽主演的电影。

得再改几年也不会。这书的第一稿你也让《科里耶杂志》印出来了嘛。——对；因为他们反正也给我删掉一半，因为“科里耶”那边的是连载小说。好了，我受够你这堆蠢问题了——不管你给我打电话是不是就是为了问这个。不，你刚一问起我的工作，我就感觉受了侮辱。——你最好还是睡觉去吧，晚安。

这场口角后两人分手，没过几天，雷马克就跟自己的密友露特·玛尔通一起为这本小说设计出了一个“纲领性理念”，这个纲领性理念虽然还是跟原计划中对与玛琳·黛德丽这段恋情的描述关联在一起，却同时对这段恋情加以批评。

今天和昨天晚上跟 R[①] 谈话。为拉维奇找到纲领性的想法。古斯塔夫·扎克[②]。问题重重的人和失德的女人，两人互相触动。两人都不够稳固。他是要从深渊中出来；——她则是因为一直漂浮着。被这感情吸引——那男人被冲刷侵蚀、瓦解零落。既然其他的一切不牢固，他希望在一样东西中得到安稳，这样东西其实更不牢固，但在他看来并非如此：那就是感情。他失败了。他以为感情有多热烈就有多稳固——然而那只意味着有多无常。

雷马克在纽约度过新年和一九四一年春天，在那里修订完了《爱你的邻人》的书稿，为“拉维奇那本书”想出了最终的标题：《凯旋门》。回到洛杉矶后，他虽然偶尔还继续写这本

① 即露特·玛尔通。
② 古斯塔夫·扎克（1885—1916），德国作家。

书，却对作品的基本构思越发不满。直到一年之后，雷马克才决定，再次从头开始写这本书。

决定了。从头开始再写一遍拉维奇。更广泛一些，更主观一些。一个男人和他的种种问题。

雷马克把此时已经写完的稿件重新撰写一遍，重新构思，转移了小说重点。《凯旋门》的最终版本反应出这部作品的诞生过程：在两人一同在昂蒂布海岬度假、回到巴黎、拉维奇被捕并被驱逐出境之前，也就是恰在小说的前一半里，拉维奇和乔安·玛朵的恋情占据着叙述的中心。第十五章里拉维奇做的噩梦标志着第一个转折——过往突然降临——之后就是两人在蓝色海岸度假，以及第十七章里拉维奇被捕。第十七章的情节和第十八章开头拉维奇回到巴黎之间间隔三个月；这段时间里发生了什么，作者只是提供了些不甚完整的信息，虽然这段时间几乎占据了叙事时间——从一九三八年十一月初到一九三九年九月初的三分之一。拉维奇回到巴黎时已经变了，从现在开始，对盖世太保军官哈克的复仇成了小说第二部分所涵盖的短短几周情节的核心。

这一来，小说的重心也从因作者私人缘由而讲述的一段失败恋情转移到对受到迫害的个体主动反抗恐怖和野蛮的记叙和论述上。

雷马克于一九四二年二月开始重写这部小说，此时正值二战激战高峰，随后的几年里他似乎不急着写完，他的创作没有间断过，但也没有写得很紧迫，和写《爱你的邻人》时相反。这几年里，雷马克专注地用批判眼光观察战局，尤其关注政治界的反应和身处美国的德国流亡者。他坚信，战争期间，他自己和其他知识分子是不应发表意见的，战时对抗国家社会主义的事情要留给军人。直到战争结束后，才是重新定位、规划新篇和新政策的时候：

> 战争的结束会给文学带来一段繁荣昌盛的时期。政治文学。比革命后的俄国文学更为强劲。人们将会渴望握住力量、情感和扬起的风暴。政治剧作。[……] 现在已有纲要。准备好迎接那繁荣期。还没有丧气、还没把自己全部写出的人，还能参与其中。即便身为难民也可以。身处局外之人。只要他想得够多，却还没把话写尽。

《凯旋门》几乎把这些内容的原话重述一遍：

> 文明的暮光。倦怠的没有定形的诸神黄昏。一面面空泛的人权旗帜。一块大陆正在清仓大甩卖。末日洪水正汹涌袭来。人们还在为最后几个价钱而斤斤计较，一如既往地在火山上跳着末路之舞。一个个民族啊，再一次被慢慢地赶向屠宰场。羊被牺牲掉之后，跳蚤可以逃过一劫。回回如此。
>
> 拉维奇把烟按灭。他环顾四周。这一切是怎么回事？夜晚不是刚刚还如同一只鸽子一样吗，如同一只柔弱的灰鸽？埋葬死者，吞噬生命。时光是短暂的。坚持就是一切。总有一天会用得上你，所以要保持健康，时刻准备着。

雷马克既没有丧气，也没有把能写的写尽，他尽力为战后年代做准备。因为，正如小说中的拉维奇强调的那样："真正失去希望的人，就不再说话了。"雷马克从一九四二年开始撰写一本小说，讲的是一个二战德国士兵正视自己在战争中的个人责任和德国人犯下的罪行等问题。一九五四年，这部作品以《爱与死的年代》这一标题问世。一九四四年九月，雷马克为美国情报组织战略情报局（OSS）写了一份题为《战后德国实际教育工作》的研究报告，在这份报告里，他称，未来的重点工作是，以让德国人详尽了解国家社会主义所犯的罪行为基础，对他们进行民主教育。从一九四四年起，雷马克紧承这份研究报告，开始撰写一部关于一座德国集中营的小说：《生命的余烬》，这部小说最终出版于一九五二年。

《凯旋门》的诞生背景正是作家雷马克为战后年代进行准备。在雷马克笔下，一个德国流亡者在战争爆发前的故事获得了这样的面貌：一个刚开始玩世不恭的受害者逐渐意识到自己在反抗野蛮之时扮演的角色。和《战后》的恩斯特·毕尔克霍尔茨一样，他需要首先经历过彻底的绝望，再回想起人们还要生活，要心中安宁，这才认识到这点：

> 突然间，他不知道自己是滑稽还是悲惨了，也不知自己是否痛苦了——他只知道，他还活着。他活着！他存在，那情愫又捕获了他，震颤着他，他不再是旁观者了，不再是局外人了，那无法控制的情感耀目的光辉再次奔流于他的血管，就像火焰奔涌在高炉的管道中，他是幸还是不幸，几乎是无所谓的了，他活着，全身心都感受得到自己活着，这就够了！

对于拉维奇来说，这一认识的结果就是无论如何也想要杀死哈克，以此来亲手做些对抗恐怖的事。然而，雷马克没有用个人复仇来解释这场谋杀，而是把一种近乎广义意义上的责任感当作动机，要与野蛮的代表者斗争并杀掉他们：

> 慢慢地从兜里抽出一支烟，又慢慢地把它点上。火柴的黄色光亮照亮了他双手手心，仿佛照亮了一个有着条条

纹路沟壑的洞穴，那一刻他蓦然间明白了，什么都无法阻止他杀死哈克。莫名其妙地，仿佛一切都旨在那一件事。那一下子远不仅是一场私人的复仇。就仿佛如果他不去杀他，就是犯下了一场偿还不清的罪——如果他不行动，这个世界上就会有某种东西永远没有希望了。同时，他清楚地知道并不是那样的——然而，尽管知道，在远离解释和逻辑的彼岸，他的血液隐隐约约地知晓，这是必须做的——就好像这件事会荡出看不见的波浪，之后还会发生大得多的事情。他知道，哈克只是恐怖的一个小小行政人员，意义不大——但突然间他也知道了，杀死他这件事，意义无比重大。

面对野蛮和战争，拉维奇演绎的是个体行为的范版，他通过这场谋杀明白了自己的义务，即今后也要积极保护自己。谋杀虽然把他从过往的幽魂手里解脱出来，却同时也赋予他义务：

一切都在漂浮，什么都没有重量。未来和过去相逢了，两边都既无愿望也无痛苦。哪边都不比另一边更重要、更强大。天地间的界线平衡了，有那么奇特的一瞬间，生命的种种表壳都如一。命运从未比人摆在它面前的那份沉静的勇气更为强大。如果到了无法忍受命运的地步，人可以自杀。他幸而知道这些，但也幸而知道，只要还活着，就永远不会有无望之事。

这个认识过程也和对自己身份的反思联系在一起。为了伪装和活下去，拉维奇在流亡途中用过不同的名字，在杀死哈克后想起了自己真正的名字，路德维希·弗雷森堡，在被警察逮捕时用的就是这个名字。捉迷藏在流亡和隐姓埋名的年代至关重要，但现在已经结束了。既然对于拉维奇来说，处理名字这件事重要至极，回想起自己的名字同时即回想起自己的根源，举动和价值标准也随之改变。

《凯旋门》在深层次上是一本乐观主义的小说。虽然以二战的开始和凯旋门灯光变暗作结，这本小说同时也记录了个体对创造力不可撼动的信心，以及个体对自己有能力进行反抗、战胜恐怖和野蛮的信念。虽然没有描述二战，《凯旋门》一书讲述的是战争后果和个体的责任，即不能放弃努力，要阻止恐怖再次降临。之后多年里，雷马克在很多访谈中都强烈地表达了这种观点，比如和 M. 费尔德曼为《欧洲评论》所作的访谈：

> 我们必须相信未来，相信未来会更好。尽管有些政治家不这样想，世界仍然想要和平。而且世界想要取回那些曾经可以信任的东西。当代作家的任务就在于此：要找到这些东西，把这些东西描述出来。这些东西都是些最为简单的问题，无论何时都一样：人性、理解、进步、热心。无论如何，人还是善的。否则原子弹就是最简单的答案了。

一九四四年八月二十五日，巴黎解放（自己）那天，雷马克完成了这本小说的初稿。这自然不是雷马克有意为之，但这也再次清楚展现了小说和法国首都之间的紧密联系——巴黎远不只小说舞台这一重身份。对于雷马克来说，巴黎无疑是欧洲及西方文化的首都和种种与这座城市联系在一起的价值观的象征。他曾于二十世纪三十年代多次拜访这座城市，每次都住数月之久。因此，雷马克非常熟悉这座城市，一九四〇年五月，德国人占领巴黎，更让他震惊：“希特勒在巴黎——怎样的一幕啊。文化的终结。”

二战开始前的那些日子里，雷马克自己在巴黎经历过小说结尾描述的场景，一九三九年八月三十日，他在瑟堡乘坐最后一艘客船前往纽约，就这样在被拘留前的最后一刻抽身了：

> 抵达巴黎。哪里都熄了灯，以防被飞机看到。香榭丽舍。凯旋门看不到了。酒店。[……] 去大本营福克餐厅，吃饭。[……] 大城市的宽慰感。乐观主义。[……] 昨天早上有坏消息。中午酒店电话和电报都停了。[……] 之前鲁迪 [·席贝尔] 弄到了玛丽女王号上的位置。人们围着住宅区排队等着。很不舒服的感觉：要离开。有千万种不走的理由，离开的理由只有一个。万种念头、对我自己有万种鄙夷，还有某种决心。[……] 在凯旋门前。月亮，已经有秋意了，满月，悬在香榭丽舍大街上，在紫罗兰色的雾气中有些发红。强烈又沉静的生命感。[……] 我仍然不想走。不想逃走。可美洲狮 [玛琳·黛德丽] 会担心死的，而且她需要我。我坐在街上，天色更暗了，我爱这城市，想留在这里，但也知道，我不会留下的，——到船开走的时候。在福克餐厅吃饭；一切都是暗的，就连各处的灯光广告也是。奇特的一幕。服务员很少；全都被动员了。[……] 银色的月亮悬在黑色的城市上。

雷马克在巴黎待过的地方，就是《凯旋门》的情节发生之处：乔治五世酒店和威尔士亲王酒店、福克餐厅、马克西姆餐厅，还有凯旋门周围的街道。山鲁佐德和斯芬克斯——在小说里叫奥西里斯——及其名叫罗兰德的女经理。无疑，雷马克也知道流亡者们住在哪里，在小说中就是虚构的国际酒店和凡尔登酒店。城市小至细节都被描写得真实可信，代表着一种从根基上受到威胁的文化，现在正是保护这种文化的时候。雷马克把这种威胁的象征表现为卢浮宫中的萨莫特拉斯胜利女神，对于受迫害者来说，这尊女神像同时也给他们带来希望：

> 她不懂得道德。她不懂得种种问题纠结。她不知道风暴和鲜血背后的漆黑。她知道胜利和失败，而这两者几乎是一样的。她不是诱惑，她是飞翔。她不引诱人；她漠不关心。她没有秘密——可和隐藏起自己的性器官又因而将其彰显的维纳斯相比，她更令人血脉偾张。她近似飞鸟、船只——风、浪和地平线。她没有故乡。
>
> 她没有故乡，拉维奇想。但她也不需要故乡。她以天下行船为家，哪里有勇气和战争，就以哪里为家，甚至失败，只要是不曾绝望的失败，也是她的家。
>
> 她不只是胜利女神——她也是充满冒险精神的女神和流亡者的女神——只要流亡者不放弃希望。

书中写到的这些地点的中心是标题中的凯旋门，凯旋门具有多层次的象征意义：既是伟大的艺术品，又是军事胜利的证明和战争受难者的纪念碑，还是“地府的大门”。小说故事开始于一九三八年十一月十一日——一战结束二十周年纪念日的几天之前，这个日子直到如今还是法国政府纪念这场战争阵亡将士的官方纪念日；小说以二战的开始作结，此时因为灯光管制，人们“连凯旋门都看不到了”。

就这样，雷马克用凯旋门这个符号在“二十世纪灾难之源”和二战这场更大的灾难之间划了一道弧线。小说中，在欧洲乃至西方文化之都，每个人都害怕二战到来，却无法阻止这场灾难，因为欧洲政治只是不断地采取绥靖政策，等待着第二个、第三个《慕尼黑协定》，不能下决心进行抵抗，就这样眼睁睁地走向灾难。

雷马克的巴黎是一个真实可信，同时也具有象征意义的地方，那里的凯旋门是城市中心和欧洲历史及文化的象征符号。在雷马克笔下的巴黎，没有比拯救人性和人权免受野蛮侵害更遭轻视的事。欧洲已经因这种危难失败过两次了，分别是一九一四年和一九三九年，第三次——正如雷马克用《凯旋门》这本小说警醒人们所述——是无论如何也要避免的。

雷马克花了七年的时间撰写小说初稿，一九四四年秋天之后，考虑到战争临近尾声，他加快了小说收尾的速度。一九四四年十二月，雷马克完成了第一版定稿，把文稿交给自己的英语译者，丹弗·林德利以及沃尔特·索莱尔，后者负责联系小说在有影响力的美国画刊《科里耶杂志》上预印。小说被大幅缩减后，从一九四五年九月十五日至十月二十日在这本杂志上连载。同时，雷马克与美国阿普尔顿世纪出版社签署了国际营销和书籍出版的合同，丹弗·林德利正是这家出版社的编辑。

《凯旋门》的预印本大为成功，有影响力的美国读书俱乐部“每月之书俱乐部”于一九四五年十一月让《凯旋门》成了一九四六年主打书，这就确保这本小说能加印许多版。纽约阿普尔顿世纪出版社的成书版于一九四五年十二月面世，在《纽约时报》的畅销书榜单上停留了数周之久，一九四六年三月，身处海外的美军成员都免费得到了一本小说的特印版。这一来，在雷马克的作品阔别德国十二年后，这一版《凯旋门》另辟蹊径，取道美国士兵的行囊，首次回到德国。

同样是在一九四五年十一月，雷马克把小说的电影改编权卖给了联美公司，联美公司计划在小说受欢迎的基础上用一部大制作打造风靡世界的影院佳绩。由查尔斯·博耶扮演拉维奇、英格丽·鲍曼扮演乔安·玛朵、查尔斯·劳顿扮演哈克，早在一九三〇年就凭借《西线无战事》的电影改编为影史呈现了一部经典之作的刘易斯·迈尔斯通执导，公司希望制作一部可以比拟《西线无战事》的巨作。然而，一九四八年二月十六日首映的成片惨遭失败，让负责制作的企业制片公司濒临灭顶之灾。雷马克不得不提起诉讼，以便至少从合同允诺给自己的版税中得到几成。电影遭到一致批评，主要是因为它把重心放在了拉维奇和乔安的爱情故事上，却忽略了小说情节中的政治因素——“没有凯旋”，如《新闻周刊》标题所述。一九五八年起，这部电影在联邦德国只能以删节版上映。

在国际上，小说《凯旋门》获得了可与《西线无战事》比拟的成功，光是在一九四五至一九四八年就被翻译成二十二种语言。如今，这本小说被翻译成至少四十三种语言，有了六百多个版本。在波兰和韩国等多种大相径庭的文化中，《凯旋门》成了文化记忆的一部分。小说一共被改编成四版电影——一九四八年美国版，一九六四年阿根廷版，一九六四年安东尼·霍普金斯（拉维奇）、莱斯利-安·唐恩（乔安·玛朵）和唐纳德·普利森斯（哈克）主演的美国版，以及一九九三年波兰版——记录了其世界声誉。

德语版《凯旋门》的出版却伴随着重重困难，同时也教科书般地展示了战争刚刚结束后德语出版业之景。由于雷马克不再跟德语出版社接触了，就于一九四五年至一九四六年冬请自己多年的作品代理商和好友——战争期间留在欧洲的瓦尔特·菲尔辛费尔特帮忙寻找，看有无可能出版一个德语版。菲尔辛费尔特住在苏黎世，就去问苏黎世的 F. G. 米夏出版社，战时这家出版社出版过几本不太成功的反法西斯文学作品。促使菲尔辛费尔特于八月二十四日跟米夏出版社签订合同的很可能是双方的私交；出版社的负责人肯定期待大卖特卖，这才在合同中同意付给雷马克一笔特别高的预付款。

结果却是一场灾难。出版社为了在经济上弥补这笔高昂的预付款，只得大幅增加印数，以便降低生产成本。然而，这出版于一九四六年秋的第一个德语版本在整个德语区滞销。出版社的书卖不出去，最终甚至把小说送到火车站的杂货店里，用倾销价抛售。就连菲尔辛费尔特都在自己苏黎世的住所囤积了好几千本。不过，倾销之后，《凯旋门》这个标题在从一九四七年开始逐渐平稳的德语图书市场上炙手可热，虽说战争刚刚结束之时，雷马克这样的流亡作家还是要面对一些困难，尤其是在西德的盟军占领区：他们需要重新得到接受，重归德语图书市场和德语读者怀抱。

直到一九四八年，雷马克才从美国回到欧洲，回到自己的瑞士居所，却因为米夏出版社的合同仍然有效，对自己这部小说束手无策，只能无助地眼睁睁看着出版社试图把德语版的附加权限变卖给一个虚构的读书俱乐部"大众书记"。一九五〇年八月，合同签订四年之后，米夏出版社的一个代表才壮着胆子来隆科港找雷马克：

> 快到傍晚之时，有个叫雷内·松德雷格的人来了，是米夏出版社海茨曼派来的。一个大胡子瑞士人，他言简意赅地说，海茨曼等于是破产了；之前把7800册书送到了图书市场（书友会）上，又把20000册交给了伯尔尼阿尔法出版社（这家出版社的老板因为谋杀坐了二十年牢，五年前出来开了这家出版社。据说是同性恋，是米夏出版社和一个有钱的奶酪商撮合着联系上的），伯尔尼阿尔法又把书卖给德国的一家阿尔法，德国那家破产了。伯尔尼阿尔法没能力支付。据说那20000册里有15000册在汉堡，海茨曼对这些书没有所有权。那些书总有一天要被贱卖掉；反正已经卖过两三个不同的价格了——总而言之：销路毁了，给我弄出来了五千法郎，原本肯定应该是这的十倍。

这场经济犯罪中，除了钱财损失之外，“销路毁了”这个结论对于雷马克来说意义重大，因为这不仅涉及《凯旋门》，还牵扯到他这个作者的声誉，由此会影响到他所有作品。几周之后，他聘请菲力克斯·古根海姆当自己的新代理人，于是古根海姆集中精力负责为德语图书市场抢救雷马克作品，他在慕尼黑库尔特·戴施出版社找到了解决方案。戴施出版社从一九五一年起出版雷马克流亡期间创作和出版过的作品：一九五一年出版《伙伴进行曲》，一九五二年出版《凯旋门》，一九五三年是《爱你的邻人》。除了出版社的项目之外，戴施还有一套自己的廉价丛书——“书中的世界”，所以小说在同一家出版社的多个版本同时面世，相互竞争，充斥着图书市场。现在，雷马克的作品虽然有了一个联邦德国出版商，却付出了高昂的代价：

> [……] 戴施，为了改成“书中的世界”版，把《凯》删减了，都没问我一句。断绝往来了。

一九三八年一月，雷马克在和玛琳·黛德丽恋爱时开始创作《凯旋门》，为的是表达爱情，两人分手后彻底更改了作品的构思，为人性的抗争创作了一座不朽丰碑：拉维奇成了“共有财产”，正如玛琳·黛德丽在一九四五年十二月一日寄给雷马克的信中恰如其分所说的那样。然而，为了消除人们对小说虚构性的各种疑虑，以免人们试图把作品视作具有自传性的影射小说，雷马克给美国初版加上了一句开场白：

> 本书中一切姓名、人物和事件均为虚构，如存在看似和现实人物的类似之处，纯属偶然。

费尔德曼对话雷马克[1]

刘娜　译

几个月来，恐怕没有哪一天，雷马克这个名字不一次又一次地登上美国新闻的专栏。他的《凯旋门》打破了迄今为止所有的出版纪录。好莱坞拍摄了电影，英格丽·褒曼担任女主角。此时，雷马克本人也比克拉克·盖博更受欢迎。

如果有人关注了一九二九年《西线无战事》出版以来，雷马克的生平经历，便会对他的第一本和最新的这本书之间巨大的反差和文学的张力感到惊异。十八年前，当雷马克在他的家乡奥斯纳布吕克写下一战经历的时候，他并没有感到自身的“使命感”。在那里，他做过教师、墓碑商、赛车手、文员和体育记者多种职业。他每天写几页，什么都不去想。当时，年轻的雷马克做梦也没有想到，《西线无战事》有一天能成为反战的武器。的确，曾经他很难为这本书找到出版商。对柏林的 S. 菲尔舍的拜访也并不令人兴奋：“没有人对战争小说感兴趣。”老出版商那时对他讲，“非常抱歉，在这种情况下，我不能出版这样的一本书。”

今天的雷马克有意识地选择主题，并明显地始终遵循着一个主线，即将纯粹的人性置于其他一切之前。选择三十年代的巴黎流亡作为他的《凯旋门》的底调，绝非偶然。当时，他从阿斯科纳的小住所远足到巴黎，途中第一次看到流亡悲剧的影响，在日常生活的小事中，在那些昨天还能感受到脚下坚实的土地，今天便沦为无家可归的流氓无产阶级的男人、女人的普遍的精神和心理状态中，一览无余。雷马克看到了法西斯是怎样不仅抢占了他们的家乡、财产，更剥夺了他们的生活。尽管他在瑞士有自己的房子，没有经济上的担忧，但他和那些在巴黎的同胞们内心相通，正如他们中的大多数隐约感受的一样。雷马克认为，对无家可归之人，流亡不只是一个生存问题，更是一个心理问题：是那种无根的状态和必须重新扎根的问题，就像早在一九三一年就已踏上流亡之路的自己所经历的那样。

他在《凯旋门》中描写一个个流亡的悲剧和个体，同时也就描绘了一部时下的当代历史。

笔者拜访在纽约酒店的雷马克时，他带着与生俱来的开放和纯朴承认，他认为流亡的德语作家，处境十分艰难。

“在异国的作家，”雷马克表示，“要做双重的斗争：为他的精神存在和他的事业。和祖国没有联系、流亡成为常态的德语作家，就像没有后方的前线战士。他不可能像其他国家的作家一样，”雷马克说道，“从家乡丰富的、源源不断的、新鲜的素材中去汲取营养。十三年来，他不能在自己的国家出版他的书，几乎只能靠自己书籍的译本为生。然而，没有译本能够和原稿相称。作家的原创性，很大程度上取决于语言。语言的节奏和声调是两种不可译的东西。很多所谓的知识分子行业，”雷马克补充道，“在国外备受青睐。医生、工程师等用外语通过了考试，现在事业成功。教授们在美国大学工作。其他流亡的人，通常在晚年找到了新的职业，这样就找到了一种存在。对于作家来说是更难的。即便是想，也不能轻易地‘改弦更

① 1946 年 5 月，早在德语版的《凯旋门》出版之前，正在维也纳发行的《欧洲评论》就刊载了 1945 年末费尔德曼在纽约对雷马克的访谈。访谈中，雷马克表明了自己的政治立场，并以此将这部小说置于与战败国德国交往的语境中。

张’。他不能毫无问题，一跃而入，进入接收国的文学。他的问题贯穿以往的生活，是欧洲的，或者就我而言，是德国的。法西斯的车轮已经碾轧过德国，作家不知道他从大洋彼岸所得知的，究竟是否还存在。不触碰历史题材时，他的写作领域已变得十分狭窄。那个他认识的德国不再存在，那个他观察了十三年的德国，让他充满恐惧和憎恨。他几乎只有流亡这个狭小的领域，很快也会消失殆尽。双重的流亡——先是从德国，然后从欧洲——让落地生根更加艰难。很多人变得沉默了；为了远离时事，另一些人隐退了；另外一些人则深感绝望。危机是多么深重，恩斯特·托勒尔和斯蒂芬·茨威格的自尽就是证明。此外，一些人有大的物质困扰；在那边人尽皆知的作家，找不到出版商。一些最好的作家几乎是不可译的：他们的特点、他们的风格都是不可移植的。还有对欧洲灾难狂热的参与。每家报纸每天充斥着比以往一年还多的新闻的一个时代，对于一本书所需要的数月的思考和专注而言，并不是一个好的介质。只希望有朝一日，这个时代被描绘出来——然而，这可能还要历经数年。”

对于是否有意再重新回到德国，雷马克回答道：

“圣诞过后，我会回瑞士，从那里回德国，实地研究所有变化。然而，我不会再在德国生活。我想弄清楚，法西斯主义已经多大程度地影响了德国的文化和思想。只要我不在德国研究这些事情，我认为，就不可能有所认识。当然，我并不认为，所有德国人都是法西斯。我自己失去了妹妹，失去了很多朋友，他们都被盖世太保杀害。很多人被毒死，被扔进集中营或者地下室。很显然，冒着生命危险同希特勒和德国军队作斗争的那些人，是不能同法西斯和冷漠的小市民混为一谈的，这并不需要更为详尽的理由。当然，除了这些比较少的例外，德意志民族中的绝大多数，都必须为民族屠杀、占领他国，为杀害六百万以色列宗教信徒负责。德国民众必然最终得到答案，任何军国主义对德意志民族都意味着灾难，因此必须坚决反对。《西线无战事》出版几个月后的一个小插曲，向我证明了，军国主义在德意志民族最自由的圈子中已扎根有多深。一天，我收到了一位知名的德国和平主义作家的电报，电报中，他反对我对德国前线士兵的描写。还不忘提到，作为“德国预备役军官，他对此感到愤慨”。

我的下一个问题是德国民族的教育问题。“您看，”雷马克说道，“这就是对同盟国来说几乎不可能的事情。通过外国人的力量，是无法实现真正的民族教育的。同盟国的军官，即使他们用意再好，也不可能像美国人声称的一样，‘再教育’一个民族。德意志民族的转变只能从内部，只能通过德国民族自己来实现。同盟国能为德国民主化做的贡献，是他们自己国家的好示例，以及对所有在德国境内外，毕生同国际法西斯主义做斗争的德国人的积极的、有针对性的、强有力的支持。”

我们最终谈到美国文学。“美国文学涉及的是，”雷马克讲道，“长久以来，人们已经不能再俯视美国文学了。现在的美国作家水平很高。我只提海明威、斯坦贝克、福克纳、厄普顿·辛克莱、托马斯·沃尔夫、辛克莱·刘易斯。相反，在国外众所周知的美国电影，在思想发展上，已经非常停滞不前了。好莱坞已太过千篇一律。没有哪个地方，比好莱坞更高谈艺术，却做得更少。除了少数例外，商业、审查、轰动和艺术的结合几乎一直是致命的。对美国电影工业来说，纯技术是头等大事。电影公司花重金买好作家的书，然后把它交给半打雇佣的平庸作家，从中炮制出一个烂稿。作家写书要数年，电影作家必须在几周之内编纂成文，结果显而易见。即便这其中的一个庸人，能写出好的稿子：那是制片人、是导演、是半打其他的人，和他商讨、改稿。每个人都比作家清楚。这会产出什么？很少有一部好的电影。

爱森斯坦和普多夫金的俄国电影，法国电影，后来的瑞士和英国电影，都比很多好莱坞的顶级制作好。原因何在？艺术家在起作用。明星不是最重要的，恰恰相反，手稿才是最重要的。人们试图去描绘真实的生活，而不是对传统的习俗进行简单地模仿。这方面好莱坞倒有很多有天赋的艺术家。”

最后，我问雷马克，他对自己的电影到底有什么样的期待。“现在，刘易斯·迈尔斯通拍摄《西线无战事》，”雷马克答道，“是导演。《西线无战事》是曾拍摄的十部最好的影片之一。我可以这样说，因为电影和我没有什么关系。演员是好莱坞可以找到的最好的演员。制作公司是新成立的。这是它的第一部电影。”

关于未来和他自己的计划，他说：“命运让我们成了世界公民。美国是一所卓越的学校。人们放弃了诸多偏见，开阔了眼界，接受了很多新事物。它是严苛的课程，但谁通过了它，就收获了很多。美国平等地接收流亡者，允许他们工作，成为公民。这是一个聪明的政策：很多在科学艺术领域最出色的欧洲人，今天是美国人。对国家毫无害处。从知识分子的民族迁徙中，美国收获颇丰。我个人会在欧洲和美国生活；可能在纽约和瑞士。在其中一个，是为了和欧洲保持联系，在另外一个，为了更广泛地扎根美国。亲近和距离，二者，一个好的结合。”

“毁灭的时代，”在接下来的谈话中，雷马克表示，“已经过去了。尽管有困难和阻力，重建仍然必须开始。对那些失去数百万人民、城市尽毁的国家的玩世不恭，是卑劣的。”我们必须相信未来，相信未来会更好。尽管有些政治家不这样想，世界仍然想要和平。而且世界想要取回那些曾经可以信任的东西。当代作家的任务就在于此：要找到这些东西，把这些东西描述出来。这些东西都是些最为简单的问题，无论何时都一样：人性、理解、进步、热心。无论如何，人还是善的。否则原子弹就是最简单的答案了。

Erich Maria Remarque
Arc de Triomphe

图书在版编目（CIP）数据
凯旋门 / (德) 雷马克 (Erich Maria Remarque) 著；
杨稚梓译. -- 上海 ：上海译文出版社，2025. 5.
(译文经典). -- ISBN 978-7-5327-9787-5
Ⅰ. I516. 45
中国国家版本馆CIP数据核字第 20257AZ939号

凯旋门

［德］雷马克　著　杨稚梓　译
责任编辑/杨懿晶　装帧设计/张志全工作室

上海译文出版社有限公司出版、发行
网址：www.yiwen.com.cn
201101　上海市闵行区号景路 159 弄 B 座
上海盛通时代印刷有限公司印刷

开本 787×1092　1/32　印张 17　插页 5　字数 305,000
2025 年 5 月第 1 版　2025 年 5 月第 1 次印刷
印数：0,001—5,000 册

ISBN 978-7-5327-9787-5
定价：78.00 元